Jasmin Moll

WIR WAREN SCHALL UND RAUSCH

ÜBER DIE AUTORIN

Jasmin Moll wurde 1982 im Rhein-Main-Gebiet geboren und fand 1999 ihren Weg in die Technoszene. Als sie kurz darauf zum ersten Mal im Stammheim tanzte, entflammte ihr Herz für diesen Club lichterloh. Obwohl die Anfahrt zwei Stunden betrug und der Techno-Melting-Pot Frankfurt direkt vor ihrer Nase lag, feierte sie so oft wie möglich in Kassel – und wurde zum *Heimkind*.

Die Mission zu diesem Roman ergriff sie Anfang 2002 auf einer der letzten Partys in der Salzmannfabrik. Es war wieder einer dieser magischen Momente, als ihr klar wurde, dass sie ein Buch über diesen Ort schreiben muss, um ihn in all seiner Wahnsinnigkeit für die Ewigkeit festzuhalten.

Zwanzig Jahre später, mit einem Studium der Wirtschaftskommunikation und einiger Berufserfahrung in Text und Storytelling im Gepäck, nahm sie diese Herausforderung an. Die freiberufliche Redakteurin lebt seit 2008 in Berlin-Friedrichshain und ist bis heute in einschlägigen Technoclubs unterwegs.

Jasmin Moll

WIR WAREN SCHALL UND RAUSCH

EIN TECHNOCLUBROMAN

Originalausgabe, 2. Auflage
© 2025 Jasmin Moll

Verlag: BoD · Books on Demand GmbH, Überseering 33, 22297 Hamburg,
bod@bod.de
Druck: Libri Plureos GmbH, Friedensallee 273, 22763 Hamburg
Cover: Bringmann & Kopetzki (bringmannundkopetzki.de)
Lektorat und Korrektorat: Corina Retzlaff (finetexts.com)
ISBN: 978-3-7693-5775-2

Zitation von Stammheim-Flyern und der *Heimpost* mit freundlicher
Genehmigung von Bringmann & Kopetzki.

TIEFER EINTAUCHEN: technoclubroman.de

Bibliografische Information der Deutschen Nationalbibliothek:
Die Deutsche Nationalbibliothek verzeichnet diese Publikation in der
Deutschen Nationalbibliografie; detaillierte bibliografische Daten sind im
Internet über dnb.dnb.de abrufbar.

Frei nach wahren Begebenheiten

Explicit Content – Einlass ab 18

In Erinnerung an Pierre Blaszczyk

Für alle *Heimkinder*

INTRO

Bevor dir der Türsteher Zutritt zu *WIR WAREN SCHALL UND RAUSCH* gewährt und sich dir damit ein Kapitel Technoclubgeschichte öffnet, möchte ich ein paar Zeilen vorausschicken.

Anfang 2002 stand ich auf meinem Lieblingsplatz im Stammheim und beschloss, ein Buch über diesen verrückten Ort zu schreiben. Knapp zwanzig Jahre später begann ich mit diesem Herzensprojekt.

Ich möchte dich, liebe Leserin, lieber Leser, auf eine Zeitreise einladen. In eine Ära, in der die Technoszene, ja, die ganze Welt noch anders tickte. Rückblickend werden die Jahre zwischen dem Mauerfall 1989 und den Terroranschlägen vom 11. September 2001 als Jahrzehnt der Sorglosigkeit betrachtet. Der perfekte Nährboden für eine hedonistische Subkultur, die sich den schönen Dingen des Lebens zuwandte: ein neuer Sound, Freude, Liebe, Gemeinschaft, Mode und vor allem Freiheit. Sie sprießte und vibrierte in Technoclubs, mehr oder weniger unter dem Radar des Mainstreams, der noch in Diskotheken unterwegs war.

Dieses Buch ist eine Hommage an einen der legendärsten aus jener Zeit, weitab von den damaligen Epizentren für Techno – Frankfurt und Berlin. Das Stammheim im nordhessischen Kassel zählte zu den wildesten Clubs, die Deutschland zu bieten hatte. Technofans reisten aus allen Himmelsrichtungen an, um sich in der ehemaligen Textilfabrik die Seele aus dem Leib zu tanzen.

Der vorliegende Tatsachenroman basiert auf historischen Ereignissen. Die Line-ups standen so auf den Stammheim-Flyern, Texte (wie die aus der *Heimpost*) sind wortgetreu, die Club-Deko konnte ich anhand von Fotos zeitlich einordnen.

Die Protagonisten des Romans und deren Geschichten sind fiktiv, aber stark inspiriert von wahren Begebenheiten, die sich in meiner Erinnerung manifestiert haben und die mir Zeitzeuginnen und Zeitzeugen im Rahmen meiner Recherche erzählten. Auf die Frage hin, wie sie das Stammheim in einem Wort beschreiben würden, war *krass* die meist gegebene Antwort.

Die berühmte Frage nach der Ähnlichkeit mit real existierenden Personen muss ich klar mit Ja beantworten. Eine von ihnen ist DJ Pierre. Der Resident, Kurator und Herz des Stammheims ist zehn Jahre nach der Schließung mit nur achtunddreißig Jahren viel zu früh von uns gegangen und selbst zur Legende geworden. Ihm ist dieser Roman gewidmet.

Recherche und Schreibprozess beschäftigten mich über mehrere Jahre hinweg, der Blick in meine Jugend und die Beschäftigung mit der Zeit um die Jahrtausendwende waren mir eine riesige Freude. Trotz der gewissenhaften Durchforstung des Internets und meiner eigenen Foto- und Flyerarchive sowie Gesprächen mit Betreibern, DJs und Stammgästen gibt es sicherlich Unstimmigkeiten in meiner Erzählung. Das bitte ich unter künstlerischer Freiheit zu verbuchen.

Techno ist schwer zu beschreiben, deshalb gibt es einen Soundtrack zum Buch mit Stücken, die damals neu und/oder wichtig für uns waren. Einige wurden zu Klassikern und werden bis heute in Clubs gespielt. Fast noch schwieriger in Worte zu fassen sind die Emotionen, die beim Tanzen auf Techno ausgelöst werden. Am anspruchsvollsten war es jedoch, den Spirit auszudrücken, der zwischen 1994 und 2002 im Stammheim gelebt wurde.

Falls du das große Glück hattest, zur richtigen Zeit am richtigen Ort gewesen zu sein und selbst einmal die Treppen in der Salzmannfabrik hinaufgestiegen bist, flackert dieses Gefühl vielleicht wieder in dir auf. Dann wäre meine Mission erfüllt.

In diesem Sinne wünsche ich eine schöne Reise.

Jasmin Moll
Berlin im Mai 2025

PROLOG

»Radio«, Wishmountain (Matthew Herbert)

4. November 2000

»Morgens, halb zehn in Kassel, und keine Sau will Knoppers!«
Charlotte kennt den schwitzenden Typen vom Sehen, der
ihr das gerade ins Ohr gebrüllt hat. Wer öfters im Stammheim
ist, kennt die Abwandlung des populären Werbespruchs. Sie
strahlt ihn an wie die Grinsekatze aus *Alice im Wunderland* und
hofft, dass er nicht ausgerechnet jetzt vorhat, den Gesprächs-
faden zum ersten Mal mit ihr aufzunehmen. Charlotte will
tanzen, den Bass im Körper spüren und mit der Musik
verschmelzen. Die ganze Woche hat sie sehnsüchtig darauf
gewartet, endlich wieder auf dem Big Floor zu stehen – so wie
die meisten hier. Zum Glück belässt er es bei dem Zuruf und
tanzt von dannen.

Das morgendliche Tageslicht bahnt sich seinen Weg durch
den alten Ventilator der Salzmannfabrik. Angetrieben vom
Wind, zerhackt er die ersten Sonnenstrahlen, passend zu den
ersten Takten von *»Radio«*. Charlotte liebt diese Platte, und
auch einige andere drücken ihre Freude darüber mit Pfiffen
und Jubel aus. Das markante Trommeln wandert durch den
Raum, und sie steigt wieder in den Rhythmus ein.

Die Szenerie ist in rotes Licht getaucht und flackert flam-
menartig vor ihren Augen. Die Tanzfläche gleicht einem zere-
moniellen Feuertanz, alle bewegen sich ekstatisch im Einklang
und zelebrieren den gemeinsamen Rausch der durchzechten
Nacht. Techno ist ein kollektives wie auch ein individuelles
Erlebnis, das sich tief in der Seele einbrennen kann. Wenn der
richtige Track zur richtigen Zeit läuft und dazu diese ganz

bestimmte Energie in der Luft liegt, entstehen magische Momente. So wie jetzt. Das perfekte Zusammenspiel aus der eigenen Stimmung, dem DJ, seinem Sound und den anderen Menschen im Raum.

Charlotte kennt die Dramaturgie des Tracks in- und auswendig, schon oft hat sie ihn hier gehört. Anfangs nickt sie mit dem Kopf und trommelt mit den Zeigefingern, steigert sich immer weiter rein, und als schließlich der Bass einsetzt, fährt er durch ihre Glieder wie ein Stromschlag.

»Wohoo!«, kreischt sie, stampft mit gebeugten Knien und peitscht mit den Armen synchron zum Beat. Ihre Füße dreht sie abwechselnd nach außen und innen, Zehen und Fersen im Wechsel zueinander. Zwischendurch baut sie kleine Kicks nach vorn ein oder dreht sich um die eigene Achse. Die Abfolge und Kombination ihrer immer gleichen Bewegungen ist spontan und wird von den Platten dirigiert, die gerade auf dem Teller liegen. Über ihren Tanzstil hat sie sich nie groß Gedanken gemacht, geschweige denn ihn zuhause vor dem Spiegel geübt. Er hat sich in den unzähligen Stunden im Club entwickelt, inspiriert von den anderen auf dem Dancefloor.

Grundsätzlich gibt es keine Regeln für das Tanzen auf Techno, vom unkoordinierten Herumhopsen bis zur einstudierten Choreografie ist alles erlaubt. Es geht um puren Spaß und darum, sich fallen zu lassen. Die meisten schaffen es ganz ausgezeichnet, den bisweilen rasenden Rhythmen zu folgen; nur wenige Taktsucher liegen garantiert immer eine Tausendstelsekunde daneben. Doch auch die können sich schamlos austoben, niemand schaut sie deswegen schief an. Charlotte kann ihnen ohnehin nicht zusehen, ohne dabei selbst aus dem Takt zu kommen.

Nach all den Stunden, die die Party mittlerweile andauert, hat sich auf der Tanzfläche eine perfekte Patina gebildet.

Optimale Bedingungen, um darauf zu gleiten, aber nicht auszurutschen. Eine Mixtur aus verschütteten Getränken, menschlichen Ausdünstungen, Zigarettenasche und Schmutz aus den Gemäuern der historischen Textilfabrik, in der das Stammheim beheimatet ist. Der Siff hat sich in Charlottes auf dem Boden schleifende Stoffschlaghose eingesaugt und ihre vormals weißen Turnschuhe grau gefärbt. Das ist jedoch nicht zu sehen, da sie von den überdimensionalen Hosenbeinen eingehüllt sind. Ihr fliederfarbenes Top klebt an der Haut und ihr kurzes, schwarzes Haar tropft. Sie ist nass bis auf die Unterwäsche, durchgeschwitzt vom endlosen Tanzen und vom tropisch-feuchten Klima im Club.

Ein lauwarmer Tropfen platscht von der Decke auf ihren Kopf und es schüttelt sie vor Ekel. Raverschweiß. Sie beruhigt sich damit, dass auch ein Teil von ihr darin steckt.

Charlotte ist erfüllt von diesem unbeschreiblichen Glücksgefühl, das sie durch Techno erfahren hat und nie wieder missen will. Das ist es, warum sie diese Musik liebt, warum sie das Stammheim liebt, warum sie die *Heimkinder* liebt.

An den Plattentellern steht DJ Pierre, neben ihm hält Travis aka *Die Fackel Gottes* wie jede Woche die Stellung am Lichtpult und verschickt die Leute mit Licht und Nebel. Verschickt sind hier die meisten. Auch Charlotte fühlt sich gut. Sehr gut sogar.

Pierre ist die Galionsfigur des *Heims* und bekannt für seinen einzigartigen Stil. Seine DJ-Sets sind überraschend und abwechslungsreich und zu gerne sprengt er dabei elektronische Genre-Grenzen, von 4-to-the-Floor nach Breakbeat, von Techno über Electro zu House und wieder zurück. Bei Pierre rumpelt und knattert, hämmert, faucht und fiept es und bleibt trotzdem immer voller Groove. Er verkörpert den typischen Stammheim-Sound und begeistert weit über die Mauern seines

Clubs hinaus. Für Heimkinder ist er das Sahnehäubchen einer Nacht.

Unterschiedlich hohe und tiefe Stufen an allen Seiten des Raums erzeugen eine Kesselwirkung, es wird auf allen Ebenen getanzt. Die Mitte ist der tiefste Ort zum Abtauchen, dort steht Charlotte.

Es ist noch angenehm voll und Pierre in Hochform. Er jongliert mit den Bässen und schiebt die Lautstärkeregler ruckartig nach oben und unten, um zusätzlichen Druck zu erzeugen. Zwischendurch bedient er sich an DJ-Techniken aus dem Hip-Hop und scratcht eine Platte oder macht einen Backspin, bevor er sie vom Teller nimmt. Er ist genauso motiviert wie seine Fans auf der Tanzfläche.

Aus der blitzenden Kulisse zappelnder Körper, wabernder Rauchschwaden und bunter Lichtstrahlen taucht Matze auf, auch er ist komplett verschwitzt. Alle sind es, aber das gehört dazu. Grinsend imitiert er mit der Hand eine Trinkbewegung, woraufhin Charlotte ihm ein paar Schritte zur Bar folgt.

Aufgrund der Lautstärke bleibt er bei der Zeichensprache und deutet mit Daumen und Zeigefinger die Größe eines Schnapsglases an, was sie mit einem Nicken bejaht. Matze wiederholt die Geste bei der Barkeeperin und deutet auf eine leere 2cl-Flasche eines braunen Kräuterlikörs, die just auf der Theke hinterlassen wurde. Das Feierelixier der Szene. Wenige Sekunden später stehen zwei volle Miniaturflaschen vor ihnen. Auf dem grünen Glas glitzern Eiskristalle – die perfekte Temperatur. Er legt ein Fünfmarkstück daneben und lässt den Rest als Trinkgeld liegen.

»Alter, wie dieser Typ schon wieder abgeht!«, schreit er.

»Der ist so ultrakrass, ich kann nicht aufhören zu tanzen!«

Sie öffnen die Drehverschlüsse, werfen die Deckel auf den Boden, stoßen an und kippen in einem Zug ab. Der eiskalte

Likör läuft ihnen brennend die Kehle hinunter. Im Magen angelangt, breitet er sich warm aus und steigt von dort direkt zurück in den Kopf.

»Auf, Lottsche, lass mal zu den anderen gehen!«

Leichtfüßig schlängeln sie sich an den repetitiven Bewegungen der Tanzenden vorbei. Auf ihrem Stammplatz rechts neben der DJ-Kanzel treffen sie Franzi, Phil und Flo. Alle strahlen.

»Ey, die *Wishmountain* hat mich gerade so weg-ge-flasht! Das war eben wie bei einem Indianerstamm!«, brüllt Charlotte in Flos Ohr.

»Ha! Die geben sich Meskalin und wir fetzen uns Teile!«, lacht er und pumpt seinen Arm zum Beat in die Höhe. Sein Kiefer schert beim Sprechen aus wie der Anhänger eines Autos beim Spurwechsel, dazu wandert ein Kaugummi über seine großen weißen Zähne.

»Unser Schamane ist Pierre und unsere Religion ist Techno!«, schiebt er grinsend hinterher.

Flo ist mit seinem Gesichtsgulasch nicht allein. Das Spektrum an Entgleisungen nach dem Konsum von Ecstasy ist breit gefächert. Neben diesem Kiefer-Workout sind Augenflattern, Zähneknirschen und Glotzen symptomatische Erkennungsmerkmale. In den meisten Fällen sieht es einfach nur grotesk aus und ist eine gängige Nebenwirkung. Wer in solch einem Zustand unbegleitet unterwegs ist, wird ständig von anderen gefragt, ob alles in Ordnung ist. Es wird Wasser angeboten oder frisches Obst besorgt, das auf den Theken steht oder von durch den Club streifenden Mitarbeitenden verteilt wird. Man kümmert sich umeinander.

Franzi zerrt ein zerknautschtes Zigarettenpäckchen aus der Gesäßtasche ihrer weit ausgestellten Jeansschlaghose und streckt es Charlotte entgegen.

»Wo warst du denn die ganze Zeit? Wir haben dich vermisst! Geht's dir gut?«

»Mir geht's saugut!«, beginnt Charlotte, während sie versucht, eine Zigarette aus dem Päckchen zu popeln. »Ich bin mit Henri im Chill-out versackt ... DJ Fish am Deck, da kommste nicht mehr weg!«

Sie lachen über den Reim, der sich immer wieder bewahrheitet.

»Die Laberbacke hat einen Spruch nach dem anderen rausgehauen, ich habe mich nur weggeschmissen! Als Pierre angefangen hat, standen wir da vorne!«, ergänzt Charlotte schreiend und deutet auf den soeben verlassenen Platz.

»Da haben wir dich gerade entdeckt und Matze ist sofort losgeflitzt, um dich zu holen! Schön, dass du wieder bei mir bist!«, ruft Franzi und drückt ihre beste Freundin an sich.

Dann hält sie die Schachtel in Richtung der Jungs. Matze und Phil greifen zu, nur Flo schüttelt den Kopf. Und kiefert.

»Wo ist Henri denn?«, will sie noch wissen.

»Der ist vor einer Ewigkeit aufs Klo und blubbert jetzt wahrscheinlich da alle zu!«

»Hä? Der verpasst doch Pierre!«

Eine Platte von Richie Hawtin beendet ihr Gespräch, denn sie müssen tanzen!

Der Technopionier aus Übersee spielte, als sie zum ersten Mal im Stammheim waren. Diese Nacht vom 11. September 1999 werden sie nie vergessen. Sofort spürten sie, dass dieser Technoclub anders ist als andere. Der Sound, die Deko, die Menschen, die ganze Atmosphäre ist unvergleichlich. Es liegt etwas in der Luft und alle scheinen das zu spüren. Mehr noch: Es ist ihnen bewusst, dass sie selbst Auslöser und Teil des Ganzen sind. Die Gäste kommen aus allen Schichten der Gesellschaft. Reich tanzt mit Arm, Jung mit Alt, Dumpfbacke mit Intelligenzbolzen, Pornomaus mit Computerfreak. Das Publikum erinnert an eine Horde vor Wonne jauchzender Kinder, und die ganze Nacht herrscht ein Gewusel wie auf einem Abenteuerspielplatz – einem nicht jugendfreien Abenteuerspielplatz. Sie schütteln sich den Ballast des Alltags aus den Knochen, rennen von A nach B, vom Big Floor ins Foyer, vom Bistro und den Toiletten ins House Café, vom Chill-out ins Treppenhaus und runter zum Parkplatz. Die Party ist überall. Es wird wasserfallartig gequatscht und sich seines Lebens gefreut. Man genießt den Augenblick, den Rausch und den Hedonismus.

Das Stammheim ist eine Parallelwelt, die jedes Wochenende ihre Pforten öffnet. Ihre Schöpfer bereiten den Boden für diesen kunterbunten Trubel mit verrückten Comic-Flyern und einem unverwechselbaren Humor. Sie bringen die Leichtigkeit des Lebens auf den Punkt und treiben es selbst auf die Spitze.

Charlotte zieht ihr graues Handy aus der Bauchtasche, die sie sich diagonal um den Oberkörper geschnallt hat. Es ist 8:47 Uhr. Warum muss die Zeit hier immer so rasen?

Eine ungelesene SMS von Phil um 5:32 Uhr: »Wo steckst du?«

»Sorry, jetzt erst gesehen!«, schreit sie ihm zu und zeigt auf das gelblich glimmende Display.

Phil lächelt und legt seinen Arm um Charlotte. Eine Woge der Liebe erfasst sie, wie bei jeder zärtlichen Geste von ihm.

Als Charlotte an diesem Sonntagmorgen mit ihren besten Freunden auf ihrem Platz steht, ihr Lieblings-DJ spielt und ihr das Glück aus allen Poren strömt, fühlt sie es wieder: Hier bin ich *da-heim*. Hier bin ich unter Gleichgesinnten und wir sind in unserer Welt.

Am liebsten würde sie die Zeit anhalten, damit dieser wunderschöne Augenblick niemals vergeht.

Dann reißt sie das vertraute Blubbern von »*Soda Stream*« aus ihren Gedanken. Wie immer gibt es kein Halten mehr, wenn diese Platte von Stefan Küchenmeister läuft. Charlotte kann nicht widerstehen und löst sich jubelnd aus Phils Arm. Der pfeift dreimal auf und fängt ebenfalls wieder an zu tanzen.

Kurz darauf wird sich alles verändern.

1. Akt
AUFTAKT

Kapitel 1: CHARLOTTE

Februar 1999

»Boah! Ich kann es nicht mehr erwarten, bis ich endlich meinen Lappen habe«, stöhnt Charlotte, während sie sich auf den Beifahrersitz wirft. »Die Fahrschule hat sich wieder gezogen wie Gummi. Das ist ja echt noch langweiliger als Berufsschule. Und das soll was heißen.«

»Meine liebe Charlotte«, setzt Franzi gespielt mahnend an, »da müssen wir alle durch. Und pass bloß immer gut auf, sonst verkackst du am Ende noch die Prüfung. Die Fragen sind teilweise echt fies.«

Charlotte zündet sich eine Zigarette an und brummt zustimmend, dann kurbelt sie das Fenster ein paar Zentimeter nach unten und pustet den Rauch hinaus. Es ist nasskalt an diesem Mittwochabend, die Temperatur liegt nur knapp über dem Gefrierpunkt. Franzi fädelt konzentriert den roten Kombi ihrer Mutter in den laufenden Verkehr ein. Sie hat seit drei Monaten ihren Führerschein und nutzt jede Gelegenheit, eine Runde zu drehen.

»Fluppe?«

»Na logen.«

Charlotte reicht ihr die brennende Zigarette und steckt sich eine neue an.

»Vielen Dank für den angelutschten Filter, Madame!«

»Gern geschehen.«

Die beiden sind seit dem Kindergarten unzertrennlich. In der Schule saßen sie ab Tag eins nebeneinander, nachmittags tollten sie auf dem Spielplatz herum, rissen sich die Knie beim Rollschuhfahren auf und übernachteten beieinander. Ihren einzigen Streit hatten sie in der zweiten Klasse, als Franzi versehentlich Charlottes Lieblingspuppe den Kopf abriss.

Gemeinsam durchlebten sie die ersten Schmetterlinge im Bauch und trockneten sich ihre Tränen bei Liebeskummer.

Mit fünfzehn fingen sie an, klammheimlich Zigaretten aus dem Päckchen von Franzis Mutter zu mopsen und wurden zu ambitionierten Raucherinnen. Ihre Eltern wissen mittlerweile davon und akzeptieren es missbilligend.

Nachdem die Freundinnen den Geruch des Erwachsenseins inhaliert hatten, ließ auch der erste Alkoholschwips nicht mehr lange auf sich warten. Als die Jungs ihrer Clique mit dem Kiffen anfingen, probierten sie auch das. Bei einem ihrer ersten Besäufnisse tranken sie süßen Fusel und zogen an einem kreisenden Joint. Charlotte nahm einen tiefen Zug, bekam einen Hustenanfall und hing kurz darauf kotzend über der Kloschüssel. Franzi hielt ihr die Haare aus dem Gesicht und lachte.

Wie alle normalen Teenager rebellierten die beiden gegen ihre Eltern, indem sie Klamotten trugen und Musik hörten, die Erwachsene furchtbar finden. In der Hochphase der Pubertät hingen sie am liebsten mit ihren Schulfreunden ab und vertrieben sich die Zeit mit shoppen (meist die Mädels), zocken (meist die Jungs), Alkohol trinken und rauchen (alle). Wenn jemand sturmfrei hatte, wurde dort gefeiert, das war ein ungeschriebenes Gesetz. Bei diesen Gelegenheiten sammelten sie erste sexuelle Erfahrungen, nahezu jede hatte mal was mit jedem. Meist blieb es beim Knutschen und Fummeln auf diesen Partys, zum Sex kam es erst in den Beziehungen, die daraus entstanden. Auch Charlotte war mit zwei der Jungs jeweils für ein paar Monate zusammen und wurde von einem entjungfert.

Aus dem Radio dudeln die ersten Töne von Liquidos Dauerbrenner »Narcotic« und Franzi dreht die Lautstärke hoch. Mit dem Einsatz der Gitarren steigen beide in den Song ein: Charlotte wippt energisch mit dem Kopf, was fast schon als

Headbanging durchgehen könnte, Franzi trommelt auf das Lenkrad, ohne dabei den Verkehr aus den Augen zu verlieren. Den Refrain singen sie laut und schief mit: *»I don't mind, I think so, I will let you go!«*

Charlotte liebt Musik, mittlerweile vor allem Rock und Alternative. Ihre Leidenschaft entfachte mit etwa zehn Jahren, als sie im Auto *»Purple Rain«* von Prince dermaßen ergriff, dass ihr Tränen in die Augen schossen.

Von da an interessierte sie im Fernsehen nur noch MTV Europe und etwas später der neue Sender VIVA. Seit MTV Germany 1997 on air ging, ist das ihr unangefochtener Lieblingssender.

Nach dem Schlüsselerlebnis mit Prince legte sie die Micky-Maus-Hefte beiseite und griff nur noch zu BRAVO und Popcorn. Schon bald darauf war ihr Kinderzimmer tapeziert mit den darin enthaltenen Postern, von denen so manche Knickfalten mitten durch die Gesichter der Stars verliefen und deren Ausdruck unvorteilhaft verzerrten.

Heute hängen nur noch zwei große Poster von The Doors und Nirvana neben Postkarten, Fotos und Kritzeleien von ihren Schulfreunden an den Wänden. Die hochwertigen Plakate von den Bands um Jim Morrison und Kurt Cobain hat sie aus der Plattenkiste, dem kleinen Musikladen in der Altstadt. In dem Geschäft hängt der Muff mehrerer Jahr-zehnte, es ist vollge-stopft mit Vinyls, CDs und Kassetten aller Genres. An den Wänden hängen Plakate von Gruppen, die Chef Bernie gerne hört. Das sind vor allem Legenden aus den frühen Jahren der Rockmusik: Pink Floyd, Rolling Stones und so weiter. Schon als Kind vertrieb sich Charlotte dort gerne die Zeit, das Stoff-geschäft ihrer Eltern befindet sich in direkter Nachbarschaft.

Nach einer etwa zehnminütigen Fahrt stoppt Franzi vor Charlottes Haus und die Bremsen des alten Kombis ächzen unter dem feuchten Wetter.

»Danke für's Holen, bist die Beste. Magst du noch mit reinkommen?«

»Ich muss leider los, Ma braucht das Auto.«

»Sag bloß, Angie hat ein Date!«

»Schön wär's. Nur ein Klassentreffen.«

Franzis Mutter geht selten aus, eigentlich nie. Ihre Feierabende verbringt sie mit ihrem treuen Begleiter Mister Rotwein und zappt sinnlos die TV-Kanäle hoch und runter. Seit Franzis Vater vor fünfzehn Jahren mit einer Kollegin durchgebrannt ist, hat sie keinen Mann mehr in ihr Leben gelassen. Franzi hat keinen Kontakt zu ihm, er hat eine neue Familie und kein Interesse an ihr. Charlotte findet das traurig. Nicht nur wegen Franzi, sondern auch wegen Angie. Die Dreizimmerwohnung ein paar Straßen weiter ist wie ein zweites Zuhause für sie.

»Dann sehen wir uns morgen. Um sieben bei dir?«, will Charlotte wissen.

»Jep. Weißt du schon, was du anziehst?«

»Vielleicht das neue Oberteil?«

»Gute Idee, bloß nicht geizen mit den Reizen. Er kommt ja, oder?«

»Ziemlich sicher, aber ich simse ihm morgen Mittag nochmal.«

»Es muss endlich was laufen zwischen euch. Phil will auch was von dir, das sieht doch ein Blinder mit Krückstock.«

Bei diesen Worten und dem Gedanken an ihren ehemaligen Klassenkameraden Phillip wird Charlotte heiß. In der achten wurden sie Freunde, in der zehnten hat es bei ihr gefunkt. Auf einer Schulparty kurz vor dem Abschluss standen sie in der Raucherecke und tranken heimlich Schnaps. Als er ihr den Flachmann reichte, schaute er ihr so tief in die Augen wie nie zuvor. Ein Blitz schlug bei Charlotte ein und die Welt stand in dieser Sekunde still. Warum hat sie ihn damals nicht einfach geküsst? Bis heute hat sie sich nicht getraut.

»Hoffentlich hast du recht ...« Charlotte drückt Franzi einen Kuss auf die Backe, steigt aus und winkt zum Abschied.

»Logen hab ich recht«, flötet Franzi hinterher, bevor die Beifahrertür ins Schloss fällt.

Charlottes Elternhaus steht am Stadtrand in einer Wohnsiedlung, die Anfang der Siebzigerjahre erschlossen wurde. Das Einfamilienhaus ist der deutsche Klassiker einer Kleinstadt: zwei Etagen mit Dachboden und Keller, eine Garage, ein kleiner Garten vor und ein etwas größerer hinter dem Haus, der von blickdichten Hecken umgeben ist.

Anfangs wohnten die Großeltern im Erdgeschoss und Charlotte mit ihren Eltern im ersten Stock. Ihr Tod vor zehn Jahren – die Oma folgte dem Opa nur sechs Monate später – traf Charlotte hart. Plötzlich fehlten zwei wichtige Bezugspersonen und das Haus war schrecklich leer. Zu anderen Verwandten hat sie keinen Kontakt.

Ihre Eltern zogen nach unten, sie blieb in ihrem Kinderzimmer und hat die obere Etage seither für sich allein; die benachbarten Räume dienen bloß noch als Rumpelkammern und Aktenlager.

Ihr Zimmer ist klein, aber fein. Es ist möbliert mit einer Jugendzimmerkombi aus hellbraunem Holz mit schwarzen Applikationen: ein breites Bett, ein Kleiderschrank mit Spiegel und ein Regal mit Röhrenfernseher, Büchern und Krimskrams darin.

Das Herzstück ihres Zimmers ist die Musikecke. Eine Stereoanlage mit Plattenspieler, Radio, CD-Player und Doppelkassettendeck, flankiert von zwei großen Boxen, auf einer davon steht eine grüne Lavalampe. Drumherum hat sie einen Berg von CDs und Kassetten aus der Plattenkiste angehäuft. In der Mitte ihres Zimmers steht ein blauer aufblasbarer Sessel und verdeckt praktischerweise einige Teppichflecken aus ihrer Kindheit.

Den kleinen Balkon mit Blick auf den Garten nutzt sie nur zum Rauchen, wovon ein immer überquellender Aschenbecher zeugt.

Unter ihrem Zimmer befindet sich das rustikal gemütliche Wohnzimmer, das mit der offenen Küche verbunden ist. Eine Fensterfront mit Schiebetür führt in den Garten hinaus, in dessen hinteren Teil eine Hollywoodschaukel vor sich hin rostet. Daneben hat normalerweise eine Sonnenliege ihren Platz, die ist aber zu dieser Jahreszeit zusammen mit den Sitzmöbelpolstern im Keller eingewintert. Direkt unter Charlottes Balkon stehen ein eingehauster Grill sowie ein Metalltisch mit vier Stühlen. Die dreiköpfige Familie grillt jedoch selten, die Eltern haben wenig Zeit. Wenn Birgit und Manfred frei haben, erholen sie sich vor dem Fernseher von den arbeitsreichen Tagen im Stoffgeschäft, das sie mit Leidenschaft in dritter Generation führen. Schröder Stoffe, benannt nach dem Familiennamen, ist Dreh- und Angelpunkt ihres Lebens, Charlotte hat die halbe Kindheit dort verbracht. Trotz des auf der Strecke gebliebenen Privatlebens ist das Verhältnis zu ihren Eltern gut. Erst recht nach ihren Teenagerjahren, da war sie ätzend drauf. Das weiß sie heute.

Birgit und Manfred setzen voraus, dass ihre Tochter das Geschäft in ein paar Jahren übernimmt. Doch will sie das? Als Kind liebte sie es, auf die großen Stoffballen zu klettern, sich dazwischen zu verstecken und Höhlen zu bauen. Heute nervt es, wenn sie aushelfen muss.

Aber solange sie keinen besseren beruflichen Plan hat, lässt sie ihre Eltern in dem Glauben. Mit ihrer Ausbildung zur Bürokauffrau könnte sie den Laden theoretisch übernehmen. Theoretisch.

Da Franzi ebenso planlos ist, macht sie die gleiche Ausbildung wie ihre beste Freundin. Zwar nicht im selben Betrieb, aber immerhin teilen sie sich in der Berufsschule wieder einen Tisch.

— – —

Freitag ist Charlottes liebster Arbeitstag. Es ist nicht nur der letzte einer Woche, sondern auch der kürzeste: Schon um dreizehn Uhr fällt in dem mittelständischen Handelsunternehmen der sprichwörtliche Stift. Montag und Mittwoch sind die härtesten Tage, da muss sie von acht bis siebzehn Uhr ins Büro. Zwar gehen ihr die Aufgaben leicht von der Hand und die Kollegen sind nett; Spaß macht ihr der Job aber nicht. Im zweiten Lehrjahr erledigt sie vieles selbstständig und fühlt sich wie eine vollwertige, aber sehr schlecht bezahlte Arbeitskraft. Die Berufsschule am Dienstag und Donnerstag ist eine willkommene Abwechslung zum monotonen Schreibtischalltag. Fünf Tage die Woche von früh bis spät Bestellungen bearbeiten, mit Kunden telefonieren, Lieferscheine und Rechnungen schreiben, das will sie sich heute noch nicht vorstellen. Das hat noch Zeit bis zur Abschlussprüfung im nächsten Jahr.

Gut gelaunt steigt sie um kurz nach eins in den Bus nach Hause. Schon am Schreibtisch hat sie sich die Kopfhörer in die Ohren gestöpselt und hört über ihren Discman »*Mechanical Animals*« von Marilyn Manson. Das Album läuft bei ihr seit seinem Erscheinen im September auf Repeat, angefixt vom kunstvoll dystopischen Video zur Single »*The Dope Show*«, das auf MTV in Heavy Rotation lief.

Charlotte plumpst auf einen freien Sitz, kramt ihr Handy hervor und schickt eine SMS an Phil: »Sehen wir uns später?«

Die Antwort kommt prompt, er hat freitags schon um zwölf Schluss.

»Auf jeden. Halb neun vorm Eingang? Steff ist auch am Start.«

»Cool. Freu mich ;-)«

Charlotte lächelt zufrieden und gleitet in einen Tagtraum ab, in dem Phil sie wild entschlossen an sich reißt und leidenschaftlich küsst. Als seine Hände unter ihr Shirt gleiten, erreicht sie ihre Haltestelle und muss aussteigen.

Zuhause angekommen schrillt das Festnetztelefon, es ist ihre Mutter aus dem Laden: »Im Kühlschrank steht der Rest Bolognese von gestern. Wann gehst du heute Abend los?«

»Alles klar, Mom. Ich gehe um sieben zu Franzi.«

»Dann sehen wir uns vorher nicht mehr. Ihr fahrt aber nicht mit Angies Auto?«

»Natürlich nicht, sonst kann Franzi ja nichts trinken.«

Das wollte die Mutter hören. »Gut. Soll euch Papa heute Nacht abholen?«

»Nein, wir nehmen den Bus. Falls wir den letzten verpassen, rufe ich an. Okay?«

»Dein Vater ist ja zum Glück eine Nachteule. Und trink bitte nicht so viel, man kann auch ohne Alkohol Spaß haben.« Birgit wird nicht müde, diesen Satz immer und immer wieder zu wiederholen. Wohl wissend, dass ihre Tochter die Augen daraufhin verdreht.

»Kennst uns doch. Ciao, bis später!«

Charlotte legt auf und gibt sich ihrem angefangenen Tagtraum hin.

Ein paar Stunden später macht sie sich mit Franzi auf den Weg zur *Musik*, wie Veranstaltungen umgangssprachlich genannt werden, auf denen Coverbands in Turnhallen oder Festzelten Rock-Hits aus allen Jahrzehnten spielen, seitdem es Rock gibt. Schlimmstenfalls auch Schlager, doch solche Bands meiden

Charlotte und ihre Freunde. Nach dem Konzert folgt die Rock-Disco, bei der ein DJ tanzbare Stücke und aktuelle Songs spielt.

In ihrem Heimatstädtchen sind Events dieser Art ein Highlight, und es steht außer Frage, dort hinzugehen – auch, wenn man wie Phil und Steff eigentlich Hip-Hop hört. Es ist eine erfrischende Abwechslung zum sonstigen Ausgehangebot, das aus Kneipen, Bars, Kino, Hauspartys und Dorffesten besteht.

Charlotte hat den Plan gefasst, Phil heute zu verführen. Dafür hat sie sich extra in Schale geworfen und nur die halbe Portion Bolognese gegessen, um schlanker auszusehen.

Ihr ausgeklügeltes Outfit ist momentan noch unter ihrem schwarzen Kunstpelzmantel verborgen, dessen vermeintlicher Glamour-Faktor jäh durch ihre Docs mit abgewetzten Stahlkappen konterkariert wird. Das dunkelblaue Leder ist vom Kicken gegen das Trottoir stark in Mitleidenschaft gezogen – eine schlechte Angewohnheit vom ständigen Warten auf den Bus.

Hoffentlich bekommt Phil gleich große Augen, wenn sie drinnen ihren Mantel abstreift. Ihre blaue Lieblingsjeans bringt ihren Po ohnehin besonders gut zur Geltung. Als Zauberwaffe trägt sie darunter einen schwarzen Tanga, den sie gekonnt hervorblitzen lassen wird. Ihr zweites Ass im Ärmel ist das neue schwarze Samtoberteil. Hauteng und am Ausschnitt durchsichtig, lässt es tief blicken, ohne nuttig zu wirken.

Wie jeden Tag stecken mehrere Silberringe mit ethnischen Mustern und türkisfarbenen Steinen an ihren Fingern. Auf ihrem Dekolleté liegt ein passendes Silberkettchen mit einem Federanhänger, an den Ohren hängen silberne Creolen. Charlotte liebt indigenen Schmuck und ist fasziniert von der Kultur der Native Americans. Dank der dick aufgetragenen Wimperntusche leuchtet das Blau ihrer Augen noch etwas mehr als sonst. Die Kombination mit ihrer blassen Haut und ihrem braunen, stracken Haar verleiht ihrem Gesicht den Touch einer Porzellanpuppe.

Während Charlotte eindeutig dem Rock 'n' Roll-Style Heroin Chic anhängt, ist Franzi ein Girlie mit gesundem Solariumteint und viel Schminke. Täglich legt sie Mascara und Eyeliner, glitzernden Lidschatten und glänzenden Lipgloss auf. Dazu glitzert ein Stecker in ihrer Stupsnase, passend zum Modeschmuck an ihren Fingern, Ohren und Armen mit Strass und rosafarbenen oder weißen Steinchen. Ihr hellbrauner Bob ist blond gesträhnt und passt farblich gut zu ihren hellbraunen Augen. Am liebsten trägt sie weite Baggypants und hauteng Tops, mädchenhaft und figurbetont, wie es Popstars wie Gwen Stefani und VIVA-Moderatorinnen vormachen. Charlotte ist hingegen ein MTV-Mädchen.

Heute Abend hat sich Franzi in ihr knallblaues Kleid und ihre hellbraunen Schürstiefel geworfen, die den gleichen Farbton haben wie ihre Pufferjacke. Das Kleid ist knapp und unterstreicht ihre gute Figur: schlank mit leichten Kurven an den richtigen Stellen. Charlottes Statur ist mit einem Hauch zu viel auf den Rippen nicht ganz so makellos. Beide sind hübsch auf ihre eigene Art, doch auf die klassisch schöne Franzi fahren mehr Jungs ab. Sie ist kein Kind von Traurigkeit und hat mit dem anderen Geschlecht weit mehr Erfahrung als Charlotte – was jedoch auch an Phil liegt, denn seit der Blitz bei ihr einschlug, hat sie nicht mal mehr geknutscht.

Um kurz nach halb neun treffen die Freundinnen vor der Turnhalle ein, wo sich Phil und Steff bereits bei einer Zigarette die Wartezeit vertreiben.

Stefan war in ihrer Parallelklasse und wurde durch das gemeinsame Interesse an Hip-Hop und Graffiti Phils bester Freund. Im Unterricht kritzelten sie in ihre Sketchbooks und zeigten sich in der Pause ihre Werke. Letzten Sommer waren sie sogar einmal nachts illegal sprühen. Der blonde Steff ist optisch ein Hip-Hopper aus dem Bilderbuch. Wie immer trägt er Baggys mit klobigen Skaterschuhen und aus seiner Snowboardjacke quillt die hellgraue Kapuze seines dicken Pullovers.

Bei Phils Anblick gerät Charlottes Blut in Wallung. Mit seinen kinnlangen braunen Haaren, seinem rot-karierten Holzfällerhemd und seiner weiten Bluejeans erinnert er an Jared Leto – dem heißesten Typen des Universums – aus der Serie *Willkommen im Leben*. Modisch liegt Phil zwischen Hip-Hop und Grunge, der rockige Einfluss kommt von seinem älteren Bruder Paul.

Charlotte stellt sich auf die Zehenspitzen und küsst ihn zur Begrüßung zärtlich auf die Wange. Er riecht nach seinem Aftershave, das sie so gern mag.

»Hi«, haucht sie verführerisch.

»Hey, schöne Lotte. Gut siehst du aus«, lächelt Phil mit seinen dunkelbraunen Augen. Es kribbelt in ihr.

»Gehen wir rein? Ist arschkalt«, schlottert Franzi, nachdem sich alle begrüßt haben.

»Auf jeden«, bejaht Phil.

Nachdem sie acht Mark an der Tür gezahlt haben, geben sie ihre Jacken an der provisorischen Garderobe ab, die im Vorraum der Turnhalle aus Bänken mit Kleiderhaken aus der Umkleide sowie einem Biertisch aufgebaut wurde. Charlotte streckt sich beim Überreichen ihres Mantels über den Tisch und lässt gekonnt ihren Tanga blitzen.

In der Turnhalle steht links eine Bühne, die genügend Platz für die Band und später den DJ bietet. Es dudelt Rockmusik vom Band, die jedoch vom Stimmengemurmel der bereits gut gefüllten Halle übertönt wird. Die Trennwand zum rechts angrenzenden Vereinsheim wurde geöffnet, dahinter prangt eine wuchtige alte Theke. Der Gastraum ist mit dunklem Holz verkleidet, überall hängen Fotos von Sportlern und der Vereinsfahne in verschiedenen Größen. Glasvitrinen präsentieren verstaubte Pokale und Medaillen aus den Sportarten Fußball, Tischtennis und Geräteturnen.

»Wollen wir Hütchen trinken?«, fragt Charlotte in die Runde.

»Na logen«, schießt Franzi wie aus der Pistole, und Phil ergänzt ein weiteres »Auf jeden.«

»Auf keinsten, davon musste ich letztes Mal übelst reihern«, erinnert sich Steff, »ich nehme ein Bierchen.«

»Selbst schuld, wenn du rotzevoll einen fetten Jolly durchziehst. Da hätte ich auch gekotzt«, amüsiert sich Phil.

Die beiden sind geübte Kiffer, doch an jenem Abend hatte sich Steff überschätzt.

Charlotte ordert und bekommt die Getränke ohne Rückfragen ausgehändigt. Falls es jemand hinter der Bar genauer mit dem Jugendschutz nehmen sollte, kümmern sich Franzi und Steff um die Alkoholbeschaffung. Phil wird im April und Charlotte im Juni volljährig.

Es geht wuselig zu im Gastraum, alle versorgen sich mit Getränken, bevor das Konzert beginnt. Charlotte und ihre Freunde platzieren sich schließlich ein paar Schritte abseits der Bar und stoßen an.

Warum Weinbrand mit Cola *Hütchen* genannt wird, weiß Charlotte nicht. Vielleicht, weil sich der Alkohol wie ein Hut auf den Schädel pfropft, wenn man zu viel intus hat.

»Ach, guck an, Phillomat auch am Start. Was geht'n? Heute petzen wir einen Schoppen!« Der Bekannte aus Phils Dorf stößt mit ihm an und zieht weiter.

Derweil schiebt sich eine Grundschulfreundin von Charlotte und Franzi zwischen die beiden.

»Ei, Gude, Charly! Das Oberteil hätte ich mir auch fast geholt. Wie läuft's auf der Arbeit?«

Der Spitzname stammt noch aus Kindertagen. Erst seit Teenagerzeiten wird sie Lotte genannt. Ist cooler.

»Langweilig ohne Ende. Wie ist es bei dir?«

»Aja, Arbeit ist halt Arbeit, gell.«

Während sich die drei Mädels oberflächlich darüber austauschen, wo sie sich zum letzten Mal gesehen haben, tritt ein schlaksiger Typ neben Steff und quatscht ihn an: »Steff, Alter, alles fit? Sag mal, hast du was zu buffen am Start?«

»Digger, ich habe selbst nur einen Krümel.«

»Kannst du was locker machen?«

»Ne, sorry, aber kannst später mal ziehen.«

»Yo, fett. Sag Bescheid, Alter.«

»Sicher, Digger.«

»Immer dieselbe Leier«, raunt Phil, als der Typ verschwunden ist. Steff winkt genervt ab.

Weitere Bekannte, Freunde und Schulkameraden kreuzen sie auf dem Weg in die Halle. Geplapper und Gelache nehmen ihren Lauf, neueste Gerüchte und Geschichten werden sich zugerufen: Wer hat oder hatte was mit wem am Laufen, wer war total besoffen und so weiter. Um kurz nach neun verstummt die Hintergrundmusik und das Licht wird gelöscht. Spotlight auf die Bühne. Ein paar Pfiffe ertönen und lösen Applaus aus.

Die vier Freunde verabschieden sich von ihren Gesprächspartnern mit »Bis denne!« oder anderen unverbindlichen Floskeln und schlängeln sich durch das Publikum in die Mitte der Turnhalle.

Die Band hat sich inzwischen auf der Bühne postiert: ein Schlagzeuger, ein Bassist, ein Gitarrist, ein Keyboarder, ein Sänger und eine Sängerin.

»Hallo! Wir freuen uns, heute hier sein zu dürfen«, röhrt der Mittdreißiger mit seiner kräftigen Stimme ins Mikrofon.

»Unser erstes Stück ist von den großartigen U2!«

Das bekannte Riff von »*Where The Streets Have No Name*« erklingt. Anders als im Original singen sie den Song im Duett. Wie fast alle Songs.

Charlotte wippt emotionslos mit, mit U2 kann sie nicht viel anfangen, und schielt zu Phil. Franzi und Steff stehen zwischen ihnen und rufen sich etwas Unverständliches ins Ohr. Sie schiebt sich an den beiden vorbei zu ihrem Schwarm, stößt mit ihm an und lächelt hübsch. Als sein Blick zurück nach vorne schweift, tut sie es ihm gleich. Nur nichts überstürzen, langsam anpirschen.

Beide Sänger haben starke Stimmen, und Charlotte ist sich sicher, dass sie das Zeug für kommerziellen Erfolg hätten, wenn sie eigene Songs schreiben würden. Ihr Cover-Repertoire bietet für jede Altersklasse und jeden Geschmack etwas, vom Alt-68er bis zum Teenie, vom Rockklassiker bis zum aktuellen Pop-Hit. Bernie ist sicher auch hier.

Charlotte überlegt, wie ihr nächster Schritt aussehen könnte, und versucht, Phils Verhalten zu deuten. »Schöne Lotte« hat er gesagt, das ist doch schonmal was. Sie muss ihn dazu bringen, den ersten Schritt zu machen. Ihre Angst ist zu groß, abgewiesen zu werden.

Die Lieder vergehen und die vier wippen mal mehr, mal weniger mit. Ihre Gläser sind schnell leer. Bei »*Summer of 69*« besorgen sich die Mädels Nachschub. Das ist Elternmusik.

Ein paar Momente später steht Franzi an der Bar und dreht sich zu ihrer Freundin um: »Hütchen?«

»Aber so was von Hütchen.«

Während sie auf die Drinks warten, kommen Phil und Steff.

»Wir gehen einen dübeln«, flüstert Phil in Charlottes Ohr und sie atmet eine Prise seines Duftes ein. Kurz überlegt sie mitzugehen, entscheidet sich aber dagegen. Erstens darf man

Gläser nicht mit nach draußen nehmen und zweitens ist es zu kalt ohne Jacke. Sie heizt sich derweil lieber weiter ein. So langsam wird sie locker, Weinbrand-Cola knallt.

»Okay. Dann treffen wir uns gleich wieder vorne?«

»Auf jeden, bis gleich.«

Die Jungs verschwinden Richtung Ausgang und Franzi kommt mit dem Hütchen.

»Gehen die einen schüren?«

»Ja. Willst du?«

»Nö, lass uns wieder vor gehen.«

Der Weg zurück wird zum Balanceakt durch das engmaschige, wippende Publikum. Bloß nichts verschütten. Als sie ungefähr auf ihrem vorherigen Platz ankommen, orgelt *»Light My Fire«* von The Doors los.

»Wohoo!«, jubelt Charlotte und singt jedes Wort mit. Sie ist beschwipst.

Mit dem zweiten Glas werden alle Songs tanzbar. Charlotte bereut kurz, wenig gegessen zu haben, aber bereits ein paar Schlucke später ist es ihr egal. Party!

Mit dem Rausch wächst der Durst nach mehr, kurze Zeit später wird das dritte Hütchen geordert und der Gang der Freundinnen immer wackeliger. Auf dem Rückweg in die Halle läuft Charlotte das süße Gesöff über die Hand; sie schmiert es an ihrer Jeans ab und hinterlässt dunkle Spuren darauf.

Der Alkohol macht sie selbstbewusst und spitz. Sexy schwingt sie ihre Hüften und wartet auf Phil, doch als die Band ihr letztes Stück ankündigt, ist er immer noch nicht zurück.

»Lass mal noch'n Hütchen holen, bevor alle zur Theke rennen«, lallt sie und zieht Franzi in den Gastraum.

An der Bar wird bereits geschubst und gedrängelt. Nach diversen Nahkampferfahrungen stößt Charlotte zurück zu Franzi, die gerade mit ihrem Nachbarn plaudert. Er ist zwei

Jahre älter und Franzi war lange total verschossen in ihn. Mit heißen Blicken blitzt sie ihn an und er scheint heute nicht abgeneigt zu sein, obwohl er eine Freundin hat.

»Da seid ihr ja«, hört Charlotte endlich Steffs Stimme. »Alter, wir haben uns massiv festgelabert und dauernd irgendwen getroffen. Ist das Konzert schon vorbei oder was?«

Charlotte lacht und Steff grinst breit.

»Du Vogel! Wo ist Phil?«

»Auf dem Klo.«

»Oh, da muss ich auch hin. Kannst du bitte kurz auf mein Hütchen aufpassen? Darfst auch gerne mal nippen!«, zwinkert sie frech.

Die Schlange vor der Frauentoilette ist lang. Charlotte seufzt ungeduldig und trippelt von einem Bein auf das andere, um den Blasendruck zu lindern.

»Ey, Lotte, schon gehört? Der Axel hat die Lehre geschmissen!«, blökt es plötzlich von hinten. Eine ehemalige Mitschülerin.

Die beiden umarmen sich überschwänglicher, als sie es nüchtern je getan hätten. Charlotte kann sich sogar nicht mal mehr an ihren Namen erinnern. Nur noch an den bösen Spitznamen: Planschkuh wurde sie hinter ihrem Rücken genannt, weil sie mit ihren breiten Schultern und ein paar Pfunden zu viel grobschlächtig wirkt. Teenager können solche Arschlöcher sein.

»Meinst du den komischen Typen mit den fettigen Haaren?«

»Genau der. Mein Bruder arbeitet im gleichen Betrieb. Letztens ist der einfach nicht mehr aufgetaucht. Wie kann man nur so bescheuert sein?«

Charlotte ist das herzlich egal, trotzdem nutzt sie die Gelegenheit, sich von der Warterei abzulenken. Also steigt sie in ein flaches Gespräch über alte Schulkameraden und Lehrer ein.

Nachdem sie endlich auf der Toilette war, eilt sie zurück. Franzi, Steff und Phil lachen gerade lauthals über etwas, der Nachbar ist weg. Die Jungs schauen sie mit kleinen Augen an und Steff reicht ihr das unangetastete Hütchen.

Vor der Bar ist mittlerweile chaotisches Gedränge ausgebrochen. Es ist körperlich zu spüren, wie der kollektive Alkoholpegel steigt, und Charlotte fühlt sich wie ein Schiff im Sturm auf hoher See. Ihr Glas ist schon wieder halb leer und sie fragt sich, ob sie das Hütchen getrunken oder verschüttet hat.

Die vier beschließen, in die Turnhalle zu wechseln, um dem Geschubse zu entfliehen. Doch vorher kämpft sich Steff noch zum Ausschank und holt Bier für sich und Phil sowie weitere Hütchen für die Mädels.

Die Turnhalle gehört mittlerweile den Teens und Twens, die älteren Semester haben entweder ein Plätzchen in der Gaststätte gefunden oder sich verabschiedet.

Die Songauswahl des Rock-DJs ist partytauglich: »Song 2« von Blur, »Jump Around« von House of Pain, »Sabotage« von den Beastie Boys. Alles Banger. Bei Nirvanas »Smells Like Teen Spirit« brennt die Hütte. Steff und Phil verschütten ihr Bier beim Pogen, Charlotte ist sturzbesoffen.

Franzi unterhält sich mit einem großen Typen mit verwegen-attraktivem Gesicht und langen Haaren. In seinem karierten Hemd und seiner zerrissenen Jeans geht er glatt als Frontman einer Rockband durch. Die beiden führen den wohlbekannten Balztanz auf, sie sind scharf aufeinander. Bei »Closer« von Nine Inch Nails knutschen sie wild. Das war vorhersehbar.

Phil grinst Charlotte an. Das ist ihre Chance, Angriff! Sie kreist ihre Hüften zu dem expliziten Songtext und bringt ihre Zauberwaffe erneut zum Einsatz, denn nun ist es Zeit für ihr zweites Ass im Ärmel. Sie streckt ihm ihr Dekolleté entgegen, tanzt lasziv und fühlt sich dank Hütchen wie ein Pornostar. Ihr ganzer Körper schreit: »Nimm mich!« Als Höhepunkt ihrer Darbietung kommt sie seinem Gesicht ganz nah und steckt ihm sexy eine Zigarette zwischen die Lippen. Dabei schaut sie ihn so verführerisch an, dass er sie einfach küssen muss.

Doch leider ist Phil gerade überhaupt nicht empfänglich für erotische Schwingungen. Er schaut bekifft aus der Wäsche und ist mit seinem Kopf woanders. Heute ist Steff der fittere von den beiden, er baggert ein Mädchen an, das sie vom Ausgehen kennen.

Charlotte bekommt schrecklichen Frustdurst, der nächste Drink muss her. Ihr Verhalten ist mittlerweile laut und ausufernd. Jemand grapscht ihr heimlich an den Po, aber sie reagiert nicht darauf. Das passiert immer wieder auf *Musik*, längst hat sie es aufgegeben zu versuchen, einen Schuldigen auszumachen. Der Täter wird ihr sicher nicht entgegentreten und sagen: »Ja, ich habe dir ungefragt an den Arsch gefasst. War geil, oder?«

Als Charlotte von der Bar zurückkommt, sind Franzi und der scharfe Rockertyp weg. Auch Steff ist ein Level weiter. Das Mädel, von dem sie glaubt, dass es Anna heißt, reibt gerade unmissverständlich seinen Hintern an Steffs Schritt.

Neidisch nippt Charlotte an ihrem Hütchen, aber Phil unterhält sich mit einem Kumpel seines Bruders. Was nun? Charlotte will knutschen, verdammt! Und zwar jetzt! Ihr betrunkenes Ich schaltet auf Trotz um: Scheiß auf Phil, rennt hier irgendwo ein potenzieller Kandidat herum? Doch noch ehe sie sich richtig umschauen kann, schnappt Phil ihr Glas und nimmt frech einen großen Schluck. Neue Hoffnung keimt in Charlotte auf, ihr Gehirn schaltet wieder um. Sie wirft sich ihm um den Hals, er packt sie und dreht sich mit ihr im Kreis. Doch leider wird ihr Tagtraum nicht zur Realität, sondern endet fast mit einem peinlichen Sturz! Denn in Charlottes Kopf dreht sich alles: vom Alkohol, vor lauter Liebe und Sehnsucht. Phil ist im Quatschmachmodus und blödelt nur herum. Charlotte macht mit und versucht, das Ruder rumzureißen. Die beiden haben eine Menge Spaß – aber leider nur wie zwei gute Freunde.

Um kurz nach eins geht die Musik aus. Die verbliebenen Gäste buhen und der DJ zuckt hilflos mit den Schultern. Er hat einen strengen Veranstalter im Nacken.

Das viel zu helle Licht geht an und ein bekanntes Bild der Verwüstung offenbart sich. Der Boden ist mit Zigarettenstummeln übersät und den eben noch in schmeichelndes Schummerlicht getauchten Gästen scheint nun eine hässliche Alkoholfratze aus dem Gesicht: die Lider halb geschlossen, die Haut fahl, die Bewegungen grobmotorisch. Schwerfällig schiebt sich der Pulk zur Garderobe. Charlotte und Phil warten, bis sich die Turnhalle etwas geleert hat, bevor sie sich nach ihren verschollenen Freunden umsehen. Steff entdecken sie sofort, er vergnügt sich mit Anna auf der Holzbank vor der Sprossenwand.

»Yo, Steff, kommst du mit oder bleibst du noch?«, stupst ihn Phil an und kennt die Antwort eigentlich schon.

»Digger«, beginnt Steff verschmitzt und schenkt seinem Mädchen ein charmantes Lächeln, »ich bleib noch.«

Anna grinst und winkt. Die beiden grüßen zurück und drehen eine Runde durch die Halle. Charlotte ist wackelig auf den Beinen, ohne Musik macht sie der Alkohol bleiern.

»Wo könnte Franzi denn stecken?«, fragt Phil.

»Hier isse nich'«, lallt Charlotte.

»Die ist bestimmt mit dem großen Typen zugange. Kennst du den?«

»Noch nie gesehen.«

In der Gaststätte wird bereits unter tosendem Geklirre aufgeräumt und nur noch wenige Gäste wollen den Absprung nicht schaffen. Auch hier keine Franzi. Sie prüfen den Vorraum und die Toilettenkabinen. Alle leer. Charlotte wird langsam nervös. Es ist zu kalt, um sich im Freien zu vergnügen. Phil ist bei einer Gruppe Kumpels hängen geblieben, während sich Charlotte nach einem passenden Plätzchen zum Rummachen umblickt. Natürlich! Der Keller. Sie schlüpft unter dem Absperrband vor der Treppe hindurch und wird in der Herrenumkleidekabine fündig.

Der Rocker sitzt breitbeinig auf einer Bank und Franzi rittlings auf ihm. Sie reiben sich pulsierend aneinander und sind voll in Fahrt. Seine Hand hat sich unter ihrem Kleid bis zu ihrer Brust hochgearbeitet und knetet sie energisch. Mit der anderen Hand hat er sich von hinten in die Strumpfhose gegraben, um den Weg zwischen ihre Beine zu suchen. Scheinbar hat er ihn gefunden. Franzi fährt erregt mit beiden Händen durch sein Haar. Sie stöhnen lustvoll und küssen sich mit sehr viel Zunge. Charlotte hält kurz inne und beobachtet die beiden, bevor sie gegen die offen stehende Tür klopft. Die Ertappten schrecken auf und schauen sie mit aufgerissenen Augen an.

»Ach, du bist es!«, ruft Franzi erleichtert.

»Sorry, oben is' Schluss. Kommste mit?«

Franzi stockt. Sie schaut erst Charlotte und dann den Typen an. Seine Augen flehen, dass sie bleiben soll. Dann trifft sie seufzend eine Entscheidung.

»Wir holen das nach. Ich gebe dir meine Nummer.«

Behutsam führt sie seine Hände aus ihren Klamotten, erhebt sich ungelenk von ihm und zieht sich Strumpfhose und Kleid über den Po. Charlotte bestaunt die amtliche Beule in seiner Hose. Er bemerkt es und sie wird rot.

»So kann ich schlecht unter Leute gehen ... Gebt mir kurz«, fordert er entrüstet.

Oben wartet Phil und denkt sich seinen Teil, als die drei aus dem Untergeschoss kommen. Franzi verschwindet mit ihrer Eroberung in der Gaststätte, um Zettel und Stift zu organisieren. Die anderen beiden holen ihre Jacken und warten vor dem Sportverein. Es ist eine kalte, klare Nacht. Charlotte fühlt sich fürchterlich kaputt und ihr ist schlecht. Leidend lehnt sie ihren Kopf an Phils Schulter.

»Soll Paul euch heimfahren?«, fragt er.

»Das wäre toll ...«

Plötzlich herrscht Aufruhr unweit des Eingangs, zwei Männer brüllen sich an.

»Halt deine Scheißfresse, du Monk!«

»Was willst du überhaupt, du kleiner Penner? Verpiss dich bloß! Aber sofort!«

»Ich polier dir die Fresse!!!«

Phil zieht Charlotte ein paar Meter weg in Sicherheit. Zwei Sekunden später zerschellt eine Bierflasche auf dem Asphalt und die Schlägerei beginnt. Zuerst dreschen die beiden Streithähne mit blinder Wut aufeinander ein, schnell mischen weitere mit. Wenige Augenblicke später ist nicht mehr erkennbar, wie viele Personen involviert sind und wer auf wen einschlägt. Zwei Frauen versuchen, schrill schreiend zu schlichten. Alle sind total besoffen. Was für eine erbärmliche Szenerie.

Endlich fährt Phils Bruder vor. Wie gerufen verlassen im gleichen Moment Franzi und der Rocker das Sportlerheim. Sie umschiffen die kloppende Meute und verabschieden sich mit einem leidenschaftlichen Kuss. Er schaut ihr bedröppelt nach, wie sie ins Auto steigt und davonfährt.

— - —

Charlotte schlägt die Augen auf und ist orientierungslos. Sie liegt in ihrem Bett, das ist schon mal gut. Ihre Klamotten sind auf dem Teppich verstreut, auf Abschminken und Zähneputzen hat sie vor dem Schlafengehen anscheinend verzichtet, wie die Wimperntusche auf ihrem Kissen und der Weinbrand-Geschmack auf ihrer pelzigen Zunge verraten. Igitt. Langsam setzt sie sich auf, denn ihr Kopf pocht fürchterlich und das Zimmer dreht sich.

Verdammter Suff!

Ihr fehlen Erinnerungen vom Abend zuvor und ihr wird schlecht. Zum Glück liegt ihr Handy in greifbarer Nähe. Hat sie Phil gestern noch peinliche SMS geschickt? Hat sie nicht. Gut. Dann tippt sie eine Nachricht an Franzi: »Habe ich mich blamiert?«

Als Antwort ruft ihre Freundin an und die schrill piepsende Klingeltonmelodie schmerzt in Charlottes Hirn. Nach ein paar beruhigenden Sätzen von Franzi muss Charlotte auflegen, denn sie ist noch nicht in der Lage zu sprechen.

Ein unerträglicher Durst treibt sie nach unten. Am Treppenabsatz empfängt sie ihre düster dreinschauende Mutter.

»Du warst ganz schön betrunken, Frollein!«

»Bitte verschone mich, mir geht's schon dreckig genug.«

»Mensch, Lottekind. Wie bist du überhaupt nach Hause gekommen? Du bist gestern Nacht nach oben gestolpert, ohne mir zu antworten.«

Charlotte muss kurz überlegen, was ihre Mutter schockiert.

»Mit Phils Bruder«, sagt sie dann.

»Der war hoffentlich nüchtern!«

»Jaha. Der war nicht auf *Musik*, der hat uns nur abgeholt.«

»Puh, du hast eine Fahne! Komm, leg dich auf die Couch. Ich mache dir ein Katerfrühstück.«

»Danke, Mom.«

Erschöpft schlurft Charlotte zum Sofa und rollt sich in eine Decke ein. Birgit serviert ihr ein mächtig belegtes Käsebrötchen sowie Cola und Salzstangen. Es dauert eine Weile, bis Charlotte das Essen in ihren Magen befördert hat, aber danach geht es ihr besser. Die nächsten Stunden gammelt sie vor dem Fernseher und zappt wach-komatös durch das Programm.

Als sie am Tag zuvor noch nüchtern waren, hatten sich die vier für heute im Obermeier verabredet, wo es samstags leckere Grillhähnchen gibt. Bis achtzehn Uhr muss sie also wieder auf dem Dampfer sein.

»Bist du sauer?«, will Charlotte als Erstes von Franzi im Auto wissen. Nach einer ausgiebigen Dusche fühlt sie sich einigermaßen gesellschaftsfähig.

»Im ersten Moment hätte ich dich echt killen können, aber wir hatten eh keinen Gummi.«

»Dann ist ja gut.«

»Hoffentlich meldet sich Hardy, ich habe seine Nummer nicht.«

»Hardy?«, wundert sich Charlotte. »Heißt der Hartmut, oder was?«

»Ich finde den Namen auch komisch ... Aber hart war er ja auch«, kichert Franzi. »Was ging mit Phil?«

»Ach, ich komme einfach nicht weiter.« Charlotte berichtet von ihren gescheiterten Versuchen.

»Hm«, brummt Franzi, »schieb ihm doch einfach mal die Zunge in den Hals!«

»*Du* würdest das bringen ... *Ich* kann das nicht. Was ist, wenn er mich wegschiebt? Das wäre die absolute Vollkatastrophe!«

»Dann wüsstest du wenigstens Bescheid. Aber das wird nicht passieren. Trau dich, der steht auf dich!«

Das wäre schön, denkt Charlotte niedergeschlagen.

»Vielleicht solltest du ihm sagen, was du für ihn empfindest und mit diesem Herumgeeiere aufhören.« Franzi legt eine Kunstpause ein. »Und dann steckst du ihm die Zunge in den Hals!«

Beide müssen lachen.

Sie ergattern einen der letzten freien Tische in der urigen Gastwirtschaft. Vor ihnen stehen ein wuchtiger Kristall-aschenbecher und ein Bierkrug, der als Behälter für Besteck und Stoffservietten dient. Darunter liegt eine blau-karierte Tischdecke. Es riecht nach Bier, Zigarettenrauch und Fleisch. Neben den Gerüchen macht der schwere Klangteppich aus Geschirrklirren, Stimmen und Gelächter Charlottes Schädel zu schaffen. Kurz darauf treffen Phil und Steff ein und besetzen die Stühle zwischen den Mädels.

»Erst mal ein Konterbier, oder?«, witzelt Steff.

»Boah, ne«, lehnt Charlotte angewidert ab.

»Logen, das hilft!«, weiß Franzi.

»Wenn ich nur daran denke, wird mir kotzübel«, gesteht Charlotte. Sie war von den vieren am ärgsten besoffen. Zum Glück hat sie nicht gekifft und musste kotzen.

»Willst bestimmt lieber ein Hütchen, was?«, frotzelt Steff und genießt seine Retourkutsche.

»Hör mir auf, das ist echt ein Teufelszeug ...«

Eine Bedienung im Dirndl tritt an den Tisch und nimmt die Bestellung auf: vier Helle vom Fass und vier halbe Hähnchen mit Pommes Schranke.

»So, Steff, erzähl mal!«, fordert Charlotte auf. »Was ging mit Anna?«

»Anna?«, fragt er verwirrt. »Adriane!«

»Äh, ups.«

»Yo, was soll ich sagen ... Eingelocht hab ich«, grinst Steff über seinen platten Männerwitz.

»Du bist so ein Bauer!«, ruft Franzi.

»Aber echt«, stiftet Charlotte bei.

»Sorry, Mädels«, entschuldigt sich Steff. »Also, wir wurden irgendwann aus der Halle geschmissen und da kein Bus mehr fuhr, war die Sache geritzt. Nur heute Morgen war übel ...« Die drei spitzen die Ohren. »Wir waren noch am Pennen, da hämmert ihr Vater an der Tür, dass das Frühstück fertig ist.« Franzi hält sich vor Schreck die Hand vor den Mund und quiekt, Phil und Charlotte reißen die Augen auf. »Ich habe im ersten Moment null gecheckt, wo ich bin. Dann aber nix wie in die Klamotten und ab. Natürlich bin ich im Hausflur der Mutter in die Arme gelaufen, die hat vielleicht geglotzt!«

Alle lachen über diese peinliche Situation.

»Und du, Franzi? Was ging bei dir?«, will Phil wissen.

»Mit Hardy«, feixt Charlotte.

»Der Name ist Programm, das sage ich euch«, grinst Franzi.

»Lotte hat die beiden Liebestäubchen in der Umkleide ertappt«, erklärt Phil seinem Freund.

»Alter! Wenn euch jemand anderes erwischt hätte, wüsste jetzt die ganze Stadt Bescheid.«

Dem stimmt Charlotte in Gedanken zu. Daran hat Franzi im Eifer des Gefechts sicher nicht gedacht. Umso größer ist die Erleichterung, dass ihre Freundin nicht zum Gesprächsthema geworden ist. Oder schwanger.

Die Bedienung serviert die Biere und Charlotte fragt sich, ob sie das trinken kann. Aber mitgefangen, mitgehangen. Sie stoßen an und nehmen einen großen Schluck.

»Das geht schon wieder ganz gut runter, oder?«, stößt Phil genüsslich hervor.

»Auf jeden«, findet Steff.

Franzi sieht ihre Freundin besorgt an. »Charlotte?«

Die schweigt nur und hat einen grünen Schimmer im Gesicht.

»Mir war eben kurz schlecht, aber jetzt geht's wieder«, lächelt sie süß und die anderen lachen.

Während sie das fettige Essen gegen den Kater in sich hineinstopfen, bringen sie sich auf Stand. Wen sie getroffen haben und was es für Neuigkeiten aus der Gerüchteküche gibt. Als ihre Gläser leer sind, haben sie wieder einen leichten Schwips und ordern eine zweite Runde. Danach gewinnt die Müdigkeit die Oberhand und sie verabschieden sich.

Heute empfing Charlotte von Phil nichts außer Kumpelhaftigkeit. Dabei hatte der gestrige Abend mit Phils Kompliment so gut angefangen.

Zuhause wirft sie sich deprimiert in den Wohnzimmersessel und schaut mit ihren Eltern den Samstagabendspielfilm. Den heutigen Tag hatte sie sich anders vorgestellt: nackt und glücklich mit Phil im Bett, ohne dicken Kopf.

— – —

Montags schleppt sich Charlotte ins Büro und erledigt ihre Aufgaben. Immer dieselbe Leier. Der einzige Lichtblick ist ihr Mittagspausen-Date mit Franzi beim amerikanischen Schnellrestaurant.

Ihre Ausbildungsbetriebe haben kulinarisch nichts zu bieten, abgesehen von einer abgeranzten Küche mit Mikrowelle und einem Automaten, der Kaffee und Suppe ausspuckt. Die Suppe schmeckt nach Kaffee und der Kaffee schmeckt nach Suppe. Die Küche ist gleichzeitig der Pausenraum und *Mahlzeit* der einzig akzeptierten Gruß zu dieser Tageszeit. Wer nicht schweigsam eine Tageszeitung liest, führt belanglose Gespräche oder regt sich über einen Kunden, die Chefetage oder einen Kollegen auf. Charlotte verbringt ihre Mittagspause lieber allein am Schreibtisch oder draußen mit Franzi.

Im Industriegebiet, in dem ihre Ausbildungsbetriebe sind, steht nur ein einsamer Imbisswagen, der nach altem Pommesfett riecht. Meist bringen sie Essen von zuhause mit oder holen sich, sofern die Zeit morgens reicht, ein Belegtes vom Bäcker.

»Ich habe am Freitag ein Date mit Hardy!«, grüßt Franzi aufgeregt und rezitiert auf der Fahrt zur Fast-Food-Kette den SMS-Verlauf.

»Dann ist ja klar, was abgeht«, kommentiert Charlotte missmutig. Eigentlich sollte sie sich für ihre Freundin freuen.

»Lass dich nicht hängen wegen Phil, davon wird es auch nicht besser. Das wird schon werden.«

Charlotte knurrt frustriert und lenkt auf ein anderes Thema: »In der Stadt hat ein neuer Laden aufgemacht, wollen wir den am Wochenende auschecken?«

»Au ja, und danach lade ich dich auf einen Eiskaffee mit Sahne ein!« Franzi lässt sich nicht von der miesen Laune ihrer Freundin anstecken. Die beiden gehen regelmäßig samstags bummeln und der anschließende Besuch in der Eisdiele im Shoppingcenter gehört zum festen Programm. Zum ersten Mal an diesem Tag lächelt Charlotte. Was würde sie bloß ohne Franzi machen?

Nachdem sie sich die Bäuche mit Cheeseburger, Chicken Nuggets, Pommes und einem Meer aus Ketchup und Mayo vollgestopft haben, eilen sie zurück. Fast Food ist immer nur genau bis zu dem Punkt gut, an dem man es verdauen muss. Energielos quält sich Charlotte durch die zweite Hälfte des ereignislosen Tages, dem eine ebenso ereignislose Woche folgt.

— – —

»Ich war gestern offiziell bei dir«, beginnt Franzi, als sie Charlotte am Samstagvormittag abholt. Zum Glück ist ihre trübe Stimmung verflogen.

»Na los, erzähl schon!«

Franzi schenkt ihr ein vielsagendes Grinsen.

»Ich höre«, flötet Charlotte.

»Also! Zuerst musste ich eine Dreiviertelstunde mit dem Bus durch die Käffer gurken. Ein Horror, sage ich dir! Ich konnte ja nicht das Auto nehmen, sonst hätte Ma Lunte gerochen. Aber als ich dann endlich bei ihm war ...«, stoppt Franzi ihren Wortschwall und fummelt eine Kippe aus ihrem Päckchen.

»Jetzt mach es doch nicht so spannend!«

»Sorry, ich bin so hippelig«, kichert sie und zündet die Zigarette an. »Hardy wohnt bei seinen Eltern, hat aber eine eigene Etage. Der heißt echt Hartmut! Er arbeitet als Dachdecker bei seinem Vater.«

»Ein Handwerker ... Der kann gut anpacken«, witzelt Charlotte. »Und nun bitte die interessanten Details.«

»Du kannst dir ja denken, dass er nicht lange gefackelt hat. Kaum hatte ich meine Jacke aus, ging's ab! Wir haben sein Bett den ganzen Abend nicht verlassen.«

»Boah!«

»Wir haben gestern dreimal gepoppt und vorhin nochmal!« Franzis Backen sind rot vor Erregung. »Ältere Typen wissen einfach, was sie tun.«

»Wie alt ist er?«

»Vierundzwanzig.«

Charlotte weiß, was Franzi meint, mit sechzehn hatte sie etwas mit dem fünf Jahre älteren Bruder einer Klassenkameradin. Aber dreimal Sex an einem Abend? Das ist eine neue Dimension.

»Seht ihr euch wieder?«

»Na logen. Aber er meinte, dass er eher so der spontane Typ ist. Ich würde ihn am liebsten heute Abend wieder sehen«, grinst Franzi.

»Der ist aber auch ein Gerät«, gibt Charlotte zu. Mit dem würde sie auch in die Kiste steigen, wenn Phil nicht wäre.

Zwanzig Minuten später stehen sie vor dem neuen schwedischen Modegeschäft, das sich über alle drei Etagen des Einkaufszentrums erstreckt. Mit der Automatiktür öffnet sich ein Tor zum Paradies moderner Klamotten zu erschwinglichen Preisen. Anders als die angestaubten Boutiquen in der Nachbarschaft wird hier ein junges Publikum angesprochen.

Mit fröhlichen Gesichtern stürzen sich die Freundinnen ins Getümmel – es ist brechend voll – und stöbern ausgiebig durch die Regale. Sie probieren haufenweise Klamotten an und verfallen einem regelrechten Kaufrausch. Charlotte gönnt sich einen pastellblauen Pullover, ein graues Longsleeve und ein dunkelgrünes Kleid mit Spaghettiträgern. Franzi wählt das gleiche Kleid in Beige, silberne Ohrringe mit Glitzersteinen und einen weißen Spitzen-BH mit passendem Schlüpfer für das nächste Date mit Hardy.

Nach einem ebenso kurzen wie erfolglosen Streifzug durch die anderen Klamottenläden sitzen sie im Eiscafé und überlegen, was sie noch anstellen können. Phil ist heute bei Steff zum Zocken, also beschließen sie, den Abend bei Franzi zu verbringen. Angie freut sich immer über einen Besuch von ihrer zweiten Tochter, wie sie Charlotte liebevoll bezeichnet.

Im Wohnzimmer machen sie eine Modenschau und trinken Rotwein. Charlotte liegt vor Mitternacht im Bett und ist befriedigt von ihrem Shoppingerlebnis. Doch nächstes Wochenende will sie Phil wiedersehen.

— – —

Wie an jedem Freitagabend zieht das junge Partyvolk durch die Lokalitäten der Stadt und lässt sich volllaufen. Charlottes Freundeskreis ist meist in der Rockerkneipe Schlumberger, kurz Schlumbl, oder in der Cocktailbar Sillys anzutreffen. Dort ist sie heute mit Franzi, Phil und Steff verabredet.

Es ist einundzwanzig Uhr und die Luft bereits zum Schneiden, denn unzählige Zigaretten glimmen im schummrigen Licht der Bar. Eine verstaubte Lichterkette zeichnet die Umrisse der Theke ab, auf der eine orangefarbene Lavalampe vor sich hin blubbert. Die Regale dahinter sind voller, teils angestaubter Flaschen unterschiedlicher Alkoholika. Im Hintergrund dudelt unaufgeregte Lounge-Musik und wabert zusammen mit dem Gemurmel der Gäste durch den Gastraum, die auf weißen Plastikmöbeln im Seventies-Design gediegen Cocktails schlürfen. Die Wände sind mit psychedelischen Mustern in Orange und Rot bemalt und runden das Retro-Feeling ab.

Im Sillys beginnen die Abende früh, täglich lockt eine Happy Hour von achtzehn bis zwanzig Uhr mit zwei Cocktails zum Preis von einem. Entsprechend alkoholgeschwängert ist die Stimmung um diese Uhrzeit.

Charlotte und Franzi entdecken ihre Freunde Sabbel und Yvi, die eigentlich Sabine und Yvonne heißen, und Michael, den alle bei seinem Nachnamen Höfinger rufen. Seit ihrem gemeinsamen Realschulabschluss vor eineinhalb Jahren treffen sie sich nur noch selten, umso größer ist die Freude. Sie setzen sich dazu.

Die Schulzeit erscheint Charlotte wie aus einem anderen Leben. Yvi und Sabbel sieht sie ab und an noch in der Berufsschule, da die beiden eine Ausbildung zur Industriekauffrau machen. Höfinger ist damals in die elfte Klasse eines Oberstufengymnasiums gewechselt. Hätte Charlotte das auch machen sollen? Dann könnte sie studieren ... Aber was?

Franzi nimmt die verklebte Getränkekarte unter die Lupe. »Was trinkst du?«

»Ich hab Bock auf Äppler.«

»Echt jetzt? Nimm doch lieber einen Cocktail, da hast du schneller was davon.«

»Ich trinke ihn pur, das scheppert auch. Außerdem ...«, Charlotte streckt belehrend ihren Zeigefinger in die Höhe, »'en Ebbelwoi geht immer noi!«

Sie lieben diese lokale Weisheit.

Franzi entscheidet sich für einen Sex on the Beach und zwinkert dem Barkeeper bei der Bestellung frech zu.

Die Schulfreunde haben sich zuletzt auf *Musik* gesehen und reden über den Abend. Franzi verschweigt ihr Abenteuer im Keller lieber, pikante Geschichten wie diese werden heiß und fettig verbreitet – und gerne mit reißerischen Details angereichert. Nach dem Stille-Post-Prinzip hätte Franzi wahrscheinlich irgendwann wilden Sex mit drei Typen gleichzeitig in der Umkleidekabine gehabt. Sabbel und Höfinger ziehen Charlotte auf, wie besoffen sie war. Die kann sich wiederum überhaupt nicht erinnern, die beiden getroffen zu haben. Zum Glück kann sie mittlerweile über ihren Absturz lachen. Einige bekannte Gesichter kommen vorbei, manche setzen sich dazu, andere ziehen nach kurzem Geplänkel weiter. Charlotte hat stets den Eingang im Blick. Bei Apfelwein Nummer drei betreten Phil und Steff endlich das Sillys. Als sie aufspringt, um Phil zu begrüßen, dreht sich alles. Sie sollte langsam auf sauergespritzten Apfelwein umsteigen.

»Na, Mädels? Sorry für die Verspätung. Paul hat uns mit in die Stadt genommen und wir waren noch auf ein Bierchen mit ihm im Schlumbl.«

Phil und Steff wohnen in umliegenden Dörfern und sind auf solche Mitfahrgelegenheiten oder öffentliche Verkehrsmittel angewiesen. Phil lebt am weitesten draußen, er fährt über eine halbe Stunde mit dem Auto und fast eine Stunde mit dem Bus, der sämtliche Ortschaften abklappert. Die Verbindungen sind tagsüber mau und abends katastrophal. Nur freitags wird eine Ausnahme gemacht, wenn um vierundzwanzig Uhr der *Discobus* von der Innenstadt die Dorfkids in ihre Käffer kutschiert.

»Gude, Höfinger! Sabbel! Yvi! Alles fresh?«, grüßt Steff die anderen und setzt sich dazu.

»Und, was macht das Leben?«, will Franzi mit dem Strohhalm im Mund von Phil wissen.

»Einiges, ich habe meinen Lappen bestanden!«

»Glückwunsch!«, gratuliert Charlotte und nutzt die Gelegenheit, Phil zu umarmen.

»Darauf müssen wir anstoßen«, beschließt Franzi und ordert eine Runde Shots.

»Außerdem habe ich die Abteilung gewechselt und arbeite jetzt mit zwei sehr lockeren Typen zusammen«, führt Phil weiter aus.

Er absolviert eine Mechanikerausbildung beim größten Arbeitgeber der Region. Einige ihrer ehemaligen Klassenkameraden arbeiten ebenfalls dort.

»Erzähl«, blinzelt Charlotte attraktiv und hängt an seinen Lippen.

Der Barkeeper serviert sieben weiße Tequila mit Zitrone und Salzstreuer und sie führen das dazugehörige Ritual durch. Nachdem sich ihre Gesichtsmuskeln wieder normalisiert haben, fährt Phil mit seinem Bericht fort.

»Die beiden heißen Flo und Matze, dübeln gerne mal einen und gehen auf Techno feiern.«

»Hyper, Hyper, oder was?«, hebt Steff abschätzig die Augenbrauen.

»Das dachte ich auch erst, aber das sind keine Spacken. Die haben mir Mucke gezeigt, so was habe ich noch nicht gehört!«

»Aha. Sag mal, Alter, ich hab nächste Woche auch Prüfung. Was musstest du alles bei der Praktischen machen?«, beendet Höfinger das Thema Techno.

Der Alkoholpegel am Tisch steigt schnell, das Lachen wird lauter und die Witze flacher. Etwas später ertappt sich Charlotte dabei, wie sie draußen in einer dunklen Ecke mit Phil und Steff an einem Joint zieht. Sie wollte eigentlich nur frische Luft schnappen – und spekulierte darauf, einen Moment mit Phil allein sein zu können. Fehlanzeige.

Auf dem Weg zurück zum Sillys kommen ihnen Franzi und die anderen entgegen, sie wollen in die Funfabrik. Die Großraumdiskothek bietet auf drei Floors Musik für jeden Geschmack: Schlager und Oldies, R&B und Hip-Hop sowie Rock und Pop.

Phil erteilt als Erster eine Abfuhr. »Mein Opa hat morgen Geburtstag. Ich nehme gleich den *Discobus*.«

»Ich auch, null Bock auf die Bauernparty«, raunt Steff und macht sich keine Freunde damit.

Das sind Situationen, in denen Charlotte froh ist, noch minderjährig zu sein. Zwischen sechzehn und achtzehn Jahren darf man nur bis Mitternacht in die Disco. Und da es halb zwölf ist, ist sie aus dem Schneider.

Franzi steigt mit den anderen in ein Taxi zum Partytempel im Industriegebiet, und Charlotte geht mit Phil und Steff zum Döner.

Gut gelaunt hobelt Betreiber Ali an seinem Fleisch-Spieß und füllt die Fladenbrote nach Kundenwunsch mit den restlichen Zutaten. Dank der unschlagbaren Lage unweit der Bushaltestelle bildet sich freitags um diese Uhrzeit eine lange Schlange vor dem Bestellfenster. Die betrunkenen und bekifften

Jugendlichen lechzen nach dem Fleischklops mit Knoblauch- oder Kräutersoße, *mit Salat komplett* und *mit* oder *ohne scharf.*

Steff und Phil verschlingen ihre Döner, denn im *Discobus* sind Essen und Trinken strengstens untersagt und die Busfahrer führen ein strenges Regiment. Wer gegen eine Regel verstößt, zu laut ist oder sich daneben benimmt, fliegt raus. Völlig egal, ob innerhalb einer Ortschaft oder mitten in der Pampa. Charlotte lässt sich von ihrem Vater abholen, der sitzt eh noch vor dem Fernseher.

Kapitel 2: NEUE FREUNDE

Wo bleiben die bloß?

Bis auf ein Grillhähnchen-Date im Obermeier hat Charlotte in den letzten Wochen wenig von Phil gehört oder gesehen. Ständig hängt er mit diesen beiden Kollegen ab, sogar Steff fühlt sich vernachlässigt, wie er ihr gerade verraten hat.

Sie sitzen im Sillys an Phils achtzehnten Geburtstag, er hat für seinen großen Tag den hinteren Bereich der Cocktailbar reserviert. Die komplette Schulclique ist da, Steff hat Adriane mitgebracht und Phils Bruder Paul zwei Kumpels, die ihn seit Kindertagen kennen. Nur Matze und Flo fehlen noch.

»Es sind alle da, ich starte mal die Geschenke-Action«, sagt Steff zu Charlotte, stellt sich daraufhin in die Mitte und zitiert das Geburtstagskind zu sich.

Phil ist schon den ganzen Abend völlig aus dem Häuschen wegen seines großen Tages, was Charlotte einfach nur entzückend findet und ihn mit verliebten Blicken durchbohrt.

Bevor Steff das Gruppengeschenk in Form eines kleinen Kartons und einer Karte überreicht, hält er eine Ansprache über Autofahren, Volljährigkeit und darüber, alles machen zu dürfen, was man will. Einer ruft: »In den Puff gehen!«, und alle lachen, vor allem die Jungs. Dann singen sie »*Happy Birthday*« und »*Schön, dass du geboren bist*« und enden mit einem Applaus.

Strahlend öffnet Phil das Kuvert und bekommt feuchte Augen, als er in der Geburtstagskarte einen Tankgutschein im Wert von dreihundert Mark entdeckt.

»Alter, ihr seid ja krass!«

Seit Monaten spart er auf ein Auto, das er sich bei einem Gebrauchtwagenhändler hat reservieren lassen. Mit dem Zuschuss seiner Eltern und Großeltern hat er die benötigten achtzehnhundert Mark endlich zusammen. Als Nächstes reißt er das Geschenkpapier von dem Karton ab und lacht laut, als er den Inhalt erkennt.

»Ein Wackel-Elvis? Ihr Deppen!«

»Wehe, du montierst den net«, warnt Höfinger scherzhaft.

Die Miniaturausgabe des King of Rock 'n' Roll ist das coole Pendant zum Wackeldackel. Statt mit dem Kopf schwingt er während der Autofahrt lässig mit den Hüften.

Phil hebt sein Glas und bedankt sich in alle Richtungen, er ist zutiefst gerührt.

»Hoch sollst du leben!«

»Hip, Hip, Hurra!«

»Alles Gude!«

Das Sillys ist inzwischen, wie an jedem Freitag, brechend voll. Charlotte unterhält sich gerade mit Sabbel, als sie plötzlich zwei unbekannte Gesichter bei Phil stehen sieht. Hektisch stupst sie Franzi in die Seite und deutet mit einem Nicken in die Richtung der beiden. Da sind sie endlich.

Flo und Matze sind Anfang zwanzig, einer groß und schlaksig, der andere etwas kleiner als Phil. Das Gesicht des Größeren ist androgyn mit geschwungenen Lippen, strahlend weißen Zähnen und blauen Augen, sein dunkelblondes Haar ist gegelt und zerzaust, Piercings stecken am linken Ohrläppchen und an der rechten Augenbraue. Er trägt ein eng anliegendes beigefarbenes Hemd, eine Jeans mit weitem Schlag und klobige Skaterschuhe, die nahezu darunter verschwinden.

Das Gesicht des Kleineren ist allein schon wegen des Ziegenbärtchens maskuliner, aber keineswegs weniger attraktiv. Frisur und Haarfarbe sind nahezu identisch wie bei seinem großen Freund, auch sein Ohr ist mehrfach gepierct. Die dunkelblaue Trainingsjacke mit hochgeschlossenem Kragen reicht ihm bis unters Kinn, wuchtige Silberringe schmücken seine Finger und ein breites Lederarmband sein Handgelenk. Charlotte hat sich Phils Kollegen komplett anders vorgestellt. Neugierig geht sie auf die beiden zu.

»Du musst die berühmte Lotte sein!«, grinst der kleinere mit der Trainingsjacke.

»Und ihr müsst die berühmten Flo und Matze sein?«

»Korrekt. Ich bin Flo und das ist Matze«, stellt der Größere vor.

»Freut mich sehr, schöne Frau«, lächelt Matze verschmitzt.

Charlotte fühlt sich geschmeichelt. Was mag Phil ihnen wohl von ihr erzählt haben?

Franzi und Steff stellen sich ebenfalls vor, auch sie wollen wissen, mit wem Phil neuerdings so viel Zeit verbringt.

Das Eis ist schnell gebrochen. Matze und Flo sprühen nur so vor guter Laune und bringen die drei mit lockeren Sprüchen zum Lachen. Charlotte versteht nun, was Phil an ihnen findet. Flo ist total lieb und sympathisch, Matze ist ein charmanter Witzbold. Techno ist ihre Leidenschaft, und wenn sie davon erzählen, hört es sich cool an – anders als das Bild, das Charlotte von dem Raverzeug auf VIVA im Kopf hat: Das findet sie eher lächerlich. Matze und Flo schwärmen von Clubs in Frankfurt und einem DJ namens Sven Väth. Den müssen sie unbedingt einmal auflegen hören, sie könnten ja mal mit ihnen kommen. Charlotte findet es erstaunlich, dass Flo und Matze das anbieten, obwohl sie sich gerade einmal eine Stunde kennen. Auch wenn sie kein Interesse an Techno hat.

»Sag mal, Phil, gehst du eigentlich zum Bund?«, will Höfinger wissen und entfacht mit seiner Frage eine emotionale Diskussion unter allen Anwesenden.

Charlotte ist heilfroh, dass sie als Mädchen damit nicht konfrontiert wird. Zu ihrer Verwunderung wollen ein paar ihrer Freunde tatsächlich Wehrdienst leisten. Weil er kürzer ist als der Zivildienst und weil sie auch ein bisschen Bock auf Krieg spielen haben. Wie auch Steff. Er steht total auf Waffen, was Charlotte auf den Einfluss der amerikanischen Hip-Hop-Kultur zurückführt. Das findet sie überhaupt nicht gut. Zum Glück ist Phil nicht so! Er hat verweigert.

Für Matze und Flo steht es ebenfalls außer Frage, für was man sich zu entscheiden hat. Sie berichten positiv von ihren Zivildiensten als Fahrer von Schülern mit Behinderung und als Hausmeister in einem Altenheim, auch Phils Bruder hatte es mit Essen auf Rädern gut erwischt – sie alle sind überzeugte Pazifisten und haben damit bei Charlotte einen Stein im Brett.

Während die Geburtstagsgäste über diese Grundsatzentscheidung debattieren, beruft Franzi mit Charlotte auf der Toilette eine Krisensitzung ein.

»Es ist schon fast zwölf und Hardy ist immer noch nicht da!«

In den letzten Wochen hat sie ihn regelmäßig getroffen. Immer bei ihm, immer zum Sex. Franzi ist verknallt und wollte ihn heute ihren Freunden vorstellen.

»Hat er denn gesagt, dass er kommt?«

»Nicht so richtig. Er meinte, er schaut mal.«

»Hm ...«

Nach kurzem Grübeln haben sie eine Lösung gefunden, die Franzi nicht uncool wirken lässt: Sie schickt ihm eine SMS mit der Frage, ob er noch kommt, weil sie bald weiterziehen wollen. Zweitrangig, ob es stimmt oder nicht, Hauptsache, er antwortet.

Ein Teil der Gäste verabschiedet sich tatsächlich mit dem *Discobus*. Den lässt Phil heute links liegen, denn Paul spendiert ihm die Taxifahrt nach Hause.

Unter den Verbliebenen bilden sich zwei Lager: Die einen wollen in der Funfabrik weiterfeiern, was für die anderen auf gar keinen Fall in Frage kommt. Großherzig entlässt Phil seine

Freunde aus Lager eins in die Großraumdisco und wechselt mit Lager zwei, also Charlotte, Franzi, Steff, Adriane, Paul und seinen beiden Kumpels sowie Matze und Flo, ins Schlumbl.

In der Rockerkneipe herrscht Hochbetrieb. Es ist laut, verraucht und stickig, dazu kratzt ein harter Gitarrensound aus zwei kleinen verstaubten Boxen. Doch zum Glück wird gerade ein großer Tisch frei. Kaum haben alle Platz genommen, friert Franzi ein. Charlotte folgt ihrem Blick zum Flipper zwischen Theke und Toilette und entdeckt ihn. Hardy ist voller Inbrunst zugange, einer leider sehr gut aussehenden Rockerbraut Avancen zu machen. Er versprüht seinen Charme – und zwar exakt so, wie er es bei Franzi auf *Musik* getan hat. Der Kerl ist verdammt gut darin.

»Willst du gehen?«, fragt Charlotte leise. Sie ahnt schon, dass es gleich eskaliert – vor allem, weil Franzi ganz schön einen im Tee hat.

»Nein, passt schon. Von *dem* lasse ich mir den Abend nicht verderben«, presst sie wütend in seine Richtung.

Doch er bemerkt es gar nicht.

»Hardy hat deine SMS bestimmt nicht gesehen«, will Charlotte mildernd auf sie einwirken.

»Ja, weil er mit *der da* beschäftigt ist!« Franzis Augen füllen sich mit Tränen.

Hilflos bezieht Charlotte Phil und Steff in ein Ablenkungsmanöver ein, die glücklicherweise die brenzlige Situation erkannt haben. Die anderen am Tisch fachsimpeln über Fußball und bekommen von alldem nichts mit. Phil ordert Bier und Mexikaner, während Charlotte und Steff ihre Freundin in ein Gespräch verwickeln. Aber all die Mühe bleibt vergebens, Franzi starrt pausenlos zu Hardy und ist wie von der Außenwelt abgeschnitten. In ihr brodelt es und der Vulkan steht kurz vor dem Ausbruch, denn die Aufmerksamkeit des Rockers gilt nach wie vor ausschließlich dem Objekt seiner Begierde.

Und dann passiert es. Charlotte versucht noch, Franzi aufzuhalten, als sie aufspringt. Doch zu spät. Franzi poltert zu Hardy und boxt ihn grob gegen den Unterarm. Erst jetzt lässt er von seinem Objekt der Begierde ab und schaut auf Franzi hinab. Sein Gesichtsausdruck ist eine Mischung aus überrascht und genervt. Die drei am Tisch beißen sich auf die Lippen.

»Hey du, alles klar?«, grüßt er reserviert.

»Ich habe im Sillys auf dich gewartet!« Franzi straft die ahnungslose Konkurrentin mit einem Blick des Todes. »Viel Spaß noch!«, keift sie daraufhin schnippisch, verschwindet erhobenen Hauptes zur Toilette und knallt die Tür zu.

Die Unbekannte zieht die Augenbrauen hoch und amüsiert sich über den Auftritt. Hardy zuckt mit den Schultern und setzt seine Mission fort.

Auweia, denkt sich Charlotte.

Bevor sie aufstehen und ihr folgen kann, verlässt Hardy mit dem Mädel das Schlumbl. Eine Sekunde später kommt Franzi aus der Toilette. Die vor Zorn heruntergeschluckten Tränen sind ihr deutlich anzusehen und Charlotte weiß, dass das Schicksal des Abends besiegelt ist. Dabei lief es gerade so gut mit Phil! Heute hätte sie ihn bestimmt knacken können … Scheiß Hardy!

Die Mädchen entschuldigen sich bei Phil, verabschieden sich von den anderen und wanken zum Taxistand am Bahnhof um die Ecke. Charlotte übernachtet bei Franzi, deren Tränen wegen des Alkohols gar nicht aufhören wollen zu kullern.

— - —

»Freitag Technoparty. Seid ihr am Start?«

Da ist sie, die längst befürchtete SMS von Phil.

Charlotte wusste, dass Matze und Flo ihn irgendwann so weit haben. Ihre Lust auf eine Technoparty liegt im Minusbereich. Vor allem, weil am Freitag Walpurgisnacht ist und da etwas anderes auf dem Plan steht. Also schlägt sie vor, nach der Arbeit zu telefonieren.

Nach dem Abendessen verkrümelt sie sich mit dem Festnetztelefon in ihr Zimmer. Paul nimmt ab und smalltalkt mit ihr über den miesen Kater nach Phils Geburtstag, bevor er das Telefon an seinen kleinen Bruder reicht.

»Hey Lottsche, was geht? Also, pass auf ...«, beginnt er ohne Umschweife und erzählt von der Party, die ein paar Freunde von Matze und Flo unter dem Namen *Drauf & Drüber* veranstalten. Der *Walpurgis-Rave* findet auf einem Grillplatz in der Nähe seines Dorfes statt. Es gibt keine Ausweiskontrolle, Charlotte müsse sich also keine Sorgen deswegen machen.

»Aber in der Mainacht ist doch *Rock am Feuer*!«

»Das schenke ich mir dieses Jahr. Ich will zum *Walpurgis-Rave*. Das ist auch noch bei mir um die Ecke, da kann ich sogar heimlaufen.«

»Ja, okay, verstehe. Aber zu *RaF* kommen doch alle ... Kann ich dich nicht irgendwie überreden, mit mir dorthin zu gehen?«

»Keine Chance. Aber wenn ihr zu *RaF* geht, texte Steff mal, der geht sicher. Adriane, knick-knack und so. Weißt schon.«

»Ja. Schade. Ich überlege es mir und melde mich nochmal bei dir, okay?«

Charlotte kann ihre Enttäuschung schwer verbergen. Sie verabschiedet sich und legt frustriert auf. Postwendend hebt sie den Hörer wieder ab und wählt Franzis Festnetznummer.

Angie geht ran: »Hey, mein Mäuschen. Wie geht es dir?«

»Gut und dir?«

»Gut, gut. Franzi kommt schon angeflitzt.«

»Hey Lotte!«

»Boah, Franzi, ich flippe aus.«

»Was ist denn los?«

Während Charlotte die Lage schildert, verzieht sich Franzi in ihr Zimmer. Dort wägen sie im Wechsel Pro und Contra der Technoparty ab.

»Pro: Es ist eine neue Chance, bei Phil zu landen«, zählt Franzi den ersten Punkt auf.

»Contra: Wir verpassen *RaF*.«

»Pro: Es ist mal was anderes. Auf *Rock am Feuer* sind wir immer.«

»Contra: Wir verpassen *RaF*!«

»Das hast du schon gesagt.«

»Ich weiß, aber das ist auch immer gut. Alle sind da.«

»Pro: Flo und Matze sind echt cool.«

»Ja.«

»Contra: Hardy ist bestimmt auf *RaF*.«

Nach dem Desaster im Schlumbl herrschte zunächst Funkstille zwischen den beiden, bis Franzi zu Kreuze gekrochen ist und er ihr großmütig verziehen hat. Ohne ein Wort darüber zu verlieren, dass er sich auch mal hätte melden oder wenigstens hätte absagen können. Aber Franzi ist verknallt und der Typ hat die Oberhand. Das gefällt Charlotte gar nicht.

»Pro: Dort gibt es vielleicht geilere Typen als Hardy«, sagt sie deshalb.

»Außerdem würdest du mir auf *RaF* eh die ganze Zeit wegen Phil in den Ohren liegen.«

Damit ist es entschieden.

Charlotte weiß es zu schätzen, dass Franzi auf die Gelegenheit verzichtet, wieder mit Hardy anzubändeln. Am nächsten Abend ruft sie Phil an und sagt zu.

30. April 1999

Walpurgis-Rave
KNÖCHELBRECHE

Bewaffnet mit zwei Flaschen Radler aus dem Bierkasten in der Garage laufen Charlotte und Franzi durch den lauen Frühlingsabend zu Flo.

Sie sind gespannt auf die Technoparty, auch wenn sie natürlich viel lieber zu *Rock am Feuer* gehen würden. Gespannt sind sie auch auf Flos Wohnung. Bisher ist keiner ihrer Freunde zuhause ausgezogen, von einer eigenen Etage im Elternhaus wie bei Phil und Paul einmal abgesehen.

Als die Mädels nach einer Viertelstunde eintreffen, sind Phil und Matze bereits da. Flos Wohnzimmer wird dominiert von einem abgewetzten Dreisitzer mit braunem Cordbezug und einem dazugehörigen Hocker, die zusammengeschoben eine stattliche Lümmellandschaft ergeben.

Die Jungs zocken ein Videospiel, dazu läuft hektische elektronische Musik im Hintergrund. Es riecht nach Kiff. Charlotte erspäht am Fuße eines kleinen Glastisches den Verursacher: eine braungerauchte Glasbong mit einem giftgrünen Alienkopf auf ihrem Hals.

»Nette Bude«, floskelt Franzi, »ich würde auch gerne bei meiner Mutter ausziehen.«

»Kann ich nur empfehlen, eine eigene Butze ist schon fett. Kommt, ich führe euch mal durch mein Schloss.«

Von dem fensterlosen Flur der Erdgeschosswohnung gehen vier Türen ab. Als Erstes zeigt Flo ihnen das Schlafzimmer am Ende des Gangs, wo sich die letzten Relikte seines Jugendzimmers

67

befinden: ein aus der Zeit gefallenes Möbel-Duo aus Holz in Gestalt eines breiten Bettes und eines Kleiderschranks. An der Wand lehnt ein großer Spiegel, überall verstreut liegen Klamotten.

Im kleinen Badezimmer nebenan schreit eine verkalkte Plastik-Duschkabine nach Putzmittel, der kleine Spiegelschrank über dem Waschbecken ist voller Wasserspritzer und neben der Toilette steht ein mit Handtüchern und weiteren üblichen Utensilien vollgestopftes Regal auf dem Boden, das wohl seit dem Einzug vor ein paar Jahren auf seine Montage an der Wand wartet.

Die Einbauküche eine Tür weiter übernahm Flo für ein paar Mark vom Vormieter, erzählt er. Mintgrüne Fronten und eine eierschalenfarbene Arbeitsplatte entsenden einen pastellfarbenen Gruß aus den Achtzigern.

Zurück im Wohnzimmer setzen sich die Mädels zu Phil und Matze auf die Couch. Flo stellt ihre mitgebrachten Flaschen in den Kühlschrank und mixt ihnen stattdessen Wodka Energy.

Auf dem Glastisch liegen neben einem hoffnungslos überfüllten Aschenbecher diverse Zigarettenpäckchen, Feuerzeuge und eine angebrochene Packung Erdnussflips. Charlotte entdeckt dort außerdem den Flyer für heute Abend, eine Schwarz-Weiß-Kopie in der Größe einer Visitenkarte mit schief geschnittenen Kanten:

»Was: Walpurgis-Rave
Wer: Drauf & Drüber
Wann: 30. April 1999, ab 22 Uhr
Wo: Knöchelbreche«

Den als Hexe verkleideten Alien auf einem Besen erkennt sie erst auf den zweiten Blick.

Ihre Aufmerksamkeit schweift zu einem wuchtigen schwarzen Medienregal gegenüber der Couch, in dem der Fernseher und die Spielekonsole der neuesten Generation stehen. Die Fächer des Sideboards sind verstaubt und teils offen, teils mit Glastüren versehen; eine davon hängt schief in ihren Angeln. Das wuchtige Konstrukt wird von zwei Boxentürmen eingerahmt und beheimatet außerdem einen Videorekorder sowie eine Kompaktstereoanlage mit Radio, Tapedeck und CD-Player. Darauf und dazwischen stapeln sich CDs, VHS- und Audiokassetten.

Für die Masse an Tapes hat Flo ein eigenes Regal an der Wand angebracht. Auf den handbeschrifteten Kassettenhüllen stehen keine Bands oder Albentitel, sondern nur Namen, Daten und immer wieder das Wort *Clubnight*.

»Was ist denn *Clubnight*?«, will Charlotte wissen.

»Das ist eine Sendung auf HR 3 beziehungsweise HR XXL«, antwortet Flo, »da legt jeden Samstag von neun bis zwölf ein DJ auf. Wenn ein guter spielt, nehme ich das auf.«

»Spielen oft gute«, kommentiert Matze trocken und alle müssen lachen, denn das Regal ist so überfüllt, dass es jeden Moment von der Wand zu krachen droht.

Die beiden Frankfurter Sender kennt Charlotte vom Autoradio, von einer *Clubnight* hat sie jedoch nie gehört. Wahrscheinlich drehte sie den Sendersuchlauf sofort weiter, wenn solche Musik lief, wie die, die gerade hier zu hören ist.

»Äh, warum hast du denn zwei Plattenspieler?«, will Franzi nun wissen, die den Kabeln von den Boxen zur Wand links neben der Couch gefolgt ist.

»Das ist mein DJ-Pult, mit dem Gerät in der Mitte kann ich Platten miteinander mixen.«

Die beiden Mädels betrachten interessiert das Mischpult mit den vielen Knöpfen und Schiebereglern. Flo nimmt es zum

Anlass, ihnen vorzuführen, wie man als DJ einen Übergang macht, also Schallplatten kurz gleichzeitig laufen lässt, um sie nahtlos aneinanderzureihen. Charlotte ist erstaunt, wie zwei unterschiedliche Lieder so klingen können, als gehörten sie zusammen. Und dass dadurch eine unendliche Kette an Musik ohne Pause entsteht. Bei der Rock-Disco spielt der DJ die Songs einfach hintereinander ab.

Flo und Matze spielen den Grünschnäbeln abwechselnd Tracks vor, das nennt sich Back-to-Back, wie sie erklären. Die beiden Hobby-DJs vermitteln ihnen einen Eindruck davon, was die drei auf der Party erwartet. Charlotte kann wenig anfangen mit dem künstlichen Bumm-Bumm. Echte Musik mit Gitarren liegt ihr mehr, doch die Musikliebhaberin in ihr ist neugierig auf diese fremden Klänge.

Gegen halb elf geht es endlich los, so spät ist Charlotte noch nie auf eine Party gegangen. Für Matze und Flo hingegen scheint das völlig normal zu sein.

Matze schwingt sich beherzt auf den Beifahrersitz von Flos grauem Kombi, der seine besten Jahre lange hinter sich hat. Die anderen quetschen sich auf die Rückbank.

»Sorry Mädels, ich hatte keine Zeit, das Auto zu putzen. Gebt mir mal das Zeug, was da hinten rumfliegt.«

Charlotte und Franzi fischen eine leere Colaflasche, diverse Energy-Drink-Dosen sowie eine zerknüllte Papiertüte des amerikanischen Schnellrestaurants inklusive durchgeweichtem Pappbecher aus dem Fußraum. Während Flo den Müll entsorgt, dreht Matze den Zündschlüssel um und der Bass knallt los. So desolat der Zustand des Autos, so überragend ist die Qualität der Anlage. Der Kofferraum besteht quasi nur aus Boxen.

»Geiler Track«, freut sich Matze und dreht noch ein bisschen lauter.

»Alter, geht's noch? Die Nachbarn fallen gleich aus dem Bett«, schimpft Flo und lacht.

»Die sollen sich mal den Stock aus dem Arsch ziehen«, feixt Matze.

Die Knöchelbreche erreichen sie über einen unscheinbaren Feldweg, der mitten im Nirgendwo von der Bundesstraße Richtung Phils Dorf abgeht und normalerweise von Landwirten genutzt wird. Ein paar Minuten später reihen sie sich in die Schlange parkender Autos entlang des schmalen Schotterwegs ein. Sie wird angeführt von einem Miettransporter, gefolgt von etwa einer Handvoll mehr oder weniger heruntergerockter Kleinwagen mit Aufklebern und Beschriftungen auf den Heckscheiben.

Die Party steigt am Grillplatz etwa fünfzig Meter entfernt am Waldrand, umringt von Wiesen und Äckern. Vier Strahler leuchten hohe Bäume von unten an und setzen damit eine optische Begrenzung der Veranstaltung. In der Mitte zappeln die Flammen eines Lagerfeuers, außerhalb herrscht nichts als die Schwärze der Nacht. Gerade verschwindet jemand darin.

Auf dem Weg über die feuchte Wiese flattert den fünf das Pumpen eines Basses entgegen. Es geht einen flachen Hügel hinauf und sie müssen aufpassen, auf dem unwegsamen Gelände nicht umzuknicken. Daher wohl der Name Knöchelbreche.

Oben angelangt beginnt ein großes Hallo, Matze und Flo kennen alle. Unermüdlich stellen sie die drei Neulinge vor, und binnen kurzer Zeit schwirrt Charlotte der Kopf vor lauter Namen. Sie kann sich keinen davon merken.

Irgendwo in der Dunkelheit stinkt ein Stromgenerator nach Benzin, aber das Knattern des Motors wird von diesem Techno übertönt, das Charlotte heute zum ersten Mal hört. So etwas läuft nicht im Musikfernsehen.

»Was wollt ihr trinken? Ich checke mal die Bar aus«, wendet sich Phil an die Mädels.

»Wir kommen mit«, entscheidet Franzi.

Die Bar ist ein Biertisch mit chaotisch gestapelten Getränkekisten dahinter. Ein paar Meter weiter befindet sich das DJ-Pult, Plattenspieler und Mixer stehen ebenfalls auf einem Biertisch. Rechts und links davon hängen zwei Boxen an Ständern, davor ist die Tanzfläche. Ein paar Leute zappeln zu einer hektischen Melodie mit schnellem Beat.

Charlotte scannt das Getränkeangebot: Bier, Apfelwein, Cola, Wasser, ein paar Flaschen Kräuterlikör und eine Flasche Wodka. Sie ordern Bier und freuen sich, dass die Preise so günstig sind.

»Der Alkohol reicht doch niemals«, vermutet Charlotte.

»Hier wird nicht viel gesoffen«, weiß Phil, »hier sind andere Sachen am Start. Matze hat was dabei, falls wir es versuchen wollen.«

»Auf gar keinen Fall!«, platzt es so energisch aus ihr heraus, dass sie sich in der nächsten Sekunde wie eine Spießerin vorkommt. »Ich meine, äh, ich weiß nicht. Wollt ihr denn?«

»Was denn überhaupt?«, fragt Franzi.

»Pillen.«

Sie brummt unentschlossen, will scheinbar auch keine Spielverderberin sein.

»Na hallo, wer bist du denn?«, flötet plötzlich eine große Blonde Phil an. »Dich habe ich ja noch nie gesehen. Ich bin Conny und das ist Tamara.«

»Hi«, grüßt ihre braunhaarige Begleitung.

Die drei stellen sich vor und verraten, dass sie von Matze und Flo mitgebracht worden sind.

Conny ist keine Schönheit im klassischen Sinne, ihre Hüften sind etwas zu breit und ihr Oberkörper etwas zu schmal. Dafür ist ihre Ausstrahlung gewaltig. Sie scheint ein Auge auf Phil geworfen zu haben, und Charlottes Alarmglocken beginnen zu schrillen.

»Wollen wir ans Feuer?«, will sie ihn weglenken.

»Ja, los, Phil, komm«, unterstützt Franzi, die die Situation gecheckt hat.

Der Plan funktioniert: Conny bleibt mit Tamara zurück.

»Bis später«, blitzt sie Phil nur hinterher.

Die drei lassen sich auf einem umgelegten Baumstamm am Feuer nieder. Den Faden mit den Pillen nehmen sie nicht mehr auf, zu viele Eindrücke prasseln auf sie ein. Neben der Musik erscheint ihnen auch das Aussehen und der Tanzstil der Leute wie aus einer anderen Welt. Obwohl diese Außerirdischen extrem nett sind, fühlen sich die drei unwohl. Unbeholfen stürzen sie ihre Biere hinab und beobachten das Geschehen als Zaungäste.

»Zum ersten Mal hier, was?«, quatscht sie ein Typ mit braunem Wuschelkopf und einem Joint in der Hand an.

»Ist das so offensichtlich?«, antwortet Franzi unsicher mit einer Gegenfrage.

»Ja«, lächelt er, »aber wir kennen uns auch alle hier, da fallen Frischlinge auf. Ich bin der Schmitti.«

»Franzi. Das sind Lotte und Phil.«

»Willkommen bei *D&D*. Mal ziehen?«

»Auf jeden«, grinst Phil und greift zu.

Schmitti verfällt in einen Redeschwall und erzählt, dass er zu *Drauf & Drüber* – oder *D&D*, wie alle sagen – gehört. Ihr Kollektiv besteht aus etwa fünfzehn Leuten und jeder übernimmt Aufgaben, auf die er Bock hat. Die einen kümmern sich um Locations, andere um die Technik, Getränke und so weiter. Er ist einer der DJs, neben ihm gibt es noch Kalle und DJ Highko, der gerade spielt. Grundsätzlich dürfe aber jeder bei ihnen ran, der Techno, Acid oder House auflegt. Drum 'n' Bass und Electro wären auch okay, aber Trance gehe gar nicht.

Die drei verstehen nur Bahnhof, trauen sich aber nicht nachzufragen, wo die Unterschiede liegen und was sie gegen dieses Trance haben.

Schmitti betont, dass sie kein Geld mit ihren Partys verdienen wollen, sondern es darum gehe, guten Techno in die Gegend zu bringen. Man müsse ja dafür sonst bis nach Frankfurt oder sonst wohin gurken.

»Echt cool«, findet Phil, während er den Rauch ausbläst. »Wie oft schmeißt ihr denn Partys?«

»So oft wir es gebacken kriegen und ein Plätzchen finden. Der hier ist eher eine Notlösung.«

»Wieso Notlösung?«, fragt Charlotte.

»Die Knöchelbreche ist zwar ein schöner Ort und leicht zu finden, aber eben auch sehr auffällig. Unser Licht ist von den Käffern drumherum zu sehen und der Bass trägt sich weit über die Felder. Die besten Orte sind dort, wo es eh schon laut ist: unter Autobahnbrücken zum Beispiel. Dort stören wir keinen, niemand ruft die Cops und vor allem kommen keine unerwünschten Zuschauer vorbei.«

Der Joint kreist, die drei lauschen gespannt und staunen. Geheime Technopartys? Dass es sowas gibt!

Irgendwann meldet sich das Bier.

»Lotte, ich muss aufs Klo. Kommst du mit?«, fragt Franzi.

»Ja. Wo sind denn die Toiletten, Schmitti?«

»So professionell sind wir nicht, nehmt die große«, lacht er und meint damit den Wald.

»Äh, also wenn wir in zehn Minuten nicht zurück sind, schickt einen Suchtrupp los«, witzelt Franzi.

»Keine Angst, da sind nur Wildschweine und Spanner«, grinst Schmitti.

Charlotte lacht laut und merkt daran, dass sie dicht ist.

Unsicher tapsen sie in die Finsternis. Außerhalb des Lichtkreises halten die Mädels kurz an, bis sich ihre Augen einigermaßen an die Dunkelheit gewöhnt haben. Es ist gruselig und sie nehmen den erstbesten Platz hinter einem großen Baum.

Auf dem Rückweg holen sie Bier und Wodka und entdecken Flo strahlend vor dem DJ tanzen. Es ist voller geworden.

Zurück am Baumstamm stoßen sie mit Phil und Schmitti an.

»Ist noch was von der Tüte über?«, will Franzi wissen.

Schmitti sucht zwischen seinen Fingern und findet nur noch einen toten Stummel. »Ich wollte eh gleich noch einen bauen.«

Charlotte setzt sich neben ihn, beobachtet die Party und schnappt Gesprächsfetzen auf. Alle sind sehr gut drauf und auffällig nett zueinander.

Ihr Blick bleibt an einem Kerl mit aufgerissenen Augen und einem versteinertem Grinsen hängen. Es sieht aus, als wären seine Mundwinkel und Augenlider festgetackert worden.

Plötzlich springt Matze vor sie und lenkt ihren Blick von dem Typen mit dem gruseligen Gesicht ab. Er beäugt die vier eindringlich. Schmitti lacht, die anderen schauen perplex.

»Na, alles fit im Schritt? Ich baue mir gleich was ein, wollt ihr auch was?«

Charlotte ahnt, was er meint, und schaut fragend zu Franzi und Phil.

»Später vielleicht«, antwortet Phil mit kleinen roten Augen.

Die Mädels schütteln ebenfalls den Kopf, erleichtert darüber, dass er ihnen die Entscheidung abgenommen hat.

Matze hüpft davon und grinst bis zum Mond. Damit ist er nicht allein, die Gäste kommen langsam in Schwung. Es tanzen immer mehr.

Mit Kiff und Alkohol im Kopf empfindet Charlotte diese niemals stoppende, repetitive Musik plötzlich eingängig.

Irgendwie ganz cool, denkt sie sich, und beginnt unbewusst, mit dem Fuß zu wippen.

»Philliboy, da bist du ja«, reißt sie Connys Stimme aus ihrem Turn.

Zerknirscht sieht sie zu, wie sich der Störenfried energisch neben Phil auf den Baumstamm wirft, einen Arm um ihn legt und ihm einen Schmatzer auf die Backe verpasst, als würden sie sich seit Jahren kennen.

Charlotte fallen fast die Augen raus, während sich Conny schamlos in den Mittelpunkt drängt, ohne Punkt und Komma redet und sprunghaft von Thema zu Thema wechselt: die Musik, die Leute, der Grillplatz, das Wetter. Charlotte ist genervt, und das Blatt wendet sich erst, als sich ein hübscher Dunkelhaariger mit stahlblauen Augen und einem Kanister auf sie zu bewegt.

»Na, Lust auf einen Schluck selbstgemachten Äppler von meinem Opa?«, fragt er.

»Gerne!«

Der Typ kramt einen Plastikbecher aus seiner Umhängetasche. »Ich bin Sebastian. Halt mal.« Er reicht ihr den Becher und gießt ein.

»Danke. Ich bin Lotte.«

»Freut mich. Cheers!«

»Cheers!«

»Aber Obacht, der hat es in sich«, zwinkert Sebastian.

Er sprüht vor Charme und Charlotte flirtet zurück, angespornt von dieser doofen Conny.

Matze und Flo stoßen lachend zu ihnen. »Alter, ist das wieder der krasse Äppler?«, will Flo wissen.

»Aber sicher, und der brettert wieder ordentlich!«

»Geil, her damit!«, schnappt sich Matze Sebastians Becher und kippt ab.

Charlotte ist umringt von Fremden, doch fühlt sich überhaupt nicht fremd. Alle reden Blödsinn und lachen. Zwischendurch schielt sie immer wieder zu Phil und Conny und muss leider feststellen, dass sich die beiden ebenfalls prächtig unterhalten. Franzi ist mittlerweile in ein Gespräch mit Schmitti und einem Mädel verstrickt, die Rivalin hat also freie Bahn.

Plötzlich bricht Unruhe aus.

»Buh!«, ruft jemand.

»Och nö!«, jemand anderes.

Charlotte entdeckt zwei Polizisten, die zum DJ-Pult laufen.

»Kalle regelt das schon«, sagt Flo zuversichtlich.

Nach einer kurzen Diskussion wird die Musik leiser gedreht und die Uniformierten gehen zurück zu ihrem Einsatzwagen, ohne sich weiter auf der Party umzusehen.

»Besser leise als aus«, findet Sebastian optimistisch und zückt den Kanister, um seinen Freunden nachzuschenken.

Charlotte ist überrascht, die Leute hier scheinen derartige Auftritte von der Polizei gewohnt zu sein, denn kurz darauf machen alle dort weiter, wo sie aufgehört haben.

Wie kann sie bloß Phils Aufmerksamkeit weg von der Tussi und auf sich lenken?

Bevor sie einen Plan schmieden kann, wird sie von Pfiffen abgelenkt, die zusammen mit der Musik anschwellen. Mit dem wilden, schnellen Getrommel, das von Bässen und Sounds immer weiter befeuert wird, wird auch das Publikum immer energischer – bis alle stehen, die bis eben noch saßen, und tanzen! Als der DJ dann auch noch im passenden Moment die Anlage wieder lauter dreht, gibt es kein Halten mehr. Jeder, wirklich jeder, der bis eben noch stillstand, ist jetzt in Bewegung!

Charlotte weiß nicht, wie ihr geschieht, eine kollektive Energie ergreift sie, auch Franzi und Phil werden mitgerissen.

Sie stehen längst, haben jedoch keinen Schimmer, wie man auf Techno tanzt. Zögerlich zucken sie zum Rhythmus, lachen aber eher verblüfft und sind überwältigt von dieser Situation.

Mit der nächsten Platte und dem Verschwinden der Bongos beruhigt sich die Meute etwas.

»Abgefahren«, entfährt es Phil.

»Was war das denn?«, fragt Charlotte.

»*Trommelmaschine* von Der dritte Raum«, antwortet Flo mit einem fetten Grinsen.

»Ich meine, warum alle so ausgerastet sind!«

»Tja ... Das ist Techno! Und halt einfach ein oberfetter Track!«

Das war der Wendepunkt der Party. Das Stimmungsbarometer bleibt oben und die Tanzfläche voll.

Gegen drei Uhr wird die Party wegen einer weiteren Anwohnerbeschwerde von der Polizei endgültig aufgelöst.

Charlotte findet das nicht schlimm, sie friert eh und ist müde. Außerdem hat sie mit gefühlt jedem hier gequatscht und gelacht, ihr schwirrt der Schädel von den ganzen Eindrücken.

Auf dem Weg zum Auto hakt sie sich bei Phil unter, abseits des Feuers sinkt die Temperatur rapide.

»Wo bleibt Matze?« will er von Flo wissen.

»Der springt noch irgendwo rum. Ich mache euch das Auto auf und ... Ach, wartet, ich Honk kann euch ja einfach meinen Schlüssel geben«, lacht er über sich selbst und macht auf dem Absatz kehrt, um nach seinem Freund zu suchen. Die drei setzen sich auf die Rückbank, Charlotte in die Mitte, den Kopf an Phils Schulter gelehnt. Wie gerne würde sie jetzt mit zu ihm gehen ...

Er schaut suchend Richtung Grillplatz, während die Autofenster beschlagen.

»Flo kommt allein«, stellt er nach ein paar langen Minuten fest.

»Matze fährt mit zu Schmitti zum Aftern. Wir können los – oder wollt ihr da mit?«

Phil wechselt auf den Beifahrersitz, was Charlotte gar nicht gefällt.

»Aftern? Was geht da?«, will er wissen, als er sich vorne anschnallt.

»Nachlegen, runterkommen und jede Menge durches Zeug schwallen. Dafür bin ich definitiv zu nüchtern«, lacht Flo.

Die drei entscheiden sich ebenfalls für ihr Bett. Keine zehn Minuten später stehen sie vor Phils Haus, als Nächstes liefert Flo Franzi ab und zum Schluss Charlotte.

»Danke, das war echt cool«, bedankt sie sich zum Abschied.

»Hat es dir gefallen?«

»Ja. Nur das mit der Polizei war doof.«

»Das passiert leider bei solchen Partys. Aber *D&D* ist auch mehr ein Familientreffen als ein Rave. Warte mal ab, bis du einen richtigen Club siehst ... Da geht's ab.«

Darüber hat Charlotte noch gar nicht nachgedacht. Will sie nochmal auf eine Technoparty? Auf jeden Fall.

»Bin gespannt«, grinst sie und gibt ihm ein Küsschen auf die Backe.

Auf Zehenspitzen schleicht sie in ihr Zimmer und fällt todmüde ins Bett. Trotzdem dauert es, bis sie in den Schlaf findet.

Das war ein verrückter Abend.

— - —

Am Sonntag fahren Charlotte und Franzi zum Ausflugslokal außerhalb der Stadt, einem ihrer Lieblingsplätze für solche Tage. Dort wollen sie den *Walpurgis-Rave* bei einem Spaziergang Revue passieren und sich die Frühlingssonne in die Gesichter scheinen lassen. Auf der höchsten Erhebung der

Gegend gelegen, bietet der Ort einen weiten Blick über ihr Städtchen sowie die umliegenden Täler, Wälder und Wiesen. Der Himmel ist nahezu wolkenlos.

Draußen sind alle Tische besetzt, also schlendern sie einen der Wanderwege entlang, um sich auf einer Bank niederzulassen.

»Matze und Flo sind echt lieb, ich mag die beiden«, beginnt Franzi.

»Die zwei sind super. Die Party war seltsam, aber auch irgendwie cool. Und die Leute waren so nett!«, findet Charlotte.

»Finde ich auch. Nur mit Phil ging wieder nix ...«

»Ach! Zuerst flirtet er mit dieser Kuh und dann legt er am Feuer seinen Arm um mich, als wären wir zusammen. Wie soll ich daraus schlau werden?«

»Das war bestimmt wegen Sebastian. Der Typ ist so was von scharf auf dich, der hätte dich am liebsten im Wald flachgelegt!«

Charlotte muss sich eingestehen, dass ihr dieser Sebastian auch gefällt. »Hast du gehört, wie es auf *RaF* war?«, wechselt sie das Thema.

»Na logen, ich habe gestern Sabbel gelöchert«, beginnt Franzi und rezitiert den Bericht ihrer Freundin, wer alles da war, wer mit wem geflirtet und wer sich die Lichter ausgeknipst hat. Am Ende ihrer Erzählung beichtet sie, dass sie nachts im Bett eine SMS an Hardy geschickt hat, ob er noch dort ist. Sie wollte einfach etwas von ihm hören und sich vergewissern, dass er nicht mit einer anderen zugange ist. Was natürlich total bescheuert und kindisch war. Jetzt, mit nüchternem Kopf, weiß sie das.

»Hat er geantwortet?«

»Nein.«

»Arsch.«

Die Sonne verschwindet am Horizont und nimmt die Wärme mit. Die Freundinnen schlendern zurück und trinken zum Abschluss des Wochenendes eine heiße Schokolade mit Sahne. Sie sind sich einig, dass sie wieder auf eine Technoparty gehen wollen.

— – —

Die Mädels treffen Phil, Matze und Flo erst drei Wochen später zum Schnitzeltag im Schlumbl wieder. In der Rockerkneipe wird jeden Donnerstag der panierte Klassiker mit einer anderen Beilage und Soße kombiniert und zu einem fairen Preis verkauft.

Matze berichtet gerade lauthals lachend von der Afterhour nach dem *Walpurgis-Rave*, von der er erst Sonntagabend nach Hause stolperte, als die Tür der Rockerkneipe energisch aufgerissen wird und Conny erscheint. Charlotte kann es nicht fassen!

Natürlich quetscht sich der Fettarsch, wie Charlotte böse denkt, zwischen Phil und Matze auf die Bank, anstatt sich auf einen der freien Stühle zu setzen. Wieder zieht sie sämtliche Aufmerksamkeit auf sich.

Die Jungs hängen an ihren Lippen, während die Mädels entsprechende Blicke tauschen. Conny nutzt jede Gelegenheit, zweideutige Bemerkungen zu machen.

Als Friseurin zeichnet sie sich verantwortlich für die Haarpracht ihrer Freunde und bietet Phil an, ihm mal »einen anständigen Schnitt« verpassen zu können. Charlotte interpretiert daraus »einen anständigen Fick« und könnte kotzen vor Wut.

»Ey, Leute, morgen ist *Cocoon*-Party im U, wie sieht's aus?«, fragt Flo in die Runde.

»De Babba lässt es wieder krachen«, reibt sich Matze die Hände.

»*De Babba?*«, wundert sich Charlotte.

Matze erklärt, dass Sven Väth auf Hessisch *der Papa* genannt wird, weil er der Urvater vom Frankfurter Techno ist.

Flo ergänzt die These, der Spitzname könne auch von dem Song »*Electrica Salsa (Baba Baba)*« stammen, der Sven Väth in den Achtzigern als Sänger der Gruppe OFF in die Charts katapultierte.

»Babbel net, des is' de Babba, weil er de Babba of Techno is'«, beharrt Matze in hessisch-englischem Kauderwelsch auf seiner Theorie.

»Also, ich bin dabei«, beendet Conny die Diskussion.

»Sehr locker. Und was ist mit euch, mal Bock auf eine richtige Technoparty?«, wendet sich Matze an die anderen drei am Tisch.

»Da kommt man erst ab achtzehn rein, oder?«, fragt Charlotte leise.

»Natürlich«, antwortet Conny empört.

»Ich werde leider erst im Juni achtzehn ...«, sagt sie und schämt sich.

»Ach, das ist doch das geringste Problem«, setzt Matze an und wird von Conny unterbrochen: »Was ist mit dir, Phil. Hast du Lust?«

Auch diese Frage ist eindeutig zweideutig.

»Lust schon, aber ich bin mit meinem Kumpel Steff verabredet. Wir gehen morgen Nacht seit einer halben Ewigkeit mal wieder sprühen, das kann ich nicht absagen. Nächstes Mal bin ich auf jeden am Start!«

Charlotte atmet erleichtert aus.

»Ich komme mit, wenn Lotte mitkommt«, sagt Franzi.

Auf dem Heimweg lässt Charlotte ihrem Frust freien Lauf. »Boah, die ist echt mit Vorsicht zu genießen. Die nervt!«

»Die Alte nimmt doch alles mit, was nicht bei drei auf'm Baum ist. Die hat auch was mit Matze und Flo, da bin ich mir sicher.«

»Meinst du echt? Zum Glück geht Phil morgen nicht mit ...«

»Ja, aber das wird bald passieren.«

»Hoffentlich wartet er damit noch vier Wochen, damit ich auch mit kann.«

»Das hoffe ich für dich.«

— – —

Die Wochen bis zu Charlottes Geburtstag sind erfüllt von Bangen, dass Phil ohne sie mit den anderen auf eine Techno-party geht. Zum Glück meinen das schöne Wetter und Phils Wunsch nach einer fetten Anlage für sein Auto es gut mit ihr. An den Wochenenden arbeitet er für seinen Vater in dessen Malerbetrieb, anstatt sich mit Conny die Nacht um die Ohren zu schlagen.

Phil holt Charlotte und Franzi immer ab, wenn sie an einen Badesee oder in einen Biergarten gehen. Nach Franzi hat nun auch er den Drang, so oft wie möglich das Pedal durchzutreten. Charlotte genießt es, wie seine Freundin auf dem Beifahrersitz Platz zu nehmen.

Den Wackel-Elvis hat er an der Frontscheibe befestigt und sie muss jedes Mal schmunzeln, wenn er seine Hüften schwingt.

Matze und Flo sind meistens dabei, Steff hingegen immer seltener. Er zeigt wenig Interesse an der neuen Konstellation ihres Freundeskreises. Aber er verbringt ohnehin nur noch Zeit mit Adriane.

Charlotte würde Phil gerne häufiger sehen, aber ihre Eltern spannen sie vermehrt im Stoffladen ein, außerdem muss sie für die Führerscheinprüfung büffeln.

Als sie die Theoretische und Praktische hinter sich gebracht und bestanden hat, lädt sie in den Obermeier Biergarten ein, um darauf anzustoßen.

»Ich feier nächste Woche meinen Geburtstag im U und ihr kommt mit!« Charlotte hat sich gerade mit Matze und Flo an einem sonnigen Plätzchen auf einer Bierbank niedergelassen, als Flo sie mit dieser Ankündigung überrumpelt.

»Ich werde leider erst in zwei Wochen achtzehn …«

»Das macht nichts, wir …«, beginnt er und wird von Phil unterbrochen.

»Sorry für die Verspätung, ich musste Paul noch bei seiner neuen Freundin absetzen. Wo steckt Franzi?«

»Die hat eine Audienz bei Hardy«, antwortet Charlotte abfällig.

»Wir haben gerade ausgemacht, dass ihr an Flos Geburtstag mit uns feiern geht«, grinst Matze.

»Geil! Da bin ich so was von dabei, ich habe auch endlich die Kohle für die Anlage zusammen!«

»Ich kann leider nicht mit, ich darf noch nicht in einen Club«, wiederholt Charlotte betrübt.

»Oh doch. Wir machen dich auf dem Papier ein Jahr älter«, beendet Flo seinen vorher angefangenen Satz.

»Wie soll das denn gehen?«, fragt sie skeptisch.

»Das ist ganz einfach. Wir brauchen nur deinen Perso und ein Kippenpäckchen.« Er nimmt eine von den auf dem Tisch liegenden Schachteln in die Hand und deutet auf die Steuermarke. »Das Muster hier sieht fast genauso aus wie auf dem Ausweis.«

»Krass, echt?« Phil ist verblüfft.

Zum Beweis legt Matze seinen Ausweis auf den Tisch.

Nachdem alle über das Foto gelacht haben, vergleichen sie die beiden Muster.

»Das ist mir noch nie aufgefallen«, gibt Charlotte zu.

»Ja, krass, oder? Also, du bist Baujahr 1981, deshalb schneiden wir eine Null aus der Steuermarke raus und kleben sie auf die Eins.«

»Muss das wirklich sein?« Charlotte ist nicht begeistert, Dokumentenfälschung ist kein Kavaliersdelikt.

»Ja, die kontrollieren die Ausweise an der Tür«, sagt Flo.

Charlotte sucht nach einem Argument, mit dem sie das Ganze bis auf nach ihren Geburtstag verschieben. Aber es findet auch keine Party von *D&D* statt. Aus der Nummer kommt sie also nicht mehr raus.

»Wo gehen wir überhaupt hin?«, will Phil wissen.

»Ins U zur Schranz-Party vom Liebing«, grinst Flo.

»Schranz-Party? Was ist das denn?«, will Charlotte wissen. Sie kennt nur Shoegaze.

»Wie erklärt man das am besten?«, richtet sich Flo an Matze.

»Das geht einfach die ganze Zeit massiv vorwärts!«, antwortet er.

»Das sowieso. Schranz ist hart und schroff, das schreddert und schrubbt die ganze Zeit.«

»Genau. Und der Liebing ist der Oberschranzmeister vom Dienst«, lacht Matze.

Charlotte hat keine Ahnung, was sie sich darunter vorstellen soll.

»Ich fahre«, bietet Phil an.

»Kannste knicken, mein Freund«, widerspricht Matze. »Wenn du das erste Mal richtig feiern gehst, sollst du nicht die Rückfahrt im Nacken haben. Außerdem bist du in der Probezeit, da ist der Lappen schneller weg, als du *feiern* sagen kannst. Ich mach das schon.«

»Ja, vielleicht hast du recht. Danke dir, Diggi.«

»Leute, das wird ein Fest!«, freut sich Flo.

»Ich gebe den anderen Bescheid.«

Den anderen? Charlotte schwant Böses: Conny. »Franzi kommt auch mit«, sagt sie schnell und macht damit das Auto voll.

»Hey Lottsche, alles Gute zum Lappen!«, steht plötzlich Steff mit Adriane am Tisch.

»Danke, Steff! Schön, dass ihr gekommen seid.«

Charlotte hat ihn zwar eingeladen, jedoch nicht damit gerechnet, dass er kommt. Die beiden bleiben auch nur auf ein kleines Bier und sind nach einer halben Stunde wieder verschwunden. Ein Anstandsbesuch.

»Sind die jetzt zusammen?«, erkundigt sich Charlotte bei Phil.

»Irgendwas zwischen Bumsfreunden und Beziehung, glaube ich.«

»Ersteres würde ich vorziehen«, grinst Matze frech.

»Ich auch«, stimmt Flo zu.

Charlotte achtet auf Phils Reaktion. Wie steht er zum Thema Freundin? Seit der neunten Klasse ist er Single. Doch anstatt etwas dazu zu sagen, lächelt er bloß. Das schenkt ihr Hoffnung. Bedeutet es etwa, er will eine Beziehung?

Ja, und zwar mit dir, Charlotte – hört sie ihn in ihrem Wunschtraum sagen.

2. Akt
TECHNO

Kapitel 3: FRANKFURT

»Tanzmaschine«, Knarz (Thomas P. Heckmann)

19. Juni 1999

Chris Liebing
U60311

Heute gehen sie also zum ersten Mal in einen Technoclub.

Charlotte ist aufgeregt, und zwar nicht nur, weil sie weder nachts in Frankfurt noch überhaupt mal in einem Club war, sondern vor allem, weil sie als fast Neunzehnjährige bei den Türstehern durchgehen muss. Dafür übernimmt Schminkexpertin Franzi die notwendigen Fassadenarbeiten und trägt dick Make-up, Mascara und Eyeliner bei ihrer Freundin auf. Das zweite große Thema ist das Outfit. Was trägt man auf einer Technoparty in Frankfurt? Nach tagelangem Wühlen in ihren Kleiderschränken sowie einem erfolglosen Streifzug durch die Klamottenläden ihres Städtchens fällt die Wahl letzten Endes doch wieder auf ihre Lieblingsstücke: Charlotte zieht ihre Knack-Po-Jeans mit dem durchsichtigen Oberteil und schwarze hohe Chucks an, Franzi das beige Spaghettiträger-Kleid mit ihren braunen Lederstiefeln, die eigentlich viel zu warm für diese Jahreszeit sind, aber nun mal am besten dazu passen.

Als sich die beiden aufgebrezelt von Birgit und Manfred verabschieden, pfeift der Vater anerkennend durch die Zähne: »Ihr habt euch aber rausgeputzt!«

Die Mädels lächeln gequält und wenden sich zum Gehen.

»Passt bitte auf euch auf! Müsst ihr denn wirklich nach Frankfurt? Und auch noch nachts?«, sorgt sich die Mutter.

Charlotte hat ihren Eltern erzählt, dass sie mit Phil in einer

Cocktailbar den Geburtstag seines Kollegen feiern. Stimmt ja auch irgendwie, zumindest in Teilen.

»Tschüss!«, ruft sie genervt und knallt die Tür zu.

»Mann, ey, meine Ellis könnten sich echt mal locker machen, ich werde nächste Woche achtzehn.«

»Was soll ich da sagen? Meine Mutter ist noch viel schlimmer!«

»Das stimmt.«

Die beiden spazieren durch den lauen Sommerabend zu Flo und die Luft riecht nach Abenteuer. Was wird sie heute Nacht wohl erwarten?

Eine Viertelstunde später öffnet Phil die Tür und strahlt: »Hereinspaziert, hereinspaziert! Na, seid ihr bereit für das U60?«

»Aber so was von«, schreitet Franzi kühn voraus und drückt ihm einen flüchtigen Kuss auf die Backe.

Er scannt Charlotte ab und raunt ihr ins Ohr: »Gut seht ihr aus.«

Ihr läuft es heiß den Rücken hinab.

Im Wohnzimmer steht Flo am DJ-Pult und pumpt motiviert eine Platte in die Höhe: »Heute geht's ab, Freunde!«

»Alles Liebe nachträglich!«, herzt ihn Charlotte.

»Happy Birthday! Wie alt bist du eigentlich geworden?«, will Franzi wissen.

»Dreiundzwanzig.«

»Alter Sack«, lacht Matze, der gerade mit einem Glas Cola aus der Küche kommt.

Phil mixt den Mädels einen Wodka Energy – Flaschen, Dosen und Gläser stehen auf dem Glastisch bereit –, während Matze das Gruppengeschenk aus dem Auto holt: eine Schallplatte und eine Flasche Kräuterlikör.

»Was das wohl ist?«, grinst Flo und reißt fröhlich das Geschenkpapier ab. »Eine neue Knarz, fett!« Als er sie auf den Plattenspieler legt, ertönt ein nasal gesprochenes Intro:

*»Guten Abend, meine sehr geehrten Damen und Herren …
ähm … ich bringe Ihnen heute Abend einen super dufte neuen
Song aus dem Sägezahnzyklus. Und … ähm … all diejenigen,
die schon den ganzen Abend an ihrem einzigen Drink
rumnuckeln, sollten endlich mal ihren Arsch bewegen und
sich auf die Tanzfläche bewegen. Und nun geht es los.«*

Und dann knarzt der Track im wahrsten Sinne los und Flo tanzt mit. Immer wieder gibt die Stimme Kommentare ab wie *»Jajaja, ab geht er«* oder *»Wir tanzen wie Maschinen«*.

»Was für eine Monster-Scheibe, danke euch!«

»Den Kräuti killen wir auf der After«, grinst Matze. »Oder … Ach, einer ist keiner!«

»So sieht's aus«, bestätigt Flo.

»Korrekt«, unterstützt Phil.

Matze füllt fünf Schnapsgläser, und nachdem sie auf das Geburtstagskind angestoßen haben, verziehen alle ihr Gesicht. Der Likör ist ungekühlt und schmeckt schrecklich.

»Ich knall den mal ins Eisfach«, sagt Matze und geht in die Küche.

Flo spült den unangenehmen Geschmack mit einem großen Schluck Wodka Energy hinunter und rülpst laut. Dann wendet er sich an Charlotte: »So, und jetzt machen wir dich ein Jahr älter.«

Es benötigt mehrere Anläufe und Zigarettenpäckchen, bis er mit seiner Nagelschere eine Null sauber aus einer Steuermarke ausgeschnitten und den kleinen Schnipsel auf das Geburtsjahr ihres Ausweises geklebt hat. Als Charlotte den gezinkten Perso betrachtet, der nun eine 1980 statt 1981 zeigt, krabbelt Angst in ihr hoch. »Das sieht man doch!«

Was passiert, wenn sie nicht reinkommt? Sie traut sich gar nicht, die Frage laut auszusprechen.

»Keine Sorge, das läuft schon«, beteuert Matze, als hätte er ihre Gedanken gelesen, »du bist nicht die Erste, die das so macht.«

Das beruhigt Charlotte nur wenig.

»Hast du eigentlich die Tanzknöppe bekommen?«, will Flo von ihm wissen.

»Logen. *Supermänner.*«

»Fett, die sind geil.«

Charlotte versteht nur Bahnhof, bis sie die türkisfarbenen Pillen mit dem Symbol der Comicfigur in dem kleinen Zippbeutel sieht, den Matze eben auf den Glastisch geworfen hat.

Franzi will wissen, wie Ecstasy wirkt, doch Matze und Flo können es schwer in Worte fassen und schwärmen bloß von extremen Glücksgefühlen und einem unstillbaren Drang zu tanzen. Charlotte wird neugierig, weiß jedoch nicht, ob sie so weit gehen würde, eine Pille zu nehmen.

Flo spielt ihnen seine neuesten Platten vor, die er sich selbst zum Geburtstag geschenkt hat. Bis sie um kurz vor Mitternacht endlich in Matzes Auto steigen, haben alle bis auf den Fahrer mehrere Gläser Wodka Energy intus.

Charlotte muss an den *Discobus* denken und dass andere gleich nach Hause fahren, während sie erst jetzt losgehen. Verrückt.

Im Gegensatz zu Flo, der mit einer fahrenden Müllkippe unterwegs ist, hegt und pflegt Matze seinen dunkelblauen Kleinwagen. Hier riecht es nach Putzmittel, in Flos nach abgestandenem Duftbaum. Auch die Anlage hat mehr Power, der Bass hämmert den dreien auf der Rückbank in den Oberkörper. Passend dazu heizt Matze wie ein Irrer, trotzdem fühlt sich Charlotte sicher. Sie vertraut ihm, obwohl sie ihn kaum kennt. Diesem Kerl mit der immer guten Laune kann einfach nichts etwas anhaben.

Nach einer halben Stunde erscheint die Frankfurter Skyline am Horizont. Charlotte betrachtet fasziniert all die Lichter und die Wolkenkratzer; in der Dunkelheit wirkt die Stadt komplett anders. Im Bankenviertel angekommen, tippt Flo an die Beifahrerscheibe: »Wir sind da.«

Charlotte sieht bloß einen Betonkasten auf einem sehr breiten Bürgersteig, der einer öffentlichen Toilette auf einem Autobahnrastplatz ähnelt. Allein die Schlange von futuristisch gekleideten Menschen und die offen stehende Tür verraten, dass darin etwas vor sich geht.

»Das ist im wahrsten Sinne ein Undergroundclub«, klärt Matze die Touristengruppe von der Rückbank auf. »U steht für Unterführung und 60311 ist die Postleitzahl von hier.«

»Das war mal ein Fußgängertunnel, hier gegenüber ist der andere Ausgang«, übernimmt Flo die Rolle des Reiseführers.

Aufmerksam folgen die drei den Ausführungen und schwenken ihre Köpfe nach links, bis Matze ruppig scharf rechts auf den Platz kurz nach dem U60311 abbiegt. Ein paar Meter weiter stoppt er vor einer Bankfiliale.

»Alter, willst du hier stehen bleiben?«, fragt Phil entgeistert.

»Eigentlich darfst du nicht mal auf den Goetheplatz fahren und du Gestörter parkst auch noch vor dem Eingang einer Bank«, lacht Flo.

»No risk, no fun«, grinst Matze.

»Wenn wir morgen aus dem U stolpern und das Auto weg ist, zahlst du das Taxi, mein Freund«, scherzt Flo.

»Die gesparte Kohle fürs Parken können wir in sinnvollere Sachen investieren«, flachst Matze zweideutig.

Als sie wenige Augenblicke später auf dem Weg ans Ende der Schlange den Eingang des Clubs passieren und Charlotte die Türsteher entdeckt, bricht in ihr nackte Panik aus. Während sich die anderen die Wartezeit mit belanglosem Gequatsche vertreiben und sich auf den Abend freuen, verkrampft die Minderjährige mit dem gefälschten Ausweis mit jedem Schritt näher zur Tür ein bisschen mehr. Kein Piep kommt aus ihr heraus, sie raucht stattdessen mit gequältem Lächeln eine nach der anderen.

»Keine Sorge, das wird schon schiefgehen. Chill dich«, versichert Flo und legt einen Arm um sie.

Nach dreißig quälend langen Minuten steht Charlotte mit klopfendem Herzen vor einem der riesigen Bouncer. Er blickt finster auf sie herab. »Ausweis.«

Zitternd folgt sie seiner Anweisung, den Perso hatte sie die ganze Zeit in der Hand und immer wieder geprüft, ob die angeklebte Null noch dran ist.

Der Hüne schaut auf den Ausweis, dann in Charlottes Gesicht, dann wieder auf den Ausweis. Plötzlich grinst er fies und beginnt zu lachen, lacht sie geradezu aus.

Das war's, denkt sich Charlotte. Vor ihrem geistigen Auge wird sie schon in Handschellen abgeführt.

»Komm, geh durch«, sagt der Türsteher völlig unerwartet, lacht erneut und schüttelt den Kopf.

Er gibt ihr den Perso zurück und widmet sich Franzi: »Ausweis.«

Charlotte versteht nicht, wie ihr geschieht, und stolpert durch die Tür. Schon steht sie vor einem nächsten Riesen, der nicht minder düster dreinschaut und sie auffordert, ihre Handtasche zu öffnen. »Was dabei?«

Bevor sie fragen kann, was er meint, wühlt er schon in ihren Sachen.

»Viel Spaß«, sagt er kurz darauf.

An der Kasse zahlt sie zehn Mark und bekommt einen dicken Stempel mit einer 311 auf den Handrücken gedrückt, der sofort auf der Haut verläuft.

Bevor sie die Stufen in den Untergrund hinabsteigt, wirft sie einen Blick zur Tür. Die anderen sind drin.

Der Treppenabsatz endet in einem Vorraum, in dem Menschen mit Piercings, Tribal-Tattoos und stark gegelten Kurzhaarfrisuren gegen die Lautstärke anreden. Von hier aus geht es zu den Toiletten sowie über zwei offene Eingänge in den Hauptraum, in dem nur Rauch und farbige Lichtblitze zu sehen sind. Ein schneller, harter Beat schmettert Charlotte daraus entgegen. Es gibt einen Kiosk, an dem Süßigkeiten und Zigaretten verkauft werden. Das ist gut zu wissen, denn ihr Päckchen Kippen ist schon halb leer.

»Du bist drin!«, springt ihr Franzi plötzlich in die Arme.

»Yeah«, jubelt Phil und Matze schlägt mit ihr ein.

»Darauf einen Kräuti«, beschließt Flo und geht voraus.

Das Überschreiten der Schwelle in den Hauptraum ist wie das Eintauchen in eine andere Welt: Es ist laut, dunkel und es blitzt. Zum Glück halten sie wenige Schritte später links an einer langen Bar, so kann sich Charlotte in dieser fremden Umgebung erst mal akklimatisieren.

Das U60311 erinnert an einen Bunker, die Wände sind massiv und aus nacktem Beton, die Decken niedrig. Mehrere dicke Säulen tragen die Last der Welt von dort oben auf ihren Schultern. Die Kulisse passt zu dem brachialen Sound und dem scharfen Stroboskoplicht, das die Szenerie aus tanzenden Körpern zerhackt. Die Musik ist ohrenbetäubend laut; man muss brüllen, um sich zu verstehen.

Ein großer Blonder kommt vorbei und grüßt Matze und Flo. Er ist sehr dünn und hat eine große Nase, die durch einen dicken Ring unnötig ins Rampenlicht gerückt wird. An seinen Ohrläppchen baumeln diverse Silberringe, um den Hals hat er sich ein wuchtiges Lederband mit silbernen Nieten und Stacheln geschnallt. Sein Haar ist glatt, seitlich gescheitelt und asymmetrisch geschnitten, eine Seite reicht bis zum Kinn, die andere ist kurz. Eine dicke Strähne hängt ihm ins Gesicht. Auf seinem schwarzen T-Shirt steht »Omen. 1988–1998«.

Krasser Typ, denkt sich Charlotte.

Nachdem sie sich ein paar Worte ins Ohr geschrien haben, ordert Matze fünf Kräuterlikör und Flo bezahlt. Als alle mit Getränken versorgt sind, dringen sie entlang der Bar tiefer in den Raum ein. Am Ende der Theke führt links der ehemalige Durchgang zur anderen Straßenseite ab, der heute in einer Sackgasse mit einer kleinen Bar endet. Rechts von der Gabelung prangt wenige Meter entfernt die hohe DJ-Kanzel, der links eine weitere Bar angeschlossen ist.

Dort treffen sie Conny, Schmitti sowie Kalle und seine Freundin Brina von *D&D*, die erst dem Geburtstagskind und dann Matze um den Hals fallen, bevor sie sich Charlotte, Franzi und Phil vorstellen. Kalle hat ein Ziegenbärtchen und Brina ganz kurzes Haar, was sie mit ihrer mageren Statur wie ein kleiner Junge wirken lässt. Das Paar ist ebenso nett wie die anderen vom *Walpurgis-Rave*.

Unbeholfen blickt sich Charlotte um und versucht, sich an diese Welt zu gewöhnen. Die Leute sehen so anders aus, alles ist so anders hier. Mädels tragen knallenge bauchfreie Oberteile und im Kontrast dazu derart weite Hüfthosen, die gerade noch als Schlaghosen bezeichnet werden können und auf dem Boden schleifen. Manche Typen haben sich ihrer T-Shirts entledigt und tanzen oberkörperfrei. Nahezu alle bewegen sich in einer hektischen Choreographie in Endlosschleife, die seltsam und cool zugleich aussieht.

Charlotte hat auch noch nie so laut Musik gehört. Es knallt und fiept, es gibt keinen Gesang, höchstens einzelne Wörter oder Sätze, die sich wiederholen. Der Techno hier ist heftiger als auf dem *Walpurgis-Rave*, härter und düsterer.

Plötzlich ertönt ein scharfes Zischen und Charlotte befürchtet in der ersten Schrecksekunde das Schlimmste. Aus dieser unterirdischen Falle kommt man so schnell nicht hinaus, sollte aus einem Rohr Gas austreten oder ein Feuer ausbrechen. Dann erkennt sie den Verursacher des Geräuschs: eine Nebelmaschine. Unter tosendem Blitzlichtgewitter hüllt der kalte Dunst in Windeseile alles ein, und für ein paar Sekunden ist nicht einmal mehr die eigene Hand vor Augen zu sehen. Pfiffe und Jubel drücken Begeisterung darüber aus.

Als sich der Nebel kurz darauf so schnell lichtet, wie er alles verschluckte, legt ihr Phil unauffällig eine *Superman* in die Hand.

Was würden ihre Eltern denken, wenn sie ihre Tochter in diesem Moment sehen könnten? Kurz flackern ihre geschockten Gesichter vor Charlottes geistigem Auge auf. Ecstasy zu schlucken ist eine andere Nummer, als Gras zu rauchen. Doch die Neugier überwiegt, Matze und Flo machen es schließlich auch und sind weder Junkies noch verblödet.

Charlotte gibt sich einen Ruck, beißt die bröckelige Pille in der Mitte durch und spült sie mit mehreren großen Schlucken Bier hinunter. Ein chemisch bitterer Geschmack breitet sich in ihrem Mund aus. Jetzt gibt es kein Zurück mehr.

Die andere Hälfte verstaut sie wie von Matze vorgeschlagen im Zellophan ihres Zigarettenpäckchens. Erst mal eine rauchen.

Matze und die anderen tanzen schon, nur Charlotte, Franzi und Phil sind steif wie Bretter und wissen nicht, was sie mit ihren Körpern anstellen sollen. Wer herumsteht, fällt auf. Und die drei fallen sehr auf.

Nach etwa zwanzig Minuten fühlt sich Charlotte unwohl, ihre Knie werden weich und die Hände feucht. Ihr ist flau im Magen, fast schon übel. Der Drang, sich hinzusetzen, konkurriert plötzlich mit dem Drang, sich zu bewegen. Nach einem weiteren großen Schluck aus ihrer Flasche weicht das unangenehme Gefühl einer schönen Wärme, die im Kopf aufflammt und von dort aus den ganzen Körper erobert. Charlotte weiß nicht, wie ihr geschieht, sie schaut Franzi an und vermutet, dass ihre Augen ebenso aufgerissen sind wie die ihrer Freundin.

Wieder zischt es und wenige Sekunden später ist nichts mehr zu sehen außer dichtem Nebel und hellen Blitzen. Das ist der Moment, in dem Charlotte vom Bass erfasst wird.

Als die Menschen um sie herum wieder zum Vorschein kommen, sehen ihre Tanzbewegungen abgehackt und krass aus, ihre Körper sind mit der Musik synchronisiert. Der Beat durchfährt Charlottes Körper und steuert sie von innen heraus, ihre Beine sind federleicht und können nicht anders, als zu stampfen. Der niemals endende Takt und diese klatschenden, röhrenden, knatternden und fiependen Sounds hypnotisieren Charlotte und versetzen sie in eine Trance. Jegliche Unsicherheit ist verflogen, völlig unbekümmert bewegt sie sich im Raum und vergisst die Zeit.

»Wasser!«, schreit Phil irgendwann.

Charlotte hat keine Ahnung, wie lange sie schon getanzt hat. Aber Matze hat ihnen eingebläut, viel Wasser zu trinken.

Als Charlotte ihre beiden Freunde anschaut, weiß sie: Phil und Franzi geht es genauso wie ihr. Aus ihnen sprudelt ebenfalls diese naive Glückseligkeit, die sie vorher nicht kannte.

Auf dem Weg zur Bar halten sich die drei an den Händen, um sich in dem Hindernisparcours aus zuckenden Gliedmaßen, glimmenden Zigaretten und blitzenden Lichtern nicht zu verlieren.

Es fühlt sich sehr intensiv an, als Phil Charlottes Hand ergreift. Sie wünschte, er würde nie wieder loslassen. Doch an der Theke löst er sich leider schon wieder von ihr. Nun hängen sie am Tresen wie an einem Rettungsboot: Erleichtert darüber, nicht gestolpert zu sein oder sich verbrannt zu haben.

Es herrscht Hochbetrieb und die wenigen Barkeeper haben alle Hände voll zu tun. Charlotte versteht nicht, nach welcher Reihenfolge sie die Wartenden abarbeiten, und glotzt bloß unbeholfen. Und als sich endlich einer auf Charlotte zubewegt und dann doch dem Mädel neben ihr zunickt, um ihre Bestellung entgegenzunehmen, ist Charlotte kurz vorm Verzweifeln. Sie will tanzen und nicht herumstehen!

Außerdem ist ihr Mund trocken wie die Sahara.

»Du warst vor mir!«, brüllt das Mädel überraschenderweise und deutet dem Barkeeper an, Charlotte zuerst zu bedienen.

Wie nett! So was ist ihr noch nie passiert. Normalerweise ist an einer Bar jeder sich selbst der Nächste.

»Danke!«, strahlt Charlotte und bestellt drei Wasser.

Doch beim Bezahlen ist sie wieder kurz vorm Verzweifeln. Ihr Blick ist derart verschwommen, dass sie weder Zahl noch Form der Münzen erkennt, die sie aus ihrem Geldbeutel fischt. Auf der Tanzfläche hatte sie das gar nicht bemerkt. Ein Auge zuzukneifen, bringt auch nichts. Franzi und Phil versuchen zu helfen, doch auch sie zucken kurz darauf mit den Schultern. Der Barkeeper wirkt genervt, also greift sich Charlotte irgendeinen Schein und steckt das Rückgeld blind ein.

Der vorbeiziehende Menschenstrom treibt die drei in den ehemaligen Übergang zur anderen Straßenseite. An der rechten Wand wurden zwei hohe Stufen eingezogen, links stehen Bartische und Barhocker. Es wird überall getanzt.

Doch die drei Freunde wollen sich setzen und unendlich viele Kippen rauchen. Sie finden eine Lücke auf der unteren Stufe und quetschen sich zwischen zwei Grüppchen. Die Luft ist feucht und heiß, der Schweiß rinnt ihre Körper hinab. Die Klamotten sind nass und kleben.

Bumm! Bumm! Bumm! »Abfaaahrt!!!«, hämmert und brüllt es plötzlich hinter ihnen.

Erschrocken drehen sie sich um und entdecken einen Typen mit nacktem Oberkörper, der gegen einen Metallschacht an der Decke hämmert und dabei strahlt wie ein kleines Kind auf dem Rummel.

Die tanzende Masse antwortet mit Pfiffen, einer schreit »Aijaijai!«

Bumm! Bumm! Bumm! Wieder schlägt er dagegen und motiviert alle anderen, mit ihm zu eskalieren. Den Gefallen tun sie ihm gerne.

Charlotte, Franzi und Phil staunen einfach nur darüber, was hier abgeht. So eine ausgelassene Stimmung haben sie noch nie erlebt, nicht einmal ansatzweise. Dicht aneinandergedrückt halten sich die drei an den Händen, um die tiefe Verbundenheit füreinander auszudrücken, die sie so noch nie empfunden haben. Ihre Freundschaft ist so echt und so wertvoll und einzigartig. Sie brüllen sich diese und weitere pathetische Worte in die Ohren und sind schlichtweg überwältigt: vom U60311, vom Techno, vom Tanzen und dem Miteinander. Allen hier scheint sprichwörtlich die Sonne aus dem Arsch, keiner will jemandem etwas Böses oder einen auf Macker machen.

Irgendein Typ hält ihnen ungefragt drei Kaugummis hin: »Das hilft!«

Dankbar nehmen sie die Streifen mit Pfefferminzgeschmack entgegen, auf etwas herumzukauen kommt jetzt gut.

»Viel Spaß noch!«, schreit er, bevor er tief im Raum verschwindet.

Charlotte blickt dem freundlichen Helfer in der Kiefernot nach und sieht Matze und Flo aus dem Getümmel ploppen. Euphorisch winkt sie die beiden zu sich.

»Da seid ihr ja! Euch geht's gut, was?«, lacht Matze und deutet auf Flo, der nicht stillstehen kann. »Der Typ hier ist genauso geschossen wie ihr!«

Der Besagte grinst mit seinen großen weißen Zähnen und setzt sich zu Charlotte.

»Lotte, wie locker! Bei mir scheppert's ganz schön!« Sein Kiefer driftet beim Sprechen ungesund nach rechts und links.

Bumm! Bumm! Bumm! »Abfaaahrt!«

Flo dreht sich um und feiert den Typen mit einem grellen Pfiff.

»Aijaijai!«, ruft wieder jemand von irgendwo.

Phil verteilt derweil Fluppen.

»Boah, ich schwitze so!«, stöhnt Charlotte.

»Techno ist eine schweißtreibende Angelegenheit!«, lacht Flo und schwitzt ebenso.

»Danke, dass ihr uns mitgenommen habt! Es ist ultrakrass toll!«

»Schön, dass ihr dabei seid! Ich habe dir doch gesagt, dass es abgeht!«

Charlotte drückt ihn fest und kann nicht aufhören zu grinsen. Das meinten die beiden also mit den unbeschreiblichen Glücksgefühlen.

Franzi muss aufs Klo und auch Charlottes Blase drückt plötzlich fürchterlich. Hand in Hand schlängeln sich die Freundinnen Richtung Toilette. Dort ist es unangenehm hell und es herrscht schrilles Geplapper, dazu wummert der Bass blechern. Charlotte zieht es in die schützende Dunkelheit. Während der anstrengenden Wartezeit füllen andere Mädels ihre leeren Flaschen mit Leitungswasser auf. Gar keine dumme Idee, denkt sie sich, und tut es ihnen gleich. Als ihr Hintern endlich in der Skispringerpose über der Kloschüssel schwebt, kommt nichts aus ihr heraus. Trotz intensivem

Pressen, Mit-dem-Po-Wackeln und Sich-gut-Zureden dauert es eine halbe Ewigkeit, bis endlich der erste Tropfen kommt – und dann zu einer regelrechten Sturzflut anschwillt. Nachdem das geschafft ist, wird als Nächstes das Anziehen zum Kraftakt. Die durchgeschwitzte Jeans ist störrisch und will sich kaum mehr hochziehen lassen.

Zum Abschluss der Klo-Odyssee bekommt Charlotte einen ordentlichen Schrecken beim Blick in den Spiegel am Waschbecken. Ein blasses Ebenbild glotzt ihr entgegen, vom Blau ihrer Augen ist nichts mehr zu sehen. Die Pupillen sind riesig! Ihre Haut glänzt speckig, die Haare sind nass, die Wimperntusche hängt unter den Augen. Sie sieht beschissen aus, aber fühlt sich fantastisch.

Franzi wischt ihr lachend mit hartem Klopapier die Mascara von den Backen und Charlotte muss dabei an ihre geliebte Oma denken, wie sie ihr als Kind nach dem Essen den Mund mit der Schürze abwischte.

Auf dem Rückweg bedankt sich die freundlich strahlende Toilettenfrau herzlich für die Münzen, die in ihrem Schälchen klirren. Charlotte weiß nicht, ob sie zehn Pfennig oder eine Mark hineingeworfen hat.

Endlich zurück bei den anderen treffen sie Tamara und Sebastian. Kurz schämt sich Charlotte für ihr desolates Aussehen, aber sie fällt hier damit zum Glück nicht aus der Reihe. Ziemlich viele sehen mittlerweile verschoben aus, auch Sebastians Augen stechen noch mehr als auf dem *Walpurgis-Rave*.

»Ey, der Liebling fängt gleich an!«, schreit Flo und empfiehlt, die andere Hälfte nachzulegen.

Gesagt, getan, und kurz darauf folgt wieder der bittere Geschmack.

Keine zehn Minuten später entdeckt Charlotte einen super gelaunten Typen in der DJ-Kanzel. Er hat kurz geschorenes

Haar, eine monströs sympathische Ausstrahlung und ein noch monströseres Grinsen.

Die Truppe zieht es mitten ins Getümmel, das U60311 ist proppenvoll. Wie spät mag es wohl sein? Charlotte hat kein Zeitgefühl. Neue Energie kocht in ihr hoch und Chris Liebing reißt sie ab seiner ersten aufgelegten Platte mit. Das Tanzen fällt so leicht, Techno ist ihr schon in Leib und Seele übergegangen. Hier feiert jeder mit jedem, es ist völlig anders als auf allen Partys, auf denen sie jemals war.

»Ist das Schranz?«, will Charlotte von Flo wissen, als ein Track besonders reinknallt.

»Ja! Die Scheibe gerade ist der *Dandu Groove* – das ist so ein brutales Brett!«

»Sau-fett!« Mehr kann sie nicht sagen. Flo pfeift und strahlt.

Der Bass rumpelt ohne Unterlass, und trotz aller vermeintlichen Eintönigkeit schafft es Chris Liebing, ständig neuen Drive in sein Set zu bringen und immer wieder einen draufzulegen. Es ist ein Rätsel für Charlotte, wie dieser Typ das macht – sie weiß nur, dass sie nicht aufhören kann zu tanzen. Ihr Kopf hat die Kontrolle an die Musik abgegeben, sie ist beglückt und empfindet Liebe für alles und jeden. Ihre besten Freunde scheinen dasselbe zu fühlen, ebenso wie alle hier in diesem Moment. Schmitti und die anderen von *D&D* sind Charlotte schnell ans Herz gewachsen. Selbst Conny nervt nicht, die hängt heute an Matzes Rockzipfel und die beiden flirten heftig miteinander. Phil lässt sie bis auf die überschwängliche Begrüßung zuvor zum Glück links liegen. Aber er hat ohnehin nur Sinn für die Musik und seinen Rausch.

In den Morgenstunden werden die Beine dann doch schwer und irgendwann sitzen die Freunde auf der Stufe wie die Hühner auf der Stange. Ihre Arme grooven zum Takt, komplett stillhalten ist unmöglich.

Charlotte beobachtet erstaunt, wie neue Gäste in Gestalt von asiatischen Ladyboys auf der Tanzfläche ausschwärmen und in knappen Abendkleidern auf Männerfang gehen. So etwas gibt es in ihrem Städtchen nicht.

Langsam leert sich das U60311, und nachdem sich Conny und die anderen verabschiedet haben, fragt auch Matze, ob sie abhauen wollen.

»Noch eine halbe Stunde, bitte!«, feilscht Flo wie ein Kind mit seiner Mutter, das nicht ins Bett gehen will.

Mama Matze lässt sich breitschlagen: »Aber nur, weil du Geburtstag hast!«

Mit den letzten Minuten im Nacken raffen sich auch Charlotte, Franzi und Phil noch einmal auf und schütteln die restliche Energie aus ihren Leibern. Gegen sieben Uhr verlassen sie den Untergrund.

Krasser Cut.

Die Köpfe brummen, die Ohren fiepen und ihre Stimmen sind belegt, als hätten sie eintausend Zigaretten geraucht. Haben sie auch. Die feuchte Luft und die Nebelmaschine haben ihnen den Rest gegeben. Ihre Augen sind schwarze Knöpfe in dunklen Höhlen, ihre blasse Haut hat einen ungesunden Gelbstich.

Eine Kehrmaschine fährt einsam den Roßmarkt entlang und gibt ein tristes Bild ab. Ihr Auto steht noch und es klemmt kein Knöllchen am Scheibenwischer. Glück gehabt. Nichts wie rein.

Es ist die reinste Erlösung, als Matze eine *Clubnight* einlegt und wieder ein Bass zu hören ist. Die dröhnende Stille der Realität war schwer auszuhalten.

»So, dann bringe ich euch mal nach Hause, ihr seht ganz schön durch aus«, amüsiert er sich. »Ihr drei da hinten habt ordentlich abgeschranzt, für das erste Mal gar nicht übel. Und dich, Franzi, dich nenne ich ab sofort nur noch Schranzi!«

»Alter, wenn du müde bist, laberst du noch mehr Müll als sonst«, stichelt Flo.

»Komm schon, der ist ja wohl nicht schlecht.«

»Finde ich auch! Nennt mich ab sofort nur noch Schranzi«, freut sich Franzi auf der Rückbank.

»Und jetzt alle zur After zu mir!«, beschließt Flo.

Die Mädels müssen ihre Mütter informieren, dass sie heute später nach Hause kommen. Offiziell hat Charlotte bei Franzi und Franzi bei Charlotte geschlafen. Ein Anruf kommt allein schon wegen der Uhrzeit nicht infrage, deshalb schreiben sie SMS. Beim Tippen kneifen sie ein Auge zu, um den Text auf dem Display einigermaßen lesen zu können. Es ist zwar nicht mehr ganz so doll wie heute Nacht, mit dem Abflachen des Ecstasy-Flashs klärt sich auch der Blick wieder. Aber Charlotte merkt, dass sie noch drauf ist. Zum Glück kann sie die Tastatur blind bedienen. Dennoch dauert das Verfassen der Kurznachricht in ihrem Zustand ewig. Zweimal die Vier ergibt ein H, einmal die Zwei ein A, dreimal die Fünf ein L und noch dreimal die Fünf für das zweite L, dreimal die Sechs ein O und so weiter ...

Als die Nachricht endlich gesendet ist, beobachtet Charlotte erschöpft und hellwach zugleich, wie die von Abgasen ausgemergelten Bäume auf der Autobahn an ihnen vorbeifliegen. Die drei kuscheln auf der Rückbank und fühlen sich wie in Watte gepackt.

Endlich vor Flos Haus angekommen, entfährt Charlotte beim Aussteigen ein Quieken: »Franzi, dein Kleid!«

»Was ist denn?«

»Dein Arsch ist schwarz!«

»Scheiße!«, ruft sie kurz darauf im Flur vor dem Spiegel.

»Eins-a-Clubsiff«, grinst Matze, »den kriegst du nie wieder raus.«

Klar, sie hatten sich einfach überall hingesetzt, ohne daran zu denken, dass dort vorher getanzt, geschwitzt, geraucht und gekleckert wurde.

Franzi nimmt es zum Glück gelassen, dass ihr Lieblingskleid ruiniert ist. Sie wird es sich einfach noch einmal kaufen, es hängt noch massenweise im Laden der schwedischen Modekette.

Flo lässt als Erstes die Rollläden der beiden kleinen Wohnzimmerfenster herunter, um neugierigen Passanten den Einblick zu verwehren. Auf einer After ist es ohnehin eher störend zu wissen, ob es bereits hell oder wieder dunkel draußen ist, wie er findet.

Die fünf legen nach und leeren die Flasche Kräuti. Im Rausch der Afterhour tauschen sie freundschaftliche Nähe aus, streicheln sich beim Gruppenkuscheln über Köpfe, Arme und Hände. Mit Franzi und Phil fühlt sich Charlotte auf einer neuen Ebene verbunden, Matze und Flo sind ihr so vertraut, als würde sie die beiden schon ewig kennen.

So nah war sie Phil noch nie. Irgendwann zittert sie vor Erregung und hofft, dass es keinem auffällt. Am liebsten wäre sie jetzt allein mit ihm ... Ihr Verlangen ist unendlich.

Der Tag verfliegt, sie lümmeln auf der Couch, hören Techno und reden über die Nacht. Irgendwann lachen sie so sehr, dass ihnen die Tränen laufen und die Bäuche wehtun.

Abends kratzen sie ihr letztes Geld zusammen und bestellen Pizza. Das Essen fällt ihnen schwer, die Mundhöhlen sind wund und die Kiefer schmerzen, beides Nachwirkungen von den Pillen. Charlotte kaut ewig auf dem Teigklops herum, trotzdem tut er im Magen gut.

Danach lässt sich Phil von seinem Bruder abholen. Er nimmt auch die Mädels mit, Matze bleibt bei Flo. So wie fast jedes Wochenende.

Zuhause schließt Charlotte vorsichtig die Haustür auf und lauscht in den Flur hinein. Im Wohnzimmer läuft der Fernseher, ihre Eltern sind da. Heimlich schleicht sie nach oben, um sich den Club-Gestank abzukratzen. Eine Melange aus Rauch, Schweiß und Dreck. Sie duscht heiß und schlüpft in bequeme Klamotten. Nach einem prüfenden Blick in den Spiegel befindet sie ihr Aussehen für okay und traut sich nach unten.

»Na, wie war's? Möchtest du etwas essen?«, fragt Birgit von der Couch aus und nimmt ihre Tochter zum Glück nicht genauer unter die Lupe.

Charlotte antwortet einsilbig, dass alles super war und sie bei Franzi zu Abend gegessen hat. Und dass sie fürchterlich k.o. ist und oben im Bett einen Film schauen will.

»Trink doch nicht immer so viel. Man kann auch ohne Alkohol Spaß haben!«, weist die Mutter sie einmal mehr zurecht.

Das stimmt, denkt sich Charlotte.

Im Bett breitet sich eine angenehme Leere in ihr aus. Die Lavalampe hat noch nie so schön geblubbert.

Diese Nacht war das Geilste, was sie je erlebt und je gefühlt hat. Und dann dieser Morgen ... Elektrisiert denkt sie an ihn zurück. Ob Phil es auch so geil fand, sie zu streicheln?

— - —

»Happy birthday to you, happy birthday to you, happy birthday, liebe Lottemotte, happy birthday to you!«

Der schiefe Gesang ihrer Eltern reißt Charlotte aus dem Schlaf. Verdattert wird sie umarmt und zum Frühstück gebeten.

Endlich volljährig!

Bestens gelaunt schlüpft sie an diesem sonnigen Samstag in ihren Jogginganzug und freut sich über den pompös gedeckten Esstisch mit Rührei, Käse, Wurst, Lachs, Brötchen, Croissant, Schokocreme und verschiedenen Marmeladen. Auf Charlottes Teller wartet eine Geburtstagskarte mit einer glitzernden Achtzehn darauf und Glückwünschen darin.

Plopp!

Manfred schießt einen Sektkorken durch die Luft und kündigt an, dass sie ihr Geschenk bekommt, wenn er aus dem Stoffladen zurück ist. Birgit nimmt sich frei, um bei den Vorkehrungen für die Gartenparty zu unterstützen, zu der Charlotte bereits vor Monaten eingeladen hat. Inzwischen würde das Geburtstagskind allerdings heute viel lieber ins U60311 gehen … Aber die Einladung steht und immerhin ist es ein wunderschöner Sommertag, also eigentlich ja auch perfekt für eine Grillfete.

Die Vorbereitungen dauern bis in den Nachmittag: einkaufen gehen, Salate zubereiten, Kuchen backen. Der Küchentisch wird zum Buffet umgewandelt, an dem sich ihre Freunde später bedienen können. Charlotte legt CDs von Bob Marley, The Doors, Alanis Morissette und den Guano Apes neben der Stereoanlage im Wohnzimmer bereit. Der Garten wird mit Girlanden und Luftballons geschmückt und mit allen verfügbaren Stühlen bestückt.

Franzi und ihre Mutter Angie sind die ersten Gäste und überreichen dem Geburtstagskind einen riesigen Strauß bunter Frühlingsblumen. Sie trinken gerade Kaffee und essen Birgits leckeren Eierlikörkuchen, als es an der Tür klingelt.

Das wird Papa mit dem Geschenk sein, denkt sich Charlotte und flitzt zur Tür.

»Kommen Sie mal her, junge Dame!«, ruft er.

Ihr Herz macht einen Sprung, als sie das schwarze Auto mit

der großen roten Schleife auf der Motorhaube entdeckt. Sie hatte es so sehr gehofft! Der Kleinwagen hat seine Glanzzeiten hinter sich, trotzdem ist Charlotte schockverliebt.

»Ein Auto!«, quiekt sie und fällt ihm um den Hals.

»Steig mal ein.«

Aus Gewohnheit geht sie zur Beifahrertür.

»Falsche Seite!«, lacht ihr Vater und Charlotte kichert aufgekratzt. Nachdem sie auf dem Fahrersitz Platz genommen hat, stellt sie als Erstes Sitz und Spiegel ein – wie in der Fahrschule gelernt.

»Schade, dass ich noch nicht fahren darf!«

»Wir holen gleich am Montag deinen Führerschein, versprochen. Gefällt es dir?«

»Und wie! Danke, Papa! Danke, danke, danke!«

Die anderen kommen aus dem Garten und Charlotte fällt ihrer Mutter um den Hals.

»Jetzt habe ich mein Auto wieder für mich allein«, lacht Angie und freut sich für Charlotte.

Franzi ist genauso aufgeregt wie ihre Freundin und inspiziert mit ihr sämtliche Knöpfe, Hebel und Fächer im Innenraum. Angie verabschiedet sich und wünscht eine tolle Party.

Kurz darauf kommen Phil, Steff und Adriane um die Ecke, gefolgt von Yvi, Sabbel, Höfinger und weiteren aus ihrer Clique. Nachdem alle das Geburtstagsgeschenk bestaunt haben, gehen sie hinters Haus in den Garten, wo Manfred den Grill anfeuert und Birgit die Getränkeversorgung übernimmt. Matze und Flo verspäten sich wieder einmal.

Es sind die einzigen neuen Gesichter für Charlottes Eltern, und ihr Vater ist auf Anhieb begeistert von den beiden gut gelaunten Zeitgenossen.

Noch vor dem Essen werden Ständchen gesungen und Geschenke überreicht. Franzi hat eine große Karte mit Fotos aus der Schulzeit gebastelt, auf der alle unterschrieben haben. Darin liegen Gutscheine für die Plattenkiste, die schwedische Modekette und den indigenen Schmuckladen.

Matze und Flo schenken ihr einen Schuhkarton voller Tapes von der *HR XXL Clubnight*, worüber sich Charlotte besonders freut. Seit letztem Wochenende ist sie infiziert von Techno.

Freudestrahlend bedankt sie sich bei allen und erklärt das Buffet für eröffnet. Ihre Freunde applaudieren und werden von Birgit und Manfred mit Speis und Trank vollgestopft.

Nach einer maßlosen Völlerei ziehen sich Matze, Flo und Phil auf die Hollywoodschaukel zurück, die anderen bleiben am Gartentisch. Charlotte springt zwischen diesen beiden Lagern hin und her und wechselt ab und zu die CD im Wohnzimmer.

Kurz nach zehn verabschieden sich ihre Eltern endlich ins Schlafzimmer. Umgehend fangen Steff und Flo an, Joints zu bauen. Charlotte trommelt alle an der Hollywoodschaukel zusammen und bittet Matze, eine *Clubnight* auszuwählen und in den tragbaren Kassettenrekorder einzulegen, den sie aus ihrem Zimmer geholt hat. Sie will ihren Freunden endlich vom U60311 erzählen!

Es artet schnell in einer übertriebenen Schwärmerei aus, in die auch Franzi und Phil einstimmen. Ihre Schulfreunde begegnen dem mit Skepsis, auch die Musik, die da aus dem Ghettoblaster knattert, ist überhaupt nicht deren Ding.

Spätestens ab dem Teil mit den Pillen kippt die Stimmung endgültig. Kiffen und saufen ja, aber bei chemischen Substanzen hört der Spaß auf. Sabbel und Yvi verabschieden sich bald darauf als Erste und lösen eine Kettenreaktion aus. Keine halbe Stunde später sind nur noch Franzi, Phil, Matze und Flo übrig. Die Gastgeberin ist geknickt und ärgert sich über die Reaktion ihrer Freunde.

»Scheiß drauf«, findet Matze.

»Genau, wir sind doch da«, lächelt Phil milde.

»Auf dich, Lotte!«, prostet Flo.

»Auf die Beste!«, ergänzt Franzi.

Die fünf sitzen bis tief in die Nacht unter dem klaren Sternenhimmel und reden über das U60311 und übers Feiern. Das Tanzen auf Techno war für Charlotte wie stundenlanger Sex. Diese Emotionen und diese Euphorie, die von dieser Musik ausgelöst werden, kann sie nicht in Worte fassen. Sie musste es erst erleben, um es zu verstehen.

Charlotte ist glücklich und möchte diese Nacht mit keinen anderen Menschen zusammen sein als mit diesen vier, die ihre Gefühle teilen. Ihre Vorfreude auf die nächste Party ist riesig, denn nächsten Sonntag wird sie den berühmten Sven Väth live erleben.

— – —

Nach einem öden Montag wird Charlotte von ihrem Vater mit ihrem Auto vom Büro abgeholt. Keine Stunde später überreicht er ihr vor der Führerscheinstelle feierlich den Autoschlüssel.

»Ich kann nicht glauben, dass du schon so groß bist. Erst gestern hast du noch …«

»Endlich!«, unterbricht Charlotte seine Wehmut und wirft sich energisch auf den Fahrersitz.

Zuerst Sitz und Spiegel justieren, die Kupplung treten, den Schaltknüppel in den Leerlauf rangieren und dann erst den Motor anlassen.

»Ganz ruhig«, sagt ihr Vater.

»Jaha.«

Trotz großer Nervosität schlägt sich Charlotte wirklich gut auf ihrer ersten Fahrt ohne Fahrschullehrer. Sie setzt ihren

Vater am Stoffladen ab und präsentiert ihrer Mutter stolz den Führerschein.

»Und jetzt hole ich Franzi ab!«

»Pass bitte auf«, mahnt ihre Mutter.

Dann ist sie zum ersten Mal allein am Steuer. In ihrem eigenen Auto! Konzentriert bis in die Haarspitzen lenkt sie den kleinen Flitzer ins Industriegebiet, wo Franzi auf den Beifahrersitz springt und quiekt: »Krass, du fährst Auto!«

Charlotte strahlt über beide Backen. »Darf ich vorstellen? Das ist Blackie. Ich habe ihn soeben so getauft.«

»Freut mich, dich kennenzulernen, Blackie«, lacht Franzi.

»Er freut sich auch. Erst mal 'ne Fluppe auf unserer ersten Fahrt!«

Franzi feuert mit dem Zigarettenanzünder zwei Glimmstängel an und Charlotte schiebt derweil eine Kassette ins Tapedeck: eine *Clubnight* von Sven Väth vom April dieses Jahres.

Mit ihrer Zigarette zwischen den Lippen fragt sie lässig: »Wo soll es hingehen, Madame?«

»Lass uns was futtern, ich hab Kohldampf.«

Aufgeregt steuert Charlotte Blackie durch den Drive-in. Auf dem Parkplatz des Fastfood-Restaurants verdrücken die beiden Burger mit Pommes und cruisen danach ziellos durch die Gegend, bis sie zur Dämmerung am Aussichtspunkt unweit des Wanderlokals auf dem Hügel parken, um den Sonnenuntergang anzuschauen.

»Heute beginnt ein neues Leben für dich«, prophezeit Franzi und untermalt damit das leuchtende Abendrot. Und sie wird recht behalten.

— - —

4. Juli 1999

Love Family Park 4
Sven Väth, Massimo, Chris Zander
DUNLOP PARK

Auf dem *Love Family Park*, den alle einfach *Lovepark* nennen, tanzen in Hanau bereits zum vierten Mal in Folge am ersten Sonntag im Juli mehrere Tausend Technofans auf einer Wiese. Was jedoch bei Tageslicht längst nicht so cool aussieht wie im Schutze der Dunkelheit mit schmeichelnden Stroboblitzen. Trotzdem sieht Charlotte nur glückliche Gesichter, die sich vergnügen und sich scheinbar nicht den Kopf darüber zerbrechen.

Die fünf teilen sich Teile und fläzen auf Flos Picknickdecke. Der Bass beschallt die Welt, das gleiche chemische Glücksgefühl wie im U60311 strömt durch ihre Körper, und Schäfchenwolken zeichnen schöne Figuren am Himmel. Die Hitze drückt, dennoch fühlen sie sich wunderbar. Matze und Flo kennen einen Haufen Leute, die bei ihnen stehen bleiben und sie freudig begrüßen und sich den drei neuen Gesichtern vorstellen.

Stunden verfliegen wie Minuten, ohne dass Charlotte wüsste, was konkret geschehen ist. Es geht ihr einfach nur gut und sie ist glücklich.

Als am Nachmittag de Babba an die Turntables tritt, wird es Zeit, ihre Wohlfühloase zu verlassen. Sie legen nach und suchen sich einen Platz in der Nähe des DJ-Pults. Die Masse flippt aus, als Sven Väth die Arme zur Begrüßung hochreißt.

»Der hat ja die gleiche Frisur wie der krasse Typ aus dem U!«, ruft Charlotte verblüfft. Den Typen mit dem Omen-Shirt hat sie vorhin auch schon hier herumstolpern sehen. Flo erklärt ihr, dass Sven Väths Hardcore-Fans *Väthischisten* genannt werden und an dem blondgefärbten, strack frisierten asymmetrischen Haarschnitt zu erkennen sind.

Sven Väths Aura ist fast körperlich zu spüren, Charlotte ist komplett überwältigt.

Wie ein Schamane leitet er seine Jünger mit Beats und Bässen an und sie tanzen ihm zu Füßen. Techno ist seine Predigt, er wird gefeiert wie ein Guru. Die Euphorie der Masse ist ansteckend, und Charlotte kann kaum fassen, was das für eine Gemeinschaft ist. Sven Väth schickt sie auf einen Trip und steigert die Ekstase ins Endlose.

Eine verzerrte Computerstimme brennt sich dabei unauslöschlich in ihrem Hirn ein:

»Das kommt von Herzen
Komm auf die Leiter
Wir sind doch anders
Wir machen weiter«

Die Zeilen wiederholen sich mantraartig und bescheren Charlotte einen nahezu spirituellen Höhepunkt. Er trifft das Gefühl der Tanzenden auf den Punkt und wird zur Hymne der gesamten Technoszene. Charlotte bekommt fortan jedes Mal Gänsehaut, wenn sie diesen Track hört.

— – —

Der *Lovepark* ist der Startschuss in einen Sommer, der anders wird, als Charlotte es sich je hätte vorstellen können. Sie hat einen fahrbaren Untersatz, ist volljährig und süchtig nach Techno. Es ist ein völlig neues Lebensgefühl, das sie beflügelt.

Jede noch so kurze Strecke wird mit Blackie zurückgelegt und nichts anderes als eine *Clubnight* kommt dabei in ihr Tapedeck. Nach und nach stockt sie ihre Sammlung auf und überspielt weitere Kassetten von Flo. Die Etiketten beschriftet sie mit ihrer schönsten Schrift.

Jede freie Minute verbringt sie mit Franzi, Phil, Matze und Flo und lernt nach und nach deren Technofreunde kennen. Zum engeren Kreis gehören Conny, Kalle, Brina, Schmitti, Sebastian und bis vor Kurzem noch Tamara. Seit der Trennung von Sebastian ist die nun aber eher mit den anderen unterwegs. Die Clique umfasst an die dreißig Leute, und Charlotte fällt es anfangs schwer, ihre Namen zu behalten.

Die Freunde treffen sich an Badeseen, in Biergärten, auf Partys von *D&D* und vor allem in den Technoclubs des Rhein-Main-Gebiets. Die meisten von ihnen sind um die zwanzig oder älter und haben schon ein paar Jahre Feierei auf dem Buckel. Darauf bilden sie sich jedoch nichts ein, ganz im Gegenteil, die drei Neuankömmlinge werden mit offenen Armen aufgenommen und in die Szene eingeführt.

Anders als Charlottes Freundeskreis, der sich organisch aus ihrer Kindheit und Jugend heraus entwickelt hat, ist das ein bunt gemischter Haufen. Diese Truppe verbindet die Leidenschaft für Techno und Feiern. Und die ist ihnen anzusehen: Sie tragen weite Hosen, die auf dem Boden schleifen und nur knapp bis über den Po reichen, gehalten von Stoffgürteln mit Metallschnallen. Die Bauch- und schulterfreien Tops der Mädels legen Arschgeweihe frei, die Jungs stehen auf Tanktops und zeigen ihr Musikwissen mit T-Shirts von Plattenlabels.

Enge Trainingsjacken mit hochgeschlossenen Kragen bis unters Kinn stehen bei allen Geschlechtern hoch im Kurs, ebenso wie asymmetrische Frisuren in knalligen Farben. Alle sind zugetackert mit Piercings und Tattoos und schmücken sich mit Silberringen, breiten Lederarmbändern und Perlenketten aus buntem Holz oder weißem Plastik.

Die Szene erkennt sich an ihren Outfits. Mehr noch, sie können sogar unterscheiden, in welcher Subszene derjenige unterwegs ist, ob Techno, House, Trance, Goa oder Drum 'n' Bass. Es ist eine faszinierende Welt für Charlotte, die sie erkunden will.

Die fünf fahren extra nach Frankfurt zum Klamottenkaufen, denn die Marken der Clubszene gibt es nicht in den Läden ihres Städtchens. Für Matze und Flo bedeutet Shoppen vor allem eines: Platten kaufen. Also steuern sie vom Parkhaus an der Konstablerwache als Erstes ins Delirium in der Töngesgasse. Zum Glück gibt es dort auch Klamotten, was somit vorerst alle beschäftigt. Charlotte fühlt sich etwas unwohl und hochnäsig beäugt von den DJs und jenen, die es sein wollen. Matze und Flo lassen sich davon nicht beirren und grasen die Neuerscheinungen ab. An der Kasse erzählt ihnen DJ Ata, einer der Betreiber des Deliriums, von seinem neuen House-Club Robert Johnson in Offenbach, und Matze und Flo versprechen, dort demnächst vorbeizuschauen.

Ein paar Hausecken weiter stehen sie auf der Einkaufsmeile *Zeil*, die allein mehr Geschäfte als ihr ganzes Städtchen zu bieten hat. Die lassen sie jedoch links liegen und klappern stattdessen die kleinen Geschäfte mit Clubwear ab, in denen Techno läuft und in die sich niemand verirrt, der nicht zur Szene gehört. Charlotte fühlt sich wie eine Eingeweihte. Auf ihrer Shoppingtour zeigen Matze und Flo das ehemalige Parkhaus, in dem ihr Lieblingsclub Omen war. Dabei passieren sie auch den tagsüber unscheinbaren Betonkasten am anderen Ende des Goetheplatzes, der nachts zum Leben erwacht und zu Charlottes Sehnsuchtsort geworden ist: das U60311.

Nach ein paar Stunden sind die Tüten voll und ihre Geldbeutel leer. Charlotte hat eine weite schwarze Schlaghose aus dickem Stoff mit Bügelfalte und ein bauchfreies Top in Hellblau ergattert, Phil eine braune Kapuzenjacke aus Neoprenmaterial und Franzi einen hellgrauen Rucksack, der diagonal um den Oberkörper geschnallt wird. Matze und Flo haben ihr Geld in Vinyl investiert.

Zum Abschluss führen die beiden ihre drei neuen Freunde in einen kleinen japanischen Supermarkt unweit des Parkhauses, in dem Sushi an der Frischetheke verkauft wird. Dieser Laden ist nicht nur olfaktorisch, sondern auch optisch eine fremdartige Welt, vollgestopft mit exotischen Lebensmitteln und asiatischen Etiketten darauf, die Charlotte weder lesen noch erahnen kann, um was es sich dabei handeln könnte.

Matze und Flo stellen verschiedene Maki und Nigiri zusammen und erklären den dreien, wie man als mondäner Großstädter Sushi mit Stäbchen, Sojasauce, Ingwer und Wasabi isst.

Charlotte, Franzi und Phil sind begeistert von diesem neuen Geschmackserlebnis und legen fortan bei jedem künftigen Frankfurt-Bummel einen Stopp dort ein.

Als die Vorhersagen für eine Nacht von Samstag auf Sonntag tropische Temperaturen prophezeien, lädt Matze spontan zu einer Grillparty ein. Er werde ein paar Kästen Bier und Würste besorgen und jeder solle mitbringen, was er ansonsten gerne essen und trinken möchte. Charlotte weiß sofort, was das sein wird: ein altmodischer Nudelsalat mit Mayonnaise und Curry, gekochten Eiern, Erbsen und Möhren aus der Dose, Gewürzgurken und Fleischwurst.

Franzi wartet schon mit einer Flasche Sekt und einem grünen Salat vor dem Haus, als Charlotte mit Blackie vorfährt.

Die beiden gehen heute zum ersten Mal zu Matze und sind gespannt wie die Flitzebögen, wie er lebt. Er wohnt ebenso wie Phil in einem Dorf, das außer einer Kirche und einer Kneipe nichts zu bieten hat. Seine Eltern Maggie und Ulf sind Landwirte und betreiben einen kleinen Hofladen mit Obst, Gemüse, hausgemachtem Apfelwein und selbst gebrannten Schnäpsen.

Anders als Flo hat Matze keine Ambitionen, sein gemütliches Nest zu verlassen. Matzes Eltern sind Alt-68er und ziemlich locker; obendrein genießt er den Rundumservice seiner Mutter, die wäscht, putzt und kocht. Im Gegenzug hilft er auf dem Hof und gibt einen Obolus zu den Umlagen dazu.

Vor seinem Haus parken ein paar bekannte Autos.

»War klar, dass *die* schon da ist«, stöhnt Franzi.

Conny lässt keine Gelegenheit aus, Phil anzubaggern, und zu allem Überfluss ist er total begeistert von ihr. Charlotte kocht vor Eifersucht, wenn sie dabei ist und sich in den Mittelpunkt drängt. Eigentlich genügt es schon, ihren Namen zu hören. Charlottes einziger Trost ist, dass die blöde Kuh seit ein paar Wochen zwischen Matze und Flo hin- und herswitcht – je nachdem, welches Bett nach einer Party frei ist. Charlotte und Franzi fühlen sich in ihren Vorurteilen gegenüber der Friseurin bestätigt: Schlampe.

Die beiden gehen, wie von Matze angewiesen, ohne zu klingeln um das alte Haus herum und gelangen in einen großen Garten, an den die Obstfelder der Familie grenzen. Die Wiese wächst wild, in der einen Ecke liegt ein Gemüsebeet, in der anderen steht ein Gartenhäuschen für Werkzeuge und Gerümpel.

Tische, Stühle und Liegen sind verwittert, hier und da hängen von Wind und Wetter gezeichnete Lampions sowie eine buddhistische Gebetsfahne. Es ist hippiesk und idyllisch.

Charlotte liebt es.

Aus der Erdgeschosswohnung bumpert chillige elektronische Musik, das muss Matzes Etage sein. Schmitti, Sebastian und Kalle stehen mit dem Gastgeber am Grill, der gerade mit der Zange hantiert und Bratwürste wendet. Auf einem kleinen Tisch daneben stehen Schüsseln mit Salaten und geschnittenem Brot. Charlotte und Franzi stellen ihre Mitbringsel dazu und begrüßen die Jungs.

Matzes Mutter kommt aus dem Haus, sie hat ebenso hellbraune Augen wie ihr Sohn und grau gesträhnte brünette Locken. »Na, euch zwei Hübschen kenne ich ja noch gar nicht. Ich bin Maggie, herzlich willkommen bei uns!« Strahlend breitet sie ihre Arme aus und drückt die Mädchen an sich.

An einem großen Holztisch mitten auf der Wiese sitzen Phil, Flo, Conny, Tamara, Brina und ein paar andere, die Charlotte in den letzten Wochen kennengelernt hat. Mittendrin raucht ein Mann mit Rauschebart und langem weißem Haar. Das muss Ulf sein. Er reicht den Gästen herzlich die Hand und wendet sich wieder dem Gespräch mit Flo und Phil zu, mit denen er sich gerade über den Unsinn der Wehrpflicht echauffiert.

Maggie stellt Franzis Sekt kalt und bietet den beiden ein Glas gekühlten Prosecco an, das sie gerne annehmen.

Nach und nach trudeln weitere Freunde ein und alle kennen Matzes Eltern. Es wird lange gegessen und Charlotte freut sich, dass ihr Salat gut ankommt und die große Schüssel bis auf die letzte Nudel leer geputzt wird.

Zu ihrer Verwunderung wird vor Maggie und Ulf gekifft, was bei ihren Eltern und allen anderen, die sie bisher kannte, undenkbar wäre. Aber nicht nur das: Die beiden rauchen sogar mit. Zur Krönung spendiert Ulf eine Flasche Obstbrand aus dem Laden und gießt allen ein. Charlotte fühlt sich pudelwohl hier.

Mit der Dunkelheit verabschieden sich die Eltern nach oben in ihre Wohnung. Kurz darauf wird eine chemische Substanz ausgepackt: Speed.

Charlotte möchte wissen, wie der Fitmacher wirkt. Sie hat zwar ein wenig Angst, ewig nicht schlafen zu können, denn Matze war einmal drei Tage lang wach davon. Doch ihre Neugier überwiegt, und eine solch lange Wirkung scheint ohnehin die Ausnahme zu sein. Alle hier nehmen es regelmäßig, nur bei Charlotte, Franzi und Phil ist es das erste Mal.

Matze legt mit seiner Krankenkassenkarte vier Lines des weißen Pulvers auf eine CD-Hülle. Die benutzt er nicht zum ersten Mal dafür, wie einige Kratzer mit weißen Spuren darauf verraten. Die drei beobachten aufmerksam, wie er das feingehackte Pulver mit einem gerollten Zehnmarkschein durch die Nase zieht. Danach hält er das Röhrchen Charlotte hin, die es ihm ohne mit der Wimper zu zucken nachmacht.

»Aua!«

Der Schmerz schlägt wie ein Blitz im Hirn ein, und eine Träne kullert aus dem Auge über dem Nasenloch, durch das sie gezogen hat.

»Alter, du bist ja der reinste Staubsauger«, grinst Matze.

Franzi und Phil benötigen mehrere Anläufe, bis das Amphetamin in ihren Nasen verschwunden ist, verziehen jedoch nicht minder ihre Gesichter.

Anders als bei Ecstasy ist man auf Pep, wie es auch genannt wird, relativ klar bei Sinnen – zumindest bildet sich Charlotte das ein.

Aufgeputscht, durstig und redselig tummeln sich alle um den großen Tisch, Pobacke an Pobacke auf Bierbänken und sämtlichen verfügbaren Gartenstühlen. Der Technofreundeskreis ist Charlotte in den letzten Wochen schnell vertraut geworden. Nur Conny nervt.

Wie so oft kommt die Rede auf das Omen, das letzten Oktober schließen musste. Alle hier waren dort.

»Was war eigentlich so krass am Omen?«, traut sich Charlotte jetzt endlich einmal zu fragen und löst damit einen Redeschwall unter den Anwesenden aus.

Wild durcheinander wird von einer Energie geschwärmt, die es in keinem anderen Club gibt, vor allem auch wegen dem Babba Sven Väth, der einer der Betreiber und der Kopf des Clubs war. Das Omen war sein Wohnzimmer und sein Tempel.

»Die Sonne geht auf, die Sonne geht unter, wir sind gut drauf und kommen nicht runter, Omen«, zitiert Tamara einen Feiervers, der hier wohlbekannt ist.

»Wer bringt das *Omenunser* noch zusammen?«, will Kalle wissen.

Die Frage ist rhetorisch, nahezu im Chor tragen sie es vor:

> »*Omenunser,*
> *das da steht in Frankfurt,*
> *geheiligt werde dein Name,*
> *die Party geschehe,*
> *wie auf dem Dancefloor,*
> *so auch im Chill-out.*
> *Unser täglich Väth gib uns heute*
> *und vergebe uns unsere Drogen,*
> *denn auch wir vergeben unseren Dealern.*
> *Und erlöse uns von dem Prodo-X,*
> *denn dein ist die Acid-Night,*
> *die geile Zeit,*
> *in Ewigkeit,*
> *Omen.*«

Charlotte kommt aus dem Staunen nicht heraus, wie gerne wäre sie mal in diesem Omen gewesen.

»Warum hat das Omen zugemacht, wenn es so ein krasser Schuppen war?«, will nun Phil wissen.

»Das ist ganz einfach, mein Freund: Drecks-Kapitalismus!«, skandiert Schmitti und erklärt, dass das Omen mit seiner Lage im Frankfurter Bankenviertel auf einem Filetgrundstück stand und es nur eine Frage der Zeit war, bis ein Investor lukrativere Pläne damit hat.

»Die letzte Party war krass«, schwenkt Brina wieder zurück zum schönen Thema.

»Legendär«, wirft Flo ein.

»Wann war das eigentlich?«, fragt Charlotte.

»Am 18. Oktober 1998«, schießt Kalle wie aus der Pistole.

»Eigentlich müsste man sich das Datum tätowieren lassen«, findet Conny.

»Alter, was da abging … Aber Closing und zehnter Geburtstag in einem, das konnte nur heftig werden«, gluckst Matze.

Charlotte rechnet.

Als das Omen aufgemacht hat, war sie sieben Jahre alt und hat noch mit Puppen gespielt.

»Die Leute sind von überall gekommen, sogar mit Reisebussen«, erinnert sich Schmitti.

»Ich weiß gar nicht mehr, wie viele Stunden wir draußen standen, aber es hat sich gelohnt«, findet Conny.

»Zum Glück ging schon in der Schlange ordentlich der Punk ab«, grinst Flo. »Ich weiß noch ganz genau, wer aufgelegt hat: Dag, Frank Lorber, Marco Carola, Chris Liebing, de Helmut und natürlich de Babba.«

»Helmut? Wer ist das denn?«, amüsiert sich Franzi über den altertümlichen Namen, der überhaupt nicht in die junge Technoszene passt.

»DJ Hell. Er heißt eigentlich Helmut Josef Geier«, erklärt Sebastian. »Mega Typ!«

»DJ Hell hört sich schon besser an«, findet Franzi.

»Killer-DJ, ich stehe auf den Gigolo-Sound«, kommentiert Kalle.

»Ich auch, der ist so schön rotzig und sexy«, ergänzt Conny.

»Die Party ging nonstop und Sonntag tanzten so viele Leute vor dem Omen, dass die Cops die Straße sperren mussten«, fängt Schmitti wieder vom Closing an.

»Und was hat de Babba gemacht? Hat Boxen rausstellen lassen«, schwärmt Kalle.

»Wartet mal kurz …«, bittet Matze und verschwindet im Haus. Kurz darauf pumpt ein zackiger Acid-Beat aus dem Wohnzimmer.

»Emmanuel Top, jawoll«, erkennt Kalle nach dem dritten Bassschlag.

»Alter, als der Liebing drinnen diese Scheibe gespielt hat, hat der Väth gerade draußen die Meute angeheizt und mitgefeiert«, erinnert sich Highko, der nicht mehr ins Omen reingekommen war. »Aber es war so übel, als die Mucke ausging … Eine neben mir hat sogar geflennt.«

»Sogar der Väth ist ohne ein Wort abgedampft. Der war wahrscheinlich am fertigsten von allen«, vermutet Flo wehmütig.

Keiner sagt etwas dazu, nur Melancholie schwebt über ihren Köpfen.

»Wenigstens gab es schon das U«, bricht Matze die Stille.

»Leuts, das habe ich euch noch gar nicht erzählt«, fällt einem am Tisch ein, der nicht so oft dabei ist und dessen Name partout nicht in Charlottes Kopf gehen will, »ich war mit den Freunden meiner Ex in Kassel feiern. Da gibt es einen Laden, der ist fast so krass wie das Omen!«

»Babbel net«, empört sich Kalle.

»Oh doch, mein Freund. Schon mal was vom Stammheim gehört?«

»Sind das die mit den Comic-Flyern?«, will Flo wissen.

»Genau die.«

»Die sind geil«, grinst Matze.

»Ey, Schmitti, wir waren doch '94 oder '95 auch mal in so einem krassen Schuppen in Kassel, wie hieß der noch mal?«, fragt Kalle.

»Aufschwung Ost. Das war 'ne Nacht, mein lieber Scholli, huiuiui ...«

»Ja, das war wild«, erinnert sich Brina.

»Das ist der Laden! Der hieß mal Aufschwung Ost, heute heißt er Stammheim. Da müsst ihr unbedingt mal hin! Ist halt nur leider arschweit weg.«

Flo überschlägt die Fahrtzeit. »Das sind zwei bis drei Stunden. Einfach.«

»Puh ...«, stöhnt es aus mehreren Mündern.

Damit ist das Thema erledigt.

Die restliche schwüle Sommernacht verpufft im Rausch, Flaschen leeren sich, Nasen füllen sich. Im Garten und im Wohnzimmer wird bis in die Morgenstunden gefeiert und getanzt. Matze besitzt eine ähnlich opulente Musikbibliothek wie Flo inklusive DJ-Pult.

Phil hängt stundenlang am Mischpult und lässt sich von ihm beibringen, wie man Platten mixt. Franzi knutscht irgendwann mit Schmitti, während Sebastian Charlotte schöne Augen macht.

Als sich der Himmel aufhellt, kommt Franzi mit einer Couchdecke und entführt ihre Freundin auf eine Sonnenliege.

»Komm, wir schauen uns den Sonnenaufgang an.«

Sie kuscheln sich unter die Decke und lauschen den Vögeln in der Morgendämmerung.

»Was geht mit Schmitti?«

»Nix, haben nur ein bisschen rumgemacht. Was geht mit Sebastian?«

»Nix!«

Erschöpft und hellwach lehnt Charlotte ihren Kopf an Franzis Schulter. Ihre Glieder sind tonnenschwer, aber ihre Gedanken schwirren wild umher, ohne ein konkretes Ziel zu verfolgen. Sie ist einfach da und genießt den Augenblick mit ihrer besten Freundin in diesem wunderschönen Garten. Erst abends kann sie einschlafen.

— - —

In diesem Sommer wird es für Charlotte völlig normal, eine Nacht pro Woche durchzumachen und sie fragt sich, ob das Auswirkungen auf ihre Gesundheit hat. Von den Substanzen, die sie sich dazu einverleiben, ganz abgesehen … Aber bis auf eine Handvoll Pickel fühlt sie sich bestens, sie hat ein paar ungeliebte Kilos verloren und ist zum ersten Mal zufrieden mit ihrer Figur.

Mit jeder Party wird sie stilsicherer auf dem Dancefloor und fühlt sich bald wie ein Fisch im Wasser. Tanzen wird zu ihrem größten Glück und dem i-Tüpfelchen der Woche. Sie liebt es, von ohrenbetäubend lautem Techno umhüllt zu sein, sich davon steuern zu lassen und damit zu verschmelzen. Auf der Tanzfläche zählen nur die Musik, der Beat und der eigene Körper. Charlotte mochte es schon immer zu tanzen, doch auf Techno ist es unvergleichbar, es ist ein voll und ganz durchdringendes Erlebnis. Wie ein Uhrwerk bewegen sich ihre Beine und Arme zum nie endenden Rhythmus, Stunde um Stunde bis zum Morgen. Franzi vergleicht ihre Freundin gerne mit einem Flummi, der verzückt von der Musik umherhopst.

Im Technoclub dreht sich alles um die Musik und das findet Charlotte toll. In erster Linie geht es darum, sich Bässe um die Ohren knallen zu lassen und dazu auszurasten. Es herrscht ein wohlwollendes Miteinander, alle verfolgen das gleiche Ziel: sie wollen loslassen und davonfliegen.

Nach einer gemeinsam durchgemachten Nacht verändert sich morgens die Stimmung im Club. Allen steckt die Party in den Knochen – chemische Aufputschmittel hin oder her – und alle teilen diesen ganz bestimmten berauschten und glücklichen Gemütszustand, den man nur erreicht, wenn man stundenlang in einem dunklen Raum zu einem endlosen Beat getanzt hat. Ein Gefühl, wie die letzten Krieger auf dem Schlachtfeld namens Tanzfläche. Die einen sind tapsig und zeigen erste Ermüdungserscheinungen, andere hüpfen herum und machen Quatsch wie kleine Kinder. Die meisten jedoch tanzen wie Maschinen.

Und keiner von ihnen will aufhören.

So schön diese Nächte sind, so unschön ist ihr jeweiliges Ende. Draußen bei Tageslicht starren gelbe Pillenfratzen mit großen Pupillen in schwarzen Höhlen seltsam in die Realität und sehnen sich zurück nach Dunkelheit und Discolicht.

Die Afterhours bei Flo werden ebenso zum Ritual wie das Vorglühen bei ihm. Seine Wohnung ist Treffpunkt und zweites Zuhause für die anderen.

Dass Charlotte an den meisten Wochenenden ein bis zwei Tage weg ist, daran mussten sich ihre Eltern erst gewöhnen. Anfangs rief ihre Mutter noch um die Mittagszeit an und fragte, wo sie sich herumtreibe und ob sie zum Essen käme. Nachdem Charlotte nicht mehr ranging und nur per SMS schrieb, dass sie später kommt, gab Birgit irgendwann auf. Zum Glück vertrauen ihr die Eltern. Das können sie auch, wie Charlotte findet.

Nach den Afterhours liegt sie allein in ihrem Bett und glotzt ihre blubbernde Lavalampe oder *Space Night* im Bayerischen Fernsehen an. In diesen Momenten trifft sie die Sehnsucht nach Phil mit voller Wucht. Manchmal masturbiert sie vor Einsamkeit und es dauert eine halbe Ewigkeit, bis sie kommt.

Die Montage nach dem Feiern sind meist verhältnismäßig erträglich, Charlotte ist glücklich vom Tanzen und denkt mit einem Lächeln an die Nacht zurück. Dienstags folgt ein emotionaler Dampfhammer. Sämtliche Lebensfreude ist wie ausgesaugt und Charlotte erreicht einen emotionalen Tiefpunkt. Sie ist müde, fühlt sich schwer, deprimiert und leer. Manchmal heult sie grundlos. Die Mittwoche sind ähnlich hart, aber es zeichnet sich ab, dass es langsam bergauf geht. Donnerstags zeigen sich erste Sonnenstrahlen am mentalen Firmament, freitags kommt wie auf Knopfdruck eine unbändige Lust auf Party zurück, der spätestens Samstag nachgegeben werden muss. Dieser allwöchentliche Kreislauf des Feierns etabliert sich in Charlottes Leben.

Meist sind sie und ihre Freunde in Frankfurt unterwegs, dort gibt es das größte Angebot an elektronischer Tanzmusik. Die Auswahl des Clubs steht und fällt mit dem Line-up. Hier geben Matze und Flo den Ton an, doch Charlotte kann bald mitreden. Flo ist ihr perfekter Counterpart, er erzählt ihr alles über Techno und freut sich, dass sie sich so dafür begeistert. Welcher DJ wo spielt, erfahren sie über Flyer sowie aus Magazinen wie dem Partysan, der GROOVE und der Raveline.

Auf jeder Party treffen sie auf Freunde und Bekannte, verabredet oder zufällig, und lernen dazu stets neue Leute kennen, denen sie ebenfalls immer wieder über den Weg laufen.

Die Szene ist klein.

Als sie zum ersten Mal ins Robert Johnson nach Offenbach gehen, staunen sie nicht schlecht, denn im gleichen Gebäude befindet sich das MTW, in dem sie schon auf Technopartys waren. Atas stylischer Houseclub über einem Ruderverein verfügt über einen Balkon mit einem weiten Blick auf Frankfurt und den Main, an dem sich seine Gäste (ebenso wie eine Etage tiefer auf der Terrasse des MTWs) vor allem nach dem Sonnenaufgang erfreuen.

Die ganze Nacht nur Spielarten von House zu hören, ist zur Abwechslung in Ordnung, denn die fünf waren auch schon im Frankfurter Monza, dem Club von DJ T, dem Macher des GROOVE-Magazins. Doch ihr Herz schlägt für stramme Beats der härteren Gangart. Es gibt einige Lokalmatadoren, allen voran der Meister Sven Väth. Für internationale Technogiganten wie DJ Rush fahren sie bis ins Palazzo nach Bingen in Rheinland-Pfalz und für Carl Cox ins Airport im bayerischen Würzburg.

In jener Nacht bewahrheitete sich der Ruf der hiesigen Polizei, denn prompt wurden sie auf der Heimfahrt kurz vor der hessischen Landesgrenze angehalten. Zum Glück saß Charlotte am Steuer, die – von ein bis zwei, vielleicht auch mal drei Kräuterlikören zu Beginn des Abends einmal abgesehen – nüchtern bleibt, wenn sie fährt. Trotzdem behandelten die Beamten sie wie eine Schwerverbrecherin. Technokids sind in deren Augen per se schuldig in Sachen Betäubungsmittelgesetz. Eine sehr unschöne Erfahrung, als drogenabhängiger Abschaum abgestempelt zu werden.

Wenn Blackie aber zuhause bleibt, lässt sich Charlotte allzu gerne mitreißen. Teile, E's, Tanztabletten, Klicker – Pillen haben viele Spitznamen und tragen dazu eigene, je nach Inhaltsstoff, Mischverhältnis, Farbe und Logo: *Supermänner*, *Mitsus*, *Sterne*, *Tamagotchis* und viele mehr.

Es gibt ständig neue Sorten.

Charlotte liebt die Glücksgefühle und Unbeschwertheit, die sie in ihr auslösen. Die Musik dringt dann noch tiefer in Körper und Seele ein als in nüchternem Zustand. Sofern man noch mit hohen Dosen Taurin oder Koffein intus als nüchtern bezeichnet werden kann.

Die besten Nächte vergehen blitzschnell und sind trotzdem vollgepackt mit Erlebnissen und Emotionen, die lange positiv nachwirken. Vom Kater die Tage danach einmal abgesehen, der kann vor allem bei Mischkonsum mies werden. Charlotte erfährt es regelmäßig am eigenen Leib, wenn sie im Pillenrausch zu viel Kräuti trinkt.

Deshalb bleibt sie meist bei Wasser, Kaugummis und Kippen – dem Dreiklang des Feierns. Zwischendurch greift sie zu Cola und dem Energy-Drink, der nach Gummibärensaft schmeckt und den es ebenso wie Kräuti in jedem Technoclub gibt.

In entrückten Zuständen führt Charlotte tiefgründige Gespräche mit Fremden, die ungefiltert aus dem Bauch heraus und von einer ehrlichen Verbundenheit geprägt sind.

Die Menschen in der Szene surfen auf der gleichen Welle, fühlen und wollen das Gleiche vom Leben und von der Gesellschaft.

Ein Deep Talk oder ein besonderer gemeinsamer Moment auf der Tanzfläche genügt, um mit einer vor wenigen Stunden noch unbekannten Person eine Bande zu knüpfen. Von jenen, die Charlotte ohnehin nahe stehen, ganz zu schweigen. Ihre Freundschaft zu Franzi, Matze und Flo ist eng und innig, die fünf sind unzertrennlich. Und es kann auch nur noch eine Frage der Zeit sein, bis es mit Phil passiert.

Was den Partydrogenkonsum anbelangt, ist er experimentierfreudiger als Charlotte und Franzi, die meist Pillen und manchmal Speed nehmen. Er hält sich an Matze und Flo, probiert Kokain, das Pferdebetäubungsmittel Special K, sogenannte Magic Mushrooms und sogar LSD.

In solchen Nächten fahren die Jungs ihren eigenen Film und Charlotte findet kaum Zugang zu Phil. Das stört sie jedoch kaum, zu groß ist ihr Verlangen, den Bass in jeder Pore zu spüren und sich treiben zu lassen. Techno löst Gefühle aus, die Charlotte bisher nicht kannte – und nie wieder missen möchte.

Als die fünf *Matrix* im Kino sehen, sind sie hellauf begeistert von der Story und der Ästhetik. Der Soundtrack schlägt eine Brücke zwischen Rock und Techno und damit eine Kerbe in Charlottes Musikgeschmack.

In gewisser Weise erinnert der Film auch an ihre Situation: Willst du die blaue oder die rote Pille schlucken, wählst du ein Nine-to-five-Leben nach Vorschrift oder Party, Liebe, Freiheit und Wahnsinn?

Je öfter Charlotte die rote wählt, umso weniger Nerv hat sie für ihren öden Alltag mit Berufsschule und Büro, vor allem aber für die Ausgehkultur der Normalos.

Das heimische Stadtfest im August verschaffte ihr den endgültigen Abturn. Die Stimmung vor den Bühnen und Getränkewagen in der Altstadt war alkoholgeschwängert und testosterongeladen. Je später der Abend, desto kürzer wurden die Lunten der Besucher, vor allem die der männlichen. Es wurde geschubst, gegrapscht und gepöbelt. Ein Verhalten, das Charlotte nicht mehr hinnehmen will.

Auf Technopartys geht es ums Tanzen, nicht ums Saufen oder darum, sich zu profilieren oder jemanden abzuschleppen. Natürlich passiert das alles auch, aber in anderen Verhältnissen. Es trifft sich eine eingeschworene Gemeinschaft, vereint im Exzess und der Lust, persönliche Grenzen zu überschreiten und sich weiterzuentwickeln. Auf der Tanzfläche kommen unterschiedlichste Menschen zusammen und feiern friedlich und respektvoll miteinander. Technofreaks, Geschäftsleute und zwielichtige Nachtgestalten, Selbstverliebte, Hinterwäldler, Esoteriker, Extrovertierte, Introvertierte, Freigeister, Reiche, Arme – und dabei ist es völlig egal, wie man aussieht oder welche Vorlieben man hegt. Aggressionen und Machogehabe sind fehl am Platz. Der Kodex lautet: Leben und leben lassen. Und miteinander tanzen!

Die Technoszene erinnert Charlotte an eine moderne Version der Hippie-Kultur, nur ohne konkrete politische Forderungen. Abgesehen vom Schutz der individuellen Freiheit und Frieden auf der Welt. Gesellschaftliche Zwänge werden abgelegt, es zählen Spaß, Rausch und Ekstase. Sex, Drugs & Techno.

Natürlich gibt es monogame Paare wie Kalle und Brina, aber viele geben sich auch einfach ihren Gelüsten im Nachtleben hin.

In Charlottes Freundeskreis ist Matze der größte Womanizer, dicht gefolgt von Flo. Auch Franzi lässt es gerne krachen, einmal sogar mit Flo, obwohl sie in Hardy verknallt ist. Ihr Techtelmechtel tritt auf der Stelle, der attraktive Rocker bestimmt, wann er Franzi datet. Selten bleibt sie über Nacht bei ihm. Nicht nur, weil er ihr zu verstehen gibt, dass sie gehen soll, sondern auch, um sich einer Diskussion mit Angie zu entziehen. Denn das Verhältnis zu ihrer Mutter kühlt immer mehr ab. Franzi hat es satt, wie ein Kind behandelt zu werden. Mittlerweile ist sogar Charlotte genervt davon. Zum Glück sind ihre Eltern auch in dieser Hinsicht lässig und kümmern sich nicht um die Liebesangelegenheiten ihrer Tochter.

Leider sitzt Charlotte diesbezüglich auf dem Trockenen. Phils Flirtantennen sind zwar ausgefahren, aber er tauscht mit ihr ebenso heiße Blicke wie mit anderen hübschen Mädels.

Das versetzt ihr jedes Mal einen Stich.

Warum kann sie sich nicht lockermachen? Vielleicht würde es ihm den notwendigen Schubser verpassen, wenn er sie mit einem anderen rummachen sehen würde. Vielleicht würde es aber auch das Gegenteil bewirken. Aber vor diese Entscheidung wird Charlotte ohnehin nicht gestellt, es gibt keine Kandidaten, die ihr dieses Risiko wert wären.

Den letzten heißen Tag des Jahres verbringen sie nach der Arbeit am Badesee. Wie immer schmachtet Charlotte Phils fast nackten Körper an und genießt den Hautkontakt beim Gerangel. Im Wasser werden sie wieder zu Siebtklässlern, Phil nimmt sie auf die Schulter oder trägt sie darin wie eine Braut über die Schwelle. Und tunkt sie liebevoll.

Nach dem Baden liegen sie auf ihren Handtüchern und rauchen, als Flo einen Plan fasst: »Freunde, passt mal auf. Der Schneidler hat doch beim Grillen vom Stammheim in Kassel erzählt. Da spielt in zwei Wochen Richie Hawtin mit drei Turntables und einer 909. Da müssen wir hin!«

»Fett«, grunzt Matze.

»Fett? Monsterfett!«, setzt Flo einen drauf.

Die anderen drei verstehen nur Bahnhof, deshalb erklären die alten Technohasen ihnen, dass die Roland TR-909 eine Drum Machine ist, mit der die ersten und wichtigsten Technotracks produziert wurden und immer noch werden. Ohne diese Maschine gäbe es Techno nicht, dessen sind sie sich sicher.

»Das heißt, dieser Richie Hawtin lässt drei Platten gleichzeitig laufen und macht zusätzliche Beats mit diesem krassen Teil?«, versichert sich Phil ungläubig.

»Korrekt«, bestätigt Matze.

»Boah«, entfährt es Charlotte bei der Vorstellung, wie das wohl abgehen mag.

»Alter, das kann ja nur heftig werden. Da bin ich so was von am Start! Auch, wenn wir da zwei Stunden hinfahren«, sagt Phil.

Das sehen die anderen auch so, und damit ist es beschlossen.

Kapitel 4: STAMMHEIM

»Minus Orange vs. Let Your Body Learn«, Richie Hawtin

11. September 1999

ROYAL FLASH!!!
Big Floor: Richie Hawtin (3 Decks + 909 + FX), Pierre, Marky
House Café: Axl, Chi, Nico
Chill-out: David Moufang, Fish
STAMMHEIM

Flo hat sich freiwillig als Fahrer für die bisher weiteste Strecke zu einer Party gemeldet. Die fünf sitzen heute ausnahmsweise schon um zweiundzwanzig Uhr im Auto, um rechtzeitig in Kassel anzukommen. Die Schlange vor dem Club wird bei Richie Hawtin vermutlich lang.

Während sie über die Autobahn brettern und dabei Energy-Drinks und Bier schlürfen, versuchen sie sich vorzustellen, warum der Schneidler das Stammheim mit dem Omen vergleicht. Kassel ist weit weg von Frankfurt und Niemandsland in Sachen Techno, zumindest kennen Flo und Matze nichts in der Gegend. Die Leute aus Kassel fahren bestimmt immer nach Rhein-Main zum Feiern. Gibt es dort überhaupt eine Szene?

Um kurz nach Mitternacht erreichen sie die Ausfahrt Kassel Nord, ab hier navigiert Matze mit einer abgegriffenen Straßenkarte aus dem Handschuhfach.

»Wisst ihr, wie der Stadtteil hier heißt?«, setzt er grinsend an. »Bettenhausen!«

»Das passt ja«, grinst Franzi, und Phil scherzt: »Hoffentlich ist der Name nicht Programm«.

Flo fährt gemächlich die Sandershäuser Straße im östlichen Industriegebiet der Stadt entlang, um das Gebäude mit der Hausnummer 34 nicht zu verpassen. Rechter Hand passieren sie eine kleine Tankstelle, links ragt eine mächtige alte Backsteinfabrik in die Höhe. Davor steigt gerade eine eindeutig gekleidete Gruppe junger Menschen aus ihrem Auto: weite Hosen, enge Oberteile, hohe Kragen.

»Hier sind wir richtig«, kombiniert Flo und legt kurz darauf einen U-Turn hin, um neben den Ravern zu parken.

Nach dem Wenden sehen sie das Fabrikgebäude von der anderen Seite: Am Kopfgebäude prangt ein riesiges weißes Schild, auf dem in blauen Lettern *Salzmann & Comp.* steht, darüber ist eine gelbe Halbsonne abgebildet.

Flo schwenkt in die erste freie Lücke und merkt an: »Ist ja noch nicht viel los hier.« Das finden auch die anderen seltsam.

Sie steigen aus und recken sich nach der langen Fahrt, werfen ihre Jacken auf die Rückbank und folgen der Gruppe, die mittlerweile in einem Durchgang verschwunden ist, über dem auf einem königsblauen Schild in gelber Schrift *Factory* steht. Kein Hinweis auf das Stammheim.

Im Innenhof des Fabrikareals zeichnet sich ein anderes Bild ab als auf der Straße: Hier ist ein großer Parkplatz, auf dem einige Autos stehen und ein geschäftiges Treiben herrscht. Links nach dem Durchgang quillt eine Menschentraube aus dem Inneren des Gebäudes heraus, die am Absatz einer kleinen Treppe endet. Eine königsblaue Stahltür steht offen, darüber hängt ein weiteres Schild mit dem Factory-Schriftzug.

»Das sieht schon besser aus hier«, findet Matze. Er tippt einem Typen am Ende der Schlange auf die Schulter. »Sag mal, Alter, ist hier das Stammheim?«

»Jawoll, mein Bester«, antwortet er und fängt an zu quatschen. Sein braunes Haar ist steinhart frisiert, unter seiner offenen

Trainingsjacke trägt er ein Shirt des Detroiter Plattenlabels Underground Resistance. Die großen weißen Buchstaben »UR« auf schwarzem Untergrund hat Charlotte schon häufiger im Club gesehen.

Dass sie mehr als zwei Stunden Fahrt hinter sich haben, beeindruckt diesen Typen herzlich wenig. Er und seine Freunde kommen jeden Samstag aus dem einhundert Kilometer entfernten Fulda hier her.

»Letztens haben sogar ein paar Holländer mit dem Wohnmobil auf der Straße gecampt«, mischt sich ein Mädel mit kurzen, knallrot gefärbten Haaren und der prototypischen Jeansschlaghose ein. An ihrem schlanken Körper glitzern Piercings: im Lippenbändchen, Kinn und Bauchnabel. Das Abziehbild eines coolen Ravergirls.

»Das ist meine Freundin Mel. Und die beiden Kloppis da vorne sind Maggus und Serhat. Ich bin der Dani«, stellt der nette Typ mit dem UR-Shirt sich und seine Freunde vor.

Maggus ist groß und schlaksig, Serhat trägt eine graue Schiebermütze und ist etwas kleiner als Charlotte.

Die fünf verstehen sich auf Anhieb mit der sympathischen Truppe, was die Wartezeit vor der Tür kurzweilig macht. Zum Glück ist es eine laue Nacht und Charlotte bereut nicht, ihre Jacke im Auto gelassen zu haben. Das machen sie meist so, um Geld und Warterei an der Garderobe zu sparen.

Hinter der Stahltür führt ein schmaler Gang in die Fabrik hinein, in dem die Türsteher warten. Dani und seine Freunde werden als Erstes kontrolliert, danach ruft er ihnen ein fröhliches »Bis denne!« zu, bevor er mit seinen Freunden verschwindet.

Ein großer blonder Türsteher mit Brille erinnert Charlotte an ihren Sozialkundelehrer in der Realschule, auch Franzi und Phil grinsen wissend. Sachlich checkt er ihre Ausweise und wirft einen obligatorischen Blick in die Taschen. Am Ende des Gangs befindet sich das Kassenhäuschen, rechts davon führen breite Treppen hinauf und in den Keller.

Sie tauschen fünfzehn Mark gegen einen Stempel und folgen den aufgekratzten Stimmen, die ihnen von oben entgegenschallen. Im Treppenaufgang wiederholt sich der Schriftzug *Factory* an den Wänden, nun in Weinrot. Im zweiten Stock steht endlich eine der Stahltüren offen. Die fünf grinsen sich an wie kleine Kinder kurz vor der Bescherung, bevor sie eintreten.

Die Tür linker Hand ist verschlossen, doch geradeaus geht es weiter. Sie gelangen in einen Vorraum, in dem das vertraute Gewummer einer Technoparty zu hören ist. Der untere Teil der Backsteinwände ist weinrot gestrichen, der obere bis zur bestimmt vier Meter hohen Decke liegt farblich irgendwo zwischen vergilbtem Weiß und blassem Lachs.

An der gegenüberliegenden Ecke ist ein Häuschen mit Spitzdach in der Größe einer Gartenlaube verbaut. Dort ist die Garderobe, wie ein Knäuel wartender Menschen mit Jacken in der Hand davor verrät. Von hier aus gibt es zwei Möglichkeiten: geradeaus am Garderobenhäuschen vorbei oder nach links in Richtung Bass. Klare Sache.

Hinter einer offen stehenden schwarzen Flügeltür befindet sich ein weiterer Vorraum, der – wie sie später noch erfahren werden – Foyer genannt wird. An der linken Wand wurde die Industriefensterfront mit Moltonstoff abgedunkelt, an den fensterlosen Wänden bieten zwei hohe Stufen Platz zum Sitzen.

Das Foyer wird von einer weinroten Säule getragen, um deren Bauch eine provisorische Ablagefläche gezimmert wurde. Jemand hat gerade eine leere Bierflasche darauf abgestellt, was der darin verbliebene luftige Schaum verrät.

Von hier gehen zwei Floors ab, aus denen Musik heraus-
knallt: eine Doppelstahltür geradeaus, eine Tür gleich rechts.
Beide stehen offen. Über der rechten schreit ein Schild *Girls!*
Girls! Girls!, da werfen sie als Erstes einen Blick hinein.

Zwei Schritte später stehen sie an einer Bar, die weit in den
Raum ragt und von drei Seiten bedient wird. Große Industrie-
leuchten aus Stahl zeichnen mit schummrigen Spotlights die
Kontur der Theke ab, dazwischen tanzt ein glitzerndes Wesen
mit einem weißen Federfächer und sieht fantastisch dabei
aus. Abgesehen von der Mitte stehen überall Bistrotische und
Barhocker, dazwischen bewegen sich Menschen zu knackigen
House-Beats und grinsen bis über beide Backen. An der diagonal gegenüberliegenden Ecke entdeckt Charlotte den DJ;
das Pult ist, wie im Offenbacher Robert Johnson, auf Augen-
höhe mit dem Publikum.

Sie ordern Getränke und erhalten Plastikpfandmarken in
verschiedenen Farben. Das nervt Charlotte, Pfandmarken sind
unnötiges Gefummel beim Bezahlen, außerdem kann man so
nicht sein Budget aufbessern, indem man herumstehende
Flaschen sammelt und abgibt, wenn es morgens knapp im
Geldbeutel wird.

Die fünf bleiben am Ende der Bar stehen und lassen die
Atmosphäre auf sich wirken. Die ist so umwerfend, dass sie
umgehend anfangen, mit ihren Pos zu wackeln.

»Fett!«, strahlt Flo und die anderen stimmen zu.

»Lasst uns mal den anderen Floor auschecken! Der Hawtin
wird ja nicht auf dem House-Floor spielen«, schlägt Matze
vor.

Im Foyer treffen sie Dani und seine Freunde.

»Nur, damit ihr gleich Bescheid wisst und euch nachher
nicht wundert: Der Serhat mag es sehr hadd!«, grölt Maggus
und klopft seinem Freund auf die Schulter.

»Ha, ha. Sehr witzig, Alter. Der hat schon einen Bart«, tut Serhat beleidigt.

»Ich finde den immer noch gut«, grinst Mel frech und reicht eine kleine Flasche Kräuterlikör herum, die sie in den Club geschmuggelt hat.

Aus dem zweiten Raum kracht brachialer Techno heraus. Das ist Charlottes musikalische Kragenweite.

»Willkommen im Heim des Stamms«, kündigt Dani in einem Tonfall an, als wären die fünf Abenteuerreisende und in einer fremden Welt gelandet. Als er ihre irritierten Gesichter erblickt, fährt er fort: »Ihr werdet schon sehen. Wart ihr schon auf dem Big Floor?«

»Gerade auf dem Weg«, grinst Matze und vermutet richtig, dass damit der Technoraum gemeint ist.

»Na dann, auf geht's, ab geht's«, fordert Dani auf.

»Uuund Agtschnnn«, klatscht Maggus in die Hände und stürzt los.

Es dauert einen Moment, bis Charlotte versteht: Das soll »Und Action!« heißen. Was für eine witzige Truppe.

Der dunkle Big Floor wird von farbigen Strahlern durchschnitten, und wenn der Strobo aufblitzt, leuchten die zappelnden Körper im Stakkato auf.

Charlotte liebt diese kraftvolle Optik.

Die fünf folgen den Fuldaern rechts auf ein Plateau neben die DJ-Kanzel, in der gerade ein Glatzkopf mit großen Kopfhörern auflegt.

Wie immer braucht es einen Moment, bis sich Charlotte an Lichtverhältnisse und Lautstärke gewöhnt hat. Dann verschafft sie sich einen Überblick. Vis-à-vis des DJ-Pults gibt es ein bühnenartiges Plateau zum Tanzen, rechts gibt es eine weitere Bar, hier und da stehen blaue Blechtonnen herum, die als Tische für Getränke und Handtaschen dienen. In bewährter

Manier ermöglichen unterschiedlich hohe Stufen und Podeste den Gästen, im Getümmel abzutauchen oder im Rampenlicht zu tanzen – je nach Vorliebe und aktueller Gemütslage. Charlotte mag beides, manchmal verschwindet sie mittendrin, manchmal braucht sie Platz zum Toben.

Auf den ersten Blick wirkt das Stammheim wie ein ganz normaler Technoclub (soweit ein Technoclub als normal bezeichnet werden kann), auf den zweiten nicht. Irgendwas ist anders hier ... Es liegt ein Bitzeln in der Luft. Die Stimmung ist mitreißend, nahezu aufbrausend. Die Leute sind hochmotiviert und haben extrem Bock, die Vorfreude auf die noch junge Nacht ist förmlich zu spüren. Wo es in anderen Clubs noch gemächlich zugeht um diese Uhrzeit, fliegen im Stammheim schon Pfiffe und Jubel durch den Raum. Freudenrufe wie »Jawoll, Alter, jawoll!« kommen aus unterschiedlichen Richtungen. Es fließt Energie zwischen den Menschen, alle funken auf der gleichen Frequenz.

Charlotte ist ganz verzückt von dem zackigen Techno, es röhrt und peitscht und treibt und lässt einen schwer stillstehen.

Matze und Flo hängen mit Dani und Serhat an der Scheibe der DJ-Kanzel, die die Plattenspieler und das Mischpult vor umkippenden Flaschen und ähnlichen Unfällen schützt.

Wahrscheinlich fachsimpeln die Jungs über Platten und Mixtechniken. Hobby-DJ-Krankheit.

»Wer ist das?«, will Charlotte von Mel wissen.

»Marky!«

Er lächelt verschmitzt, während er vor sich hin brettert. Hinter ihm stehen ein paar Leute, die rauchen und mitwippen. Nur einer von ihnen scheint eine Aufgabe zu haben, konzentriert bedient er ein großes Pult mit vielen Knöpfen. Das muss der Lichtmann sein, vermutet Charlotte.

Das Licht hier passt perfekt zum Sound, blitzt mit dem Bass, bewegt sich zur Melodie und nach einem Break setzt der Strobo punktgenau mit dem Beat ein. Als würde der Lichtmann jede Platte auswendig kennen.

»Was geht denn hier bitte ab?«, strahlt Matze begeistert.

»Absolut oberkrass!« Charlotte ist ergriffen und weiß gar nicht genau, wovon. Schließlich steht sie nicht zum ersten Mal in einem Club.

Auch Franzi, Phil und Flo strahlen und staunen. Schon nach kurzer Zeit ist allen klar: Hier vibriert was.

Mel und Dani deuten eine Trinkbewegung an, woraufhin Franzi und Flo ihnen zur Seite springen. Maggus verteilt derweil eine Runde Zigaretten. Als alle mit Getränken versorgt sind, kramt Matze seinen Beutel mit verschiedenen Pillen hervor: *Delfine* und *Herzen* sind es dieses Mal.

Flo greift zu, obwohl er fahren muss. Charlotte findet das scheiße, aber traut sich nicht, etwas zu sagen. Als Küken der Truppe hat sie längst nicht seine Erfahrung. Sie schiebt die Sorge beiseite und teilt sich mit Franzi einen *Delfin*.

Als Richie Hawtin gegen zwei Uhr anfängt, stehen die fünf mitten auf der Tanzfläche. Marky hat nach seinem Set kurz die Musik leise gedreht und damit den Beginn des Main-Acts anmoderiert. Sein Applaus endet erst, als die ersten Beats der 909 aus den Boxen klopfen.

Es ist voll, heiß und feucht. Alle schwitzen wie verrückt, Freude und Euphorie sind die vorherrschenden Gefühle im Raum.

Charlotte legt erst eine Zappelpause ein, als ihr Franzi eine eiskalte Cola unter die Nase hält. Beim Trinken bemerkt sie ihren großen Durst. Nach einem riesigen Schluck atmet sie durch und wischt sich den Schweiß aus dem Gesicht. Nun übermannt sie eine unbändige Lust zu rauchen, doch es dauert eine halbe Ewigkeit, ihr Zigarettenpäckchen in der kleinen Handtasche zu finden. Endlich hat sie es und hält es ihren Tanznachbarn entgegen, die allesamt zugreifen.

Einer gibt ihr Feuer, was wieder einmal zur Herausforderung wird. Es ist ein Ding der Unmöglichkeit, in diesem Zustand den Abstand zwischen Flamme und Zigarette abzuschätzen. Es benötigt diverse Versuche, inklusive einem zugekniffenen Auge, bis die Glut erlösend aufflammt. Nach dem langwierigen Akt ist die Zigarette dafür nach gefühlt einer Sekunde aufgeraucht. Am liebsten würde Charlotte direkt noch eine rauchen, wird jedoch von der Frage abgelenkt, wo nochmal die Tür zum Ausgang war. Irgendwie hat sie die Orientierung verloren ... So groß ist der Big Floor doch gar nicht ... Aber es ist eigentlich egal, sie will ja gar nicht weg. Ihre besten Freunde sind bei ihr, hier ist die Mitte des Universums. Da ist Phil. Sie streichelt über seinen nassen Arm. Er strahlt und drückt ihr einen feuchten Kuss auf die Backe. Am liebsten würde sie »Ich liebe dich!« schreien, traut sich aber nicht.

Dann lässt sie sich wieder in den Strudel reißen und verschmilzt mit der Musik und den Menschen. Plötzlich ertönt ein energisches Geschrei, das die ohnehin schon aufgekratzte Stimmung weiter anheizt:

»Fast beat the feet!
Fast fall the hands!
Fast beat the feet!
Fast fall the hands!
Meld in the music, the music of drums
Meld in the music, the music of drums [...]«

Jemand kreischt »Aijaijai!«

»Jawoll!«, ein anderer.

Eine quiekt grell, wieder andere pfeifen und jaulen.

»Woohoo!«, schreit Charlotte.

Matze und Flo schauen mit ein paar anderen fasziniert dem bebrillten Glatzkopf zu, wie er mit drei Plattenspielern, einem Effektgerät und der berühmten Drum Machine hantiert. Richie Hawtin ist in höchstem Maße konzentriert, während er sein Bassinferno abfeuert. Mit der schwarzen Nerdbrille und dem finsteren Blick passt er optisch zu seinem Sound. Als er unter tosendem Applaus verabschiedet wird, kann Charlotte nicht fassen, dass sein Gig schon wieder vorbei sein soll.

»Yeah, jetzt kommt Pierre!«, freut sich jemand neben ihr.

Die fünf brauchen eine Verschnaufpause und frische Luft. Im Entenmarsch verlassen sie den Big Floor und halten sich dabei an den Händen, um sich nicht zu verlieren. Allein hätte Charlotte den Weg niemals gefunden, sie ist ganz schön verschallert.

Im Foyer teilen sie sich auf: Phil besetzt einen Platz auf den Stufen, Matze und Flo besorgen Getränke, Charlotte und Franzi begeben sich auf die Suche nach den Toiletten. Dafür folgen sie dem Besucherstrom und biegen nach der Garderobe links ab. Sie passieren eine Art Bistro, wo es Saft, Kaffee, Ohrenstöpsel, Sandwiches und Suppe gibt. Essen ist so ziemlich das Letzte, woran die Mädels gerade denken. Sie gehen den Gang entlang und finden bei den Zigarettenautomaten die Frauentoilette.

Der weinrot-weiß gekachelte Boden bewegt sich, als Charlotte eintritt. Links steht eine abgeranzte Couch, auf der sich mehr Mädels und Jungs quetschen und drumherum tummeln, als Platz darauf ist. Darüber steht auf vergilbten Wandfliesen in großen weinroten Lettern »Pop-Sofa«.

»Pop, Pop, Pop-Sofa, Pop, Pop, Pop-Sofa«, trällert Franzi und Charlotte muss lachen. Die beiden lieben *Rickys Pop-Sofa* von der *Wochenshow.*

Natürlich sind alle sechs Kabinen besetzt. Sie reihen sich in die Schlange ein und reden belangloses Zeug, wie über ihr starkes Schwitzen, das sie nach dem Verlassen der Toilette umgehend wieder vergessen.

Die beiden erhaschen über das alte Industriefenster einen Blick auf den Parkplatz und wundern sich über das bunte Treiben dort. Warum hängen die da unten ab und nicht hier oben?

Beim Händewaschen lauschen sie dem Gequatsche vom Pop-Sofa hinter ihnen und müssen grinsen. Dort geht es gerade um irgendeine Pille, die total krass knallen soll und die unbedingt besorgt werden muss.

Der Spiegel ist zugestickert und vollgekritzelt, was vielleicht auch besser so ist; Charlotte möchte gar nicht wissen, wie sie aussieht.

Auf dem Rückweg ins Foyer kommt der nächste Hammer. Gegenüber des Garderobenhäuschens ist ein alter Lastenaufzug mit einem provisorischen Plattenladen, in dem ein paar Typen ernsthaft Vinyl shoppen.

»Hä? So was habe ich ja noch nie gesehen!«, staunt Charlotte.

»Das Stammheim ist sauverrückt«, grinst Franzi und beide schütteln ungläubig mit dem Kopf.

Phil unterhält sich mittlerweile mit einem Pärchen, das er während ihrer Abwesenheit kennengelernt hat. Matze reicht Charlotte eine Cola und eine Pfandmarke. Sie ist dunkelblau und glitzert schön. In der Mitte ist das Logo des Clubs in Gold eingeprägt: ein Hügel mit einem Baum und einem Häuschen darauf, das der Garderobe ähnlich sieht. Darüber steht *Stammheim Kassel.*

Flo legt seinen Arm um Charlotte und begutachtet ebenfalls die Pfandmarke. »Jetzt checke ich das erst«, lacht er. »Der Baum steht für *Stamm* und das Haus für *Heim*! Wie locker!«

»Ha! Wie cool!«, ruft Charlotte.

»Der Richie ging ganz schön ab, oder?«, will er von ihr wissen.

»Boah, ja, der war ultrakrass ... Kennst du das eine Lied mit dem Geschrei? Das hat mich total weggeschickt.«

»Ja, das ist von ... Moment, ich hab's gleich«, er wühlt in seinem Gehirn. »Nitzer Ebb! Genau. Das ist aus den Achtzigern.«

»Aus den Achtzigern? Quatsch!«

»Ohne Scheiß, ich hab das auf CD.«

»Das brauche ich!«

Ein Mädel tippt Charlotte auf die Schulter und fragt: »Darf ich einen Schluck?«

»Klar!«

Beim Überreichen der Flasche an das Mädel treffen sich Charlottes und Phils Blicke. Er lächelt, zwinkert und winkt ihr zu. Das interpretiert sie als Aufforderung und setzt sich zu ihm. Lässig wirft sie sich zwischen seine Beine, die er auf der unteren Stufe breitbeinig abgestellt hat. Die Namen von dem Pärchen vergisst sie wie immer sofort wieder. Charlotte quatscht wie ein Wasserfall von Richie Hawtin, der Stimmung, den Leuten, vom Pop-Sofa, dem Plattenladen und dem Bistro, pure Begeisterung sprudelt aus ihr heraus.

»Ey, Leute, lasst uns zu Pierre gehen«, fordert Flo auf, »den müssen wir uns geben, der soll oberfett sein!«

Der Big Floor hat sich nach Richie Hawtin unwesentlich geleert. Dani und Mel tanzen immer noch rechts vom DJ-Pult, Maggus und Serhat schauen einem schmalen Braunhaarigen mit Brille beim Auflegen zu. Matze und Flo gesellen sich dazu, während Charlotte wieder Zigaretten verteilt.

Dann raucht sie voller Genuss eine Kippe und lässt die Atmosphäre auf sich wirken. Die Luft flimmert, die Stimmung ist ekstatisch. Noch bevor der Glimmstängel verbrannt ist, tanzt sie wieder.

Dieser Pierre spielt einen Techno, wie sie ihn noch nie gehört hat: den treibenden und in Technoclubs dominierenden 4-on-the-Floor-Beat unterbricht er immer wieder mit anderen Rhythmus-Melodien wie zum Beispiel von Breakbeats oder Electro. Er spielt Platten mit Stimmen oder schrägen Sounds, die die Hirnwindungen der Tanzenden verdrehen und sie vor Freude jauchzen lassen. Pierres Stil ist Abwechslung pur, er groovt wie die Hölle und es macht Riesenspaß, darauf zu tanzen.

Viele der Platten sind den Gästen wohlbekannt – Charlotte kennt hingegen kaum eine, findet jedoch alle großartig. Überhaupt findet sie den ganzen Club großartig, die Leute sind lustig und irgendwie irre. Vorhin im Foyer beteiligte sich ein Typ ungefragt mit ein paar Sätzen an ihrem Gespräch und verschwand ebenso abrupt, wie er aufgetaucht war. Bei der Erinnerung daran muss Charlotte lächeln. Es fühlt sich an, als würde sie jeden hier kennen.

Der verführerische Duft frischer Orangen zieht Charlotte in die Nase, ein Mädel verteilt mundgerecht geschnittenes Obst auf einem Tablett.

»Kostet das was?«

»Nein! Greif zu!«

Charlotte schnappt sich ein paar Schnitzer und bedankt sich strahlend.

Flo und Matze lassen die Vitamine links liegen, ihre bewundernden Blicke haften an Pierres flinken Fingern. Für Dani und seine Freunde ist er der Meister und das Grande Finale der Nacht, bei ihm drehen sie nochmal richtig auf und bleiben bis zur letzten Platte.

Das schaffen die fünf heute leider nicht. Die Mädels kapitulieren als Erstes und schlurfen erschöpft ins Foyer, nachdem sie eine Weile auf einer der Stufen auf dem Big Floor saßen und die Musik nicht verlassen konnten.

Matze und Phil gesellen sich etwas später zu ihnen und sprudeln vor Begeisterung für das Stammheim und für Pierre. Der beste DJ, den sie je gehört haben.

Flo ist als einziger noch fit. Quietschfidel tanzt er aus dem House Café, wie der Floor genannt wird, in dem ihre Nacht begann und sie keine Ahnung hatten, was sie noch erwarten sollte. Der Raum ist in einen verwunschenen Nebel getaucht, seit Tageslicht durch die spärlich verbarrikadierten Fabrikfenster dringt und sich mit Rauch und bunten Strahlern mischt.

»Schranzi! Was sagt die Uhr?«, will Flo gut gelaunt wissen.

Franzi kneift ein Auge zu, um das Zifferblatt lesen zu können.

»Kurz vor zehn!«

»Was? Schon so spät?«, ruft Charlotte erschrocken. Wo ist die Nacht geblieben?

»Wer hat an der Uhr gedreht, ist es wirklich schon so spät?«, trällert ein Typ, der aussieht wie ein faltiger Troll und davonhüpft wie ein Teletubby.

»Die Leute hier sind so geil unterwegs«, lacht Matze.

»Die spinnen alle«, kommentiert Phil trocken und kann kaum begreifen, was hier abgeht.

»So langsam könnte ich wieder fahren«, sagt Flo, woraufhin die vier ungläubig glotzen. Er lacht und verschwindet wieder auf den Big Floor zu Pierre. Gegen elf sammelt er seine Freunde endgültig ein.

Als sie von der Salzmannfabrik ausgespuckt werden, ist der Himmel grau und die Luft kühl. Der Parkplatz sieht aus wie nach der Apokalypse. Der Boden ist voller Schlaglöcher und Pfützen, überall liegt Müll herum, vor allem Zigarettenpäckchen, Flaschen, Dosen und Scherben. Nur noch eine Handvoll Autos ist übrig, in denen Feierfratzen kauern. An einem lehnt ein ungesund dürrer Typ mit riesigen Hosenbeinen und spitzen Stacheln auf dem Kopf. Aus einem anderen bumpert ein gediegener Beat heraus.

Geblendet vom trüben Licht eilen die fünf zum Auto. Ihre Ohren fiepen von der Lautstärke im Club, aber sie wissen, dass es nach ein paar Stunden vergeht. Ebenso wie ihre heiseren Stimmen vom Nebel, feuchter Luft und viel zu vielen Zigaretten.

Matze wühlt lange in der Seitentür, bis er ein passendes Tape für die Heimfahrt auserkoren hat. Es ist für alle eine Erlösung, als die Musik wieder beginnt und den temporären Tinnitus übertönt.

»Alter, das ist ja wohl mal der oberkrasseste Schuppen überhaupt«, findet er. Alle stimmen zu. Was für eine Nacht!

»Und Pierre ist ja wohl mal der oberkrasseste Typ überhaupt«, ergänzt Flo, »der hat so fette Scheiben aufgelegt!«

»Voll viel englisches und skandinavisches Zeug, das hört man in Frankfurt nicht so oft«, fachsimpelt Matze.

»Ja man, Alter, so fett!« Flo kriegt sich kaum mehr ein.

»Und, ist das Stammheim so krass wie das Omen?«, will Phil wissen.

»Anders krass. Aber genauso krass auf seine eigene Art«, antwortet Flo.

»Ey, wisst ihr noch vorhin, der durche Typ auf dem Klo, der ...«, ist das Letzte, was Charlotte von Matze hört, bevor sie sich auf Phils Schoß in einen wach-komatösen Halbschlaf flüchtet und hofft, dass sie heil nach Hause kommen.

— - —

Charlotte braucht ein paar Tage, bis ihr Kopf die Eindrücke aus Kassel verarbeitet hat. Was war denn da los?

Ihre Begeisterung für das Stammheim ist kaum zu bremsen, auch den anderen geht es so. Die fünf werden nicht müde, darüber zu reden und immer und immer wieder zu wiederholen, was sie dort gesehen und gefühlt haben. Sie sind wie verzaubert.

Am liebsten würden sie nächstes Wochenende wieder hinfahren, aber der Weg ist weit und der Sprit teuer. Das ist vor allem ein monetäres Problem für die drei Azubis. Also nehmen sie Matzes Geburtstag als gebührenden Anlass für ihren zweiten Besuch. Bis dahin müssen sie ein paar Wochen überbrücken.

Das ungemütliche Herbstwetter verlockt zu kuscheligen Videoabenden bei Flo oder Matze, für die sie sich stets mindestens zwei Filme in der Videothek ausleihen und sich mit Knabberzeug und Süßkram eindecken. Charlotte mag diese Abende, auch wenn sie jedes Mal auf der Couch einnickt, weil ein dicker Dunst aus Kiff in der Luft hängt.

Selbstverständlich gehen sie auch tanzen. Egal, wo sie landen, im U60311, im Space Place oder auf dem Rave *We Are One* von *D&D* zum Tag der Deutschen Einheit in einem Schützenhaus im Wald: Überall schwärmen sie von diesem krassen Club in Kassel und freuen sich auf Matzes Geburtstag. Schneidler grinst wissend und fühlt sich bestätigt.

Ein Jahr nach der Schließung des Omens findet ein *Memorial Day* vor dem leerstehenden Parkhaus in der Junghofstraße statt, zu dem alle gehen. Dummerweise fällt er auf den gleichen Tag wie das Rockkonzert auf dem Herbstfest ihres Städtchens, zu dem Charlotte versprochen hat, Franzi zu begleiten. Sie will dort unauffällig den Faden zu Hardy wieder aufnehmen, ohne dass es so wirkt, als würde sie ihm nach-laufen. In Charlottes Augen tut sie jedoch genau das und versucht händeringend, ihn ihrer Freundin auszureden. Leider bleiben ihre Versuche ebenso erfolglos wie die, Phil dafür zu begeistern, sie zu begleiten. Er fährt mit den anderen nach Frankfurt.

Zwar geht Franzis Plan mit Hardy auf, davon abgesehen ist der Abend aber furchtbar. Nicht nur wegen des Massenbesäuf-nisses und allem, was das mit sich bringt – sondern auch wegen der Erkenntnis, dass sie mit ihren alten Freunden nichts mehr anfangen kann.

Charlotte freute sich darauf, Yvi, Sabbel, Höfinger und die anderen nach langer Zeit wiederzusehen. Vor allem auf Steff, der mittlerweile fest mit Adriane zusammen ist. Doch sie musste schnell feststellen, dass ihre Schulclique nichts von ihren Technoabenteuern hören will. Als wäre das nicht schon tragisch genug, findet Charlotte deren Themen schrecklich langweilig. Es hat sich eine Kluft zwischen ihnen aufgetan. Zu allem Überfluss liegt sie die halbe Nacht wach und fragt sich, was Phil wohl gerade in Frankfurt treibt.

Ein paar Tage später feiert Schmitti seinen Geburtstag bei sich zuhause, er wohnt in Matzes Nachbardorf. Dort versucht Charlotte herauszufinden, was auf dem *Omen Memorial Day* abging.

Vor allem, ob etwas zwischen Conny und Phil abging.

»Wie war die Omen-Gedenkparty?«, fragt sie in die Runde.

»Ganz fett. Die haben ein DJ-Pult vor dem Eingang aufge-baut und es haben alte Residents gespielt«, antwortet Flo.

»Zwischendurch wurden auch Reden gehalten«, ergänzt Brina.

»Da war eine krasse Stimmung, aber wenn man nie im Omen war, kann man das schwer nachfühlen«, erklärt Phil.

»Aber Spaß hattest du trotzdem«, zwinkert Conny.

Da ist er wieder, der Stich.

»Das Omen muss man erlebt haben, um es zu begreifen«, bestätigt Matze.

»So einen Laden wird es nie mehr geben«, sagt Sebastian wehmütig.

»Ey, das Stammheim ist auch oberkrass«, findet Flo. »Kommt am Samstag mit!«

»Ihr werdet es nicht bereuen. Außerdem werde ich nur einmal im Leben zweiundzwanzig«, argumentiert Matze.

»Stimmt, Diggi, das allein ist die Reise nach Kassel wert«, grinst Sebastian und klopft seinem Kumpel auf die Schulter.

»Und ich kann meinen Geburtstag da auch noch feiern«, stellt Schmitti fest.

»Das hört sich doch nach einem Plan an«, strahlt Matze.

»Am Samstag lief endlich mal wieder gute Mucke«, schwenkt Kalle zurück zum *Omen Memorial Day*, »richtig schöner Frankfurt-Sound. Nicht so ein Rumgeschranze wie gerade sonst überall.«

»Die Szene hat sich halt verändert«, kommentiert Schmitti.

»Was ist denn Frankfurt-Sound?«, will Charlotte wissen.

»Frankfurt ist berühmt für seine elektronische Musik«, übernimmt Flo. »Das fing in den Achtzigern an, da war zum Beispiel auch schon de Babba mit OFF am Start, aber auch Leute wie der Talla.«

»Und dem Münzing. Der war bei OFF dabei und hat mit dem Väth dann das Omen gemacht«, ergänzt Schmitti.

»Und hat uns mit Snap! gestraft«, lacht Kalle.

»Das Omen gab es ja auch schon ab 1988«, glänzt Charlotte mit Wissen.

»Der Väth hat auch überall seine Finger drin«, stellt Phil fest.

»Korrekt. Der *Sound of Frankfurt* hat sich parallel zu Techno in Detroit entwickelt. Da war Acid House, Hi-NRG, EBM und New Beat am Start, bis es Anfang/Mitte der Neunziger trancig wurde.«

»Dann kamen die weißen Handschuhe«, ekelt sich Brina.

»Trance? Iiih«, quiekt Franzi.

»Typisch Schranzi«, grinst Matze.

»Nur die Gabber-Spacken aus Holland haben schon immer geballert wie die Gestörten«, lacht Schmitti. Die Werbung für die CD-Reihe *Thunderdome* kennt Charlotte aus dem Musik-fernsehen. Sie findet Gabber einfach nur bescheuert.

»Schmitti, hast du die *The Day After* von Astral Pilot da?«, fragt Kalle.

»Logo.«

Kalle tritt an Schmittis DJ-Pult und kramt kurz in der Plat-tenkiste. »Das war die letzte Platte, die im Omen lief. Das ist für mich eine typische Frankfurt-Scheibe.«

Kurz darauf ertönt eine weiche Melodie mit hellen Synthe-sizer-Klängen. Sie lauschen dem einundzwanzigminütigen Stück in voller Länge und verlieren sich dabei in ihren Erinne-rungen. Bis auf Charlotte, Franzi und Phil, sie können die Nostalgie diesem Sound gegenüber nicht nachvollziehen. Das ist ihnen viel zu soft und dudelig.

— – —

23. Oktober 1999

FORTE LABELNIGHT
Big Floor: Christian Morgenstern (live), Maral Salmassi, Falko Brocksieper,
Marco Cannata, Stefan Küchenmeister
House Café: Daniel Klein, Chi, Nico
STAMMHEIM

»Scheiße, der Big Floor ist zu!«, stellt Matze entsetzt fest.

»Der macht um Middernacht uff«, flötet ihm ein gut gelaunter Typ im Vorbeigehen zu.

»Ah, ich dachte schon. Danke dir, Alter!«

»Des wär ja noch schönner, des is doch de Main Floor«, ergänzt er, bevor er im House Café verschwindet.

Die Wiedersehensfreude ist groß, als Dani mit seinen Freunden um die Ecke kommt. Flo stellt ihnen Conny, Sebastian, Brina, Kalle und Schmitti vor, die tatsächlich in einem zweiten Auto mitgekommen sind.

Dani trägt ein T-Shirt von Kanzleramt, dem Plattenlabel des hessischen Technohelden Heiko Laux, auf dem auch der heutige Haupt-Act Christian Morgenstern Stücke veröffentlicht hat. Die Musiknerds Flo und Schmitti feiern Dani für die bedachte Wahl seiner Oberbekleidung und steigen sofort in eine Fachsimpelei über die Produktionen des Labels ein.

Als die Fuldaer Truppe von Matzes und Schmittis Geburtstagen erfahren, holen Serhat und Maggus eine Runde Kräuterlikör für alle bei ihrem Kumpel an der Bar.

»Was sind denn das für Dinger? Das ist ja geil«, grinst Conny, als sie die eiskalte Kräuti-Flasche in Schnapsglasgröße in der Hand hält.

»Auf dich, Matze!«, ruft Dani.

»Auf dich!«, »Cheers!«, »Alles Gude, alter Babbsack!«, die anderen.

»Auf eine geile Nacht«, freut sich das Geburtstagskind.

Daraufhin verschwindet ein Teil auf der Toilette, die anderen überbrücken die Zeit im House Café. Um kurz vor Mitternacht sammeln sie sich wieder im Foyer.

»Gleich geht's ab«, prophezeit Maggus und reibt sich die Hände.

Wie hungrige Tiger kurz vor der Fütterung laufen immer mehr Gäste vor der Tür zum Big Floor auf und ab.

Dann wird sie von innen geöffnet, der Bass knallt los und die Meute strömt hinein wie Kaufsüchtige beim Sonderschlussverkauf. Die Leute verteilen sich großmaschig auf der Tanzfläche und fangen sofort an zu zappeln. Das Plateau gegenüber ist abgesperrt, was den Big Floor noch schneller voll werden lässt.

Die Truppe um Charlotte steuert wieder den erhöhten Platz rechts neben dem DJ-Pult an. Die fünf fühlen sich bestätigt; wie beim letzten Mal wird hier das Warm-up großzügig übersprungen und direkt die Peaktime eingeleitet. Binnen zehn Minuten fühlt es sich an, als würde die Party seit Stunden laufen.

Charlotte läuft ein freudiger Schauer über den Rücken. Sie grinst Sebastian an und er staunt verblüfft zurück. Ihr gefällt sein Interesse an ihr und sie flirtet wie immer mit ihm.

»Wer legt da auf?«, will Flo von Maggus wissen, der schon wieder an der Scheibe der DJ-Kanzel klebt.

»Stefan Küchenmeister! Der mixt brutal schnell!«

Der blonde Typ mit dem Jolly im Mundwinkel ist ebenso wie Marky und Pierre ein Resident im Stammheim, wie Flo von Maggus erfährt.

Matze legt Charlotte ungesehen eine Pille in die Hand, sie beißt die Hälfte ab und hält ihm die andere hin.

»Halbe Teile rolle net«, lacht er und wirft sich eine ganze ein.

»Geteiltes Teil ist halbes Teil«, grinst Schmitti und greift nach Charlottes Hälfte.

Die Energie auf dem Big Floor ist ansteckend, die ganze Truppe tanzt, noch bevor das Ecstasy knallt. Als Charlotte eine kurze Pause einlegt und strahlend von Flo wissen will, was er von dem DJ hält, erklärt er ihr, dass Stefan Küchenmeister ein Anhänger von Detroit Techno und Jeff Mills sein muss. Das erkenne er sowohl an der Auswahl der Platten als auch an der Schnelligkeit seiner Übergänge. Er ist total begeistert von seinem Stil.

Gegen zwei Uhr regt sich etwas hinter dem Absperrgitter auf dem Plateau gegenüber, es wird von zwei Typen mit wenigen Handgriffen abgebaut. Jetzt versteht Charlotte die Absperrung: Es ist die Bühne für den Live-Act. Ein großer Tisch mit Gerätschaften und einem Computermonitor stehen dort bereit.

Kurz darauf dreht Stefan Küchenmeister die Musik leise und erntet großen Applaus, während der Lichtmann, es ist der Gleiche wie beim letzten Mal, rotes Spotlight auf den schwarz gekleideten Christian Morgenstern richtet. Langsam pumpt er seine ersten Bässe aus den Boxen.

Dani fragt Matze, ob sie mit nach vorne kommen. Er nickt und fordert seine Freunde auf, ihm zu folgen. Sie schlängeln sich durch den vollgepackten Big Floor und finden bei Maggus und Serhat noch Platz.

»Uuund Agtschnnn«, grinst Serhat und freut sich darauf, was gleich kommt.

Charlotte findet ihn total süß mit seiner Schiebermütze. Überhaupt mag sie jeden von der Fuldaer Truppe.

»Jawoll!«, ruft Dani und pfeift dreimal auf.

Christian Morgenstern fängt gediegen an und nimmt langsam Fahrt auf. Seine Musik ist düster und verkopft, sein schräger Sound verzwirbelt Charlottes Hirn. Und je schräger es wird, desto besser gefällt es ihr.

Live-Acts faszinieren sie ohnehin mehr als das Auflegen mit Platten. Nicht nur, weil es die eigenen Werke der Musiker sind, sondern auch, weil sie es allein schon als Kunst empfindet, die elektronischen Instrumente zu beherrschen. Drum Machines und Synthesizer sind rätselhafte Zauberkisten mit tausend Knöpfen.

Wie eine Dampflok schieben sich Christian Morgensterns gebrochene Beats durch den Raum – und alle springen auf den Zug auf. Zum Glück verteilt ein Typ Kaugummis, denn Charlottes Kiefer tanzt ganz schön aus der Reihe.

Mel lässt eine Flasche Kräuterlikör kreisen und Serhat nennt sie »Unsere Misses Kräuti!«.

Charlotte liebt ihre neuen Freunde.

Nach dem Live-Act eilen Charlotte und Franzi auf die Toilette, danach versacken die beiden auf einer Stufe im Foyer.

»Charlottelotte, ich lieb' dich so!«

»Ich lieb' dich auch so, so sehr, meine Schranzi!«

»Weißt du eigentlich, dass du meine allerallerallerbeste Freundin bist?«

»Und du meine!«

So geht das eine Weile, bis Matze zu ihnen stößt.

»Na Mädels, was geht ab?«

»Wasserfabb«, grinst Franzi dämlich.

»Uns geht's bestens«, sagt Charlotte. Ihre Augenlider hängen auf Halbmast.

Matze fischt sein durchgeschwitztes und plattgesessenes Zigarettenpäckchen aus der Hosentasche. Die Fluppen sind stark gekrümmt, aber zum Glück noch nicht gebrochen, also noch rauchbar. Beim kleinsten Riss muss das Loch mit dem Finger verschlossen werden – was in seinem Zustand einer motorischen Meisterleistung gleichkommt. Er setzt sich zu Franzi, die ihm einen feuchten Kuss auf die Backe drückt.

»Alles Gute, Matzeschmatze!«

»Danke, Schranzi. Ey, das Stammheim ist einfach mal wieder oberkrass, oder?«

»Ultra«, finden die Mädels.

Jemand tippt Charlotte auf die Schulter. Sie dreht sich um, doch da ist keiner, der etwas von ihr will. Alle in Gespräche vertieft, bis auf einen, der mit geschlossenen Augen an der Wand lehnt. Charlotte erkennt kein bekanntes Gesicht, also dreht sie sich wieder um. Wahrscheinlich hat sie sich den Anstupser eingebildet. Kurz darauf wird sie erneut angetippt, dieses Mal auf der anderen Schulter. Es folgt das gleiche Spiel. Charlotte fragt sich, wer sie foppen will, kann jedoch keinen potenziell Schuldigen ausmachen. Dann tippt sie plötzlich jemand auf den Kopf, woraufhin sie verwirrt nach oben schaut.

»Sag mal, Lotte, was ist denn mit dir?«, will Franzi wissen.

»Irgendwer verarscht mich hier!«

»Was meinst du?«

Charlotte berichtet und Matze prustet los.

»Alter, es tippt dich keiner an, es tropft von der Decke!«

»Hä? Iiiiih, wie eklig!«

»Weißt du, was wirklich eklig ist? Die Tropfen sind schwarz!«

»Iiiiiiiiiiih!«, kreischen die Mädels und Matze lacht.

»Warum sind die schwarz?«, fragt sich Franzi.

»Wahrscheinlich von Kippenrauch und Nebel … Ach, sieh mal an, da drüben hockt ja Flo, den hab ich gesucht.« Er springt auf und geht zu seinem Freund, der bei Dani und Serhat sitzt.

»Flo, Alter, lass mal einen tackern!«

Das lässt er sich nicht zweimal sagen.

Sie nehmen die Mädels ins Schlepptau und tanzen eine Polonaise zur Toilette. Auf dem Weg hängen sich andere dran und laufen spaßeshalber ein paar Schritte mit, bevor sie sich wieder abketten.

Die Frauentoilette müsste eigentlich wegen Überfüllung geschlossen werden, deshalb gehen sie nach nebenan zu den Männern. Dort stinkt es nach Urin.

»Ich geh kurz schiffen«, meldet sich Flo ab und steuert die Pissoirs an. Auf der Fensterbank sitzt eine Gruppe Typen und lacht über den Müll, den sie verzapfen. Charlotte fragt sich, wie man es hier nur eine Sekunde länger aushalten kann als nötig. Geschweige denn, hier freiwillig abzuhängen.

Alle Klokabinen sind besetzt und in allen ist Gequatsche zu hören. Hinter keiner der vier Türen ist jemand allein.

Die erste öffnet sich und Schmitti, Brina, Kalle und Conny kommen heraus.

»War ja klar!«, lacht Flo.

»Selber!«, kontert Conny.

Fliegender Wechsel.

»Ich bin echt mal gespannt auf Marco Cannata. Bisher waren alle Residents ziemlich fett, Marky, Stefan Küchenmeister und Pierre ja sowieso«, schwadroniert Flo, während er und Matze die üblichen Utensilien aus ihren Taschen kramen: Chipkarte, Röhrchen, Unterlage und das weiße Pulver.

»Knattatatattatatata! Der Name klingt ja schonmal vielversprechend: wie ein fetter Technotrack«, scherzt Matze.

»Wann spielt er?«, will Charlotte wissen.

»Zur Spätschicht um sechs«, weiß Flo.

»Erinnerst du dich noch an den Typen vorhin?«, grinst Matze seinen Freund an.

»An wen?«, stutzt der kurz und prustet dann laut:

»Alter! Der Typ, der Fuck heißt!«

Die Jungs grölen und erzählen den Mädels, dass sie einen Vietnamesen mit dem Namen Phuc kennengelernt haben und schier abgebrochen sind, als er sich ihnen vorstellte.

»Was der Arme wohl in der Kindheit durchmachen musste«, vermutet Flo mit ehrlichem Mitleid.

»Na ja, also wenn wir zwei Deppen uns heute noch darüber wegpissen, muss die Schule der Vollhorror gewesen sein.«

Die beiden stecken die Mädels mit ihrem Dummgelaber an und lachen sich kaputt. Alle schwitzen.

»Bisschen viel, oder?«, stellt Franzi mit dem Blick auf den geknickten Stammheim-Flyer fest, der als Unterlage dient.

»Nur die Hadde komme in de Gadde«, grinst Matze.

Nach dem großen Fitmacher verlassen sie den Big Floor für die nächsten Stunden nicht mehr.

Charlotte vergisst alles, was sie in dieser Woche genervt hat und genießt jeden Bassschlag. Unvorstellbar, jemals wieder mit dem Tanzen aufzuhören. Marco Cannata hat die Tanzfläche im Griff, alle auf dem Big Floor stampfen zu seinen schiebenden Beats und röhrenden Sounds.

Ein Typ mit einer leuchtend weißen Halskette schreit ihr Kauderwelsch ins Ohr. Bedauernd zuckt sie mit den Schultern und deutet auf eine Box, denn es ist zu laut. Er lächelt lieb, drückt ihr einen Kuss auf die Stirn und tanzt davon.

Gegen acht Uhr beginnen die beiden Fahrer Phil und Sebastian behutsam, ihre Freunde darauf vorzubereiten, dass sie demnächst aufbrechen wollen. Diese Nachricht kommt überhaupt nicht gut an und es benötigt mehrere Anläufe und schließlich ein genervtes Drängeln, bis die durchgeravte Gruppe zusammengetrommelt und zum Gehen bereit ist.

Draußen ist es hell und ungemütlich, trotzdem geht auf dem Parkplatz die Party ab. Ständig bleibt einer von ihnen bei

einem Auto hängen und quatscht dummes Zeug mit den Insassen. Endlich an ihren Autos angekommen, verabreden sie
sich bei Flo.

Auf der After zocken sie stundenlang ein neues japanisches
Kampfspiel, in dem schrill aussehende Animefiguren über-
triebene Tritte und Schläge vollführen und dazu laut stöhnen.
Der Verlierer reicht seinen Controller an irgendjemanden auf
der Couch weiter. Von den DJs steht immer einer am Mischpult
und legt auf, von den Kiffern baut immer jemand einen Joint.
Dabei lümmeln sie auf Flos Liegelandschaft und schwelgen in
Erinnerungen an letzte Nacht.

Conny: »Das Stammheim ist wirklich krass, hat der Schneidler
recht gehabt.«

Schmitti: »Es sieht auch noch aus wie das Aufschwung Ost.«

Kalle: »Ja, nur 'ne andere Deko.«

Flo: »Die Deko war beim ersten Mal auch anders, oder?«

Charlotte: »Ich glaube auch.«

Matze: »Dieser Knattata ist echt ein amtlicher Kollege.«

Schmitti: »Cannata, nicht Knattata, du Vogel!«

Flo: »Der Küchenmeister war auch fett.«

Kalle: »Gibt's noch was zu saufen?«

Franzi: »Ich fand den ersten auch ziemlich gut.«

Flo: »Das war der Küchenmeister!«

Schmitti: »Gab es damals nicht noch einen Chill-out
unterm Dach?«

Flo: »Schau mal im Kühlschrank, da steht, glaube ich, noch
eine Flasche Sekt.«

Brina: »Ja, da hingen doch Betten von der Decke!«

Schmitti: »Das war 'ne krasse Deko, mega abgespaced.«

Kalle: »Besser Puffbrause als gar keinen Schwipps.«

Conny: »Ich würde auch ein Glas nehmen.«

Schmitti: »Genau, die Hängebetten. Die waren das Beste!«

Brina: »Lief da nicht sogar das ZDF rum?«

Matze: »Hängebetten? Oh man, ich liebe diesen Schuppen!!!«

Flo: »Der Morgenstern war auch geil, schön schräg. Der hat mich ordentlich druffgeschickt.«

Matze: »Alter Vadder ...«

Charlotte: »Mich auch.«

Franzi: »DJ Chi war auch geil.«

Charlotte: »Du bist doch nur scharf auf den.«

Kalle: »Wo ist denn der Dübel?«

Franzi: »Der ist ja auch 'ne Schnecke.«

Schmitti: »Hast du was vom Morgenstern da? Leg mal auf.«

Brina: »In deiner Hand, Schatz.«

Conny: »Ist Chi der mit den Rastas vom House-Floor? Den würde ich auch nicht von der Bettkante schubsen.«

Flo: »Was war das denn bitte für ein Move? Wie locker!«

Conny: »Keine Ahnung, wie ich das gemacht habe, aber es sah krass aus!«

Kalle: »Alter, ich bin ganz schön verschürt.«

Alle: »Ich auch.«

Schmitti: »Matze, gib mir mal den Controller. Ich mach die Conny jetzt mal nass.«

Conny: »Das hättest du wohl gerne!«

Matze: »Schranzi, brauchen wir einen neuen Spitznamen für dich? Wie wäre es mit House-Maus?«

Franzi: »Du spinnst wohl!«

Flo: »Hat noch jemand Kippen?«

Schmitti: »Ich hab noch Tabak, der liegt irgendwo auf dem Tisch.«

Charlotte: »Wollen wir Pizza bestellen?«

So geht das den lieben langen Sonntag, während Phil und Sebastian in ihren Betten liegen.

Heute entdeckt Charlotte den perfekten Pizzabelag für Tage wie diesen: Thunfisch, Zwiebeln und doppelt Käse.

Nach dem Essen verschwinden Conny und Flo wortlos im Schlafzimmer.

Kapitel 5: STAMMHEIM-MANIA

Stammheim, Stammheim, Stammheim, Charlotte hat nichts anderes mehr im Sinn als diesen Club. Glücklich pinnt sie die beiden Flyer an ihre Zimmerwand, die sie am Wochenende eingesteckt hat: den Zweimonatsflyer vom Stammheim selbst und einen für dessen Partyreihe im U60311.

Auf der Vorderseite des dunkelgrünen Stammheim-Flyers funkelt Charlotte ein weibliches Fabelwesen mit bösen Augen an. Es ist eine Mischung aus einem Alien und einem sexy Vamp mit spitzen Zähnen, großen Fledermausflügeln und scharfen Kurven. Ihr hautenges dunkles Abendkleid legt ihr Dekolleté und ihren Bauch frei. Der Anhänger ihrer Halskette glüht zwischen ihren Brüsten und erinnert von der Form her an einen Dildo. Mit ihren knochigen Fingern und langen Nägeln scheint sie nach einem greifen zu wollen. Das Phantasiewesen steht vor einem großen steinernen Kreuz mit Ornamenten, darüber fordert eine gruselige Schrift *Come to mummy*.

Auf der Rückseite eröffnet sich eine nächtliche Gruselwelt, die von einem riesigen Vollmond erhellt wird. Eine Geisterburg, die an König Haggards Schloss aus *Das letzte Einhorn* erinnert, thront auf der Spitze eines scheinbar unmöglich zu erklimmenden Berges. Fledermäuse umkreisen ihre drei Türme, im mittleren strahlt giftgrünes Licht aus dem einzigen sichtbaren Fenster. Dort wartet vermutlich der Alien-Vamp von der Vorderseite. Im Schatten des Berges findet sich das Programm vom 02. Oktober bis zum 27. November 1999, das mit dem Hinweis schließt: *»Immer Licht mit Liebe: Da phatte Travis ... flaaash!«* Darunter befindet sich eine Halloween-Variante des Stammheim-Logos sowie das Flyer-Motto *»Schloss Stammheim ... die nur die Sonne fürchten.«* in passend schaurigen Lettern.

Was für ein abgefahrener Flyer! Sämtliche Werbezettel, die Charlotte bisher in den Händen hielt, hatten höchstens kleine grafische Elemente und konzentrierten sich auf das Wesentliche: Wer wann wo auflegt. Der vom Stammheim hingegen macht eine ganze Welt auf und erzählt eine Geschichte dazu.

Auch seine Größe ist ungewöhnlich, mit seinem DIN-A5-Format fällt er völlig aus der Reihe. Flyer sind sonst eher klein, um sie in die Hosentaschen stecken zu können.

Der zweite Handzettel, den Charlotte vom Wochenende mitgebracht hat, kommt mit seiner Postkartengröße schon eher an das Gewohnte heran. Das Artwork stammt eindeutig aus der gleichen Feder wie der Erste und kündigt die Partyreihe *Stammheim@U60* an.

Auf der Vorderseite schaut ein kleines Mädchen mit zwei Zöpfen, Schleifchen im Haar und einem Eis in der Hand dümmlich drein. Ihr Schatten fällt auf eine Wand hinter ihr und zeigt nicht, wie man erwarten würde, die Umrisse des Kindes, sondern eine feierwütige Frau. Es scheint eine ältere Version der Kleinen zu sein, ebenfalls mit beschleiften Zöpfen, aber mit prallen Brüsten und harten Nippeln, den Mund weit zu einem dreckigen Lachen geöffnet. In der einen Hand hält sie eine Flasche, die andere ist mit der geballten Faust energisch in die Höhe gestreckt. Irgendwie erinnert Charlotte das ein wenig an sich selbst. Auf den zweiten Blick fällt ihr auf, dass das Motiv eine Abwandlung des Kinoposters von *Star Wars: Episode I* ist, auf dem der kleine Anakin Skywalker den Schatten von Darth Vader an einen Felsen wirft.

Auf der Rückseite werden Stammheim-Partys im September, Oktober und November bekanntgegeben, bei denen immer DJ Karotte und ein weiterer House-DJ auflegen. Er wird in der Szene liebevoll Möhrchen genannt, was Charlotte total süß findet. Karotte zählt wie Chris Liebing zu den weiter gefassten Stammheim-Residents, die nicht jedes Wochenende dort spielen.

Am 13. November steht außerdem eine CD-Release-Party der *HEIMfidelity 3* mit Pierre und Marky in der U-Bar auf dem Flyer. Die U-Bar ist ein zweiter Floor im U60311, hinter der Bar am Ende des Durchgangs zur anderen Straßenseite, der nicht immer offen ist. Was ist das für eine CD? Gleich morgen will Charlotte zu Bernie gehen und es herausfinden.

Aus *gleich morgen* wurde ein paar Tage später, das Wochenende hing ihr schwerer in den Gliedern als ihr lieb war. Nun aber steht sie in der Plattenkiste und lässt sich von Bernie das Album von Nitzer Ebb heraussuchen, auf dem das Lied ist, das ihr seit der ersten Nacht im Stammheim nicht mehr aus dem Kopf gehen will. Es ist tatsächlich aus dem Jahr 1987.

Sie selbst wühlt sich durch das Fach *Techno/Trance* und findet dort die üblichen Verdächtigen aus den Charts. Nichts, was mit dem zu tun hat, was im Club gespielt wird.

An der Kasse fragt sie Bernie mit süßen Schmolllippen, ob er etwas für sie im Computer suchen könne.

»Komm rum und such selbst nach deiner Bumm-Bumm-Musik«, brummt er.

»Danke«, strahlt sie, schlüpft hinter den Tresen und tippt Heimfidelity in die Suchmaske ein. Das System rödelt und wird nach ein paar Sekunden fündig:

Stammheim Presents HEIMfidelity 1–3, DJ-Mixe von Pierre, Oliver Huntemann und Marky. Wie cool! Sie bittet Bernie, die ersten beiden CDs je einmal und die von Marky zweimal zu bestellen. Die bekommt Franzi zum Geburtstag – die wird ausflippen!

»Kannst du nächste Woche abholen. Wie wäre es denn zur Abwechslung mal wieder mit guter Musik, hm?«

»Ha, ha.«

»Die Chili Peppers haben ein klasse Album rausgebracht, *Californication*. Willst du mal reinhören?«

Am Tresen hinter der Kasse stehen zwei CD-Player für diesen Zweck. Charlotte liebte es früher, CDs anhand der Cover auszuwählen und sie sich dort anzuhören. Unzählige Stunden hat sie damit zugebracht.

»Äh, ja, mache ich nächstes Mal, okay? Ich muss los.«

Für Rockmusik hat sie gerade kein Ohr. Zuhause hört sie »*Let Your Body Learn*« in Dauerschleife und hat Gänsehaut.

Leider feiert Franzi ihren Geburtstag im Schlumbl, weil sie unbedingt Hardy abschleppen will. Charlotte versucht schon lange, ihn ihr auszureden, aber ihre Freundin kann einfach nicht von dem Rockertypen lassen.

Charlotte hat überhaupt keinen Bock auf Rumhocken in einer Kneipe und schon gar nicht in ihrem verpennten Städtchen. Das lässt sie sich aber ihrer Freundin zuliebe nicht anmerken. Von den alten Freunden sind immerhin Steff, Adriane, Yvi und Sabbel erschienen, die anderen machen sich nicht mehr die Mühe zu verstecken, dass man sich auseinandergelebt hat. Phil, Matze und Flo kommen zu spät und haben kleine rote Augen. Charlotte ahnt, was los ist: Die Jungs haben zu tief in den Alienkopf geschaut.

»Weißt ja, je später der Abend, desto schöner die Gäste«, entschuldigt sich Matze mit seiner charmanten Art. Man kann ihm einfach nicht böse sein.

Charlotte ist froh, dass die Jungs endlich da sind, ihr war stinklangweilig. Wie schon auf dem Herbstfest zeigen sich die anderen demonstrativ unbeeindruckt von ihren Feiergeschichten. Als wäre das nicht schon schlimm genug, verhöhnen sie es auch noch. Die Technospacken seien alles Drogenopfer und die Musik ist total behämmert und billig. Charlotte verletzt das, schließlich beleidigen sie damit auch sie – auch wenn sie es nicht so meinen.

Um Mitternacht holen Matze und Flo eine Runde Kräuti für alle. Kaum hat Franzi die »*HEIMfidelity 3*« von Marky ausgepackt, entreißen die Jungs ihr das Geschenk und inspizieren das Booklet.

»Alter, wie geil ist das denn?«, ruft Matze begeistert.

»Das ist ja wie die Stammheim-Flyer«, ergänzt Phil.

»Soll das Marky sein?«, lacht Flo.

Charlotte hat die Booklets aller drei Stammheim-CDs längst studiert und darüber geschmunzelt, wie die sich selbst auf die Schippe nehmen und die Gepflogenheiten der Technoszene überzeichnen.

»Pierre hat sogar einen eigenen Comic bekommen«, erzählt sie den Jungs und verspricht, ihnen alle drei CDs aus der Plattenkiste zu besorgen.

Seit Hardy im Schlumbl aufgetaucht ist, kümmert sich Franzi nur noch stiefmütterlich um ihre Geburtstagsgäste. Um halb eins sind alle bis auf Charlotte, Matze, Flo und Phil verschwunden. Wenig später nimmt Hardy Franzi mit nach Hause.

Alles Liebe zum Geburtstag, Schranzi, denkt sich Charlotte auf dem Heimweg.

Es ist gerade einmal halb zwei.

— - —

27. November 1999

Big Floor: Pierre, Marky, Marco Cannata
House Café: Stefan Küchenmeister, Chi, Axl
STAMMHEIM

Dass die fünf heute nach Kassel fahren, wussten sie bis eben noch nicht. Eigentlich wollten sie mit Schmitti und den anderen in den Frankfurter Ostclub, wo heute der Schneidler auflegt. Der Laden in dem kleinen Haus auf der Hanauer Landstraße ist mehr Bar als Club, aber die Partys sind wild und gehen lang. Trotz der Aussicht auf eine feine Eskalation mit ihren Freunden haben die fünf umdisponiert, denn sie fahren extrem auf den *Stammheim-Sound* ab, wie sie vor zwei Wochen auf der Release-Party der *»HEIMfidelity 3«* bei *Stammheim@U60* einmal mehr feststellten.

Heute stehen nur Residents auf dem Programm und genau deswegen wollen sie dort hin. Das gab es noch nie, normalerweise wählen sie einen Club nach den zugebuchten DJs aus.

Charlotte meldete sich sogar freiwillig als Fahrerin, obwohl Franzi an der Reihe gewesen wäre. Die ziert sich jedoch wegen des weiten Rückwegs, der flößt ihr einen Heidenrespekt ein. Charlotte ist hingegen dermaßen heiß auf das Stammheim, dass ihr weder die lange Autofahrt noch das Nüchternbleiben etwas ausmachen.

Nach dem üblichen Stopp an der Tankstelle brettern sie gut gelaunt über die Autobahn und drehen bei den sogenannten Kasseler Bergen die Musik noch etwas lauter: Der hügelige Abschnitt der A7 läutet stets die letzte Etappe der Strecke zum Stammheim ein.

Auf der Treppe der Salzmannfabrik krabbelt eine Vorfreude in Charlotte hoch, die ihr keine Pille der Welt bescheren könnte.

»Ihr schon wieder!«, ruft ihnen Dani an der Garderobe entgegen.

Heute trägt er ein Shirt vom Plattenlabel Utils, dem Sublabel von HörSpielMusik aus dem Hause Stammheim, wie Charlotte von ihm erfährt. Dani wählt seine T-Shirts stets mit Bedacht aus, das findet sie cool.

Die fünf steuern zuerst zur Bar ins House Café und stecken sich den neuen Flyer ein. »*Stammheim 2000*« steht in großen Lettern darauf und ruft Charlotte in Erinnerung zurück, dass in wenigen Wochen ein neues Jahrtausend beginnt. Verrückt.

Matze hat ein Auge auf einen blonden Lockenkopf hinter der Bar geworfen und flirtet mit ihm. Kurz darauf läuft ihnen eiskalter Kräuti die Kehle hinab. Danach belegen sie ihren Lieblingsplatz rechts neben der DJ-Kanzel, wo sie auf die wie immer bestens gelaunten Mel und Maggus treffen.

Es ist kurz nach Mitternacht und auf dem Big Floor geht es zu wie um halb drei.

Charlotte beobachtet den schwarzhaarigen DJ, der aussieht, als käme er gerade frisch aus dem Urlaub.

»Marco Cannata!«, schreit Mel aus der Vermutung heraus, Charlotte läge die Frage auf der Zunge, wer das ist.

»Ich weiß! Sag mal, ist der hinter ihm *Der phatte Travis*?«

»Ja! Das ist Noah!«

Noah aka *Der phatte Travis* blickt konzentriert auf sein Lichtpult. Er erinnert mit seinen braunen welligen Haaren optisch an DJ Pierre.

»Ist er der Bruder von Pierre?«, will Charlotte wissen.

Mel lacht und schüttelt den Kopf. »Aber Noahs Bruder Marc sitzt unten an der Kasse!«

»Quatsch! Echt?«

»Ohne Scheiß!«

Mels Energie und gute Laune sind ansteckend und reißen Charlotte mit. Schon lange braucht sie weder Alkohol noch chemische Unterstützung, um hemmungslos abtanzen zu können. Techno fährt ihr in die Glieder und im Stammheim noch zehnmal mehr als anderswo. Das Set von Marco Cannata stampft sie komplett durch und noch einen Teil von Marky, bis ihre Beine eine Pause einfordern. Außerdem sind ihre Kippen leer.

Sie überlässt die anderen ihrem Zappeldrang auf dem Big Floor und schlendert gut gelaunt zu den Zigarettenautomaten. Nachdem sie sich ein Päckchen gezogen hat, wirft sie einen genaueren Blick in dieses Bistro.

Gegenüber des Eingangs befindet sich eine kleine Theke mit einer hüfthohen Schwingtür wie in einem Western Saloon. Rechts und links stehen Tische mit Sitzbänken, von der Decke baumeln Blumenkästen mit falschem Efeu, an den Wänden hängen Plastiksonnenblumen. Es riecht nach Suppe, Toast und Obst. Der Raum wirkt wie ausgeschnitten und im Stammheim eingeklebt, so wenig passt er in den Technokontext. Vielleicht holt sie sich morgen früh hier etwas zu essen.

Bevor es wieder auf den Big Floor geht, möchte sie im Foyer eine rauchen und sich auf einer Stufe etwas ausruhen. Kaum ist die Folie von ihrem Zigarettenpäckchen abgerissen, wird sie auch schon von der Seite angeschnorrt: Ein Menschenknäuel mit großen Pupillen, das auf Quatschen gepolt ist. Alle wollen eine Kippe und dazu noch allerhand von Charlotte wissen. Woher sie kommt, ob sie zum ersten Mal im Stammheim ist, ob sie allein ist, wo sie sonst so feiern geht. Sie löchern Charlotte mit Fragen und beantworten sie teilweise selbst. Die Clique kommt aus Hannover und Umland und ist oft hier. In Frankfurt waren sie noch nie, haben aber nur Gutes vom U60311 gehört, das Line-up ist der Hammer, ob sie dort schon einmal war und so weiter und so fort. Charlotte trumpft auf und fühlt sich zum ersten Mal nicht mehr wie das kleine Raver-Mäuschen, das von Tuten und Techno keine Ahnung hat. Selbstbewusst erzählt sie von den Clubs in Rhein-Main und bleibt bei der netten Druffitruppe hängen, bis sie ihre trockene Kehle ins House Café treibt.

Auf dem House-Floor schwingen wie immer alle mit den Hüften und grinsen über beide Backen, auf der Theke, auf den Stehtischen, überall wird getanzt. Der Vibe ist ansteckend und Charlotte groovt sofort mit.

Es läuft ein zackiger House, der gefällt ihr richtig gut, das ist ja fast schon Techno. Sie holt sich eine Cola und tanzt in Richtung DJ-Pult.

Das ist doch Stefan Küchenmeister! Es ist unüblich, dass ein DJ sowohl auf dem Techno- als auch auf dem House-Floor spielt.

»Uuuh, ich bin druff wie e' Mudderschiff!«, stöhnt ihr ein blonder Schönling in glitzernden Frauenklamotten entgegen und lacht. Der ist Charlotte die letzten Male schon aufgefallen.

Was geht denn hier ab?, denkt sie sich und holt die anderen vom Big Floor.

»Fetter Tech-House!«, grinst Flo Stefan Küchenmeister an. Der freut sich über das Lob und pumpt seinen Arm zum Bass in die Höhe.

Charlotte gefällt der knackige Beat, sie schwingt sexy mit den Hüften. Phils Blicken nach zu urteilen, scheint es ihm zu gefallen.

Sie kommt immer mehr in Fahrt und pirscht sich langsam an ihren Schwarm – bis Franzi plötzlich unterbricht: Ihr sei flau und sie fragt Charlotte, ob sie sich mit ihr ins Foyer setzen könnte. Natürlich würde Charlotte lieber hier bleiben, aber tut ihrer Freundin selbstverständlich den Gefallen. Franzi schwitzt fürchterlich, denn sie hat noch eine halbe Pille nachgelegt. Kurz darauf stolpern die Jungs aus dem House Café zurück auf den Big Floor und winken den Mädels auf den Stufen im Foyer zu. Franzi hat mittlerweile ihr Schwitzgesicht an Charlottes nackte Schulter gelehnt und streichelt ihr zärtlich über den Handrücken.

»Danke, dass du gefahren bist. Es ist so geil hier! Ich habe dich so lieb!«

Die vier sind gut dabei, denkt sich Charlotte und lächelt milde.

»Ich dich auch, Schranzilein. Wollen wir mal zu den Jungs? Ich werde müde, wenn ich sitze.«

»Darf ich noch eine rauchen?«

»Na logen.«

Es fällt Franzi sichtlich schwer, sich in Bewegung zu setzen. Das Ecstasy drückt und sie würde am liebsten sitzen, qualmen und palavern. Trotzdem parkt Charlotte ihre Freundin auf dem Big Floor bei Mel und Phil und tanzt los. Kurz darauf quatscht Franzi Mel die Ohren voll, die jedoch, ihrem Gesichtsausdruck nach zu urteilen, nur einen Bruchteil bis gar nichts davon versteht. Matze und Flo haben ein paar Meter tiefer im Raum zwei hübsche Mädels an der Angel. Balztanz.

Charlotte empfindet pure Liebe für ihre verpeilten Freunde.

Plötzlich schmiegt sich ein Körper von hinten an Charlotte und schlingt seine Arme um ihren Bauch. Es ist Phil!

Er dreht Charlotte um ihre eigene Achse wie eine Prinzessin und strahlt sie an. Die beiden schauen sich tief in die Augen und Charlotte schreit gedanklich: »Los, tu es!«

Doch dann hämmert ein mächtiger Track aus den Boxen und alle jaulen auf. Phil wird angesteckt davon und abgelenkt von ihr. Er pfeift durch die Finger und tanzt los. Und auch Charlotte wird mitgerissen.

Marky hält das Energielevel konsequent hoch und schafft es sogar, es immer weiter zu befeuern. Dennoch kommt Charlotte irgendwann an den Punkt, an dem sie sich hinsetzen muss. Phil und mittlerweile auch wieder Franzi sind im Zappelmodus, deshalb geht Charlotte allein ins Foyer, um Luft zu schnappen.

Sie lässt sich neben Mel nieder, die sich aus den Laberfängen von Franzi befreien konnte. Der Typ neben ihr mischt gerade Tabak mit Hasch in einem geknickten Stammheim-Flyer.

Charlotte fällt ein, dass sie ihn sich noch gar nicht richtig angeschaut hat. Sie zieht ein Exemplar aus ihrer Tasche.

Unter dem Schriftzug »*Stammheim 2000*« spielt sich das reinste Höllenszenario ab, überall Feuer und Monster.

»Die Flyer sind so cool«, sagt sie zu Mel.

»Mega sind die. Ravelinde ist dieses Mal besonders fies.«

»Rave-*wer*?«

»Ravelinde! Die ist auf jedem Flyer. Sie ist das Wappentier... Äh... -mädchen ... Oder so.«

»Wappentiermädchen«, gluckst der Typ mit der Mischung. »Ravelinde war früher ein Mädchen, mittlerweile ist sie voll das Brett!«

»Da hast du recht«, grinst Mel. »Auf den Aufschwung-Flyern war sie noch klein und verplant.«

Charlotte erinnert sich an den Flyer mit dem kleinen Mädchen mit dem Eis in der Hand und seinem Schatten als sexy Party-Vamp.

»Das ist übrigens Micha!«

»Lotte!«

»Freut mich«, erwidert Micha und wendet sich wieder an Mel, »die ist halt auch älter geworden – wie wir.«

»Du bist immer noch der gleiche Kindskopf«, witzelt Mel und zieht eine kleine Flasche aus der Tasche.

»Misses Kräuti hat wie immer einen am Start«, grinst Micha und nimmt einen Schluck.

Charlotte lehnt dankend ab. Es ist zu spät für Schnaps, sie ist noch in der Probezeit und muss morgen früh null Promille haben.

Mel und Micha unterhalten sich über eine Freundin, die ein Praktikum in Berlin macht, deshalb schaut sich Charlotte den Flyer genauer an.

Ravelinde steht als düstere Anführerin inmitten einer Armee von Monstern, umgeben von einem Meer aus Flammen. Ihre Augen funkeln blau, die ihrer Monster grün, alle blitzen angriffslustig. Sie sind bewaffnet mit Speeren, eins von ihnen hält mit hungrigem Blick Messer und Gabel in den Händen, ein anderes etwas, das (schon wieder) wie ein Dildo aussieht.

Ravelindes Hand liegt am Hebel einer ominösen Maschine. »*Schätze, gleich fliegt hier die Scheiße durch den Ventilator ...*«, kündigt sie über eine Sprechblase an.

Auf der Rückseite des Flyers ist der besagte Ventilator abgebildet, hinter ihm nichts als Feuer. Darunter finden sich die Party-Dates von Dezember 1999 und Januar 2000. Charlotte kann das Line-up jedoch nicht lesen, zu klein ist die Schrift für die schummrigen Lichtverhältnisse im Foyer.

»Lust, mal ins Café zu schauen?«, will Mel von ihr wissen.

»Voll gerne! Vorhin hat Stefan Küchenmeister dort aufgelegt, das war fett!«

»Yeah, ich steh drauf, wenn Stevie im Café spielt. Er ist der einzige von den Residents, der auf beiden Floors auflegt.«

Mittlerweile hat Chi die Turntables übernommen, sein Stil ist um einiges softer als der von Stefan Küchenmeister: Vocal-House mit Soul und Sonnenschein.

Charlotte folgt Mel vor das DJ-Pult. Als Chi sie entdeckt, verlässt er sogar seinen Platz, um Mel zur Begrüßung zu umarmen.

Er lächelt Charlotte an und stellt sich zurück an die Platten-teller.

»Du kennst Chi?!«

»Klar! Und schau mal, der Große dahinten, das ist Jens Bringmann!«, deutet Mel auf einen tanzenden Glatzkopf mit einem Bullenring in der Nase.

Charlotte steht auf dem Schlauch und schaut fragend.

»Bringmann & Kopetzki? Die machen die Flyer!«, klärt Mel auf.

»Ach so? Ach was!«

»Von Hotze kommt sogar ein Buch raus!«

»Was ist Hotze?«

»Der Comic von denen in der GROOVE!«

Jetzt klingelt es. Flo hat jede Ausgabe des GROOVE-Magazins zuhause und Charlotte blättert stets darin.

Eigentlich hätte sie längst darauf kommen können, dass Hotze von Bringmann & Kopetzki ist. Der Zeichenstil ist un-verkennbar.

»Wie cool, dass er als Gast hier ist!«

»Hä? Die sind jedes Wochenende hier! Die gehören doch dazu!«

Charlotte kommt aus dem Staunen gar nicht mehr heraus.

Chi pumpt einen groovigen Beat aus den Boxen und tanzt gut gelaunt. Seine positiven Vibes übertragen sich auf alle im Raum.

»*Come to my sweet melody*«, singt plötzlich eine Frauenstim-me und alle jubeln, auch Bringmann reißt die Arme hoch.

»When you are ready
I will surrender
Peacefully falling away, away, away [...]
Bring it back, sing it back

Bring it back, sing it back to me
Bring it back, sing it back
Bring it back, sing it back to me [...]«

Bringmann tanzt mit geschlossenen Augen und ist völlig versunken in diesem Track, der von mechanischen Flöten und Orgeln angeschoben wird. Alle sind es. Ein kollektiver Augenblick des Glücks, den die Tanzenden miteinander teilen. Charlotte bekommt Gänsehaut, das ist wieder so ein magischer Moment ... Leider löst er sich mit dem Übergang zur nächsten Platte ebenso schnell wieder auf, wie er entstand.

Mel und Charlotte bleiben noch ein bisschen, bevor sie zurück auf den Big Floor gehen. Dort springen nur Serhat und Maggus herum, Phil und die anderen sind nicht zu sehen.

»Schau, Lotte! Da ist der andere von Bringmann & Kopetzki: Valentin!«

Charlotte entdeckt zwischen Marky und Noah einen schmalen Typen mit Basecap und Augenringen, der vorhin noch nicht dort stand.

»Er macht manchmal Licht mit Noah!«

»Wie geil, das ist ja der reinste Familienbetrieb hier!«, grinst Charlotte. Noahs Bruder an der Kasse, Bringmann & Kopetzki ... Je mehr sie über das Stammheim erfährt, umso größer wird ihre Begeisterung.

Phil und Dani kommen mit Getränken, Phil fällt Charlotte und Dani fällt Mel um den Hals. Auf die Frage hin, wo Matze und Flo stecken, zucken die beiden mit den Schultern.

»Wir waren die ganze Zeit hier!«, antwortet Phil. »Schau mal, Schranzi hat sich einen Schranzer abgecheckt!«

Erst jetzt entdeckt Charlotte ihre Freundin auf der vollen Tanzfläche knutschend mit einem Typen, der wahrlich das Vorzeigemodell eines Schranzers ist: extrem weite Hose aus glänzendem Plastik, eine ärmellose Weste aus Neopren, eine weiße Plastikkette um den Hals und ein Vogelnest auf dem Kopf. Die Frisur wird spöttisch so genannt, weil sie mit den hart gegelten, dicken Haarsträhnen und ihrer Form stark an die Brutstätte eines Federviehs erinnert. Auch Charlotte und ihre Freunde empfinden solche Exemplare ihrer Szene eher als peinlich. Umso lustiger, dass Franzi mit so einem knutscht. Die Jungs werden sie damit später gehörig aufziehen.

Pünktlich um sechs steht Pierre auf seinem Platz, auf ihn freut sich Charlotte schon die ganze Nacht. Sein gekonnter Wechsel zwischen harten Beats und verschobenen Sounds lässt sie nicht stillstehen, Müdigkeit hin oder her. Mittlerweile kennt sie ein paar seiner Lieblingsplatten, die er immer wieder spielt.

Die Druffitruppe aus Hannover hüpft um sie herum und feiert mit ihr, als wäre sie eine von ihnen.

Charlotte fühlt sich leicht und glücklich, ist beflügelt von der Musik und hat nur Tanzen im Sinn. Der Alltag ist weit weg, Techno hat das Steuer übernommen. Vor allem die Breaks in manchen Tracks schubsen Charlottes Glieder immer wieder von neuem an. Bei ihnen setzt der Bass für einen Moment aus und lässt anderen Sounds des Stückes den Vortritt, um nach ein paar Sekunden wieder mit voller Wucht loszuknallen.

Es ist morgens halb zehn, als ihre Beine endgültig streiken.

»Pierre spielt noch bis zehn, hältst du noch so lange durch?«, will Phil wissen.

»Na das schaffe ich jetzt auch noch!«, grinst Charlotte cool.

Phil strahlt und verschwindet kurz, um ihr einen Hocker von der Bar zu holen. Er stellt ihn neben das DJ-Pult und bittet Charlotte, darauf Platz zu nehmen. Trotz ihrer Erschöpfung tanzt sie im Sitzen weiter, Pierre lässt ihr keine andere Wahl.

»Barhocker-Raver!«, lacht Serhat, seine Schiebermütze ist komplett durchgeschwitzt.

Um kurz nach zehn lässt Pierre seine letzte Platte auslaufen, bis die Musik verstummt. Die Übriggebliebenen verabschieden ihn mit großem Applaus und Pfiffen. Zum ersten Mal erlebt Charlotte diesen Moment und ist ergriffen.

Dann schlurfen die Verbliebenen ins Foyer, um sich dort niederzulassen, nach Hause zu gehen oder im House Café weiterzutanzen. Dort geht es bis zwölf.

»Von wem war die letzte Platte?«, will Charlotte von Dani im Foyer wissen.

»Das war *At Les* von Carl Craig. Die spielt Pierre gerne zum Schluss.«

»Die war mega.«

»Weißte, was klatscht? Klatschmohn!«, ruft ein umherhüpfender Typ, der allen den gleichen Scherz entgegenschmettert.

»Henri dreht mal wieder durch«, kommentiert Dani trocken. »Balla balla.«

»Der hat ja auch geballert«, grinst Maggus.

»Das ist so geil durch hier, ich liebe diesen Schuppen!«, freut sich Matze. Seine Eroberungen sind weg. Zuletzt haben er und Flo auf der Tanzfläche mit den beiden Mädels abwechselnd geknutscht.

»Lotte, du bist voll das Tier«, sagt Franzi. »Du hast so lange durchgehalten und die ganze Zeit getanzt!« Ihr Schranzer ist zum Glück ebenfalls nicht mehr zu sehen.

Charlotte grinst stolz. »Jetzt würde ich aber gerne langsam mal los!«

Heute folgen ihre Freunde ohne künstliche Verzögerungen. Im Auto plappert Charlotte aufgeregt, was sie heute über das Stammheim erfahren und mit Mel erlebt hat. Für eine After hat sie keine Kraft mehr, deshalb setzt sie die vier bei Flo ab und fährt nach Hause. Nach einer heißen Dusche schlägt sie sich den Bauch voll.

Vor lauter Pierre hatte sie ganz vergessen, etwas im Bistro zu essen.

Ihre Eltern flunkert sie an, dass sie bei Franzi geschlafen hat. Birgit und Manfred hätten kein Verständnis dafür, wie man bis zehn Uhr morgens tanzen kann, und würden ihre Tochter für unzurechnungsfähig erklären.

Glücklich fällt sie am Nachmittag ins Bett und stöhnt vor Erleichterung, als ihr Körper in der Horizontalen liegt. Sie war noch nie auf eine so schöne Weise erschöpft. Dann übermannt sie ein tiefer Schlaf.

Charlotte ist gepusht, als hätte sie im Stammheim ihren inneren Akku aufgeladen. Eine eher unübliche Nachwirkung. Denn so viel Spaß, wie das Feiern auf Techno auch macht, es ist eine physische Höchstleistung, die dem Körper viel abverlangt. Normalerweise ist sie nach dem Club für ein paar Tage ausgelaugt (mindestens), meist ist sie erschöpft bis tot. Auch wenn sie nüchtern bleibt, steckt ihr eine durchgemachte Nacht in den Gliedern.

Dieses Mal jedoch erlangte sie einen Gemütszustand, den sie bislang nicht kannte – zumindest nicht ohne Hilfsmittel. Mit Pillen und Pulvern wird der Weg zu diesem unvergleichlichen, fast schon tranceartigen Zustand erleichtert, den das stundenlange Tanzen hervorruft. Bei klarem Verstand dauert es etwas länger: Charlotte musste zunächst ihren toten Punkt der absoluten Müdigkeit überwinden und das tiefste Tal der Erschöpfung durchschreiten, bevor das natürliche High einsetzte. Und das hatte es in sich. Ihr Körper griff auf ungeahnte Energiereserven zurück und setzte ein Glücksgefühl frei, das sie noch lange nach der Party durch den Alltag trägt.

Das vor ihr liegende Berichtsheft, das bis Ende des Jahres geschrieben und abgeben werden muss, erscheint plötzlich gar nicht mehr so tragisch. Es ist zwar mühsam und erfordert etwas Fantasie, chronologisch niederzuschreiben, was sie während der Ausbildung gemacht hat, denn in ihrem kleinen Betrieb läuft alles kreuz und quer. Doch sie geht beschwingt an diese Aufgabe heran – und freut sich auf die nächste Party im Stammheim.

— – —

»Maschine«, Ester Brinkmann (Thomas Brinkmann)

11. Dezember 1999

DON'T DO THIS AT HOME 645
Big Floor: DJ Rush, Justin Berkovi (live), Pierre, Marky
House Café: Fauli, Nico, Chi
Chill-out: Mixmaster Morris, Fish
STAMMHEIM

»Ey, Leute, kommt mal mit!«, brüllt Flo.

Charlotte, Franzi, Phil und Matze folgen ihm durch den brechend vollen Big Floor. In sämtlichen verfügbaren Ecken, Ritzen und Hohlräumen stecken Jacken und Pullover, denen sich die Tanzenden entledigt haben.

Das Stammheim ist heute hoffnungslos überfüllt – wie wohl jeder Club in Deutschland, in dem DJ Rush spielt.

Flo führt seine Freunde in eine vermeintlich tote Ecke zwischen Bar und DJ-Pult. Dort befindet sich eine offene Tür, die Charlotte bisher nicht aufgefallen war. Mit dem Hindurchtreten wird der wilde Wahnsinn vom Big Floor von der einen auf die andere Sekunde verschluckt und ist weit weg.

»Hier gibt es ja einen Chill-out!«, ruft Matze verblüfft.

»Ich hab eben auch blöd geglotzt«, lacht Flo und führt aus, dass er den Eingang gerade entdeckt hat, als er mit Dani einen Kräuti an der Theke kippte. Der erklärte ihm daraufhin, dass der Chill-out zwar nicht jedes Wochenende offen habe, konnte aber trotzdem nicht glauben, dass Flo bisher davon nichts wusste.

Vor ihnen erstreckt sich eine neue Welt. Ein großer Raum voller Couches und Sessel ohne jegliche systematische Anordnung, es herrscht optisch das totale Chaos. Überall sitzen Menschen und ruhen sich aus, labern, lachen, knutschen, rauchen. Das Licht ist schummrig, die Musik (im Vergleich zum Big Floor) langsam und experimentell. Ein paar wenige tanzen. Fasziniert schlendern die fünf durch diesen neuen Kosmos und schauen sich nach einer Sitzgelegenheit um.

»Jawoll«, grinst Flo, als direkt vor ihnen eine Gruppe aufsteht, und wirft sich in einen freigewordenen Sessel.

Die anderen vier quetschen sich auf einen Dreisitzer und akklimatisieren sich in dieser ungewohnten Umgebung. Erst mal rauchen und gaffen.

Es ertönt eine glockenartige Melodie mit klopfendem Rhythmus, und die fünf sinken tiefer in die Polster. Keiner sagt etwas, alle lauschen. Der Track baut sich gemächlich auf, dann erklingt eine kantige Männerstimme und sagt immer und immer wieder:

> *»Ich will eine Maschine sein*
> *Arme zum Greifen*
> *Beine zum Gehen*
> *Kein Schmerz*
> *Kein Gedanke«*

Die fünf grinsen mit aufgerissenen Augen. Alter, was geht denn hier ab?, sagen ihre Blicke. Sie bleiben eine Weile im Chill-out hängen, Rush muss warten. Es ist viel zu krass hier.

Der Abend fing schon krass an. Zuerst musste Charlotte einen Schock wegen Phils neuer Kurzhaarfrisur verkraften. Adieu, Jared Leto. Die Ähnlichkeit zu ihrem Hollywood-Traumtypen bröckelte ohnehin längst mit Phils neuem Kleidungsstil. Seine weißen Sneaker mit der runden Schnauze und der gezackten Sohle, seine Jeans mit auffälligen Nähten und sein Fischerhut lassen auf den ersten Blick erkennen, welcher Szene er angehört. Da macht sein gegelter Wuschelkopf mit kurzrasierten Seiten die sprichwörtliche Sau nun auch nicht mehr fett. Trotzdem: Charlotte hing an seinen langen Haaren.

Als Nächstes standen sie sage und schreibe drei Stunden vor dem Stammheim und verpassten den Live-Act von Justin Berkovi. Vor allem die letzten Meter auf der kleinen Treppe waren hart, es wurde gequetscht und geschubst, alle wollten bei den eisigen Temperaturen einfach nur rein in den Club. Währenddessen klirrten im zweiten Obergeschoss die Scheiben vom Bass und steigerten die Sehnsucht nach der Party ins Unermessliche.

Trotzdem ließen sich die Wartenden ihre gute Laune nicht vermiesen und kommentierten das Gerummse mit Sprüchen wie »Ab geht er!« oder »Der spielt sich schomma warm für uns!« und lachten. Charlotte feiert den Spirit der Leute hier.

Die Schlange vor der Tür war erst der Anfang, die nächste wartete an der Kasse, dann an der Garderobe, bei den Toiletten und natürlich vor den Theken.

»Wollen wir mal wieder rüber?«, will Charlotte wissen. Sie ist durchgeschwitzt und hat Durst; hier im Chill-out gibt es keine Bar.

Phil und Flo sind dabei, Matze und Franzi bleiben zurück, die beiden haben sich festgesessen.

»Bringt uns was zum Trinken mit«, bittet Matze.

Der Wechsel auf den Big Floor ist ein harter Cut, das Energielevel ist auf einhundertachtzig im Quadrat. Vor der Theke drückt sich eine Menschentraube, doch die beiden Barleute lassen sich nicht aus der Ruhe bringen. Deshalb beschließen die drei, es im House Café zu versuchen. Sie quetschen sich an den Händen haltend durch die dicht tanzenden Körper ins Foyer. Dort sitzt Dani auf einer Stufe und winkt sie zu sich. Flo deutet ihm mit pantomimen Handbewegungen an, dass sie etwas zu trinken holen und schafft es sogar, ihn zu fragen, ob er auch etwas möchte. Dani nickt und hält seine Bierflasche in die Höhe.

Das Stammheim ist der reinste Ameisenhaufen und es dauert eine Weile, bis sie zurück sind.

»Wir waren gerade das erste Mal im Chill-out!«, erzählt Phil.

»Wie das denn, ihr seid doch nicht das erste Mal hier«, wundert sich Mel.

»Ich konnte es auch kaum glauben«, grinst Dani.

»Ich finde die Mucke da übelst fett«, sagt Serhat, »geil verspultes Zeug.«

»Ich versacke da jedes Mal stundenlang. Ich gehe da lieber erst gar nicht rein«, verrät Mel.

»Das haben wir eben auch gemerkt«, grinst Flo, »Schranzi und Matze hängen da immer noch fest.«

»Wir gehen mal aufs Klo, will jemand mit?«, fragt Phil in die Runde.

»Waren grad«, antwortet Mel.

Charlotte, Flo und Phil verschwinden auf der Herrentoilette und werden beim anschließenden Spiegel-Check am Waschbecken von zwei großen Typen eingerahmt.

Mit verräterischen Glubschaugen und schwitzenden Gesichtern unterhalten die sich über deren Köpfe hinweg: »Ey, de Babba hat gesagt, bei fünf is' Schluss!«, ruft der eine dem anderen zu und verlässt, ohne eine Reaktion abzuwarten, den Vorraum der Toilette.

»Mein großer Bruder«, erklärt der andere den dreien und zuckt mit den Schultern.

Dann geht er ebenfalls.

»Alter, was war das denn?«, lachen die drei auf dem Rückweg und amüsieren sich darüber, dass sie allesamt zuerst an Sven Väth gedacht und erst kurz darauf kapiert hatten, dass der echte Vater gemeint war. Was es noch schräger machte.

»Wollt ihr einen Kräuti?«, will Dani im Foyer wissen. »Eine Freundin hat jetzt Schicht im Café.«

»Ich helfe dir beim Tragen«, bietet Phil an.

»Schranzi und Matze wollten auch was trinken«, erinnert sich Charlotte, »die sind bestimmt schon verdurstet!«

»Ich bringe was mit«, sagt Phil und flitzt mit Dani los.

Obwohl die Schlange vor der Bar fast bis ins Foyer quillt, sind die beiden schnell zurück.

»Connecos muss man haben«, grinst Dani und verteilt die kleinen Kräuti-Flaschen.

»Weißt du, wann Pierre anfängt?«, will Charlotte von ihm wissen.

»Der spielt die Spätschicht.«

»Warum heißt das eigentlich Spätschicht?«

»Wahrscheinlich, weil sie nach der Sperrstunde beginnt«, vermutet Dani.

»Sperrstunde???«, fragt Charlotte.

»Die Sperrstunde ist zwischen fünf und sechs, da kommt man nur noch raus aus dem Heim und nicht mehr rein.«

»Hä? Auch nicht mit Stempel?«

»Auch nicht mit Stempel.«

»Ach was! Wieso das denn?«

»Das hat was mit den Öffnungszeiten zu tun, damit die bis mittags offenlassen dürfen.«

»Ist ja krass. Sowas gibt's in Frankfurt nicht ...«

»Puh, heute ist voll der Plastik-Raver-Alarm hier«, stößt Flo dazu und unterbricht die beiden.

Tatsächlich dominieren brettharte Vogelnester und Synthetikklamotten das Bild. Schranz-Fans legen optisch gerne einen drauf: mehr Gel, mehr Plastik, mehr Schimmer – alles ist eine Spur extremer, wie auch die Musik.

DJ Rush ist der Star der Schranz-Welle, die vor allem unter jungen Technofans tobt und von so manch altem Hasen kritisch beäugt wird. Wie von Kalle, er lässt kein gutes Wort an dem Geschrubbe, wie er es abfällig nennt. Charlotte und ihre Freunde stehen drauf, sind jedoch beileibe keine Vollblut-Schranzer.

Mit seiner Bemerkung tritt Flo eine Diskussion über Techno los und redet sich mit Maggus, Dani und Serhat in Rage. Nicht, dass sie unterschiedlicher Meinung wären, ganz im Gegenteil. Sie huldigen den Pionieren aus Detroit, allen voran Jeff Mills, Robert Hood, Juan Atkins und Derrick May. Deutsche Produzenten wie Heiko Laux, Richard Bartz und Johannes Heil sind für sie Musikgenies.

Ihre größte Leidenschaft gilt selbstverständlich dem Stammheim-Sound, der ebenso hart und dreckig wie verspult und hypnotisch ist. Inspiriert von den Stilen aus Frankfurt, Brighton, Birmingham, Schweden und den USA formt er sich zu einer eigenen musikalischen Handschrift aus Kassel.

Da so schnell kein Ende dieses enthusiastischen Fachgesprächs abzusehen ist, schieben sich Charlotte und Phil ohne Flo zurück in den Chill-out. Der Big Floor platzt immer noch aus allen Nähten. Als sie Matze und Franzi auf der Couch entdecken, trauen sie ihren Augen nicht: Die knutschen!

Phil stupst die beiden an und erntet verplatzte Blicke. Franzi konnte sich erneut aus der Affäre ziehen und überließ dem großherzigen Flo den Fahrersitz. Entsprechend gut ist sie dabei. Auch Charlotte hat sich mitreißen lassen, obwohl das natürliche High letztes Mal unglaublich war. Die Verlockung, eine Abkürzung zum Rausch zu nehmen, war zu groß.

»Kommt ihr mit zu Rush? Der geht so was von ab!«, fragt Phil.

»Na logen!«, grinst Franzi.

»Auf geht's, jetzt mal schön abschranzen!«, feixt Matze.

Wo Rush auflegt, ist Ekstase gewiss. Mit seinen prägnant klatschenden Beats hat er der Technoszene einige Clubhits beschert.

»Rush Rules!«, jauchzt einer, und das aus dem U60311 vertraute »Aiiaiiiaiiii!« ist neben Pfiffen und Jubel immer wieder zu hören.

Von der Ikone aus Chicago geht eine ganz spezielle Energie aus. Wenn er dazu seinen markant verruchten Sprechgesang über Mikro einsingt, eskaliert es komplett.

Die Tanzenden kommen Charlotte vor wie Marionetten, sie selbst inklusive, die Rush im Gleichschritt zucken lässt. Dicht zusammengepfercht zappeln alle synchron zum stampfenden Rhythmus. Und dank Noahs Licht, Nebel und Strobo sieht es umwerfend cool aus.

Anders als bei zum Beispiel Trancern, die vorrangig mit den Händen arbeiten und Figuren in die Luft zeichnen, liegt beim Tanzen auf Techno der Fokus auf den Beinen. Die modernen Schranz-Schritte erinnern an einen hochgepitchten Twist mit steifen Hüften. Anders als bei dem Original aus den Sechzigern werden die Füße in entgegengesetzter Richtung bewegt, Fußzehen an Fußzehen, Versen an Versen. Es sind sogar Elemente aus dem Charleston darin zu entdecken. Die meisten entwickeln eine individuelle Choreographie und es gibt unzählige Variationen davon. Manche kicken nach vorne oder nach hinten, drehen sich ab und an um neunzig Grad oder hüpfen auf, wenn sie ihre Schrittfolge abgeschlossen haben und sie von vorne beginnt.

Vor allem eines findet Charlotte daran faszinierend: Alle tanzen im Gleichschritt und doch individuell. Der Tanzstil gibt Hinweise darauf, wann jemand mit dem Feiern auf Techno angefangen hat. Matze und Flo, die schon ein paar Jahre dabei sind, marschieren beherzt und erinnern manchmal an fröhlich hüpfende Schlümpfe. Der Style aus Anfang/Mitte der Neunziger. Frischlinge wie Charlotte sind eher dem mechanischen Schranz-Tanz zugetan.

»Ah, da isser ja!«, strahlt Dani, als Pierre um kurz vor sechs das DJ-Pult betritt.

Der König des Clubs, der sich überhaupt nicht so verhält, grüßt die Stammgäste mit einem Nicken und freut sich ehrlich über ihre Anwesenheit.

Als Charlotte und ihre Freunde das Stammheim verlassen, ist es später Vormittag.

Kapitel 6: MILLENNIUM

Die Knutscherei zwischen Matze und Franzi endete auf der Couch im Chill-out, doch sie flirten seither miteinander. Dabei schwingt zwar stets ein Hauch Witz mit, doch Charlotte ahnt, worauf es hinauslaufen wird. Mit Phil hat sie immerhin auf der After gekuschelt. Besser, als nichts. Mühsam ernährt sich das Eichhörnchen.

Nach dem Rush-Exzess müssen die fünf ihre Körper und Geldbeutel bis Silvester schonen, der Jahrtausendwechsel wird wild und wahrscheinlich teuer. Also machen sie an den Wochenenden Videoabende oder zocken Flos neues Skateboarding-Spiel, dessen punkiger Soundtrack sie total begeistert.

Bevor mit dem Weihnachtswahnsinn die traditionelle Völlerei beginnt, treffen sie sich nochmal im Obermeier. Matze und Flo kommen wie immer zu spät.

»Sorry, wir waren noch Geschenke kaufen«, schnauft Matze und setzt sich neben Franzi. »Na, Schranzi, alles fit im Schritt?«

»Wenn ich dich sehe, sowieso«, zwinkert sie und stupst ihn in die Seite.

»Weihnachten ist so ein Stress«, ächzt Flo.

»Alter, hör mir auf. Ich kriege schon einen Koller, wenn ich nur an die ganze Sippschaft denke«, stöhnt Phil.

Charlotte hat außer ihren Eltern keine familiären Verpflichtungen und ist auch nicht traurig darüber, wenn sie die anderen so reden hört.

»Was machen wir denn nun an Silvester?«, wechselt sie das Thema.

Seit Wochen wanken sie zwischen dem Stammheim und der Party von *D&D* in einem leerstehenden Hallenbad. Solch einen epochalen Jahreswechsel erlebt man schließlich nur einmal im Leben. Die bessere Party steigt in Kassel, dessen sind sie sich sicher. Trotzdem fällt ihre Entscheidung heute auf den *Millennium-Rave* im Hallenbad, um mit möglichst vielen Freunden zu feiern.

»Ist vielleicht eh besser, in der Nähe zu bleiben«, murmelt Charlotte unsicher.

»Glaubst du etwa den ganzen Bullshit?«, fragt Matze ungläubig.

»Weiß auch nicht ...«

Phil springt ihr zur Seite. »Also, das mit dem Millennium-Bug hört sich für mich schon plausibel an.«

Seit Wochen beherrschen mögliche Katastrophen apokalyptischen Ausmaßes die Nachrichten. Experten und Nicht-Experten warnen darin vor allem vor dem sogenannten Y2K-Bug: Wichtige Computer könnten abstürzen, wenn sie nur zwei- statt vierstellige Jahreszahlen kennen und somit nicht das Jahr 2000, sondern das Jahr 00 beginnt. Doch ob und was am 31. Dezember um Mitternacht passieren wird, weiß niemand. Entsprechend sensationsgeladen und düster sind die aufgestellten Prognosen, von fehlgezündeten Atombomben bis zu Börsencrashs ist alles dabei.

»Habt ihr gestern die Reportage gesehen?«, will Franzi wissen.

Haben sie alle. In dem TV-Beitrag ging es darum, wie sich Staat und Unternehmen auf mögliche Szenarien vorbereiten und dass Privatpersonen genügend Bargeld abheben und sich auf Stromausfälle einstellen sollen.

In den Medien wird bereits in sämtliche Richtungen spekuliert – im Internet gibt es kein Halten mehr. Dort kursieren die wildesten Verschwörungs- und Weltuntergangstheorien.

»Ich hab so irres Zeug in Foren gelesen«, berichtet Flo, »von so einem Typen namens Nostradamus. Der war Astrologe und hat wohl vor ein paar Jahrhunderten den Weltuntergang zum Millennium vorausgesagt!«

»Ich hab von einer Alieninvasion gelesen. Zu geil, was sich die Freaks da zusammenspinnen«, lacht Matze. An ihm perlen negative Themen einfach ab wie Wasser an einem Lotusblatt.

»Das heißt, dass wir an Silvester besonders auf die Kacke hauen sollten, ist ja vielleicht unsere letzte Party«, grinst Phil.

»Andere Frage«, wechselt Flo das Thema. »Am 24. spielt de Babba im U, habt ihr Bock? Matze und ich schneien da nach der Family-Action mal vorbei ...«

Zu gern würde Charlotte mitkommen. Aber ebenso wie Franzi und Phil kann sie sich an Weihnachten nicht zuhause abmelden. Schon gar nicht an Heiligabend.

Abgesehen von dem Angst und Schrecken verbreitenden Geschrei in den Medien verlaufen die Feiertage wie immer. Charlotte liegt mit ihren Eltern bräsig auf der Couch, schaut Weihnachtsklassiker, die jedes Jahr in der Glotze wiederholt werden, und stopft sich den Wanst voll. Der Pflichtbesuch in der Kirche wurde zum Glück mit dem Ableben der Großeltern abgeschafft.

Zwischen den Jahren ist der Stoffladen geöffnet, deshalb hängt Charlotte allein oder mit Franzi herum und vernichtet die letzten selbstgebackenen Plätzchen. Die Jungs sehen sie erst an Silvester wieder.

Charlotte versucht, möglichst wenig von der Panikmache zum Millennium an sich heranzulassen. Am liebsten hätte sie gearbeitet, um sich abzulenken. Aber ihre Firma hat Betriebsurlaub und sie somit Zwangsurlaub.

Wenn die Welt am 31.12.1999 untergeht, ist sie wenigstens mit ihren Lieblingsmenschen zusammen.

31. Dezember 1999

Millennium-Rave
DJ Highko, Kalle, Schmitti
STILLGELEGTES HALLENBAD

Der *Millennium-Rave* beginnt bereits um zwanzig Uhr, deshalb treffen sich die fünf ohne Vorglühen bei Flo im Schwimmbad. Partys von *D&D* kosten immer Eintritt, wenn sie Miete für die Location zahlen müssen. Der liegt normalerweise bei drei bis fünf D-Mark. Heute stehen fünfzehn D-Mark auf dem handgeschriebenen Zettel neben der Kasse. Niemand beschwert sich darüber, dennoch entschuldigt sich Kalles Freundin Brina bei jedem Stempel, den sie an der Kasse auf einen Handrücken drückt: »Später gibt's dafür einen Sekt und ein kleines Feuerwerk!«

Die Party hat gerade erst begonnen und schon trudeln ohne Unterlass ihre Gäste ein. Scheinbar können es viele kaum mehr abwarten bis zum großen Knall; auch Charlotte und ihre Freunde sind früh da.

Hallihallo und lustiges Geschnatter im Eingangsbereich.

Neben dem ehemaligen Kassenhäuschen wurde eine Bar aus Biertischen aufgebaut, an der Bier, Apfelwein, Schnaps, Softdrinks und Sekt zum Einkaufspreis verkauft werden. Die fünf Freunde fangen mit Apfelwein an und betreten die stillgelegte Schwimmhalle.

Viel mehr als ein 25-Meter-Becken hat sie nicht zu bieten, deshalb ist die Tanzfläche dort, wo früher geschwommen wurde. Der Beckenrand ist mit Bauzäunen abgesichert, damit niemand abstürzt.

Auf den alten Sitzbänken stapeln sich bereits die Winterjacken, es gibt keine Garderobe. Die Umkleidekabinen und Duschen sind abgeschlossen, nur die Toiletten sind offen.

Die einzigen Lichtquellen kommen aus dem Becken, Strahler und Strobo blitzen zögerlich von unten hinauf, gepaart mit den ersten Schwaden Kunstnebel und Zigarettenrauch. Es ist kühl, doch das wird im Laufe der Nacht umschlagen.

Das Becken ist an einer Seite flach und fällt der Länge nach ab, bis es am gegenüberliegenden Ende seinen tiefsten Punkt erreicht. Dort steht das DJ-Pult. Hier und da stehen Biertische und Bierbänke zum Chillen.

DJ Highko legt gediegenen Dub Techno auf, das kennt Charlotte von Flo. Er ist ein großer Fan von dem Berliner Duo Basic Channel. Der perfekte Sound, um in die Nacht zu starten.

Immer mehr Leute schwappen ins Becken, die ersten fangen an zu tanzen. Thema Nummer eins sind die Spekulationen, was um Mitternacht passieren könnte.

»Wenn die Computer ausfallen, gibt es das totale Chaos!«

»Ach, so schlimm wird es schon nicht werden.«

»Meine Vorratskammer ist voll ... Ich kann für ein paar Monate überleben.«

»Wer weiß schon, was kommt?«

»Wenn eine Wirtschaftskrise ausbricht, sind wir richtig am Arsch, Alter.«

»Das ist doch alles nur dummes Gelaber.«

»Das mit den Flugzeugabstürzen kann ich mir schon vorstellen ...«

»Ey, wir können es eh nicht ändern, also lasst uns abfeiern!«

Und so weiter. Die Meinungen klaffen weit auseinander und die Ungewissheit hängt wie ein Damoklesschwert über der Party.

»Was zocken?«, fragt Matze seine vier Freunde.

Sie verschwinden auf der Toilette und steigen im Anschluss auf Wodka Energy um.

»Los, jetzt gehen wir absteppen!« Franzi ist motiviert.

»Ha! Schranzi kommt auf Touren«, grinst Matze und folgt ihr auf die Tanzfläche.

Der tiefe Teil des Beckens ist mittlerweile gut gefüllt und die Beats werden straffer. Um elf gibt Highko an Kalle ab.

»Leute, lasst uns heute die Apokalypse feiern!«, brüllt er ins Mikro, bevor er mit seinem Set beginnt.

»Ja, Mann!«, ruft Schmitti. Zustimmende Pfiffe von anderen.

Kalle legt mit seiner ersten Platte einen höheren Gang ein und gibt den Startschuss zum Endspurt ins Jahr 2000.

Um kurz vor zwölf dreht er die Musik leise. »Zehn! Neun!«, zählt er ins Mikro.

Die Ersten steigen in einen Countdown-Chor ein, bei drei schreien alle mit. Nach der Eins herrscht abwartende Stille. Conny bricht das Schweigen und jubelt, es folgen weitere, bis kollektive Freude ausbricht. Alle fallen sich um den Hals und rufen sich Neujahrswünsche zu.

Franzi trägt plötzlich eine silbern glitzernde 2000-Brille und ihre Augen glotzen lustig durch die beiden mittleren Nullen, die Zwei und die dritte Null ragen links und rechts weit über ihr Gesicht hinaus. Sie sieht total beknackt aus und wird dafür gefeiert. Charlotte fällt ihr lachend um den Hals und die Freundinnen umarmen sich innig.

Dann ist Phil dran. Charlotte drückt ihm einen Kuss auf die Lippen und schaut ihn eindringlich an. Matze und Flo umarmen die beiden energisch, Franzi springt auch noch dazu und die fünf herzen sich im Knäuel. Charlotte liebt diese vier – und weiß, dass es auf Gegenseitigkeit beruht.

»Freunde! Wer Lust hat, sich den Weltuntergang anzuschauen … Wir haben oben Sekt und Kracher für euch!«

Die Mehrheit folgt Kalles Aufruf und nimmt am Ausgang einen Plastikbecher entgegen. Das ehemalige Hallenbad liegt an einem Hang und bietet einen weiten Blick über ihr Städtchen. Unermüdlich erleuchten Raketen den Nachthimmel, überall knallt und knattert es. Kein Stromausfall, kein Chaos, alles sieht normal aus. Der typische Geruch von verbranntem Feuerwerk liegt in der Luft.

Charlotte fischt ihr Handy aus der Handtasche und tippt eine SMS an ihre Mutter. Nach dem Absenden kommt eine komische Meldung: »Die Nachricht konnte nicht gesendet werden.«

Sie versucht es nochmal. Und nochmal. Und nochmal. Dann versucht sie anzurufen, aber die Leitung ist tot.

»Phil, funktioniert dein Handy? Bei mir geht gar nix.«

»Bei mir geht auch nix«, sagt er kurz darauf und legt seinen Arm um sie, »schau mal, wenn irgendetwas wäre, würden wir das hier oben doch sehen. Das Netz ist vielleicht einfach überlastet, weil jeder Depp gerade anrufen oder simsen will. Prost, Lottsche, auf das neue Jahrtausend! Wie abgefahren ist es eigentlich, dass wir das erleben dürfen?«

Charlotte spült ihre Sorgen mit einem großen Schluck warmen Sekt runter. »Das stimmt ...«

Zusammen mit Matze und Flo beobachten sie noch eine Weile das nicht abebben wollende Feuerwerk. Ein paar Meter weiter wirft sich Franzi an Sebastian ran.

Warum muss sie ausgerechnet *ihn* angraben?, ärgert sich Charlotte. Sebastians Interesse an ihr schmeichelt ihr und sie möchte nicht, dass Franzi es ihr abspenstig macht.

Wieder drinnen, läuft sie Conny über den Weg. Die hat eindeutig zu viel Sekt intus.

»Lotte, ich wollte dir längst mal was sagen ... Ich habe kein Interesse an Phil!«

Das kam unerwartet.

»Äh ...«, entgegnet Charlotte.

»Ich sehe jedes Mal Feuerblitze aus deinen Augen schießen, wenn ich mit ihm rede. Mach dich locker, wir verstehen uns einfach gut. Ist ein toller Kerl.«

Charlotte fühlt sich ertappt und weiß nicht, wie sie auf die schonungslose Konfrontation reagieren soll. Dann nimmt ihr Conny die Entscheidung ab und umarmt sie. Der unsichtbare Knoten platzt, der in den letzten Monaten zwischen ihnen angeschwollen ist.

Zur Feier des begrabenen Kriegsbeils trinken sie einen Kräuti und verschwinden auf der Toilette. Charlotte fällt ein Stein vom Herzen.

Auf dem Rückweg ins Becken hakt sie sich bei Conny ein.

»Conny, du bist echt eine coole Socke!«

»Du auch!«

Phil sitzt auf einer Bierbank und raucht.

»Los, tanzen!«, fordern die beiden auf und ziehen ihn hoch.

Sichtlich irritiert von deren ungewohnter Einheit bewegt er sich mit ihnen tiefer ins Getümmel hinein.

Franzi knutscht vorne links wild mit Sebastian. Seine Hände sind in ihren Gesäßtaschen versenkt, ihre Arme um seinen Hals geschlungen.

Charlotte wendet genervt den Blick ab und startet einen neuen Versuch bei ihrem Objekt der Begierde. Zuerst dreht sie ihm den Rücken zu und wackelt mit dem Po, dann schaut sie lasziv über die Schulter, an der ein Träger ihres BHs verführerisch nach unten gerutscht ist. Ihr weißes Spaghettiträgershirt ist eng und ihre steifen Nippel zeichnen sich trotz Körbchen ab. Charlotte erkennt Phils Begehren in seinen Augen, er will sie nun endlich auch! Conny blickt die Situation und wendet sich einem Kumpel zu – und dann kommt Flo.

»Ha, ha! Matze knallt oben auf 'ner Bank mit Tamara!«

Die erotische Energie zwischen Charlotte und Phil verpufft wie bei einem Stromausfall. Jedes Mal stört jemand, wenn es kurz davor ist, zu passieren!

Doch Phil grinst sie verwegen an und scheint ihr damit vermitteln zu wollen, dass ihr Spiel noch nicht vorüber ist. Ihr Groll verpufft.

Schmitti spielt einen verdammt groovigen Sound, der ihr durch die Glieder pumpt. Sie tanzen zu dritt und liegen sich in den Armen.

Charlotte ist froh, sich für *D&D* entschieden zu haben. Fast jedes Gesicht ist vertraut und die Stimmung familiär. Sämtliche Befürchtungen zum Jahrtausendwechsel sind wie ausgelöscht.

Und dann geht plötzlich alles aus und es wird dunkel. Es ist mucksmäuschenstill, keiner rührt sich. Alle warten ab, was als Nächstes passiert. Bewahrheiten sich die düsteren Prognosen am Ende doch?

Kalle kommt mit einer Taschenlampe angerannt und kündigt an, dass der Strom gleich wieder da ist.

Als Lichter und Anlage wieder anspringen, stöhnt Schmitti ins Mikro: »Alter, was für eine Schickung!«

Dieser Schreckensmoment pusht die Party bis in den Morgen.

Franzi und Sebastian sind nicht mehr zu sehen, doch Charlotte kümmert es nicht. Sie tanzt und ist zufrieden mit der Welt.

Am Ende legen Schmitti, Kalle, Highko, Matze und Flo spontan Ping-Pong auf. Das heißt, nach einem Übergang ist der Nächste dran.

Die letzte Platte der Nacht ist »*Rez*« von Underworld – und alle flippen aus.

Er wird zu einem weiteren Track, der sich in Charlottes Gedächtnis verankert. Eine schöne Erinnerung, die gedanklich und emotional in ihr aufpoppt, wenn sie ihn fortan hört.

Den ersten Tag im Jahr 2000 verbringt sie mit einem Haufen Freunden bei Flo – ohne eine Chance auf eine ruhige Minute mit Phil.

Kapitel 7: PRÜFUNGSPHASE

Der monatelange Wirbel um das Millennium ist wenige Tage nach Silvester so gut wie vergessen. Charlotte fläzt erschöpft auf Franzis Bett, sie hätte nicht so viele Kräutis mit Conny trinken sollen ... Nachdem sie einmal damit angefangen hatten, auf ihre neue Freundschaft anzustoßen, hörten sie die ganze Nacht (inklusive der After) nicht mehr damit auf.

»Und, datest du Sebastian jetzt?«, fragt Charlotte schnippisch.

»Bist du sauer?«

»Ach, ist mir eigentlich Latte.«

»Ich wollte dich nicht ärgern, tut mir leid. Aber er hat mich angebaggert und ich hatte auf einmal voll Bock auf ihn!«

»*Er* hat *dich* angebaggert?«

»Okay, vielleicht war ich das auch ein bisschen ...«

»Denke ich auch. Aber Schwamm drüber, Schranzi. Der ist auch echt eine Schnitte. Ey, ich bin mir sicher, dass es mit Phil bald etwas wird«, lächelt Charlotte zuversichtlich und erzählt ihrer Freundin von dem Moment mit ihm auf der Tanzfläche.

Nach einem ausführlichen Austausch über ihre Typen und dem Versprechen seitens Franzi, dass es mit Sebastian eine einmalige Sache war, kommen die beiden endlich zu dem Thema, weshalb sie sich eigentlich getroffen haben: ihrem Lernplan für die Abschlussprüfung.

Von Mitschülern haben sie sich alte Prüfungen besorgt, die unter der Hand kursieren. Die Kopien von Kopien von Kopien sind ausgebleicht und kaum noch zu lesen. Kurz vor Ostern ist die Schriftliche, ein paar Wochen später die Mündliche. Phils Termine liegen ähnlich. Die drei nehmen sich fest vor, bis dahin nicht feiern zu gehen und brav zu pauken. An immerhin fünf Wochenenden klappt das auch.

12. Februar 2000

SHINE, HEIM!!! 6 JAHRE STAMMHEIM
Big Floor: DJ Rolando (Underground Resistance, Detroit),
Supa DJ Dmitry (D-Lite, N.Y.), Pierre & Marky
House Café: Arj Snoek (Ladomat, Köln), Chi, Axl
Chill-out: Erobique LIVE, Fish, Dimatrix
STAMMHEIM

»Der neue Flyer ist einfach zu geil«, grinst Phil im Chill-out, bevor er ihn in der Mitte knickt, um darauf seine Mischung für einen Joint zu machen.

Der Flyer zum sechsten Jubiläum zeigt eine Fußspur im Sand und die handschriftlich hinterlassene Botschaft *»Stammheim let's go«*. In Charlottes Vorstellung war das Ravelinde, die außerdem in das O von *go* ein Piece-Zeichen gemalt hat. Überschrieben ist das Bild mit *»Life is a Journey, not a Destination – the 6th Anniversary«*. Das Leben ist eine Reise, nicht das Ziel. Das gefällt Charlotte. Sie hat sich wieder mehrere Exemplare eingesteckt, einen davon wird sie an ihre Zimmerwand pinnen.

Wo stecken eigentlich Schranzi und Matze?, fragt sie sich. Die beiden sind schon eine Weile verschollen.

Ein Dunkelblonder mit störrisch gewelltem Haar lässt sich neben ihr nieder. Er hat ein paar Jahre mehr auf dem Tacho, wie feine Fältchen um seine Augen verraten. Mit seinem braunen Teint wirkt er eher wie ein Surfer als ein Raver, dessen Leben sich in dunklen Clubs statt an sonnigen Stränden abspielt. Lächelnd streckt er ihnen seine Hand entgegen.

»Thomsen!«

»Lotte!«

»Phil!«

»Flo!«

Sie fangen an zu plaudern, und kurz darauf erzählt er ihnen: »Ich war schon hier, da gab es das Stammheim noch gar nicht.«

»Du meinst das Aufschwung Ost?«, fragt Phil.

»Davor noch, Factory hieß das damals hier. Das war eine Mainstream-Disse, in der es ab und an Technopartys gab. Da haben damals sogar Westbam und Marusha gespielt«, grinst Thomsen, »und seit der Graf, Olli, Jens und Valli einen anständigen Laden daraus gemacht haben, gehöre ich zum Inventar.«

»Der Graf?«, wundert sich Flo.

»Eigentlich Mathias, der springt hier irgendwo rum.«

»Und die anderen?«, will Charlotte wissen.

»Jens Bringmann und Valentin Kopetzki kennt ihr bestimmt, die machen die Flyer und die ganze Werbung. Olli ist nicht mehr dabei.«

»Wann wurde das Aufschwung Ost eigentlich zum Stammheim?«, fragt Flo.

»Das war, als Olli ausgestiegen ist. Das Aufschwung hat '94 aufgemacht«, erinnert sich Thomsen, während Flo ihm die Tüte reicht. »Die Umbenennung müsste so zwei Jahre später gewesen sein. Das waren Zeiten, sag ich euch ...«

1994 war Charlotte dreizehn und hat Rockstars auf MTV angehimmelt.

Marky betritt den Chill-out und steuert direkt auf sie zu: »Hey Thomsen!«

»Hey Marky! Schon Feierabend?«

»Ach, ich hätte noch ein bisschen spielen können«, grinst er.

»Ist doch immer so. Heute darfst du zur Spätschicht nochmal ran, oder?«

»Ja, ich spiele mit Pierre den Schluss.«

»Cool. Das sind Lotte, Flo und ...«

»Phil!«, ergänzt er selbst.

Marky lächelt und prostet ihnen zu.

»Wodka A?«, fragt Thomsen.

»Was sonst«, grinst der DJ. »Bis später!« Er geht weiter und setzt sich zu einem Kumpel auf die braune Ledercouch hinter dem DJ-Pult. Die Plattenspieler stehen still, ein paar Meter weiter spielt die Musik. Erobique schraubt an seinen Geräten und spielt einen fluffigen Sound.

»Du kennst Marky!«, sagt Charlotte ehrfürchtig.

»Klar, ich kenne alle hier«, antwortet Thomsen und meint es nicht eingebildet.

Matze stößt zu ihnen. »Da seid ihr ja. Schranzi tanzt bei Chi rum, sie wollte da gar nicht mehr weg. Ich habe ihr gesagt, dass ich nach euch schaue und sie dort wieder abhole.«

»Chi, der alte Schneckenmagnet. Ich bin Thomsen!«

»Matze!«

Sie rauchen in Ruhe zu Ende, bevor sie sich auf den Weg ins House Café begeben. Thomsen kommt mit.

Neben einem Merchandise-Stand im Foyer gibt es zum Club-Geburtstag im Chill-out einen Infostand von Eve & Rave. Der dazugehörige Typ erklärt ihnen, dass er und sein Verein über Partydrogen und verantwortungsbewussten Konsum aufklären möchten. Charlotte steckt sich Broschüren über MDMA und Amphetamin sowie ein Kondom ein, das von der Aidshilfe Kassel und einer Zigarettenmarke gesponsert wurde, wie deren Logos darauf verraten.

Auf dem Big Floor ist die Luft zum Schneiden, und auch im Foyer ist es stickig. Dort werden sie von einem plappernden Dani zugetextet. Passend zum heutigen Headliner DJ Rolando trägt er die großen weißen Buchstaben von Underground Resistance auf der Brust. Seinen Hit »*Knights of the Jaguar*« gibt es sogar als Maxi-CD, die hatte sich Charlotte sofort gekauft, nachdem sie den Track zum ersten Mal im Club gehört hatte.

»Das Stammheim feiert nur einmal seinen sechsten Geburtstag. Außerdem spielt DJ Rolando!« Mehr hatte Flo nicht sagen müssen, um Charlotte, Franzi und Phil nach fünf Wochen Tanzflächen-Abstinenz zu überzeugen, sich vom Lernen ablenken zu lassen und alle guten Vorsätze über Bord zu werfen.

Als sie vor dem DJ-Pult im House Café ankommen, ist Franzi nicht mehr da. Chi auch nicht. Also schieben sie sich zurück ins Foyer und postieren sich in der Nähe des Big Floors.

»Wir checken mal den Plattenladen aus«, sagt Phil und verschwindet mit den Jungs zum Lastenaufzug.

»Ich bleibe hier und passe Schranzi ab«, sagt Charlotte und wendet sich an Thomsen. »Sag mal, was ist eigentlich Wodka A?«

Er grinst und sagt: »Ich hole uns einen.«

Dieser Thomsen ist echt nett, denkt sich Charlotte. Und er kennt wirklich alle hier, er hat nicht übertrieben.

Kurz darauf reicht er ihr einen Becher und eine rote Pfandmarke mit einem silbernen Stammheim-Logo darauf.

»Boah, lecker!«

»Apfelsaft mit Wodka.«

Charlotte bietet ihm eine Zigarette an und Thomsen plaudert über die Trinkgewohnheiten der Residents. Marky trinkt gerne Wodka A und Erdbeerlimes und Pierre am liebsten Sambuca. Ein blonder Typ mit kinnlangen Dreadlocks kreuzt das Foyer und lenkt ihn ab.

»Ach, heute sind mal wieder Matt und Adam am Start.«

»Legen die auf?«

»Nein, das sind Lightjockeys, die manchmal gebucht werden. Die beiden machen Special Shows.«

Plötzlich fängt Thomsen an zu lachen.

»Was ist denn?«

»Ich musste gerade an eine Party denken, auf der Matt eingehüllt in Lichterketten auf der Bühne im Big Floor eine Performance gemacht hat. Adam hat das Licht vom DJ-Booth aus gesteuert. Das sah echt total schickig aus ... Bis Matt auf einmal seltsam rumgezuckt hat. Ich dachte erst, okay, jetzt wird es aber sehr experimentell, dabei hat er Stromschläge bekommen und sich panisch die Lichterketten vom Leib gerissen!«

»Ach du Scheiße!«, lacht Charlotte.

Serhat und Maggus stoßen dazu und quatschen ohne Punkt und Komma drauf los. Sie haben wie Dani einen Laberflash. Charlotte fragt sich, was die drei eingeschmissen haben und nutzt die Gelegenheit, auf die Toilette zu gehen.

»Haltet Schranzi auf, wenn sie vorbeikommt«, bittet sie und verschwindet.

Auf der Frauentoilette entdeckt sie ihre Freundin, lachend mit Chi auf dem Pop-Sofa. Da ist sie nicht die Einzige; eine ganze Horde Mädels schart sich um den DJ.

»Hier bist du!«

Franzi strahlt nur.

»Hallo, ich bin Chi!«

»Lotte«, antwortet sie verlegen und versteht, was alle toll an ihm finden. Der Kerl hat Verve.

Franzi muss auch aufs Klo und kichert in der Kabine wie ein dämlicher Teenager. Die Freundinnen teilen sich immer eine, auch wenn sie nur Pipi machen.

Charlotte kann sie überzeugen, mit zu den anderen zu kommen. Auf dem Rückweg flötet Franzi Chi ein »Bis später!« zu. Der lächelt charmant, winkt und widmet sich den anderen.

Die Jungs stolpern gerade aus dem Lastenaufzug, jeder mit einer Vinyl in der Hand.

Flo erzählt, dass sie den Chef des Plattenladens DSL Records kennengelernt haben, der den Pop-up-Store hier macht. »Jule ist voll der korrekte Typ, der hat die ganzen HörSpielMusik- und Utils-Scheiben am Start!«

»Schranzi, wo hast du denn gesteckt?«, fragt Matze.

»Die war mit Chi auf dem Pop-Sofa!«, lacht Charlotte.

»Typisch«, grinst Phil.

Franzi berichtet, dass der House-Resident mit ihr geflirtet und nach seinem Set sie und ein paar weitere auf einen Kräuti eingeladen hat. Irgendwie seien sie dann auf dem Pop-Sofa gelandet.

»Kommt, wir checken mal das Merch aus«, schlägt Flo vor. Er ist in Shopping-Laune.

Ihre Blicke schweifen über Poster von Stammheim-Flyern sowie T-Shirts und übliche Fanartikel mit Stammheim-Logo darauf. Alle kaufen sich ein Feuerzeug, einen Aufkleber und ein Poster.

Flo und Phil entscheiden sich für das Artwork von »*Stammheim 2000*« mit dem Höllenszenario, die Mädels für das ein Jahr ältere Silvester-Motiv »*Into 1999*«, auf dem Ravelinde eine blaue, göttlich anmutende Alien-Frau darstellt, über deren nach oben geöffnete Handfläche ein leuchtender Stammheim-Planet schwebt. Ihre beschleiften Zöpfe schlängeln sich dabei schwerelos durch das Weltall. Matze ist sofort begeistert von dem derben Motiv eines Flyers vom Aufschwung Ost aus dem Jahr 1995, auf dem Ravelinde als dystopische Kriegerin in freizügiger Rüstung wie William Wallace in *Braveheart* auf dem Schlachtfeld steht und »*Fresst Scheiße!*« brüllt. Darüber erklärt ein Text den Kampf, den sie auszutragen hat:

»2024 n. Chr.: 4 Milliarden Raver weltweit. Die falschen Werte … Die falschen Propheten … Die falschen Platten …«

Am liebsten würden sie noch ein T-Shirt kaufen, aber dafür reicht ihr Bargeld nicht.

»Fett, hier kann man sich für die *Heimpost* eintragen«, sagt Flo, als er das Klemmbrett auf dem Merch-Tisch entdeckt. Der Ruf des postalischen Newsletters eilt ihm voraus, denn Dani und die anderen zitieren immer wieder begeistert daraus. Die *Heimpost* wird alle acht Wochen zusammen mit dem neuen Flyer verschickt und sprüht vor Witz à la Bringmann & Kopetzki.

Nachdem die fünf angestrengt und mit verschwommenen Blicken ihre Adressen in die Liste gekritzelt haben, verstauen sie ihre Einkäufe auf einer schmalen Ablagefläche an der Wand des Big Floors, um ungehindert tanzen zu können. Als jemand eine Bierflasche umwirft und fast ihre Poster und Platten ruiniert, opfern sich Matze und Flo, die Sachen schnell ins Auto zu bringen.

»Wir treffen uns hier oder im Foyer!«, bestimmt Matze.

Franzi verschwindet mit ihnen, um nachzusehen, ob Chi noch auf dem Pop-Sofa anzutreffen ist. Völlig unverhofft ist Charlotte plötzlich allein mit Phil.

Es ist so eng auf dem Big Floor, dass kaum Platz zum Tanzen bleibt. Ein schöner Vorwand für Charlotte, ihren Po an Phils Schritt zu drücken. Macht ihn das auch so wuschig? Immer enger schmiegt sie ihren Körper an den seinen und würde am liebsten in ihm versinken.

»Pass auf, die knutscht noch mit dem!«, ruft er ihr ins Ohr.

»Hä?«

»Schranzi!«

Wie kann er denn jetzt an Franzi denken?

»Würde mich nicht wundern!«, antwortet Charlotte angefressen.

Die ersten Töne von *»Knights of the Jaguar«* flöten aus den

Boxen und der Raum wird von einem Beben erfasst. Alle kreischen, jubeln, pfeifen und rasten aus. DJ Rolando selbst spielt ihn und wird vom Publikum für sein Meisterwerk gefeiert. Charlotte und Phil können gar nicht anders, als mit allen anderen zu eskalieren. Auf ihrer Haut breitet sich eine Gänsehaut aus, die sie nahezu zum Schlottern bringt. Der Track ist unfassbar ergreifend, euphorisch und melancholisch zugleich.

Danach müssen sie raus aus dem Big Floor, sonst drohen sie zu zerfließen. Im Foyer sitzt Thomsen noch an gleicher Stelle, er hat sich mit Mel festgequatscht.

»Die anderen werden sich in den Arsch beißen, dass sie das eben verpasst haben«, sagt Phil zu Charlotte.

»Das war echt der Hammer ... Wo bleiben die nur?«

»Gute Frage. Aber schau mal, wer da kommt! «

Unscheinbar zieht Pierre seinen Plattenkoffer hinter sich her und schlurft in Richtung Big Floor. Von allen Seiten wird er begrüßt und auf die Schulter geklopft.

»Moment mal, fängt gleich die Spätschicht an?«, fragt Phil und erkennt selbst: »Fuck, die Sperrstunde!«

Um kurz nach sechs stehen Matze und Flo vor ihnen.

»Alter, was für eine Scheiße«, lacht Matze.

»Passiert den Besten«, grinst Thomsen.

»Das passiert uns allen ständig«, verrät Serhat.

»Wir waren nur im T-Shirt draußen!«, erzählt Flo. »Wir wollten ja bloß kurz das Zeug ins Auto schmeißen.«

»Boah, ne, was habt ihr dann gemacht?«, fragt Charlotte.

»Uns ins Auto gehockt und Mucke und Heizung aufgerissen.«

»Und bestimmt jede Menge Bullshit verzapft«, vermutet Phil.

»Korrekt. Was hätten wir auch sonst machen sollen?«, fragt Matze rhetorisch.

Phil berichtet von dem krassen Moment bei DJ Rolando und die beiden ärgern sich erwartungsgemäß.

Plötzlich wird Charlotte bewusst, dass das ihre vorerst letzte Party sein wird. Ab morgen heißt es pauken, pauken und nochmals pauken. Na ja, wohl eher übermorgen.

Als hätte Franzi Charlottes Gedanken gelesen, taucht sie in diesem Augenblick auf. Sie kommt mit Dani aus dem House Café, Chi war nicht mehr auffindbar.

»Los, ab zu Pierre!«, fordert Charlotte ihre Freunde auf.

— – —

Die Lernphase ist härter als gedacht, doch Charlotte, Franzi und Phil bleiben eisern. Sie wollen ihren Abschluss nicht verkacken, sonst wären die letzten drei Jahre umsonst gewesen.

Vor allem die ersten Tage nach dem Stammheim waren bitter. Vom Brummschädel, Erschöpfung und Niedergeschlagenheit hielt dieser Kater wirklich alle fiesen Facetten bereit. Erst am darauffolgenden Wochenende kommt Charlotte langsam klar mit dem trockenen Lernstoff.

Wenn sie abends und an den Wochenenden auf ihrem Bett sitzt und versucht, sich den zähen Prüfungsstoff in den Kopf zu prügeln, schweift ihr Blick immer wieder sehnsüchtig zu dem Stammheim-Poster und den Flyern an der Wand. Den Aufkleber hat sie auf Blackies Heckscheibe geklebt.

Dass es Matze und Flo wie gewohnt krachen lassen, macht es nicht einfacher für die drei, auch Franzi und Phil quälen sich.

Mit ihm hält sie regelmäßigen SMS-Kontakt. Endlich kommt Bewegung in die Sache, auf den letzten Partys kam sie ihm stückchenweise näher und diese zögerlich glimmende Glut der Leidenschaft darf jetzt nicht erkalten. Nach der Prüfung ist es soweit, das spürt sie. Der Gedanke daran schenkt ihr Kraft für die Lernerei.

Als die Temperaturen auf frühlingshafte zwanzig Grad steigen, treffen sich die fünf zur saisonalen Biergarteneröffnung im Obermeier. Die Vögel trällern vergnügt und die ersten Blüten färben die Natur. Charlotte atmet tief ein und genießt die Sonnenstrahlen im Gesicht.

»Es riecht so gut, du kommst mir nah ... Dein Schweiß, der Nektar meiner Begierde«, singt Matze und blitzt Franzi dabei an. Sven Väths neue Single kennt Charlotte von VIVA, es ist ein hartnäckiger Ohrwurm.

»Nun erzählt schon, was haben wir verpasst?«, blitzt Franzi zurück.

Schlimm genug, dass die drei an den Schreibtisch gefesselt sind; dass Matze und Flo letztes Wochenende ohne sie im Stammheim waren, ist einfach nur gemein.

»De Babba hat das Heim abgerissen, das sag ich euch«, beginnt Flo. »Wir waren diesmal eine echt große Truppe, ganz *D&D* war am Start.«

»Wenn der Väth spielt, fahren selbst die größten Landeier bis nach Kassel«, scherzt Phil.

»Stimmt«, bestätigt Matze, »und der war obergeil druff. Marky sollte die Spätschicht spielen, aber der Väth hat einfach nicht aufgehört!«

»Marky ist im Foyer wütend auf- und abgestapft ... Und dann ist de Babba auch noch bei einem Track auf die Tanzfläche gegangen und hat mit uns abgefeiert! Voll die Omen-Vibes«, erzählt Flo begeistert.

»Boah, ach was!«

Da wäre Charlotte zu gerne dabei gewesen.

»Wie fett! Und dann?«, fragt Phil.

»Er war rechtzeitig zurück an den Turntables und hat einen Übergang gemacht, als wäre nix gewesen. Dieser oberkrasse Freak«, feiert ihn Matze.

Begeistert berichten die beiden, dass Sven Väth nur eines der Highlights war. Neben der absolut abgefahrenen Stimmung mussten sie außerdem irgendwann nichts mehr für Getränke zahlen, weil Matze mit der Barkeeperin angebandelt hatte, auf die er bereits letztes Mal ein Auge geworfen hatte.

»Und, wo geht's heute hin?«, fragt Franzi neidisch.

»Mit Conny und Tamara ins U«, antwortet Flo. »Ey, wenn eure Prüfungen vorbei sind, gehen wir zur neuen Party vom Liebig: *Es ist Freitag-aaabend*«.

»Wenn unsere Prüfungen rum sind, müssen wir erst mal ins Heim«, bestimmt Phil.

»Genau!«, stimmt Charlotte energisch zu.

»Was macht ihr eigentlich nach der Ausbildung?«, will Matze von den Mädels wissen. Von Phil weiß er, dass sie Kollegen bleiben.

»Ich werde übernommen«, antwortet Franzi.

»Ich auch«, sagt Charlotte mit Verzweiflung in der Stimme.

Sie hat überhaupt keine Lust darauf, will weder mit spießigen Leuten im Büro sitzen noch langweilige Aufträge von nervigen Kunden wegschuften. Die Vorstellung, dass sie das bald fünf Tage die Woche erwartet, deprimiert sie.

Gibt es keinen coolen Beruf? Am liebsten wäre ihr ein Job im Musikbusiness. Aber ohne Studium geht da gar nichts und das Lernen für die Abschlussprüfung treibt sie gerade schon zum Wahnsinn. Zudem gibt es hier keine Uni, sie müsste also wegziehen und ihre Freunde wären nicht mehr in unmittelbarer Nähe. Vor allem auf Franzi könnte sie niemals verzichten.

Und wenn sie endlich mit Phil zusammen ist, kann sie nicht von ihm verlangen, mit ihr zu gehen. Er ist zufrieden mit seiner Firma, er wird gut bezahlt und seine besten Freunde sind seine Kollegen. Der einzige einigermaßen passable Job wäre in der Plattenkiste, aber ihre Eltern würden sie killen, wenn sie bei Bernie statt bei ihnen im Laden stehen würde. Egal, wie Charlotte es dreht und wendet, sie landet in einer gedanklichen Sackgasse.

— – —

»Sketch 2«, The Advent

8. April 2000

ADVENT! ADVENT! DER WARPKERN BRENNT!
Big Floor: The Advent (live), Pierre, Marco Cannata, Marco Remus
House Café: DJ Koze, Nico, Axl
Chill-out: Fish, Dimatrix
STAMMHEIM

Für Phils Geburtstag pausieren sie kurz mit der Feierpause. Zwei Monate waren sie nicht im Stammheim und konnten einfach nicht wiederstehen, diesen Anlass als Vorwand für eine kleine Eskapade zu nehmen.

Immerhin war Charlotte insofern vernünftig, sich als Fahrerin zu melden. Einen weiteren Post-Rave-Emo-Kater könnte sie so kurz vor der Prüfung gefährlich aus der Bahn werfen. Außerdem kann sie Phil damit eine zusätzliche Freude bereiten – neben der Überraschung, die im Kofferraum auf ihn wartet.

»Hier sieht es ja ganz anders aus!«, staunt Charlotte, als sie das Foyer betreten.

Die Decke ist himmelblau gestrichen und kleine Kugeln in Gelb, Pink, Grün und Weiß baumeln von ihr herab. Es sieht aus wie ein buntes Planetensystem, in dessen Zentrum der größte von ihnen in Weinrot hängt.

Aus der linken Wand ragen Kopf, Hände und Teile der Zöpfe einer großen silbernen Ravelinde hervor, die gerade aus einer Paralleldimension in diese einzutreten und den weinroten Planeten zum Ziel zu haben scheint.

»Ihr wart echt lange nicht hier«, stellt Dani fest, »die Deko ist schon seit ein paar Wochen so.«

Charlotte berichtet von den anstehenden Abschlussprüfungen und wechselt schnell das Thema, der Prüfungsstress hat Einlassverbot im Stammheim.

»Wie oft ändert sich die Deko eigentlich?«, will sie wissen. Bei ihren Besuchen kam der Club immer wieder in einem neuen Gewand daher.

»Früher jeden Monat, heute nicht mehr so oft. Manchmal zum neuen Flyer oder zu speziellen Partys. Aber ich glaube, grundsätzlich ändern sie die Deko hier nach Lust und Laune.«

Er führt aus, dass es zwei Teams gibt: Die Haus- und Hofdekorateure sind die Technokünstler Stellmacher & Jensen, die durch das Aufschwung Ost bekannt wurden und seither im ganzen Land Clubs und Festivals mit ihren Werken ausstaffieren. Das zweite Team ist das *Deko Squad*, eine Gruppe Freiwilliger, die Bock hat, Deko für ihren Lieblingsclub zu basteln. DJ Fish aus dem Chill-out ist der Kopf der Bande.

»Sorry, wenn ich klugscheißen muss, aber Stellmacher & Jensen haben '93 im Omen angefangen«, stellt Thomsen klar, »zumindest, was Clubs angeht. Bis dahin waren die beiden Bühnenbildner hier in Kassel.«

»Echt? Das wusste ich nicht«, gibt Dani zu.

»*Shivas Dance* hieß das erste Bild für den Väth. Danach haben sie Deko für den *Technoclub* von Talla im Gray gemacht. Blaue Fische mit leuchtend gelben und pinken Mustern.«

»Im Dorian Gray im Frankfurter Flughafen?«, hakt Charlotte nach.

»Ja. Und da Tallas Party freitags ist und an den anderen Tagen andere Mucke läuft, muss die Deko immer abgebaut werden. Dadurch kamen Stellmacher & Jensen auf die Idee, mobile Technokunst zu machen und sie zu vermieten.«

»Thomsen, woher weißt du das alles bloß?«, fragt Charlotte.

»Schau ihn dir doch an, der Dinosaurier war live dabei!«, lacht Dani.

Matze und Flo schleppen einen Haufen Kräutis aus dem House Café, um pünktlich um Mitternacht *»Happy Birthday«* für Phil zu trällern. Nach und nach steigen immer mehr in den schiefen Chor ein und am Ende grölt das komplette Foyer mit.

Die Leute hier sind so geil bekloppt, grinst Charlotte in sich hinein.

Dann geht die Tür zum Big Floor auf und der Bass knallt los.

Als Charlotte endlich mit dem Gratulieren an der Reihe ist, haucht sie Phil ins Ohr, dass unten eine Überraschung auf ihn wartet. Vielleicht könnten sie nachher mal kurz ans Auto gehen …

Er registriert das zweideutige Angebot nur mit einem halben Ohr, denn Matze und Flo zerren ihn zum Techno. Marco Cannata spielt den Anfang und *Der phatte Travis* hat wie stets das Lichtpult unter seinen Fittichen.

Charlotte zappelt bei den schiebenden Beats sofort los, genau das hatte ihr gefehlt in den letzten Wochen. Die Stimmung hier steigt von null auf hundert in fünf Minuten, darauf ist Verlass.

Der Big Floor wurde ebenfalls umgestaltet. Es ist alles schwarz gestrichen, bis auf drei große weiße Totenköpfe an der Wand gegenüber des DJ-Pults. Sie sehen aus wie von einem Eingeborenen-Kult und starren düster auf das Geschehen.

»The Advent wird dir gefallen!«, schreit Flo Charlotte an, kurz bevor der Live-Act beginnt.

Ihre Freunde haben in den letzten beiden Stunden Vollgas gegeben und sind gut dabei, auch Franzi und Phil. Charlotte ist froh, dass Blackie draußen steht und dafür garantiert, dass sie eisern bleibt. Den beiden wird es dreckig gehen in den nächsten Tagen.

Auf Flos Gefühl für Charlottes Musikgeschmack ist wie stets Verlass. Jeder Bassschlag zieht sie tiefer in einen hypnotischen Strudel. Der Sound von The Advent ist schnell, hart und düster. So, wie sie es mag.

Dann erkennt sie sogar einen Track, was ihr einen zusätzlichen Kick gibt: »Das ist doch auf der *Heimfidelity 3*!«

»Genau!«, stimmt Flo beeindruckt zu.

»Wohooo!«, kreischt sie und reißt die Arme hoch.

Flo pfeift durch die Finger und strahlt. Seine Zähne leuchten im Discolicht.

Nach The Advent übernimmt ein brachialer Glatzkopf das DJ-Pult: Marco Remus. Der legt ein ordentliches Tempo vor und Charlottes Beine machen schlapp.

Erfolglos versucht sie, einen von ihren vier Liebsten für ein Päuschen von der Tanzfläche zu bewegen. Nur Dani ist dafür zu gewinnen, mit in den Chill-out zu kommen.

Dort begrüßt eine zwei Meter große Ravelinde-Statue die Ankommenden in dieser Welt. Mystisch wacht das Maskottchen über das Geschehen, die Hände vor dem Bauch verschränkt, seine Zöpfe zu seitlichen Dutts gerollt. In Kombination mit ihrem roten Gewand erinnert es an Prinzessin Leia aus *Star Wars*.

Zwischen den querbeet herumstehenden Sitzgelegenheiten wuchern große Blätter mit roten Adern aus Pappmaché hervor und wirken wie Pflanzengewächse auf einem fremden Stern. Die Luft ist neblig und das Licht gedämpft, was die herumlümmelnden Menschen nur schemenhaft abzeichnet. Chillige

Beats blubbern durch den Raum und vertonen die Atmosphäre perfekt.

»Wir müssen aufpassen, dass wir nicht versacken«, warnt Dani, »Fish legt auf.«

»Der vom *Deko Squad*?«

»Korrekt. Der ist saugefährlich! Bei dem bleibt man hängen ... Also, im Chill-out, nicht im Kopf, hä hä.«

Die beiden lassen sich auf einer Cord-Couch nieder und stecken sich eine Zigarette an.

»Warum trägst du heute eigentlich ein Tresor-Shirt?«

Charlotte kennt das Logo des Clubs und Plattenlabels aus Berlin, in der Technoszene kommt man daran nicht vorbei.

»The Advent«, beginnt Dani und freut sich über die Frage, »hat auf dem Label die EP *Sound Sketches* rausgebracht. Die ist o-ber-fett, sag ich dir.«

Charlotte grinst und lässt ihren Blick schweifen: »Die Statue von der Ravelinde ist sowas von krass.«

»Ja, die sind mal wieder voll auf dem Space-Trip hier«, stellt er fest. »Ich meine, schau dir nur mal die letzten beiden Flyer an.«

Den neuen hat Charlotte bereits eingesteckt, tatsächlich ist darauf ein Raumschiff abgebildet. Und der letzte erinnert mit den Fußspuren im Sand ebenfalls an *Star Wars*.

»Die DJ-Kanzel war hier auch mal ein Raumschiff«, erinnert sich Dani, »und am krassesten war, als sie den kompletten Chill-out in ein Raumschiff verwandelt haben. Die Wände waren metallisch und durch große Bullaugen konnte man das Weltall sehen.«

»Wie geil.«

»Auch krass war mal eine fleischfressende Pflanze, die war noch größer als die Ravelinde-Statue, sauheftig. Die hatte ein riesiges Maul und weiße Schneidezähne.«

»Ich habe noch nie so eine Deko gesehen, außer vielleicht auf dem *Lovepark*«, stellt Charlotte fest.

»Die ist ja auch größtenteils von Stellmacher & Jensen«, grinst Dani.

»Macht irgendwie Sinn ... Sven Väth, Omen und so«, kombiniert sie mit dem Insiderwissen von Thomsen.

»Stellmacher & Jensen haben einen eigenen Style, den erkennt man sofort. Bei denen ist alles quietschbunt und sauschräg. Meistens sind es Tiere oder Pflanzen. Es gibt Fische, Pinguine, Schmetterlinge, Pilze, auf Blättern surfende Frösche und so weiter.«

Die beiden schweigen einen Moment. Die Musik groovt wie ein angenehmes Blubbern unter Wasser.

»Irgendwie witzig, dass der DJ Fish heißt«, schmunzelt Charlotte.

»Das stimmt. Weißt du, was auch krass war?«, setzt Dani zu einer weiteren Anekdote an.

»Erzähl!«

»Hängebetten.«

»Von denen habe ich schon gehört. Die müssen der Hammer gewesen sein!«

»Die könnten sie echt mal wieder aufhängen ... Aber das absolut Krasseste überhaupt ist, wenn Zeichnungen von Bringmann & Kopetzki auf Moltonstoffe projiziert werden, die sich auch noch bewegen. Das hat mich schon ordentlich vertrippt.«

»Sag mal, wollen wir langsam mal wieder rüber?« So interessant das Gespräch mit Dani auch ist, Charlotte zieht es zu Phil.

»Noch fünf Minütchen, ist gerade so schön hier ...«

»Versackungsgefahr!«

»Erwischt! Also los.«

Der blonde Türsteher mit der Brille kommt ihnen entgegen, woraufhin Dani raunt: »Man munkelt ja, dass der ein Zivibulle ist.«

Auf dem Big Floor ballert es in Lichtgeschwindigkeit. Auf ihrem Stammplatz ist nur noch Flo übrig. Matze ist bei seiner Alex an der Bar etwas zu trinken holen und Franzi und Phil seien schon eine Weile weg, erklärt er.

Charlotte horcht auf. Den Track kennt sie doch ... »Blivemi Blivemi« singt es grell und schnell aus den Boxen. Ein rasender Bass schnalzt dazu.

Auch Flo lauscht auf. »Das ist doch *I believe* von Rush!«

Tatsächlich. Die Platte läuft nur viel zu schnell, was aus dem tief und sexy gesprochenen »*Believe in me*« ein schnelles, hochgepitchtes »Blivemi« macht.

Sie müssen lachen, weil es sich so irre anhört.

Der in Höchstgeschwindigkeit zappelnden Meute auf der Tanzfläche gefällt es, sie schranzen wie eine Horde galoppierender Rennpferde auf der Stelle und jaulen verzückt.

Nach den gediegenen Tunes im Chill-out findet Charlotte hier keinen tanzbaren Anschluss, deshalb macht sie sich auf die Suche nach Phil und Franzi. In der hinteren Ecke des Foyers wird sie fündig.

»Ups, wir haben uns voll verquatscht!«, ruft Franzi mit großen Augen.

»Kommt in den besten Familien vor«, sagt Charlotte lässig, »ich bin auch mit Dani im Chill-out versackt. Alles roger bei euch?«

Sie setzt sich zu Phil und platziert unauffällig ihre Hand auf seinem Oberschenkel.

»Bei uns ist alles bestens. Ich hätte langsam wieder Bock zu tanzen! Wie sieht es mit dir aus, Schranzi?«

»Heute spielt Chi gar nicht, oder?«, fragt sie zurück.

»Nein, komischerweise nicht. Der ist doch eigentlich immer da«, antwortet Charlotte. Sie berichtet von der Musik in Hypergeschwindigkeit auf dem Big Floor sowie von ihrem Gespräch mit Dani. »Ihr glaubt nicht, was der mir erzählt hat ...«, setzt sie gerade an, als ein kleiner Typ mit kurzem rotem Haar und Augenbrauenpiercing unterbricht.

»Servus, habt ihr Feuer?«, fragt er mit lustig rollendem R.

Phil kneift ein Auge zu, als er das Feuerzeug betätigt.

Der verschwommene Blick.

»Danke dir. Seid ihr öfters hier?«

»Immer öfter«, grinst Phil.

»Er hat heute Geburtstag!«, informiert Franzi aufgekratzt.

Ein blondes kleines Mädel stellt sich dazu und lächelt die drei lieb an.

»Alles Gute! Ich bin der Tino und das ist meine Freundin Steffi.«

Die beiden kommen aus Nürnberg und sind seit 1995 mindestens einmal im Monat im Stammheim. Sie verraten, dass sie seit der Schule ein Paar und absolute Technofreaks sind. In Franken gibt es auch ein paar gute Läden, wie Das Boot oder das Airport, aber die Polizei in Bayern nervt einfach total. Einen besseren Club wie das Stammheim gibt es sowieso nicht, deshalb nehmen sie den Weg, der noch weiter ist als der von Charlotte und ihren Freunden, gerne in Kauf.

»Pappen, Alter! Ring Ding Ding Ding!« schreit plötzlich einer und hüpft aufgedreht umher. Dann verschwindet er auf dem Big Floor.

»Der Pappenheimer wieder«, lacht Steffi.

»Pappenheimer wie Pappe?«, hakt Franzi nach.

»Genau, der ist ein Heavy User«, witzelt Tino.

LSD ist eine Droge, die Charlotte größten Respekt einflößt. Vor allem die Horrorgeschichten, in denen Leute nicht mehr von ihrem Trip in die Realität zurückfinden und in der Psychiatrie landen. Im Stammheim ist LSD weit verbreitet, was sie von anderen Clubs nicht kennt – und auch nicht nachvollziehen kann. Das wäre ihr viel zu heftig bei blitzendem Licht und tosendem Techno.

»Genau. Niemand weiß, wie der wirklich heißt, weil er sich jedes Mal mit einem anderen Namen vorstellt. Deshalb wird er einfach Pappenheimer genannt«, erzählt Steffi.

»Und wenn er richtig drüber ist, redet er Englisch«, ergänzt Tino.

»Was für ein durcher Typ«, schüttelt Phil den Kopf.

Das Pärchen aus Franken ist sympathisch und Charlotte findet ihren Dialekt witzig. Sie plaudern über Techno und das Feiern und regen sich über die bayerische Polizei auf. Erst als Pierre ins Foyer kommt, springen sie auf.

»Ey, Pierre!«, ruft Phil.

Pierre bleibt stehen und lächelt abwartend, scheint zu überlegen, ob er Phil kennt. Der grinst ihn bloß mit großen Augen an, ohne etwas zu sagen.

Charlotte greift in die Situation ein, bevor es peinlich wird: »Äh, mein Freund hat heute Geburtstag!«

»Na denn mal alles Gute, ne«, sagt Pierre freundlich.

»Ich bin Schranzi und ein Riesenfan von dir!«

Nun wird es leider doch peinlich.

»Danke, danke«, grinst er verlegen, »ich muss da jetzt mal rein ....« Er greift nach seinem Plattenrollkoffer, der übersät ist mit Aufklebern von Plattenlabels, und verschwindet in der blitzenden Dunkelheit. Charlotte erkennt darauf das UR von Underground Resistance und das Logo vom Berliner Tresor.

Zeit, wieder auf den Big Floor zu gehen. Dort hüpfen immer noch alle wie die Verrückten zu den rasenden Beats von Marco Remus. Die Truppe aus Fulda grüßt Steffi und Tino.

Hier kennt echt jeder jeden, denkt sich Charlotte.

Das Displays ihres Handys zeigt 5:40 Uhr. Noch zwanzig Minuten.

»Ich habe dir heute noch gar keinen ausgegeben!«, schreit sie Phil an und zerrt ihn zur Bar.

Dort entdecken sie Matze am Ohr einer blond gelockten Schönheit. »Das ist Alex!«, klärt er strahlend seine Freunde auf. Es ist ihm anzusehen, wie gerne er in ihrem tiefen Ausschnitt versinken würde. Alex fragt, was sie trinken möchten. Nachdem alle bis auf Charlotte einen Kräuti geext haben, stellt die Barkeeperin die restlichen Getränke auf die Theke und wendet sich ohne abzukassieren einem anderen Gast zu.

Charlotte entdeckt Valentin Kopetzki neben Noah am Lichtpult. Je mehr Gesichter sie hier kennt, desto größer wird ihre Begeisterung für diesen Ort.

Mit Pierre fließt frischer Elan in ihre Glieder und Charlotte strahlt wie ein Honigkuchenpferd. Heute bleibt der spirituelle Zustand der Nüchternheit zwar aus, dennoch macht es ihr riesigen Spaß zu tanzen.

Als ihr Lieblings-DJ einmal aufschaut und sich ihre Blicke treffen, lächelt sie ihn an. Und er grinst zurück.

– – –

Verliebt erinnert sich Charlotte an Phils verblüfften Gesichtsausdruck, als er auf dem Parkplatz ihr Geschenk auspackte und die CD *»Decks, EFX & 909«* von Richie Hawtin in den Händen hielt.

»Unsere erste Nacht im Heim«, lächelte er glücklich und umarmte sie innig.

Zwar ist es kein Mitschnitt von der Party, aber ziemlich das gleiche Set. Charlotte hat sich die CD auf Tape überspielt und spult immer wieder zu der Stelle mit Nitzer Ebb. Gänsehaut, jedes Mal.

Nun hat der Endspurt zur Abschlussprüfung begonnen und das fühlt sich gut an. Franzi und Phil haben durch ihren Kater ein paar Tage verloren, Charlotte konnte hingegen Montagabend dort anknüpfen, wo sie Samstag aufgehört hatte. Alles richtig gemacht.

Mitten in der finalen Lernphase flattert die *Heimpost* in den Briefkasten. Die hat sie total vergessen und freut sich deshalb umso mehr darüber. Gespannt zieht sie den Brief zusammen mit dem Flyer für April/Mai 2000 aus dem Umschlag. Ein zerknittertes Exemplar davon hängt bereits an ihrer Wand. Dass unter dem darauf abgebildeten Raumschiff »*Spezies 08/15 checkt's wieder nicht ...*« steht, hatte sie erst zuhause gesehen und sich herzlich darüber amüsiert.

Vorfreudig beginnt sie zu lesen:

»HEIMPOST
Essenzielle Kurzmitteilungen aus deinem Heim für
Nachtgymnastik / April.Mai.2000

Tag auch, Feierfreundin & Feierfreund!
Da uns dieses Mal die Zeit ein wenig wegrennt und wir uns
mal wieder ein klitzeklein wenig verorganisiert haben (um's mal
vorsichtig auszudrücken), gibt's die wichtigsten Infos diesmal in
aller Kürze & Würze! Asche auf unser zerstreutes Haupt
– nächstes Mal wird alles wieder gut!«

Charlotte findet es äußerst sympathisch, dass die Heim-Crew so ein chaotischer Haufen ist und ihren Newsletter zwei Wochen zu spät verschickt. Nach diesem Intro folgen die Neuigkeiten aus dem Stammheim, dargestellt als SMS-Nachrichten.

Der große Laurent Garnier kommt, außerdem werden das von Mel besagte Hotze-Buch sowie neue Poster-Motive angekündigt, zudem betreiben Pierre und Marco Cannata jetzt eine Booking-Agentur, in der neben den Residents aus dem Stammheim auch Namen wie Cristian Vogel und DJ Rush vertreten sind.

In der letzten SMS der *Heimpost* wird darum gebeten, mit Bus und Bahn anstatt mit dem Auto anzureisen – oder zumindest sicherzustellen, dass der Fahrer nüchtern bleibt. Diese Ansage überrascht Charlotte auf eine positive Weise.

Nach diesen locker-flockigen Zeilen weigert sich ihr Hirn noch mehr, die staubtrockenen und sperrig formulierten Inhalte von ihrem Lernstoff aufzunehmen. Aber es hilft alles nichts, Pobacken zusammen und durch.

Freitag nach der Schriftlichen findet die nächste *Stammheim@U60*-Party statt.

Dort werden sie sich den Prüfungsstress aus den Leibern schütteln und das Leben feiern.

— - —

»Electric Deluxe«, Electric Deluxe (Speedy J)

21. April 2000

Stammheim@U60
Monika Kruse, Patrick Lindsey, Pierre, Marky, Marco Cannata
U60311

Charlotte muss sich am Treppengeländer festhalten, als sie die Stufen ins U60311 hinunter steigt. Die Prüfung lief nicht schlecht, es kamen tatsächlich einige der alten Fragen dran, die sie auswendig gelernt hatte. Zur Feier hatte sich Charlotte im Zug nach Frankfurt dann ordentlich die Lunte angezündet. Die Gruppendynamik war ein Brandbeschleuniger, denn heute sind sie eine Riesentruppe, halb *D&D* ist dabei. Sie mussten ein absurdes Bild auf andere Passagiere abgegeben haben: Ein Raucherabteil voller junger Leute in seltsamen Klamotten und mit einem Haufen Metall im Gesicht, dauerqualmend und lauthals komisches Zeug quatschend.

Charlottes Freunde verhalten sich wie eine Horde Kinder auf Zucker und sind im Pacman-Modus – alles rein, was ihnen in die Quere kommt.

Im U60311 stürmen sie die Tanzfläche und lassen sich die Bässe um die Ohren knallen, denn Marco Cannata gibt Vollgas. Sogar Noah ist mitgekommen, um das Licht zu machen.

Endlich ist der Druck aus Charlottes Brust entwichen, die mündliche Prüfung wird keine große Sache mehr. Endlich hat sie ihr Leben zurück!

»Waaah! Ihr seid auch hier!«, quiekt sie verzückt, als die Fuldaer plötzlich vor ihr stehen.

»Wo Stammheim drauf steht, sind wir drin!«, strahlt Maggus.

»Du meinst wohl: Wo Stammheim drin ist, sind wir drauf!«, grinst Dani.

»Geil, dass ihr am Start seid, darauf saufen wir erst mal einen!«, beschließt Flo und lotst alle zur großen Bar.

Dort flirtet Matze mit zwei hübschen Mädels aus der Schublade Schickimicki-House-Miezen.

»Na, du alter Schwerenöter?«, begrüßt Mel ihn frech.

Flo ordert Kräuti für alle.

»Das sind Nicole und Martina!«, stellt Matze vor.

Die beiden Blondinen haben langes glattes Haar und sehen aus wie Models mit einem angenehm üppigen Dekolleté, das sie in weit ausgeschnittenen Tops präsentieren. Hochpreisige

Markenhandtaschen baumeln an ihren Unterarmen und ihre Stiefel haben einen Absatz.

Im Vergleich zu den ganzen Technoheads hier wirken die beiden wie frisch von der Abifeier.

Nach dem Kräuti zieht es die anderen in Richtung DJ-Kanzel, Charlotte hingegen bleibt zurück und versucht, Matze von den beiden Tussis loszureißen. Sie will mit ihm feiern!

Notgedrungen kommt sie dabei mit Nicole und Martina ins Gespräch. Die beiden stammen aus dem Taunus, dem gut betuchten Frankfurter Speckgürtel. Charlotte fühlt sich kurz bestätigt in ihren Vorurteilen, die sie jedoch schnell ablegt. Die beiden sind ziemlich lässig, ihre Stammläden sind das Robert Johnson und Monza, heute sind sie wegen Monika Kruse hier. Charlotte unterhält sich ganz wunderbar mit den beiden.

Ein Typ mit kurzgeschorenen Haaren würde gerne ein Foto von ihnen machen, er heißt RobX und schreibt auf seinem Blog über Technopartys. Charlotte ist beeindruckt. Das Internet ist eine tolle Sache, aber sie hätte keinen Schimmer, wie man da eine Webseite hineinbekommt. Sie willigen ein und tauchen danach im Getümmel ab.

Irgendwann findet sich Charlotte mit Mel auf der Toilette wieder.

»Ohne die gute Esther würde hier gar nichts laufen!«, lächelt Mel die Toilettenfrau an. Esther freut sich und versprüht gute Laune.

»Wie kannst du die Klofrau vom U kennen, wenn du jeden Samstag im Heim bist?«, fragt Charlotte kurz darauf ungläubig in der Kabine.

»Na ja, ein Wochenende besteht ja bekanntermaßen aus zwei Nächten«, zwinkert Mel. Dieses Mädel ist unglaublich, denkt sich Charlotte, und findet Mel einfach nur toll.

Zurück auf der Tanzfläche will sie von Conny wissen, wo Phil steckt.

»Das solltest du mal deine beste Freundin fragen!«

»Hä?«

»Na, die kleben doch schon den ganzen Abend aneinander!«

Das ist ihr gar nicht aufgefallen. Aber sie war auch die ganze Zeit mit anderen beschäftigt. Connys komischer Kommentar nagt an ihr, deshalb macht sie sich auf die Suche. Die beiden hängen an der Theke hinter der DJ-Kanzel und sehen bedient aus.

»Da seid ihr ja! Was macht ihr denn hier?«

Phil deutet auf den Barmann: »Das ist Silvester!«

Ein Blonder mit wilden Locken strahlt mit großen weißen Zähnen. Drei leere Schnapsgläser auf der Theke weisen darauf hin, dass sie einen getrunken haben.

»Kommt mit zu den anderen, es ist so lustig! Habt ihr die Heimkinder überhaupt schon gesehen?«

»Na logen!«, ruft Franzi.

»Wir kommen gleich zu euch!«, verspricht Phil.

»Okay!« Die beiden wollen scheinbar etwas zu Ende bequatschen. Pillen-Talk.

Auf dem Rückweg zieht sich Charlotte etwas überambitioniert am Metallrahmen der DJ-Kanzel hoch, um Marky zu begrüßen. Nüchtern hätte sie sich das nicht getraut, sie ist ganz schön gut dabei. Wer weiß, ob er sich überhaupt an sie erinnert? Doch er grinst und deutet mit erhobenem Zeigefinger an, dass sie warten soll. Er tippt Silvester an, und wenige Sekunden später hält er zwei Erdbeerlimes in den Händen, von denen er einen Charlotte reicht.

»Prost!!!«

Beschwingt hüpft sie in die Mitte der Tanzfläche zu ihren Freunden. Bei denen ist mittlerweile Partylevel 3000 angesagt.

Allerdings ist etwas komisch bei Conny und Flo ... Er umklammert sie von hinten und ihre Körper reiben asynchron zum Beat aneinander. Eigentlich sind sie keine Taktsucher. Irritiert wirft Charlotte einen zweiten Blick auf die beiden und erkennt den Grund für das aus der Reihe fallende Gezappel: Flos Hand ist in Connys Jeans vergraben, er fingert sie mitten auf der Tanzfläche! Ihre Mimik schreit vor Lust, die ist kurz vorm Orgasmus.

»Hey, Anna!«, schreit plötzlich ein schlaksiger Typ mit wasserstoffblond gefärbter Stachelfrisur. Energisch kaut er auf einem Kaugummi herum, sein schwarzes Shirt mit der Aufschrift »User – U60311« ist komplett durchgeschwitzt.

»Ich heiße Charlotte!«

Er beugt sich zu ihr hinab und kommt ihrem Gesicht ganz nah. »Oh, hab dich verwechselt! Krass!«, lacht er ungläubig und zieht weiter.

Es ist wieder soweit, alle gaga, freut sich Charlotte. Das sind die besten Stunden im Technoclub.

Mit einem aufbrausenden Track von Speedy J löst Marky eine weitere Welle der Begeisterung aus – es gab schon viele in dieser Nacht und es wird noch einige geben. Das schnelle Klackern steigert sich immer und immer weiter und die Leute explodieren dabei.

Bumm! Bumm! Bumm! »Abfaaahrt!« Bumm! Bumm! Bumm! »Woooooooooh!«, schreit Charlotte und stampft wie wild.

Pfiffe, Jubel.

»Aijaijaiii!«

Endlich kommt Phil! Charlotte springt ihm entgegen und kurz darauf umkreisen sich die beiden wie Motten das Licht. Als gegen acht Uhr Aufbruchstimmung herrscht, wollen die zwei nicht aufhören, miteinander zu tanzen. Doch Conny, Flo, Matze und Franzi machen Druck, sie wollen aftern.

Zwei Stunden später liegen sie auf Flos Couch, ineinander verknäuelt und durchströmt von Liebesgefühlen. Charlottes Kopf ruht auf Phils Schulter und sie streichelt zärtlich über seine Brust. Zwar reden sie mit allen im Raum, haben jedoch nur Augen füreinander. Langsam kommen sich ihre Gesichter näher, und als ihre Zungen aufeinandertreffen, implodiert Charlotte. Endlich! Der zunächst zögerliche Kuss wird immer intensiver, gefühlvoller und zärtlicher. Über Stunden hinweg können sie damit nicht aufhören. Charlotte und Phil verlieren sich ineinander ... bis sie irgendwann einschlafen.

Als sie erwachen, sitzen nur noch Franzi und Matze auf der Couch. Auch sie sehen so aus, als hätten sie rumgemacht. Flo und Conny haben sich ins Schlafzimmer verzogen. Die logische Konsequenz nach ihrem Tanzflächenpetting.

»Na, ihr zwei«, grinst Matze.

Charlotte ist verdutzt. Verdutzt vom Küssen mit Phil, verdutzt vom Schlafen, verdutzt wegen der Situation.

»Wollen wir langsam mal heim?«, will Franzi wissen.

»Äh, ja«, stammelt sie und schaut Phil erwartungsvoll an.

Er lächelt liebevoll und Charlotte schmilzt dahin. Sehnsüchtig erwartet sie seine Frage, ob sie mit ihm kommt – doch die bleibt aus. Stattdessen faselt er von einem Familienessen und davon, dass am nächsten Tag Ostersonntag sei. Schließlich verabredet er sich mit ihr für Montag.

Etwas traurig darüber, nicht in seinen Armen zu liegen, schläft sie trotzdem überglücklich ein. Übermorgen trifft sie ihn und sie werden endlich ein Paar. Ihre Sorge nach Connys komischen Kommentar wegen Franzi war natürlich völliger Blödsinn. Phil will Charlotte genauso wie sie ihn!

— - —

»Ich kann es nicht fassen, ihr habt endlich rumgemacht!«, quiekt Franzi tags darauf ohne ein Wort der Begrüßung, als sie das Zimmer ihrer Freundin betritt.

Charlotte kann nicht aufhören, davon zu schwärmen, wie wunderschön es war und wiederholt ständig, dass sie noch nie so gut geküsst wurde.

Zusammen mit Franzi malt sie sich aus, wie ihr Date ablaufen wird. Sie überlegt, wie sie sich verhalten soll, schließlich werden sie sich für immer an diesen Tag erinnern. Franzi ist mindestens genauso aufgeregt wie ihre Freundin. Charlotte ist noch verliebter als vorher, so verliebt wie noch nie.

Nachdem Charlotte den ganzen Tag Sets vom *Ostermarsch* auf HR XXL auf Tape mitgeschnitten hat, schaut sie ihn abends im Hessischen Fernsehen weiter, bis sie freudig erregt einschläft.

Davor formuliert sie lange an einer SMS an Phil, um die richtigen Worte zu wählen: »Hey du. Bleibt es bei unserem Date morgen?«

»Ja. Magst du gegen 2 kommen?«

»Kann es kaum erwarten <3«

Charlotte macht sich etwas zu früh, aber frisch rasiert und betörend gut duftend auf den Weg zu ihrem Phil. Ihr Herz pocht wie wild, als sie den Klingelknopf drückt.

Paul ist nicht da, das ist gut. Sturmfreie Bude. Doch Phil gibt ihr nur zwei Küsschen auf die Backe anstatt eines leidenschaftlichen Zungenkusses, der ihr Liebesspiel einläuten sollte.

»Magst du was trinken?«

»Ein Wasser wäre toll«, flötet sie in freudiger Erwartung.

Sie lassen sich auf der Couch nieder und Charlotte nimmt einen großen Schluck, ihre Kehle ist staubtrocken vor Erregung.

»Charlotte, ich würde gerne mit dir über etwas reden.«

»Ich auch«, stimmt sie zu und wirft ihm verliebte Blicke zu. Dann eben zuerst das Geständnis ihrer Liebe und dann poppen.

»Das bei Flo ... Mit uns ... Das wollte ich nicht.«

»Wie ... Wie meinst du das?« Ein Kloß schwillt in ihrem Hals an.

»Das war ein Fehler.«

»Was? Das glaube ich dir nicht!«

»Du bist meine beste Freundin und das sollst du auch bleiben. Ich will nicht, dass sich zwischen uns etwas ändert.«

Charlotte fällt ins Bodenlose.

»Aber, der Kuss war doch so schön. Das war echt«, flüstert sie kraftlos.

»Ja. Ich meine, nein, nicht auf diese Art. Es war wirklich sehr schön, aber mir ist unsere Freundschaft wichtiger, als mit dir zu vögeln.«

Charlotte weiß nicht weiter, also gibt sie sich einen Ruck und springt von der Klippe: »Ich ... Ich liebe dich!«

Phil schlägt die Hände über dem Kopf zusammen.

»Scheiße, Lotte, das habe ich befürchtet. Ich hätte dich nicht küssen sollen. Es tut mir leid!«

Ein lautes Schluchzen platzt aus ihr heraus, woraufhin er sie reflexartig in den Arm nimmt.

»Ich will dich nicht verlieren«, fleht Phil und drückt sie an sich.

»Warum können wir nicht zusammen sein?«, piepst Charlotte verzweifelt, ohne ihn anzusehen.

»Weil ich dich nicht liebe«, sagt er sanft, aber bestimmt.

Das ist zu viel. Sie reißt sich los und stürzt davon. Raus hier, weg hier.

»Bitte, Charlotte!«, ruft Phil hinterher.

Heulend wie ein Wasserfall rast sie zu Franzi. Jetzt ist genau das passiert, wovor sie immer Angst hatte.

Abends erscheint das Briefkuvert als Zeichen einer neuen SMS auf ihrem Handydisplay. Sie ist von Phil. In der ersten Sekunde hofft sie etwas zu lesen wie »Ich liebe dich auch, komm zurück!«

Leider pocht er darin nur erneut darauf, dass sie seine beste Freundin ist und dass er für sie da ist, wenn sie mit ihm reden möchte.

Sie gibt ihm keine Antwort, was soll sie auch dazu sagen?

Ihre Augen füllen sich erneut mit Tränen, dabei hatte sie sich doch schon bei Franzi ausgeweint. Charlotte ist tief verletzt und schämt sich, dass sie sich ihm offenbart hat und abgeblitzt ist.

Die nächsten Wochenenden verbringen die Mädels ohne die Jungs, Charlotte kann Phil nicht unter die Augen treten. Außerdem will Franzi Abstand zu Matze gewinnen. Auf der After hatten sie wieder etwas miteinander, und Franzi will sich nicht in ihn verknallen. Dazu kennt sie diesen attraktiven Hallodri zu gut. Charlotte findet es vernünftig, sich nicht in Matze zu verlieben. Immerhin ist Hardy dank ihm endlich kein Thema mehr.

Die Freundinnen gehen ins Kino, fahren nach Frankfurt zum Shoppen und lassen ihre Seelen in einer Therme baumeln. Dabei denkt Charlotte unaufhörlich an Phil und redet ständig über ihn. Gibt es eine Chance, das Blatt zu wenden?

»Vielleicht musst du einfach den Spieß umdrehen«, überlegt Franzi, »und unwiderstehlich für ihn werden. Und zwar so unwiderstehlich, dass er irgendwann angerannt kommt.«

»Und wie soll ich das bitte anstellen?«

»Sei nicht mehr die liebe Charlotte, die alles für ihn macht. Sei unnahbar, sexy, cool und unerreichbar. Mach vor seinen Augen mit heißen Typen rum.«

Charlotte findet den Gedanken gar nicht so übel.

»Du hast recht, das könnte funktionieren.«

»Na logen, ich hab immer recht«, grinst Franzi frech.

Sie schmieden einen Plan: Charlotte spricht mit Phil nicht mehr über das Geschehene und leitet stattdessen *Mission Unwiderstehlich* ein, wie die Freundinnen Charlottes Kampf um seine Liebe taufen.

Das erste Manöver ist eine SMS, die sie gemeinsam formulieren: »Hey, Lust auf Tanzen am Wochenende? ;-)«

Seine Antwort kommt unverzüglich: »Lotte! Wie schön, von dir zu hören. Alles wieder okay bei uns?«

»Alles bestens :-)«

»Yeah! Das freut mich :-D Na dann, Abfahrt!«

3. Akt
ABFAHRT

Kapitel 8: HEIMKIND

»Bon Voyage«, Air Frog (Adam Beyer Remix)

13. Mai 2000

SCHWERES WURMLOCHJUCKEN (Küchenmeisters Geburtstag)
Big Floor: Adam Beyer, Küchenmeister & Feyerabendt LIVE,
Marky, Stefan Küchenmeister
House Café: Daniel Klein, Chi, Axl
Chill-out: Fish, Deff'n'Stoehr, Dimatrix
STAMMHEIM

Charlotte tupft sich den Schweiß mit einem Papiertaschentuch ab. Sie hat sich mit Matze und Flo auf einer Stufe des Foyers niedergelassen, um nach den ersten Stunden Marky auszudünsten.

»Ist wieder alles roger mit dir und Phil?«, erkundigt sich Flo.

Ihr war klar, dass Phil mit den beiden darüber gesprochen hat.

»Alles in Butter«, antwortet sie betont lässig und denkt an ihre Mission.

»Cool«, sagt Flo, und Matze findet es bestens.

Charlotte wechselt schnell das Thema: »Meine Ellis haben uns heute übrigens offiziell für komplett plemplem erklärt. Sechs Stunden Zugfahren für eine Party!«

Mit Conny waren sie eine Person zu viel für ein Auto und sind deshalb auf Öffis umgestiegen, was eine Stunde länger pro Strecke dauert.

»Das ist ja auch ziemlich bekloppt ... Wenn man keinen Schimmer hat, was hier abgeht«, grinst Flo.

»There is no place like Heim«, mischt sich ein Typ auf der Stufe über ihnen ein.

Sie drehen sich um und blicken in das zufriedene Lächeln eines ebenfalls schwitzig glänzenden Typs mit Fischerhut, Ziegenbart und Kinnpiercing.

»Genau so isses, Alter«, lacht Matze und schlägt mit ihm ein.

»Wart ihr da?«, will er wissen.

»Wie meinst du das, wo sollen wir gewesen sein?«, fragt Flo.

Der Fischerhut erklärt, dass *»There is no Place like Heim«* das Motto des fünften Stammheim-Geburtstages und die Party absolut krass war.

»Mann, Alter, ich dachte grad schon, du bist komplett weggebeamt und checkst gar nichts mehr«, lacht Matze, »das haben wir leider verpasst.«

»Ey, apropos verpassen … Lasst uns mal wieder reingehen«, fordert Flo auf.

»Hast recht, Alter. Viel Bass noch«, wünscht Matze dem Fischerhut, der schelmisch über den Wortwitz lacht.

»Ich komm gleich nach«, sagt Charlotte und geht ins House Café, um sich eine Cola zu kaufen.

Mach dich rar, sei ein Star, lautet das Motto ihrer Mission Unwiderstehlich. Es fällt ihr leicht, Abstand zu halten. Denn die Schmach, abgeblitzt zu sein, wiegt schwer.

An der Bar herrscht Hochbetrieb und es dauert, bis sie in der ersten Reihe steht. Einige werfen dem Barpersonal flehende Blicke zu, als würden sie jede Sekunde verdursten.

»Was willst du? Soll ich für dich mitbestellen?«, fragt ein Mädel neben ihr.

»Cola und du?«

»Zwei Bier!«

»Alles klar!«

Charlotte mag solche Zweckbündnisse auf Technopartys. Bevor sie das erste Mal im U60311 war, kannte sie nur ein Gebaren an der Theke: Ich zuerst und mir scheißegal, ob du schon länger wartest. Das Mädel ist vor ihr dran, sie prosten sich zu und wünschen sich noch eine schöne Nacht.

Im Foyer will Charlotte noch eine rauchen, bevor sie auf den Big Floor geht. Dort lächelt sie eine stämmige Braunhaarige mit wilden Locken an, auf deren Handfläche drei Kräuterbonbons liegen.

»Gutzchen?«

»Gerne!«

»Kippe?«

»Gerne!«

»Marie!«

»Lotte!«

Sie kommen ins Gespräch. Charlotte kennt ihr Gesicht, sie ist eine Freundin von Mel. Marie ist eine kleine Person mit großem Herz, das spürt Charlotte sofort.

Ein Typ in hellblauer Trainingsjacke mit hochgeschlossenem Kragen unterbricht die beiden. »Die Mugge kannste net danse, die musste fühle!«

»Sag mal, Henri, was hast du dir schon wieder alles eingebaut?«

»Von allem etwas und davon oddentlisch!«, grinst er und wendet sich Charlotte zu. »Ei, Gude, ich bin de' Henri!«

»Lotte!«

»Man nennt ihn auch *Henri de Hess*«, ergänzt Marie, »du kannst dir denken, warum.«

»Heut' sinn ja ma widder sämtlische Debbe am Start«, stellt der unverkennbare Hesse zufrieden fest, als er seinen Blick schweifen lässt, »einfach nur hällisch!«

»Kennt ihr euch eigentlich alle aus dem Heim?«

»Ja. Wir kommen von überall her. Natürlich aus Kassel, aber auch aus Fulda, Göttingen, Marburg, Frankfurt, Niedersachsen oder NRW. Einige auch aus Thüringen«, antwortet Marie.

»Aufschwung Ost halt«, scherzt Henri.

»Und der Bekloppte hier, der kommt aus Gießen.«

»Abbä ich bin 'en halbe Frankfodder!«, darauf besteht Henri und erzählt, dass sein Vater ein waschechter Frankfurter ist.

Charlotte sieht den Typen mit dem User-Shirt aus dem U60-311, der sie mit einer Anna verwechselte. Henri folgt ihrem Blick und formt mit zwei Fingern ein L vor seiner Stirn.

»Ach, gugge mol do, ein L-User. Hat der sich verlaafe, odder was?«

»Der ist bestimmt wegen Adam Beyer hier«, vermutet Marie.

»Gans sischer. Schö' ahner wegschranze! Apropos ... Ich muss ach ma widder!« Henri salutiert, dreht sich auf den Hacken um und marschiert auf den Big Floor.

»L-User«, kichert Charlotte.

Marie erzählt von einer liebevollen Neckerei zwischen Heimkindern und Usern, woraufhin Charlotte betont: »Ich bin Team Kassel.« Auch, wenn sie geografisch näher an Frankfurt dran ist.

»Auf jetzt, Abfahrt zum Küchenmeister!«, ruft Maggus, der gerade mit Mel und Dani von der Toilette kommt. Charlotte zeigt auf Danis T-Shirt mit der Aufschrift Drumcode, dem Label von Adam Beyer, und zwinkert ihm zu.

Auf dem Big Floor ist keiner von Charlottes vieren in Sicht.

»Hast du Phil gesehen?«, will sie von Serhat wissen.

»Mit Schranzi an der Tanke Kaugummis holen!«

Küchenmeister spielt mit einem gewissen Feyerabendt live, ein großer Kerl mit schwarzem Beanie auf dem Kopf. Charlotte würde platzen, wenn sie eine Mütze im Club tragen würde.

Der Sound ist fröhlich und mitreißend und als etwas später Phil und Franzi zurück sind, tanzt Charlotte noch etwas ausgelassener als zuvor. Cool, sexy und unnahbar sein! Aus diesem Grund schnappt sie sich nach dem Live-Act Conny und zieht sie in den Chill-out. Die muss nach einer Zigarette wieder ihrem Zappeldrang nachgeben, Charlotte hingegen wurde von Fishs Blubber-Tunes in Beschlag genommen.

»Komme gleich.«

»Wenn nicht, hole ich dich!«

Charlotte beobachtet das gemächliche Treiben und unterhält sich mit den Leuten um sie herum. Im Stammheim wird man ständig angequatscht, oder besser gesagt: Man wird behandelt, als gehöre man zur Clique. Als ein Platz neben ihr frei wird, wirft sich ein nett aussehender Langhaariger neben sie. Zum Gruß steckt er ihr eine laminierte Visitenkarte zu.

»*Aktionskarte: Ich bin dufte und wer bist du? (Aufschwung Ost Interactive Party Aid)*«, liest sie vor und lacht. »Was ist das denn?«

Grinsend steckt er die Karte ein und beginnt zu erzählen, dass es solche Aktionskarten im Aufschwung Ost gab, mit passenden Aufforderungen wie »*Razzia!*«, »*Verlieb dich in mich!*«, »*Los, wir tanzen nackt!*« oder »*Fummeln?!?*«.

»Ich habe leider nur noch die eine«, bedauert er, »aber die hüte ich wie meinen Augapfel!«

Von irgendwoher reicht irgendjemand einen Joint, er zieht daran und hält ihn Charlotte hin.

»Nein, danke. Dann steh ich hier nie wieder auf.«

»Um beim Fish zu versacken, muss ich nicht mal kiffen.«

»Wem sagst du das, ich hocke schon ewig hier!«

Matze und Flo betreten den Chill-out und Lotte winkt sie zu sich.

»Ey, dieser alte Suffsack hier hat eben einen Zwanni an der Bar gefunden«, freut sich Flo für seinen Freund.

»Der Schein war batschnass«, grinst der Glückspilz. »Der Typ an der Bar hat ganz schön geglotzt, als ich mit dem Lappen eine Runde Kräuti zahlen wollte.«

»Hat er ihn angenommen?«

»Ja, klar!«

Stefan Küchenmeister streunt an ihnen vorbei und Matze quatscht ihn an. Neugierig bleibt der Resident stehen.

»Fetter Live-Act, Alter! Alles Gude zum Geburtstag!«, gratuliert Flo.

»Danke, danke!«

Und schon schwatzen Flo und Matze auf ihn ein. Als sich der Aktionskarten-Typ verabschiedet, wirft sich Stefan Küchenmeister neben Charlotte und stellt sich als Stevie vor. Kurz darauf kommt auch noch sein Live-Act-Partner, und Charlotte erkennt die Aufschrift Toktok auf seiner Mütze. Er heißt Fabian und ist genauso nett wie Stevie. Die beiden erzählen, dass sie Kasselaner und schon ewig befreundet sind. Stevie ist kürzlich sogar zu Fabian in den Prenzlauer Berg gezogen und sie machen dort zusammen Musik. Charlotte, Matze und Flo löchern sie mit Fragen und kommen irgendwann auf die Berliner Technoszene zu sprechen. Fabian und Stevie erzählen allerhand lustige Geschichten.

Da muss ich unbedingt mal hin, denkt sich Charlotte.

Als die beiden weiterziehen, kündigt Stevie an, dass er später noch auf dem Big Floor auflegt und die drei dann unbedingt rüberkommen sollen.

»Auf jeden«, versprechen sie.

»Sehr lockere Typen«, grinst Flo.

»Ich wusste gar nicht, dass der Feyerabendt einer von Toktok ist«, gibt Matze zu.

»Ich auch nicht. Und dass der Küchenmeister da ebenfalls mitmischt«, ergänzt Flo.

»Die sind echt cool«, findet Charlotte.

»Los, Lotte, ich gebe dir jetzt mal einen aus. Du warst ja vorhin nicht dabei, als ich eine Runde geschmissen habe.«

Auf dem Big Floor nimmt Adam Beyer gerade sprichwörtlich den Laden auseinander. Nach einem Boxenstopp an der Bar tanzen sie zu den anderen.

»Hast du es endlich mal aus dem Chill-out geschafft?« Phil legt seinen Arm um Charlotte und sie genießt seine Berührung.

»Wir haben mit Stefan Küchenmeister abgehangen!«

»Ha, ha, wie geil! Sag mal ... Ist alles wieder cool bei uns?«

»Ja!«

Stevie übernimmt zur Spätschicht den finalen Ritt der Nacht. Als er Charlotte, Matze und Flo neben dem DJ-Pult entdeckt, freut er sich und winkt ihnen zu. Einer auf der Tanzfläche schreit »Alles Gude!« und Charlotte lächelt glücklich. Das ist wie eine große Familie hier, schießt es ihr durch den Kopf.

— – —

Charlotte beneidet Franzi, als sie ihr erzählt, dass ihre Schwärmerei für Matze vorbei sei. So schnell geht das bei ihr. Warum kann sie Phil nicht einfach Phil sein lassen und sich einen anderen Typen krallen?

Ihre Mission lief gut an, aber Abstand und Coolness allein führen nicht zum Ziel, etwas optisches Finetuning muss her. Schon länger spielt Charlotte mit dem Gedanken an einen Nasenring. Jetzt ist der passende Moment gekommen, und als sie ihren Freunden davon erzählt, wollen die plötzlich auch alle ein neues Piercing haben.

Also sitzen die fünf nun in Charlottes Blackie und fahren zu dem Piercing- und Tattoo-Studio nach Frankfurt, in dem Matze und Flo bereits Kunden sind.

»Lasst uns ab sofort wieder mit dem Auto ins Heim fahren«, bittet Charlotte, »ich kam mir auf der Rückfahrt vor wie der letzte Zombie.«

»Ich auch! Da konnte die Sonne noch so schön scheinen. Es war schrecklich«, stimmt Franzi zu.

»Wie uns die Leute im Zug angegafft haben ... Als wären wir die letzten Assis«, erinnert sich Phil.

»Waren wir ja auch. Wir haben bestimmt gestunken wie die Hölle«, grinst Flo.

»Und wirklich fresh ausgesehen haben wir auch nicht. Also *ihr* zumindest nicht«, feixt Matze.

»*Du*, mein Freund, du warst doch am durchesten von uns allen!«, scherzt Flo und wendet sich an Charlotte: »Sag mal, läuft da eigentlich Toktok?«

»Das Album ist gerade rausgekommen«, grinst sie, »ich habe nur darauf gewartet, dass es einem von euch auffällt.«

»Fett, das brauch ich auf Tape.«

Auch die anderen wollen es überspielt haben.

Dann serviert Charlotte ihren Freunden die nächste Überraschung: »Ich überlege, mir ein Stammheim-Tattoo stechen zu lassen.«

»Stark«, findet Matze, »was für ein Motiv?«

»Das Logo.«

»Oder eine Ravelinde«, schlägt Flo vor.

»Auch geil«, stimmt Charlotte zu.

»Kannst ja gleich mal fragen, was das kostet«, sagt Matze.

»Ich hätte gern ein Arschgeweih«, gesteht Franzi.

»Dein Ernst? Damit rennen doch alle rum«, frotzelt Matze.

»Na und? Sieht ja auch geil aus!«

»Come on, Schranzi. Du hast mehr drauf«, kommentiert Phil.

Dass Charlotte ein Arschgeweih mit Stammheim-Logo im Sinn hatte, behält sie lieber für sich.

»Sagt mal, wie war eigentlich euer Doppel-Date?«, wendet sich Phil an die beiden Jungs. Die grinsen zweideutig und erzählen von ihrem Treffen mit den hotten House-Miezen, wie

Matze sie bezeichnet, in einer Bar an der Konsti – der Konstablerwache in Frankfurt. Nach zwei Cocktails sind sie mit in den Taunus gefahren: Matze zu Martina und Flo zu Nicole. Phil feiert die beiden dafür, was Charlotte einen kleinen Stich versetzt.

Im Piercing-Studio sitzt sie als Erste auf dem Stuhl und fühlt sich wie beim Zahnarzt. Kurz zweifelt sie an ihrer Entscheidung, aber da kneifen das Gegenteil von unwiderstehlich sein ist, zieht sie es durch. Die Piercerin scheint selbst ihre beste Kundin zu sein und ist ein absoluter Profi; sie verwickelt Charlotte in ein Gespräch und ehe die sich versieht, hängt ein Fremdkörper in ihrer Nase. Während sich die Piercerin an den anderen abarbeitet, spricht Charlotte mit dem Tätowierer. Ein Stammheim-Logo in der Größe ihrer Handfläche kostet etwa zweihundertfünfzig Mark. Die muss sie erst mal sparen.

Auf der Rückfahrt haben alle ein neues Stück Metall im Gesicht: Phil hat einen Ring durch die Lippe, Matze einen durch die Augenbraue und Charlotte ihren durch die Nase. Franzis Oberlippe ziert eine Kugel wie das berühmte Muttermal von Marilyn Monroe, Flo hat einen Stab durch die Zunge. Er lispelt den ganzen Tag, worüber sich die anderen köstlich amüsieren.

Das Nasenpiercing hat Lust auf mehr Veränderung geweckt, also fährt Charlotte ein paar Tage später spontan zu Conny. Die verpasst ihr einen umgekehrten Vokuhila, einen Hikuvola, und färbt ihn blauschwarz. Der seitengescheitelte, kinnlange Bob mit dem kurz geschnittenem Hinterkopf ist gerade omnipräsent in der Szene. Charlotte erkennt sich im Spiegel kaum wieder, aus dem Hippiemädchen ist endgültig ein Technogirl geworden. Phil wird Augen machen!

Zuhause muss sie sich nach dem Nasenring die nächste Moralpredigt anhören. Wie sie sich so verschandeln kann, was sie in letzter Zeit überhaupt für affige Klamotten trage, diese riesigen, viel zu langen Hosen, hinten schon kaputt getreten, und dann die dreckigen Schuhe erst! Die Kunden rennen doch schreiend aus dem Laden, wenn sie so an der Kasse steht. Ihre Eltern laufen heiß und machen ihrem seit Monaten angestauten Frust über die Entwicklung ihrer Tochter Luft. Zum Abschluss hacken sie darauf herum, dass sie doch spinne, bis nach Kassel zu fahren, um in eine Disco zu gehen, schließlich gibt es hier die Funfabrik. Was denn bloß mit ihr los sei?

Charlotte schaltet auf Durchzug. Die regen sich schon wieder ab, denkt sie sich.

»Du siehst krass geil aus!«, quiekt Franzi begeistert.

»Danke, Schranzischatzi. Sag das mal meinen Ellis, die sind komplett durchgedreht.«

»Ach, die haben doch keinen Plan.«

»Meinst du, Phil wird es gefallen?«

»Aber hallo, Mission Unwiderstehlich geht in die nächste Runde, würde ich sagen.«

Gut gelaunt spazieren die beiden an diesem Mittwoch zu Flo und freuen sich auf das lange Wochenende, denn dank Brückentag müssen sie erst am Montag wieder arbeiten. Zu Christi Himmelfahrt feiert *D&D* passenderweise ein *Himmel-AbfahrtsKommando* auf der Knöchelbreche.

Eine gute Gelegenheit für Charlotte, ihren neuen Style zu präsentieren. Dafür hat sie ihren Scheitel als Zickzack gelegt und das Haar am Hinterkopf mit Gel in Form gebracht.

»Huch, wer sind Sie denn?«, staunt Flo an der Haustür. »Du siehst hammer aus! Du natürlich auch, Schranzi.«

»Danke!«

»Hotte Lotte«, reimt Matze.

Phil springt von der Couch und begutachtet sie eindringlich.

Nach ein paar Sekunden sagt er »Steht dir!« und schaut ihr tief in die Augen. Er beißt an!, freut sich Charlotte und schaut eindringlich zurück.

Leider wird der prickelnde Moment von Flo unterbrochen, denn er wedelt aufgeregt mit einem Blatt Papier herum. »Habt ihr schon die *Heimpost* gelesen? Schnallt euch an, das ist zu geil:

> *Am 3. Juni, (also quasi GLEICH!) ist wieder mit*
> *flächendeckendem MILLS-brand zu rechnen!*
> *Ja, verehrte Anhänger der REINEN Lehre, Gott persönlich*
> *steigt wieder herab und dreht die Räder aus Stahl,*
> *bis selbst die Hölle kocht.«*

»Oberkrass. Für den wollten wir sogar extra mal in den Tresor fahren«, verrät Matze.

»Ich bin heiß wie Frittenfett«, grinst Flo, »*Step To Enchantment* ist so ein Brett! Das packe ich gleich mal ein ...« Er legt heute zum ersten Mal auf einer *D&D*-Party auf und ist ganz zappelig deswegen.

»Bist du nervös?«, fragt Franzi.

»Ein bisschen, aber das wird schon schiefgehen. Es sind ja alles Freunde, da wird mich schon niemand ausbuhen.«

Mit zwei Wodka Energy im Kopf kommen die fünf mit einem leichten Schwipps in der Knöchelbreche an. Charlotte wird von allen Seiten für ihren neuen Look gefeiert und Conny klopft sich auf die Schulter.

Es liegt ein Hauch von Nostalgie in der Luft, hier fing vor einem Jahr alles an. Wahnsinn, was seither alles passiert ist. Die letzten dreizehn Monate erscheinen Charlotte wie ein ganzes Leben.

Eigentlich wollten sie es langsam angehen lassen und ihre Kräfte für Jeff Mills schonen, doch als Flo an den Plattentellern steht, geht die Post ab. Die Party brummt, bis es hell wird – und zur allgemeinen Verwunderung ohne Störung durch die Polizei. Nur ein paar Frühaufsteher und Gassigeher spazieren den Feldweg entlang und beäugen missbilligend, was diese komisch aussehende Jugend zu dieser Uhrzeit (und auch noch an einem heiligen Feiertag) zu dieser Bumm-Bumm-Musik da treibt. Charlotte hat gemischte Gefühle bei diesem Clash mit der Realität. Einerseits gehört sie dieser wundervollen Subgesellschaft an, die Dinge erlebt und Emotionen fühlt, von denen diese Spießer nicht einmal zu träumen wagen. Die Welt wäre eine bessere, wenn alle auf Techno feiern würden, davon ist Charlotte überzeugt. Es ist ein Protest gegen ein Leben als Familie Mustermann und sie ist froh und stolz, dieser Bewegung anzugehören.

Andererseits schämt sie sich wegen ihrer verräterisch großen Pupillen nach dem Konsum jener Substanzen, die in der Technoszene so verbreitet sind wie Bier auf dem Oktoberfest. Die herablassenden Blicke der Ausgeschlafenen und Nüchternen lasten unangenehm auf Charlotte. Was würden ihre Eltern jetzt denken? Ein schlechtes Gewissen breitet sich in ihr aus.

Als der Mehrheit der Verbliebenen der Betrieb auf dem Feldweg zu doll wird, beenden sie die Party und verlagern die After an einen nahegelegenen Baggersee. Es ist mehr ein dreckiger Tümpel, aber genau deswegen verirrt sich keine Menschenseele dorthin. Es ist ein perfekter Platz für Verplatzte.

Die Meute liegt bräsig am Ufer und lässt sich die Sonne auf den Pelz brennen. Manche dösen, andere starten wahnwitzige Aktionen, um Zigaretten und Alkohol zu besorgen. Die Mehrheit von ihnen labert durchgeknalltes Zeug.

Charlotte verliert immer wieder den Faden. Deshalb lauscht sie irgendwann nur noch und lacht über den Blödsinn, den ihre Freunde verzapfen. Niemand hat ein Gefühl dafür, wie viel Uhr es ist. Es ist schon wieder dunkel, als Charlotte ins Bett fällt.

— - —

»The Bells«, Jeff Mills

3. Juni 2000

Big Floor: Jeff Mills, Pierre, Marky, Marco Cannata
House Café: Chi, Nico, Axl
Chill-out: Fish, Dimatrix, Deff'n'Stoehr
STAMMHEIM

Es muss am ausgeuferten Mittwoch gelegen haben, dass am Samstag etwas passiert, was Charlotte nie wieder erleben will.

Sie saß mit Matze im Chill-out, die chemische Wärme floss ihr durch Mark und Bein und alles war schön. Die beiden sprühten nur so vor Zuneigung füreinander, wie glücklich sie über ihre Freundschaft sind und wie großartig es ist, das Stammheim entdeckt zu haben.

Charlotte steckte sich (mal wieder) eine Zigarette falsch herum in den Mund und zündete sie an. Der widerliche Geschmack des angekokelten Filters ist das Letzte, woran sie sich erinnern kann, bevor es schwarz wurde.

Als sie zu sich kommt, sitzen Phil und Flo bei ihr. Verdattert versucht sie zu begreifen, wo Matze so schnell hin ist und wovon die beiden da sprechen. Warum schwärmen sie von Jeff Mills' grandiosem Set, der hat doch noch gar nicht gespielt?

Dann wird ihr klar: Sie hatte einen Blackout! Die letzten Stunden sind in ihrer Erinnerung ausgelöscht.

Die Jungs beteuern, dass immer jemand bei ihr war und nichts Schlimmes passiert ist. Ganz im Gegenteil, sie saß die ganze Zeit hier auf der Couch und hatte eine super Zeit. Auch, wenn es sehr ärgerlich ist, den Großmeister verpasst zu haben. Der war wirklich der absolute Wahnsinn.

»Es war vielleicht einfach ein bisschen zu viel am Wochenende«, sagt Phil mitleidig und sieht Charlotte an wie ein hilfloses Mädchen.

Das war alles andere als cool, sexy und unnahbar, denkt sie sich und fühlt sich schrecklich. Eine schlimme Ungewissheit nagt an ihr, ob sie sich blamiert oder etwas Peinliches zu Phil gesagt hat. Oder noch schlimmer: dass sie ihm von ihrer Mission erzählt hat.

— - —

Das unangenehme Gefühl will wochenlang nicht abklingen. Immerhin hat Charlotte eine schöne Erinnerung an diese Nacht. Bevor ihr die Sicherungen rausflogen, machte sie eine Entdeckung, die dem wunderbaren Wahnsinn des Stammheims in nichts nachsteht: Im Lastenaufzug gastierte an diesem Abend nicht Jule mit DSL Records, sondern ein betagter Sozialarbeiter und Drogentherapeut namens Henner Stang.

Als Charlotte neugierig einen zaghaften Schritt in den Lastenaufzug machte, philosophierte gerade ein Mädel von der Erleuchtung auf LSD und ein Typ hielt dagegen, dass ein guter Freund davon abgestürzt ist und seither unter einer Psychose leidet. Henner hörte geduldig zu und gab in einer jugendlichen und gleichzeitig vertrauensvollen Art kluge Kommentare dazu ab.

Mit seinem dicken grauen Schnurrbart wirkt Henner wie der Papa Schlumpf der kleinen Rave-Schlümpfe, die im Stammheim herumschlumpfen. Wie ein Stammesältester blickt er auf eine ereignisreiche Partyvergangenheit zurück, die er bis heute ab und an auf dem Big Floor und im House Café aufflammen lässt, wie die komplett baffe Charlotte kurz darauf von Mel erfährt.

Henner hält an jedem ersten Samstag im Monat seinen *Talk-out* ab, eine offene Sprechstunde für Feiernde mit temporär geistigen Verwirrungen oder akuten Stimmungsschwankungen, die im Partykontext auftreten können. Bei ihm ist jeder willkommen, und wie lange man bleibt, ist jedem selbst überlassen. Ebenso, wie aktiv man sich an einer Gruppensitzung beteiligt.

Die Kids respektieren ihn, er ist ein Erwachsener auf ihrer Wellenlänge. Er muss über einen riesigen Erfahrungsschatz verfügen, denn rein gar nichts bringt ihn aus der Fassung, was ihm seine Gäste im Lastenaufzug offenbaren.

Sein sympathischer und unkonventioneller Charakter, kombiniert mit einer therapeutischen Profession und dem damit verbundenen Wissen, wie er mit Ravern in gewissen Zuständen umgehen muss, machen einen Besuch bei Henner zum Erlebnis. Für manche ist ein Abstecher im Lastenaufzug pure Unterhaltung mit einem inspirierenden Typen, andere nehmen langfristig etwas mit. Denn Henner hat Weisheiten drauf, die im Kopf hängen bleiben: zum Beispiel »Die Dosis macht das Gift.«

Genau das sollte Charlotte an diesem Abend noch am eigenen Leibe erfahren.

Erst der Brief mit der Benachrichtigung über die Note der Abschlussprüfung lenkt von der unangenehmen Erinnerung an den Blackout ab. Charlotte und Franzi haben eine Zwei geschrieben! Phil hat eine Eins, was die beiden nicht weiter wundert. Er zählte schon in der Realschule zu den Besten, obwohl er dauerbekifft war.

Ihr unerwartet gutes Ergebnis begießen die Freundinnen bei der Schlumbl Volxküche, bei der es jeden Mittwoch ein Gericht für einen schmalen Taler gibt. Heute ist es Gulaschsuppe.

»Jetzt müssen wir nur noch die Mündliche wuppen, dann ist der Scheiß vorbei«, freut sich Charlotte.

»Und wenn ich nach der Lehre mehr Kohle verdiene, suche ich mir eine Bude.«

»Das wird so cool, dann hängen wir immer bei dir ab!«

»Na logen.«

»Sag mal, hat Phil eigentlich was zu meinem Totalausfall gesagt?«

»Nein.«

»Und hast du sonst mal mit ihm über mich gesprochen?«

»Nein, wie kommst du darauf?«

»Weiß nicht ... Ihr habt in der letzten Zeit beim Feiern viel abgehangen und geredet.«

»Nicht, dass ich wüsste ...«

»Hä? Nicht, dass du wüsstest?«

»Ich war teilweise ganz schön weggescheppert. Aber ich glaube nicht, dass er etwas gesagt hat, daran würde ich mich doch erinnern.«

»Ich denke auch. Also Schranzischatzi, auf die Prüfung!«

»Auf die Prüfung! Die Mündliche rocken wir mit links.«

Damit liegt Franzi richtig, denn in der kommenden Woche bestehen die beiden mit der Endnote *Gut*.

Endlich ist das Thema Ausbildung vom Tisch! Was jedoch leider auch bedeutet: Fünftagewoche.

— - —

Aufgrund der traumhaften Wetterverhältnisse feiert Flo seinen Geburtstag dieses Jahr in Matzes Garten. Mama Maggie hat Kuchen für ihn gebacken, als gehöre er zur Familie. Es sind einige Freunde gekommen und es zeichnet sich früh eine Eskalation ab. Matzes Eltern sind wie stets tiefenentspannt, sie hätten damals auch wilde Partys gefeiert, wie sie zu sagen pflegen.

Flo wird überschüttet mit Vinyls aus dem Delirium sowie einem T-Shirt von Kurbel Records, und Charlotte muss an Dani denken. Die Truppe aus Fulda ist ihr ans Herz gewachsen. Schade, dass sie so weit weg wohnen.

Am frühen Abend legt Flo im Wohnzimmer auf und der chillige Geburtstag im Garten ufert zu einem kleinen Rave aus. Charlotte bleibt nüchtern, der Blackout hat ihr zu denken gegeben. Außerdem will sie alle Sinne beieinander haben, um sich auf die Mission zu fokussieren. Heutiger Punkt auf der Tagesordnung: Phils Eifersucht wecken. Also lässt sie mit Sebastian die Funken fliegen – und muss sich immer mehr eingestehen, echte Lust auf den hübschen Kerl mit den hellblauen Augen zu verspüren.

Ihren letzten Sex hatte sie mit einem Vollidioten, den sie auf *Musik* kennengelernt hat und danach einmal aus rein körperlichem Trieb heraus datete, aber der Typ ging gar nicht. Mit dem Kuss und der Vorschau auf das, was sie mit Phil im Bett erwartet, hat ein unbändiges sexuelles Verlangen in ihr entfacht. Deshalb fällt es ihr nicht leicht, in den Morgenstunden allein nach Hause zu fahren. Ein Fingerschnipps hätte genügt, um Sebastian in ihr Bett springen zu lassen. Aber Franzi möchte noch bleiben und Charlotte verspricht, sie nachmittags abzuholen.

Als sie ausgeschlafen zurückkommt, liegen Phil, Franzi, Matze, Conny, Schmitti und Flo im Gras und lachen sich mit angekratzten Feierstimmen über alles Mögliche kaputt. Charlotte kann ihnen schwer folgen, amüsiert sich dennoch prächtig. Phil überschüttet sie mit Aufmerksamkeit. Scheinbar hat sie gestern mit Sebastian alles richtig gemacht und ihm wird langsam klar, dass er vielleicht doch mehr von ihr will, als er denkt.

— - —

»Spastik«, Plastikman (Richie Hawtin)

24. Juni 2000

Big Floor: Richie Hawtin, Pierre, Marky
House Café: Fauli, Chi, Nico
Chill-out: Fish, Dimatrix, Deff'n'Stoehr
STAMMHEIM

»Wie läuft eigentlich deine Mission?«

Conny ist neben Franzi die Einzige, die davon weiß.

Ein unaufhörlicher Menschenstrom zieht im Foyer von links nach rechts und von rechts nach links, das übliche Hin und Her zwischen Tanzflächen und Toiletten. Manche bewegen sich zu dem Sound-Salat, der sich hier aus dem Big Floor mit dem House Café mischt und nicht zusammenpasst.

»Ganz gut, wieso fragst du?«

»Na ja, du machst den armen Sebastian ganz heiß und Phil hängt stattdessen mit Schranzi ab.«

Wegen Richie Hawtin sind Sebastian, Conny, Schmitti, Kalle und Brina in einem zweiten Auto gekommen und Charlotte nutzt erneut jede Gelegenheit, mit ihm zu schäkern. Er genießt jene Aufmerksamkeit, die vorher Phil galt.

»Findest du?«

Als hätten die beiden ihre Namen gehört, stolpern Franzi und Phil eine Sekunde später aus dem House Café.

»Flo knutscht da drinnen mit einem Typen!«, kreischt Franzi schrill.

Conny zieht cool die Augenbrauen hoch und grinst, das scheint sie nicht zu schockieren. »Wo wart ihr zwei denn die ganze Zeit?«, fragt sie stattdessen schroff.

»Wir? Zuerst auf dem Klo, das hat ewig gedauert, dann sind wir zur Tanke, weil Franzi Lust auf diese ekligen Zimtkaugummis hatte, dann wollten wir kurz ins House Café schauen und da haben wir Flo getroffen. Wir wollten gerade wieder rüber zu euch«, erklärt Phil.

»Du vergisst das Mädel, um das wir uns gekümmert haben«, ergänzt Franzi.

»Stimmt, der ging es nicht so gut und wir haben uns eine Weile mit ihr ins Foyer gesetzt, Wasser und Obst besorgt und so.«

»Und jetzt hüpft die wieder quietschfidel im House Café rum«, grinst Franzi.

Charlotte hört nur mit einem Ohr zu, sie will es mit eigenen Augen sehen.

»Wir treffen uns gleich drinnen«, sagt sie zu den beiden und zieht Conny ins House Café.

Tatsächlich, mitten auf der Tanzfläche züngelt Flo hingebungsvoll mit einem Typen herum.

»Der sieht ja aus wie sein Bruder!«, stellt Charlotte fest.

»Flo ist ja auch scharf auf sich selbst!«, lacht Conny dreckig.

»Du bist fies! Sag mal, wollen wir einen Kräuti trinken, wenn wir schon mal hier sind?«

»Mit dir immer!«

Während sich Charlotte in der Schlange einreiht und mit

dem Po wackelt, treiben die groovigen Beats Conny in den Raum hinein.

»Kannst du mir ein Bier bestellen?«, fragt ein schwitzender Fremder.

»Na logen!«

Er drückt ihr zu viel Geld in die Hand und sagt, das passe schon. Charlotte ordert drei Kräuti und lädt ihn auf einen ein.

»Hol mal bitte meine Freundin da vorne!«, bittet sie ihn und überreicht ihm die Miniaturflasche.

»Oh, danke!«, strahlt er und holt Conny.

»Cheers!«

»Prost!«

»Viel Spaß noch!«

»Euch auch!«

Dann tauchen die Mädels wieder auf dem Big Floor ab, der heute in neuem Glanz erstrahlt. Die Wände wurden mit geschwungenen Flächen in Blattgrün, Weinrot und Beige bemalt, anstelle der Totenköpfe wachen nun Alienköpfe über das Geschehen. Direkt vor ihnen, auf dem großen Plateau gegenüber der DJ-Kanzel, hängen vier weiße Stoffsäulen bis einen halben Meter über dem Boden.

Die Luft brennt, der groovige, harte Sound von Richie Hawtin versetzt alle in einen ekstatischen Freudentaumel, die Bässe knallen trocken und die Leute jauchzen vor Glück.

»Sag mal, tanzt da drinnen einer?«, ruft Charlotte, als sie zwei zappelnde Beine in einer Stoffsäule entdeckt.

»Der feiert eine Privatparty!«, lacht Conny. »Die Leute sind so geil irre hier!«

Ehe sich Charlotte versieht, steht Pierre zur Spätschicht an den Plattentellern. Es muss ein verdammtes Zeitloch im Stammheim geben, dass Stunden verrinnen lässt wie Minuten. Warum kann die Zeit auf der Arbeit nicht so schnell vergehen?

Wie immer, wenn Pierre beginnt, strömen sämtliche Heimkinder auf die Tanzfläche, die sich eben noch im Foyer, auf dem Pop-Sofa, im House Café oder sonst wo im Club verlustiert haben.

Charlotte trifft jeden Beat auf den Punkt und wird zum Flummi, wie Franzi ihre Freundin gerne bezeichnet. Phils und Sebastians Blicke spornen sie zusätzlich an, und bald durchfließen sie wieder diese unsagbaren Glücksgefühle vom Tanzen auf Techno, die bei keinem DJ so intensiv sind wie bei Pierre.

Als sie kurz innehält, um etwas zu trinken, fällt ihr ein blonder Typ mit Brille an der DJ-Kanzel auf, der mit seiner Zunge im Mundwinkel auf einem Notizblock herumkritzelt. Er trägt ein Shirt von Scandinavia, dem Label von Neil Landstrumm. Ein Musiknerd, der aussieht wie ein Computerfreak – eine typische Spezies hier im Stammheim.

Etwas später lässt sich Charlotte bei den Fuldaern im Foyer nieder und berichtet von ihrem Filmriss bei Jeff Mills.

»In der Nacht waren aber auch krasse Dinger im Umlauf ... Da hat doch sogar einer hier in die Heizung gepinkelt«, erinnert sich Mel.

»Hä? Iiih!«, ekelt sich Charlotte.

»Der hat in alle Richtungen gleichzeitig geglotzt«, ergänzt Mel trocken.

»So ein durches Schwein«, gluckst Serhat.

Pappenheimer ist mal wieder in Bestform und grüßt die Runde mit: »Hey, what's up? My name is Dave!«

»Ich heiß' net Rave, ich heiß' Dave!«, zitiert Serhat einen Sketch von Badesalz mit hoher Stimme.

»Hip da runner, hip da runner, hop, runner von dem House! Rave!«, ergänzt Henri mit ebenso krächzender Stimme, wie man es von dem hessischen Komikerduo kennt. Pappenheimer glotzt wie ein Reh im Scheinwerferlicht und geht.

»Ich heiß' net Rave, ich heiß' Dave!«

»Egal! Du hipst jetzt da runner, hip da runner, auf! Hip, hop, runner von dem House! Unn lass des Mädel geije, Rave!«

»Ich heiß' Dave!!!«

»Egal, runner! Hip, hop, runner von dem House!«

Alle kugeln sich vor Lachen, während Serhat und Henri ihr ganzes Herzblut in diese Darbietung legen. Charlotte laufen Tränen und ihr Bauch tut weh.

Da ist sie wieder, diese Verpeiltheit des Vormittags, bei der alles noch witziger, noch schöner und so herrlich unbeschwert ist. Alle haben nur noch Watte im Kopf.

»Was geht'n bei euch schon wieder ab?«, will der Typ mit dem Notizblock wissen.

»Der Rave-Dave geht ab!«, prustet Dani.

»Ich heiß' net Rave, ich heiß' Dave!«, krakeelt Serhat und löst damit den nächsten Lachflash in der Gruppe aus.

»Ach, ihr Pappnasen«, grinst der Computernerd und setzt sich zu Charlotte. »Es ist so krass heiß auf dem Big Floor, die Heizung ist mal wieder an.«

»Echt? Wieso das denn?«

»Wenn ich das wüsste ... Das ist doch öfter mal so. Ist dir das noch nie aufgefallen?«

Charlotte verneint und fragt den kauzigen Kerl, der Dennis heißt, was er vorhin in seinen Block gekritzelt hat. Er erklärt, dass er sich die Tracks und kombinierten Platten von Pierre nicht alle merken kann und deshalb irgendwann damit anfing, es sich aufzuschreiben. Zuhause übt er jeden Tag das Mixen und will irgendwann so gut werden wie sein Idol. Charlotte findet Dennis auf eine coole Art drollig.

Außerdem ist er eine echte Rarität im Nachtleben: Er ist immer nüchtern. Techno ist seine Droge und mit etwas Koffein tanzt er das ganze Wochenende durch.

»Weißt du, feiern zu gehen bedeutet für viele, sich was einzuwerfen. Aber Techno ist so viel mehr! Die Musik kann dich high machen, das ist der geilste Flash überhaupt«, schwärmt er euphorisch – und Charlotte weiß ganz genau, was er meint.

— - —

Ihr neunzehnter Geburtstag am Montag gestaltet sich äußerst anstrengend, denn die vielen Kräutis mit Conny fordern ihren Tribut. Am liebsten hätte sie sich mit letzter Kraft nach Feierabend auf die Couch geschleppt und gechillt. Heute wird sie jedoch von ihren Eltern genötigt, griechisch essen zu gehen und zu allem Überfluss auch noch Ouzo mit ihnen zu trinken. Dank der guten Abschlussnote ist deren Zorn wegen des Piercings und der Frisur verraucht. Ihre Tochter scheint doch nicht ganz verloren.

Als sie endlich fresskomatös auf ihrem Bett liegt, meldet sich Flo. Nachdem er ihr gratuliert hat, spricht sie ihn auf die Knutscherei mit dem Typen an.

»Kein Plan«, kichert er unsicher, »ich weiß auch nicht, was mich da geritten hat.«

»Das hat man gesehen«, witzelt sie.

»Wir haben ein bisschen gedanced und auf einmal steckt seine Zunge in meinem Hals!«

»Und dann war es ganz geil, stimmts? Der sah dir irgendwie ein bisschen ähnlich.«

»Was? Quatsch.«

»Hat Conny auch gesagt. Habt ihr Nummern getauscht?«

»Nein, ich date doch keinen Typen. Das war echt mal wieder eine verrückte Nacht ... Bin heute voll am Sack.«

»Ich auch, aber das war es wert!«

Kapitel 9: MAGIC

»Don't Laugh«, Winx (Josh Wink)

02. Juli 2000

Love Family Park 5
Sven Väth, Alter Ego (live), Ricardo Villalobos, DJ SEBbo
DUNLOP PARK

Die Eintrittskarte für den *Lovepark* hat Charlotte zum Geburtstag bekommen und ist den kompletten Tag von ihren Freunden eingeladen.

Wie im letzten Jahr steht die Tanzfläche im Zentrum des Open Airs, die von der DJ-Tribüne, weiß ummantelten Traversen und großen Boxen umrandet wird. Über ihr wurden kreuz und quer neonfarbene Seile gespannt, an denen geometrische Figuren aus ebenso neonfarbenen Fäden baumeln.

Drumherum gibt es viel Platz zum Chillen sowie einige Verkaufsstände. Bereits am Vormittag tummeln sich dort Freundesgrüppchen auf Picknickdecken, und die ersten Besucher tanzen. Das Areal ist voller bunter Skulpturen, von denen einige eindeutig aus dem Atelier von Stellmacher & Jensen stammen.

Die fünf suchen sich ein schattiges Plätzen unter einem hohen Baum mit einer großen Sonnenblume mit menschlichem Auge in der Mitte. Nachdem sie sich auf Maggies riesiger Picknickdecke niedergelassen haben, teilen sie den dank der Deko leicht auffindbaren Platz fleißig per SMS mit Freunden. Es ist immer gut, auf großen Raves eine Homebase zu haben, falls man sich verliert oder sich mit jemandem verabreden will.

Dann begeben sich die Jungs auf Getränkejagd. Als sie nach einer Weile zurückkommen, wedelt Flo aufgeregt mit einem Plastikbeutel in der Luft.

»Hier gibt es Duftsäckchen!«, verkündet er Charlotte und Franzi vorfreudig.

Diese sogenannten Duftkissen sind mit psychoaktiven Pilzen gefüllt und können durch eine Gesetzeslücke legal verkauft werden. Dass dies auf einer Technoparty mit mehreren tausend Besuchern geschieht, dürfte der Polizei ein pfahlgroßer Dorn im Auge sein.

Charlotte riecht an dem Säckchen und rümpft die Nase: »Bäh, das mockert!«

Der Geruch war nur der Vorbote für den widerlichen Geschmack, der folgen sollte. Die fünf würgen die zähen, trockenen und furchtbar schmeckenden Pilze hinunter. Danach heißt es abwarten, bis die Vergiftung einsetzt. Charlotte und Franzi haben noch nie Pilze genommen und stürzen sich heute ins Abenteuer. Die Jungs versichern, dass es lustig wird; in der Natur sei der Flash am geilsten.

Nach und nach kommen die ersten Freunde und bekannten Gesichter unter der Sonnenblume vorbei und das übliche Partygeschehen nimmt seinen Lauf.

»Schranzi, musst du auch mal aufs Klo?«, fragt Charlotte nach einer Weile.

»Ja, ich komme mit.«

Erst als sich die beiden von der Decke erheben, merken sie, wie anders sich die Welt anfühlt. Ihre Beine schlackern beim Gehen wie Gummi, ihre gesamte Wahrnehmung ist verschoben, alles wabert seltsam und wirkt langsamer als normal, fast wie in Zeitlupe. Entsprechend zäh ist der Weg zur Toilette. Zum Glück sind die hellblauen Kästen noch relativ frisch und olfaktorisch erträglich.

Die Kabine ist jedoch schon ordentlich aufgeheizt von der Julisonne und Charlotte steht binnen Sekunden der Schweiß auf der Stirn. Es ist die reinste Erlösung, die Tür aufzustoßen und kühle Luft auf der feuchten Haut zu spüren. Das war kräftezehrend. Ein vielsagender Blick von Franzi genügt, um zu wissen, dass es ihr genauso erging.

Als wäre es nicht schon anspruchsvoll genug, zurück zur Sonnenblume zu taumeln, quatscht sie nun auch noch ein Typ mit Fischerhut an.

»Hey Anna! Was geht?«

»Ich bin nicht Anna!«

Sein Blick fragt: »Willst du mich verarschen?«

»Ohne Scheiß«, schiebt Charlotte deshalb hinterher.

»Krass«, stammelt er und geht.

»Diese Anna würde ich ja zu gerne mal sehen«, sagt Franzi.

»Frag mich mal.«

Auf ihrer Decke haben sich mittlerweile Schmitti, Kalle und einige andere von *D&D* sowie Steffi und Tino eingefunden. Die stellen ihre Freunde Kadda, Andi, Nadja und Schranzfranz vor.

»Wie bitte?«, lacht Franzi, als sie den Spitznamen hört.

»Schranzi und Schranzfranz! Wie geil ist das denn«, grölt Matze.

Schräg, denkt sich Charlotte, der inzwischen alles nur noch schräg vorkommt.

Einige gratulieren ihr zum Geburtstag und es ist schrecklich anstrengend für sie, sich zu unterhalten. Deshalb lässt sie sich bei der erstbesten Gelegenheit auf die Picknickdecke plumpsen. Überall Gewusel, überall Geplapper, erst mal eine rauchen. Als sie eine Zigarette aus der Schachtel zieht, bekommt sie einen Schreck: Was ist mit ihren Händen los? Die Finger sind rot, geschwollen und wurstig, hässlich!

»Schranzi, sehen deine Hände auch so komisch aus?«

»Äh«, Franzi streckt ihre Hände vor sich aus, »ich glaube, die Pilze knallen ...«

»Ich glaub's auch.«

Die Gesichter ihrer Freunde sehen aus, als läge ein verzerrender Filter drüber. Charlotte weiß nicht, wohin mit sich, ihr Körper ist ganz steif.

»Huiuiui, die Psylos scheppern«, grinst Flo schief.

Seine Stimme klingt fremd und unnatürlich, irgendwie aufgepeitscht. Es passt zu dem unheimlichen Lachen, das plötzlich umherflattert: »*Hehe, hehe, hehaha, hehe, hehe, hehaha*«, immer und immer wieder. Es klingt verstörend. Es dauert einige Wiederholungen, bis Charlotte kapiert, dass es zu dem Acid-Beat gehört, der aus den Boxen pumpt. Die Luft flimmert wie ein gestörtes Fernsehbild, dazu dieses schreckliche Lachen die ganze Zeit, das sich jetzt auch noch steigert und verzerrt wird. Charlotte atmet erleichtert auf, als der Track vorbei ist und eine andere Platte läuft.

Die Jungs zieht es zur Tanzfläche, die Mädels kleben auf der Decke. Sie liegen auf dem Rücken und starren in den Himmel, an dem weiße Wölkchen äußerst interessante Figuren und Formen zeichnen.

Die Sonne brutzelt ihnen erbarmungslos aufs Hirn, der Schatten des Baums ist weitergezogen und die Mädels kommen nicht auf die Idee, ihm mit der Picknickdecke zu folgen.

Ab und an erscheint ein Gesicht in ihrem Blickfeld und redet irgendwas. Charlotte ist jegliche Interaktion zu fordernd, sie möchte einfach nur diese unglaublich faszinierenden Gebilde am Firmament beobachten. Ihre Antworten fallen entsprechend einsilbig aus: »Alles gut«, »Danke, ich möchte nichts«, »Wir chillen hier noch ein Ründchen«, »Ja, bis denne«.

Irgendwann, es könnten dreißig Minuten oder mehrere Stunden vergangen sein, denn jegliches Gefühl für Raum und Zeit ist verloren, hat Charlotte genug und setzt sich auf. Franzi war etwas schneller und lächelt ihre Freundin mit einem verschobenen Gesichtsausdruck an. Eindeutig der gleiche Trip. Die Farben sind viel intensiver, alles ist bunt und schön. Die Musik groovt einladend und ist fröhlich, der perfekte Soundtrack für diese zauberhafte Welt. Die beiden rauchen schweigend und schauen sich gebannt um.

»Da kommen die Jungs«, stellt Franzi fest.

»Auf, ihr müsst mit vor«, ruft Phil kurz darauf, »Ricardo Villalobos spielt so eine fette Mucke!« Er streckt den Mädels seine Hände entgegen und hilft ihnen beim Aufstehen.

»Alles fresh bei euch?«, will Matze wissen.

»Ich war ganz schön verscheppert«, gibt Charlotte zu, »aber jetzt geht's wieder.«

»Ich auch«, grinst Matze.

Der Weg zur Tanzfläche verläuft schleppend, es ist gar nicht so einfach, all den Menschen auszuweichen, die überall tanzen, sitzen und kreuz und quer umher rennen. Unter all den vielen Gesichtern treffen sie zufällig auf die Truppe um Dani, die auf einem ganz anderen Level unterwegs ist. Sie kommen direkt aus dem Stammheim und sind überdreht und fahrig.

Trotz der riesigen Freude bekommt Charlotte kaum ein Wort über die Lippen, sie ist zu beschäftigt mit dem Verarbeiten der massiven Eindrücke um sie herum. Das aufgewühlte Gewusel, die laute Musik und die heiße Luft, dazu ist jede Bewegung zäh wie Gummi.

Dass Maggus einem aufgepumpten Riesen in User-Shirt rotzfrech das L auf der Stirn zeigt und der daraufhin einfach nur dreckig lacht, anstatt ihm eine für den Diss zu verpassen, schickt Charlotte total weg.

Die Heimkinder verschwinden so abrupt, wie sie aufgetaucht sind, nachdem sie von dem Duftsäckchen-Stand erfahren.

Die fünf setzen ihre Reise fort, bleiben kurz bei einem Stand mit Lachgasluftballons hängen und kommen schließlich endlich am Rand der Tanzfläche an. Vor Charlotte offenbart sich das reinste Schlachtfeld. Das Gras ist weggestampft und die Tanzenden sind umgeben von einer Wolke aufgewirbelter Erde. Aus der Mitte taucht Conny mit Sebastians Ex Tamara auf, beide mit braunem Staub paniert. Sie quieken begeistert und wollen die fünf ins Getümmel zerren, denn Alter Ego geht so ab, dass sie unbedingt mit nach vorne kommen müssen.

Der Sound ist derart aufbrausend, es kommt Charlotte vor, als würde eine Herde Wildpferde über sie hinweggaloppieren. Ein hochgepitchtes Klackern und ein tiefes Röhren lassen die Masse frohlocken; hier wird gerade richtig eskaliert. Das ist definitiv zu viel des Guten für die Verpilzten.

Was die fünf jetzt noch nicht wissen: Diesen Track namens »Betty Ford« werden sie in Zukunft so oft hören, dass er ihnen aus den Ohren herauskommt.

»Wir gehen irgendwo nach dahinten!«, ruft Flo Conny zu.

Nichts wie weg hier, denkt sich Charlotte.

Sie finden einen Platz im Schatten einer Traverse und atmen auf. Hier fühlen sie sich wohl und beginnen zögerlich, ihre Gummi-Glieder zu schwingen.

Nach dem Live-Act übernimmt unter frenetischem Jubel Sven Väth das DJ-Pult. Wieder spürt Charlotte seine Energie, der Zeremonienmeister hält das Zepter in der Hand und führt seine Anhänger zum Exzess.

Alle sind glücklich, jeder tanzt und lacht mit jedem, alle sind in Bewegung. Die neonfarbene Deko ergänzt die leuchtenden Farben der Natur. Die Musik lullt Charlotte ein und trägt sie davon.

Phil holt sie zurück auf den Boden der Tatsachen, als er sie anstupst und auf die zwei Sanitäter aufmerksam macht, die am Rand einen Menschen auf ihrer Bahre abtransportieren. Bedrückt beobachten sie die unheilvolle Szene und hoffen, niemals von so einem Schicksal ereilt zu werden. Und dann passiert etwas sehr Seltsames: Plötzlich schellt der Arm des Patienten nach oben und pumpt zum Beat!

»Hä?«, kreischt Charlotte.

»Lass mich, Arzt, ich bin durch!«, grölt Matze, der die Szene ebenfalls beobachtet hat.

Nach einem ausgiebigen Lachflash nimmt Phil Charlotte in den Arm und drückt ihr einen liebevollen Kuss auf die Backe.

»Das ist so ein schöner Geburtstag!«, ruft sie gerührt.

»Nichts anderes hast du verdient!«

Der Trip hat ein angenehmes Stadium erreicht: Die Welt ist nicht mehr strapaziös, und Charlotte fühlt sich gut. Die Pilze haben ihr das Tor zu einer ungeahnten Gefühlswelt geöffnet, ihr Geist ist mit dem Universum verbunden. Plötzlich wird ihr klar, wie alles miteinander zusammenhängt: Mensch, Musik, Natur, Energie, Zeit und Raum.

Weder Charlotte noch jemand anderes bemerkt die sich anschleichenden Wolken, die den Himmel gemächlich verdunkeln – bis dicke Regentropfen auf sie platschen und blitzartig ein tosendes Unwetter anschwillt. Die Musik verstummt und eine Durchsage folgt, dass die Veranstaltung abgebrochen werden muss. Alle sollen umgehend den Park verlassen.

Dann sind nur noch das Brausen des Sturzregens, Donnergrollen und Rufe von Menschen zu hören, die ihre Freunde suchen. Die bunte Deko flattert trist im Sturm.

Die fünf retten Maggies durchnässte Picknickdecke und sind selbst triefnass, als sie am Ausgang ankommen. Vor dem Gelände herrscht Chaos, Tausende wollen weg in alle Richtungen, entweder mit einem der wenigen und dafür heiß begehrten Taxis, dem eigenen Auto, dem Bus oder zu Fuß.

Als sie die Türen von Matzes Auto zuschlagen, verstummt der Trubel schlagartig. Die Scheiben beschlagen, es schüttet wie aus Eimern. Der düstere Himmel lässt kaum noch Tageslicht durch.

»Kannst du überhaupt schon fahren?«, will Charlotte wissen.

»Ist ungeil, aber geht schon«, versichert Matze.

Sie drückt sich in den Rücksitz und hofft, dass alles gut geht.

»Tja, After bei mir, würde ich sagen«, flötet Flo, dem einfach nichts die Stimmung verhageln kann.

Matze flucht über die miesen Sichtverhältnisse und schert ruppig aus der Parklücke.

RUMMS!

»Scheiße!«

Charlotte bekommt Panik. Es ist ein Auto in sie reingefahren und sie müssen die Polizei rufen. Nicht gut. Gar nicht gut!

Matze steigt aus, der Rest hält die Luft an. Dann hören sie ein lautes Lachen.

»Alter! Willst du mich verarschen?«

Charlotte steigt aus und erkennt im strömenden Regen ein bekanntes Gesicht: Kalle! Unter den vielen Autos krachen sie ausgerechnet mit ihrem Kumpel zusammen, das gibt es doch gar nicht. Alle prusten vor Erleichterung, auch Brina, Conny, Schmitti und Tamara kriegen sich in Kalles Auto nicht mehr ein.

»Jetzt aber nichts wie weg hier, bevor die Cops anrollen!«, fordert Matze auf. »Unsere Karren nehmen wir später unter die Lupe.«

Flo lädt Kalle und die anderen zu sich ein und sie aftern bis tief in die Nacht.

Die Autos sind unversehrt, die Stoßstangen haben ganze Arbeit geleistet.

— – —

In den folgenden Tagen überfallen Charlotte Flashbacks, bei denen es blitzartig für ein paar Sekunden vor ihren Augen flimmert. Der Pilztrip war eine extreme Erfahrung – irgendwie gut, aber auch sehr krass. Er hat eine Tür in Charlottes Bewusstsein geöffnet, von deren Existenz sie nichts wusste. Dieses Verstehen der Verbundenheit mit der Erde und allen Lebewesen hat sie nachhaltig berührt. Der Zugang schloss sich mit der abklingenden Vergiftung, doch sie wird nie mehr vergessen, wie es sich anfühlte.

Nun bleibt noch ein Wochenende, bis die fünf für einen ganzen Monat voneinander getrennt werden. Phil besucht mit Paul drei Wochen Verwandte in Kroatien, Matze und Flo verbringen zwei Wochen mit Martina und Nicole auf Ibiza.

Charlotte würde auch gerne wegfahren, doch Franzi ist chronisch pleite. Immerhin haben sie sich gleichzeitig Urlaub genommen.

Für ihre letzte Partynacht wollen sie natürlich ins Stammheim fahren. Dort findet eine Pyjamaparty statt, was im Technokontext äußerst seltsam ist.

In der *Heimpost* wird dazu ein strenger Dresscode angesagt:

»Die Regeln sind wie immer eindeutig: rein kommt NUR,
wer ein äußerst albernes Schlafgeschmeide,
verruchtes Porn-Outfit, anregende Unterwäsche
oder einfach gar nichts trägt.
DA GIBT ES KEINE AUSNAHMEN!«

Die fünf sind ob dieser unmissverständlichen Ansage verwirrt, denn auf keiner Technoparty wurden sie je mit einer Kleidervorschrift konfrontiert.

Hoffentlich ist das nicht so ein Faschingsscheiß, denkt sich Charlotte, aber sie vertraut auf das Stammheim.

Also treffen sich die fünf am Freitag nach der Arbeit im Einkaufszentrum, um sich auf die Suche nach einem äußerst albernen Schlafgeschmeide zu begeben. In einer konservativen Billigmodekette werden sie fündig: Die Jungs kaufen einen längsgestreiften Klassiker in unterschiedlichen Farben, bestehend aus einer Stoffhose und einem Oberteil mit Hemdkragen und Knöpfen. Matzes Streifenmuster ist beige und haselnussbraun, Flos hell- und dunkelblau und Phils weiß und weinrot. Die Mädels greifen zu einem Albtraum in Pastell. Charlotte wählt ein Seidennachthemd in Flieder mit beiger Spitze und Franzi das Gleiche in Altrosa mit lila Spitze.

— – —

»Sandwiches«, Detroit Grand Pubahs

08. Juli 2000

PYJAMANIAC'S HEAVEN
– DIE TRADITIONELLE PYJAMAPARTY STATT PARADE
Big Floor: R.E.F. Roman Electronic Fighters feat. Max Durante,
Marco Passarani & Andrea Bendetti (3 Mixers & 4 Turntables!), Pierre, Marky
House Café: Jef K., Nico, Axl
STAMMHEIM

Die Mädels haben großen Spaß daran, sich für die Pyjamaparty in Schale zu werfen. Es erinnert sie an damals, wie sie sich als

Prinzessin oder Cowgirl für den Kinderfasching verkleidet haben. Mittlerweile verabscheut Charlotte diese Festivität, nicht wegen der Kostümierung, sondern wegen der schlimmen Musik und der Spießigkeit, die sich dahinter verbirgt: Einmal im Jahr schlägt selbst der engstirnigste Konservative über die Strenge und begrapscht die junge Kollegin im Suff.

Unter ihren Seidennachthemdchen tragen Charlotte und Franzi weite Schlaghosen und ihre Tanzturnschuhe. Mit den Jungs in ihren altmodischen Herrenpyjamas geben sie ein skurriles Quintett ab.

Beim obligatorischen Stopp an der Tankstelle kurz vor der Autobahn steigen heute alle aus. Den Spaß können sie sich nicht entgehen lassen, in diesem Aufzug einen Auftritt in der Welt von Max Mustermann hinzulegen. Obwohl ihnen das Sortiment wohlbekannt ist, studieren sie es ausgiebig – um dann ihre bewährte Auswahl zu treffen: Energy-Drinks, Bier, Kippen und Kaugummis. Der Tankwart sowie ein dickbäuchiger Lkw-Fahrer, der gerade an einem Stehtisch aus einem Pappbecher schlürft, gaffen blöd. Im Tankstellenshop versuchen die fünf, möglichst ernst zu bleiben – im Auto brüllen sie vor Lachen.

Vor der Salzmannfabrik sind sie dann diejenigen, die blöd aus der Wäsche schauen, denn die Türsteher halten sich ebenfalls an den Dresscode!

In ausgewaschenen Schlafanzügen stehen sie am Eingang und tun so, als wäre das völlig normal. Die Kombination mit ihren bierernsten Gesichtern und den ebenfalls in Schlafmontur gekleideten Gästen verleiht der Einlasskontrolle etwas Slapstickartiges.

»So was Beklopptes gibt es nur im Stammheim!«, grinst Charlotte wie ein Honigkuchenpferd, als sie die Treppen nach oben hüpfen.

Überall im Club wurden die abgeranzten Sofas aus dem heute geschlossenen Chill-out verteilt. In der *Heimpost* wurde bereits angekündigt, dass es kuschelig und viel Platz zum Herumliegen geben wird.

Im Foyer wirken die Gäste in ihren Schlafklamotten ein wenig so, als würden sie zuhause vor dem Fernseher sitzen und auf Thomas Gottschalk warten. Nur, dass sie hier so ziemlich das genaue Gegenteil davon tun.

Zufrieden stellt Charlotte fest, dass die Mehrheit ebenfalls auf einen albernen statt sexy Style setzt. Maggus und eine Handvoll weiterer Jungs haben sich Frauennachthemden übergestülpt und präsentieren darunter ihre behaarten Beine in durchgeravten Turnschuhen. Manche haben sogar ein extra Outfit für diesen Anlass geschneidert. Besonders gefeiert wird ein Kerl in einem babyblau-gestreiften Seidenpyjama mit großem Stammheim-Logo auf dem Rücken. Auf seinem Kopf thront eine Zipfelmütze, wie man sie aus alten Märchenbüchern kennt.

»Wie beknackt alle aussehen, das toppt echt alles«, fasst Flo das Erscheinungsbild des Publikums treffend zusammen.

Charlotte fällt ein neues Gesicht neben Henri auf: Ein drahtiges Mädel mit kurz geschorenem Haar und dominanter Ausstrahlung redet wild gestikulierend auf ihn ein.

»Ey Mäuschen, gefalle ich dir?«, geht die Große plötzlich auf sie zu. Charlotte hat sie wohl einen Moment zu lange angestarrt und nun keine schlagfertige Antwort parat.

»Ulla, friss Lotte nicht gleich auf«, bittet Mel scherzhaft.

»Also, hör mal, wenn mich so ein Zuckerschneckchen begutachtet, darf ich ja wohl mal zurückbegutachten, oder?« Ulla blitzt Charlotte an.

Innere Hitze steigt in Charlotte auf. Sie wurde noch nie von einer Frau angebaggert!

»Ulla, du alte Krawallnudel, wie war Berlin?«, unterbricht Dani die bitzelnde Situation.

»Was soll ich sagen?«, beginnt sie. »Berlin ist krass, aber Kassel ist halt Krassel, wa!«

»Jawoll«, bestätigt er.

»Krassel rules!«, stimmt Serhat zu.

»Ist gut, wieder hier zu sein, das Heim hat mir gefehlt. Und ihr auch. Aber nur ein bisschen!«, zwinkert sie.

Ulla erzählt Charlotte von ihrem Praktikum bei einem Plattenlabel und dass sie im Anschluss ein paar Monate in Berlin hängen blieb, vor allem in den illegalen Clubs im ehemaligen Osten.

Ein Praktikum bei einem Plattenlabel, das wäre was, denkt sich Charlotte.

Etwas später erfährt sie beim Getränkeholen von Mel, dass Ulla mit Henri zusammen war und ihm den Laufpass gab, um in Berlin frei zu sein. Charlotte ist beeindruckt und gleichzeitig eingeschüchtert von dieser taffen Person – ähnlich wie damals von den älteren Jungs in der Schule.

»Kommt mal mit, der Pappenheimer schießt den Vogel ab!«, fordert Matze auf.

Kurz darauf entdecken sie den Stammgast auf dem Big Floor, der allein schon wegen seines krummen Rückens und der etwas zu groß geratenen Nase auffällt. Matze hat nicht zu viel versprochen, dieses Outfit setzt Pappenheimer wahrlich die Krone auf – denn er hat die Ansage mit dem Pornooutfit wörtlich genommen. Seinen vom Feiern ausgemergelten Oberkörper ziert ein Harness – ein Ledergeschirr aus der BDSM-Szene – dazu hat er sich in eine knallenge Lederhose gezwängt. Es sieht äußerst bizarr aus, wie er in dieser Aufmachung zu dem knarzigen Sound stampft, der gerade aus den Boxen röhrt.

Charlotte blickt sich um und findet es absolut beeindruckend, wie sich die Atmosphäre allein durch das ungewohnte Aussehen der Leute verändert. Heute liegt eine besondere Stimmung in der Luft, alle sehen urkomisch aus, sogar die Angestellten und DJs tragen Schlafklamotten.

Charlotte tigert die ganze Nacht immer wieder durch den Club, um diesen verrückten Vibe aufzusaugen. Auf einem ihrer Streifzüge begegnet sie Thomsen, er trägt einen tannengrünen, viel zu großen Pyjama mit weinrotem Karomuster und sieht nach Weihnachten aus.

»Heute ist mal wieder die beste Party des Jahres, was? Ich wollte mir gerade einen Golden Power im Café holen, willst du auch?«

»Einen was?«

»Golden Power, den Stammheim-Energy-Drink!«

Kurz darauf überreicht ihm eine Barkeeperin im House Café zwinkernd zwei Dosen, ohne abzukassieren.

»Da ist ja eine Ravelinde drauf!«, staunt Charlotte, als sie das Etikett betrachtet.

Vergoldet und strotzend vor Kraft schießt ihr das Stammheim-Maskottchen darauf entgegen, die Fäuste geballt, die beschleiften Zöpfe ranken energisch nach oben. Dazwischen steht in großen weißen Lettern *Stammheims Golden Power Kraftbrause.*

»Wie geil ist das denn bitte?!«

»Das Motiv ist von einer Flyer-Serie aus dem Aufschwung!«

»Flyer-Serie?«

»Im Sommer '97 gab es sechs Flyer, die ein Poster mit dieser Ravelinde ergeben. Hängt bei mir in der Küche!«

»Sag mal, wieso weißt du das immer so genau? Ich meine, Sommer '97, das ist doch schon drei Jahre her!«

»Das steht auf dem Poster!«

»Ach so!«, lacht sie, »kommst du mit rüber?«

»Unbedingt, auf geht's, ab geht's!«

Charlotte kann sich selbst nach mehreren Stunden nicht an dieses ungewöhnliche Bild auf dem Big Floor gewöhnen, wo alle in Schlafanzügen auf Techno zappeln. Ihr Nachthemd ist gar nicht so übel, es ist bequem und liegt leicht auf der Haut. Und das ist es schließlich, was ein gutes Outfit für den Club ausmacht.

Als der Energieschub des Energy-Drinks abflacht, lässt sie sich von Franzi, Matze und Flo zu einem Toilettengang hinreißen. Phil bleibt als Fahrer auf der Tanzfläche zurück.

In der Kabine ist es (im Gegensatz zum Big Floor) hell genug, um ihnen das Etikett von der *Stammheims Golden Power Kraftbrause* zu zeigen und die Geschichte dahinter zu erzählen. Matze gluckst wegen des Wortspiels und sagt seinen altbekannten Satz: »Ey, ich liebe ...«

»... diesen Schuppen einfach!«, ergänzen die anderen im Chor und lachen.

Während die vier alles vorbereiten und durchziehen, vernehmen sie ungewohnte Geräusche aus der Nachbarkabine.

»Oh Gott, ja«, flüstert eine erregt.

Rumms! Ein Stoß gegen die Kabinenwand.

Die vier halten inne, machen große Augen und spitzen die Ohren.

»Ssssssssss, ja ...«

Es folgen weitere Stöße, begleitet von einem männlichen Grunzen und unterdrücktem Stöhnen.

»Ssssssss, ja, ja, ja! Du machst mich so geil ... Sssss ...«

Kurz darauf sind Geräusche von herabstreifender Kleidung zu hören, gefolgt von dem rhythmischen Klatschen aufeinanderprallender Haut.

»Die poppen!«, quiekt Franzi.

»Hör mal, wer da hämmert!«, grölt Matze und schlägt mit der flachen Hand gegen die Kabinenwand.

»Das sind locker 130 Beats per Minute, Respekt!«, schiebt Flo hinterher.

Doch das Pärchen lässt sich von den dummen Sprüchen nicht irritieren. Als die vier ihre Kabine verlassen, sind die beiden nebenan noch voll zugange.

»Ist ja schon ein bisschen eklig«, findet Franzi.

»Auf jeden«, stimmt Charlotte zu.

Toiletten in Technoclubs sind ein Biotop aus Müll, Drogenresten und Körperausscheidungen. Charlotte ist es rätselhaft, wie sich Menschen dort festquatschen und freiwillig auch nur eine Sekunde länger an diesem stinkenden Ort verweilen als unbedingt nötig.

Matze und Flo verraten, dass sie auch schon Sex auf einer Clubtoilette hatten – betonen jedoch, dass das absolute Ausnahmen im Eifer des Gefechts waren.

»Da holste dir am Ende noch einen Tripper von der Klobrille«, witzelt Matze.

Im Foyer nimmt sie Dani in Empfang: »Leute, auf geht's, ab geht's, Pierre ist da!«

»Uuund Agtschnnn!«, ergänzt Maggus und grinst erwartungsvoll.

Phil hat sich mittlerweile auf einer Stehtisch-Tonne nahe ihres Stammplatzes niedergelassen, seine Müdigkeit ist ihm anzusehen. Charlotte empfiehlt ihm die Golden Power aus dem House Café und Franzi begleitet ihn, um nachzusehen, ob Chi da ist.

Charlotte hält inne und wünschte, sie könnte diesen Moment auf Video festhalten, wie all die fröhlichen Menschen in ihren mittlerweile verdreckten Schlafanzügen glücklich zu Pierre tanzen. Heute legt er besonders viele Pierre-Scheiben auf. So werden hier außergewöhnliche Tracks bezeichnet, die typisch für den Helden des Stammheims sind. Pierres Sets halten gerne von der einen auf die nächste Platte, mitten im hypnotischen Strudel, einen anderen Rhythmus, Gesang oder überraschende Sounds bereit. Er ist ein Stuntmaster am Mischpult und alle lieben ihn dafür. Und genau jetzt kommt wieder so ein Teil:

> *»I know you wanna do it*
> *You know I wanna do it too*
> *Out there on the dance floor*
> *We can make sandwiches*
> *You can be the bun*
> *And I can be the burger girl [...]«*

Eine verfremdete Computerstimme singt diesen eindeutigen Text und Flo kommentiert: »Das passt ja!«

Charlotte und Matze denken ebenfalls an ihre Nachbarn in der Toilettenkabine zurück. Die drei machen Trockenbumsbewegungen und lachen über sich selbst. Es ist wieder morgens und der Kopf ist weich. Dann ravt auch noch Pappenheimer im Pornooutfit vorbei und sie werfen sich weg.

»Am Ende war *der* das!«, brüllt Matze.

»Ach, hör doch auf!«, kreischt Charlotte.

Bei ihrem nächsten Toilettenbesuch strahlt die Julisonne mit voller Kraft durch das hohe Fabrikfenster. Es ist unangenehm grell und Charlotte zieht es zurück in die schützende Dunkelheit des Big Floors. Beim Betreten der Toilette verschluckt sie sich fast an der Banane, die sie aus dem Bistro mitgenommen hat: Auf dem Pop-Sofa sitzt ein Türsteher! Wie der Obermacker vom Dienst hat er seine Arme ausgebreitet und unter jeder Achsel zwei Mädels geparkt. Hinter

Charlotte will ein Pärchen die Toilette entern, woraufhin der eben noch freundlich lächelnde Bouncer eine Drohgebärde aufsetzt und den Typen anscheißt, dass er rausfliegt, wenn er nochmal auf die Damentoilette geht. Das Pärchen erschreckt sich dermaßen, dass es rückwärts hinausstolpert. Der mit einem hellblauen Pyjama bekleidete Riese lacht überlegen und widmet sich wieder den Mädels. Charlotte muss grinsen, schließlich sitzt er ja selbst auf der Frauentoilette. Er schaut sie verschmitzt an, als hätte er ihre Gedanken gelesen.

Dank des Wachmanns auf dem Pop-Sofa ist nicht viel los auf der Toilette. Charlotte kann direkt in eine Kabine schlüpfen, aus der ihr die lustige Vietnamesin entgegenkommt, die sie vom Feiern in Frankfurt kennt. Leider hat sie ihren Namen vergessen und traut sich nicht, nochmal zu fragen – dafür haben sie schon zu oft gequatscht.

»Na, alles fresh?«, fragt sie strahlend.

»Ja, nur kurz Pipi und dann zurück zu Pierre!«

»Ich warte draußen auf dich, dann gehen wir zusammen!«

»Cool, bin auch ganz schnell!«

Kurz darauf eilen die beiden zurück.

»Wenn ich zu viel saufe und einmal pinkeln war, muss ich alle fünf Minuten aufs Klo, schlimm!«

»Das kenne ich, man darf gar nicht erst damit anfangen! Also mit dem Pinkeln.«

»Manchmal rufe ich sogar den Leuten auf dem Pop-Sofa *Ei, Servus!* zu, weil ich zehnmal aufs Klo renne, während die da hocken.«

»Hast du den Türsteher auf dem Pop-Sofa gesehen?«

»Klar, Hussein sitzt da öfter mal … Der ist zwar ein bisschen freaky, aber in Ordnung.«

Charlotte schüttelt ungläubig den Kopf und spürt pure Liebe für diesen Ort. Was heute schon wieder alles passiert ist!

Im Foyer kommt ihnen ein blasser Phil entgegen: »Lotte, ich bin durch, lass uns fahren.«

»Och, schade«, sagt sie mit traurigen Kulleraugen und verabschiedet sich schweren Herzens von dem Mädel und den anderen.

Um zehn Uhr geht man keine Diskussionen mehr mit dem Fahrer ein, sondern folgt ihm brav und ohne Umschweife ins Auto.

Abends liegt Charlotte im Bett und stellt sich in einem feuchten Traum vor, mit Phil auf der Clubtoilette zu vögeln.

Kapitel 10: LEINEN LOS

Phil verreist als Erster, und als sich die vier ohne ihn treffen, fühlt es sich ungewohnt an. Kurz darauf sind Flo und Matze ebenfalls weg.

Charlottes und Franzis Urlaub wird zu einem kleinen Revival ihrer Schulferien. Die beiden chillen ab vormittags im Freibad oder in Charlottes Garten und bleiben meist unter sich. Sie genießen den Sommerurlaub ohne Tanz und Techno, dafür mit viel Eis und Pommes. Bis zum gestrigen Rave von *D&D* an einem Baggersee in der Pampa.

Vielleicht lag es am Apfelwein, vielleicht an der Distanz zu Phil, dass sich Charlotte dazu hinreißen ließ, mit Sebastian rumzumachen. Er überhäufte sie wieder mit Komplimenten und bohrenden Blicken, bis sie sich mit ihm am Ufer abseits der Party wiederfand, er seine Hand in ihrem Höschen vergraben, sie triefend vor Verlangen. Hätte Franzi die beiden nicht unterbrochen, weil sie heimfahren wollte, wären es nur noch wenige Augenblicke bis zum letzten Schritt gewesen.

Nun, nach ein paar Stunden Schlaf, ist Charlotte froh, dass es nicht dazu kam. Denn ihr vermeintlich lauschiges Plätzchen wurde mit der Dämmerung ziemlich einsehbar.

Sie liegt noch im Bett, als Sebastian anruft. Zum Abschied hatten sie sich für heute verabredet, um dort anzuknüpfen, wo sie zuvor aufgehört hatten. In einer Stunde holt er sie mit dem Auto ab.

Charlotte verschwendet nur einen kurzen Gedanken an Phil, er ist weit weg und Sebastian weiß verdammt gut, wie er eine Frau anfassen muss ...

Ihre Lust hat das Ruder übernommen. Erregt pickt sie ihre schönste Unterhose aus der Schublade, den BH lässt sie gleich ganz weg.

279

Als sich Charlotte und Sebastian zur Begrüßung in die Augen schauen, fliegen die Funken. Sie beschließen, an einen bestimmten Aussichtspunkt am Stadtrand zu fahren. Der Ort ist verschrien für Dates wie das ihrige, aber das ist okay; sie wissen beide, was gleich passieren wird.

Sie finden einen einsamen Platz und setzen sich auf eine Bank mit einem weiten Ausblick. Doch der interessiert beide herzlich wenig, denn es dauert keine Minute, bis sie wieder knutschen und das Level von heute Morgen erreichen.

»Wohin?«, schnauft er.

»Auto?«

Auf der Rückbank fallen sie übereinander her. Wild vor Wollust setzt sie sich rittlings auf ihn.

»Hast du einen Gummi?«

»Klar.«

Er zieht ihr Oberteil aus und stellt freudig fest, dass sie darunter nackt ist. Zärtlich umkreist er mit der Zunge ihre Brustwarzen. Charlotte wirft den Kopf zurück und genießt es, bevor sie sein Shirt über den Kopf zieht. Sie hebt ihren Po an, damit er seine Jeans öffnen und bis zu den Knien herunterziehen kann. Charlotte fädelt sein steinhartes Stück aus der Boxershorts, während er ihr Höschen zur Seite schiebt und zwei Finger gleichzeitig zwischen ihre Beine gleiten lässt. Sie stöhnt auf und bearbeitet ihn im gleichen Rhythmus wie er sie.

»Stopp«, fleht er kurz darauf, bevor es zu schnell vorbei ist.

Er fischt sein Kondom aus der Tasche und streift es über, während sich Charlotte ihren Slip vom Leib reißt. Als sie sich feucht und warm auf ihn setzt, entfährt beiden ein Lustschrei. Sie pressen sich aneinander und er dringt so tief wie möglich in sie ein.

»Mach langsam«, bittet er, »das fühlt sich zu geil an.«

Charlotte reitet ihn gemächlich und intensiv, noch nie hat sich Sex so gut angefühlt. Ihre Lust steigert sich ins Maßlose, sie wird immer wilder und leckt lasziv seinen Finger, als wäre es sein bestes Stück, schaut ihm dabei tief in die Augen und küsst ihn leidenschaftlich.

Sebastian dreht fast durch.

»Warte!«, befiehlt er und hebt sie wortlos von sich. »Leg dich hin.«

Sie breitet sich rücklings vor ihm aus und er kann nicht widerstehen, seinen Kopf zwischen ihre Beine zu stecken und sie zu lecken.

Charlotte windet sich vor Lust und ist kurz vorm Orgasmus. »Komm her!«

Er nimmt sie leidenschaftlich und es dauert nicht lange, bis sie laut stöhnend kommen. Für Charlotte ist es das allererste Mal auf diese Art, bisher gelang das nur beim Oralsex. Die beiden halten inne und verschnaufen, ohne sich voneinander zu lösen.

»Wow.«

»Wow.«

Sie kichern sich liebevoll an.

Ihre Körper sind nassgeschwitzt, die Autofenster beschlagen. Verdattert von dem intensiven Erlebnis ziehen sie sich an und rauchen eine auf der Bank. Außer dem Waldesrauschen und dem Zwitschern der Vögel ist nichts zu hören.

»Ich habe mir das schon ziemlich oft vorgestellt«, gesteht Sebastian, »aber es war noch besser als in meinen Träumen.«

Charlotte nickt und lächelt, ihr fehlen die Worte.

Die beiden bleiben noch lange dort sitzen und reden irgendwann über alles Mögliche.

Beim Abschied vor ihrer Haustür küsst er sie zärtlich und säuselt: »Das müssen wir wiederholen.«

»Unbedingt«, sagt Charlotte.

In ihrem Zimmer krallt sie sich das Festnetztelefon und wählt Franzis Nummer.

»Erzähl!«, dröhnt es ohne Gruß aus dem Hörer.

Nach ihrem Bericht und diversen Begeisterungsrufen seitens Franzi sagt diese etwas Komisches: »Dann kannst du Phil jetzt endlich abhaken.«

»Hä? Wieso abhaken?«

»Das wollte ich dir schon länger sagen. Ich glaube, dass er dich wirklich nur als Freundin sieht.«

»Wie kommst du darauf? Hast du doch mit ihm über mich geredet?«

»Nein, aber ich merke das. Das bringt alles nichts, vergnüge dich lieber mit Sebastian. Vielleicht wäre der sogar was für eine Beziehung? Er war ein paar Jahre mit Tamara zusammen, der ist nicht so gestrickt wie Matze und Flo.«

Charlotte kann nicht glauben, was sie da hört. Vor allem *will* sie es nicht hören.

»Es ist besser so, glaube mir«, verleiht Franzi dem Gesagten Nachdruck.

Charlotte muss sich sortieren. Was redet die denn da? Oder hat sie recht? Sollte sie Phil vergessen? Liebt sie ihn überhaupt noch, wenn sie derart geilen Sex mit einem anderen haben kann? Nur eines ist sicher: Das war das Erotischste, was sie je erlebt hat.

— – —

19. August 2000

KOMMANDO FACKEL GOTTES (Travis' Birthdays Flaaaash)
Big Floor: Dave Tarrida, Pierre, Marco Cannata
House Café: Axl, Clé, Clé & Mike Vamp aka Märtini Brös. LIVE
STAMMHEIM

Einen Sonntag später liegen die fünf endlich wieder vereint in Matzes Garten. Sie waren im Stammheim auf der Geburtstagsparty von Travis und haben auf der Rückfahrt beschlossen, den schönen Sommertag hier anstatt in Flos dunkler Bude zu verbringen.

Am Anfang des Abends genügte ein Blick von Phil, um sich ihrer Gefühle ihm gegenüber wieder sicher zu sein. Ihr Abenteuer im Auto erscheint Charlotte wie ein feuchter Traum. Ein extrem heißer, feuchter Traum. Nur Sebastians erfolglose Versuche, sie wiederzusehen, sind der Beweis dafür, dass es wirklich passiert ist. Hoffentlich erfährt Phil nichts davon. Oder wäre es ihrer Mission zuträglich? Das kann Charlotte nicht beurteilen. Sie hat Blumenketten geknüpft und ihren Freunden kunstvoll um die Köpfe drapiert.

Matze und Flo kommen aus der Schwärmerei von ihrem Urlaub kaum mehr heraus. Zwei Wochen Liebe, Sand und Techno auf Ibiza, und zur Krönung Sven Väths *Cocoon Club* im Amnesia.

»Wir müssen nächstes Jahr zusammen nach Ibiza«, findet Flo, und das halten alle für eine großartige Idee. Charlotte war noch nie ohne ihre Eltern im Urlaub.

Wie immer an Tagen wie diesen plappern alle durcheinander und springen von Thema zu Thema. Eben noch erzählt Matze von ihrem Vierer am Strand morgens nach einem Club, dann geht es plötzlich um eine neue Internetseite, auf der man Musik und die neuesten Kinofilme illegal herunterladen kann, und auf einmal redet Phil von seinem Zivildienst als Hausmeister im Altenheim, der nach seinem Urlaub begonnen hat. Dominierend ist jedoch, wie stets auf Afterhours, das Schwelgen in der vergangenen Nacht.

»Wie krass war das bitte mit dem Kasten Bier?«, erinnert sich Flo.

Am Ende der Spätschicht war nicht mehr viel los auf dem Big Floor gewesen, aber die Stimmung hatte gebrodelt. Die Verbliebenen waren in höchstem Maße motiviert, niemand wollte gehen. Plötzlich hatte Travis seinen Platz hinterm Lichtpult verlassen und war in der Tür neben der Bar verschwunden – und hatte kurz darauf einen Kasten Freibier auf die Tanzfläche gestellt! Jubel, Pfiffe, Kasten leer.

»Was für eine geile Aktion«, grinst Charlotte.

»Dieser Schuppen«, schüttelt Matze den Kopf.

»Wir lieben ihn einfach!«, ergänzt Franzi und alle lachen über Matzes Dauerbrenner.

»Das Beste habe ich euch ja noch gar nicht erzählt!«, fällt Charlotte ein. »Wisst ihr eigentlich, warum das Stammheim *Stammheim* heißt?« Anstatt einer Antwort, schauen die anderen sie erwartungsvoll an.

»Thomsen hat mir gestern bei Märtini Brös im House Café die ganze Story erzählt.«

»Warte, ich muss kurz Pipi«, bittet Franzi und springt auf.

»Dann hole ich uns derweil ein neues Bier«, beschließt Matze.

»Bring bitte die Chips mit«, flötet Flo hinterher.

Als alle wieder auf der Decke sitzen, beginnt Charlotte mit der Geschichte. »Also: Das Aufschwung Ost wurde Anfang '97 umbenannt, weil einer der Gründer ausgestiegen ist.«

»Warum eigentlich?«, fragt Matze.

»Keine Ahnung, aber Thomsen meinte, dass das Ganze nicht so schön ablief und sie das Aufschwung aus rechtlichen Gründen umbenennen mussten.«

»Oha.«

»Es gibt sogar einen Flyer, wo der Club keinen Namen hatte.«

»Krass«, findet Phil.

»Auf jeden Fall hat Clé von Märtini Brös in der Zeit, in der sie noch keinen neuen Namen gefunden hatten, im Heim aufgelegt. Entweder war es beim Essen davor oder auf der After danach – das wusste Thomsen nicht mehr so genau – hatte Clé die Idee mit Stammheim.«

»Moment mal … Auf der After danach?«, unterbricht Flo.

»Das habe ich auch gefragt«, gluckst Charlotte. »Die gehen vor dem Stammheim mit den DJs beim Asiaten essen und manchmal aftern sie nach der Party noch bei jemandem.«

»Da wäre ich ja zu gerne mal dabei«, grinst Matze.

»Und was bedeutet Stammheim nun?«, fragt Franzi ungeduldig.

»Passt auf, das ist echt gut: Clé meinte wohl, die Leute im Aufschwung sind wie ein eingeschworener *Stamm* und das Aufschwung ist ihr *Heim*. Also *Stammheim*.«

»Geil, das Heim vom Stamm«, wiederholt Flo, den Mund voller Chips.

»Und ich dachte immer, das hätte was mit dem Knast in Stuttgart zu tun«, gibt Phil zu.

»Das dachte ich auch. Thomsen meinte dazu, dass die Heim-Crew den Namen auch deshalb gut fand. Ein Club ist ja so ziemlich das genaue Gegenteil von einem Gefängnis. Wartet, wie hat er es nochmal ausgedrückt …«, überlegt Charlotte. »Genau: Etwas Negatives mit etwas Positivem aufladen. So wie bei dem Namen Aufschwung Ost auch.«

»Aufschwung Ost ist doch die Kohle für die DDR, oder?«, vergewissert sich Flo.

»Konjunkturprogramm und ehemalige DDR, bitte schön«, klugscheißt Phil.

»Und weil die Salzmann Factory im abgefuckten Osten von Kassel ist«, schließt Charlotte ihren Bericht.

»Und Thüringen ist auch nicht weit«, ergänzt Flo.

»Deshalb sind da auch immer so viele Ossis am Start«, lacht Matze.

»Und die wissen, wie man feiert!«, lobt Flo.

»Wann hat das Stammheim eigentlich aufgemacht? Also das Aufschwung, äh, ach, ihr wisst schon«, verheddert sich Franzi.

»'94«, weiß Phil.

»Jens Bringmann war Gläserholer in der Mainstreamdisse vorher«, glänzt Charlotte mit weiterem Insiderwissen, »und die Chefs haben ihn gefragt, ob er jemanden kennt, der den Laden von ihnen übernehmen würde. Er hat seine Freunde Graf und Olli vorgeschlagen und als *Bringmann & Kopetzki* macht er mit Valentin von Anfang an die Werbung. Valentin, Pierre und Olli haben sogar damals in einer WG gewohnt.«

»Da gingen bestimmt die fettesten Afters«, grinst Matze.

»Aber hallo«, lacht Franzi.

»Der Rest ist Geschichte«, schwärmt Phil bedeutungsschwanger.

»Ey, Alter, leg doch mal die neue Scheibe von den Märtini Brös auf, die hast du doch«, bittet Flo.

Kurz darauf klopft ein trockener Bass mit dem unverkennbaren Gesang des Berliner Duos aus dem Wohnzimmer:

»Tanzen und tanzen und tanzen
Tanzen und tanzen und tanzen
Tanzen und tanzen und tanzen [...]«

Die fünf lauschen und wippen. Zum ersten Mal sagt keiner etwas, seitdem sie im Garten chillen.

Franzi ist es, die wieder anfängt: »Wie krass war das bitte mit der Karre vom Dennis?«

»Ha, das hatte ich fast vergessen!«, lacht Matze.

»Was war denn los?«, will Phil wissen, der das tatsächlich nicht mitbekommen zu haben scheint. Dabei war das gesamte Foyer in heller Aufruhr gewesen.

»Die haben seine Karre aufgebrochen und die Sitze aufgeschlitzt!«, erzählt Franzi aufgeregt.

»Alter«, stöhnt Phil.

»Henri vermutet, dass die Wichser dachten, dass Dennis ein Checker ist und dort seine Ware versteckt«, erklärt Flo.

»Das ist echt zu bescheuert«, findet Charlotte.

»Bei Steffi und Tinos Auto wurde auf dem Parkplatz auch mal eine Scheibe eingeschlagen und die Anlage geklaut«, erzählt Franzi. »Seitdem fahren sie immer mit dem Zug.«

»Schon übel, was da abgeht«, findet Phil.

»Total«, stimmt Charlotte zu.

»Zu geil, dass Dennis die Bullen gerufen hat und die nicht glauben konnten, dass einer im Stammheim nüchtern ist«, prustet Flo und alle müssen lachen.

— - —

09. September 2000

GROOVEGUERILLA VS. DAS SYSTEM
Big Floor: DJ Rush, Gaetano Parisio, DJ Urban, Pierre
House Café: Chi, Axl, Stefan Küchenmeister
Chill-out: Fish, Deff'n'Stoehr
STAMMHEIM

»Ich habe den neuen *Essential Mix* von Laurent Garnier aus dem Amnesia«, freut sich Flo im Auto, während er das Tape reinschiebt.

»*Essential Mix*?«, will Phil wissen.

»Das ist die britische Version der *Clubnight*. Ich habe das Set aus dem Netz gesaugt.«

»Ah. Von dem Garnier ist doch auch *The Sound Of The Big Babou*, oder?«

»Korrekt.«

»Das ist so eine fette Scheibe!«

»Von dem sind einige fette Dinger«, findet Matze.

»Ich freue mich schon auf unseren Ibiza-Urlaub«, ruft Charlotte dazwischen.

»Und ich freue mich schon auf Rush«, quiekt Franzi.

»Unsere kleine Schranzi«, grinst Phil und kneift ihr in die Backe.

Die Schlange vor dem Stammheim ist so lang wie befürchtet. Charlotte, Matze und Flo stellen sich an, während Phil und Franzi Bier von der Tankstelle besorgen. Zwei Stunden später quetschen sie sich durch die überfüllten Gänge des Clubs, es herrscht ein einziges Geschiebe. Sie treffen Nicole und Martina, die sich umgehend an Flo und Matze heften.

Rush spielt bereits, als sie Dani und die anderen auf ihrem Stammplatz begrüßen. Ohne großes Blabla, dafür ist es ohnehin zu laut, sie tanzen sofort los. Es riecht nach Exzess, wie immer bei der Schranz-Ikone, die alle mitreißt.

>>*I am the baddest bitch up in here, bitch*
Because I'm just fierce like that
You know what, don't try to come for me [...]
I am the queen, bitch
And I will pack your ass!<<

Rushs Stimme dröhnt fies aus den Boxen, und als der Bass bei diesem Track losknallt, glaubt Charlotte, der Boden bebt. Die Energie im Raum explodiert und die Glieder der begeisterten Meute zerschreddern die dicke Luft.

Es ist brechend voll, Körper berühren sich beim Tanzen und spüren die Hitze des anderen. Es sind gefühlte tausend Grad auf dem Big Floor und es regnet Schweiß von der Decke.

Franzi ist auf eine der Stehtisch-Tonnen gekraxelt und schranzt darauf wild ab.

Als Charlotte bis auf den Schlüpper nassgeschwitzt ist, braucht sie eine Pause von diesem tropischen Klima. Eine gute Gelegenheit, um Stefan Küchenmeister im House Café Hallo zu sagen. Sie fragt Phil, ob er mitkommt, doch leider verneint er. Heute fällt es ihr schwer, an ihre Mission anzuknüpfen. Wegen Sebastian?

Da auch sonst keiner ihrer Freunde von der Stelle zu bewegen ist, begibt sie sich allein auf den beschwerlichen Weg. An der Tür des Big Floors trifft sie auf Thomsen und findet in ihm eine Begleitung. Stefan Küchenmeister freut sich riesig und grinst über beide Backen. Er weiß, gegen welch harte Konkurrenz er im Nebenraum spielt. Thomsen bleibt auf diesem Floor hängen, während es Charlotte bald wieder zu den anderen zieht. Doch auf dem Big Floor ist Phil nicht mehr und auch niemand anderes von ihren Freunden. Sie tanzt eine Weile allein, doch als es ihr zu lange dauert, schiebt sie sich zurück ins Foyer, wo sie auf die schwitzenden Fuldaer trifft. Denen war es zu stickig da drinnen.

»Habt ihr die anderen gesehen?«

»Hast du mal auf der Treppe des Grauens geschaut?«, schlägt Maggus vor.

»Auf der bitte *was*?«

»Auf der *Treppe des Grauens*, dem Fratzenparadies im Treppenhaus«, erklärt er, als wäre es eine Sehenswürdigkeit.

Als Charlotte zum ersten Mal nachts die Treppenstufen ins dritte Obergeschoss besucht, wird ihr klar, was Maggus meint. Die Geräuschkulisse schallt unangenehm und das grelle Licht zeichnet die verzehrten Substanzen in den Gesichtern der Geschossenen ab. Große Augen, fahle Haut und wirres Gezappel überall. Wie ein Haufen wilder Hühner glucken sie aufeinander und freuen sich dessen, was sie da treiben. Mittendrin ist Mel und ruft Charlotte zu sich. Kaum sitzt sie auf der Treppenstufe, schnattern die Leute aus allen Richtungen auf sie ein.

»Wer bist du?«

»Lotte.«

»Und, wo kommst du gerade her?«

»Von Rush.«

»Da ist es viel zu voll, das hält ja kein Schwein aus.«

»Auf jeden.«

»Haste 'nen Kaugummi?«

»Leider nein.«

»Warst du schomma im WKS Schmalkalden? Ey, da musste mal nach'm Heim hin!«

»Äh, okay.«

»Schreibst du was in mein Feierbuch?«, fragt ein blasses Mädchen mit Knopfaugen und Schweißfilm im Gesicht.

»Was ist denn ein Feierbuch?«

»Du weißt nicht, was eine Feierfibel ist? Dann wird es aber allerhöchste Zeit!«

»Bibel, net Fibel!«, wirft jemand ein.

Charlotte blättert in dem abgegriffenen Büchlein, es ist voller wirrer Kritzeleien und Liebesgrüßen. Bei einem Gedicht bleibt sie hängen und liest vor:

> *»Kennst du den Ort,*
> *an dem jeder lacht,*
> *an dem man aus Kindern Druffis macht,*
> *an dem zerstört wird Geist und Tugend?*
> *Das ist das Stammheim,*
> *das Grab meiner Jugend!«*

»Jawoll«, betätigt eine hinter ihr.

»Pillen, Pep und LSD, bis ich grüne Männchen seh'«, reimt das Mädel mit den Knopfaugen.

»Drum merke dir, was ich dir sage – wer feiern geht, checkt nie die Lage!«, reimt ein Typ neben ihr.

»Laberflash und Spinnerei sind immer mit dabei!«, ergänzt Mel einen weiteren Feiervers.

»Jägermeister, Pillentee, in der Nase wirbelt Schnee, donnerdruff von Kopf bis Fuß, make me funky Stammheimgrooves!«, liest Charlotte vor und lacht.

Jetzt fühlt sie sich unter Druck gesetzt, ihr muss etwas Cooles einfallen. Bei einer Zigarette wühlt sie in ihrem Hirn, während die anderen weiterplappern.

»Ich hab's«, grinst sie und schnappt sich den Stift. »Das Heim des Stamms ist der schönste Ort der Welt«, kritzelt sie auf eine leere Seite und malt ein Herz daneben. Stolz präsentiert sie es der Besitzerin und die freut sich maßlos.

Als Mel verneint, die anderen in der letzten Zeit gesehen zu haben, löst sich Charlotte aus dem Mob und begibt sich wieder auf die Suche nach ihren verschollenen Freunden. Auf ihrem Stammplatz auf dem Big Floor wird sie fündig.

Da kommen immer alle irgendwann wieder hin zurück.

»Wo wart ihr denn? Ihr könnt doch nicht einfach abhauen!«

»Im Chill-out!«, schreit Franzi. »Sorry, ich hatte Kreislauf!«

»Oh nein! Geht es dir wieder gut?«

»Ja!«

Wenn Franzi freiwillig bei Rush die Tanzfläche verlässt, muss es ihr wirklich schlecht gegangen sein.

»Matze und Flo sind auch im Chill-out! Mit Martina und Nicole!«, ergänzt Phil.

Charlotte hält es nicht lange auf dem Big Floor aus, es ist zu voll und zu heiß. Phil und Franzi hingegen schon, versprechen aber hoch und heilig, hier auf sie zu warten.

Chill-out oder Foyer? Charlotte entscheidet sich aufgrund des überfüllten Big Floors für den kürzeren Weg und trifft im Foyer Henri und Serhat. Ihr Zigarettenpäckchen ist durchgeweicht und völlig zerknittert, die letzte Zigarette durchgebrochen. Henri gibt ihr eine von seinen.

»Danke, ich hole gleich mein neues Päckchen aus dem Auto.«

»Oh, können wir kurz mitkommen?«, fragt er und erklärt, dass man auf den Toiletten stundenlang warten muss.

»Ist Flos Auto, aber der hat sicher nichts dagegen.«

Nach der Zigarette stellt sie erleichtert fest, dass Flo aus dem Chill-out zurück bei Franzi und Phil ist.

Er gibt ihr seinen Schlüssel und sie geht mit Serhat und Henri zum Parkplatz. Auf der Treppe des Grauens hat sich nicht viel verändert, auch das Mädel mit den Knopfaugen arbeitet weiterhin eisern daran, ihr Feierbuch zu füllen.

Die drei staunen nicht schlecht, als sie die lange Schlange vor der Tür erblicken. Auf dem Parkplatz hocken überall Raver in und vor ihren Autos, die die Zeit vergessen und die Party verpassen. In einem davon erkennt Charlotte die Truppe aus Hannover. Großes Hallo und kurzes Schnacken.

Dann erledigen die drei, wofür sie nach draußen gekommen sind, und Henri lädt Charlotte zum Dank ein. Auf dem Rückweg drücken sie sich rechts an der Schlange vorbei.

»Lasst misch dorsch, ich bin dorsch«, bittet Henri.

»Wir haben schon einen Stempel«, entschuldigt sich Serhat mit einem schlechten Gewissen. Auch Charlotte tun all die Wartenden leid.

Doch an der Tür versperrt Hussein den Weg: »Sperrstunde.«

»Boah, ne!«, stöhnt Charlotte.

»Wir Debbe!«

Sie zieht ihr Handy aus der Tasche: 5:22 Uhr. Verflucht!

Serhat versucht, Hussein zu überreden, eine Ausnahme zu machen, doch der sagt nur: »Lass ich dich rein, wollen alle rein.« Dann verschwindet er nach drinnen und die Diskussion ist beendet.

Zum Glück plappert Henri in einer Tour lustiges Zeug, was die Wartezeit erträglich macht. Das Klirren der Fensterscheiben zum Bass befeuert das Kopfkino, was man da oben alles verpasst. Andere in der Schlange erzählen, dass sie seit fünf Stunden anstehen. Und sind total geknickt, als sie erfahren, dass Rush schon gespielt haben wird, wenn sie reinkommen.

Irgendwann kommt Hussein mit einer Schachtel Erdbeeren aus der Tür und bietet seinen Kollegen welche an.

Plötzlich tritt er auf Charlotte zu und stopft ihr eine in den Mund! Die ist so perplex, dass sie ihn nur anglotzt und fast vergisst zu kauen. Hussein grinst frech und tut die restliche Sperrstunde so, als wäre nichts gewesen. Serhat und Henri lachen sich kaputt.

Um kurz nach sechs sind sie endlich wieder drin, auf der Treppe des Grauens zeichnet sich noch das gleiche Bild. Im Foyer müssen sie sich wegen der Sperrstunde die üblich doofen Sprüche anhören, das mit der Erdbeere feiern alle ab.

»Zeit für eine Gude-Morsche-Pappe«, flötet Henri.

»Der Klügere legt nach, her mit dem Schnipsel!«, ruft Dani motiviert.

»Wie könnt ihr euch jetzt noch ein Ticket einfahren?«, fragt Charlotte erstaunt.

LSD wirkt viele Stunden, um ein Vielfaches länger, als die Party hier noch dauern wird.

»Die Frage ist doch eher: Wieso denn nicht?«, fragt Dani spitzbübisch.

»Was findet ihr an Pappen eigentlich so geil?«

»Das ist ein Kribbeln, das du nie mehr vergisst ...«

»Des geht vom Nacke' in de Rücke', un' von da unner die Haut!«

»Man nimmt alles viel klarer wahr, es ist einfach das geilste Gefühl«, schwärmt Dani und ergänzt frech in Richtung Mel, »sorry, Schatz.«

»Jaja, komm du mir nachher nach Hause!«

Auf dem Big Floor berichtet Charlotte den anderen von der Sperrstunde und der Erdbeere. Phil und Franzi haben Wort gehalten und auf sie gewartet.

Pierre hat von Rush übernommen und fährt soundmäßig noch in dessen Fahrwasser. Der knüppelharte Techno will Charlotte nach der Warterei vor der Tür noch nicht gleich in Fleisch und Blut übergehen, deshalb will sie einen Blick in den Chill-out werfen.

»Komm aber gleich wieder!«, fordert Franzi.

»Hast du Lust, auf eine Kippe mit mir in den Chill-out zu kommen?«, startet sie einen neuen Versuch bei Phil.

»Sorry, ich find's gerade ziemlich fett hier!«, lehnt er ab und tanzt.

Im Chill-out herrscht die gewohnt angenehm verspulte Atmosphäre. Charlotte stromert durch den vernebelten Raum und entdeckt Steffi und Tino auf einer Couch. Die beiden beobachten etwas und lachen.

»Fetz dir den, Lotte!«, zeigt Tino auf einen Typen mit geschlossenen Augen, der in einem Sessel an etwas vor sich herumfummelt.

Charlotte kneift die Augen zu, um zu erkennen, was er macht.

»Der wedelt sich einen von der Palme!«, klärt Steffi lachend auf.

Tatsächlich. Der Wedler fühlt sich völlig unbeobachtet und scheint mit seinen Augen die Welt um sich herum ausgeschlossen zu haben. Getreu dem Motto: Ich sehe nichts, also sieht man mich auch nicht. Weit gefehlt, diverse Leute sind aufmerksam auf ihn geworden.

»Das ist wie ein Unfall, man kann nicht weggucken«, gluckst Tino.

Dann kommt der Typ zum Finale und sein vor Lust angespannter Gesichtsausdruck entspannt sich. Die Ersten klatschen, bis ein regelrechter Applaus anschwillt. Dem Ertappten dämmert langsam, dass dieser Beifall ihm gelten könnte. Er reißt die Augen auf, packt seinen Schwengel ein und flieht. Die Spanner lachen und widmen sich kurz darauf wieder ihren Gesprächen, als wäre nichts gewesen. Als Nächstes kommt Pappenheimer und quatscht sie auf Englisch zu.

Nur Verrückte hier und Charlotte ist mittendrin. Einfach herrlich!

Die fünf tanzen bis elf und fahren bestens gelaunt und aufgekratzt von der Party nach Hause. Doch kurz vor der heimischen Autobahnabfahrt taucht plötzlich ein Polizeiwagen hinter ihnen auf.

»Oh, oh«, schwant Phil nichts Gutes.

Der feindliche Wagen kommt immer näher, und kurz darauf erscheint auch schon auf der Digitalanzeige des Autodachs in roter Schrift: »Polizei! Bitte folgen!«

»Fuck!«, kreischt Flo.

Zwei Beamte überholen mit ernsten Blicken und scheren vor ihnen ein. »Polizei! Bitte folgen!« blinkt es ohne Unterlass und alle bekommen eine Heidenangst.

»Scheiße, scheiße, scheiße, was machen wir jetzt?«, fragt Flo aufgelöst.

»Ruhig Blut«, versucht Matze, seinen Freund zu beruhigen. »Bleib locker und glotz nicht so panisch, die beobachten uns. Entspann dich, Diggi.«

Das gelingt Flo überhaupt nicht. Beim nächsten Parkplatz werden sie von der Autobahn gelotst.

Alle im Auto halten die Luft an, während Flo fahrig im Handschuhfach nach seinen Papieren wühlt und hastig das Fenster herunterkurbelt, als einer der Beamten davor steht.

»Guten Tag. Führerschein und Fahrzeugpapiere, bitte.«

Flo überreicht sie ihm zitternd und der Polizist gibt sie ungesehen an seinen Kollegen weiter. Der geht zum Polizeiwagen, um Flos Personalien über Funk zu checken.

»Von wo kommen Sie denn her?«

»Von Freunden.«

Der Polizist begutachtet die Insassen des schmuddeligen Wagens und brummt ungläubig.

»Alkohol getrunken oder Betäubungsmittel konsumiert?«

»Zwei Radler.«

»Steigen Sie bitte mal aus.«

Der zweite Uniformierte kommt zurück und sagt: »Ist sauber.«

Das sieht der andere ganz und gar nicht so. Er blickt Flo gründlich in die Augen und unterzieht ihm motorischen Tests, zum Beispiel lässt er ihn den Zeigefinger zur Nasenspitze führen, um seine Koordination zu prüfen. Die ist nicht mehr die Beste. Trotz seiner Fahne entscheiden sich die Polizisten für einen Drogentest und nehmen ihn mit zur Wache. Die anderen bleiben geknickt zurück.

Der arme Flo! Sie hätten ihn gern begleitet und ihm beigestanden.

Außer einem versifften Toilettenhaus gibt es auf diesem Parkplatz nichts. Es herrscht die beispiellose Trostlosigkeit der Autobahn, die Natur hat sich den Abgasen gebeugt, alles ist vermüllt und es stinkt nach Benzin. Hier möchte niemand verweilen. Reisende halten nur kurz, um ihr Geschäft zu erledigen. Dabei starren sie die vier im Auto an wie Außerirdische.

Die Stimmung ist am Boden. Stumm stieren sie vor sich hin und rauchen, Charlotte döst.

Nach einer halben Ewigkeit kommt endlich der Polizeiwagen zurück.

»Ich darf nicht mehr fahren«, teilt Flo betrübt mit und einer der Beamten ergänzt finster: »Ist einer von Ihnen fahrtüchtig? Ansonsten müssen wir Sie auffordern, das Auto stehen zu lassen.«

Die vier schütteln mit den Köpfen und schämen sich.

»Das dachte ich mir«, bemerkt er süffisant und scheint sich eine herablassende Bemerkung zu verkneifen.

Nach der Nacht im Stammheim-Wunderland sind die fünf auf dem harten Boden der Realität aufgeschlagen. Sie rufen zwei Taxis, eines in die Stadt und ein weiteres für die Fahrt zu Phil und Matze.

Die After fällt heute aus.

— – —

»Was ist mit deinem Führerschein?«, erkundigt sich Charlotte ein paar Tage später am Telefon.

»Ich habe die Arschkarte gezogen, ich muss meinen Lappen abgeben und eine fucking MPU machen! Aber ich bin ja selbst schuld.«

»Scheiße. Das ist doch der Idiotentest, oder?«

»Genau, eine medizinisch-psychologische Untersuchung. Sauteuer und nervig.«

»Oh man, das tut mir so leid.« Charlotte verkneift sich den Kommentar, dass er einfach hätte clean bleiben sollen, wenn er fährt.

»Am meisten nervt es mich, dass ich mit dem Kiffen aufhören muss. Ich darf dann nämlich schön alle paar Wochen zum Pisstest antanzen, um zu beweisen, dass ich sauber bin.«

»Was hat das denn mit dem Kiffen zu tun? Man ist doch nicht tagelang fahruntüchtig, wenn man was geraucht hat, das ist doch total bescheuert!«

»Ist halt lange im Urin nachweisbar ... Reine Schikane. Drecksbullen.«

»Und wann bekommst du deinen Lappen wieder?«

»Das dauert. Mindestens Monate.«

»Was für ein Abfuck. Oh man, Flo, das tut mir so leid. Ich fahre dich überall hin, sag einfach Bescheid, ja?«

»Das ist lieb von dir. Danke.«

Dieser ganze Stress und die Kosten, die nun auf Flo zukommen, sind für Charlotte Ansporn genug, weiterhin immer am

Steuer nüchtern zu bleiben. Mal ganz von der Gefahr abgesehen, sich und ihre Freunde bei einem Unfall umzubringen. Das war eine Party mit einem Ende, das ihrer heilen Feierwelt einen herben Stoß versetzt hat.

Flo wird außerdem schnell schmerzlich bewusst, wie hilflos er ohne Führerschein ist. Zum Glück stehen ihm seine Freunde zur Seite: Matze und Phil nehmen ihn im Wechsel mit zur Arbeit, und Charlotte erledigt Einkäufe und andere Alltagsfahrten mit ihm.

Es dauert ein paar Wochenenden, bis sie wieder Lust aufs Ausgehen haben. Leider ohne Franzi, die neuerdings jeden Pfennig zweimal für die Kaution einer eigenen Wohnung umdreht. Sie erträgt das Zusammenleben mit Angie nicht mehr, es gibt nur noch Theater.

Charlotte unterstützt ihre Freundin beim Durchforsten der Zeitungsinserate und begleitet sie zu Besichtigungen. So sehen sie sich wenigstens, denn seit dem Ende der Berufsschule bekommen es selbst die beiden kaum noch hin, sich unter der Woche regelmäßig zu treffen.

Bei der vierten Besichtigung verliebt sich Franzi in eine Einzimmerwohnung mit Einbauküche und Balkon im siebten Stock am Stadtrand, mit weitem Blick über ihr Städtchen und die angrenzenden Wälder. Sie kann ihr Glück kaum fassen, als sie die Zusage bekommt und erfährt, dass sie am ersten November einziehen kann.

Kapitel 11: DISCOLYMPICS 2000

Für den neuen Flyer und die dazugehörige *Heimpost* ließen sich Bringmann & Kopetzki von den Olympischen Sommerspielen in Sydney inspirieren und rufen kurzerhand für Oktober und November die *Discolympics Kassel 2000* aus.

Der olympische Leitsatz *Schneller, höher, weiter!* wird zu *Greller, deeper, louder!* und Ravelinde zum Diskuswerfer Diskolobos: in der einen Hand eine Schallplatte, in der anderen ein Cocktailglas. Die hedonistische Adaption des Weltsportereignisses führt sich im Programm fort, vom *20 Meter Freistil-Verpeilen* und einem *150 dB Gehörstürzen* über einer *Spezial-abfahrt der Damen* und einem *4 x 4000W Staffel-Bassrutschen* bis zum *Gemischten Dressurposen* wurde jeder Party eine clubgerechte Disziplin verpasst.

In der *Heimpost* legen Bringmann & Kopetzki noch einen drauf. Sie titelt mit »*Sportliche Höhepunkte nach Mitternacht*« und mimt eine irre Live-Übertragung von den *Discolympics*, wo der fiktive Kommentator Hornbert Horni Buschwald live zu verschiedenen Schauplätzen der Spiele im Stammheim schaltet. Zum Beispiel zu den Toiletten, die für das *Toiletten-rödeln ficksicher* gemacht werden oder zur *Dopingkontrolle* an der Bar, die komplett aus dem Ruder läuft, weil der Kommentator rotzbesoffen ist. Ohne aus der Rolle zu fallen, schaltet Horni zum Parkplatz, der gerade vom discolympischen Komitee wegen Kriminalität, Lärm und Müll abgesperrt wird und es ernste Probleme mit dem Vermieter gibt, wenn sich an der Situation dort künftig nichts ändert ...

Der restliche Brieftext informiert spielerisch über ausgewählte Partys und Releases und ist dermaßen irre und lustig formuliert, dass sich die fünf beim Lesen die Bäuche halten vor Lachen.

»Leute, lasst uns am 21. zum *Vollkontakt-Hotzen* gehen und meinen Geburtstag vorfeiern«, schlägt Matze vor. »Da ist die Release-Party vom Hotze-Soundtrack, da spielt Heiko Laux!«

»Am Start. Allerdings ist da auch der *Omen Memorial Day*, da wird keiner von den anderen mit nach Kassel düsen«, weiß Flo.

»Scheiß drauf«, grinst Matze.

— – —

In dieser Nacht bricht bei Charlotte, Matze, Flo und Phil das Hotze-Fieber aus. Die überspitzten Abenteuer der seltsam aussehenden Comicfigur mit bananenförmigem Kopf und hohen Geheimratsecken handeln vom Leben eines Technofans, der in einem Plattenladen jobbt und am Wochenende heftig ausgeht. Dabei ähneln Hotzes Freunde verdächtig echten Personen aus dem Stammheim, ohne dass Namen genannt werden.

Alle vier haben sich das Buch *»Für eine Hand voll Party«* und den Soundtrack auf CD gekauft. Die dreiteilige Vinylplattenserie hat Matze heute zum Geburtstag bekommen, er feiert in kleiner Runde bei sich zuhause.

»Ich könnte mich nur wegschmeißen«, gackert Charlotte, »vor allem, wenn da zwischendurch auch noch hessisch gebabbelt wird!«

»Mein absoluter Lieblingsstreifen ist *Konsequent*, das kenne ich so gut!«, lacht Flo. »Der Track dazu ist auch voll fett, der ist von Nagen & Saugen, das sind Pierre und Marky.«

»Ach was.«

»Warte, ich leg den mal auf ...«

Der Comic handelt von dem in der Szene wohlvertrauten Vorsatz, es am Wochenende ruhig angehen zu lassen. Sich nicht die Nacht um die Ohren zu schlagen und seinem Körper eine Pause zu gönnen.

Entsprechend gelangweilt zappt sich Hotze durch das TV-Programm. *»Und für so einen Scheiß zahlt man auch noch Gebühren«*, murmelt er im Intro des Tracks, woraufhin sich ein Selbstgespräch entspinnt, das darin mündet, dass er auf einen Drink, *»nur ein Stündchen oder so«*, ausgeht. *»Ich weiß gar nicht, welcher DJ heute im Stammheim auflegt«*, fragt sich Hotze, bevor er *»auf einen Wodka Apfelsaft vielleicht«* loszieht. Am Ende liegt er um zwölf Uhr mittags komatös vor der Box auf der Tanzfläche und wird von der Putzfrau weggekehrt.

»So witzig, dass das Pierre selbst eingesprochen hat«, sagt Flo.

»Ich weiß gar nicht, welcher DJ heute im Stammheim auflegt«, wiederholt Matze und kichert.

Typischer Stammheim-Humor.

»Es geht hier um Musik ist auch so geil«, findet Charlotte.

»Es geht hiiiier um Musik«, singt Matze die einzige Textzeile des dazugehörigen Tracks von Toktok.

In dieser Geschichte sitzt Hotze mit zwei Kumpels gelangweilt auf der Couch, bis er eine Platte auflegt, die sie im wahrsten Sinne wegbläst. Als wäre ein Bass-Orkan über sie hinweggebraust, sitzen sie mit windschiefen Frisuren und zerfledderten Klamotten an der gleichen Stelle. *»Yeah … Killertrack!«*, sagt Hotze dazu nur.

»Bringmann & Kopetzki sind so cool«, schwärmt Charlotte.

Die Schöpfer von Ravelinde und Hotze hatten an diesem Abend am Merch-Stand gesessen, um ihr Buch zu signieren. Sie waren in Plauderlaune gewesen und hatten nicht nur verraten, dass es Bringmanns Stimme im Track *»Es geht hier um Musik«* ist, sondern auch die komplette Entstehungsgeschichte von Hotze erzählt.

Ihre ersten Comics in der GROOVE waren Zitate von After-hours und DJs, die sie aufgeschnappt hatten. Seit der Geburt ihres Helden im Jahr 1997 erzählen sie absolut übertriebene Geschichten aus der Technoszene und nehmen dabei Bezug zum Stammheim und auf reale Erlebnisse.

Sie hatten ihn Hotze getauft, weil sich der Name auf viele eklige Dinge reimt, das fanden sie lustig. Auf dem Soundtrack hätten sie deshalb gerne eine Nummer von DJ Koze gehabt, was aber leider nicht geklappt hat. *»Pieeerre, die Teile kommen langsaaam«*, zitierte Jens Bringmann den Text jenes Stückes von Koze, das es am Ende leider nicht auf den Soundtrack geschafft hat.

»Bleibt uns gewogen«, wiederholt Phil deren Worte zum Abschied.

»Oberkrasse Typen«, findet Matze.

Charlottes Lieblingslied ist *»Lovedub«* von John Acquaviva, es läuft bei ihr in Dauerschleife. Der gut gelaunte, groovige House-Track hat nur eine Botschaft: *»Ich lieb dich«*. Er bringt sowohl musikalisch als auch inhaltlich ihre Gefühle für Phil auf den Punkt.

»Habt ihr gehört, dass der Freak von *Totaaal Extreeem* im Heim auf dem Klo ein Video für Hotze gedreht hat?«, will Flo wissen.

»Ach was«, staunt Charlotte.

Sie liebt die durchgeknallte nächtliche Sendung im Hessischen Fernsehen, in der Moderator Jesus Backstage auf Technopartys, meist im Frankfurter Raum, mit der Kamera unterwegs ist und dort sinnlose Interviews mit DJs und Feiernden führt und dabei selbst oft nicht ganz nüchtern zu sein scheint.

»Gehen wir eigentlich morgen zur Hotze-Party ins MTW?«, will Matze wissen.

»Wäre konsequent«, grinst Flo.

Auf der Hotze-Party in Offenbach legte kein Resident aus dem Stammheim auf, sondern die Frankfurter DJs T, Frank Lorber und Toni Rios. Die Party war wild und Charlotte ist trotz der geschenkten Stunde durch die Umstellung auf die Winterzeit seit Tagen dauermüde. Dass es zum Feierabend dunkel wird, macht sie jedes Jahr aufs Neue fertig.

Als sie mittwochs bei Franzi ankommt, um beim Umzug zu helfen, sind die Jungs schon dabei, die Möbel abzubauen. Angie hat sich im Wohnzimmer verbarrikadiert. Charlotte ist genervt und hat gleichzeitig Mitleid. Ohne Franzi ist sie ganz allein, Freundschaften pflegt sie ebenso wenig wie Liebschaften. Charlotte startet einen Versuch und öffnet zaghaft die Tür. Franzis Mutter sitzt auf der Couch und fixiert den Fernseher, vor ihr stehen eine Flasche Rotwein und ein Weinglas.

»Hallo Angie.«

Die brummt bloß mies gelaunt, ohne den Blick von der Mattscheibe abzuwenden.

»Ich wollte nur kurz Hallo sagen. Wie geht's?«

Nun grummelt Angie irgendwas. Charlotte vermutet, dass sie geweint hat und sich deshalb nicht umdreht – und betrunken ist.

»Okay, bis bald.«

Dann halt nicht, denkt sie sich und geht zu den anderen.

Keine Stunde später laden sie Franzis Bett, Kleiderschrank und Kommode sowie ein paar Umzugskartons in den Sprinter, den Phil von seinem Opa besorgt hat. In der neuen Wohnung bauen sie die Möbel wieder auf und räumen die wenigen Habseligkeiten aus den Kartons. Nach getaner Arbeit bestellt Franzi Pizza und stapelt sie in der Küche, damit sich jeder frei bedienen kann. Kurz darauf stehen sie an der Küchenzeile und schlagen hungrig zu.

»Ist doch gar nicht so übel hier«, schmatzt Matze.

»Bisschen Deko und Möbel, dann wird es bestimmt chillo-mat«, findet Phil.

»Dafür muss ich erst Kohle sparen. Danke nochmal für die Kaution, Flo.«

»Für dich immer gern, Schranzi.«

»Aber hey, meine erste eigene Bude, das muss gefeiert werden!«

Das sehen die anderen auch so. Sparen kann Franzi danach immer noch.

— – —

»When You Gonna Learn?«, Ibrahim Alfa

4. November 2000

4 x 4000W STAFFEL-BASSRUTSCHEN
HØRSPIELMUS!K UND UTILS LABEL PARTY
Big Floor: The Advent (live), Ibrahim Alfa (live),
Pierre, Marky, Marco Cannata
House Café: Ricardo Villalobos, Axl Baum, Stefan Küchenmeister
Chill-out: David Moufang, Deff'n'Stoehr, Fish
STAMMHEIM

Selbstverständlich glühen sie heute bei Franzi vor, auch wenn es bei ihr noch an Sitzgelegenheiten fehlt. Damit sich das bald ändert, wird sie übermorgen zum Geburtstag mit einem Gutschein für ein schwedisches Möbelhaus überrascht.

»Du kannst echt über die ganze Stadt schauen«, bewundert Phil die Aussicht vom Balkon.

»Mit einem Fernglas kannst du sogar bei Flo durchs Fenster gaffen«, scherzt Matze.

»Lieber nicht«, sagt Franzi frech.

»Äi, was soll das denn heißen?«, tut Flo gespielt beleidigt.

Franzis Augen strahlen dermaßen vor Glück, dass Charlotte kurz darüber nachdenkt, sich auch eine Wohnung zu suchen. Den Gedanken verwirft sie jedoch an dem Punkt mit den Kosten, denn ihr Geld investiert sie lieber in Musik, Weggehen und Sprit für Blackie.

Phil fährt heute und Charlotte nimmt sich fest vor, zusammen mit ihm nüchtern zu bleiben. Zeit für die nächste Etappe ihrer Mission, beziehungsweise die Wiederaufnahme ihrer Mission.

Im Foyer stürzt ihnen ein völlig überdrehter Henri entgegen, seine wirren Witze findet nur noch er lustig. Er war gestern im U60311 und bisher noch nicht zuhause gewesen.

»Henri, du Bauer, geh ma pennen!«, neckt ihn Marie.

Charlotte mag den quirligen Lockenkopf, der ständig Gutzchen verteilt.

Ihren Plan mit dem Nüchternbleiben hat Franzi leider fünf Minuten nach dem Betreten des Stammheims durchkreuzt. Die Gute hat Feierdruck und reißt ihre Freundin gnadenlos mit.

Heute kauft sich Charlotte endlich das dunkelgrüne Heimkinder-Shirt und trägt es fortan mit stolz geschwellter Brust. An der Wand hinter dem Merch-Stand hängt ein altes Blechschild zwischen den abgedunkelten Fabrikfenstern: »*Salzmann verschönt die Freizeit / Zelte – Möbel – Schirme – Liegen*« steht darauf, es stammt eindeutig aus dem ersten Leben der Fabrik. Die Firma Salzmann & Comp. fertigte von 1890 bis 1971 Textilien und Zelte in diesen Gemäuern, wie Charlotte mittlerweile weiß.

Salzmann verschönt so was von die Freizeit, denkt sie sich und grinst.

»Na, auch schon wieder hier?«

»Stevie!«, freut sich Charlotte und fällt ihm um den Hals.

Sie fühlt sich schon ein bisschen cool, dass Stefan Küchenmeister sie vor Dani, Henri und den anderen Stammgästen begrüßt. Das wird wenige Augenblicke später noch getoppt, als Marky auf seinem Weg zum Big Floor ebenfalls grüßt, bevor er Dani für sein T-Shirt von HörSpielMusik anerkennend auf die Schulter klopft.

»So, ich gehe mal ein paar Platten kaufen, ich spiele heute ein House-Set«, kündigt Stefan Küchenmeister an.

»Wir kommen mit, wir wollten eh aufs Klo«, entscheidet Franzi und hakt sich bei Charlotte unter, um sie mitzuzerren.

Im Vorraum biegt Stevie in das kleine Häuschen ab, der Lastenaufzug gehört heute Henner. Die Mädels entern die Toilette, bevor sie kurz darauf wieder zu den Jungs stoßen, die mittlerweile auf dem Big Floor den Live-Act von Ibrahim Alfa abfeiern.

»Purer Stammheim-Sound! Einfach nur fett!«, ruft Flo begeistert und lässt seine Zähne leuchten.

»Woohoo!«, schreit Charlotte und löst eine Reihe von Pfiffen und Jubel im Raum aus.

Solche Schlachtrufe animieren fast immer weitere auf der Tanzfläche dazu, ihrer Freude ebenfalls lautstark Platz zu machen. Charlotte liebt es, die Initiatorin einer solchen Begeisterungswelle zu sein.

»Du kannst so cool tanzen!«, strahlt Franzi.

Dieses Kompliment pusht Charlotte zusätzlich. Selbstbewusst gleitet sie über den Tanzboden, grinst und feiert mit allen, die sie kennt und noch nicht kennt. Bis ihr einfällt, dass sie Stefan Küchenmeister versprochen haben, zu seinem Set zu kommen. Sie ergreift Franzis Hand und schleift sie rüber ins House Café. Dort gibt es eine neue Deko: Die Wände sind schwarz gestrichen und mit rot-orangenen, züngelnden

Flammen bemalt. Das Motiv erinnert an das kurzärmelige Hemd, das gerade der letzte Schrei unter modebewussten Jungs ist.

Das House Café gibt sein gewohntes Bild ab, überall schwingen Menschen mit glücklichen Gesichtern ihre Hüften zu knackigen Tunes. Dem Sound nach zu urteilen, könnte das Stefan Küchenmeister sein. Charlotte hat seine Playtime vergessen und ist auf gut Glück hierhergekommen. Und sie hat recht.

Sein Techhouse pumpt den Freundinnen durch die Venen, sie grooven über die Tanzfläche und fühlen sich noch tiefer miteinander verbunden. Pure Liebe füreinander und für die Welt.

Das stürmische Meer aus Körpern schwemmt sie allmählich ans Ufer Richtung Bar. Nach einem Kräuti verliert sich Franzi in einem euphorischen Monolog darüber, wie wunderbar das Leben ist.

»Hab ich eigentlich Gesichtsfasching?«, fragt sie urplötzlich mitten im Satz.

»Nein, du siehst gut aus! Und ich? Hab ich Gulasch?«

»Bisschen!«

»Hilfe! Wo ist meine Sonnenbrille?«

»War nur ein Witz! Du siehst wunderschön aus! Wie immer!«

Auf einmal wird Charlottes Körper schwer und will sich auf eine Couch fläzen. »Wollen wir kurz in den Chill-out?«

»Hä? Auf keinsten, lass zu den Jungs gehen!«

Auf dem Big Floor trennen sich ihre Wege, aber Charlotte verspricht, in zehn Minuten zurückzukommen.

Kurz darauf versinkt sie genüsslich in einer Couch neben der Ravelinde-Prinzessin-Leia-Statue und schließt die Augen. Sie wippt mit den Füßen zum Rhythmus und fühlt sich wunderbar.

»Ei, Gude!«, flötet Henri, wirft sich neben sie und schwadroniert von absurden Geschichten von gestern, heute und irgendwann. Er ist in jeder Hinsicht schnell unterwegs und überschlägt sich beim Reden fast mit seinen Händen und Füßen.

»Weißte eigentlisch, dass du 'ne escht coole Sogge bist?«

»Du auch, Henri de Hess!«

Er checkt die Zeit auf seiner Digitalarmbanduhr: »Ui! Pierre fängt an! Auf, wir geh'n rübber!«

Als sie die Tür zum Big Floor passieren, legt ihr Held gerade los. Die beiden steuern zur Bar und kippen einen Kräuti.

»Den Ventilator gibt es ja wirklich!«, ruft Charlotte mit großen Augen.

Im Gemäuer hinter der Live-Act-Bühne rotieren tatsächlich die Blätter einer alten Lüftung. Der Ventilator sieht exakt so aus wie auf dem Flyer, auf dem Ravelinde ankündigt, dass gleich die Scheiße durch selbigen fliegt.

»Ei, klor! Der is' nur meistens zugebaut, wesche'm Tageslicht!«

Nun geht Charlotte schon seit über einem Jahr ins Stammheim und entdeckt immer wieder etwas Neues.

Die Musik vibriert in ihren Körpern und zieht die beiden tiefer auf die Tanzfläche, dennoch schreit ihr rastloser Freund bald darauf: »Lodde, ich muss ma' uff's Klo, ich komm' glei' widder!«

Sie zeigt einen Daumen hoch, schließt die Augen und wirft die Arme in die Luft. Pierre ist perfekt darin, den Zustand eines verpeilten Morgens zu vertonen.

Und dann brüllt ein schwitzender Typ: »Morgens, halb zehn in Kassel, und keine Sau will Knoppers!« in Charlottes Ohr ...

— – —

Nach dem Beginn der Fünftagewoche ist Franzis Umzug der finale Schubser, dass sich die Freundinnen fast gar nicht mehr sehen. Trotz allwöchentlicher Beschwörungen bleibt sie eisern zuhause und ist nicht davon abzubringen. Sie muss sparen, sparen, sparen, um ihre Wohnung einzurichten und ihre Schulden bei Flo abzustottern. Vorher könne sie sich nicht locker machen, argumentiert sie. Wenigstens taucht sie ab und an auf der After auf und fährt Charlotte, Phil und Matze nach Hause.

Umso mehr genießen die Freundinnen das Wochenende, an dem sie samstags im Möbelhaus den Geburtstagsgutschein einlösen und sonntags alles aufbauen. Denn langsam schleicht sich neben der räumlichen Distanz auch eine emotionale zwischen den beiden ein. Franzi versäumt einfach zu viele prägende Ereignisse in Charlottes Leben.

Eines davon ist Charlottes musikalischer Orgasmus beim »Vogel abschießen« mit Cristian Vogel. Der Großmeister des schrägen Sounds himself schickt sie in dieser Nacht ins Nirwana. Es fiept, kracht, knarrt und faucht nur so aus den Boxen und sie kriegt sich kaum mehr ein vor Freude. Purer Pierre-Sound.

Eine Woche später verpasst die Sparfüchsin dann auch noch das »Discowerfen der Herren«, bei dem Luke Slater den Big Floor abfackelt. In derselben Nacht streift Charlotte mit Stefan Küchenmeister umher und lernt den Club von einer neuen Seite kennen: Als sein Freigetränke-Kontingent aufgebraucht ist, nimmt er sie mit in den Abrechnungsraum hinter House Café und Bistro. Dort kommt nur rein, wer hier arbeitet oder seine Gage abholen will. Ehrfürchtig bleibt Charlotte an der Tür stehen und beobachtet das geschäftige Treiben in dem kleinen Zimmer. Ein Schreibtisch, ein Tresor, ein Regal und Kartons mit irgendwelchem Zeug darin.

»Unterschreib mal für mich!«, fordert der in ein Gespräch verwickelte Stevie auf und deutet auf ein Mädel am Schreibtisch, das Charlotte daraufhin ein Klemmbrett mit Kugelschreiber reicht.

Darauf liegt eine Liste, in der ausgestellte Freigetränkekarten vermerkt werden. Charlotte kritzelt ein absolut unlesbares *Stefan Küchenmeister* in die letzte Zeile. Die Kassenwartin stört es nicht weiter, dass eine Fremde mit falschem Namen unterschreibt.

Wieder draußen – vom Abrechnungsraum gelangt man hinter die Theke des House Cafés – wird die Getränkekarte umgehend zum Einsatz gebracht: ein simples Stück Papier in der Größe einer Visitenkarte mit einem Gitter und dem Clublogo darauf, in das vom Barpersonal Kreuzchen gemalt werden, um die Anzahl der verbrauchten Freigetränke zu protokollieren. Manche kosten zwei Kreuze, wie zum Beispiel Wodka A. Wenn alle Quadrate ausgeixt sind, ist das Guthaben leer.

Zur Krönung des Abends schenkt ihr Stefan Küchenmeister seine EP »*Garbage Elements*« mit dem Stammheim-Kracher »*Soda Stream*« und die Jungs platzen vor Neid.

Charlotte schildert aufgekratzt ihre Stammheim-Abenteuer, doch Franzi zeigt sich zunehmend desinteressiert und emotionslos.

»Hörst du mir überhaupt zu?«

»Ja, klar.«

»Komm doch am Samstag mit zu *11 Jahre GROOVE*, da geht jeder hin.«

»Ich aber nicht. Hey, dann hörst du ja endlich mal Jeff Mills ... Hoffentlich ...«, frotzelt Franzi.

»Keine Gefahr, ich fahre«, grinst Charlotte den doofen Kommentar weg. »Ich freue mich auch voll auf den Hell und

Technasia. Dieses ultrakrasse Line-up kannst du dir eigentlich nicht entgehen lassen.«

»Mach es mir bitte nicht so schwer.«

»Na gut. Sorry. Wird bestimmt eh total scheiße«, lügt Charlotte und Franzi lacht bitter.

Charlotte zeigt Verständnis für ihre Freundin. Es ist sicher nicht einfach, allein zuhause zu sitzen und Tiefkühlpizza zu essen, während die anderen auf die Kacke hauen. Leider kommt Phil am Samstag ebenfalls nicht mit, er muss am Sonntag auf eine Familienfeier, die er nicht schwänzen kann. Die freien Plätze im Auto füllt Charlotte mit Conny und Tamara auf.

Die Macher der GROOVE lassen sich nicht lumpen und feiern gleich in zwei Clubs ihr Jubiläum.

Das MTW und Robert Johnson befinden sich im gleichen Gebäude und sind sowohl über das Treppenhaus als auch von außen über eine Stahltreppe miteinander verbunden, die von der Terrasse des MTWs auf den Balkon des Robert Johnsons führt.

Die Party ist der reinste Szene-Auflauf, ganz *D&D* ist da, einige Heimkinder und sämtliche Clubkoryphäen aus dem Großraum Frankfurt. Allen voran der wohlbekannte *Väthischist* mit einer knallroten Lockenperücke auf dem Kopf und RobX, der Charlotte mit Sebastian auf der Tanzfläche fotografiert.

Er hatte ihr gerade ins Ohr gebrüllt, dass er morgen früh gerne mit ihr nach Hause gehen oder sie gerne mit zu sich nehmen würde – wie herum, das sei ihm völlig gleich, er habe einfach nur riesige Lust auf sie. Er muss immer wieder an ihren krassen Sex im Auto denken ... Ob es ihr nicht auch so gehe, hatte er eine Sekunde vorher gefragt, bevor das Foto entstand. Entsprechend horny wird ihr Gesichtsausdruck darauf sein.

Sebastians Ansage klingt verlockend und Charlotte denkt darüber nach, sich der Versuchung hinzugeben. Auch, weil Franzi einen Samen des Zweifels in ihr gesät hat. Immer mehr schwelt die betrübende Vermutung, dass Phil nur platonische Gefühle für sie hat. Sämtliche Anstrengungen in den letzten Wochen liefen ins Leere, Charlotte konnte noch so sexy sein, noch so cool und noch so unnahbar – Phils Verhalten blieb freundschaftlich. Trotzdem: Ihr Bauchgefühl sagt ihr, Sebastian besser zu widerstehen. Wenn es einen Funken Hoffnung bei Phil gibt, würde er damit vielleicht erlöschen.

Zum Glück wird Charlotte von ihrer triebhaften Hin- und Hergerissenheit abgelenkt, als der altbekannte User ihr endlich diese Anna vorstellt. Die Ähnlichkeit ist absolut verblüffend, sie tragen sogar die gleiche Frisur und ähnliche Klamotten. Immerhin sind die Piercings an unterschiedlichen Stellen: Anna hat eine Kugel am Kinn statt einen Ring durch die Nase.

Als Allererstes klopfen die beiden mögliche Verwandtschaftsverhältnisse ab. Wider Erwarten keine Übereinstimmungen. Trotzdem verstehen sie sich wie Schwestern, streifen stundenlang umher und veräppeln alle damit, sie seien das *doppelte Lottchen* und haben sich heute Nacht zufällig hier gefunden.

Als wäre das nicht schon genügend Story-Futter für Franzi und Phil, setzt Flo noch einen drauf: In den Morgenstunden macht er – mitten auf der Tanzfläche des MTWs – wild mit einem asiatischen Ladyboy herum, dessen silbernes Glitzerkleid einer Discokugel ähnelt. Dieses auffällige Paar dürfte niemandem entgangen sein.

Charlotte hält bis zur letzten Platte von DJ Hell im MTW durch. Die After schenkt sie sich, ihre vom Tanzen strapazierten Glieder sehnen sich nach ihrem Bett.

Ohne Sebastian.

Nach ein paar Stunden Schlaf ruft sie Franzi an und berichtet heiß und fettig sämtliche Ereignisse der Nacht und lacht sich kaputt.

»Vor allem, das doppelte *Lottchen*, die heißen im Original ja auch so!« Charlotte kriegt sich kaum mehr ein.

»Ja, voll lustig.«

»Und die Mucke war die ganze Nacht so fett, ich hab nur getanzt!«

Franzi brummt bloß.

»Alles okay bei dir?«

»Klar.«

»Ist irgendwas? Bist du sauer? Laber ich zu viel?«

»Quatsch, es ist nichts.«

Nach dem Gespräch denkt Charlotte über ihre Freundschaft nach. Die beiden haben sich entzweit. Es wird Zeit, dass Weihnachten kommt, und die beiden wieder zueinander finden. Birgit und Manfred haben sich darauf eingelassen, dass Franzi mit ihnen die Feiertage verbringt, da das Verhältnis zu Angie völlig erkaltet ist.

Kapitel 12: WEIN-NACHTEN

Einen Tag vor Heiligabend schauen die fünf auf dem Weihnachtsmarkt tief in die Glühweintassen. Dümmlich gackernd schwanken sie von Stand zu Stand und kippen sich einen nach dem anderen hinter die Binde.

»Habt ihr eigentlich mitbekommen, dass das Gray an Silvester dichtmacht?«, schlägt Flo ein ernstes Thema an.

»Ach was, wieso das denn?«, fragt Charlotte.

»Brandschutzauflagen oder sowas«, antwortet Flo.

»Hä?«

Flo zuckt mit den Schultern: »Kein Plan, den Laden gibt es ja auch nicht erst seit gestern ...«

»Wollen wir hin?«, fragt Franzi.

»Auf keinsten, da wird die Schlange des Todes sein«, blockt Flo ab, »aber Kalle und die anderen gehen bestimmt.«

»Ich hab da auch keinen Bock drauf. Das Gray ist mehr eine Großraumdisse als Technoclub und war noch nie mein Fall, aber es ist trotzdem zum Kotzen«, findet Matze. »Nach und nach verschwinden immer mehr Schuppen in Frankfurt.«

»Ab ins Heim, würde ich sagen«, grinst Phil und schlägt genau das vor, was Charlotte im Sinn hatte.

»Line-up fetzt auf jeden«, weiß Flo.

»Da spielen sogar die Typen von *We can make Sandwiches, döp-döp-dödöpdöpdöp*«, singt Matze, woraufhin Charlotte und Flo laut lachen und Phil und Franzi nicht verstehen. So ist das, wenn man einen Insider verpasst.

»Sag mal, Flo, was war das eigentlich mit dem Glitzerboy im MTW?«, fragt Charlotte frech und wechselt wieder zu einem seichten Thema. Der Glühwein knallt ganz schön.

»Huiuiui, äh, ja«, stammelt er, »da war ich wohl bissi unterwegs ...«

»Ach, quatsch, *du* doch nicht!«, sagt sie ironisch und dazu noch etwas zu laut.

»Was war da los?«, will Phil wissen.

»Ich hatte beim Dancen auf einmal eine Zunge im Hals und ehe ich mich versah, stand ich auf'm Klo und die Alte lutscht mir einen!«, prustet Flo.

»Der!«, grölt Matze. Mittlerweile dürfte der halbe Weihnachtsmarkt der Story folgen.

»Das wusste *ich* doch nicht! Erst, als die, äh er ihr Kleid hochschiebt und mir ihren Pimmel entgegengestreckt hat! Ich hab gedacht, ich werd nicht mehr!«

»Waaaah!«, kreischen die anderen unisono und lachen sich kaputt.

In ihrem Suff bemerken die fünf nicht, dass die Blicke der Leute um sie herum von erstaunt bis entsetzt reichen.

»Das war noch längst nicht alles …«

»Oh Gott, was denn noch?«, stöhnt Franzi.

»Er wollte, dass ich sie in den Arsch knalle!«

Jetzt schreien sie vor Lachen.

»Und dann?«, jappst Matze, als er sich etwas gefangen hat.

»Aja …«

»Hast du nicht!!!«, ruft er und alle brüllen.

Hoffentlich hat er einen Gummi benutzt, denkt sich Charlotte.

— - —

Der Glühwein hängt den Mädels schwer im Schädel, als sie am nächsten Mittag auf der Couch liegen und sich von alten Schinken im Fernsehen berieseln lassen. In der Ecke des Wohnzimmers prangt ein prachtvoll geschmückter Weihnachtsbaum mit goldenem Lametta. Birgit und Manfred wuseln schon den ganzen Morgen in der Küche herum und bereiten in feierlicher Stimmung das Drei-Gänge-Menü vor: Kartoffelcremesuppe, Gänsebraten und Mousse au Chocolat.

Nach dem Festessen sitzen sie fresskomatös vor dem Baum und bescheren. Charlotte hat für Franzi die CD »*In the Mix (Sound of the 1st Season)*« in der Plattenkiste gekauft, ein DJ-Set von Sven Väth zum ersten Jahr *Cocoon Club* im Amnesia.

»Ich freue mich schon so auf unseren Ibiza-Urlaub«, fügt sie bei der Übergabe hinzu, »ab sofort lege ich jeden Monat einen Fuffi dafür zurück.«

»Dann kannst du unser Geschenk gleich als Startkapital nehmen«, zwinkert Birgit.

Seit ein paar Jahren sind ihre Eltern dazu übergegangen, Charlotte hundert Mark an Weihnachten zu schenken, anstatt etwas zu kaufen, was ihr ohnehin nicht gefällt. Franzi bekommt eine Flasche Sekt und Pralinen von ihnen und sie schenkt Charlotte schwarz-weiß karierte Handgelenkstulpen.

»Willst du deiner Mutter nicht wenigstens frohe Weihnachten wünschen?«, fragt Birgit vorsichtig, wenn auch mit einem vorwurfsvollen Unterton.

»Lass sie«, zischt Charlotte.

Doch ihre Eltern geben es nicht auf zu versuchen, eine Brücke zwischen Franzi und Angie zu schlagen. Franzi macht dicht, die Fronten sind verhärtet. Charlotte verdrängt die Vorstellung lieber, dass Angie gerade einsam vor dem Fernseher sitzt und eine Flasche Wein nach der nächsten in sich hineinschüttet.

Sobald wie möglich entziehen sich die beiden den Fängen der Eltern und verkrümeln sich nach oben. Charlotte legt die CD ein und überspielt sie auf Tape. Der erste Track ist ein Sven-Väth-Remix von »*W.I.R.*« und Charlotte bekommt Gänsehaut.

»Bei der Scheibe muss ich immer an den *Lovepark* denken«, verrät sie.

»Ich auch. Aber der Remix vom Babba ist ja fast noch geiler als das Original.«

»Ja, der ist geil schräg«, findet Charlotte. Dann wechselt sie abrupt das Thema: »Du, ich habe über Phil nachgedacht.«

»Und?«

»Ich weiß nicht, was ich noch machen soll. Mission Unwiderstehlich läuft nicht.«

»Er mag dich halt nur als Freundin, daran kannst du nichts ändern ... Es tut mir so leid!«

Charlotte schießen Tränen in die Augen und Franzi nimmt sie in den Arm. Dann schluchzt sie los, weil ihr so lang ersehnter Traum zu platzen scheint.

»Ich kann mir vorstellen, wie weh dir das tut. Vielleicht wäre es gut, wenn du dich mit Sebastian ablenkst?«

Charlotte brummelt. Tatsächlich kann sie sich mit dem Gedanken anfreunden, ihn zu daten. Der Sex mit ihm hat Lust auf mehr gemacht. Sie müsste nur eine SMS schicken und er stünde vor der Tür ... Das ist ein schöner Trost. Und ein sehr verlockender dazu.

Entgegen ihrer Abmachung verbringt Franzi den ersten Weihnachtsfeiertag zuhause. Charlotte ist enttäuscht. Daran tragen sicher ihre Eltern schuld, weil sie einfach nicht lockerlassen wegen Angie.

»Dann komme ich nach dem Essen zu dir«, kündigt Charlotte vormittags am Telefon an, als Franzi absagt.

»Okay.«

Am Nachmittag erhält sie eine SMS von Franzi, dass Hardy heute Abend zu ihr kommt – und Charlotte fragt sich, wann dieser Typ wieder aufs Tablett kam.

Den zweiten Weihnachtsabend verbringen die beiden wieder zusammen, dieses Mal bei Franzi. Sie vertilgen Reste vom Vortag, Birgit hatte extra zwei zusätzliche Portionen Rippchen mit Kraut gekocht. Mit vollen Bäuchen lassen sie sich von weihnachtlichen Spielfilmen berieseln.

Charlottes Fragen nach Hardy beantwortet Franzi einsilbig. Fast so, als würde sie bereuen, ihn wieder getroffen zu haben. Das kann Charlotte gut verstehen und bohrt nicht weiter nach.

Heute zeigt Franzi wieder echtes Interesse an Charlottes Leben aus den letzten Wochen. Sie hatte einfach nur den Kopf voll mit dem Umzug, der Kohle und dem ganzen Stress mit Angie, das weiß Charlotte nun.

»An Silvester bist du aber dabei?«

»Na logen. Silvester lasse ich mir nicht entgehen!«

Das wollte Charlotte hören.

— – —

»Ping Pong«, Computerjockeys

31. Dezember 2000

2001: A BASS ODYSSEY
Big Floor: DJ Assault, Detroit Grand Pu Bahs, Marcantonio,
Pierre, Marky, Marco Cannata
House Café: Jeff K, Ben E. Clock, Karotte, Axl Baum,
Stefan Küchenmeister, Chi
Chill-out: Computerjockeys (live), Fish, Dimatrix
STAMMHEIM

Auf dem Big Floor geht es heute wegen des Jahreswechsels früher los. Die Party ist voll im Gange, als kurz vor Mitternacht die Musik stoppt und an ihrer Statt eine verzerrte Stimme aus den Boxen dröhnt. Sie startet den Countdown ins neue Jahr und zählt von zehn ab rückwärts, untermalt von einem martialischen Dröhnen. Mit jeder Zahl schwillt die Stimmung weiter an, und Charlottes Armhaare stellen sich auf. Nach der Sechs folgt eine Kunstpause, die mit ungeduldigen Pfiffen und Jubel überbrückt wird. Dann beginnt der Countdown nochmal bei zehn, was das Publikum gleichzeitig verwirrt und ausflippen lässt. Nach der Eins folgt wieder eine Kunstpause und einer brüllt »Action!«.

Charlotte muss grinsen, die Leute hier sind unglaublich.

Ein wuchtiger Soundteppich flutet den Raum und wird von Jubel und Pfiffen durchschnitten. »Frohes Neues!«, »Happy New Year!«, »Happy 2001!«, schreit es aus allen Richtungen.

Jeder fällt jedem in die Arme, ob man sich kennt oder nicht. Immer wieder skandiert jemand Neujahrsparolen, die mit Pfiffen quittiert werden.

»Schranzi! So schön, dass du mitgekommen bist! Ich habe dich die letzten Male so vermisst!«

»Ich lieb dich auch!«

»Frohes neues Jahrtausend!«, ruft Tino und belehrt alle, dass rein rechnerisch erst heute das neue Jahrtausend beginnt.

»Jetzt klugscheißer' hier net so rum!«, ruft Henri, »häbbi nu Yeah! Kinners, jetzt wird gefeiääääääärt!«

»*Stimmung! Titten raus!! Party!!!*«, antwortet Maggus mit einem Zitat von Hotze aus »*Für eine Hand voll Party*«. Das Buch von Bringmann & Kopetzki kennen einige mittlerweile in- und auswendig.

Die mächtige Soundwand wird allmählich von Markys erster Platte des neuen Jahres durchbrochen. Als ein knackiger Beat dominiert und hart aus den Boxen stampft, rasten alle aus, weil die Party weitergeht.

Charlotte hat sämtliche negativen Gedanken ihrer Mission beiseite geschoben und genießt es, mit ihren Freunden zu feiern. Neben ihren Liebsten ist Conny dabei, die anderen versuchen wie erwartet ihr Glück im Dorian Gray.

Das Stammheim ist proppenvoll, bereits am Kasseler Hauptbahnhof tummelte sich ein bunter Haufen Technofans. In weiser Voraussicht wurde die Garderobe heute in den sogenannten Theaterraum bei den Toiletten verlegt. Das kleine Häuschen würde bereits aus allen Nähten platzen, obwohl noch ein Haufen Menschen vor der Tür auf Einlass wartet. Der Theaterraum bleibt dem Clubbetrieb normalerweise verborgen, unter der Woche finden dort Veranstaltungen vom Kulturverein Salzmann e. V. statt. Das ist auch der Vermieter des Stammheims, wie Charlotte von Thomsen weiß.

Die große Ravelinde-Statue ist vom Chill-out ins Foyer umgezogen, daneben wird Stammheim-Merch verkauft. Dieses Mal schlagen die Jungs bei den Shirts zu: Matze kauft eins von Hotze, Flo eins von HörSpielMusik und Phil eins mit Heimkinder-Motiv.

»Hast du letzte Woche eigentlich ein Tape abgestaubt?«, will Flo von Dani wissen. In der *Heimpost* wurde angekündigt, dass die ersten fünfhundert Gäste ein Mixtape zu Weihnachten geschenkt bekommen.

»Was denkt du denn, wir sind doch Profis«, grinst er und beschreibt begeistert die Kassette. Auf der A-Seite des »*The Stammheim Xmas Mix 2000*« ist ein DJ-Set von Pierre, auf der B-Seite eins von House-Café-Resident Axl Baum. Das Cover zeigt das gleiche Motiv wie der aktuelle Flyer »*A Bass Odyssey*« und ist eine Hommage an *2001: A Space Odyssey*. In dem Filmklassiker aus dem Jahr 1968 nahm Stanley Kubrick an, die Menschheit würde im Jahr 2001 durchs All reisen und mit Computern sprechen, die über künstliche Intelligenz verfügen.

Doch um diesen Stand der Technik in der Realität aufzuholen, müsste die Menschheit in diesem Jahr ganz schön Gas geben. Bringmann & Kopetzki inszenieren ihre Ravelinde als Astronautin, die in der schwarzen Unendlichkeit des Weltraums schwebt und einen leuchtenden Planeten mit Stammheim-Logo ansteuert. Auf dem Booklet des Tapes hat die Heim-Crew eine Liebeserklärung an die Heimkinder hinterlassen:

»Thanxxx to all the crazy, wild and beautiful Partypeople and Musiclovers who make the Stammheim-Vibe so special! You are the Party!!!«

»Fett, das musst du mir überspielen«, bittet Flo.

»Mir bitte auch«, ergänzt Charlotte.

»Bringe ich euch nächstes Mal mit«, verspricht Dani, auch wenn es ein paar Male dauern und einige Erinnerungen erfordern wird.

»Und habt ihr heute ein Stück Dancefloor bekommen? Als wir kamen, war schon alles weg«, sagt Charlotte betröppelt.

Bei der *»Aktion heiliger Boden«* wurde in der *Heimpost* den ersten Silvester-Gästen *»ein kleines Begrüßungsstück des legendären Aufschwung-Stammheim-Dancefloors«* versprochen.

»Wie gesagt ... Profis«, zwinkert Dani. »Aber es gab nur einen Gutschein, man kann sich den heiligen Boden die Tage abholen.«

»Das ist besser als ein Stück von der Berliner Mauer«, grinst Flo.

»Da steckt auf jeden Fall mehr Geschichte drin«, scherzt Dani.

Etwas später tanzt nur noch Conny neben Charlotte auf dem Big Floor, der Rest ist irgendwo im Club unterwegs. Sie zerrt sie auf einen Kräuti und eine Cola an die Bar.

»Wollen wir mal rüber in den Chill-out?«, schlägt Conny vor.

»Au ja, da war ich heute noch gar nicht!«

Sie fügen sich in den Menschenstrom ein und lassen sich in den Nachbarraum spülen. Hier groovt wie stets ein entspannter Beat aus den Boxen und das Licht ist diesig. Projektoren werfen psychedelische Muster an Wände, die sich bewegen. Endlich versteht Charlotte, was Dani mit dieser schickigsten Art von Deko meint.

Charlotte und Conny werden langsamer und passen sich dem Rhythmus an, je tiefer sie in die Atmosphäre eintauchen. Auf der Sofalandschaft dümpeln, lachen und labern verschwitzte Raver, manche haben die Augen geschlossen und sehen zufrieden aus. Zwei Typen schrauben an einem Meer von Geräten herum. Es sind die Computerjockeys, der angekündigte Live-Act im Chill-out.

Ein Tischtennisball springt gerade auf einer Tischplatte quer durch den Raum, zumindest hört es sich so an. Das imaginäre Pingpong-Spiel wird von einem gediegenen Drum-'n'-Bass-Beat und einer indischen Sitar untermalt. Immer mehr Leute erheben sich und tanzen. Jubel und Pfiffe ertönen, das hört man hier selten.

Musik und Vibe passen perfekt, das ist wieder einer dieser Momente ... Charlotte bekommt Gänsehaut.

Auf der Suche nach bekannten Gesichtern erspäht sie in der hintersten Ecke zwei vertraute Silhouetten. Ein weiblicher Körper sitzt auf dem männlichen, sie küssen sich innig.

ES SIND FRANZI UND PHIL.

Charlotte friert ein.

»Komm, wir gehen!«, zischt Conny und packt sie am Arm.

Aber Charlotte steht wie ein Fels in der Brandung und starrt die beiden an. Ihr Gehirn versteht nicht, was ihre Augen dort sehen. Ist das eine Halluzination?

Franzi sitzt auf Phils Schoß, seine Hand streichelt ihren Bauch unter ihrem Top, ihre liegt liebevoll an seinem Kinn. Ihre Zungen spielen zärtlich miteinander. Der Boden unter Charlottes Füßen wankt, sie will schreien und schlagen, heulen und treten.

Da Conny Charlotte nicht vom Fleck bekommt, boxt sie Phil unsanft gegen den Oberarm. Die beiden schrecken auf und ihnen fällt sprichwörtlich alles aus dem Gesicht.

Charlotte strömt mittlerweile ein Sturzbach über die Wangen. Endlich schafft es Conny, ihre Freundin aus der schmerzhaften Situation zu befreien. Charlotte ist wie abgeschnitten von der Welt, nimmt alles nur noch dumpf wahr. Hört Stimmen fragen, ob alles in Ordnung ist, aber sie erkennt die Gesichter vor lauter Tränen nicht. Jemand reicht ihr ein Taschentuch.

Conny parkt Charlotte bei Mel im Foyer und regelt den Rest: informiert Matze und Flo, holt die Jacken von der Garderobe, organisiert ein Taxi zum Bahnhof, kauft Zugtickets und nimmt Charlotte mit nach Hause.

Die ist wie versteinert und lässt alles geschehen.

Kapitel 13: ABSTURZ

Als Charlotte erwacht, schlägt ihr die Realität mitten in die Fresse. Dreiunddreißig entgangene Anrufe und fünfzehn SMS von Franzi, eine von Phil. Es ist die einzige, die sie öffnet.

»Es tut mir leid.«

Mehr steht nicht darin.

Charlotte schluchzt laut und Conny kommt aus der Küche gerannt.

»Ach, Mann! Es tut mir so leid«, motzt sie mitfühlend und herzt das tränenüberströmte Häufchen Elend.

»Wie konnten die mir das nur antun?«

»Du musst was essen«, lenkt Conny ab, »oder willst du lieber duschen? Du kannst auch ein Bad nehmen. Ich habe Kuschelklamotten für dich bereitgelegt.«

Nach einer heißen Dusche sitzt Charlotte eingemummelt in Connys viel zu großem Jogginganzug auf dem Sofa. Dennoch friert sie. Jede Faser ihres Körpers ist zum Reißen angespannt. Kein Piep will ihr über die Lippen kommen, als hätte sie ihre Zunge verschluckt. Betäubt starrt sie ins Leere, immer wieder verschwimmt es vor ihren Augen, weil neue Tränen hochschießen. Die Pizza auf dem Teller vor ihr ist längst kalt.

»Versuch doch, wenigstens ein bisschen was zu essen. Soll ich dich später nach Hause fahren? Oder magst du heute hierbleiben?«

»Darf ich bei dir bleiben?«

Sie kann jetzt nicht allein sein. Schon gar nicht kann sie ihren Eltern unter die Augen treten und darüber sprechen, was passiert ist. Birgit sieht sofort, wenn es ihrer Tochter schlecht geht.

»Natürlich. Aber ich muss morgen arbeiten.«

»Oh Scheiße, ich eigentlich auch, aber ich kann nicht.«

»Lass dich krankschreiben, wenn es nicht geht. Aber es wäre wahrscheinlich nicht verkehrt, wenn du dich ablenken würdest.«

Ablenken von etwas, das Charlotte nicht begreifen kann. Franzi und Phil haben rumgemacht – das kann nur ein Fehler in der Matrix gewesen sein.

Den restlichen Neujahrstag liegt sie apathisch auf Connys Couch und dämmert irgendwann in einen traumlosen Schlaf.

Am nächsten Morgen fährt Conny sie nach Hause. Birgit steht erwartungsgemäß der Schrecken ins Gesicht geschrieben, als sie Charlotte erblickt.

»Was ist passiert?«, fragt sie fast panisch.

Der nächste Tränenschwall platzt aus Charlotte heraus und Birgit führt sie behutsam ins Wohnzimmer. Schluchzend berichtet sie in Kurzfassung, was los ist. Im Anschluss meldet ihre Mutter sie bei ihrem Arbeitgeber krank und informiert Manfred, dass sie heute nicht in den Laden kommt. Birgit schaltet in den Beschützermodus. Genau wie damals, wenn Charlotte als Kind krank war: Geh in die Wanne, zieh das an, leg dich hin, trink dies, iss jenes, schlaf. Charlotte lässt alles geschehen.

An Schlaf ist allerdings nicht zu denken. Die Szene aus dem Chill-out dreht sich wie ein Karussell des Horrors endlos vor ihren Augen.

Tags darauf gaukelt sie ihrem Hausarzt Magen-Darm-Probleme vor und bekommt einen gelben Schein für die restliche Woche. Birgit gibt ihn in der Firma ab, während sich Charlotte im Bett verkriecht.

Taub stiert sie vor sich hin und muss immer wieder vor Enttäuschung weinen. Wie konnte Franzi mir das nur antun, wie konnte Franzi mir das nur antun? Diese Frage läuft als quälende Dauerschleife in Charlottes Kopf, ohne von einer Antwort erlöst zu werden.

Raum und Zeit verschwimmen an diesen Tagen zu einem düsteren Nebel. Charlottes Tränen versiegen, doch der Schmerz der Enttäuschung droht sie zu zerreißen. Franzi gibt derweil nicht auf, sie mit Anrufen und Nachrichten zu bombardieren.

Als Charlotte endlich Kraft findet, schickt sie per SMS: »Wie konntest du mir das antun? Lass mich in Ruhe!«

In den nächsten Wochen dreht sich die Welt ohne Charlotte weiter. Sie hat kaum Kontakt zu ihren Freunden, nur Conny findet Zugang zu ihr. Sie meldet sich fast täglich und drängt bald auf eine Aussprache mit Franzi und Phil. Allein beim Gedanken daran wird Charlotte kotzübel. Es wird dauern, bis sie diesen Ausrutscher verzeihen kann.

»Ich kann noch nicht.«

»Franzi und Phil geht es auch nicht gut. Ohne ein Gespräch wirst du das Thema nie abschließen.«

Es interessiert Charlotte einen feuchten Dreck, wie es denen geht. Außerdem will sie nichts abschließen, sondern, dass alles wieder so ist wie vorher!

— - —

10. Februar 2001

DAS VERFLIXTE 7. JAHR
Big Floor: Cristian Vogel LIVE, Tube Jerk LIVE, Steve Glencross,
Pierre, Marky, Stefan Küchenmeister, Marco Cannata
House Café: Michi Lange, Jef K., Chi, Axl Baum
Chill-out: DJ Morpheus, Fish, Dimatrix
STAMMHEIM

»Vier Kräuti!«, kreischt Flo im House Café über die Theke.

Eigentlich ist Charlotte nicht nach Feiern zumute, aber Matze und Flo haben so lange gebohrt, bis sie sich hat breitschlagen lassen. Sie hatten immerhin mehrere Trümpfe in der Hand gehabt: Das Stammheim feiert heute Geburtstag, Cristian Vogel spielt einen Live-Act und außerdem ist Conny dabei – die ihr an Silvester hier den Arsch gerettet hat.

Dennoch bereute sie ihre Entscheidung zum ersten Mal vor etwa zwei Stunden, als sie die riesige Schlange vor der Tür sah.

Ihre Stimmung hängt noch immer am seidenen Faden, auch wenn die drei ihr Bestes geben, sie aufzuheitern.

»Cheers, Freunde! Hoffentlich gibt es heute nicht wieder so eine Überschwemmung wie letzte Woche bei Rush, das hat vielleicht gemockert«, erinnert sich Flo schmunzelnd.

»Das war echt übel«, lacht Matze, »das ganze Foyer stand unter Wasser und das Abwasser lief fast bis ins Treppenhaus!«

»Am Geilsten war, wie der Türsteher Phil angeblökt hat, ob er zu druff ist oder ob er es geil findet, mitten durch das Kackewasser zu latschen«, amüsiert sich Matze.

»Der Dabbes hat nix mehr gecheckt und ist mit riesigen Glotzern volle Kanne durchmarschiert«, lacht Flo.

Bei der Erwähnung seines Namens rattern Charlottes Gedanken wieder los. Franzi war sicher auch dabei, DJ Rush lässt die sich doch nicht entgehen. Traumatische Bilder aus dem Chill-out blitzen vor Charlottes Augen auf. Sie schüttelt energisch den Kopf, als könne diese Erinnerung damit aus dem Hirn geworfen werden. In den Chill-out setzt sie heute sicher keinen Fuß.

Charlotte entdeckt Stefan Küchenmeister, der vom DJ-Pult in Richtung Foyer an ihr vorbeikommt.

»Hey Stevie!«

»Na, Charlotte, wie geht's?«, fragt er bestens gelaunt.

»Gut, gut. Und dir?«

»Super! Schön, dass du mal wieder hier bist. Ich muss rüber, wir sehen uns später«, lächelt er und zieht von dannen.

Charlotte und die anderen gehen ins Foyer, wo eine weibliche Stimme »Lotte!« blökt. Es ist Mel. Sie sitzt mit der ganzen Truppe aus Fulda, Marie, Henri und Thomsen auf den Stufen. Alle strahlen sie an und keiner fragt, warum Charlotte so lange nicht da war, sondern freuen sich einfach riesig, sie zu sehen. Dani hat seine Oberbekleidung wie stets mit Bedacht gewählt: Heute ist es das T-Shirt vom Berliner Tresor, auf dessen Label bahnbrechende Platten von Cristian Vogel veröffentlicht wurden. Mel reißt trockene Sprüche, Marie verteilt Gutzchen, Henri babbelt hessisch. Es tut gut, diese durchgeknallten Frohnaturen um sich zu haben. Charlotte taut auf.

Als Marie ihr eine halbe Pille anbietet, greift sie zu – in der Hoffnung, sich endlich mal wieder fallenlassen und leicht fühlen zu können. Und zu vergessen, was in den letzten Wochen war.

Leider geht der Plan gehörig nach hinten los.

Die Stimmung kocht und die Hütte brennt, aber in Charlottes Kopf rumort es, alles erinnert an Franzi und Phil. Diese blöde Blechtonne, auf der Schranzi geschranzt hat. Die Stufe, auf der sie oft zusammen gesessen haben. Die Ecke an der Theke, an der sie immer Kräuti gekippt haben. Und natürlich neben der DJ-Kanzel – der Platz, an dem sie so viele glückliche Emotionen geteilt haben.

»Geht's dir gut?«, spricht Charlotte plötzlich ein Typ an. »Willst du einen Schluck Limo?«

»Alles gut, danke!« Er lächelt lieb und geht weiter.

Charlotte wechselt ins Foyer und setzt sich prompt in einen ausgespuckten Kaugummi. Das verhagelt ihr komplett die Stimmung. Ein melancholischer Gedankenstrudel gewinnt Überhand und reißt sie in einen mentalen Abgrund. Sie merkt, wie sie die Kontrolle verliert, es ist schrecklich, all die traurigen Erinnerungen ploppen wirr und durcheinander auf; wie sehr sie Franzi hintergangen und Phil mit ihren Gefühlen gespielt hat. Kurz glaubt sie sogar, dass die beiden das mit Absicht getan haben. Dann hat Charlotte einen klaren Moment: Schiebt sie einen schrägen Film vom Ecstasy? Unsicher flüchtet sie an die Bar des House Cafés und schüttet gleich zwei Kräutis in sich hinein. Nun dreht sich zwar der Kopf, wirklich besser geht es ihr nicht.

Plötzlich schlingt die kleine Marie ihre Arme um Charlottes Taille. »Das ist so gemein! Das hast du nicht verdient!«

Das kam unerwartet.

Charlotte legt ihren Kopf auf Maries Locken ab und merkt, wie sich ihre Augen mit Tränen füllen. Sie muss sofort raus aus dieser Situation, sonst fängt sie an zu heulen. Nachdem sie sich aus tiefstem Herzen bedankt hat, flieht sie zur Toilette, um sich dort zu sammeln. Auf dem Weg kämpft sie gegen ihre Tränen an und entdeckt Henner im Lastenaufzug. Er ist ganz allein. Aus einem Impuls heraus schlüpft sie hinein.

Er schaut sie freundlich und offen an. »Na, wo drückt denn der Schuh?«

»Es ist alles scheiße!«

Beschämt schaut sie zu Boden, als ihr ein Tränchen über die Wange kullert, das sie nicht mehr geschafft hat herunterzuschlucken.

»Wie heißt du denn, Kleines?«

»Lotte. Äh, Charlotte.«

»Lotte. Ein schöner Name. Erinnert mich an *Pippilotta Viktualia Rollgardina Pfefferminz Efraimstochter Langstrumpf*.«

Charlotte lächelt verwirrt und fragt: »Was machst du hier eigentlich?«

»Das frage ich mich auch manchmal«, schmunzelt Henner. »Weißt du, ich tanze einfach schrecklich gerne. Und damit es in meinem Alter nicht so peinlich ist, habe ich den Stammheim-Jungs meine Dienste angeboten. Außerdem möchte ich diesem Ort, der mir so viel gibt, etwas zurückgeben.«

Was für ein toller Mensch, denkt sich Charlotte.

»Mein Paternoster ist dafür da, sich von Lasten zu befreien. Also, welche Last schleppst du mit dir herum?«

Charlotte atmet tief ein und beginnt zu erzählen. Nach den ersten Worten sprudelt es geradezu aus ihr heraus, auch all die blöden Gedanken, die sie eben zu erdrücken drohten. Henner hört interessiert zu und formuliert seine Rückfragen erst, nachdem sie fertig ist. Dann holt er zu einem unerwarteten Monolog aus.

Er springt Charlotte nicht zur Seite und wertet die Aktion von Franzi und Phil ab, sondern spricht darüber, wie wichtig echte Freunde im Leben sind. Dass wahre Freundschaft nicht auf der Straße liegt und es ein absoluter Glücksfall ist, eine zu haben. Solche Freundschaften können und müssen Fehler verzeihen. Kurzum: Er redet ihr zu, sich mit Franzi und Phil zu versöhnen. Im Eifer des Gefechts könne so was doch mal passieren, er selbst habe schon die dollsten Dinger erlebt, das könne sie ihm glauben ...

Zuerst ist Charlotte gekränkt, weil Henner herunterspielt, was sie in den letzten Wochen so fertig gemacht hat. Doch je länger sie seinen Worten lauscht, umso mehr gibt sie dem Gedanken eine Chance, dass er richtig liegen könnte.

»Du bist jung, du bist hübsch und im geilsten Club der Welt. Was willst du mehr? Breite deine Flügel aus und flieg!«

Das sind seine letzten Worte in ihrer Zweisamkeit, bevor sich ein schlaksiger Typ in einer königsblauen Trainingsjacke zu ihnen in den Lastenaufzug gesellt.

»Frederik! Na, was macht die Kunst?«

Charlotte kennt ihn vom Sehen. Er ist einer von jenen, dessen Nase bei Pierre immer an der Scheibe der DJ-Kanzel klebt.

Sie hätte gerne mehr Zeit mit Henner gehabt. Trotzdem fühlt sie sich bereit, zurück zur Party zu gehen. Irgendwie hat es dieser verrückte Opa geschafft, sie aufzubauen.

»Ich geh dann mal wieder raus ... Danke dir. Wirklich. Danke.«

»Immer gern, meine Liebe. Dafür bin ich doch da.«

Als Charlotte den Lastenaufzug verlässt, ruft Henner ihr hinterher: »Sei wie Pippilotta!«

— – —

Ihrer angeknacksten Stimmung am Samstag folgt ein mieser Emo-Kater. Charlotte fühlt sich tagelang schrecklich leer und muss ständig heulen. Das Leben ist noch grauer als zuvor.

Aber eins hat sie gelernt: Pillen sind Stimmungsverstärker. Wenn es dir gut geht, wirst du euphorisch, wenn es dir schlecht geht, fällst du in einen Abgrund. Das sind nicht nur lustige bunte Spaßpillchen, das Zeug hat es in sich. Charlotte hatte Glück, dass Marie und Henner sie zurück in gute Bahnen gelenkt haben. Wer weiß, wie das sonst geendet hätte ...

Als sie sich endlich besser fühlt, beschließt sie zwei Dinge: Erstens nimmt sie nie wieder was, wenn sie nicht gut drauf ist. Zweitens hört sie auf den Rat von Henner und kontaktiert Franzi für eine Aussprache.

Die beiden verabreden sich am Aussichtspunkt. Neutrales Terrain, das findet Charlotte gut.

Franzi wartet in Flos Auto, scheinbar darf sie seine Klapperkiste fahren, bis er seinen Führerschein wieder hat. Charlotte parkt neben ihr und hält kurz inne. Ihr Herz klopft bis zum Hals, sie hat einen Knoten im Magen und einen Kloß im Hals. Franzi schlüpft auf den Beifahrersitz und lächelt schüchtern. Zaghaft umarmt sie ihre beste Freundin, doch Charlotte versteift. Franzi weicht devot zurück, und dann herrscht eine kleine Ewigkeit Stille. Es sind nur die sanften Regentropfen zu hören, die auf Blackies Frontscheibe tröpfeln.

»Das passt ja«, beginnt Franzi.

Keine Reaktion, es weht ein eisiger Wind vom Fahrersitz.

»Es tut mir unfassbar leid, das musst du mir glauben. Ich würde es so gerne wieder gutmachen.«

»Das kannst du nicht«, knurrt Charlotte und starrt auf ihr Lenkrad.

»Ich weiß. Aber auch wenn du es nicht glaubst, Phil und ich haben auch gelitten.«

»Soll ich jetzt Mitleid mit euch haben, oder was?«

»Wir waren so geschossen, wir konnten uns einfach nicht zurückhalten ... Am schlimmsten ist, dass du es auf diesem Weg erfahren hast.«

Wieder Stille.

»Was soll das heißen?«

»Ich wollte es dir längst sagen … Phil und ich … Wir lieben uns.«

Als diese drei Worte in Charlottes Gehirn ankommen, stürzt sie ins Leere. Wir lieben uns. Das war gar kein Ausrutscher an Silvester, die beiden sind ein Paar! Tränen schießen in ihre Augen, ihr wird schlecht und die Ohren fangen an zu fiepen. Das ist zu viel.

»Raus!!!«, presst sie mit letzter Kraft hervor, angetrieben von Wut, Enttäuschung und Verzweiflung. »Hau ab!!! Geh!!! Ich will dich nie wieder sehen!!! Verpiss dich, los!!!«

Franzi steht ein Schrecken im Gesicht, als hätte sie Gevatter Tod persönlich gesehen. Verängstigt stürzt sie aus dem Auto und rast flennend davon.

Charlotte sackt zusammen, ist fassungslos und überfordert von dieser Information. Taub sitzt sie da, unfähig, sich zu bewegen. Franzi und Phil lieben sich? Das kann nicht sein!

Als sie wieder sprechen kann, ohne zu schluchzen, wählt sie Connys Nummer.

»Gut, dass es endlich raus ist. Ich habe das ja damals schon kommen sehen.«

»Wie meinst du das?«

»Letztes Jahr bei *Stammheim@U60*, weißt du nicht mehr? Wo die zwei den ganzen Abend aneinander geklebt haben?«

»Quatsch! Das war doch der Abend, wo ich was mit Phil hatte!«

»Wenn du mich fragst, hat sich das da schon angebahnt.«

»Ist jetzt auch Latte.«

Charlotte legt auf und fühlt sich nach dem Telefonat keinen Deut besser. Es gleicht einem kleinen Wunder, dass sie unfallfrei nach Hause kommt, sie ist geschockt und fahrig und vor allem stinksauer.

Niemals hätte sie gedacht, dass die wichtigsten Menschen in ihrem Leben ihr so etwas antun würden. Niemals.

Sie wirft sich ohne Abendessen ins Bett, wo sie ein quälendes Gedankenkarussell die ganze Nacht wachhält: Ich hasse dich, Franzi! Ich liebe dich, Phil! Ich hasse dich, Phil! Ihr fehlt mir! Franzi!

Am nächsten Abend ruft sie Phil an und lässt Dampf ab. Ihre Wut hat sich den ganzen Tag dermaßen angestaut, dass sie sich kaum noch an die Arbeit erinnern kann. Ihr Puls rast beim Wählen seiner Nummer. Zum Glück geht er an den Apparat und nicht sein Bruder, einen Smalltalk würde sie jetzt nicht packen.

»Lotte ... Schön, dass du dich meldest«, stammelt er unsicher, ohne zu wissen, was ihn erwartet.

»Ist sie bei dir?«

»Nein.«

»Gut.«

»Ich bin froh, dass du anrufst. Ich wollte schon lange mit dir reden.«

»Ach ja? Und was wolltest du sagen? Sorry, dass ich dich die ganze Zeit verarscht habe?«

»Nein. Ich war immer ehrlich zu dir. Nach unserer Knutscherei habe ich dir gesagt, dass mir unsere Freundschaft wichtiger ist als Sex.«

»Aber bei Franzi nicht, oder was!«

»Das ist etwas anderes ... Und als du was mit Sebastian hattest, hatte ich gehofft, dass deine Gefühle für mich weg sind.«

»Woher weißt du davon?«, braust Charlotte auf. »Ach ja, klar! Das hat Franzi dir brühwarm gesteckt, damit sie die Beine vor dir breitmachen konnte!«

»Nein«, versucht Phil sie mit ruhiger Stimme zu besänftigen, »sowas spricht sich halt rum. Außerdem hattet ihr was auf *D&D*, das haben einige mitbekommen.«

»Pah!« Charlotte ist außer sich.

»Das mit Franzi und mir ... Wir haben versucht, uns dagegen zu wehren. Vor allem auch deinetwegen.«

»Oh, wie gnädig von euch!«

»Ich verstehe, dass du wütend bist und das ist in Ordnung. Ich will, dass du weißt, dass es uns ernst miteinander ist.«

Charlotte muss fast kotzen vor Zorn.

»Bitte, ich will dich nicht verlieren, du bist mir wichtig. Als Freundin. Ich gebe dir alle Zeit der Welt.«

»Lass gut sein!«

»Ich bin immer für dich da. Es tut mir wirklich leid«, sind Phils letzte Worte, die Charlotte nicht mehr hört, weil sie vorher den Hörer auf die Gabel geknallt hat.

Sie ist stinksauer und braucht ein weiteres Ventil. Sie ruft Flo an. »Lottsche«, freut er sich, »wie geht's, wie steht's?«

»Seit wann weißt du es?«, kommt sie ohne Gruß auf den Punkt.

Schweigen.

»Äh, sag mal, wollen wir uns vielleicht kurz treffen? Matze ist gerade da, komm doch ...«

Ehe Flo den Satz beenden kann, ist Charlotte unterwegs.

»Also, seit wann?«, faucht sie keine zehn Minuten später in Flos Wohnzimmer. »Und ihr fahrt auch noch mit mir ins Heim und tut so, als wenn nichts wäre!«

Matze und Flo schauen sie betroffen an.

»Seit dem Sommer oder so?«, stammelt Flo und schaut hilferufend zu Matze.

»Das ist nicht euer scheiß Ernst!«

»Lotte, bitte, sorry! Es tut uns leid«, springt Matze ein. »Was hätten wir denn tun sollen?«

»Ehrlich sein, zum Beispiel? Ihr habt mir die ganze Zeit etwas vorgespielt und mich von vorne bis hinten verarscht!«

Charlotte bebt vor Enttäuschung und ihre Augen füllen sich mit Tränen. Verdammt, sie wollte doch nicht heulen! Während sie mit geballten Fäusten und am ganzen Leib zitternd dagegen ankämpft, reden Matze und Flo beschwichtigend auf sie ein. Sie beteuern, dass sie nicht wussten, wie sie reagieren sollten, dass sie Druck auf Phil und Franzi ausgeübt hätten, es ihr zu sagen. Es war in ihren Augen falsch, es ihr hinter deren Rücken zu verraten, das wäre ein Vertrauensbruch gegenüber Phil und Franzi gewesen. Nach dem Supergau an Silvester haben sie sich deshalb bei Charlotte zurückgehalten und die beiden gedrängt, die Bombe platzen zu lassen. Sie wollten und konnten das nicht mehr decken, aber sie hätten in der Zwickmühle gesteckt. Nun flehen sie Charlotte um Verzeihung an und hoffen, dass ihre Freundschaft nicht darunter leidet.

Charlotte kann nichts dazu sagen. Sie geht ohne ein weiteres Wort und knallt die Tür hinter sich zu.

Jetzt fällt es ihr wie Schuppen von den Augen. Wie hatte sie nur so naiv sein können? Franzi hatte sich nicht wegen ihres Umzugs von ihr entfernt, sondern weil sie längst mit Phil zusammen war! Das Heimfahren nach den Afterhours, wo sie Phil stets als Letztes nach Hause gebracht hatte, der erste Weihnachtsfeiertag, an dem angeblich Hardy bei ihr gewesen war, der GROOVE-Geburtstag, wo Phil vermeintlich eine Familienfeier gehabt hatte. Alles Lügen! Lügen, Lügen, Lügen, Lügen! Auch in Matze war Franzi nie verknallt gewesen, das war alles nur ein Ablenkungsmanöver!

Diese scheiß Schlampe!

Mit jeder neuen Erkenntnis wächst der Hass, bis Charlotte der Kragen platzt und Franzi mit SMS-Nachrichten bombardiert:

Nachricht 1: »Du hinterfotzige Futt, du hast das alles von langer Hand geplant! Von wegen Mission Unwiderstehlich, das war Mission freie Fahrt für dich!!!«

Nachricht 2: »Ich habe dich leider zu spät durchschaut. Eure Lügen, eure heimlichen Dates, ihr seid das Allerletzte!!!«

Nachricht 3: »Ihr solltet euch schämen!!! Ich hoffe, dass dir eines Tages so weh getan wird wie mir. Ich werde nicht für dich da sein!!! Nie wieder!!! Schönes Leben noch!«

»Du Fotze« hat sie gerade noch gelöscht, bevor sie die letzte Nachricht abschickt.

Als Nächstes ist Phil dran: »Ich finde keine Worte dafür, wie enttäuscht ich von dir bin. Schönes Leben noch!!!«

Matze und Flo bekommen einen identischen Text: »Ihr habt mir gezeigt, wessen Freunde ihr seid. Jetzt weiß ich wenigstens, woran ich bin.«

Nach diesem Rundumschlag fühlt sie nichts mehr.

Fickt euch doch alle.

Kapitel 14: STILLE

Natürlich bleibt die SMS-Tirade nicht folgenlos. Es hagelt Anrufe und Nachrichten retour, die Charlotte allesamt ignoriert. Auch der Kontakt zu Conny schwächt ab, als die ihr beichtet, es kurz vor Weihnachten von Flo erfahren zu haben. Zudem pocht sie darauf, dass Charlotte sich mit den Jungs versöhnen soll, die beiden können schließlich nichts dafür.

Doch das kann Charlotte noch nicht.

In dieser dunklen Zeit wird Marie zum überraschenden Anker. Woche um Woche kommen Anrufe oder Nachrichten von ihr, die darauf drängen, dass Charlotte ins Stammheim kommen soll. Doch Party ist das Letzte, wonach ihr der Sinn steht. Sie fühlt sich innerlich tot. Noch blasser und dünn ist sie geworden, ihre Augen sind grau und liegen in dunklen Schatten.

Sie hat keinen Appetit, dafür umso größeren Durst. Neben ihrem Bett steht immer eine Flasche Rotwein, zu der Charlotte jeden Abend greift, wenn sie sich nach der Arbeit ins Bett legt und sich von ihrem kleinen Röhrenfernseher berieseln lässt. Charlotte ist zu einer Angie geworden.

Eines Abends hören Birgit und Manfred einen dumpfen Schlag von oben. Sie stürzen in Charlottes Zimmer und finden ihre Tochter sturzbesoffen auf dem Boden.

»Lasst mich!«, lallt sie patzig, als die beiden ihr aufhelfen wollen.

Trotzdem hieven die Eltern ihre Tochter ins Bett und nehmen die leere Flasche mit nach unten.

»Wir müssen handeln, Manfred«, sagt ihre Mutter.

»Ja, es reicht.«

Von da an wird Charlotte jedes Wochenende im Stoffladen eingespannt. Sie wehrt sich nicht dagegen, so hat sie wenigstens etwas zu tun.

Ihre Eltern packen die Gelegenheit beim Schopf, konkreter mit ihren Zukunftsplänen zu werden: In zwei Jahren soll sie ins Familiengeschäft einsteigen. Charlotte gibt keine Widerworte, es ist ihr egal.

»Lottemotte, du musst langsam wieder nach vorne schauen«, tröstet Birgit ihre Tochter an einem Samstag im Laden.

»Genau, Lebbe geht weider«, flötet Manfred aus dem Lager. Charlotte weiß nicht, wohin sie schauen und wohin das Leben weitergehen soll, deshalb brummt sie bloß zustimmend und reagiert nicht weiter darauf.

Erst, als sich nach dem einsamsten Winter ihres Lebens der Frühling wieder zeigt, kriegt sie endlich die Kurve und verabredet sich mit Conny.

Sie treffen sich in einem Bistro, in dem Gäste im Alter ihrer Eltern verkehren. Ein wohl gewählter Ort, an dem ihnen die anderen garantiert nicht begegnen – und, was noch viel wichtiger ist, sie nichts an diese Verräter erinnert.

Charlotte kippt sich in Windeseile zwei Wodka Lemon hinter die Binde und Conny zieht mit. Sie trinken, bis sie Sternchen sehen. Als das Bistro schließt, gehen sie auf einen Absacker ins Schlumbl. Dort steht ein nicht minder betrunkener Hardy an der Theke.

Charlottes benebelte Gehirnzellen gaukeln ihr vor, es Franzi heimzahlen zu können, indem sie was mit Hardy anfängt. Also schmeißt sie sich an ihn ran, und zwar auf die typisch billige Art, die man so hat, wenn man besoffen ist. Leider zeigt er keinerlei Interesse. Die Rocker-Charlotte hätte gute Chancen bei ihm gehabt, die Techno-Charlotte nicht. Und schon gar nicht diese vom Kummer ausgelutschte Gestalt, zu der sie geworden ist. Hardys kalte Schulter ist ein zusätzlicher Dämpfer für ihr Selbstbewusstsein. Statt des coolen Rockers interessiert sich ein gelackter Typ mit zurückgegeltem Haar und schicken Klamotten für Charlotte. Schlimmer noch, er scheint die leichte Beute in ihr erkannt zu haben. Er ist aus der Kategorie Versicherungsvertreter mit aufgeblasenem Ego – und so was von gar nicht ihr Geschmack. Trotzdem hängt sie in seinen Fängen wie eine Fliege im Spinnennetz.

»Auf, lass uns abhauen«, versucht Conny, ihre Freundin daraus zu befreien.

Doch Charlotte lehnt ab. Es plagt sie ein Durst, den sie nicht zu stillen vermag. Sie trinkt den x-ten Apfelwein (mittlerweile pur), raucht Kette und lässt sich volltexten. Bis sie in einem Taxi sitzt und sich seine Zunge in den Mund schieben lässt. Nur noch schemenhaft bekommt sie mit, wie sie sich auf sein riesiges Bett werfen und übereinander herfallen. Charlotte ist wild vom Alkohol und verdrängt dabei, dass sie den Typen gar nicht heiß findet.

Als sie aufwacht, weiß sie nicht, wo sie ist. Erst mit dem schnarchenden Lackaffen neben sich kommt die Erinnerung.

Igitt! Was hab ich nur getan?, ekelt sich Charlotte stumm.

Die Details von den Ereignissen in diesem Bett sind verschwommen, Charlotte ist immer noch betrunken. Haben sie ein Kondom benutzt? Sie weiß es nicht. Scheiße! Nix wie weg hier.

Wankend, auf Zehenspitzen und mit einem Schädel des Todes sammelt sie ihre in der schicken Dachgeschosswohnung verstreuten Klamotten ein. Angeekelt von dem Typen und von sich selbst tritt sie auf die Straße hinaus. Sie ist erleichtert, dass sie in ihrem Städtchen und nicht in einem Kaff ist, wo sie womöglich noch Bus fahren oder sich von Conny abholen lassen müsste. Doch auf dem Spaziergang nach Hause wird ihr schlecht, bei jedem Schritt droht ihr Kopf zu platzen.

Dann klingelt auch noch ihr Handy.

»Wo bist du? Kommst du nicht in den Laden?«, fragt ihre Mutter halb verärgert, halb besorgt.

»Nein. Bin abgestürzt und hab bei Conny gepennt. Ich muss mich hinlegen.«

»Charlotte, du sollst nicht immer so viel trinken!«

»Jaha.« Dann legt sie auf.

Charlotte versucht, sich krampfhaft daran zu erinnern, was mit diesem Fatzke gelaufen ist, aber da ist nichts zu machen. Filmriss.

Erst mit dem Einsetzen ihrer Periode verzieht sich die Reue ein wenig. Einen HIV-Test kann sie leider erst in drei Monaten machen, so lange muss sie diesbezüglich noch bangen. Es schüttelt sie vor Abscheu, wenn sie an diesen Absturz denkt. Dieser One-Night-Stand hat sie wirklich ganz unten aufschlagen lassen.

Das Ganze hat aber auch etwas Gutes: Tiefer kann sie nicht mehr sinken. Im Umkehrschluss führt der einzige Weg bergauf. Charlotte hat sich lange genug in Selbstmitleid gesuhlt!

DER LETZTE AKT

Kapitel 15: IT'S SPRINGTIME, BABY!

»It's springtime, Baby!« titelt der Stammheim-Flyer für April/ Mai 2001 und scheint Charlotte damit persönlich anzusprechen. Ravelinde hüpft darauf durch einen düsteren Wald und wirft fröhlich kreischend mit bunten Blüten um sich. Auch sonst haben Bringmann & Kopetzki wieder einmal keinerlei Mühen gescheut, von *»Da ist was im Busch«* über *»Horch, was stompt von draußen rein«* bis zu *»Forest Bump«* wurden sämtliche Partys mit unterhaltsamen Mottos rund um Flora und Fauna versehen sowie Lichtmann Travis in *Meister Lampe* umgetauft.

Beim Lesen der locker-flockigen *Heimpost* muss Charlotte zum ersten Mal seit Langem wieder aus tiefstem Herzen grinsen. Kein vorgespieltes, gequältes Lächeln, sondern echte Freude. Obwohl es auch weniger schöne Neuigkeiten zu vernehmen gibt. Nach der Überschwemmung bei DJ Rush macht die Heim-Crew ihrem Ärger Luft und berichtet von derart großem Frust mit dem Vermieter, dass sogar über einen Umzug nachgedacht wird.

Außerdem kündigt Henner seinen (wohlverdienten) Feierruhestand an. Charlotte findet das schade und erinnert sich an seine letzten Worte: »Sei wie Pippilotta« …

… Und plötzlich wird ihr klar: Henner hat recht.

Charlotte hat sich wirklich lange genug hängen lassen. Phil liebt Franzi und Franzi liebt Phil, das ist die neue Realität. Es wird Zeit für einen Neuanfang. Als eine Pippilotta.

Im ersten Schritt holt sie sich ihre Freunde zurück. Sie zückt ihr Handy und tippt zwei SMS an Flo und Matze: »Habt ihr mich noch lieb? <3«

Bisher hatte Charlotte sämtliche Versöhnungsversuche der beiden abgeblockt und ist sich deshalb unsicher, wie sie zu ihr stehen.

Zum Glück reagieren die beiden wie erhofft: Matze antwortet ein gut gelauntes »Auf jeden! :-) Lass uns die Tage einen machen!«

Und Flo ruft an. »Mach dir keinen Kopf, ich hätte wahrscheinlich ähnlich reagiert«, redet er ihr gut zu. »Wir haben dir deinen heftigen Abgang doch längst verziehen.«

Das Telefonat wird schnell zu einer Plauderei über dies und das, als wäre nie etwas zwischen ihnen gewesen. Die Versöhnung mit den Jungs tut Charlotte gut und gibt ihr Aufwind für den Neustart. Sie ist bereit, wieder auf der Tanzfläche zu erscheinen.

Der *Osterrave* von *D&D* wäre die optimale Gelegenheit gewesen, um aus der Versenkung aufzutauchen. Doch als sie erfährt, dass Phil seinen Geburtstag dort feiert, knickt sie ein. Kampfgeist hin oder her, die verliebten Verräter mit eigenen Augen zu sehen, ist zu viel des Guten. Alles zu seiner Zeit.

Sie überlegt, ob sie stattdessen Marie und die anderen im Stammheim treffen soll. Aber dann müsste sie ganz allein nach Kassel fahren …

Schlussendlich verbringt Charlotte das Osterwochenende zuhause und ärgert sich über sich selbst.

Das wird ihr nicht nochmal passieren!

— – —

4. Mai 2001

ES IST FREITAG-AAABEND
Pierre, Marky, Micha Klang, Chris Liebing
U60311

»Ist ein bisschen wie bei Scheidungskindern. Dieses Wochenende sind Schranzi und Phil dran, nächstes Wochenende bist du dran«, fasst Mel nach Charlottes Erläuterung zusammen, weshalb sie heute mit Conny, Sebastian, Brina und Kalle im U60311 ist und nicht mit Matze und Flo.

Zum ersten Mal ist Charlotte ohne die beiden in einem Club und das ist nicht nur für sie selbst befremdlich. Die meisten sind verwundert und fragen nach – zumindest die, die nicht wissen, dass Charlotte mit Franzi und Phil gebrochen hat.

Matze und Flo fahren nämlich morgen mit den Verrätern ins Stammheim zu *Waldschranz im Forsthouse* mit Chris Liebing. Kurz war Charlotte deswegen angekratzt, zu gern hätte sie ihr Comeback ins Leben dort gefeiert. Aber immerhin hat sie mit den Jungs ausgemacht, nächstes Wochenende zu Stefan Küchenmeisters Geburtstag nach Kassel zu fahren.

Glücklicherweise spielen heute Pierre, Marky und Chris Liebing auf seiner Partyreihe *Es ist Freitag-aaabend* im U60311. Gleiches Line-up, anderer Club. Auch gut. Dann hat Charlotte auch noch eine Mitfahrgelegenheit bei Brina angeboten bekommen und die Sache war geritzt.

Mel ist mit Dani, Henri, Ulla, Serhat und Maggus hier, sie geben sich dieses Wochenende die Doppelpackung Pierre, Marky und Chris Liebing. Vom U60311 wollen sie einen Zwischenstopp bei Henri einlegen und von dort am nächsten

Abend ins Stammheim weiterziehen. Auf die Frage nach Marie betitelten die anderen sie als *Heim*-Scheißerin, weil ihr Frankfurt zu weit und die Aktion überhaupt zu anstrengend ist.

Heute ist es Ulla, die einem Typen in U60-Shirt kackfrech das Loser-Zeichen zeigt. Wie jedes Mal rechnet Charlotte mit Zoff, doch wieder folgt nur ein ironischer Schlagabtausch, welcher Club und vor allem welche Stammgäste krasser sind, die User oder die Heimkinder. Kurz darauf stehen die Kontrahenten an der Bar und saufen Kräuti.

Charlotte liebt den Spirit der Heimkinder: große Klappe, riesiges Herz.

In der Euphorie des Neuanfangs hat sie sich heute schnell die Lampen angeknipst beziehungsweise den Kopf ausgeschaltet, ihr Körper hat das Steuer übernommen.

Als Marky und Pierre in der DJ-Kanzel auftauchen, zieht sich Charlotte an der Scheibe hoch und winkt ihnen zu. Die beiden grinsen und grüßen, und Marky gibt eine Runde Erdbeerlimes aus. Darauf hatte sie spekuliert.

Danach taucht Charlotte mit den anderen auf der Tanzfläche ab. Endlich wieder Techno, endlich wieder Bassbrummen im Bauch, endlich wieder tanzen!

So unbeschwert hat sie sich zuletzt an Silvester gefühlt. Bevor ihr ein Messer ins Herz gerammt wurde.

Im Tanzrausch reibt sich auf einmal ein Körper von hinten an ihr. Sie tritt einen Schritt zur Seite in eine freie Lücke auf der Tanzfläche. Doch ein paar Sekunden später spürt sie wieder einen Körper an ihrem Rücken. Sie dreht sich um. Ein Typ tanzt sie an, seine Augen hängen auf Halbmast. Der ist nur noch ferngesteuert. Charlotte bewegt sich weg von ihm und tanzt weiter. Kurz darauf drückt er sich wieder an sie. Langsam nervt es, der durche Kerl rückt ihr auf die Pelle!

Sebastian wird zum Retter in der Not und stellt sich als schützende Mauer dazwischen. Charlotte strahlt und er grinst verwegen. Beim Blick in seine schönen Augen überkommt es sie plötzlich – und sie küsst ihn. Beim Berühren seiner Zunge fährt ihr ein lustvoller Blitz in den Unterleib. Die beiden knutschen voller Leidenschaft und vergessen weiterzutanzen. Erst als die Stimmung um sie herum unnatürlich aufbraust, lösen sie sich voneinander.

»Rachmaaaaad!«, brüllt einer inbrünstig. Es folgen Pfiffe und Jaulen.

»Piew-Piew-Piew-Piew, Piew-Piew-Piew-Piew,
Piew-Piew-Piew-Piew, Piew-Piew-Piew-Piew,
Piew-Piew-Piew-Piew, Piew-Piew-Piew-Piew [...]«

Die Melodie ist so simpel wie mitreißend, der Track hat eine wahnsinnige Power. Er wirkt wie ein Strudel und nimmt immer mehr Fahrt auf – und bläst nach einem Break alle auf der Tanzfläche weg.

Kollektives Ausrasten, Schlachtrufe und Pfiffe aus allen Richtungen.

Bumm! Bumm! Bumm!

»Abfaaaaaahrt!!!«

Da ist wieder einer dieser Momente. Charlotte ist glücklich und tanzt wie eine Verrückte. Was für ein Neustart!

Morgens im Auto leckt Sebastian an ihrem Ohrläppchen und fragt: »Zu mir oder zu dir?«

Ihre Armhaare stellen sich auf.

»Zu dir«, antwortet sie erregt.

Die beiden haben die ganze Nacht immer wieder rumgemacht und gewusst, dass dies nur das Vorspiel war. Im Rausch der Lust schlafen sie ausdauernd und wild miteinander. Der ungehemmte Feiersex vertreibt die letzten dunklen Wolken über Charlottes Gemüt.

Nach ein paar Stunden Schlaf schlurft sie ins Bad und erschrickt beim Blick in den Spiegel. Da ist ein blauer Fleck auf ihrer Backe! Sie wirft sich kaltes Wasser ins Gesicht und inspiziert ihn genauer. Was ist denn da passiert?

Moment mal, das ist doch eine verschwommene 331 ... Der Stempel! Sie muss mit dem Gesicht auf ihrem Handrücken gelegen haben. Sebastian amüsiert sich köstlich darüber und zieht sie zu sich ins Bett zurück.

Die beiden verbringen das restliche Wochenende zusammen. Sie reden, lachen, kuscheln und schlafen miteinander. Charlotte fühlt sich wohl bei ihm, die anderen sind weit weg.

Das erste Mal in diesem beschissenen Jahr scheint die Sonne für sie.

— - —

»Shut Your Fucking Face Uncle Fucker (A1)«, ZokZok

12. Mai 2001

ZOK ON WOOD (Küchenmeisters Geburtstag)
Big Floor: Steve Rachmad, ZokZok LIVE!, Stefan Küchenmeister, Marky
House Café: Cora S., Chi, Axl Baum
STAMMHEIM

Das Echo vergangener Zeiten hallt durch die Straßen, während Charlotte an diesem Frühsommerabend zu Flo spaziert. Fast so wie früher – mit dem Unterschied, dass heute Conny und Sebastian statt Franzi und Phil dabei sind. Die Vorfreude auf ihre Jungs ist riesig.

Flo trägt sein Haar etwas länger und Matze lässt sich Koteletten stehen – beide sehen verdammt gut damit aus. Auch Charlotte hat wieder mehr Farbe im Gesicht. Dank Sebastian.

Von ihrer Affäre hat sie niemandem erzählt, es hat vermutlich ohnehin via Buschfunk die Runde gemacht. Und spätestens heute werden ihre Freunde es sowieso mitbekommen. Charlotte funkelt Sebastian vorfreudig an und weiß, in wessen Bett sie heute landen wird. Sie hatte noch nie so viel Lust auf Sex, und es war auch noch nie so geil wie mit ihm.

Etwa drei Stunden später ruft ihnen Maggus im Foyer entgegen: »Ich hab versucht, Pierre anzurufen, aber der hat aufgelegt!« Maggus brüllt über seinen Witz.

»Hast du einen Komiker gefressen, oder was?«, fragt Mel mit ihrer typisch trockenen Art.

»Komiker? Die Pappe kenn isch noch garnet«, wirft Henri ein.

»Wenn du den frisst, haust du die ganze Zeit dumme Witze raus«, scherzt Serhat.

»Bitte nicht! Eure Witze sind so schon scheiße genug«, lacht Mel dreckig.

»Lange nicht gesehen!«, stellt Thomsen fest, als er Charlotte begrüßt.

»Ja ... Ich hatte auch ganz schön *Heim*-weh!«

»Hehe.«

Drei Monate ist sie nicht mehr hier gewesen. Seitdem hat sich alles verändert. Die Menschen, die ihr am wichtigsten waren, haben sie zutiefst verletzt. Sie ist in ein tiefes Loch gestürzt, hart auf dem Boden aufgeschlagen – und wieder aufgestanden. Jetzt ist ihr Pippilotta-Zeitalter angebrochen.

»Lasst uns reingehen!«, fordert sie ihre Freunde euphorisch auf.

Und dann steht sie endlich wieder auf ihrem Stammplatz. Kurzer Check ihres Befindens, tief einatmen, umschauen ...

Keine dunklen Schatten der Vergangenheit mehr da. Dieser Raum will mit neuen Erinnerungen gefüllt werden. Das ist ihr Happy Place, ihre Villa Kunterbunt.

Überall tanzen glückliche Menschen und freuen sich über Markys knüppelharte Beats. Es knattert und rumpelt und geht einfach nur vorwärts. Die Musik zaubert Charlotte ein Lächeln ins Gesicht, ihr Herz schlägt im Takt.

Endlich wieder da-*heim*!

Sie entdeckt Stefan Küchenmeister auf dem Big Floor und springt ihm entgegen.

»Stevie! Alles Liebe zum Geburtstag!«

»Danke! Komm mal mit!«, fordert er sie auf.

Charlotte folgt ihm ins House Café, wo Fabian Feyerabendt hinter der Theke wartet. Er trägt wieder die schwarze Mütze mit der Toktok-Aufschrift, obwohl es viel zu heiß dafür ist.

»Hallo, ich bin Fabian!«

»Hey, wir haben uns letztes Jahr mal im Chill-out kennengelernt!«

Er lächelt lieb, scheint sich jedoch nicht daran zu erinnern. Charlotte nimmt es ihm nicht krumm. Wenn man jedes Wochenende in einer anderen Stadt spielt und so viele Menschen kennenlernt, gehen sicher einige davon im Gedächtnis verloren.

Stevie kommt mit drei Wodka-Shots. Nach dem Anstoßen werden sie vom Thekenpersonal liebreizend aus deren Arbeitsbereich hinauskomplimentiert. An der Bar wartet ein Haufen durstiger Kehlen und die drei stehen im Weg.

Stevie und Fabian verabschieden sich in Richtung Bühne, ihr Live-Act beginnt bald. Charlotte wollte gerade zurück zu den anderen, als sie im Foyer den kleinen Lockenkopf trifft.

»Marie!«

»Ha! Da isse ja.«

Die Mädels herzen sich ausgiebig.

»Gutzchen?«

»Na logen«, antwortet Charlotte aus reinem Automatismus heraus und wird traurig. Franzi. Dann schiebt sie den Gedanken an ihre ehemalige Freundin beiseite.

»Schön, dass du dich endlich mal blicken lässt.«

»Danke, dass du mich immer wieder gefragt hast, aber ich brauchte wohl einfach Zeit.«

»Das verstehe ich.«

»Hey, ich bin Matze!«

»Marie!«

Zwischen den beiden sprühen Funken und Charlotte ahnt, worauf das hinauslaufen wird. Dafür kennt sie ihren Freund gut genug.

Zurück auf dem Big Floor ergreift Sebastian ihre Hand und tanzt mit ihr zur Bar.

»Ich freue mich auf später!«, ruft er nach einem langen Kuss. Dann ordert er zwei Kräuti. Die beiden feiern die ganze Nacht zusammen und tauschen dabei immer wieder Zärtlichkeiten aus.

Techno, Freunde und einen heißen Typen an ihrer Seite, mit dem sie zum krönenden Abschluss Sex haben wird – was will Charlotte mehr vom Leben?

Erst im Morgengrauen verlässt sie den Big Floor. Nach seinem Live-Act als ZokZok hatte Stefan Küchenmeister noch aufgelegt und sie durchgehend getanzt.

Jetzt sitzt sie mit ihm, Sebastian und Flo im Foyer und fühlt sich wie eine ausgepresste Zitrone. Wie eine verdammt glückliche ausgepresste Zitrone.

»Ei, Stevie, geiles Set, Alder«, lobt Henri.

»Danke!«

»Habbt ihr eischendlisch den Tybb da vonne gesehe?«

Henri deutet zum Eingang des Big Floors. »Der steht scho'
die ganse Nacht da hinner de' Dür!«

Tatsächlich, zwischen der offenen Tür und der Wand lugt die
Hälfte eines Körper hervor.

»Der babbelt net, der danst net, abber im Kobb is' einisches
gebote, des sach' ich euch!«

»Der ist doch voll hängengeblieben«, stellt Stevie trocken
fest.

»Vielleicht gehört er zur Deko?«, fragt Sebastian ironisch.

»Geht's dem gut?«, fragt Charlotte ehrlich besorgt.

»Der hat die beste Zeit seines Lebens«, grinst Henri. »Wir
bringe dem ab und zu Wasser, der is' häbbi da.«

»Fabian!«, ruft Stevie seinen Freund zu sich, der das Foyer
durchkreuzt und es trotz der chaotischen Kakophonie der beiden Floors hört.

»Euer Live-Act war monsterfett«, schlägt Flo mit ihm ein
und Fabian freut sich ebenso aufrichtig über das Kompliment
wie Stevie zuvor. »*Shut Your Fucking Face Uncle Fucker* ist so
ein Brett!«, schiebt er begeistert hinterher.

Fabian grinst und verrät, dass es ein Sample aus der derben
Zeichentrickserie *South Park* ist. Daneben gibt es zum Beispiel
noch den Track »*Light a Fart on Fire*«. In der Folge wettet Cart-
man einhundert Dollar, dass Kenny es nicht schafft, seinen
Furz anzuzünden. Am Ende stirbt er – wie jedes Mal.

»*South Park* ist so heftig«, gluckst Sebastian.

Conny kommt aus dem House Café gestürmt und schüttelt
ungläubig den Kopf. »Ich habe da drinnen gerade eine Sech-
zehnjährige kennengelernt, die mit ihrer Mutter und ihrem
Bruder hier ist!«

»Das ist ja echt die Oberhärte«, lacht Flo.

Stevie wendet sich an Charlotte. »Sag mal, du bist aber schon
achtzehn, oder?«, fragt er frech.

»He, ich bin fast zwanzig!«, blökt sie empört.

»Meine Mutter war auch schon mal im Stammheim«, beginnt Fabian, »als wir das erste Mal hier gespielt haben.« Er amüsiert sich bis heute darüber, dass die Türsteher zu ihr sagten, dass sie hier wohl falsch sei und seine Mutter cool konterte: »Nö, ich stehe auf der Gästeliste!« Dann stand sie wie ein Fremdkörper auf dem Big Floor und konnte kaum glauben, in was für eine Welt sie da geraten war. »Sie fand es wohl trotzdem ganz lustig, immerhin war sie bis halb fünf im Club«, schließt Fabian seine Erzählung.

»Frau Feyerabendt ist die Beste«, findet Stevie. Er ergänzt: »Meine Mutsch war auch schon mal hier!«

»Echt?«, fragt Charlotte verwundert.

»Ja, letztes Jahr an meinem Geburtstag!«

»Krass. Ich könnte mir meine Mutter hier nicht vorstellen ...«

»Stevie, ich haue gleich ab«, kündigt Fabian an.

»Ich komme mit, ich bin müde.«

»Wie schade«, findet Charlotte.

»Gib mir mal deine Nummer, dann schreibe ich dich das nächste Mal auf meine Gästeliste.«

Oh – mein – Gott, wie geil ist das denn?, denkt sich Charlotte und tippt ihre Nummer in sein Handy. Ab dieser Nacht zahlt sie keinen Eintritt mehr, wenn Stefan Küchenmeister irgendwo spielt.

Auf der After bei Flo knutschen sich Charlotte und Sebastian dermaßen in Rage, dass die beiden heimlich im Badezimmer verschwinden.

Noch Tage später fährt es ihr erregend in den Unterleib, wenn sie daran zurückdenkt, wie sie sich auf dem Waschbecken abstützte und er sie schnell und hart von hinten nahm – während die anderen ahnungslos im Wohnzimmer saßen und

Blödsinn redeten.

Warum hat sie das nicht schon viel früher gemacht? Ihr eigens auferlegtes Phil-Zölibat hat sie viel zu viel Lebenszeit gekostet!

Das schlüpfrige Abenteuer im Badezimmer macht Charlotte gute Laune und dass Flo und Matze wieder in ihrem Leben sind, stimmt sie überglücklich. Seit dem Wochenende ist ihre Freundschaft wieder wie früher.

Neu ist nur der Eiertanz, den sie allesamt aufführen, weil Charlotte den Verrätern partout nicht begegnen will. Dafür muss sie in Kauf nehmen, an manchen Wochenenden ohne ihre Freunde auskommen zu müssen. Wie ein Scheidungskind, wie Mel treffend formulierte.

Die alte Charlotte wäre deswegen geknickt gewesen, die neue Lotte macht aus der Not eine Tugend. Als alle ins Frankfurter Space Place gehen, wo Schmitti zum ersten Mal in einem richtigen Club auflegt, fährt sie zum ersten Mal allein nach Kassel. Pierre spielt im Stammheim ein Marathon-Set über acht Stunden, das will sie sich nicht entgehen lassen.

Kapitel 16: PIERRE

»I Feel Love«, Donna Summer

2. Juni 2001

BEI MIR WIRKT 4x4 (Der DJ-Set Marathon)
Big Floor: Pierre (8 Hours Deluxe Set!), Marcin Czubala LIVE
House Café: Tobi Neumann, Karotte, Axl Baum
STAMMHEIM

Lotte biegt pünktlich um dreiundzwanzig Uhr auf den Parkplatz ab, wo Marie und Mel sie in Empfang nehmen.

Die zweistündige Autofahrt verging mit zwei Energy Drinks, diversen Zigaretten und der *Clubnight* von Pierre vom siebten Stammheim-Geburtstag wie im Flug. Und die Sandershäuser Straße 34 hat sie auch ohne Navigator auf dem Beifahrersitz gut gefunden.

Es ist komisch, allein auf eine Technoparty zu fahren, denn feiern zu gehen ist eine höchst gemeinschaftliche Angelegenheit. Zum Glück strahlen die beiden Mädels Lottes Unbehagen weg und haken sich rechts und links bei ihr unter.

Es dauert nur bis zur Treppe, bis Marie anfängt, Fragen über Matze zu stellen. Wie vermutet hatten die beiden letztes Mal etwas miteinander.

»Matze ist echt der Hammer, aber das weiß er leider auch ... Verknall dich lieber nicht in ihn«, rät Lotte.

»Ich bin nicht verknallt!«, schießt Marie eine Spur zu schnell zurück.

»Du bist eine Rakete und du verdienst einen, der das zu schätzen weiß und nicht jedes Wochenende bei einer anderen am Rockzipfel hängt«, findet Mel.

»Genau«, stimmt Lotte zu.

Der Lockenkopf lächelt süß und bietet seinen Freundinnen ein Gutzchen an. Damit ist das Thema vorerst vom Tisch.

Da Pierre abgesehen von einem Live-Act die komplette Nacht spielt, verbringen sie keine Zeit im Foyer. Dani, Dennis und diverse andere – unter ihnen auch dieser Frederik aus dem Lastenaufzug – drücken stundenlang ihre Nasen an der Scheibe der DJ-Kanzel platt, um den Virtuosen beim Mixen zu beobachten und seine Plattenetiketten zu entziffern.

Er ist heute in aller Munde, und Lotte erfährt Hintergründe zu ihrem Lieblings-DJ, die ihn in einem völlig neuen Licht erscheinen lassen. Bisher dachte sie, er ist der Held des Stammheims und die musikalische Schlüsselfigur des Big Floors.

Was ihr nicht bewusst war: Er wird im ganzen Land als einer der besten DJs gefeiert und ist eine bedeutende Figur in der gesamten Technoszene. Pierre ist außerdem der Kurator des Line-ups im Stammheim, das mehrfach, unter anderem von den Lesern der GROOVE, zum besten Club Deutschlands gewählt wurde. Der Kassel-Sound ist ein Begriff unter Kennern, und Pierre prägt ihn in der DJ-Kanzel ebenso wie zusammen mit Marky auf den Plattenlabels HörSpielMusik und Utils.

All der Ruhm ist Pierre, der von seinen Freunden auch *Peppi* genannt wird, nicht anzumerken. Er ist ein introvertierter, freundlicher Typ und ein totaler Musikfreak, der stets eine Zigarette am Brennen hat und gerne Sambuca trinkt. Dass er meist die Spätschicht spielt, liegt daran, dass er vorher woanders gebucht ist. Er kommt sozusagen heim, bevor er nach Hause geht.

Beim Auflegen ist er fokussiert und unaufgeregt. Lotte hat ihn selten und nur in wirklich sehr rauschbehafteten Nächten aus sich herauskommen sehen, da konnte das Eskalationslevel der Party noch so hoch sein.

Pierre weiß, wie er die Luft zum Brennen bringt und scheut dabei keine Experimente. Als doppelten Boden für seine Stunts am Mischpult notiert er die Beats per Minute auf seinen Platten und bereitet sich gewissenhaft auf seine Gigs vor, wie sie von Thomsen weiß. Ansonsten hört man kaum Geschichten über ihn – aber was man hört, lässt darauf schließen, dass er Humor hat.

»Die Leute denken, Hotze ist übertrieben, dabei lassen wir die krassesten Dinge weg«, soll er laut Dani mal gesagt haben, und Lotte musste lauthals darüber lachen. Außerdem heißt eine seiner Platten »*Die Geschichte dieser EP ist eine Geschichte voller Missverständnisse*«, und Stefan Küchenmeister erzählte ihr, dass es Pierres Idee war, seine EP »*Garbage Elements*« zu nennen.

Lotte kann sich darauf verlassen: Wenn Pierre spielt, wird es gut. Bei ihm braucht sie keine Verschnaufpausen, er hält sie am Ball. Beim Tanzen klatscht sie vor Vergnügen in die Hände, jubelt und freut sich über die abwechslungsreichen Platten, von denen sie mittlerweile einige kennt. Ihre Bewegungen sitzen on Point auf allen Beats und Breaks, dabei gleitet sie cool über den Boden und schleift ihre Hosenbeine hinter sich her. Trotz nassgeschwitzter Klamotten und Haare hört sie nicht auf.

Ausdauerndes Tanzen ist wie eine Meditation, die immergleichen Bewegungen verschmelzen mit dem Atem, die Aufmerksamkeit gehört allein der Musik, der Geist ist glücklich. Bis über die Grenzen der Erschöpfung zu raven, bedeutet, inneren Frieden zu finden – während der Körper geschunden wird.

Als ihre Beine drohen, schlapp zu machen, wirft sie sich hochdosierte Koffeintabletten aus der Apotheke ein. Den Trick hat ihr Dennis verraten. Als sie den anderen welche anbietet, erntet sie ausnahmslos Spott. »Knallen die?« oder »Kann man die rotzen?« sind nur zwei der doofen Sprüche, die sie sich anhören muss.

Etwas später lockt sie ein auffälliges neues Bild von Stellmacher & Jensen auf das Plateau gegenüber des DJ-Pults. Es ist ein großer, runder Maya-Kalender in bunten Neonfarben, der in Travis' blitzenden Lichtern selbst nüchtern psychedelisch wirkt. Bei der faszinierten Betrachtung des Werks wird Lotte von einem grellen Schrei abgelenkt.

Er stammt eindeutig von dem drahtigen Typ mit der weißen Perlenkette, der begeistert auf dem Tisch abschranzt, der vom Live-Act noch hier steht.

»Wohooo!«, antwortet sie ihm und er lässt einen weiteren Schrei fahren.

Lotte ist naturdruff, in ihr brodelt eine schier endlose Energie und ihr Brennstoff ist Pierres Techno.

»Ooh, it's so good, it's so good, it's so good, it's so good, it's so good«, flötet plötzlich Disco-Ikone Donna Summer zwischen knüppelharten Bässen.

»Alter!!!«, brüllt einer fassungslos. Pfiffe und Jubel, auch Lotte kreischt. Von der Euphorie des Augenblicks gepackt, steigt sie auf den Tisch – sie braucht Platz zum Tanzen! Der Typ darauf freut sich über die Gesellschaft und grinst über beide Backen. Er schreit gellend, sie jubelt »Wohoo!« und beide reißen die Arme hoch.

»Ooh, heaven knows, heaven knows
Heaven knows, heaven knows, heaven knows
Ooh, I feel love, I feel love
I feel love, I feel love, I feel love [...]«

Jeder auf dem Big Floor scheint dasselbe zu fühlen, es ist dieses wechselseitige Phänomen, bei dem die Energie aller bei einem passenden Track zum richtigen Zeitpunkt miteinander verschmilzt, um dann gemeinsam zu explodieren.

Das Lied berührt Lotte bis in die Haarspitzen, und der Text bringt es auf den Punkt: I feel Love.

We feel Love!

Ihr schießen Tränen der Ergriffenheit in die Augen. Diese Minuten wird sie nie wieder vergessen.

Als der magische Moment mit der nächsten Platte verhallt, springt sie vom Tisch.

»Gude moije!«, trällert Henri. »Alles kaut und keiner isst!«

»Stimmt!«

»Des Geilste is', dass der gar nimmer uffhört! Die acht Stunn sinn doch scho' lang rum!«

»Hä? Echt?« Ungläubig kramt sie ihr Handy aus der Tasche: Es ist 11:34 Uhr. Krass.

Pierre spielt insgesamt zwölf Stunden und Lotte ist die ganze Zeit auf dem Big Floor. Sie verlässt als Letzte von ihren Freunden die Tanzfläche, die anderen sind durch und quatschen Unsinn im Foyer. Gerade zitieren sie den aktuellen Flyer, bei dem sich Bringmann & Kopetzki an populären Werbeslogans abarbeiten.

»Kassel, Samstagnacht, die Frisur ist futsch – Dreiwetterbass!«

»Bei mir wirkt 4x4!«

»Alles Brüller oder was?«

»Manchmal steh ich sogar nachts auf!«

Ein Lachflash folgt dem nächsten bei ihrem Dummschwätz-Ping-Pong, das sicher noch den ganzen Sonntag dauern wird.

In der Mittagssonne auf dem Parkplatz fühlt sich Lotte, als hätte sie einen Marathon getanzt. Die anderen stehen mit ihr am Auto und überlegen, was sie noch anstellen könnten.

»Wollen wir rüber zum Da Jam?«, schlägt Serhat vor.

»Was ist das denn?«, will Lotte wissen.

»Ein komischer Hip-Hop-Schuppen, aber auf dem Parkplatz geht immer der Punk ab.«

»Was ist mit Buga?«, fragt Maggus.

»Hervorragende Idee«, findet Mel.

»Ey, Lodde, willste eschd noch Audo fahr'n? Also ich könnt' des ja ned.«

»Du Vogel solltest auch besser nicht fahren – am besten die ganze Woche nicht!«, grölt Dani.

»Komm doch noch mit und penn später bei mir«, schlägt Marie vor.

»Das geht leider nicht, ich muss morgen arbeiten. Aber keine Sorge, ich bin topfit! Ich schaffe das schon.«

Lotte verspricht, ihnen zu texten, wenn sie heil zuhause angekommen ist. Marie und Mel kaufen ihr einen Energy Drink an der Tankstelle, erst danach entlassen sie ihre Freundin auf die Autobahn.

Diese Nacht war eine Grenzerfahrung, sowohl körperlich als auch seelisch. Lotte ist allein nach Kassel gefahren und hat, vom Koffein einmal abgesehen, ohne Doping bis mittags durchgetanzt. Es hat sich noch nie so befriedigend angefühlt, frisch geduscht ins Bett zu plumpsen. Lotte schläft wie ein Stein und hat montags Muskelkater statt Hangover.

Das Tiefgreifendste war jedoch diese fast schon übernatürliche Erfahrung beim Tanzen. Sie war high von Techno, was mit Abstand der schönste Rausch ist. Und das war ihr bisher intensivster. Auf dem Tisch zu tanzen, hatte sie sich bisher noch nie getraut.

Das war die endgültige Entpuppung der kleinen traurigen Raupe Charlotte zum bunten Schmetterling Lotte. Mit dem

Kokon hat sie sich all die Schwere der letzten Monate abgestreift.

Sie ertappt sich sogar dabei, wie sie »I Feel Love« auf der Arbeit vor sich hinpfeift, während sie eine Faxbestellung ins System tippt.

Pierre spielt am Samstag in einem Club namens Super 8, nur eine halbe Stunde von Frankfurt entfernt. Da will sie unbedingt hin.

— - —

»You Spin Me Round (Like A Record)«, Dead or Alive vs Purposemaker
(Jeff Mills)

9. Juni 2001

Pierre, D. Diggler
SUPER 8

»Sei lieb zu Marie, sonst bekommst du es mit mir zu tun!«

»Ich habe doch gar nichts gemacht«, rechtfertigt sich Matze unschuldig.

Lotte hat ihn zuerst abgeholt und nutzt die Gelegenheit, ihm ein paar Takte zu sagen.

»Ich kenne dich. Mach ihr keine schönen Augen, wenn du nichts von ihr willst.«

»Ich bin anständig zu ihr, versprochen. Sie ist echt voll die coole Socke.«

»Ganz genau und deshalb darfst du sie nicht verarschen. Was geht eigentlich mit Martina und Nicole?«

Matze verrät, dass Flo in letzter Zeit keine Lust mehr auf ihre Vierernummer hat und es somit für ihn auch keinen Sinn mehr macht. Es gibt keine feste Konstellation bei diesem Konstrukt, mal hatte er was mit Nicole, mal mit Martina. Ohne Flo fehlt ein Rad am Wagen.

Nachdem Lotte Sebastian, Conny und Flo eingesammelt hat, navigiert Matze mit einem Straßenatlas nach Alzenau an die hessisch-bayerische Grenze.

Auf der Fahrt schwärmt Lotte vom letzten Wochenende und vor allem Flo und Matze hätten das gerne miterlebt. Schmittis Gig sei auch gut gewesen, berichten sie, allerdings hatte er das Warm-up gespielt und außer einem Haufen Freunde wäre kaum jemand dagewesen.

»War wie ein *D&D* im Club«, fasst Sebastian zusammen.

Die Super 8 liegt im Keller eines ehemaligen, schmucklosen Hotels unweit der A45 im Wald. Der Eingang befindet sich an der Rückseite des Hauses, davor gibt es eine Chill-out-Area mit Lagerfeuer. Eine schmale Treppe führt in den Club, an dessen Fuße der Eintritt kassiert wird.

Einen Schritt weiter stehen sie in einem Raum mit einem Spielautomaten und einer Theke, hinter der die Tanzfläche zu sehen ist. Es ist noch nicht viel los.

Links neben der Bar gelangen sie in ein langes Durchgangszimmer mit einem Kamin in der Ecke, an den gelb getünchten Wänden hängen Halter mit Kerzen, die tatsächlich brennen. Überall stehen blaue Stühle und Tische mit Aschenbechern darauf. Das Ambiente wirkt eher wie ein Bistro als ein Technoclub.

Im Hauptraum wurde die Tanzfläche nach dem bewährten Kesselprinzip mit verschiedenen Ebenen in Gestalt niedriger Stufen ausgestattet. Die Wände sind mit dunkelblauen Holzlatten vertäfelt, eine davon ist komplett verspiegelt, was den Floor größer wirken lässt. Das mit Bundeswehrtarnnetzen behangene DJ-Pult grenzt an die Bar, die mit dem Eingangsbereich verbunden ist. Von hier aus kann man den Spielautomaten sehen. An der gegenüberliegenden Seite des Raums führen eine Handvoll Stufen zu einer zweiten Bar hinauf. Dort holen sich die fünf Getränke und verschaffen sich einen Überblick.

Die Super 8 erscheint wie eine Mischung aus Jugendclub und Dorfdisco, was man von den Leuten jedoch nicht behaupten kann. Lotte erkennt einige Szenegesichter aus Frankfurt.

Stolz trägt sie auch heute ihr Heimkinder-Shirt und bemerkt die Kennerblicke der anderen.

Die Tanzfläche füllt sich langsam.

Als Pierre den Raum betritt, nickt er Lotte zu und lächelt. Du schon wieder, scheint er sich zu denken. Lotte strahlt und Sebastian himmelt sie an.

Mit Pierres erster Platte rücken sie näher zur Mitte und fangen an zu tanzen.

»Darf ich ein Foto von euch machen?«, fragt ein Mädel mit kurzen schwarzen Haaren und Kinnpiercing. Ihr Gesicht kommt Lotte bekannt vor.

»Klar!«

Sebastian schlingt seine Arme von hinten um Lotte, diese wiederum legt ihre Arme um Conny und Matze. Flo stellt sich als Größter der Runde nach hinten und macht Sebastian und Matze Hasenohren.

»Ihr wart noch nie in der Super 8, oder?«, fragt das Mädel, nachdem sie abgedrückt hat.

»Woher weißt du das?«

»Hier fallen neue Gesichter auf!«

»Kann es sein, dass ich dich schon mal gesehen habe?«

»Im Stammheim vielleicht? Das ist mein absoluter Lieblings-club! Ich bin Mine!«

»Lotte!«

»Freut mich!«

»You spin me right 'round
You spin me right 'round
You spin me right 'round
You spin me right 'round, baby, right 'round
Like a record, baby, right 'round 'round 'round [...]«

»Waaah, Pierre ist einfach der Beste!«, strahlt Mine, bevor
sie von der lustigen Vietnamesin tiefer auf die Tanzfläche
gezogen wird.

Auch hier scheinen alle große Fans von Pierre zu sein, er
wird bejubelt und niemand steht still.

Lotte wirbelt umher und beobachtet sich in der Spiegelwand:
Ihre Moves können sich sehen lassen. Einen meditativen Zustand erlangt sie heute nicht, hat sie aber auch nicht erwartet.
Das passiert nicht auf Knopfdruck. Trotzdem hat sie riesigen
Spaß. Pierre enttäuscht niemals. Außerdem ist die Stimmung
in der Super 8 herrlich familiär. Morgens kennt Lotte gefühlt
jeden auf der Party mindestens vom Sehen.

Als die Freunde den Club verlassen, strahlt die Sonne durch
die hohen Nadelbäume. Es ist erst sieben Uhr, da war die Party
letzte Woche noch voll im Gange.

Lotte ist glücklich vom Tanzen, Pierre ist der Schutzpatron
ihres neuen Lebensgefühls.

Jetzt freut sie sich darauf, unter Sebastians Decke zu schlüpfen. Er hat bereits angekündigt, die After zu skippen und
direkt mit ihr verschwinden zu wollen. Die beiden haben sich
auf eine offene Affäre ohne Verpflichtungen verständigt. Für
Lotte perfekt, somit ist sie ihm keine Rechenschaft schuldig
und genießt dennoch seine Zuneigung und Zärtlichkeit, wenn
ihr danach ist.

Kaum sind sie vom Parkplatz auf die Straße abgebogen,
werden sie von der Polizei angehalten.

»Typisch Scheiß-Bayern!«, motzt Flo, der nach wie vor führerscheinlos ist.

»Du bist ja nüchtern, oder?«, will Conny wissen.

»Logo.«

Entsprechend lässig bleibt Lotte, als die beiden jungen Polizisten sie auffordern, aus dem Auto zu steigen, und ihren Fragenkatalog abarbeiten.

»Frau Schröder, haben Sie Alkohol getrunken?«

»Nein«, antwortet Lotte halb wahrheitsgemäß. Die beiden Kräutis sind längst verflogen.

»Betäubungsmittel konsumiert?«

»Nein.«

Das bezweifelt die Beamtin um diese Uhrzeit stark und schaut ihr analysierend in die Augen.

»Warum sind dann Ihre Pupillen so klein?«

»Hä?«

»Ihre Pupillen sind klein wie Stecknadeln! Was haben Sie genommen?«

»Nichts! Ihre Pupillen sind doch auch klein!«

Die Beamtin reagiert empört, dann blickt sie ihrem Kollegen in die Augen.

»Deine Pupillen sind wirklich klein«, stellt er kleinlaut fest. »Das ist von der Sonne ...«

Die ambitionierte Jungpolizisten überlegt, wie sie nach dieser peinlichen Fehleinschätzung weitermacht. Sie entscheidet sich für den Rückzug: »Na gut, Sie dürfen weiterfahren.«

Im Auto lachen sich die fünf kaputt und ihre Freunde feiern Lotte dafür, wie cool sie reagiert hat.

Kapitel 17: VOLLE LOTTE

»Lanicor«, Umek

13. Juni 2001

WAS LUSTIGES, WAS SPANNENDES, UND WAS ZUM SPIELEN
(Cocoon-Party)
Big Floor: Umek (on 4 Decks), Pascal F.E.O.S., Pierre
House Café: Ricardo Villalobos, C-Rock, Axl Baum
STAMMHEIM

Am Mittwoch vor Fronleichnam folgt Lotte endlich Maries Einladung, das Wochenende bei ihr zu verbringen. Lotte holt sie von der Arbeit ab, sie jobbt an einer Supermarktkasse neben dem Soziologiestudium. Ihre Zweizimmerwohnung im Kasseler Zentrum hängt voller Stammheim-Poster, in der Schüssel auf dem Sideboard häufen sich die bunten Pfandmarken des Clubs.

Heute steigt eine *Cocoon*-Party und sie treffen sich vorher mit Thomsen und ein paar anderen zum Pizzaessen. Im Anschluss zeigen sie ihr die Lolita Bar unweit des Hauptbahnhofs und schwärmen von den wilden Afterhours zu Aufschwung-Ost-Zeiten, als es die Spätschicht in der Salzmannfabrik noch nicht gab. Lotte hängt den Kasselanern an den Lippen und findet alles total aufregend.

Bevor sie um kurz vor Mitternacht das Stammheim entern, statten sie sich im Tankstellenshop gegenüber mit kleinen Kräuti-Flaschen aus und verstecken sie in ihren Socken. Unter ihren weiten Hosenbeinen könnten sie eine ganze Literflasche verschwinden lassen, wenn das nicht so verdammt unpraktisch beim Laufen wäre. Auch Lotte macht mit.

Thomsen ist der Einzige, der keinen Kräuti in den Club schmuggelt (und normale Jeans trägt). Er grüßt die Türsteher mit Handschlag, und Lotte vermutet, dass auf dem gesamten Areal keine einzige Ameise unterwegs ist, die Thomsen nicht kennt.

Das Deko-Team hat ganze Arbeit geleistet und das Stammheim in eine märchenhafte Welt verwandelt. Das House Café erinnert an einen Palast aus einem Zeichentrickfilm der Siebzigerjahre, sämtliche Säulen wurden in geschwungene Torbögen verwandelt und mit gelben, orangenen und braunen Mustern bemalt.

Das Foyer ist vollgestopft mit riesigen Blumen und fantasievollen Figuren aus Pappmaché, und auf dem Big Floor hat der Maya-Kalender Gesellschaft bekommen: Überall an den Wänden hängen Bilder von Spiralen, Kreisen und Rechtecken, die an Malereien von indigenen Völkern erinnern. An der Decke tummeln sich gestreifte Schmetterlinge, die sich aus dem Foyer hierher verirrt zu haben scheinen. Die Deko im Stammheim ist so bunt, wie es darin zugeht.

»Hey du! Ich habe dich schon oft hier gesehen, aber wir haben noch nie geredet! Ich bin Domme!«, stellt sich der Typ vor, der Lotte vor ein paar Monaten »Morgens, halb zehn in Kassel, und keine Sau will Knoppers!« ins Ohr brüllte. Er ist bisher jedes Mal hier gewesen, wenn auch sie hier war. Der blonde Hüne schwitzt immer wie verrückt, was seiner Attraktivität keinen Abbruch tut. Er ist gut gebaut und präsentiert seine trainierten Oberarme in einem engen Tanktop. Eine weiße Kette liegt eng um seinen Hals und bringt seine solariumgebräunte Haut zur Geltung. Mit der grün schimmernden Schranz-Schlaghose sieht er aus wie ein Plastik-Raver aus dem Bilderbuch. Dieses Beinkleid gibt es außerdem in Rot, Blau und Lila und ist unter männlichen wie weiblichen

Schranz-Ultras der letzte Schrei. Domme und Lotte surfen auf der gleichen Welle und ziehen eine Weile zusammen umher – zur Bar, auf die Tanzfläche, Lotte lässt sich treiben. Sie hat keine Insel und gleichzeitig ganz viele. Das fühlt sich gut an, es gibt ihr ein Gefühl von Unabhängigkeit.

Mitten in der Nacht hockt sie mit Domme in einem fremden Auto auf dem Parkplatz, in dem Gewusel und Geziehe herrschen. Dort knutschen sie kurz, aber der Funke springt nicht über. Sie mögen sich einfach nur.

Gerade so schaffen sie es vor der Sperrstunde zurück in den Club und verpassen Umek nicht, der mit vier Plattenspielern auflegt. Lotte beobachtet ihn fasziniert, die anderen zappeln begeistert und sind völlig aus dem Häuschen.

Es ist das erste Mal heute, dass sie jemanden von den anderen vermisst. Denn Flo würde jetzt neben ihr stehen und erklären, wie zur Hölle man mit vier Plattenspielern gleichzeitig auflegen kann.

»Ey, Lodde, häbbi Kadaver!«, lenkt Henri sie von ihrem Anflug der Melancholie ab.

»Hä?«

»Aja, Feiertach! Frohen Leichnam, happy Kadaver!«

»Haha, du Spinner!«

Als Nächstes kommt Maggus angetanzt: »Willst du was vom Bistro? Serhat und ich ziehen uns eine *BmB* rein! Soll ich dir ein paar *FaS* mitbringen?«

Auf Lottes fragenden Gesichtsausdruck hin führt er aus: »Brühe mit Brot und Früchte am Stück!«

Jetzt erinnert sich Lotte an die *Heimpost*, in der diese Abkürzungen gebraucht wurden.

»Ein paar *FaS* wären geil!«

Als sich die Jungs auf den Weg machen und Lotte den Rücken kehren, erkennt sie auf Serhats Rücken den Aufdruck

»Krassel 98«. Sie erinnert sich an den Spruch von Ulla: Kassel ist Krassel, das stimmt.

Lotte fühlt sich pudelwohl unter all diesen verrückten, liebenswerten Menschen. Es ist zwar ungewohnt, dass weder Matze und Flo noch Sebastian oder Conny mit ihr hier sind; wirklich fehlen tun sie ihr aber nicht. Denn Marie und die anderen sind für Lotte inzwischen weit mehr als flüchtige Clubbekanntschaften.

Bevor Pierre anfängt, verschwindet sie mit Marie und Mel auf der Toilette. Pappenheimer sitzt auf dem Pop-Sofa und quakt die Leute auf Englisch zu, als sie die letzte Kabine belegen.

»Hier habe ich immer einen Hirnfilm wegen dem Fenster, dass man mich vom Parkplatz aus beim Pinkeln beobachten kann«, gesteht Marie.

»Quatsch«, findet Lotte.

»Wink doch einfach mal und wenn jemand zurückwinkt, weißte Bescheid«, schlägt Mel knochentrocken vor, während sie vorbereitet, weshalb sie hier sind.

»Ich kann auch mal meinen nackten Arsch ans Fenster halten.«

»Lieber nicht, sonst denken die noch, es ist Vollmond!«, kontert Mel.

»Haha, du blöde Kuh!«, lacht Marie.

»Mädels, ihr seid einfach nur geil«, freut sich Lotte.

»Selber!«, tröten die beiden zurück.

»Wisst ihr eigentlich, wie wichtig ihr mir seid? Nach der ganzen Scheiße mit, ihr wisst schon wem, ging es mir so dreckig … Und jetzt geht es mir wieder so gut! Ich bin so froh, dass ich euch habe!«

»Geht uns ganz genauso«, lächelt Marie und Mel stimmt zu.

Dieses Mal schwingt kein Witz mit, sie meinen es ernst. Lotte spürt eine seelische Verbindung zu ihnen.

Mit frischer Energie stampfen die drei hochmotiviert auf dem Big Floor, während draußen der neue Tag beginnt. Pierre spielt verschwurbelten und dennoch treibendem Electro, der zum übernächtigten Zustand der Tanzenden passt. Dann wartet er wieder mit hartem Techno auf, dazwischen gibt es ein paar groovige House Tunes, bevor er zum Finale nochmal richtig auf die Tube drückt und die Verbliebenen auf der Tanzfläche komplett verzückt. Das ist der Pierre-Sound, den alle lieben. Die ganze Zeit Pfiffe, Grölen und blanke Freude.

»Jawoll, Alter, Jawoll!«

»Wohooo!«

»Stammheim!«

»Was ist das für eine Scheibe??? Ich liebe die!!!«, fragt Lotte kreischend in Richtung Dani, als wieder eine typische Pierre-Scheibe kommt.

»Das ist *Donna* von Erik & Fiedel! So ein fettes Brett!«

»Waaah, der dreht mir des Hirn uff links!«, ruft Henri begeistert und schreddert derart heftig mit den Gliedern, dass es Lotte nicht wundern würde, wenn aus ihnen Blitze zum Beat schießen würden.

Auch Lotte ist elektrisiert. Von der Musik, von der Stimmung, von sich selbst.

Pierres letzte Platte ist wieder »*At Les*« von Carl Craig. Sie kann es sich nicht erklären, aber es vermittelt ihr ein Gefühl von Vertrautheit, diese Routine von ihm zu kennen.

Im House Café läuft die Party noch, als sie zu Marie aufbrechen. Keine halbe Stunde später ist ihre Wohnung voller Freunde, die exakt das Gleiche tun, was Lotte von den Afterhours bei Flo kennt. Dani und Henri bleiben auf einem selbst gedichteten Reim hängen und singen immer wieder: »Volle lotte Vollgas, die Lotte gibt heute Vollgas und wir geben heute volle lotte Vollgas mit der vollen Lotte!«

Sie ist endgültig im Herzen des Stammes aufgenommen.

Abends ist die Wohnung leer und als die Mädels geduscht im Bett liegen, fällt Lotte der Kuss mit Domme wieder ein.

»Mit dem war ich mal kurz zusammen.«

»Oh, aber mehr als ein Kuss lief nicht zwischen uns.«

»Keine Sorge, alles gut. Der ist ja auch ein Hottie.«

»Das stimmt. Wann wart ihr denn zusammen?«

»Letztes Jahr oder so. Das war echt schräg«, kichert Marie. »Ich war mit Dominik zusammen, also dem anderen Dominik, den hast du bestimmt auch mal kennengelernt, der ist auch jedes Wochenende im Heim. Na ja, auf jeden Fall saß ich auf der Treppe des Grauens zwischen den beiden und habe aus Versehen Dommes Hand genommen anstatt Dominiks. Und dann war ich auf einmal mit Domme zusammen!«

»Hä???«

Diese absurde Geschichte löst einen Lachflash aus, bis die Mädels grölen und heulen. Lotte liebt diese extremen Lachanfälle vom Durchmachen und Durchsein.

»Und was war mit Dominik? Also dem anderen?«, fragt Lotte, nachdem sie sich etwas beruhigt hat.

»Der war angepisst, aber mittlerweile ist er gechillt und wir sind Kumpels.«

»Was für eine bekloppte Story!«

»Im Heim passieren komische Sachen ...«, sagt Marie.

Dann schlafen sie schlagartig ein.

Nach einem ausgiebigen Frühstück bekommt Lotte eine Stadtführung und einen Bummel durch die Fußgängerzone. Abends kochen sie Spaghetti mit Fertigtomatensoße und quatschen bis tief in die Nacht.

Kassel ist zwar nicht sonderlich schön, aber immerhin größer als ihr Kaff. Es ist mehr los, es gibt mehr Einkaufsmöglichkeiten, Marie ist hier und das Stammheim sowieso. Lotte könnte sich glatt vorstellen, sich hier einen Job zu suchen. Jetzt, wo sie in ihrem Städtchen nicht mehr viel hält …

»Magst du wirklich nicht noch bleiben?«, fragt Marie samstags beim Frühstück.

Lotte hatte es sich offen gelassen, heute nochmal ins Stammheim zu gehen und am nächsten Tag von dort aus nach Hause zu fahren. Flo feiert Geburtstag mit Matze und leider auch mit den Verrätern. Lotte hat aber keinen Bock, die beiden zu sehen, dafür geht es ihr gerade zu gut.

Sie ist im Pippilotta-Modus.

— – —

An ihrem Geburtstag ein paar Tage später trifft sie sich mit Matze und Flo im Obermeier. Sebastian hängt auf einer Firmenveranstaltung fest und kommt später zu ihr, Conny ist mit Tamara in Italien.

»Was ist eigentlich mit Ibiza? Meine Chefin nervt voll ab, dass ich endlich Urlaub nehmen soll.«

Den Plan mit dem monatlichen Zurücklegen der fünfzig Mark hat sie zwar nicht weiter verfolgt, aber das Geld könnte sie sich von ihren Eltern für künftige Schichten im Stoffladen vorschießen lassen.

Matze und Flo schauen betreten aus der Wäsche.

»Um ehrlich zu sein, fliegen wir mit Phil und Schranzi nach Ibiza«, beichtet Flo.

»Oh, okay.«

»Sorry, wir wussten ja nicht …«, beginnt Matze, ohne zu wissen, wie er den Satz beenden soll.

»Ey, passt schon«, erlöst sie ihn und schaltet wie immer auf Trotz um, wenn sie enttäuscht ist. Überschwänglich schwärmt sie vom letzten Wochenende in Kassel und lässt zwischen den

Zeilen mitschwingen, dass es mit den anderen eh viel cooler ist als mit ihnen. Sie kündigt an, am Samstag wieder ins Stammheim zu fahren, ohne Matze und Flo zu fragen, ob sie mitkommen möchten. Die beiden ignorieren die Stichelei und bedauern, dass sie leider nicht dabei sein können, weil sie mit Phil und ein paar anderen zu Pierre ins MTW gehen. Mehr noch: Flo versucht, Lotte milde zu stimmen und betont, dass sie bei seinem Geburtstag gefehlt habe.

Lotte weiß das zu schätzen, lenkt ein und schluckt ihren Ärger herunter. Schließlich können die Jungs nichts dafür, dass ihr Fünfergespann der Vergangenheit angehört. Es ist okay, dass sie mit den Verrätern in den Urlaub fahren.

Als Sebastian zu ihr kommt, vögelt sie sich den Frust aus dem Leib. Danach geht es ihr wieder gut.

— – —

»Force«, Technasia

30. Juni 2001

STRAHLENDER TANZ OHNE SPÜLEN!
Ladomat 100 Tour
Big Floor: Charles Siegling (Technasia), Stefan Küchenmeister, Marco Cannata
House Café: Erobique LIVE!, Arj Snoek, Chi, Axl Baum
STAMMHEIM

»Ich stehe bei Stefan Küchenmeister auf der Gästeliste«, sagt Lotte schüchtern zu Noahs Bruder an der Kasse.

Sie ist sich nicht sicher, ob es tatsächlich klappt, doch dann findet Marc ihren Namen und drückt ihr lächelnd einen Stempel auf den Handrücken.

»Cool«, grinst Marie, als die beiden die Treppe hinaufhüpfen.

»Volle Lotte happy Birthday!«, gratuliert Dani als Erster und löst eine Welle von Glückwünschen aus.

»Danke!«

»Hier, das ist für dich«, strahlt Marie und hält ihr ein kleines Geschenk unter die Nase.

Damit hatte Lotte nicht gerechnet. Aufgeregt reißt sie das Papier ab und enthüllt ein breites dunkelgrünes Armband.

»Das ist ja geil!«

»Wir haben noch eine Überraschung für dich«, kündigt Mel an und fummelt eine Kassette aus ihrer kleinen Umhängetasche. »Das ist das begehrteste Pierre-Tape überhaupt, das will jeder haben!«

»1 Jahr Stammheim | Pierre | 28.02.98«, steht in Schönschrift auf dem Etikett.

»Des Teil is de Burner«, bestätigt Henri.

»Ihr seid so toll. Danke!«

»Und natürlich geben wir dir heute alle einen aus«, ergänzt Serhat.

»Alle! Das ganze Heim«, feixt Dani. »Ab geht er, de Peter!«

Als Stefan Küchenmeister erfährt, dass Lotte diese Woche Geburtstag hatte, schleift er sie im House Café hinter die Theke.

»Danke nochmal für die Gästeliste!«

»Gerne. Sag einfach immer Bescheid, wenn du kommst!«

Sie kippen einen Kräuti und gehen mit einem Becher Wodka A auf den Big Floor, wo sich Stevie in die DJ-Kanzel zu Marco Cannata, Noah und Valentin Kopetzki verabschiedet, der wie immer eine Basecap trägt. Lotte biegt daneben auf ihren Stammplatz ab.

Bald lässt sie sich auf der Tanzfläche und irgendwann durch den ganzen Club treiben. Dabei trifft sie überall auf bekannte Gesichter. Im House Café wedelt ihr ein femininer Schönling mit einem weißen, spitzenbesetzten Fächer Luft zu. Der große Blonde ist ihr schon häufiger wegen seiner ausgeflippten Outfits aufgefallen. Heute trägt er ein neongelbes Netzoberteil, durch das zwei Brustwarzenpiercings blitzen.

»Na, wen haben wir denn da?«

»Lotte!«

»Ich bin Chris!«

»Du hast immer so tolle Klamotten an!«

Er grinst und posiert wie ein Model.

»Du bist aber auch nicht von schlechten Eltern!« Er greift ihre Hand und dreht sie um ihre eigene Achse. »Oh, Chi fängt an! Der ist so was von hot!«, flötet er und streckt frech die Zunge raus.

Lotte ist schockverliebt in diesen Paradiesvogel. Sie tanzen zusammen, teilen sich Zigaretten und Getränke.

Als ihre Becher leer sind, ruft er: »Komm mal mit, meine Süße!« Er zieht sie zur Bar. Kurz darauf steht eine Flasche Sekt vor ihnen. »Für uns!«

Lotte grinst und kramt nach ihrem Geldbeutel.

»Lass stecken, die nächste zahlst du!«

Das findet Lotte wunderbar, denn mit Chris will sie tausend Sektflaschen trinken. Aber als sie das blaue Etikett näher betrachtet, stutzt sie. Darauf ist eine Ravelinde abgebildet, und zwar jene vom Silvester-Flyer 1998, die als Poster an ihrer Zimmerwand hängt. »*Stammheim Housemarke*« steht daneben.

»Wie geil ist das denn bitte?«

Lotte erzählt von der *Stammheims Golden Power Kraftbrause*, die Chris als Stammgast des House Cafés selbstredend kennt. Er trinkt gerne Sekt Energy, manchmal mit einem Schuss Wodka – zum Anturnen, wie er sagt.

»Cheers, Schatzebobbes!«

»Cheers!«

Nach dem Anstoßen drückt ihr Chris einen freundschaftlichen Schmatzer auf die Lippen. Die Schockverliebtheit scheint auf Gegenseitigkeit zu beruhen.

Mit einer halben Flasche Sekt im Kopf torkelt Lotte zur Toilette und trifft auf Ulla, die just eine Kabine betreten will.

»Na, Schnecki, dann mal rein in die gute Stube!«

Ulla legt zwei Nasen, während Lotte den Skispringer macht. Nachdem sie mit allem fertig sind, passiert etwas Komisches: Ihre Blicke treffen sich, und Ullas Gesicht bekommt einen anderen Ausdruck – lüstern und gierig. Und dann fährt Ullas Zunge in Lottes Mund. Die Überrumpelte weiß in der ersten Sekunde nicht, wie ihr geschieht, in der zweiten Sekunde findet sie es unglaublich sexy. Lotte küsst lasziv zurück und beide kommen in Fahrt. Lotte zittert vor Erregung, als Ulla wild an ihrem Hosenbund herumfuchtelt und zuerst den Knopf und dann den Reißverschluss öffnet. Als ein Finger in Lottes Höschen gleitet, stöhnt sie auf. Als Frau weiß Ulla ganz genau, welche Knöpfe sie drücken muss. Lotte wird hemmungslos vor Lust und macht die Beine breit, dabei knetet sie Ullas kleine Brüste und streichelt über ihre Nippel, was beiden gefällt. Es dauert nicht lange, bis Lotte kommt.

»Da hatte ich jetzt Bock drauf«, sagt Ulla lässig, als hätten die beiden gerade ein Eis gegessen. Dann wischt sie sich den Finger mit einem Stück Toilettenpapier trocken.

»Äh ... Danke«, stottert Lotte mit roten Bäckchen. Etwas neben der Spur fragt sie sich, was das eben war. Und dann auch noch auf dem Clubklo!

Die beiden gehen zurück zu den anderen und tun so, als wäre nichts gewesen, zwinkern sich nur ab und an verschwörerisch zu. Lotte fühlt sich wie ein wildes Tier in seinem Revier: Sie will spielen und steckt voller Abenteuerlust.

Stefan Küchenmeister übernimmt heute die Spätschicht.

Sein Markenzeichen ist schnelles Mixen – das erzeugt eine dynamische Energie und lässt niemanden müde werden. Als Lotte es endlich von der Tanzfläche schafft, um nach Chris zu sehen, ist er leider schon weg.

Gegen elf wird das Thema Afterhour laut, und mit ihm der Schlachtruf: »Schlafen ist Kommerz!«, adressiert an all jene, die darüber nachdenken, nach Hause zu gehen.

Lotte ist Teil einer großen Truppe, die zur Buga fährt und sich dort im Grünen niederlässt. Diesem Ort eilt ein gewisser Ruf voraus, an manchen Sonntagen soll dort das reinste Festival-Feeling herrschen, weil so viele vom Stammheim ausgespuckte Raver das Naturschutzgebiet bevölkern. Heute ist es vergleichsweise ruhig. Das Wetter ist schön, Lotte liegt auf Dommes Brust und fühlt sich frei. Der Spruch des Tages lautet: »Und überhaupt und sowieso ...« und wird an jeden Satz angehängt. Sie bleiben bis abends dort; zum Glück hat sie Montag Urlaub genommen.

> *»I'm going down, to, La la land*
> *I hope to see you soon in, La la land*
> *Something 'bout those little pills, unreal, the thrills,*
> *they yield, until, they kill, a million brain cells [...]*
> *Oh, what have I done*
> *What happened to the morning*
> *I passed the time away*
> *High today [...]«*

Der Text von Green Velvets neuem Track dudelt x-mal aus einem der Autos und frisst sich als hartnäckiger Ohrwurm in Lottes Hirn.

– – –

Die Aktion mit Ulla erscheint ihr wie ein Traum. Ist das wirklich passiert? Steht sie auf Frauen? Eigentlich nicht, aber es war unglaublich aufregend.

Als sie Sebastian davon erzählt, macht ihn das tierisch scharf und er will jedes Detail wissen. Die beiden haben eine offene Redekultur, was sexuelle Themen anbelangt. Ansonsten erzählt sie niemandem von Ulla.

Überhaupt hat Sebastian ihre erotischen Synapsen zum Leben erweckt. Vor allem nach Partys treiben sie es zügellos, sie hat ihm schon ausgiebig einen geblasen und er sie geleckt, er hat sie von allen Seiten genommen, sie ihn in sämtlichen Positionen beritten. In seinem Bett, in ihrem Bett, Indoor, Outdoor, unter der Dusche, im Auto, sogar in der Umkleidekabine des Schwimmbads – die beiden haben eine unbändige Lust aufeinander.

Sebastian gesteht, dass er sich einen Dreier mit Lotte und einem Mädel vorstellen könnte – aber nicht mit Ulla, die fände er zu ruppig. Lotte erregt diese Vorstellung.

Nach wochenlangem Gemotze von ihren Eltern lässt sie sich breitschlagen, am Samstag im Stoffladen auszuhelfen. Sonntag steht der jährliche Pflichttermin auf der Wiese an.

Es ist an der Zeit, sich ihren Dämonen zu stellen.

— – —

»Schneesturm«, Taksi (André Galluzzi & Paul Brtschitsch)

8. Juli 2001

Love Family Park 6
Sven Väth, André Galluzzi
House Wiese: Ricardo Villalobos, DJ T., Tobi Neumann, Ata
DUNLOP PARK

Lotte fährt mit Sebastian, Conny, Tamara und Schmitti zum *Lovepark*. Im Auto erzählt Letzterer sterbensverliebt, dass es bei Pierre im MTW endlich zwischen ihm und Nicole gefunkt hat. Lotte hatte scheinbar als Einzige nicht mitbekommen, dass er ein Auge auf sie geworfen hatte. Sie weiß nur, dass Flo und Matze ihre Vierecksaffäre beendet haben.

Verknallt wie ein Teenager berichtet Schmitti von dem zauberhaften Moment, als es geschah: Er hatte im Morgengrauen an der Reling der Terrasse gestanden, eine geraucht und verträumt über den Main geblickt, als seine Angebetete plötzlich neben ihm auftauchte. Ohne ein Wort hatte er seinen Arm um sie gelegt, woraufhin er ihren Kopf an seiner Brust gespürt hatte. Damit war es besiegelt. Die beiden sind zusammen nach Hause gegangen und seither ein Paar.

»Was ist das denn für eine geile Story?«, quiekt Lotte verzückt.

»Das war so ramondisch«, feixt Tamara vom Fahrersitz.

»Das ist wahre Liebe«, ergänzt Conny.

Das will Lotte auch. Die Affäre mit Sebastian ist zwar aufregend, aber alles andere als romantisch.

Direkt nach der Einlasskontrolle laufen sie Flo, Matze sowie Phil und Franzi in die Arme. Lottes Herz fängt an zu rasen, schmerzhafte Bilder schießen ihr durch den Kopf: wie die beiden verliebt im Kino sitzen, verliebt im Bett liegen und andere verliebte Paar-Dinge tun. Allerdings muss sie das Bild in ihrer Vorstellung korrigieren, denn die beiden haben sich optisch verändert. Phil hat ein Ziegenbärtchen und keinen Fischerhut mehr, Franzi hat ihr Haar abgeschnitten und trägt nun eine ähnliche Technofrisur wie Lotte.

Mechanisch bringt sie eine Begrüßung hinter sich und ergreift daraufhin die Flucht. Zum Glück gibt es in diesem Jahr eine zweite Bühne, wo zwar House gespielt wird, die aber genügend Abstand zwischen sie und die Verräter bringt.

Lotte trifft einige Freunde wie Steffi und Tino, die Truppe aus Hannover und Schranzfranz. Marie und die anderen schaffen es leider nicht, sie sind nach dem Stammheim in der Buga gelandet und haben keine Motivation, den Weg auf sich zu nehmen.

Die Sonne knallt, der Rest auch, und bald hüpft Lotte mit Sebastian berauscht über die Wiese. Seifenblasen schweben durch die Luft und der Park ist voller bunter Deko, meist von Stellmacher & Jensen. Es ist ein schöner Tag und Lotte gelingt es tatsächlich, Franzi und Phil auszublenden.

Zu Sven Väth finden sich alle auf der Hauptwiese ein, auch die Verräter. Wie immer sprüht der Technoguru nur so mit Verve und zieht alle in seinen Bann. Lotte liebt die Sets vom Babba und vor allem die Stimmung unter den Tanzenden. Es ist anders als bei herausragenden DJs wie Pierre, der Idol und Ausnahmetalent für seine Fans ist. Sven Väth wird vergöttert.

Es lässt sich nicht nachvollziehen, wie es dazu gekommen ist und wer den Anfang gemacht hat, doch was dann folgt, kann nur als Massenknutscherei bezeichnet werden. Conny, Tamara, Sebastian, Martina, Matze, Flo, Lotte – bis auf die monogamen Pärchen machen alle mit – jeder züngelt mal mit jedem!

Es ist weniger ein sexueller denn ein freundschaftlicher Akt, der Verbundenheit zueinander zum Ausdruck bringt. Er gehört zum Tanz, ähnlich wie sich an den Händen zu halten und sich zu drehen. Nur Lotte und Sebastian kleben länger aneinander, bleiben sogar stehen.

Hoffentlich sehen es die miesen Verräter, denkt sich Lotte und genießt ihre Freiheit in vollen Zügen.

Die Stimmung bleibt stürmisch. Nach dem *Lovepark* fahren sie ins Robert Johnson und nach der wilden Afterparty dort landen sie bei Flo auf der üblichen.

Zum Glück haben sich die Verräter bereits nach dem Open Air um zweiundzwanzig Uhr verabschiedet, weil sie am nächsten Tag arbeiten müssen.

Montagnachmittag erwacht Lotte nackt neben Sebastian mit einem Schädel aus Blei. Dennoch freuen sie sich über die ausgeuferte Party und lachen über den Zungentango mit ihren Freunden.

— - —

Negativ!

Fast hätte Lotte ihren unangenehmen Ausrutscher von vor drei Monaten vergessen, wäre da nicht noch das Thema HIV gewesen. Die Erinnerung an den Absturz ist bis heute nicht zurückgekommen und folglich auch nicht die Gewissheit, ob sie ein Kondom benutzt haben. Zuzutrauen wäre es dem Ätz- typen, dass er die Situation schamlos ausgenutzt und sie ohne Gummi geknallt hat. Das weiß sie zwar immer noch nicht, aber immerhin hat sie kein HIV, ist nicht schwanger und hat sich auch sonst keine Geschlechtskrankheit eingefangen.

Niemand hatte ihre Sorge gekannt, nicht einmal Conny, die Lotte mehr oder weniger ins Unglück stürzen gesehen hatte.

Mit Sebastian hat sie bisher ausschließlich mit Kondom geschlafen, deshalb hat sie sich nicht in der Pflicht gefühlt, ihm davon zu erzählen. Doch jetzt kann sie ihm endlich vorschlagen, sich die Pille verschreiben zu lassen, damit sie den Gummi weglassen können und sich der Sex noch geiler anfühlt. Das wird ihm sicher gefallen.

Zu Lottes Verwunderung wollen Flo, Matze und die anderen zum *Tresor-Park* nach Berlin statt zur Pyjamaparty nach Kassel fahren. Selbst wenn die Verräter nicht dabei wären, stünde das für Lotte außer Frage.

Inspiriert von den Outfits im letzten Jahr hat sie sich in den Kopf gesetzt, einen fetzigen Schlafanzug zu nähen. Einen clubtauglichen Schnitt musste sie nicht lange überlegen, also besorgt sie sich Stoff aus dem Laden und lässt sich von ihrer Mutter den Umgang mit der Nähmaschine zeigen. Die ist völlig von den Socken, dass sich ihre Tochter endlich mit der Materie befasst, die für ihre berufliche Zukunft unabdingbar ist.

Lotte ist mit ihrem Werk zufrieden: ein Zweiteiler aus blassrosafarbenem Satin, bestehend aus einer weiten Schlaghose und einem knallengen Spaghettitop.

— - —

21. Juli 2001

MANCHMAL STEH ICH SOGAR NACHTS AUF ...!
Die traditionelle PYJAMAPARTY STATT PARADE

Big Floor: Pierre, Marky, Norman
House Café: Axl Baum, Chi
ACHTUNG: Eintritt wie immer NUR im Bettfummel, Unterwäsche
oder Pornooutfit. KEINE AUSNAHMEN!!!
STAMMHEIM

Als Lotte in ihrem Technopyjama aus Maries Badezimmer tritt, verschluckt die sich fast an dieser giftgrünen Limo, die sie so gerne trinkt und mit der man Lotte jagen kann.

»Alter Schwede! Kannst du mir bitte auch so einen machen?«

»Dein Schlafanzug ist aber auch der Knaller!«

In dem Kinderpyjama mit Teddybären darauf sieht Marie zu ulkig und süß aus.

»Ich habe dir noch gar nicht von Matze erzählt, den habe ich doch auf Flos Geburtstag getroffen. Voll schade, dass du da nicht dabei warst, das war eine lustige Nacht«, berichtet sie, »aber irgendwie finde ich Matze doch nicht so toll, wie ich dachte.«

»Das ist gut. Er ist ein Herzensbrecher und so sehr ich ihn auch mag, ich würde jeder Freundin von ihm abraten.«

Scheinbar hat er auf Lotte gehört und seine Flirtantennen bei Marie eingefahren. Einerseits schade, denn Matze und Marie wären ein schönes Paar. Obwohl sie sich Matze schwer in einer Beziehung vorstellen kann.

»Fährst du eigentlich noch weg diesen Sommer?«, lenkt sie auf ein Thema, das sie nicht loslassen will.

»Ich würde gerne, aber ich habe keine Kohle. Und du?«

»Ich würde auch gerne, aber niemand fährt mit mir.«

Ihre letzte verbliebene Option war Sebastian, doch der hat bereits vor Monaten mit Schmitti Urlaub in Italien gebucht.

»Oh, das tut mir leid. Wollen wir nächstes Jahr zusammen Urlaub machen? Dann kann ich schon mal mit dem Sparen anfangen ... Die Kohle im Supermarkt reicht gerade so und jeden Samstag Stammheim ist der Tod für meinen Geldbeutel.«

»Und dann noch die ganzen Gutzchen ...«, grinst Lotte frech.

»Die sind das Teuerste!«, lacht Marie.

»Also, ich fände es echt toll, mit dir zu verreisen. Was hältst du von Ibiza?«

»Sehr gute Idee, ich will unbedingt mal ins Amnesia zum Väth.«

»Ich auch!«

»Gebongt. Und weißt du was? Diesen Sommer machst du einfach Urlaub bei mir.«

Damit ist Lotte zufrieden und kann das Thema ad acta legen. Dann nimmt sie sich diesen Sommer einfach Freitage und Montage frei und verbringt verlängerte Wochenenden in Kassel.

Als die beiden im Stammheim ankommen, werden sie von allen Seiten abgefeiert. Selbst einer der Türsteher nickt anerkennend, als er Lottes Kreation in Rosa sieht.

Wie im letzten Jahr sehen alle äußerst bescheuert aus. Dani hat sich in einen gelben Kinderschlafanzug mit schwarzen Pünktchen gezwängt, Mel trägt ein viel zu großes lilafarbenes Seidennachthemd von ihrer Oma, Serhat und Maggus pastellfarbene Frotteeschlafanzüge aus den Achtzigern und Ulla einen dunkelbraunen Altherrenpyjama. Ihr kleines Geheimnis hat eine zusätzliche Bande der Freundschaft zwischen ihnen geknüpft, die amourösen Vibes haben sich jedoch verzogen wie Disconebel. Es geschah in der Hitze des Augenblicks.

»Die Hängebetten sind zurück!«, jubelt Marie und wirft sich auf eins.

Die Begeisterung ist bei allen groß, dass die mit vier massiven Ketten an der Decke befestigten Betten ein Revival im Foyer feiern.

Auch auf dem Big Floor hat sich einiges getan. Er hängt voller riesiger Pilze, die fast bis zum Boden reichen. Lotte fühlt sich beim Hindurchlaufen wie *Alice im Wunderland* auf die Größe eines Käfers geschrumpft.

Das trifft es gut, findet sie, denn das Stammheim ist schließlich auch eine Art Wunderland, irgendwie.

Der Maya-Kalender und die Malereien der Stammesvölker hängen noch, neu hinzugekommen sind die altbekannten Flammen aus dem House Café, die nun die Säulen des großen Raums zieren.

Marky lacht und zeigt beide Daumen nach oben, als er Lottes Outfit sieht. Sie grinst und streckt frech die Zunge raus. Das samtweiche Satin schmiegt sich wie eine zweite Haut an ihren Körper, sie fühlt sich wie nackt. Nackt und frei.

Nach einer ersten Tanzrunde jappst sie nach frischer Luft und begibt sich ins House Café auf die Suche nach Chris. Sein großer weißer Fächer ist im Getümmel nicht zu übersehen. Er trägt ein hellblaues Seidenhöschen, das seine Poritze abzeichnet.

»Wie geil siehst du denn bitte aus!«

»Habe ich selbst genäht!«

»Was? Wow! Du solltest Modedesignerin werden!«

Vielleicht hat er Recht, der Technopyjama ging ihr nicht nur leicht von der Hand, sondern machte auch riesigen Spaß. Und all die Komplimente beweisen, wie gut er ihr gelungen ist.

»Schön, dass ich dich gefunden habe! Du warst letztes Mal schon weg!«

»Du findest mich immer da, wo Chi ist«, grinst er. »Der ist heute wieder sooo gut! Komm!«

Er greift ihre Hand und verliert sich mit ihr in einem Meer bebender Körper in schrillen Outfits, mit dem sie wunderbar harmonieren.

Chi spielt seinen unverkennbaren Happy-Soul-Vocal-House-Sound, der Lotte oft zu poppig ist. Doch als eine weibliche Stimme aus den Boxen singt, trifft es sie voll ins Herz:

> *»Cause you're free*
> *To do what you want to do*
> *You've got to live your life*
> *Do what you want to do [...]«*

Den Refrain hat sie schnell drauf und singt ihn, wie einige andere, laut mit. Arme strecken in die Höhe, die Stimmung kocht. Lotte hat Gänsehaut.

Sie fällt mit Chris in ein Zeitloch und leert mit ihm eine *Stammheim Housemarke*.

»Da bist du ja!«, steht Marie irgendwann vor ihr. »Ich habe dich gesucht!«

»Das ist Chris! Chris, Marie!«

»Hi Süße!«

»Hi! Dein Gesicht kenne ich!«

»Ich deins auch!«

»Los, komm mal mit!«, wendet sich Marie an ihre Freundin. »Du brichst ab, wenn du das siehst!«

Im Foyer gackern Dani und die anderen wie ein Haufen Hühner.

»Ich kann net mehr!«, hält sich Henri den Bauch.

»Der Pappenheimer hat einen gelutscht bekommen!«, klärt Ulla auf.

»Mitten auf der Tanzfläche!«, ergänzt Serhat und hält sich die Augen zu.

»Unter einem Pilz!«, prustet Dani und wischt sich eine Träne aus den Augen.

»Deshalb habe ich dich geholt«, grinst Marie.

»Alter, wer macht denn so was? Ich meine, der Pappenheimer! Alter!«, kriegt sich Mel kaum mehr ein.

»Ich dachte erst, das wäre ein Stiel von einem Pilz … Dabei war es sein Pimmel!«, übertreibt Ulla maßlos und grölt.

»Ach du Scheiße!«, reißt Lotte die Augen auf und erzählt von der Sexszene auf der Toilette im letzten Jahr.

Alle sind sich einig, dass das der Pappenheimer gewesen sein muss und lachen sich schier kaputt darüber.

»Die Pyjamaparty ist seine Nacht, da geht's ab!«, jappst Serhat.

Sie können nicht aufhören, flache Witze darüber zu reißen.

Es ist schon wieder kurz vor sechs Uhr, als Lotte auf ihr Handy schaut. Sie war ewig im House Café, das ist ihr ja noch nie passiert … Jetzt hat sie Lust auf Techno!

Vergebens versucht sie, Chris auf den Big Floor zu bekommen. Sie tauschen Telefonnummern und drücken sich einen freundschaftlichen Kuss auf die Lippen.

Pierre liefert den Sound, den Lotte jetzt braucht. Ihr Pyjama ist mittlerweile voller Clubsiff, vor allem am Hintern und den Hosenbeinen. Aber es ist ihr egal.

Nachdem sie sich im übertragenen Sinne leer getanzt hat, schaukelt sie mit Thomsen auf einem Hängebett und gibt ihrem Traum in Blassrosa den Rest.

»Weißt du überhaupt, warum es die Pyjamaparty gibt?«

»Nein, erzähl!«

»Pass auf«, beginnt er und legt eine Pause ein, um sich eine Zigarette anzustecken. »'94 und '95 hatte das Aufschwung sogar einen Wagen auf der *Loveparade*. Aber das Ganze wurde jedes Jahr größer und kommerzieller, auf einmal war sogar die CDU mit dabei ...«

»Hat jemand von euch vielleicht einen Lippello?«, unterbricht ein Mädel hinter ihnen. Lotte nickt und kramt ihren Lippenpflegestift aus der Tasche. Nachdem sich das Mädel damit eingefettet hat, nimmt Lotte das Gespräch zu Thomsen wieder auf.

»Die CDU? Was wollen denn diese Spießer da?«

»Auf Stimmenfang gehen, was natürlich die komplette Verarschung ist. Denen einen Wagen zu geben, war Hochverrat an der Szene!«

»Das ist ja zum Kotzen.«

»Aus diesem Abfuck und dem zugegebenermaßen selbst verursachten Chaos in der Orga entstand die Gegenveranstaltung zur *Loveparade* im Heim.«

»Was meinst du denn mit selbst verursachtem Chaos?«

»Die Heim-Crew hatte sich völlig übernommen mit einem Wagen und einer eigenen Aftershowparty, sie hatten ja null Erfahrung mit so was. Eigentlich wollten sie doch einfach nur Party machen!«

»Herrlich«, grinst Lotte, »aber was hat das nun mit Pyjamas zu tun?«

»Das ist halt typischer Heim-Humor: Getreu dem Motto, fahrt mal alle schön nach Berlin zu dem Mainstreamscheiß für Plastik-Raver, wir machen es uns *da-heim* gemütlich und bleiben unter uns.«

»Das ist ja geil ... Lass mich raten, du warst damals in Berlin dabei?«

Thomsen grinst.

»Du bist einfach ultrakrass«, lacht Lotte.

»Hach, das waren noch Zeiten ...«, schwelgt er verträumt ins Leere.

Auf einmal zappelt Henri vor ihnen herum: »Alder, was is'n mi'm Pierre los? Rumms, Rumms, Rumms! Und des um die heilische Uhrzeit! Isch muss doch in die Käsch zum Sonndachsgoddesdienst!«

»Das hier ist der Gottesdienst, du Vogel!«, klärt ihn Maggus auf, der ihm aus dem Big Floor gefolgt ist.

»Ach, stimmt ja. Ich Dabbes!«

Die zwei quatschen wieder nur Blödsinn. Als Nächstes schwadronieren sie darüber, wann sich die Deko wohl von dem ganzen Feierschweiß auflöst, der heute wieder einmal von der Decke tropft.

Als Henri einen großen Schluck aus seinem Becher nimmt, stößt er ein genüssliches »Aaah, des zischt wie Abbelsaft!« hervor und wendet sich an Lotte: »Möchtest du mal von diesem gar köstlichen Getränk kosten?«

»Wenn du in diesem Leben nochmal schlafen willst, lass es lieber«, warnt Mel, die sich gerade neben ihr niedergelassen hat.

— - —

Die Pyjamaparty ist der Beginn von Lottes Kassel-Urlaub, der natürlich nicht das Geringste mit Erholung zu tun hat. Ihr Plan mit den verlängerten Wochenenden geht auf, ihre Vorgesetzte hatte diese spontane und unkonventionelle Art der Ferien zähneknirschend genehmigt. Also verbringt sie die nächsten Wochenenden bei Marie und im Stammheim.

Beim dritten Mal weiß Marc an der Kasse, dass ihr Name auf Stefan Küchenmeisters Gästeliste steht. Von da an lächelt er nur noch attraktiv und gibt ihr einen Stempel.

Durch Chris verweilt sie so oft und lange im House Café wie nie zuvor. Es kommt jedoch immer der Punkt, an dem sie straffere Beats braucht und auf den Big Floor wechselt. Doch Lottes erster Besuch im Chill-out seit Silvester fällt ihr schwer. Aber je häufiger sie in die Ecke schaut, in der sie Franzi und Phil erwischte, und dort nun andere Leute sieht, umso seltener denkt sie an diese schreckliche Erfahrung zurück.

In der *Heimpost* für August/September 2001 wird endgültig ein Umzug des Stammheims angekündigt, was eine Welle der Empörung auslöst. Wann und wohin, steht noch nicht fest, aber der Grundtenor ist wie stets positiv – alles wird noch besser im neuen Heim. Trotzdem: Die Heimkinder hängen an der Salzmann Factory.

Die Flyer-Parole lautet *»Verdienter Club des Volkes«* und sowohl das Artwork als auch das gesamte Programm dieser Wochen ist eine Persiflage auf die ehemalige DDR. Die *Heimpost* wird zum *»Zentralorgan«* und das Stammheim zur *»Part(e)yzentrale«*, es gibt eine *»SPASI«* und jeder und alles wird zum Genossen. Es ist pures Entertainment, Bringmann & Kopetzkis Ergüsse zu lesen, und sie werden unter den Heimkindern abgefeiert.

»Genossin Internet« informiert über eine neue Webseite des Clubs. Als Lotte auf dem Computer im Stoffladen danach sucht, stößt sie auf eine weitere Internetseite: ein Stammheim-Forum, in dem sich Insider und Gäste über Partys, DJs und Platten austauschen. In diesem Forum kann sich jeder anmelden und mitmachen, das findet Lotte total abgefahren. Sie legt sich einen Benutzer namens HeimkindLotte an und stöbert lange in den Einträgen.

»Free« wird zum Titelsong ihres Sommers. Er trifft Pippilottas Lebensgefühl auf den Punkt und erinnert außerdem an den wunderschönen Moment mit Chris auf der Tanzfläche.

Da sie an den Wochenenden in Kassel ist, bleiben nur die Feierabende, um sich mit Conny, Matze und Flo am See oder im Biergarten zu treffen. Die Jungs berichten unter anderem von der *Stammheim Flying Circus-Tour* in Köln, und vor allem Flo kriegt sich kaum mehr ein vor Begeisterung für diese Stadt. Dass sie viel mit Franzi und Phil machen, stört Lotte nicht. Schließlich ist sie momentan auch mehr mit Marie und den anderen unterwegs.

Die Freundschaft zu Matze, Flo und Conny ist tief und gibt ihr ein gutes Gefühl, auch wenn sie sich gerade nicht so oft sehen.

Auch Sebastian ist in den letzten Wochen etwas kurz gekommen. Umso mehr freut sie sich auf das heutige Date mit ihm. Doch es läuft anders als erwartet.

»Hey, wie geht's?«, begrüßt er sie mit einem flüchtigen Kuss auf die Wange.

»Na, was wollen wir anstellen? Warum bist du nicht einfach hochgekommen?«

»Ich würde gerne etwas mit dir bereden.«

Lotte wird stutzig. Ist er sauer, weil sie sich in letzter Zeit selten getroffen haben? Will er mehr von ihr? Eine Beziehung mit ihm kommt nicht in Frage. Es ist toll so, wie es ist.

Sebastian fährt zum Aussichtspunkt und parkt unweit der Stelle, an der sie zum ersten Mal Sex hatten.

»Ich sage es am besten gerade heraus, ich bin wieder mit Tamara zusammen.«

»Hä? Wieso das denn?«

»Wir sind letztens in der Kiste gelandet und haben beschlossen, es nochmal miteinander zu versuchen.«

Das trifft Lotte härter als gedacht. Scheiße.

»Das ist … schön für euch«, presst sie hervor.

»Ja. Danke. Sorry, Mann. Ich hoffe, wir bleiben Kumpels?«

»Klar«, mimt sie die Gelassene, »aber dann kannst du mich ja jetzt wieder nach Hause bringen.«

Auf der Rückfahrt reden sie kein Wort. Lotte ist überrumpelt und enttäuscht.

»Alles gut bei uns?«, will er zum Abschied wissen.

»Ja. Ciao.«

Oben ruft sie Conny an, doch es fühlt sich seltsam an, schließlich ist sie Tamaras beste Freundin. Sie beendet das Gespräch und wählt stattdessen Chris' Nummer. Seine entspannte Sichtweise im Umgang mit Männern färbt auf Lotte ab, und plötzlich ist es gar nicht mehr tragisch, dass ihre Affäre mit Sebastian vorbei ist.

»Trotzdem schade. Der Sex war verdammt gut mit dem, was mache ich denn jetzt bloß?«

»Ach, die Männer stehen doch Schlange bei dir, Schatzebobbes.«

»Klar, ich weiß gar nicht, mit wem ich als Erstes poppen soll.«

»Sogar *ich* würde dich bumsen! Wenn du einen Pimmel hättest.«

Und schon lacht Lotte wieder, sie liebt seinen dreckigen Humor. Überhaupt kann sie mit Chris so offen über Sex reden wie mit keinem Freund zuvor.

»Du, ich muss dir auch noch was erzählen«, wechselt er das Thema. »Ich ziehe nach Berlin.«

»Wie bitte?«

»Ich habe doch schon lange vor wegzuziehen. Und jetzt klappt es endlich! Ich muss raus aus meinem Scheißkaff.«

Bei ihren ausschweifenden Telefonaten hat er ihr immer wieder vom Alltagsmobbing berichtet. Eine schillernde Persönlichkeit wie er hat es nicht leicht auf dem Dorf. Er erwähnte zwar, dass er umziehen will, aber die Stadt Berlin fiel dabei nie.

»Kannst du nicht einfach nach Frankfurt ziehen?«

»Berlin ist doch viel besser!«

»Aber ist voll weit weg!«

»Ich weiß. Aber ich habe dort einen Job ab September.«

»September? Moment mal, das ist ja in zwei Wochen! Das ist ein Scherz, oder?«

»Leider nein, meine Süße.«

»Aber wieso muss es denn unbedingt Berlin sein?«

»Die Stadt ist der Wahnsinn. Warst du mal da?«

»Nein.«

»Du kannst dir nicht vorstellen, was da abgeht. Die haben sogar einen schwulen Bürgermeister, wie geil ist das denn bitte? Und dann ist das Jobangebot auch noch der Knaller, ich fange in einer Werbeagentur an!«

»Wie bist du denn da rangekommen?«

»Dort arbeitet ein Typ, den ich mal in Frankfurt gef... äh, -datet habe. Er holt mich in sein Team. Diese Chance muss ich ergreifen, verstehst du?«

»Ja. Ich freue mich für dich«, sagt Lotte traurig.

»Du wirst mich natürlich in Berlin besuchen. Ich feiere im Heim meinen Abschied, da musst du kommen.«

Natürlich wird sie kommen.

Was ist das bloß für ein schrecklicher Tag? Chris ist ihr in so kurzer Zeit so sehr ans Herz gewachsen. Es ist ein harter Schlag, dass er bald weg ist.

— – —

25. August 2001

HELDEN DER ARBEIT
Noah's, Pierre's & Marky's Birthday!
Big Floor: Air Liquide LIVE, Pierre & Marky (playing 2 extralong
Deluxe Sets!!!)
House Café: Dorian (Monza, FFM), Chris Duckenfield (USA), Axl Baum, Chi
Chill-out: Funkstörung LIVE, Dimatrix
STAMMHEIM

Lotte fährt an diesem Wochenende mit einem mulmigen Gefühl zu Marie. Chris feiert seinen Abschied und die Verräter schlagen ebenfalls im Stammheim auf. Das kann was werden.

Chris scharrt wie immer einen Haufen Leute um sich. Für seinen großen Abgang, wie er es bezeichnet, hat er sich besonders in Schale geworfen. Auf der Rückseite seiner hautengen und sehr kurzen Jeansshorts steht in großen Strasslettern »Tasty« und sein neonpinkfarbenes Tanktop zeigt mehr Haut, als es verdeckt. Seinen weißen Spitzenfederfächer hat er durch einen knallbunten, mit Glitzersteinen besetzten ersetzt. Seine gesamte Erscheinung ist wie stets ein Hingucker.

Lotte konnte kaum glauben, dass Marie und die anderen ihn nur vom Sehen her kannten. Chris ist ein Heimkind wie sie, nur eben im House Café zuhause.

Als sich alle im Foyer tummeln, passiert es: Franzis und ihre Blicke treffen sich. Lotte erstarrt. In der Theorie hatte sie sich das zweite Aufeinandertreffen einfacher ausgemalt, auf dem *Lovepark* klappte es schließlich auch. Dort gab es allerdings mehr Platz zum Ausweichen. Die direkte Konfrontation mit der Vergangenheit lässt sie verkrampfen und macht sie unsicher.

Eine Vergangenheit, in der sie schwach und verletzlich war. Aber diese Lotte ist Geschichte.

Also gibt sie sich einen Ruck, geht auf die beiden zu und begrüßt sie mit einem lieblosen Küsschen auf die Backe. Als sich ihre Gesichter berühren, fühlt Lotte nichts. Franzi und Phil sind zu Fremdkörpern geworden. Das gibt ihr Kraft und macht sie gleichzeitig traurig. Schnell wendet sie sich anderen zu, um einem möglichen Smalltalk zu entgehen.

Heute verbringt sie die meiste Zeit im House Café mit Chris, obwohl sie zu gern Pierres und Markys angekündigte extralange Deluxe-Sets anlässlich ihrer Geburtstage gehört hätte.

Chris würde sich »eher den Pimmel abhacken als zu dem Geschranze zu gehen«, wie seine eindeutige Absage lautet. Lotte findet sich damit ab, denn ihre Lieblings-DJs sind nächste Woche noch da, Chris hingegen nicht ...

Nach einer Flasche *Stammheim Housemarke* schleift er sie zur Frauentoilette. In seinem aufgekratzten Zustand kokettiert Chris noch mehr mit seiner Homosexualität als ohnehin schon und hat allerlei Sprüche dafür im Repertoire. Bei Schlachtrufen wie »Druff wie ein Mudderschiff« oder »Ach egal, Hauptsache druff« muss Lotte jedes Mal lachen. Ihr absoluter Favorit ist, wenn Chris verdutzt mitten im Satz stoppt, weil er den sprichwörtlichen Faden verloren hat und sich suchend auf dem Boden umschaut. »Na, wo ist denn das Fädchen?«, fragt er dann, und manchmal bückt er sich sogar und tut so, als hebe er es auf und ergänzt »Ah, da ist es ja!«, bevor er weiterredet. Lotte liebt diesen Typen einfach.

In der Toilettenschlange wird er mit offenen Armen empfangen, Spotlight auf den Paradiesvogel.

»Hallöchen, Popöchen! Ich hoffe, es ist okay, wenn ein Schwuletti mit euch hier verweilt. Ich fühle mich ja als eine von euch, irgendwie.«

Zustimmung von allen Anwesenden.

»Es gibt ja verschiedene Arten von Menschen, die im Club auf dem Klo abhängen«, beginnt er im Vortragsmodus wie ein Comedian. »Die meisten wollen ihr Näschen pudern. So wie meine Freundin und ich.« Chris grinst gewinnend, alle anderen kichern. »Dann gibt es diejenigen, die andere volllabern ...«, führt er aus, »auch so wie ich.« Die Mädels lachen. »Dann gibt es die, die bumsen wollen«, sagt er und legt eine Kunstpause ein, »und natürlich die, die mal Pipi oder gar Schlimmeres müssen!«

»So wie ich!«, wirft eine ins schallende Gelächter ein.

»Dann darfst du als Nächstes! Aber nur, wenn es nichts Schlimmeres ist«, zwinkert er.

Keine hat etwas dagegen. Es gehört zum guten Ton, allen den Vortritt zu gewähren, die wirklich auf die Toilette müssen.

Vor Chris und Lotte schwingt eine Tür auf und Pappenheimer kommt heraus.

»Hello Lady, how are you?«, grinst er und folgt dem Strom Richtung Ausgang, ohne eine Antwort abzuwarten. Sie waren zu siebt in der Kabine.

»Wie zur Hölle passen die alle da rein?«, schüttelt Chris den Kopf.

Als die Tür hinter ihnen verschlossen ist, platzt es aus ihr heraus: »Ich finde es scheiße, dass du gehst!«

»Sei nicht traurig, Schatzebobbes. Ich bin nicht aus der Welt und du kommst mich ganz oft besuchen. Außerdem werde ich auch noch oft hier sein, ich kann doch meinen Chi nicht alleine lassen.«

»Ich könnte dir ja beim Umzug helfen.«

»Das ist eine hervorragende Idee! Darauf bin ich noch gar nicht gekommen. Ich habe bisher nur alte Freunde, die mir beim Einladen helfen, in Berlin hätte ich Theo gefragt. Er hat

mir nicht nur den Job, sondern auch eine Wohnung besorgt.«
Mit dieser Aussicht fühlt sich Lottes Schwermut gleich viel
leichter an.

Beim Händewaschen zieht sich Chris seinen Kajal nach und
malt Lotte einen Lidstrich.

»Jetzt siehst du noch hübscher aus«, lächelt er und gibt ihr
einen Schmatzer.

Im House Café treffen sie Matze und Flo und Lotte stellt sie
einander vor.

»Schon viel von dir gehört!«, grinst Flo.

»Dito, mein Hübscher, dito!«

Die drei bleiben eine Weile zusammen auf der Tanzfläche
und Lotte genießt es, mit ihren Jungs zu feiern. Irgendwann
schleppen sie Matze und Flo auf den Big Floor und Lotte verspricht Chris, gleich wiederzukommen.

Aus gleich werden Stunden, wie es im Eifer des Partygefechts
eben manchmal so ist.

Lotte stellt sich an die DJ-Kanzel und brüllt »Happy Birthday!« in Richtung Marky und Travis und untermalt ihre Worte
mit einem aus Fingern geformten Herz. Die beiden freuen
sich und nicken zum Dank.

Es dauert ein paar Minuten, bis sich Lotte vom groovigen
House Café auf dem rummsenden Big Floor akklimatisiert hat.
Hier herrscht ein völlig anderes Energielevel.

Sie raucht eine und muss dabei mit ansehen, wie Franzi und
Phil sich leidenschaftlich küssen und sehr verliebt aussehen.

Aua.

Zum Glück kommt Dani und reißt sie aus der Situation.

»Ey, mir ist grad was passiert!«, beginnt er lachend zu
berichten, »im Chill-out lag eben so ein fetter Gangster-Typ
auf der Couch und hat mich böse angeglotzt! Ich dachte erst,
der will Stress! Und dann fängt der Freak auf einmal an zu

grinsen und streckt mir die Zunge raus! Und das Beste war: Da lag ein Teil drauf!«

»Hahaha! Wie geil!«

Da kannst du jedes verdammte Wochenende hier sein und es passieren jedes verdammte Wochenende Dinge, die du nicht glauben kannst. Dieser Ort macht etwas mit seinen Gästen. Als läge etwas in der Luft, was sie lieb, glücklich und auf eine schöne Weise verrückt macht. Hoffentlich wird dieser Zauber nach dem Umzug nicht verwehen, denkt sich Lotte.

Jetzt ist sie wieder voll drin im Techno, Marky spielt den geliebten Stammheim-Sound, sie dreht sich wie ein Brummkreisel und freut sich mit allen um sie herum.

Aus Versehen auch mit Franzi und Phil.

Irgendwann plagt sie das schlechte Gewissen und sie reißt sich los in Richtung House Café. Chris feiert bei Chi, als gäbe es kein Morgen.

Der Tag ist längst angebrochen und die Sonne strahlt durch die provisorisch verbarrikadierten Industriefenster in den verrauchten Raum. Lotte mag es lieber dunkel, so wie drüben auf dem Big Floor, in dem das Discolicht den abgekämpften Gesichtern schmeichelt. Sie ist nassgeschwitzt, ihre Wimperntusche hängt sonstwo und ihre Hautfarbe ist ungesund. Zum Glück sehen alle anderen nicht besser aus. Augen und Kiefer zucken in alle Richtungen und stets entgegengesetzt zum Körper, dem sie angehören.

»Say I love you, I really really love you«,
singt plötzlich eine Frauenstimme zu einem stampfenden Beat.

Viele im Raum jauchzen, auch Chris. »Ich liebe diese Scheibe!«, kreischt er, klettert auf die Theke und reicht Lotte die Hand, um sie hochzuziehen. Sie muss höllisch aufpassen, nicht vom Tresen zu donnern.

>>*This could be the last time*
The very very last time
This could be the last time
The very very last time [...]<<

Gerade hat sich Lotte an das Tanzen im Rampenlicht gewöhnt, da entdeckt sie Franzi, Phil, Matze und Flo zu ihren Füßen. Die vier staunen mit großen Augen und jubeln ihr zu. So haben sie ihre Freundin noch nie erlebt. Lotte zuckt mit den Schultern und grinst cool.

>>Oh nein, die letzte Platte!<<, ruft Chris kurz darauf.

>>Woher weißt du das?<<

>>Weil Chi die immer zum Schluss spielt!<<

Der Track ist trancig mit poppigen Vocals, eine Männerstimme singt melancholisch von Sehnsucht, Schmerz und einer Suche. Dem Lied haftet etwas Trauriges an und ist die perfekte Wahl für den Abschluss. Chi lässt die Platte auslaufen und erntet tosenden Applaus.

Erst jetzt begreift Lotte, dass Chi hier der *Pierre* ist. Dass für viele das House Café das Gleiche ist wie für Lotte der Big Floor. Ebenso wie Pierre spielt Chi oft den Schluss, weil er vorher in einem anderen Club gebucht ist.

Als Lotte mit Chris ins Foyer schlurft, fällt sie in ein Loch. Der Zeitpunkt des Abschieds ist gekommen.

>>Das war ein richtig geiler Abgang<<, strahlt er.

Lotte bejaht wehmütig.

>>Hey Schatzebobbes<<, beginnt er und legt seinen Arm um sie, >>lass dein hübsches Köpfchen nicht hängen. Wir sehen uns nächstes Wochenende und fahren zusammen nach Berlin!

Das wird toll.«

    »Ja, aber …«

    »Nix aber! Du gehst jetzt auf den Schranz-Floor und rockst die Hütte, bis die da das Licht anmachen!«

Kapitel 18: BERLIN

Montag reicht Lotte Urlaub für die erste Septemberwoche ein. Ihre Vorgesetzte brummte zwar wegen der Kurzfristigkeit, begrüßt es jedoch sehr, dass ihre Mitarbeiterin zur Vernunft kommt und sich endlich ein paar Tage am Stück frei nimmt.

Lotte freut sich auf den spontanen Trip nach Berlin, und vor allem darauf, abseits des House Cafés und der Telefonleitung Zeit mit Chris zu verbringen – und ihm bei diesem großen Schritt beizustehen.

Gut gelaunt und gespannt auf das, was sie erwartet, steigt sie Freitag nach der Arbeit in den Zug und hilft ihrem Freund beim Packen der letzten Kartons.

Für seinen Umzug hat er einen kleinen Transporter bei einer großen Autovermietung gebucht. Er nimmt nicht viel mit in sein neues Leben, sperrige Möbel und überflüssigen Kram hat er verschenkt oder gespendet.

Samstagmorgen helfen zwei alte Schulfreunde beim Beladen, bevor die beiden mit dem weißen Kastenwagen über die Autobahn gen Nordost tuckern.

Nach sieben Stunden stehen sie endlich vor seinem neuen Zuhause in der Schönhauser Allee in Berlin Prenzlauer Berg.

Es war eine Herausforderung für Lotte, Chris mit dem Straßenatlas durch diese riesige Stadt zu koordinieren. Zumal sie am liebsten die ganze Zeit aus dem Fenster gestaunt hätte, denn Berlin sieht völlig anders aus als jede andere Stadt, die sie kennt. In so einer großen war sie auch noch nie.

In Reih und Glied säumen bald hundertjährige Altbaumietskasernen die vierspurige Straße, in der Chris fortan leben wird. Die beiden Fahrtrichtungen durchschneidet in der Mitte eine Hochbahn – die U-Bahn-Linie U2, wie Lotte später erfährt. Zusätzlich teilen sich Autos und Busse eine Spur mit der Tram, die alle paar Minuten geräuschvoll über ihre Gleise auf der Straße poltert. Schräg gegenüber von Chris' Haus führt eine Treppe hinab zum S-Bahnhof, der im Gegensatz zur U-Bahn unterhalb der Straße liegt. Verkehrte Welt.

Es ist weit und breit keine Parklücke für den Transporter frei, deshalb hält Chris kurzerhand vor der Feuerwehrzufahrt seines Wohnhauses. Die beiden sind hungrig und erschöpft und brauchen dringend eine Stärkung. Am nächstgelegenen Imbiss machen sie eine kulinarische Erfahrung der besonderen Art: Sie essen eine Ketwurst. Das sei die ostdeutsche Variante eines Hot Dogs, wie der Imbissbetreiber erklärt, während er ihnen ein ausgehöhltes Brötchen überreicht, in der eine Wurst mit viel Ketchup steckt.

»Gar nicht übel«, finden beide und schlingen das ungewöhnliche Konstrukt gierig hinab.

Danach eilen sie zurück, allzu lange wollen sie ihr Glück im Parkverbot nicht strapazieren.

»Vorderhaus, zweiter Stock links«, kündigt Chris an, bevor er die mächtige Holztür des Hauses aufstößt.

Lotte fragt sich, was mit Vorderhaus gemeint ist, und wundert sich über die vielen Namensschilder, die wild und meist handschriftlich neben den Klingelknöpfen angebracht sind.

Von dem hohen, finsteren und etwas verkommenen Flur führt links eine steile Treppe hinauf, an den Wänden hängen zig Briefkästen, geradeaus führt eine Tür zum Hof. Es riecht nach Muff.

Leicht nervös stapfen sie zwei Stockwerke nach oben, während die alten Holzstufen schwer unter ihren Schritten ächzen. An manchen Wohnungstüren kleben Sticker mit linken Parolen, die Wände sind vollgekritzelt.

»Da wären wir«, strahlt Chris und steckt den zweiten Schlüssel ins Schloss der linken Tür.

Lotte hat noch nie eine Wohnung mit so hohen Decken gesehen. Vom Flur führt rechts die Küche und danach das Bad ab, links die beiden Zimmer, die mit einer weißen Holzflügeltür miteinander verbunden sind. Die Wohnung wirkt größer, als sie ist. Zumindest hat sich Lotte fünfundsechzig Quadratmeter kleiner vorgestellt.

Im ersten Raum prangt ein alter Kohleofen in der Ecke, die hohen Decken sind mit Stuck verziert. Außer im Badezimmer liegen in der gesamten Wohnung breite, abgewetzte Holzdielen. Von den beiden Zimmern blickt man auf die Schönhauser Allee und die dunkelgrünen Gleise der U2, die alle paar Minuten vorbeirattert. Vor den Fenstern stehen hohe Bäume mit sattgrünen Blättern, die den Lärm etwas dämmen.

Das Zimmer mit dem Ofen scheint als Wohnzimmer vorgesehen zu sein, von ihm aus führt eine Balkontür auf einen gemauerten Balkon, auf dem nicht mehr als ein kleiner Tisch und zwei Stühle Platz finden.

Im Schlafzimmer sind noch die Umrisse des abmontierten Ofens an der Wand zu erkennen. Aus jenen Zeiten, in denen es noch keine Fernwärme mit Heizkörpern in diesem Haus gab – lange liegt das noch nicht zurück.

Die Küche ist mit einem abgeranzten E-Herd, einem Mini-Kühlschrank und einer abgenutzten Spüle ausgestattet. Daneben hängt ein großer Boiler, der die Wohnung mit warmem Wasser versorgt.

Ein Blick aus dem Küchenfenster löst Lottes Rätsel von den vielen Namen auf der Klingel: Dem Hof sind noch weitere Häuser angebunden, zwei Seitenflügel und ein Hinterhaus. In seiner Mitte stapeln sich Fahrräder und Müll.

Das Bad ist ein schmaler Schlauch, an dessen Sackgasse die Toilette thront. Das Waschbecken ist gerade einmal so groß wie das im Gäste-WC in Lottes Elternhaus und grenzt lückenlos an die Badewanne, die gleichzeitig als Dusche dient.

Die Zweiraumwohnung ist abgewohnt und benötigt dringend einen frischen Anstrich. Chris zahlt dafür die ersten drei Monate keine Miete, weil er die Renovierung selbst übernimmt.

»Ist das toll oder ist das toll?«, fragt er hibbelig.

Lotte stand noch nie in so einer Wohnung, es ist wie eine Reise in einen alten Film. Es ist einfach großartig!

»Megatoll«, sagt sie begeistert und hastet in ihrem Kopf den vielen Eindrücken hinterher, denen sie seit ihrer Ankunft in der Hauptstadt ausgesetzt ist.

»Komm, Schatzebobbes, lass uns ausladen und den Transporter abgeben. Die Uhr tickt und ich bin ganz schön fertig.«

Zum Glück sind die beiden größten Möbelstücke, Kleiderschrank und Bett, in tragbare Einzelteile zerlegt und die Kisten clever gepackt, sodass sie nicht allzu schwer sind. Die Matratze ist des Platzes wegen am umständlichsten den Treppenaufgang hinaufzuhieven. Als der Wagen leer ist, sieht die Wohnung nicht viel voller aus.

Sie geben den Transporter bei einer Filiale der Autovermietung am Alexanderplatz ab. Vor allem der Fernsehturm übt eine Faszination auf Lotte aus. Er ist omnipräsent, tauchte bereits bei der Anfahrt durch die Stadt immer wieder am Horizont auf und ist auch von der Schönhauser Allee aus zu sehen.

Auf dem Rückweg nehmen sie die U2 und kaufen im Supermarkt in den Arcaden das Nötigste ein. Arcaden. Ein Begriff, den Lotte vorher nicht kannte. Bei ihnen heißt das Einkaufszentrum.

Mit letzter Kraft schieben sich Lotte und Chris Tiefkühlpizzen in den Ofen, bevor sie erschöpft in die Matratze auf dem Boden sinken. Bett und Kleiderschrank bauen sie am nächsten Tag auf.

Chris fängt erst Mitte des Monats an zu arbeiten, um in seinem neuen Leben anzukommen und die Stadt etwas zu erkunden. Allerdings stellen die beiden schnell fest: Berlin kann man nicht in ein paar Tagen auskundschaften, nicht einmal den Bezirk Prenzlauer Berg. Es ist viel zu groß und es gibt viel zu entdecken.

Nachdem sie den Sonntag damit verbringen, Möbel aufzubauen und einen ersten Streifzug durch den Kiez zu machen, sind sie ab Montag mit dem Weißen der Wände beschäftigt. Dann beginnt das große Stöbern durch Möbelgeschäfte. Chris hat riesigen Spaß dabei, sein neues Zuhause einzurichten. Binnen eines Tages findet er eine Couch, einen Tisch mit Stühlen und einen Fernseher.

Am meisten staunen die beiden darüber, wie günstig alles ist. Nicht nur die Möbel, auch die Klamotten, das Essen und Trinken. Sie scherzen, dass es glatt billiger ist, jeden Tag auswärts zu essen statt selbst zu kochen.

Neugierig stromern sie durch die Gegend und saugen alle Eindrücke auf. Ostberlin, so heruntergekommen es auch ist, fesselt Lotte. Die tristen Straßenzüge, deren Häuserfassaden nur so vor Geschichte strotzen. Grau, marode und teilweise mit Einschusslöchern, angeblich vom Zweiten Weltkrieg. Lotte kann nicht glauben, dass diese Wände sechsundfünfzig Jahre lang unberührt blieben. Die deutsche Vergangenheit breitet sich hier vor einem aus, und dennoch ist Berlin wie ein anderes Land in einer anderen Zeit.

Denn in den alten, vermeintlich verlassenen Gemäuern regt sich junges Leben: hippe Cafés, alternative Klamottenläden und nostalgische Krimskramsgeschäfte mit DDR-Möbeln und Einrichtungsgegenständen, primär aus den Sechziger- und Siebzigerjahren. Lotte und Chris entdecken jeden Tag etwas Neues.

Nicht weit von seiner Wohnung befindet sich der Mauer-park, der entlang der ehemaligen deutsch-deutschen Grenze verläuft und seit ihrem Fall begrünt und zum Naherholungs-gebiet erklärt worden ist.

Dass sie sich im Jahr 2001 befinden, beweisen außerdem die neuen Bewohner des Prenzlauer Bergs. Nachdem viele Ost-berliner ihre errungene Reisefreiheit für einen Umzug nutz-ten, ist von den Zugezogenen gefühlt kaum mehr einer über dreißig. Zudem scheint nahezu jeder Punk, Künstler oder mindestens Freigeist zu sein.

Es ist jeden Abend etwas los und niemand erweckt den Eindruck, am nächsten Morgen früh aufstehen zu müssen. Selbst die Mode ist anders als bei ihnen in Westdeutschland: Es werden Originale vergangener Jahrzehnte aus Second-Hand-Läden getragen statt futuristischer Markenware. Die persönliche Leidenschaft der favorisierten Subkultur wird mit Haut und Haar zur Schau gestellt.

Die Klamotten der großen Modehäuser sind nochmal cooler als in Frankfurt, von denen in ihrem Städtchen ganz zu schwei-gen. Lotte kauft in der schwedischen Modekette mehrere Tops und in einem Second-Hand-Laden eine weite Schlaghose so-wie einen engen Skianorak mit hohem Kragen. Dann ist ihr Konto leer und Chris muss ihr das Geld für den Zug nach Hause vorstrecken.

Freitagabend landen sie in einer illegalen Bar in der Lychener Straße am Helmholtzplatz. Es gibt viele leerstehende Woh-nungen in Ostberlin, wie auch diese hier im Erdgeschoss, die kurzerhand besetzt und umfunktioniert werden. Der Einstieg erfolgt über das Fenster, drinnen und draußen stehen vom Sperrmüll gerettete Couches, Sessel und Lampen aus ost-deutschen Wohnzimmern. Ein DJ legt auf, das Bier wird direkt aus dem Kasten verkauft und der Geruch von Dope hängt in der Luft. Würde im Sillys einer kiffen, stünde binnen zehn Minuten die Polizei am Tisch.

Lotte und Chris lernen ein Paar aus Süddeutschland kennen, die seit einem halben Jahr in Friedrichshain wohnen. Ein paar Getränke später stehen sie mit den beiden auf einer illegalen Technoparty in einer Fabrikruine.

Die Theke wurde aus Holzplatten gezimmert, dahinter steht eine ramponierte freistehende Badewanne, in der Flaschen mit Eiswürfeln gekühlt werden. Die Anlage und das Stroboskoplicht werden von einem Stromgenerator betrieben, der an der Außenwand des Gebäudes knattert. Daneben stehen zwei Dixiklos.

Der DJ spielt harten Techno, weshalb Chris es nicht lange aushält. Lotte ist völlig begeistert, aber ihrem Freund zuliebe ziehen sie weiter in den Tresor. Dort gibt es einen House-Floor: den Globus.

»Den Tresor gibt es schon zehn Jahre«, erzählt Chris im Taxi in die Leipziger Straße, »das war einer der ersten offiziellen Technoclubs.«

»Echt? Woher weißt du das?«

»Theo ist Stammgast, der hat die ganze wilde Wendezeit mitgemacht.«

»Cooler Chef, das kann ja nur gut werden auf der Arbeit.«

Unvorstellbar, dass Lottes steife Vorgesetzte so ein Leben führen könnte.

Natürlich reicht der Tresor für Lotte und Chris nicht an das Stammheim heran, aber er ist auf seine eigene Art krass. Der Techno-Floor befindet sich im Tresorraum einer ehemaligen jüdischen Bank und hat eine heftige Energie. Die Decken in diesem Keller sind niedrig und es regnet Schweiß. Es riecht auch ein wenig danach. Außer den schneidenden Stroboblitzen und dichtem Nebel sieht man kaum etwas. Auch hier ist der Techno hart. Lotte wäre am liebsten geblieben, doch wegen Chris tanzen sie eine Etage höher.

Im Globus pumpen knackige Beats aus den Boxen, der Vibe ist cool und Lotte findet es toll. Doch sie nimmt sich fest vor, unbedingt einmal mit ihren Technofreunden unten abzutauchen.

Den Samstag verschlafen die beiden und holen sich abends einen Döner für zwei Mark. Bei einer Flasche Weißwein sitzen sie bis spät in die Nacht an Chris' neuem alten Küchentisch aus einem Second-Hand-Möbelladen, rauchen und philosophieren über das Leben.

Sonntagmittag stehen sie im Ostbahnhof und es heißt Abschied nehmen.

»Ich will gar nicht heim«, gibt Lotte zu.

»Das kann ich verstehen. Berlin riecht nach Freiheit. Riechst du es?«

Lotte atmet übertrieben tief ein. »Riecht eher nach Hundekacke!«

Den Witz konnte sie sich nicht verkneifen. Die Gehwege im Prenzlauer Berg sind gespickt mit riesigen braunen Haufen. Wer nicht mit offenen Augen durch die Straßen läuft, hat schnell ein stinkendes Anhängsel.

Chris schließt Lotte fest in seine Arme. »Ich danke dir für alles. Komm bald wieder!«

Dann steigt Lotte in den Zug. »Ich vermisse dich jetzt schon!«, ruft sie ihrem Freund wehmütig zu.

Mit dieser neuen Welt im Gepäck wird sie nur schwer zurück in ihre alte finden.

Kapitel 19: CRASH

Am Dienstag passiert etwas, was alles andere in den Hintergrund rücken lässt. Es ist der 11. September 2001 und Lotte erfährt davon in den Fünfzehn-Uhr-Nachrichten im Büro. Der Radiosprecher verkündet, dass ein voll besetztes Passagierflugzeug in einen der beiden Türme des World Trade Centers gekracht ist. Die Zwillingstürme mit jeweils einhundertzehn Stockwerken prägen die New Yorker Skyline, sind in unzähligen Filmen zu sehen.

Mit vor Schreck aufgerissenen Augen lauschen Lotte und ihre Kolleginnen den Horrornachrichten und können nicht begreifen, was das bedeutet. Noch während der Nachrichtensendung verliest der Radiosprecher die Eilmeldung, dass eine weitere Maschine in den anderen Turm geflogen ist. Er redet von einem terroristischen Anschlag radikaler Islamisten. Lotte hatte keine Ahnung, dass es so etwas gibt.

In der kompletten Firma bricht Fassungslosigkeit aus, immer mehr Kollegen aus dem Lager und aus anderen Abteilungen versammeln sich in Lottes Büro und folgen schockiert den Geschehnissen.

Vierzig Minuten später fliegt ein drittes Flugzeug in ein Gebäude, dieses Mal in das US-Verteidigungsministerium, wiederum zwanzig Minuten später stürzt der erste Zwillingsturm ein. Kurz darauf zerschellt ein viertes Flugzeug am Boden und verfehlt sein Ziel, weil Passagiere die Terroristen im Cockpit überwältigen können. Sterben müssen sie trotzdem. Eine halbe Stunde später stürzt der zweite Turm ein. Lotte fühlt sich wie in einem dystopischen Hollywood-Blockbuster.

Es ist unbegreiflich, was gerade passiert.

Wie fast alle fährt auch sie nach Hause, um sich vor den Fernseher zu klemmen. An Arbeiten ist nicht mehr zu denken.

VIVA hat sein Programm ausgesetzt und sendet einen schwarzen Bildschirm mit dem Hinweis:

+++ Aus Respekt vor den aktuellen Geschehnissen
setzen wir unser Programm vorübergehend aus +++

Auf fast allen anderen Sendern prasseln Live-Schalten, Experteneinschätzungen sowie Interviews mit Politikern, Menschen am Unglücksort und Angehörigen auf Lotte ein. Die Bilder sind verstörend: New York versinkt in Staub und Chaos, tausende verzweifelte Menschen rennen umher und suchen nach Überlebenden. Mitten im Financial District klafft ein monströses Loch, das fortan Ground Zero genannt wird. Ein Begriff aus der Militärsprache, der den Explosionsort einer Atombombe bezeichnet. In den zerstörten Twin Towers und den anliegenden Gebäuden arbeiteten siebzehntausend-vierhundert Menschen. Lotte kann diese Zahl kaum begreifen, das ist fast ihre gesamte Stadt. Es sterben fast dreitausend Menschen bei diesen Anschlägen.

Neun Tage später drohen die USA Afghanistan mit einem »Krieg gegen den Terror«, falls Osama bin Laden, der Anführer des Terrornetzwerks Al-Quaida und verantwortlich für 9/11 – wie dieser schwarze Tag nunmehr bezeichnet wird – nicht freiwillig ausgeliefert wird. Am 7. Oktober gibt US-Präsident Bush den Befehl zur Bombardierung.

Ein dunkler Schatten der Angst legt sich über die westliche Gesellschaft. Lotte wird bewusst, wie unbeschwert ihr Leben bisher war. Plötzlich lauert überall die Gefahr eines Anschlags.

Während die ersten Freunde bereits am Wochenende drauf zum Feieralltag übergehen, ist Lotte die Lust auf Party vergangen. Sie hat sich von der Befürchtung anstecken lassen, Clubs stünden auf der Abschussliste der Terroristen. Es klingt plausibel, schließlich haben sie den Gottlosen den Krieg erklärt und die Technoszene ist wohl so ziemlich das Gottloseste, was man sich vorstellen kann.

Außerdem ist Frankfurt mit der Deutschen Börse, dem Bankenviertel und der Europäischen Zentralbank ein attraktives Angriffsziel in Europa – und das U60311 sowie weitere Clubs befinden sich mittendrin.

Gespannt öffnet Lotte die *Heimpost* für Oktober/November 2001. Wie reagiert die Heim-Crew auf die Geschehnisse? Wie immer betrachtet sie zuerst den Flyer.

Ravelinde feiert darauf eine wilde Poolparty, die nicht anders als ein in Comic gegossener Stinkefinger in Richtung Terroristen bezeichnet werden kann: Eine Frau herrscht über Männer in einer Welt, in der sich alles um Hedonismus, Rausch und Sex dreht. Schlimmer noch – um homosexuellen Sex.

»Fiesta Fiesta« ist das bunte Treiben überschrieben, in der das Stammheim-Maskottchen wie ein Gangsterboss aus dem Rotlichtmilieu im Zentrum des schlüpfrigen Geschehens sitzt, umringt von nackten Typen. In ihrem Mundwinkel hängt eine Zigarre, auf ihrem entblößten Oberkörper prangt eine Goldkette mit einem fetten Dollarzeichen. An jedem ihrer Finger steckt ein Goldring als Zeichen für Prunk und Kapitalismus. Eine Hand ruht auf dem Kopf eines Spielgefährten, der ihr wie ein Hund zu Füßen liegt. Vierzehn Männer räkeln sich pornös in und um den Pool und blicken notgeil oder high (oder beides) drein. Einer von ihnen bekommt unter Wasser einen Blowjob, wie zwei an der Wasseroberfläche schwimmende Pobacken verraten.

Auf der Rückseite des Flyers ist ein Penis samt Gehänge abgebildet. Die Partymottos zitieren passende Popsongs wie *»Wild Boys«* oder *»Girls Just Want To Have Fun«*. Das Programm schließt mit: »*Stammheim – Living la Vida Loca*«. Lebe das verrückte Leben.

Recht haben sie, findet Lotte, vielleicht versinkt die Welt morgen in Krieg und Chaos und die Party ist vorbei.

In der *Heimpost* zünden sie in gewohnter Manier ein Wortwitzfeuerwerk. Dennoch lässt es sich die Heim-Crew nicht nehmen, zu den Geschehnissen Stellung zu nehmen:

> *»[...] und dann sind diese Vollarschlöcher ins*
> *World Trade Center und das Pentagon geflogen.*
> *Wobei wir Vollarschlöcher übrigens auf das Fliegen*
> *von Flugzeugen in unschuldige Menschen bezogen*
> *wissen wollen und nicht auf Geburtsort,*
> *Namen der in dieser Region angebeteten Gottheit*
> *oder gar kulturelle Unterschiede im Allgemeinen!*
> *Derlei billige Verallgemeinerungen bleiben bitte*
> *am Bierbauch-Vollbart-Stammtisch! [...]«*

Lotte ist stolz, dass sich ihr Club furchtlos gegenüber dem Terror zeigt. Die Technoszene steht für Offenheit, Toleranz und Freiheit. Jeder ist willkommen, der seine Mitmenschen so sein lässt, wie sie es wollen. Es ist kein Platz für Hass. Wozu auch?!

Kapitel 20: STAMMHEIM FOREVER

Die *Heimpost* war es, die Lotte den Anstoß gab, nach vier Wochen Tristesse wieder auszugehen – wenn auch nur zur Happy Hour ins Sillys. Sie ist mit den Jungs verabredet und Flo hatte vorgeschlagen, sich vorher bei ihm zu treffen. Er müsse ihr etwas zeigen.

»Komm rein, du wirst Augen machen!«, empfängt er sie aufgeregt an der Haustür.

Im Wohnzimmer bleibt ihr die Spucke weg. Die Couch wurde unter das Fenster geschoben, um einen freien Blick auf die linke Zimmerwand zu gewähren – die nun mit einem riesigen Graffiti besprüht ist. Es zeigt eine fast lebensgroße Ravelinde als sexy Vamp, die nach einem zu greifen scheint und *»Come to mummy«* zischt. Das Motiv des Stammheim-Flyers von Oktober/November 1999.

»Boah!«

»Oder? Hat Steff gemalt!«

»Als Erinnerung an unseren Anfang im Heim«, grinst Matze.

»Ultrakrass.« Lottes Eltern würden sie einen Kopf kürzer machen.

Auf dem Weg ins Sillys erkundigt sie sich nach Steff und freut sich zu hören, dass es ihm gut geht und er noch mit Adriane zusammen ist.

Die fruchtigen Cocktails laufen schnell ihre Kehlen hinab und der Schwips lässt nicht lange auf sich warten. Der Alkohol macht die Zunge locker und lässt Lotte in eine atemlose Schwärmerei von Berlin verfallen.

»Kennt ihr Ketwurst?« ... »Da ist alles voll billig, ein Döner kostet zwei Mark!« ... »Da ist jeden Abend was los, nicht so wie hier nur am Wochenende.« ... »Da gibt es Kioske, die heißen Spätis und haben die ganze Nacht offen.« ... »Da sind so krasse Leute unterwegs.« ... »Da gibt es viel coolere Klamotten als hier und echtes Zeug aus der DDR.« ... »Chris wohnt im Vorderhaus, dann gibt es noch Seitenflügel und Hinterhaus, sowas habe ich noch nie gesehen.« ... »Und der Fernsehturm ist so krass, den sieht man von überall.« ... »Ey, und dann waren wir in einer Bar, über die man übers Fenster einsteigen musste!« ... »Und der Tresor, boah, der ist ultrakrass, da müssen wir mal zusammen hin.« – und so weiter und so fort. Lotte ist Feuer und Flamme für die Hauptstadt.

Matze und Flo lauschen fasziniert, sie waren bisher nur zur *Loveparade* in Berlin und im *Tresor-Park* gewesen. Bis auf die Strecke vom Ostbahnhof zur Straße des 17. Juni und zur Leipziger Straße Nähe des Potsdamer Platzes (und von dort zurück zum Ostbahnhof) haben sie nichts von der Stadt gesehen.

»Ich will in den Tresor, ins WMF, in die Maria und ins Sternradio«, kündigt Flo an.

Die drei malen sich aus, wie ihr Wochenende in Berlin aussehen würde, wenn sie diese Clubs alle abklappern. Freitags mit dem Zug hin, direkt in eine Bar und von dort zur ersten Party. Clubhopping bis Sonntag und von der letzten Station zurück zum Bahnhof. Sie lachen bei der Vorstellung, in welchem Aggregatzustand sie auf der Heimfahrt wären.

Bei der dritten Runde Cocktails fasst Lotte einen Entschluss: »Ich habe euch doch mal von meiner Tattooidee erzählt ... Würdet ihr mitkommen?«

»Auf jeden! Du machst es wirklich?«, grinst Flo.

»Ja. Wer weiß, was morgen ist ...«

»Ach, laber nicht«, würgt Matze ab, sichtlich genervt von der neuen allgemeinen Panik vor Krieg und Terror. »Diese Wichser hätten doch ihr Ziel erreicht, wenn wir wegen denen unseren Lifestyle ändern. Komm lieber mal wieder mit uns feiern!«

»Auch wieder wahr«, findet Lotte.

Die beiden lassen sich den Spaß nicht verderben, und an diesem Abend begreift Lotte, dass das der richtige Umgang mit dem Thema ist. Schluss mit den Gedanken an Horrorszenarien. Living la vida loca!

— – —

Samstags darauf fahren die drei nach Frankfurt, denn Flo hat Lotte einen kurzfristigen Termin bei seinem Tätowierer besorgt. Während sie die schmerzhafte Tortur über sich ergehen lässt, ziehen die Jungs durch die Plattenläden. Als sie ihre Freundin abholen, prangt ein fünf mal fünf Zentimeter großes Stammheim-Logo auf ihrem Schulterblatt. Nach reiflicher Überlegung hatte sie sich gegen ein Arschgeweih entschieden.

»Fett!«

»Oberkrass!«

Weil die drei schon einmal in der Stadt sind, klappern sie im Anschluss noch ein paar Klamottenläden ab. Berauscht vom Tätowieren und mit der Schutzfolie auf dem Rücken kauft sich Lotte ein weiß-blau gestreiftes Oberteil mit nur einem Träger, das ihr Tattoo freilegt, als wäre es dafür geschneidert. Außerdem eine knallrote, kurz geschnittene Trainingsjacke mit hohem weißen Kragen.

»So, und jetzt noch Sushi«, beschließt sie, »heute haue ich die Kohle raus!«

»Rock 'n' Roll!«, lacht Flo.

Den Jungs gefällt die neue Pippilotta-Lotte.

Zuhause wird ihr Freudentaumel jäh von ihren Eltern beendet, die im Wechsel auf sie einschreien.

»Charlotte Schröder, was bitte ist *das*!?«, kreischt ihre Mutter mit hysterischer Stimme beim Anblick des Tattoos.

»Bist du von allen guten Geistern verlassen?«, fragt daraufhin ihr Vater mit erhobener Stimme.

»Du spinnst doch!«

»Was sollen unsere Kunden denken?«

»Wie eine Asoziale siehst du aus!«

Lotte schießen Tränen der Wut in die Augen.

»Ich bin zwanzig Jahre alt und kann machen, was ich will!«

»Das kannst du nicht!«, kontert ihr Vater.

Lotte verschwindet lieber, bevor sie etwas sagt, was die Situation eskalieren lässt. Zornig stampft sie die Treppe hinauf, während Birgit und Manfred hinterher brüllen.

Der Haussegen hängt eine ganze Weile schief. Bei jeder Gelegenheit wiederholen ihre Eltern, dass sie sich verschandelt hat und sagen voraus, diese Jugendsünde einmal zutiefst zu bereuen. Lotte schaltet wie immer auf Durchzug und geht ihnen aus dem Weg. Im Stoffladen hilft sie vorerst nicht mehr aus.

— – —

Die Einladung zu Matzes Geburtstag ein paar Tage später schlägt sie aus. Zwar fällt es ihr mit jedem Mal leichter, die Verräter zu ertragen, aber auf so engem Raum ohne Ausweichmöglichkeiten hat sie keinen Nerv dafür.

»Ich hoffe, du verstehst das, Matzischatzi«, flötet sie in der Mittagspause durch das Handy.

»Ich bin dir nicht böse. Musst du wissen, was du tust. Aber so langsam könntest du echt mal wieder ...«

»Sag mal«, unterbricht sie ihn, »wollen wir am Samstag zum Vogel? Ich fahre. Als Geburtstagsgeschenk von mir an dich.«

Cristian Vogel und Jamie Lidell spielen dort als Super_Collider einen von zwei seltenen Live-Gigs in Deutschland.

»Oh yeah, Baby, da bin ich so was von am Start!«

»Ich bringe uns heim«, kichert sie und meint damit nicht nur die Rückfahrt.

Somit wären die Wogen wegen heute Abend geglättet.

In der Plattenkiste kauft sie für Matze die CD-Compilation *Schranz + Schredder – Techno Underground«* und für sich die neuesten Alben von Super_Collider und 2raumwohnung, die ebenfalls demnächst im Stammheim spielen. Am Stoffladen geht sie erhobenen Hauptes vorbei, ohne ihren Eltern Hallo zu sagen.

— - —

»It Won't Be Long«, Super_Collider

27. Oktober 2001

WILD BOYS
Big Floor: DJ Bone (Detroit), Marco Remus &
Torsten Kanzler (Nerven Rec.), Pierre
House Café: Mitja Prinz (Berlin), Axl Baum, Chi
Chill-out: Super_Collider LIVE
Special Livepainting by Jim Avignon & Dag
STAMMHEIM

»Hä? Das ist doch DJ Rush!«, ruft Lotte und ist mit ihrer Verblüffung nicht allein.

Pierre hat heute den Anfang gespielt und es sind gerade alle auf dem Big Floor. Matze, Flo, Conny, sämtliche Heimfreunde und auch Schmitti, Nicole, Martina, Kalle und Brina, die wegen Super_Collider mit einem zweiten Auto gekommen sind. Die Musik ist aus, stattdessen erklingt Rushs unverwechselbare

Stimme, die »*Happy Birthday*« singt – und zwar live über ein Mikrofon! Zu sehen ist er nicht, und er steht auch nicht auf dem Line-up. Zudem verstummt die Musik auf dem Big Floor nie länger als ein paar Sekunden, was für zusätzliche Irritation sorgt. Einzig allein der geschlossene Vorhang vor der Live-Act-Bühne lässt vermuten, dass der Gesang von dort kommen könnte. Jeder, wirklich jeder im Raum ist perplex, versteht die Welt nicht mehr und blickt sich verwundert um.

Dann öffnet sich tatsächlich der Vorhang, und es kommt nicht nur der DJ aus Chicago zum Vorschein, sondern auch eine Handvoll weiterer Menschen: Ein Mädel hat eine Torte, die anderen haben rote Rosen in der Hand, alle tragen T-Shirts mit dem Aufdruck »We <3 Marco Remus«.

Der Besungene steht derweil fassungslos neben Pierre in der DJ-Kanzel und traut seinen Augen nicht.

Lotte läuft es heißkalt den Rücken hinab, so wunderschön findet sie diesen Moment.

Nun wird Marco Remus von Rush zu ihnen gebeten, wo er Torte und Rosen in Empfang nimmt und sich Freudentränen aus dem Gesicht wischt.

Die Ersten schicken Pfiffe los, um ihre Begeisterung über diese Aktion auszudrücken, dann löst sich das restliche Publikum aus seiner Schockstarre und bejubelt das Geburtstagskind, das sich kaum mehr einkriegt. Dieser massive, derbe Kerl mit kurzgeschorenen Haaren ist bis aufs Tiefste gerührt. Dann knallt der Bass wieder los und alle flippen aus.

»Alter, ich liebe diesen Schuppen!!!«, kreischt Matze und Lotte findet gerade keine Worte mehr dafür.

Heute wird die Uhr zurückgestellt, was den üblichen Wirrwarr unter allen Anwesenden auslöst. Ist der Timetable noch in Sommer- oder schon in Winterzeit? Hast du deine Uhr schon umgestellt? Ist es drei oder vier?

Lotte amüsiert sich jedes Mal über dieses Zeitloch.

Immerhin verpassen sie Super_Collider im Chill-out nicht, wo heute sogar ein Kamerateam von VIVA herumschwirrt. Der Raum quillt nahezu über und es ist mühsam, sich nach vorne zu schlängeln. Glücklicherweise finden sie Platz bei Mine und ihren Freunden, die extra enger zusammenrücken. Teilweise steigen sie auf die Couches, um Cristian Vogel und Jamie Lidell sehen zu können. Hinter dem Live-Act-Tisch mit vielen Geräten und Kabelchaos hängt ein Werk von Jim Avignon.

Lotte erinnert sich, dass der Künstler laut Flyer heute im Club live malen soll. Vielleicht hat er das bereits.

Als die ersten Beats von Super_Collider aus den Boxen pressen, schwappt eine Jubelwelle durch den Chill-out. Lotte liebt deren schrägen Sound und vor allem Jamie Lidells Stimme, die voller Soul und Dirtyness steckt. Gekonnt verbiegt sie ihren Körper dazu, zumindest soweit es geht, viel Bewegungsfreiheit gibt es nicht.

Matze, Schmitti und Nicole haben sich neben ihr auf der Rückenlehne einer Couch niedergelassen. Ihren Blicken nach zu urteilen, scheppert es gerade. Schmitti streichelt Matze über den Oberschenkel und scheint zu denken, es wäre Nicoles – die sitzt aber auf der anderen Seite.

»Alter, das gefällt dir wohl, was?« grinst Matze und weiß genau, welche Verpeilung bei Schmitti abgeht.

»Oh! Sorry!«, erschreckt er und grinst debil.

Die Situation wiederholt sich noch zweimal, doch Nicole bekommt davon nichts mit. Ihre Augen sind geschlossen vor Ergriffenheit von der Musik.

Nach dem Live-Act wechseln sie auf den Big Floor, wo Marco Remus und Torsten Kanzler gerade das Publikum danieder dreschen. Das ist Lotte viel zu heftig nach dem verschwurbelten Sound von eben. Matze und die anderen schranzen voller Tatendrang los, während sie sich ins Foyer schiebt.

»Serhat hat eben was gerissen«, grinst Dani.

»Also, des war ma' widder sehr hadd, Serhat!«, lacht Henri.

»Schnauze, ihr Deppen!«

»Was ist denn passiert?«, fragt Lotte neugierig.

»Serhat ist doch scharf auf die Bistrofrau«, beginnt Dani.

»Wie so ziemlich jeder«, wirft Maggus ein.

»Ich stehe nicht einfach nur auf sie, sie ist meine Traumfrau«, schwärmt Serhat verliebt.

»Feuchter Traum, meinste wohl«, lacht Henri.

»Wir waren gerade bei ihr Getränke holen und da steckt die plötzlich Serhat ein Stück Zitrone in den Mund und sagt: *Du siehst so aus, als könntest du ein paar Vitamine gebrauchen!*«, prustet Dani los und klopft seinem Freund auf die Schulter.

»Serhat hat geglotzt wie'n Dabbes unn nur ein verschämtes *Dange* über die Lippe' bekomme'!«

Dani äfft Serhats schüchternes »Danke!« und seinen treudoofen Blick nach, woraufhin alle brüllen. Inklusive Serhat.

»Einfach zu hadd, de Serhat«, gluckst Maggus.

»Du bist so goldisch«, ahmt Lotte Henris hessischen Dialekt nach, »ich schaue mir diese Mieze jetzt mal an.«

Den Männerschwarm aus dem Bistro hat sie sich irgendwie anders vorgestellt. Das ist keine heiße Raverbraut, sondern ein gestandenes Vollblutweib. In knappem Abendkleid und hohen Stiefeln präsentiert sie ihre Kurven und schüttelt ihr langes braunes Haar, während sie mit schwingenden Hüften eine Horde junger Typen an ihrer kleinen Theke bedient und von ihnen angehimmelt wird.

Lotte stellt sich in die Schlange und beobachtet schmunzelnd das Geschehen. Die Jungs haben recht, diese Barfrau hat Fans.

»Schade, dass es den Döner nicht mehr gibt«, sagt eine hinter ihr.

»Was denn für einen Döner?«

»Na ja, so was Ähnliches«, lacht das Mädel, »das war ein Fladenbrot mit Käse und Schinken.«

»Heute gibt es nur Suppe«, antwortet Lotte nach dem Scannen der Wandtafel.

»Ja, das geht eh besser runter als das furztrockene Brot.« Beide kichern wissend.

Als Lotte an der Reihe ist, ordert sie eine *Stammheims Golden Power Kraftbrause.*

»Die gibt's eigentlich nur im Café, Mausi. Aber weil du's bist«, zwinkert das Vollblutweib und verschwindet nach nebenan.

»Danke, das ist voll lieb!«, ruft Lotte und kann nachvollziehen, warum die Boys auf diese Powerfrau stehen.

Kurz darauf knallt die Thekenbraut energisch, aber keineswegs unfreundlich, die Dose auf den Tresen und bedankt sich strahlend für Lottes großzügiges Trinkgeld. Dann widmet sie sich dem Mädel, das zu Lottes Verwunderung gar nichts zu essen, sondern einen Multivitaminsaft mit Wodka bestellt.

Im Foyer sitzen Flo und Ulla eng beieinander und wirken vertraut, sie scheinen dicke Freunde geworden zu sein. Lotte hat das gar nicht mitbekommen, aber die Jungs waren in den letzten Monaten oft ohne sie hier.

Umgekehrt ist es ja genauso. Entsprechend hatten sie vorhin nicht schlecht gestaunt, als sich Lotte eine kleine Flasche Kräuti in die Socken gesteckt und an den Türstehern vorbeigeschmuggelt hat – obwohl das mittlerweile fast schon zum guten Ton bei ihr gehört.

Lotte war zu Beginn des Abends kurz schwer ums Herz, als ihr klar wurde, dass sie zuletzt mit Chris hier gewesen war – bevor sich am 11. September 2001 die Welt veränderte. Zum

Glück waren all ihre Bedenken unbegründet gewesen, es hätte sich durch den Anschlag etwas an der Stimmung verändert und es würde nicht mehr so unbeschwert gefeiert werden. Alles ist wie immer: bunt, wild und ausgelassen. Die Geburtstagsaktion für Marco Remus war der beste Beweis.

Matze lacht mit Marie am Merch-Stand und Lotte wirft ihm einen drohenden Blick zu, woraufhin er nur frech grinst.

Zum Andenken an ihre Los-Wochos-del-Kassel, wie Lotte scherzhaft ihren Kassel-Urlaub bezeichnet, kauft sie sich ein rotes T-Shirt mit dem Aufdruck »Verdienter Club des Volkes« – der Flyer-Parole aus der Zeit.

Als morgens ihre Beine streiken, setzt sie sich zu Dennis ins Foyer. Er philosophiert gerade voller Herzblut mit einem Kumpel über Jeff Mills, Robert Hood und andere Helden aus Detroit. Das ist genau Dennis' Ding, darin geht er auf. Lotte lauscht eine Weile interessiert, bis sich Serhat zu ihr gesellt und ihr eine Zigarette anbietet.

Er will wissen, warum sie so lange nicht im Heim war. Als sie ihm erklärt, wie sehr ihr die Anschläge mit all ihren Konsequenzen aufs Gemüt geschlagen haben, erzählt er ihr etwas Schockierendes: Er wird seither mit Anfeindungen konfrontiert, die er vorher nicht kannte. Seine türkischen Wurzeln sind ihm anzusehen und er scheint deshalb neuerdings unter Generalverdacht zu stehen, ein Terrorist zu sein. So wie jeder, der optisch theoretisch ein Muslim sein könnte – selbst, wenn er wie Serhat gar keiner ist.

Lotte könnte kotzen, wie dumm und unfair Menschen sein können. Dabei fällt ihr auf, dass sie die ganze Nacht nicht an diese Scheiße gedacht hat.

Zum ersten Mal gratuliert sie Franzi nicht zum Geburtstag. Um sich abzulenken, telefoniert sie an diesem Abend ewig mit

Chris. Zum Glück hat er endlich eine Festnetznummer. Handygespräche sind nahezu unbezahlbar, je nach Tageszeit kosten die zwischen fünfzig Pfennig und einer Mark – pro Minute. Beim Anblick ihrer Rechnung für September fiel Lotte fast in Ohnmacht.

Umso mehr genießen sie es, heute stundenlang zu quatschen. Per Festnetz kostet es auch genug, aber Lotte spekuliert darauf, dass es ihren Eltern nicht auffällt. Der Haussegen hängt immer noch schief.

Zuerst muss Lotte ihm alles vom Stammheim erzählen, angefangen davon, wie alle ihr Tattoo abfeiern, vom Live-Act von Super_Collider, auf die Chris ebenfalls total abfährt, die verrückte Aktion mit Rush und Remus und natürlich vom normalen schönen Wahnsinn ihres Lieblingsclubs.

Chris hat in Berlin bisher keinen annähernd vergleichbaren Ersatz gefunden, schwärmt aber von der aufregenden Stadt und seinen Abenteuern in diversen Clubs.

Irgendwann schüttet Lotte doch ihr Herz wegen Franzi und Phil aus. Eigentlich wollte sie nicht darüber reden und es weit wegschieben. Doch Chris macht ihr Mut. Er ist der Meinung, dass man sich niemals wegen eines Mannes fertig machen sollte. Davon gäbe es schließlich genug auf der Welt. Lotte erklärt, dass es zwar auch um Liebeskummer geht, aber vor allem um den Vertrauensbruch, den ihr Franzi angetan hat. Es ist eine Wunde, die niemals heilen wird. Auch, wenn es ihr mittlerweile wieder blendend geht.

Chris ist überzeugt davon, dass alles im Leben aus einem bestimmten Grund passiert und sie irgendwann sagen wird, dass es gut war, dass es geschehen ist. Der Gedanke gefällt ihr. Sie muss nur noch herausfinden, wofür.

— – —

10. November 2001

DEINE BLAUEN AUGEN

Big Floor: 2raumwohnung LIVE, Pierre, Stefan Küchenmeister, Norman
House Café: John Acquaviva, Axl Baum, Bine
Chill-out: Computerjockeys LIVE, Dimatrix
STAMMHEIM

»Wenn ich nicht hier bin, bin ich auf'm Sonnendeck, bin ich, bin ich, bin ich, bin ich ... oder im Solarium ... oder am Radar ...«, singt Lotte lautstark im Auto mit. Heute fährt sie wieder allein nach Kassel, die anderen gehen alle ins U60311.

Der neueste Resident Norman spielt heute den Anfang und der Big Floor füllt sich noch schneller als sonst, was vermutlich an 2raumwohnung liegt. Ihr Album *»Kommt zusammen«* hat es in die Charts geschafft, zudem ist Sängerin Inga Humpe ein populäres Gesicht aus der West-Berliner NDW-Szene. Sie wurde durch den Hit *»Codo ... düse im Sauseschritt«* auch im Mainstream bekannt. Lotte liebt den locker-flockigen Elektropop von 2raumwohnung und hört das Album rauf und runter.

Bei ihrem Auftritt wird der Big Floor zur Sardinenbüchse und ein Durchkommen zur Bar zu einem Ding der Unmöglichkeit, hier bewegt sich nichts mehr außer zum Beat. Um nicht zu verdursten, nippt Lotte immer wieder an den kreisenden Kräutis von ihren Freunden.

Bei ihrem Lieblingslied kommt es zur totalen Eskalation, der Big Floor bebt und es ist so laut, dass Lotte nicht weiß, ob nur sie, Marie und Mel oder ob alle Mädels im Raum bei *»Sexy Girl«* mitgrölen.

Lotte ist fast erleichtert, als der Gig vorbei ist, man allmählich wieder atmen und sich etwas zu trinken holen kann. Sie ist nass bis auf den Schlüpper.

Nach einem Shot mit Alex an der Bar und einer Cola entdeckt sie einen blonden Schönling auf ihrem Stammplatz. Er trägt einen Pelzmantel und eine riesige, teuer wirkende Sonnenbrille. Sie spürt seine Blicke.

Lässig geht sie zum DJ-Pult und schlägt mit Stevie ein, der gerade angefangen hat. Dann wendet sie sich dem Hottie zu.

»Sag mal, platzt du nicht?«

»Was?«

»Ob dir nicht zu heiß ist?«

Er grinst cool und schüttelt den Kopf. Er sieht aus wie aus einem Modemagazin entsprungen, ist aber auch eindeutig ein Poser. Irgendwie findet Lotte ihn sexy.

»Willst du mal mit in den Chill-out?«, fragt er.

Sie hat nichts gegen ein Päuschen und nickt. Kurz darauf wirft sich der Typ in einen Sessel und deutet ihr an, auf seinem Schoß Platz zu nehmen. Überrascht und abenteuerlustig setzt sie sich auf ihn. Es entspinnt sich ein Smalltalk darüber, wie viel zu voll es heute ist. Nach ein paar Sätzen hat er genug, schiebt seine Sonnenbrille auf sein blond gefärbtes Strubbelhaar, blickt Lotte lüstern an – und küsst sie.

Es schießt ihr in den Sinn, dass Franzi und Phil damals genauso hier im Chill-out saßen, doch diese dunkle Erinnerung wird von der außerordentlich guten Zungenkussfähigkeit des heißen Typs schnell weggewischt.

Er fährt langsam mit seiner Hand unter Lottes Top und umkreist zärtlich ihren Bauchnabel, was sie tierisch anmacht. Auch unter Lottes Po wird es hart. Kurz überlegt sie, mit ihm ins Auto zu verschwinden. Doch ihre Vernunft gewinnt, sie muss ja nicht nach ein paar Minuten Knutschen Sex mit dem

Fremden haben. Sie stoppt und will mehr über ihn wissen. Er heißt Lukas und nennt sich Luke, studiert BWL in Köln und kommt eigentlich aus Bielefeld. Das Stammheim ist für ihn zwar der beste Club, er gehe aber trotzdem meist vor seiner Haustür im Bootshaus feiern. Sein Bafög stockt er mit Dealen auf und bietet Lotte etwas an: »Wenn du oder deine Freunde was brauchen ... Ich bin gut ausgestattet.«

»Geht klar«, sagt Lotte.

»Äh, was geht denn da ab?«, fragt Luke auf einmal irritiert.

Auf einer Couch unweit von ihnen liegt ein pröppes Mädel und verdreht ihr Gesicht in sämtliche Richtungen. Zwischen ihren mächtigen entblößten Schenkeln steckt ein kleiner Kopf mit Vogelnest und einem dünnen Körper daran.

»Leckt der die, oder was?«, fragt Luke ungläubig.

»Oh mein Gott«, stöhnt Lotte und reißt die Augen auf.

Sie amüsieren sich über das ungleiche Paar, was die erotische Luft zwischen ihnen verwehen lässt.

Also gehen sie wieder tanzen. Doch auf dem Big Floor nehmen sie ihr Liebesspiel schnell wieder auf. Lotte schwingt die Hüften und reibt ihren Po an seinem Schritt. Er knabbert an ihrem Ohr, ist begeistert von ihrem Tattoo und macht ihr weitere Komplimente. Sie knutschen immer wieder – oder besser gesagt, lecken sich ab. Als er ihr »Ich würde dich gerne ficken!« ins Ohr brüllt, weiß sie nicht, ob sie das an- oder abturnen soll.

»Ich geh mal aufs Klo, bin gleich wieder da!«, antwortet sie, um Zeit zu gewinnen.

Im Foyer stürzen ihr Marie und Mel entgegen.

»Du hast was mit dem Checker! Der ist so ein Gerät!«, ruft Marie neidisch.

»Der ist echt ein brutales Brett«, findet auch Mel.

»Der kann auch ganz gut küssen«, verrät Lotte.

»Bestimmt nicht nur das«, grinst Mel dreckig.

Marie erzählt, dass Domme mit einem Mädel unterwegs ist, das Lotte wie aus dem Gesicht geschnitten ist. Kurz darauf kommt er tatsächlich mit Anna im Schlepptau auf sie zu. Lotte und Anna fallen sich um den Hals und alle anderen kommen auf die Ähnlichkeit kaum klar. Darauf gehen sie im House Café einen Kräuti trinken, nur Lotte nimmt eine Cola.

Sie bleibt eine Weile dort, um Luke aus dem Weg zu gehen – der Abturn überwiegt. Auch wenn er verdammt gut aussieht, kann er sich ruhig etwas Mühe geben. Luke ist es anscheinend gewohnt, nur mit dem Finger schnipsen zu müssen, damit seine glückliche Auserwählte die Beine breit macht.

Lotte trifft Alex von der Bar, und als sich die beiden wieder einmal festzuquatschen drohen, fragt sie: »Du, ich muss kurz runter ins Büro, magst du eben mitkommen?«

»Klar! Wenn das geht?«

Alex besorgt einen Schlüssel im Abrechnungsraum und führt sie eine Etage tiefer. Hinter der blauen Stahltür erstreckt sich ein langer Gang, von dem wie in Lottes Bürotrakt auf der Arbeit reihenweise Türen abgehen. Die letzte auf der linken Seite steht offen, Licht und Qualm dringen mit Musik und Gemurmel auf den dunklen Flur.

Der erste Blick fällt auf einen wuchtigen Schreibtisch und Springerstiefel. Ein Typ mit Iro hat sie darauf abgelegt, der im Chefsessel sitzt und raucht. Um ihn herum scharen sich einige Leute, die geschäftig plappern.

»Punky, das soll ich dir geben«, sagt Alex und reicht ihm ein Kuvert. Er nickt dankend, ohne sich von seinem Gesprächspartner zu lösen.

Alex deutet Lotte an, ihr zu folgen. Im Nebenraum stehen große, gut gefüllte Plattenregale sowie diverse Musikgeräte. In der Ecke zocken zwei Typen einen populären Fun-Racer mit zwei italienischen Klempnern auf der dazugehörigen Konsole. Auch hier ist einiges los.

»Das ist das Studio von Pierre und Marky«, erklärt Alex und Lotte fallen fast die Augen heraus.

»Heute sind echt alle da«, freut sie sich, »sogar Jens und Valli sind hier. Die hängen sonst eher oben in ihrem eigenen Büro ab, wenn sie nicht im Club sind.«

»Oben?«

»Ja, das Büro von Bringmann & Kopetzki ist neben dem Stammheim. Da ist auch das Atelier von Stellmacher & Jensen.«

»Echt? Wo ist das denn, hinter dem Chill-out?«

»Nein, da ist nur ein Technikraum und Dekokram. Das Büro ist nach dem Treppenhaus die erste Tür links.«

»Ach was, krass ...«

»Apropos Technikraum: Der Braunhaarige da hinten mit der Brille und den Koteletten ist der Hardnickle, einer der Techniker. Der hat im Aufschwung echt geile Visuals gemacht. Und der Glatzkopf mit Brille und dem Ziegenbärtchen ist der Graf. Die kleine Braunhaarige neben ihm ist Zille von der GROOVE. Sie ist schuld, dass es Hotze gibt. Zumindest hat sie dafür gesorgt, dass die Comics von Jens und Valli da erscheinen.«

Lottes Aufmerksamkeit schweift zu den beiden und sie schnappt ihr Gespräch auf. Sie entgegnen gerade der Behauptung, dass Pierre niemals tanzen würde. Kopetzki erzählt, wie Pierre damals oben auf ihrem orangefarbenen Teppich den kompletten Mitschnitt von Richie Hawtins erstem Set im Aufschwung Ost durchgetanzt hat. Er konnte nicht live dabei sein und war so geflasht, dass er das komplette Tape lang abgezappelt hat. Die einen staunen, manche glauben das nicht.

»Fragt ihn doch nachher selbst!«, schlägt Bringmann vor.

Lotte kommt aus dem Staunen nicht mehr heraus. Sie ist in den Eingeweiden des Stammheims gelandet.

Wieder oben, erzählt sie aufgeregt Marie und den anderen davon. Von ihnen war noch keiner da unten, entsprechend sensationsgeladen fällt ihre Beschreibung aus.

Morgens verschwindet Luke vom Big Floor in Richtung Ausgang, Lotte hatte es geschafft, ihm erfolgreich aus dem Weg zu gehen. Der Schönling verabschiedet sich nicht von ihr, wahrscheinlich ist sein Ego gekränkt. Umso froher ist sie darüber, vernünftig geblieben zu sein.

Sie sitzt gerade mit Stefan Küchenmeister und seiner Freundin Yvonne auf einer Stufe im Foyer. Nach all seinen Erzählungen hat Lotte sie heute endlich kennengelernt. Yvonne ist selten im Stammheim dabei, weil sie in Leipzig Medizin studiert. Die beiden verstehen sich blendend und Lotte kann mit ihr so über Gott und die Welt reden wie mit Stevie.

»So, ich muss jetzt nochmal eine Runde däncen, bevor ich fahre«, kündigt sie an und verabschiedet sich von ihnen.

Kurz darauf springt sie auf dem Big Floor umher, überdreht von der Müdigkeit und vom Koffein, lacht sich über alles kaputt und freut sich wie ein kleines Kind über Pierres Sound.

Seit einer Weile amüsiert sie sich über einen Typen, der wie am Fließband jedes weibliche Wesen auf der Tanzfläche anspricht und sich eine Abfuhr nach der nächsten abholt. Lotte war auch schon an der Reihe, aber sie hat in all den Clubnächten gelernt, Männer freundlich, aber bestimmt abblitzen zu lassen.

»So 'ne fädde Mugge!«, beginnt Henri. »Letzte Woche hat der Lorber uffgelescht und der war so scheiße, dass wir Gage gesammelt ham', damit der uffhört!«

»Habt ihr nicht!«

»Abber sowas von!«

»Wie fies!«

Henri kostet es aus, die Geschichte lang und breit zu erzählen, während sich Lotte kaum mehr einkriegt vor Lachen. Auch wenn sie es Frank Lorber gegenüber wirklich unfair findet. Er hatte vielleicht einfach einen schlechten Tag – beziehungsweise eine schlechte Nacht.

All der guten Laune und Musik zum Trotz muss sie gegen zehn Uhr gehen. Von allen Seiten wird versucht, sie zum Bleiben zu überreden, aber die Erschöpfung steckt ihr zu tief in den Gliedern.

Damit ihr auf der monotonen Fahrt über die Autobahn nicht die Augen zuklappen, beschließt sie, Chris anzurufen.

Scheiß auf die Rechnung, denkt sie sich.

Er ist gerade nach Hause gekommen und erzählt begeistert von einem Club namens Ostgut, der so krass ist wie das Stammheim, nur auf eine andere Art. Ein Gay Sex Club mit gutem Techno und House, aber es dürfen auch Mädels rein.

»Da wird getanzt und gefickt!«

»Wie ultrakrass!«

»Hier ist alles krass, ich bin im Schlaraffenland!«

»Ich kann es kaum abwarten, wieder nach Berlin zu kommen.«

Dann erzählt sie von ihrer Nacht.

Chris kennt den heißen Dealer mit dem Pelzmantel und kreischt: »Der bummst bestimmt wie ein junger Gott!«

Lotte liebt diese Gespräche.

Vor dem Auflegen beschließen sie, zusammen Silvester zu feiern.

Doch wenige Tage später wird dieser Plan zunichtegemacht.

— – —

»DAS STAMMHEIM MUSS
ENDE FEBRUAR 2002 SCHLIESSEN!
THE LAST DAYS OF DISCO HAVE BEGUN ...«

»Hä?«

Diese Hiobsbotschaft steht in großen Lettern auf dem Flyer für Dezember 2001/Januar 2002 über der Parole *»Afrocalypse Now«*. Lotte muss es mehrfach lesen, bis diese verstörende Nachricht in ihrem Hirn ankommt.

Das Artwork ist eine Adaption des Antikriegsfilms *Apocalypse Now*, auf dem Ravelinde an einem dystopisch roten Himmel einer gleißenden Sonne entgegenfliegt, ihren Arm zum Angriff erhoben. Begleitet wird die Heldin des Stammheims von einer Armee Wolken, aus denen kleine Füße baumeln.

Darunter schreit die dazugehörige Kampfansage:

»GET READY FOR THE LAST 3 MONTHS!
BURN, KASSEL, BURN!«

Moment mal. Lottes Gedanken rasen. Ist das ein Witz? Das kann nur ein Witz sein!

Sie dreht den Flyer um und hofft auf die Auflösung des Scherzes unter Bekanntgabe der neuen Anschrift des Stammheims. Stattdessen steht *»Der Countdown läuft«* über dem Programm, bei dem jede Party mit einer Zahl versehen wurde. Er beginnt am ersten Dezemberwochenende.

Sechzehn Partys bis zur Schließung?

Lotte versteht die Welt nicht mehr. Aufgebracht faltet sie den Brief auseinander und beginnt zu lesen. *»Die vorläufig vorletzte Heimpost«*, titelt die Überschrift, der Zeilen folgen, die traurige Gewissheit schaffen ...

»Hallo Heimfreunde!
Vielleicht haben es die Sensiblen unter euch schon festgestellt.
Wir leben mal wieder in interessanten Zeiten! [...]
Wie die Aufmerksamen unter Euch gerade richtig
mitgeschnitten haben, reden wir hier vom Heim-Ende
und danach – und das wollen doch alle wissen, oder?
Die Wehleidigen unter Euch heulen ja schon
seit geraumer Zeit Tag und Nacht und das ist gut so,
denn Schluss in den ALTEN Hallen ist auf jeden Fall! [...]
Während sich die Suizidgefährdeten unter Euch jetzt aus dem
Kellerfenster stürzen, denken sich die Standhaften:
Und was kommt ... dann?
Tja, eine gute Frage – finden die Beeindruckten unter uns und
ihr sollt auch eine Antwort haben.
Wir haben noch keinen blassen Dunst!
Okay, da gibt es ein ganz cooles Gelände. Das ist gut.
Da gibt es einen beunruhigten Ortsbeirat, der auf Stammheim
Bock hat, wie auf Furunkel am Arsch. Das ist schlecht.
Trotzdem mag uns eigentlich komischerweise die Stadt
Kassel. Das ist gut.
Allerdings wird Anfang März auf jeden Fall noch nicht sofort
ein neuer toller Club da sein, der da weitermacht, wo wir dann
aufgehört haben werden.
Das ist genaugenommen ... scheiße. [...]«

Lotte simst und ruft sämtliche Freunde an. Die Heim-Gemeinde brummt wie ein Bienenstock, alle sind in heller Aufruhr. Meinungen, Gerüchte und Emotionen schwirren wild umher. Manche ahnten es, andere fühlen sich wie Lotte überrumpelt und sind geschockt bis ins Mark.

Es steht außer Frage, bis zum bitteren Ende so oft wie möglich in die Sandershäuser Straße zu fahren.

Allerdings muss sie sich mit dem Gedanken anfreunden, den Verrätern nicht mehr aus dem Weg gehen zu können. Sie verfolgen sicher den gleichen Plan. Doch Lotte ist wild entschlossen, sich von nichts und niemandem abhalten zu lassen, die letzten Nächte im Stammheim auszukosten.

Kapitel 21: THE LAST DAYS OF DISCO

»Timber«, Coldcut & Hextatic

1. Dezember 2001

[16]
Big Floor: Pierre (Deluxe Set!), Ego Express LIVE, Norman
House Café: Karotte, Tobi Neumann (Deluxe Set!)

Sechzehn. Ab heute tickt die Uhr rückwärts.

Die Schließung ist Thema Nummer eins und alle spekulieren wild, ob und wie es weitergeht. Thomsen liefert die erhofften Insiderinformationen, wie aus Umzugsplänen eine Schließung werden konnte. Der Grund ist simpel: Der Mietvertrag läuft aus und es sind keine neuen Räumlichkeiten gefunden.

Seit der Eröffnung 1994 wurde der Vertrag jedes Jahr um weitere zwölf Monate verlängert. Doch mit Problemen wie Lärm, Müll und Kriminalität auf dem Parkplatz wuchs das Bangen um eine Fortführung – das nun zur Realität geworden ist.

Thomsen erinnert sich an eine Unterschriftenaktion im Sommer 1999, um das Aus in der Salzmannfabrik zu verhindern, und Lotte kann kaum fassen, dass das Thema schon aktuell ist, seitdem sie ins Stammheim geht.

Dem Verhältnis zum Vermieter hat zusätzlich geschadet, dass er nichts gegen die Rohrprobleme der Toiletten unternommen hat. Deshalb blickt die Heim-Crew dem Ende in der Salzmannfabrik relativ gelassen entgegen.

Die besten Tage seien ohnehin gezählt, findet Thomsen. In den letzten ein bis zwei Jahren sei der Club oft leer gewesen, wenn kein bekannter Name auf dem Line-up gestanden hätte. Die Kosten standen in solchen Nächten über den Einnahmen.

Lotte kann das überhaupt nicht nachvollziehen. In ihren Augen ist das Gegenteil einer Flaute der Fall. Dabei wird ihr klar: Es ist wohl alles eine Frage der Perspektive. Thomsen ist seit Tag eins dabei, Lotte seit 1999.

Zu ihrer Erleichterung erzählt er noch, dass die Heim-Crew auf Hochtouren nach einer neuen Location sucht und zwischenzeitlich Partys in anderen Clubs plant. Es gibt Gespräche zu einem Objekt in der Leipziger Straße, aber die Nachbarschaft zeigt wohl wenig Begeisterung für den berüchtigten Club in ihrer Nähe. Trotzdem ist Thomsen zuversichtlich, was ein wichtiges Trostpflaster für Lotte ist.

Natürlich tanzen die Verräter auf ihrem Stammplatz, doch Lotte lässt sich nicht vertreiben. Das ist schließlich auch ihr Platz. Zum Glück gelingt es ihr heute gut, die Turteltäubchen auszublenden. Erstens hat Lotte andere Sorgen und zweitens spielt Pierre ein extralanges Set. Sie wird stundenlang tanzen, so viel steht fest. Ebenso, wie es das letzte Set mit Überlänge von ihrem liebsten DJ hier sein wird.

Als er anfängt, versucht sie in seinem Gesicht zu lesen, wie es ihm wohl geht. Es ist kein Unterschied zu erkennen, Pierre steht wie immer konzentriert an den Plattentellern. Er nickt ihr grüßend zu und sie strahlt zurück – und hofft, dass es die Verräter gesehen haben.

Heute liegt eine eigenartige Spannung in der Luft. Die naive Euphorie der Heimkinder wird überschattet vom baldigen Ende ihres geliebten Spielplatzes. Das Stimmungsbarometer reicht von Wehmut bis zu suizidalem Partywahn. Auch Lotte tanzt emotional auf der sprichwörtlichen Messers Schneide.

Als Pierre das melancholische Stück »Timber« spielt, werden Lottes Bewegungen langsamer, bis sie zum Stehen kommt. Ein Gedankenstrudel reißt sie in den Abgrund, ein Kloß steckt in ihrem Hals. Bald gibt es ihre Villa Kunterbunt nicht mehr.

Das darf einfach nicht wahr sein!

Erst mit der nächsten Platte, die wieder gut vorwärtsgeht, rettet sie sich aus der mentalen Talfahrt und schiebt die Traurigkeit beiseite.

Als wäre die Gesamtsituation nicht schon aufreibend genug, überrumpelt Flo sie auch noch mit einer Offenbarung. Lotte bleibt nach einem Toilettengang bei Tino und Steffi im Foyer hängen, als er seinen Arm um sie legt und bittet, sich mit ihm an einen ungestörten Ort zu setzen. Mit mahlendem Kiefer gesteht er ihr, seine Liebe zu Männern entdeckt zu haben. Er hätte schon häufiger druff mit Typen geknutscht, aber nie mehr zugelassen. Bei »*Stammheim Flying Circus*« in Köln hätte er einen Mann kennengelernt, bei dem er sich das erste Mal vollumfänglich fallen lassen konnte. Endlich sei ihm klar geworden, was ihm sein ganzes Leben lang gefehlt hatte.

Lotte lauscht mit heruntergefallener Kinnlade. Dass er bi ist, war ihr längst klar, doch dass er dem weiblichen Geschlecht komplett abschwört, ist schlichtweg unglaublich. Er und Matze sind doch ein Traumgespann beim Abschleppen hübscher Mädels.

Flo schwärmt verknallt von dem Typen und spielt sogar mit dem Gedanken, nach Köln zu ziehen. Die Gay-Szene dort sei pulsierend und ein Neuanfang in einer Großstadt wäre nach seinem Outing genau das Richtige für ihn.

Lotte glaubt, sich zu verhören. Sie will nicht noch einen ihrer besten Freunde wegen eines Umzugs verlieren!

Nach der Party fährt sie mit gemischten Gefühlen zu Marie, gefangen in einem Wechselbad aus der Euphorie einer Stammheim-Nacht und Abschiedsschmerz: wegen der Schließung, wegen Franzi und Phil, wegen Chris, wegen Flo.

— - —

8. Dezember 2001

[15]
Diesmal keine halben Sachen
Big Floor: Green Velvet LIVE, DJ Traxx, Pierre, Marky
House Café: Stefan (JoueJoue), Axl Baum, Chi

Noch fünfzehn Partys.

Vier Treppenabsätze mit je zwölf Stufen. Achtundvierzig Stufen zum Abenteuer, zum Rausch, zur Leichtigkeit, zur Freude. Achtundvierzig Stufen zu einem einzigartigen Ort, der bald nicht mehr existieren wird.

Lotte ist mit Matze gefahren, deshalb kamen die Verräter mit dem Zug. Auf ihrem gemeinsamen Stammplatz pirschen sie sich vorsichtig an Lotte heran. Sie fragen, ob sie ihr etwas zu trinken mitbringen sollen oder ob sie eine Zigarette haben möchte. Die Umgarnte reagiert kühl. Nur, weil sie sich jetzt wieder sehen und sie der Schmerz der Stammheim-Schließung vereint, sind sie noch lange keine Freunde.

Heutiges Highlight ist Green Velvet aus Chicago, von dem einige Platten Dauerbrenner auf dem Big Floor sind. Sein giftgrün gefärbter Iro leuchtet im Schwarzlicht, während er ins Mikrofon singt. Das Publikum tobt, es tropft von der Decke. Nach etwa einer Stunde stoppt er mit einem langen Schrei, gefolgt von einem »Thank you«. Alle denken, der Live-Act ist vorbei. Doch weit gefehlt.

Nach einer kurzen Pause dröhnt ein mehrminütiger Zusammenschnitt von der Berichterstattung vom 11. September durch die Boxen. Schock und Angst vibrieren in den Stimmen, ein kampfeslustiger US-Präsident droht mit Vergeltung. Das

Ende der Soundkollage ist das Statement eines Mannes, dass sich alle Religionen vereinen sollten, denn Gott sei Liebe. Dann brettert Green Velvet nochmal los und spielt weitere fünfundvierzig Minuten.

Das war einer der intensivsten Live-Acts, die Lotte je erlebt hat. Diese Heim-Hits von ihrem Schöpfer zu hören, teils live eingesungen, ist allein schon etwas ganz Besonderes – das baldige Ende des Stammheims im Nacken und die nicht verheilten Wunden von 9/11 machten Green Velvets Gig zu einer emotional explosiven Angelegenheit.

Lotte braucht eine Pause, sowohl für den Kopf als auch für den Körper, und dünstet im Foyer aus. Domme erkennt ihren desolaten Zustand und schleift sie in eine kleine Kammer, von dessen Existenz sie bis heute nichts ahnte.

Der *Spiegelraum* befindet sich in der Wand zwischen Foyer und Big Floor und dient als Lager für Technikkram. An Abenden wie heute, an denen die Toiletten hoffnungslos überfüllt sind, wird er von Schlüsselinhabern, deren Freunden und Freundesfreunden für Konsumtätigkeiten genutzt.

Die Nacht gleicht einem Wimpernschlag und ehe sich Lotte versieht, ist es hell draußen.

Eines zeichnet sich jetzt schon ab: Die letzten Partys rasen viel zu schnell vorbei.

— - —

25. Dezember 2001

[12]
Noch einmal mit Gefühl: Die allerletzten Weihnachten daHEIM!
Big Floor: Toktok LIVE, Chris Liebing, Pierre, Stefan Küchenmeister, Marky
House Café: DJ Naughty, Axl Baum, Chi, Bine
Chill-out: Kopetzki, Dima

Zwölf.

Lotte lag zwei Wochen krank im Bett und verpasste die letzten beiden Partys – eine Vollkatastrophe! Anfangs wollte sie sich noch über den Befehl ihrer Mutter, liegen zu bleiben, hinwegsetzen, musste jedoch einsehen, dass ihr Körper einen Riegel davorgeschoben hatte. Einen derartigen Ausfall kann sie sich nicht nochmal erlauben.

Der grippale Infekt steckt ihr noch in den Knochen, doch die Freude auf Chris, der über Weihnachten und Silvester zum ersten Mal seit seinem Umzug wieder in der Heimat ist, lässt sämtliche Nachwehen vom Fieber verblassen. Freudestrahlend springen sie sich im Foyer in die Arme, bevor sie der Tradition halber eine Flasche *Stammheim Housemarke* ordern.

Trotz seiner monatelangen Abwesenheit hat niemand Chris vergessen, er wird von allen Seiten geherzt. Mit seinem bunten Augen-Make-up, dem glitzernden Paillettenoberteil und dem bunten Federfächer ist er auch nicht zu übersehen. Er stellt Lotte vielen Freunden vor, doch sie vergisst die Namen in derselben Sekunde wieder. Das blanke Vorstellen ohne einen anknüpfenden Dialog ist ohnehin als reine Geste des guten Benehmens zu verstehen und verfolgt nicht die Absicht, sich tatsächlich kennenzulernen.

Als Lotte im Foyer ihren Freunden aus Fulda in die Arme läuft, fallen ihr fast die Augen heraus: Dani ist als Weihnachtsgeschenk verkleidet! Sein Oberkörper steckt in einem großen Karton, eingewickelt in goldenem Geschenkpapier mit Sternen darauf, gekrönt von einer silbernen Schleife. Er sieht zu komisch aus und jeder feiert ihn dafür. In einem anderen Club wäre er in diesem Aufzug wahrscheinlich nicht an den Türstehern vorbeigekommen. Mel trägt einen Mantel mit schwarz-weißem Zebramuster und sieht ebenfalls äußerst seltsam aus. Lotte verkneift sich lieber die Frage, wo sie dieses hässliche Teil her hat. Das Paar ist wild drauf und scheint zuhause mehr als sonst vorgeglüht zu haben.

Marie steht ebenfalls neben sich, sie war gestern bei der Stammheim-Party *A.R.M., aber daHEIM* im Club Arbeitskreis Rhythmussuchender Menschen, kurz A.R.M., und hat noch nicht geschlafen. Nicht einmal Gutzchen hat sie dabei – das hat Lotte noch nie erlebt.

Der Club unter der Lolita Bar am Kasseler Hauptbahnhof brodelt als heißer Nachfolgekandidat für das Stammheim. Die Kasselaner, die am Vortag dort waren, befinden das für gut.

Heute, am ersten Weihnachtsfeiertag, steht weniger die Zukunft des Stammheims auf der Agenda als die akute Herausforderung, mit der sich die Heimkinder konfrontiert sehen: der Unvereinbarkeit des Feierns mit familiären Verpflichtungen.

Weihnachten ist eine harte Zeit, vor allem der Braten mit Klößen und fettiger Soße bei Oma um zwölf Uhr mittags sind der blanke Horror für viele. Das ist eine Un-Uhrzeit, zu der man entweder schläft oder noch kein Auge zugetan hat, aber ganz sicher nicht im Stande ist, so etwas zu essen.

Lotte ist heilfroh, dass sie davon verschont bleibt und ihre Eltern mittlerweile so weit hat, ihre Wochenendaktivitäten unkommentiert zu lassen. Vor allem seit ihrem Versprechen, ab März wieder regelmäßig im Stoffladen zu stehen. Mit dieser Unbeschwertheit zählt sie zur Minderheit hier, wofür sie von anderen neidisch beglückwünscht wird.

Matze, Flo und Conny graut es ebenfalls vor morgen. So sehr, dass sich Conny freiwillig als Fahrerin gemeldet hat. Auch das gab es noch nie.

Dennoch scheint die drohende Essensschlacht die meisten nicht davon abzuhalten, Gas zu geben. Immer wieder hört Lotte den Ruf »*Why Nachten?*«. Ja, warum eigentlich schlafen an Weihnachten? Dani erklärt ihr, dass das eine jener Flyer-Parolen ist, die sich in die Hirne der Heimkinder gebrannt haben. »Der ist fast so gut wie *Morgens, halb zehn in Kassel, und keine Sau will Knoppers!*«, findet sie.

Inspiriert von Mine, die sie seit dem Abend in der Super 8 regelmäßig hier trifft, hat sie heute den Fotoapparat ihrer Eltern dabei. Mit frischen Batterien und einem Ersatzfilm für sechsunddreißig Fotos in der Tasche will sie das Stammheim in all seiner Beklopptheit auf Zelluloid bannen. Auf dem angefangenen Film sind nur noch zehn Bilder übrig, aber ihre Eltern haben keinen Schimmer, welche Aufnahmen bei der Entwicklung zum Vorschein kommen könnten.

Einen Großteil der Fotos verschießt Lotte an der opulenten Deko, bevor Freunde und Fremde abgelichtet werden. Vor allem Typen ziehen dabei lustige Grimassen und machen akrobatische Verrenkungen mit ihren Gesichtern. Lotte knipst drauf los und hofft, dass die Bilder trotz schummriger Lichtverhältnisse gelingen.

Im Vorraum surfen neonpinkfarbene Frösche auf grünen Blättern durch die Luft, die Wände sind voller Malereien mit großen Käfern, über dem Eingang zum Foyer kriecht eine Schnecke aus Pappmaché, außerdem hängen dunkelblaue

Säulen von der Decke, die von gelben Geckos umkrabbelt werden.

Das bunte Treiben passt zum menschlichen Gewusel vor dem Plattenladen, der Garderobe und dem Durchgangsverkehr zu den Toiletten. Das Stammheim ist bereits gut gefüllt und unten warten noch Hunderte auf Einlass.

Im Foyer wurden große Felsbrocken mit außerirdisch anmutenden roten Zeichen drapiert. Erst auf den entwickelten Fotos wird Lotte erkennen, dass es sich dabei um eine Kirsche, einen Kreis und eine Erdbeere handelt, die an einen Fruit-Slot-Spielautomaten erinnern. Das Schild »*Salzmann verschönt die Freizeit / Zelte – Möbel – Schirme – Liegen*« bekommt sie nur zur Hälfte vor die Linse, da es vom größer gewordenen Merch-Stand verdeckt wird. Er hat nun seinen festen Platz hier.

Im House Café baumeln Stammheim-Logos von der Decke, von denen Lotte zu gerne eins abreißen und mitnehmen würde. Hier wird Chris zum Hauptmotiv: Er posiert übertrieben, streckt seinen Po in die Kamera und macht obszöne Gesten dazu. Der Sekt haut rein.

Auch auf dem Big Floor hängen Stammheim-Logos, zusammen mit einem außerirdischen Spinnentier und Felsbrocken mit seismographischen Einritzungen. Alles leuchtet neonpink und neongrün. Auf dem Boden stehen weitere Gesteinsbrocken aus Pappmaché. Lotte kommt sich vor, als tanze sie auf einem fremden Planeten.

Auf ihrem Stammplatz entdeckt sie Franzi und Phil, die mit Schmitti und Nicole gekommen zu sein scheinen. Zumindest hängen sie die ganze Zeit zusammen rum.

Pärchen-Langweiler, denkt Lotte abfällig und erschrickt eine Sekunde später über ihren Jähzorn.

Dann atmet sie durch und begrüßt die Verräter anstandshalber. Zum Glück ist es zu laut, um sich zu unterhalten, und sie kann sich schnell von ihnen abwenden, ohne dass es komisch wirkt.

Sie knipst ein Foto von Marky und steckt den Apparat in die Handtasche, denn die Musik zwingt sie zum Tanzen. Danach hatte sie sich an den letzten beiden Wochenenden gesehnt, als sie gelangweilt im Bett gelegen hatte.

Trotz Chris bleibt sie den größten Teil des Abends auf dem Big Floor bei Toktok, Stefan Küchenmeister, Chris Liebing und Pierre. Der Verlauf einer Nacht ist nun mal nicht planbar, eine gute Party lebt von Spontanität und davon, sich treiben, mitreißen und überraschen zu lassen. Außer Chris sind alle anderen Verrückten bei ihr und Lotte spürt pure Liebe für ihre Freunde. Die Verräter blendet sie dabei gekonnt aus.

Heute schafft es Pierre wieder, einen Track in Lottes Hirn zu brennen. Sein unheimliches Kratzen und Rumpeln zieht sie in den Bann und als dann auch noch eine blecherne Frauenstimme Fragmente des Schlagers »*Am Tag, als Conny Kramer starb*« singt, schickt es sie komplett weg. Gänsehaut.

> *»Und der Rauch schmeckt bitter*
> *Ein Meer von Licht und Farben*
> *Und der Rauch schmeckt bitter [...]«*

Lottes Musiklexikon Flo erzählt ihr kurz darauf, dass das Lied von einem Drogentod handelt, was ihr einen Schauer über den Rücken laufen lässt.

Etwas später kommt sie nach einem Schwatz und Schnaps mit Stevie und Fabian von der Toilette und erstarrt: Phil steht im Gang und wartet auf sie. Er muss ihr gefolgt sein, einen Moment ersuchend, mit ihr allein zu sein.

Neugierig lässt sie sich darauf ein. Seine Nervosität verleiht ihr Stärke. Gefasst lauscht sie seinen Beteuerungen, er hätte ihr niemals wehtun wollen, sie sei immer noch eine der wichtigsten Menschen für ihn und sie fehle ihnen so sehr. Kurz flammt Hoffnung in Lotte auf, die jedoch durch das Verwenden des Wörtchens *wir* zerschlagen wird.

Er und Franzi, nicht er allein.

Zaghaft fragt er, ob sie sich vorstellen könnte, wieder mit den beiden befreundet zu sein. Vor allem Franzi würde sehr darunter leiden.

Lotte ist überrumpelt und weiß nicht, was sie empfinden soll. Liebt sie Phil noch? Nein. Hasst sie ihn? Nein. Wie steht sie zu Franzi? Keine Ahnung. Eine konkretere Antwort kann sie sich in diesem Moment nicht geben, deshalb bleibt sie bei ihrem Duktus und weist ihn freundlich, aber kühl zurück.

Er soll nicht merken, dass seine Worte Spuren hinterlassen und ihr emotionaler Schutzwall Risse bekommt.

Sie flieht ins House Café zu Chris ins Hier und Jetzt. Er tanzt mit einem attraktiven Typen, und als die beiden rummachen, zieht Lotte weiter.

Im Foyer legt ein Typ eine Line auf der Ablagefläche der Säule, als wäre es das Normalste der Welt. Marie hängt auf einer Stufe wie ein Schluck Wasser in der Kurve und Lotte schlägt vor, in den Chill-out zu gehen. Zielstrebig durchkreuzen sie den Big Floor, um bloß nicht ins Blickfeld von Franzi und Phil zu geraten und sich endgültig weichklopfen zu lassen.

Im Chill-out angekommen fällt Lotte auf, dass sie hier noch gar keine Fotos gemacht hat. Leider sind die Filme voll und es muss bis nächste Woche warten. Es ist heller als sonst, die Fabrikfenster sind nur mit weißen Tüchern abgehängt statt wie sonst abgedunkelt worden, um die Feiervampire vor dem Tageslicht zu schützen. Überall starren große Augen aus schwitzenden gelben Gesichtern mit mahlenden Kiefern.

Die beiden werfen sich auf eine Couch und rauchen. An den Plattentellern steht Valentin Kopetzki. Lotte wusste gar nicht, dass er auch DJ ist! Sein grooviger Sound fährt ihr sofort in die Glieder und sie kann nicht anders, als im Sitzen mit dem Oberkörper und den Beinen zu tanzen. Nur der Po steht still.

»Sorry, dass ich so abkacke. Voll lieb, dass du mit mir hier sitzt«, sagt Marie dankbar.

»Ist doch logo. Würde mir nicht anders gehen, wenn ich schon so lange wach wäre.«

Der Lockenkopf ist völlig erschöpft von der Party, die vor zwei Tagen begonnen hat. Der zweite Weihnachtsfeiertag ist längst angebrochen und die ersten Otto Normalverbraucher sitzen beim festlichen Frühstück.

Lotte berichtet von ihrem Gespräch mit Phil und weiß nicht, ob sie sich über seinen Vorstoß aufregen oder freuen soll. Maries Augen sind zwar weit geöffnet, doch ihr Hirn arbeitet sehr langsam. In ihrem Zustand bringt sie keine Meinung dazu zustande.

Maggus und Henri streifen durch den Chill-out und gesellen sich zu ihnen. Wie gewohnt reden alle um diese Uhrzeit nur noch Mist und lachen sich darüber kaputt. Lotte liebt die Durchheit am Morgen und fühlt sich schwerelos, verpeilt und glücklich.

Scheinbar angelockt von ihrer extrem lustigen Laune fragen sie ein kleiner Typ mit Stachelfrisur und ein schlaksiger Glatzkopf, was sie sich für Tanztabletten einverleibt hätten. Sie selbst hätten *Mitsus*, die seien wirklich gut, aber sie haben jetzt nochmal Bock auf einen anderen Turn. Maggus und Henri haben *Sterne* und schlagen ein Tauschgeschäft vor.

Mitten in den Verhandlungen springt aus dem Nichts Pappenheimer vor sie und plärrt: »Ich bin der Grinch! Ich bin der Grinch!«

Ohne eine Reaktion abzuwarten, hüpft er weiter und krächzt wie ein Gockel die nächste Gruppe damit an.

Die vier auf der Couch wundern sich nicht weiter darüber, bei den beiden Typen sieht das anders aus. Erst starren sie Pappenheimer hinterher, dann sich gegenseitig und schließlich die vier Heimkinder verwundert an. Maggus liest deren Unsicherheit angesichts der Wirkung der hier kursierenden Pillen an ihren Gesichtern ab und legt noch einen drauf: »Keine Sorge, der frisst nur Pappen.«

Die zwei kichern dämlich, ziehen nach dem Tausch ab, und die Heimkinder sind sich einig: Diese beiden Knalltüten sind heute definitiv zum ersten Mal in *Krassel*.

— – —

»It«, Asem Shama

31. Dezember 2001

[10]
New Years Eve
Big Floor: Woody McBride (USA), Mark Hawkins (UK), Asem Shama,
Pierre & Marky, Stefan Küchenmeister, Norman
House Café: Karotte, Fauli, Dennis Dzeko, Axl Baum & Chi,
Chicago Soul Foundation feat. DJ Traxx
Chill-out: Bjack, Jean Simmons, Julio Bishop, Tiny

Zehn. Langsam wird es ernst.

Der finale Countdown beginnt passenderweise an Silvester. Einige sind noch lädiert von der Party vor zwei Tagen, bei der DJ Rush den Big Floor förmlich abgebrannt hat. Nichtsdestotrotz sind sie hochmotiviert, den letzten Jahreswechsel in der

Sandershäuser Straße so zu begehen, wie es sich für das Stammheim gehört: krass.

Die heutige Nacht ist nicht nur deshalb eine besondere. Um Mitternacht wird die Deutsche Mark vom Euro abgelöst und Geldbeträge auf dem Papier nahezu halbiert. Lottes Vater hat ein Starterkit im Wert von zwanzig D-Mark in der Bank gekauft und dafür zehn Euro und dreiundzwanzig Cent in Münzen erhalten.

Seit Wochen warnen die Medien vorm sogenannten Teuro und exorbitanten Preisanstiegen. Im Stammheim ist die einzig relevante Frage zur neuen Währung, ob die Euromünzen in die Zigarettenautomaten passen.

Jede Woche kommen mehr Menschen, schon lange vor Mitternacht schieben sich die Massen durch den Club. Ganz zu schweigen von jenen, die vor der Tür in der Kälte auf Einlass warten.

Thomsen freut sich über viele alte Gäste aus den Aufschwung-Jahren, alle anderen sind genervt von den neuen Gesichtern, die einfach nur mal hier gewesen sein wollen, um mitreden zu können.

Am Kasseler Hauptbahnhof hat die reinste Raver-Invasion geherrscht. In Scharen haben sie zuerst das Schnellrestaurant bevölkert, dann alle Schließfächer belegt und sind danach laut lachend an erstaunten Passanten in Richtung Bettenhausen vorbeigeströmt.

Allein in Lottes Zug waren locker fünfzig Leute gewesen, die sich alle irgendwie über Ecken gekannt haben. Da war schon mal gut die Party abgegangen.

Heute erlebt sie Sebastian und Tamara das erste Mal als Paar, die allerdings keinen sonderlich verliebten Eindruck machen. Lotte wundert sich, wie er ihre heiße Liaison gegen diese lauwarme Beziehung eintauschen konnte.

Conny hatte ihr mehrmals angeboten, dass sie jederzeit mit ihr über Sebastian sprechen könne, auch wenn Tamara ihre beste Freundin ist. Doch Lotte hatte schon kurz nach dem Aus keinen Bedarf mehr, das Thema war schnell abgehakt. Nun wünscht sie den beiden nur das Beste. Sebastian ist schließlich ein geiler Typ und Tamara ein liebes Mädel.

Die Verräter sind auch in Lottes Zug gewesen. Genau ein Jahr ist vergangen, seitdem im Chill-out passiert ist, was ihre Freundschaft zerstört hat. Seit Phils Überfall ist es Lotte nicht gelungen, aus ihren Gefühlen den beiden gegenüber schlau zu werden.

Bis auf die Erkenntnis, dass sie weniger Abstand zu ihnen braucht als vorher. Es werden erste Zigaretten getauscht, es wird sich zugeprostet und zugelächelt. Sogar ein frohes Neues wünschen sie sich. Lotte spürt, wie Franzi und Phil eine riesige Last vom Herzen fällt.

Zu dieser Silvesterparty sind wirklich alle gekommen. Lotte trifft gefühlt jeden, den sie in zweieinhalb Jahren Techno kennengelernt hat.

Während sie mit ihrem geliebten Chris im House Café umherwirbelt, raunt ihr Pelzmantel-Luke im Vorbeigehen zu, sie habe ihn letztes Mal ganz schön stehen lassen – und zwar im wörtlichen Sinne. Er zeigt sein Gewinnerlächeln und wirkt angespornt, zu Ende zu bringen, was sie vor ein paar Wochen begonnen haben. Der Flirt gefällt ihr und Lotte lässt sich auf das Spielchen ein, ohne ihn zum Ziel kommen zu lassen. Heute ist Chris das Zentrum ihres Universums.

Als Matze spitzbekommt, dass Luke ein Dealer ist, will er seine Ware testen. Als dieser ihn vor die Entscheidung stellt, ob er etwas »für den Kopf oder für die Füße« haben möchte, feiert ihn Matze für diese Rückfrage und entscheidet sich für beides.

Zu Lottes Unmut bezüglich ihres Kontostands wurde eine neue Shirt-Kollektion aufgelegt. Es gibt jetzt ein weißes mit dem Schriftzug »Stammheim Forever« und einer Ravelinde darauf sowie ein schwarzes Dreiviertelarm mit dem Aufdruck »Survivor« und Stammheim-Logo. Welches soll sie bloß kaufen? Ihr Geld reicht nur für eins und wer weiß, ob es diese Shirts nächste Woche noch gibt, denn die guten Sachen sind schnell vergriffen. Unter gewissenhafter Beratung von Marie, Steffi und Tino entscheidet sie sich für das Letztere. Das Zünglein an der Waage waren der Kragen und der V-Ausschnitt. Das Motiv »Stammheim Surround«, ein Clublogo mit Kopfhörern, will sie aber eigentlich auch unbedingt haben ...

Neben der breiten Auswahl an Fanartikeln werden Pfandmarken mit ihren verschiedenen Farben und Formen wie Briefmarken gesammelt und getauscht. Überhaupt wird alles eingesteckt, was ein Logo trägt und nicht niet- und nagelfest ist.

Morgens quält Lotte ein furchtbares Loch im Magen. Sie muss etwas essen und ihre inneren Batterien aufladen. Da die Schlange vom Bistro bis in den Vorraum reicht, beschließt sie, zur Tankstelle zu gehen. Marie und Mel nutzen die Gelegenheit, sich mit Gutzchen und Kräuti einzudecken. Lotte bestellt das letzte Schnitzelbrötchen in der Auslage und freut sich, etwas einigermaßen Nahrhaftes ergattert zu haben.

Erleichtert, dass die Sperrstunde gerade vorbei ist und sie es auf die letzten Meter nicht noch einmal verpeilt haben, quetschen sich die drei rechts an der Schlange vorbei und werden von den Türstehern durchgewunken.

Im Foyer packt Lotte ihr dampfendes Brötchen aus, der Tankwart hatte es in der Mikrowelle erwärmt, und beißt genüsslich hinein. Doch das stellt sich als grober Fehler heraus. Denn als das Schnitzel seinen Duft verströmt, starren binnen Sekunden mehr und mehr Glubschaugen Lotte an. Mit dem zweiten Bissen rattern angewiderte Kommentare los. Wie sie jetzt etwas essen könne und dann auch noch so einen ekelhaften Lappen Fleisch, der stamme ja eindeutig aus dem letzten Jahr, diese Fresspappe sei schon ganz grün und total trocken, wie sie das denn runterbekommen wolle, und so weiter.

Vor allem Henri genießt es in vollen Zügen, Lotte zu ärgern. Während er einen unappetitlichen Spruch nach dem nächsten abfeuert und dabei fies grinst, lässt er aus Versehen seine »Guten-Morgen-Pappe« fallen.

Dieses Mal ist es Lotte, die lacht – denn der Boden ist voller Konfetti.

Kapitel 22: FAMOUS LAST WEEKS

»Macropanopticontinuum«, Cristian Vogel

Januar und Februar 2002

[9 bis 3]

3Phase LIVE, Axl Baum, Chi, Cristian Vogel, Decomposed Subsonic LIVE,
DJ Woody, Frank Lorber, Hans Nieswandt, Jamie Lidell LIVE, Jef K,
Karotte, Kissogramm LIVE, Marco Bailey, Marky, Matthias Schaffhäuser,
Neil Landstrumm & Bill Youngman LIVE, Norman, Pierre,
Pierre (Fuse Club, Belgium), Ricardo Villalobos, Stefan (JoueJoue),
Stefan Küchenmeister, Westbam

Die Tage von Montag bis Freitag sind nur noch quälende Zeitverschwendung. Arbeiten, schlafen, essen, arbeiten, essen, schlafen, bis endlich wieder Wochenende ist. Das trübe Winterwetter tut sein Übriges. Lottes Leben spielt sich Samstag und Sonntag ab.

Das einzige Highlight außerhalb des Stammheims ist das Abholen der Fotos aus dem Stammheim. Jedes Mal gibt sie in der Drogerie einen vollen Film ab, es ist zum wöchentlichen Ritual geworden. Auf dem ersten, bereits angebrochenen waren Bilder vom Nachbarschaftsstraßenfest von vor zwei Jahren. Auf der Miniaturübersicht wirken Lottes daneben wie von einem anderen Stern. Zu ihrer Überraschung gelingen die meisten Fotos trotz der schwierigen Lichtverhältnisse im Club. Zwischendurch leuchten mal Augen rot oder Lichter werden als Streifen verzerrt, manchmal legen sich bei der Entwicklung zwei Fotos übereinander und bekommen einen künstlerischen Touch. Lotte liebt diese Bilder – auch, wenn manche Leute verheerend zerstört darauf aussehen.

Die Zeit läuft unerbittlich gegen sie, die Nächte verrinnen unaufhaltsam wie in einer Sanduhr, deren obere Hälfte sich rapide leert.

Auf welcher Party hat Henri noch gleich seinen Schuh verloren? Wann hat sich Lotte die Fleischwunde am Oberarm von einer Zigarettenglut auf der Tanzfläche zugezogen? In welcher Nacht hat sie mit Franzi einen Kräuti getrunken? Wann spielte Stefan Küchenmeister dreimal »*If I Had Known This Before*« von Kissogramm, damit Lotte und ihre Freunde einen Zug später nach Hause fahren? Wann sah sie eine Einsatztruppe der Polizei zu den Toiletten stürmen? Wann hat sie den ersten Strafzettel ihrer Führerscheinkarriere kassiert, weil sie auf dem Bürgersteig geparkt hat? Die Erinnerungen verschwimmen wie Farben auf einer nassen Leinwand.

Es sind emotionale Achterbahnfahrten zwischen Entrückung und Melancholie. Alle feiern wie die Wahnsinnigen.

Völlig gleich, wer spielt, das Stammheim platzt aus allen Nähten. Es wird überrannt von gefühlt jedem Technofan im Umkreis von eintausend Kilometern. Noch lange nach der Sperrstunde tauchen frische Gesichter im Club auf, erschöpft vom stundenlangen Ausharren in der Kälte.

An der Sandershäuser Straße campieren Wohnwagen aus ganz Deutschland und dem benachbarten Ausland. Auf dem Parkplatz geht es zu wie auf einem Technofestival, obwohl es bitterkalt ist.

Mit der Masse kommen immer mehr Zaungäste, die nur des Hypes wegen einmal dabei gewesen sein wollen, um später damit angeben zu können. Diese Schaulustigen verwässern die Atmosphäre im Stammheim, das außergewöhnliche Miteinander und die durchgeknallten Aktionen von Heimkindern, Mitarbeitern und DJs – eben jene magischen Zutaten, die diesen Club einzigartig machen.

Es wird zu Lottes Mantra, sich durch nichts und niemanden die verbliebene Zeit in ihrem Heim vermiesen zu lassen.

Zum Glück lernt sie nach und nach die Barleute Setareh, Till, Melli, Jens, Lilli und Natascha kennen, die sie vor dem Verdursten retten, wenn vor den Theken einmal wieder nichts mehr geht außer Gedränge.

Für eine niemals abreißende Versorgung mit Kräuti sorgen zahlreich eingeschmuggelte Flaschen von der Tankstelle.

Nach der Währungsreform klagen die ersten über Ebbe im Geldbeutel. Die fremd aussehenden Münzen und Scheine und vor allem die halbierten Preise verwirren Lotte einfach nur. Die meisten behelfen sich damit, die Beträge zu verdoppeln, um eine Referenz zur D-Mark zu bekommen. Für Lotte hat sich nicht viel geändert, ihr Konto war schon vorher im Dauerminus. Immer wieder muss sie bangen, ob der Geldautomat nochmal etwas ausspuckt oder ob der Dispo ausgeschöpft ist. Ab März muss sie unbedingt sparen.

Den März sehen viele als Wendepunkt: Ab März lege ich eine Feierpause ein, im März suche ich mir einen neuen Job, im März kümmere ich mich um mein Studium, im März mache ich MPU. Bis dahin zählen nur die letzten Partys im Stammheim, alles andere ist zweitrangig.

So wild wie diese Wochen ist auch die Deko im Club. Es scheinen sämtliche Werke der vergangenen acht Jahre aus den Lagern gekramt und dazu noch neue kreiert worden zu sein. Der Maya-Kalender ist ins Foyer umgezogen und das House Café wird von großen Schmetterlingen in verschiedensten Farben bevölkert.

Die Wände des Big Floors zieren diverse große Malereien der feiernden Ravelinde, auf einem davon tanzt sie sogar mit Hotze. Lotte hätte zu gerne eine dieser Leinwände in ihrem Zimmer.

Über der Tanzfläche hängen blaue Kreaturen mit gelben Glubschaugen, fetten pinkfarbenen Nasen und Schmolllippen. Ihr Körperbau erinnert an eine Kartoffel mit verkümmerten Ärmchen und Beinchen. Thomsen kennt die Geschichte zu den kleinen Tierchen, die von Stellmacher & Jensen *Opfer* getauft wurden: Die kleinen Außerirdischen wollen der Menschheit helfen, in Frieden zusammenzuleben. Deshalb stellen sie sich freiwillig als Blitzableiter und Punchingball für all die Aggressionen der Welt zur Verfügung – und opfern sich dafür.

Im Chill-out stehen die aus dem Foyer bekannten Felsbrocken herum, die Wände sind mit Malereien von Kraterlandschaften und dem Weltall behängt.

Da der Club in seinen letzten Wochen an seine Kapazitätsgrenzen stößt, sorgt nun eine Toilettenfrau im Gang für nie ausgehendes Klopapier. Nicht nur das, ohne sie würden die Kabinen binnen weniger Stunden zu Müllhalden verkommen.

Allerdings wirkt die betagte Dame mit ihrem haselnussbraun gefärbten Haar, den knallrot lackierten Fingernägeln, ebenso roten Lippen und ihrer paillettenbesetzten Strickjacke aus den Neunzigern wie ein Fehler in der Matrix.

Sie nimmt es gelassen, auch wenn das für sie sicherlich äußerst seltsame Verhalten und Aussehen dieser jungen Leute außerhalb ihrer bisherigen Vorstellungskraft liegt.

Die wirren Gespräche lässt sie freundlich über sich ergehen und wird zum Dank mit Trinkgeld überhäuft. Vor allem Henri ist ein gern gesehener Gast bei ihr. Wogegen sie allerdings machtlos ist, sind all die Kritzeleien an den Wänden ihres Wirkungsbereichs. Woche für Woche folgen weitere Abschiedsgrüße, die auf den Kacheln hinterlassen werden: »Hey Pierre, Marky, Noah & Co, von gaaaanzem Herzen DANKE für die besten vier Jahre meines Lebens!«, »Ihr Heimkinder seid einfach die GEILSTEN, werde euch nie vergessen!«, »Schranz-luder 2001 Jenny und Sonja«, »Jeder feiert mit und ist on the Night voll fit, Stefan, Marky, Pierre und Chi gehen ab wie noch nie, gefeiert wird die ganze Nacht, bis das Heim die Schotten dicht macht!«, und viele, viele mehr.

Als Pappenheimer das zweite Wochenende nicht im Stamm-heim erscheint, machen sich die ersten Heimkinder Sorgen. Am dritten hat Thomsen herausgefunden, dass er in eine Psychiatrie eingewiesen worden ist. Er hatte mehrere Tage nicht geschlafen und war auf einem heftigen LSD-Trip ge-wesen. Als er vom Dach seines Hauses springen wollte, weil er dachte, er müsse davonfliegen, konnten ihn Nachbarn auf-halten und einen Krankenwagen rufen.

Die Nachricht löst tiefe Betroffenheit unter den Heim-kindern aus. Hätten sie das verhindern können? Sie hatten so viele dreckige Witze über ihn gemacht, dabei hatte er viel-leicht ernsthafte Probleme ... Auch Lotte fühlt sich furchtbar deswegen.

Mitten in den Tornado der Stammheim-Apokalypse flattert die letzte *Heimpost* in die Briefkästen von mittlerweile meh-reren tausend Empfängern und heizt mit den »*Famous last Words*« die Gemengelage weiter an.

»Dieses Mailing ist – wie allen klar sein dürfte
– ein besonderes. Es markiert das Ende einer Ära.
Die acht wildesten Jahre unseres bisherigen Lebens liegen
hinter uns und wir haben Dinge gesehen und getan,
von denen andere kaum zu träumen wagten.
Wir sind zur Sonne geflogen und durch die Scheiße gewatet.
Wir haben die verbotene Frucht probiert und Gott einen guten
Mann sein lassen. Wir haben gelacht, getanzt, getrunken,

geliebt, gevögelt und gebrannt. Wir haben gekotzt.
Wir haben Haare verloren und uns Geschlechtskrankheiten
geholt. Wir haben Mama und Papa angelogen und in Momenten
starker Verwirrung aus der Toilette getrunken.
Yeah – wir waren gut drauf. [...]
Und so sehen wir nun dem letzten Track in den alten Hallen
mit einem lachenden und einem weinenden Auge entgegen.
Wir lassen einiges zurück und nehmen Abschied von einem
Universum voller Erinnerungen.
(Na ja, zumindest von den Erinnerungen, an die wir uns noch
erinnern können ...)
Und Abschied nehmen fällt nun mal bekanntlich immer
schwer. Auf der anderen Seite steht die Sache mit dem
Aufbruch, dem Neuanfang und dem Jetzt-erst-recht!!!
Und deshalb gibt's auch nicht wirklich einen Grund, aus der
letzten Feier einen Totentanz zu machen!
Im Gegenteil: Wir tanzen auf unserem eigenen Grab
und scheißen auf den Morgen danach!
Und wir hoffen doch schwer, dass zu diesem denkwürdigen
Abgang nochmal ALLE ihren Arsch auf den Tanzflur schieben,
die in den letzten acht Jahren ein Stück ihrer Seele
ins Gemäuer der Fabrik geschwitzt haben! [...]
Freunde, alles wird gut!
STAMMHEIM endet nicht vor den Türen einer bei Tageslicht
eigentlich verdammt schäbigen alten Fabriketage und stirbt
schon gar nicht mit unserem Auszug aus derselbigen.
STAMMHEIM ist die Party – egal ob in einem Bunker, auf einem
Berg, unter Wasser oder auf dem Mond
– HEIM is where the heart is!
STAMMHEIM, das sind wir und ... vor absolut allem anderen
... IHR! Danke. Für alles.
Bis bald! Eure Heim-Crew«

Beim Lesen dieser Zeilen muss Lotte weinen. Sie ist unfassbar traurig, dass es diesen Zufluchtsort für all die verrückten Menschen, die keine Lust auf ein 0815-Leben haben, bald nicht mehr gibt.

Der letzte Flyer ist völlig anders als alle bisherigen. Keine wilde Farbexplosion mit hedonistisch-lustigem Ravelinde-Motiv – sondern ein weißes, cleanes Faltblatt.

Auf der Vorderseite sind nur die Flyer-Parole *»Der letzte Akt«* und das Stammheim-Logo zu sehen. Im Innenteil liegt die wohl pornöseste Ravelinde aller Zeiten und blickt dem Betrachter lasziv entgegen. Komplett nackt, mit prallen Brüsten und einem Stammheim-Tattoo wie das von Lotte auf der Pobacke. Daneben findet sich der Hinweis zur Schließung mit Dankesworten an alle Gäste, die das Stammheim zum *»wildest Club on Earth«* machten.

Auf der Rückseite steht das Line-up für den letzten Monat. Fünf Partys, die alle unter dem Motto *»8 Jahre Stammheim: The last Days of Disco«* stehen. Es schließt mit den Worten *»Game Over«*.

Je näher das Ende rückt, umso mehr ähneln die Gespräche im Stammheim denen einer Beerdigung. Ein kollektives Erinnern an die schönsten Zeiten mit dem Verblichenen:

... An außergewöhnlich intensive Partys, DJ-Sets und Live-Acts.

... An unzählige magische Momente auf der Tanzfläche, bei denen alle eins wurden und einen Track auf dieselbe Weise fühlten.

... An den einzigarten Vibe im Stammheim, den die Heim-Crew mit Flyern, *Heimpost* und Gimmicks wie Aktionskarten vorlebte.

... An verrückte Aktionen, wie die Geburtstagsüberraschung für Marco Remus oder die von DJ Traxx, der im House Café mit einem Telefonhörer statt mit Kopfhörern auflegte.

... An Geschenke für die ersten Gäste eines Abends, wie »*The Stammheim Xmas Mix 2000*«, die große weiße Pille aus Schaumstoff oder das *Stammheim Survival Pack*, das alles beinhaltete, was für eine amtliche Partynacht benötigt wird: eine Reisezahnbürste, ein Kondom, eine Schmerztablette und ein Frischetuch.

... An kistenweise kostenlosen Kräuti in besonders uferlosen Nächten, die zur Wertschätzung des Publikums auf die Theken gestellt wurden.

... An Abende, an denen der Theaterraum zum Kino wurde und über einen Beamer schickige Filme wie der Anime-Klassiker *Akira* gezeigt wurden.

... Und daran, dass es bei der *Samsara*-Party dort Tantramassagen gab.

... An die ersten Afterhours in der Rock-Discothek Musiktheater Mitte der Neunziger, wo sie um sechs Uhr morgens das gitarrenaffine Publikum überfielen und die Plattenspieler übernahmen.

... An die Spätschichten in der Lolli Bar, wie die Lolita Bar liebevoll genannt wird.

... Und natürlich an die Spätschichten in der Salzmannfabrik, bei denen Pierre und Chi battelten, wessen Tanzfläche länger voll bleibt und wer länger durchhält.

... An unvergessliche Dekos wie die weißen Plastikrohre, aus denen ein großer Baum im Zentrum des Chill-outs gebaut wurde und die zuhauf im House Café von der Decke baumelten.

... An einen Bach mit echtem Wasser, der durch den Chillout floss und in den sich einige aus Versehen hinein setzten, woraufhin sie die restliche Nacht nasse Ärsche hatten.

... Und natürlich an die Hängebetten, die wohl beliebteste Installation von allen.

Begeistert schwelgen sie in Erinnerungen an legendäre Partys wie die *Silvester-Beachparty*, bei der das House Café mit Sand, Schlauchbooten und Sonnenschirmen ausgestattet und die Heizung aufgedreht wurde, während draußen Schnee lag.

Oder von *Operation Beatblitz*, bei der die dritte Etage als Chill-out-Area angemietet wurde und es Klanginstallationen vom Künstler Spyra sowie Performances von Lightjockey Matt gab.

Sie gedenken psychedelischen Illuminationen, die mit Diaprojektoren an Netzstoffe geworfen wurden und sich bewegten. In besonders guter Erinnerung geblieben sind Ausschnitte der *Rave-Maschine* im Chill-out, die Lotte als Poster hat.

Das Flyer-Motiv von 1995 zeigt, wie gleich aussehende, trüb dreinblickende Menschen links oben einer riesigen Maschine zugeführt werden, deren Herzstück Ravelinde ist. Wie in einem Science-Fiction-Film schwimmt das Stammheim-Maskottchen in einer mit Flüssigkeit gefüllten Säule und betreibt den Apparat mit seiner Seele. Die fahlen Lemminge durchlaufen bei dem Vorgang eine Nacht im Aufschwung Ost, bevor sie rechts unten mit strahlenden Gesichtern und bunten Klamotten Richtung Afterhour ausgespuckt werden. Allesamt sind glücklich, jeder von ihnen sieht anders aus und scheint seine Persönlichkeit gefunden zu haben.

Für Lotte das beste Motiv aller Zeiten. Eine perfekte Darstellung, was Techno mit einem Menschen machen kann.

Die Nächte im Januar und Februar rasen vorbei und blitzen in ihrer Wahrnehmung wie Stroboskoplichter auf:

Blitz! Neun.

Blitz! Acht.

Blitz! Sieben.

Blitz! Sechs.

Blitz! Fünf.

Blitz! Vier.

Blitz! Drei.

Und dann passiert der Supergau.

— – —

20. Februar 2002

»ABGESAGT!
Das Ordnungsamt der Stadt Kassel hat die letzte Party
im Heim dieses Wochenende abgesagt: wegen Lärm, Müll bla
bla bla etc ... mehr dazu bald hier!
Wir halten Euch auf dem Laufenden!!!
Eure Stammheim.org Crew«

Zwei Tage vor der vorletzten Party erschüttert die Heimkinder diese Schreckensmeldung aus dem Stammheim-Forum. Sie verbreitet sich wie ein Lauffeuer.

Das Tragische: Sie waren letztes Wochenende zum letzten Mal in der Salzmannfabrik, ohne zu wissen, dass sie zum letzten Mal in der Salzmannfabrik waren! Sie werden der Gelegenheit beraubt, sich gebührend von ihren heiligen Gemäuern zu verabschieden.

Zu allem Überfluss war Westbam der Headliner des Abends, der keinerlei Bezug zum Stammheim und noch dazu als Mainstream-DJ keinen sonderlich guten Stand in der Szene hat.

Das soll die letzte Stammheim-Party im Stammheim gewesen sein? Der blanke Horror für eingefleischte Heimkinder. Es bleibt kaum Zeit, das Ausmaß dieser Meldung zu begreifen. Es ist Mittwoch, zwei Tage vor Beginn des Closing-Wochenendes.

Am Freitag fährt Marie zur Salzmann Factory und findet einen Zettel an der Tür, den sie mit ihren Freunden per SMS teilt:

»That's Armageddon!
Am Mittwoch wurde seitens der Stadt Kassel
und auf Drängen der Hauseigentümer die letzte Party
per Einstweiliger Verfügung verboten!
Aus diesem Grund haben wir notgedrungen die Partys
ins Kraftwerk Borken verlegen müssen!
Aber: jetzt erst recht!
Deshalb haben wir in einem Monster-Akt seit Mittwoch
alles (Deko, Licht und vor allem auch das Soundsystem!)
aus den heiligen Hallen rausgerissen und mit noch zusätzlichem
Schnick-Schnack im Kraftwerk wieder aufgebaut!
Wir lassen uns das Feiern nicht verbieten!
Love & Peace, Stammheim«

Kapitel 23: ARMAGEDDON

»Missy Queen's Gonna Die«, Toktok vs. Soffy O.

23. Februar 2002

[1]
THAT'S ARMAGEDDON

Toktok vs. Soffy O. (LIVE), Chris Liebing, Dave Tarrida, Pierre, Marky,
Stefan Küchenmeister, Norman, Karotte, Tobi Neumann, Stefan Bernecker,
Ricardo Villalobos, Sammy Dee, Axl Baum, Chi, Dennis Dzeko,
Computerjockeys (LIVE), Marcus Schmahl, Dima, Bine, Kopetzki
KRAFTWERK BORKEN

Dieses Wochenende sollte eines der längsten in der Geschichte
des Stammheims werden. Nach dem Auftakt am Vorabend mit
housigem Line-up wurde das Kraftwerk für ein paar Stunden
geschlossen und gereinigt, um heute das ausgiebige Finale zu
begehen.

Für diese verhängnisvolle Nacht war Lotte die Woche bei
Conny zum Haarefärben und -nachschneiden gewesen. Heute
hat sie ihr Lieblingsfeieroutfit angelegt: weiße Joggingklassi-
ker aus den Achtzigern, eine graue Jeansschlaghose mit einem
blauen Jeansminirock darüber, das weiß-blau gestreifte Top
mit einem Träger, das ihr Stammheim-Tattoo freilegt und das
grüne Armband von Marie.

Sie fährt bei Matze mit, der neben ihr noch Flo, Conny und
DJ Highko an Bord hat. Der ganze Freundeskreis organisiert
sich in Fahrgemeinschaften, jeder freie Platz wird besetzt. Bei
dieser Party wollen alle dabei sein.

»Wann bekommst du eigentlich deinen Lappen wieder?«,
will Highko wissen.

»Nächste Woche melde ich mich zur MPU an.«

»Dann wird es ja eh etwas ruhiger ...«, sagt Matze traurig.

Die Stimmung im Auto ist durchwachsen. Auf der einen Seite haben alle Lust auf den Abend, er wird sicher legendär. Auf der anderen Seite blicken sie dem Ende des Stammheims direkt ins Gesicht.

Obwohl sie sich extra früh auf die Socken gemacht haben, erwartet sie eine riesige Schlange vor dem Eingang. Besser gesagt, eine Menschentraube, die quetschend und schiebend versucht, schnellstmöglich ins Innere des Kraftwerks zu gelangen.

»Wie ungeil«, kommentiert Flo.

»Das ist der Abschuss«, stöhnt Lotte.

Conny und Highko seufzen einfach nur genervt.

»Wartet mal, Leute, ich habe da eine Idee ...«, beruhigt sie Matze. Er zückt sein Handy und ruft jemanden an.

Fünfzehn Minuten später werden sie von Alex über einen Nebeneingang ins Gebäude gelassen. Stefan Küchenmeister ertappt sie dabei und lacht. »Das ist aber auch irre da draußen. Als ich vorhin reinwollte, hatte ich fast eine Schlägerei an der Backe!«

»What?«, fragt Conny erstaunt.

»Ohne Scheiß. So ein Horst dachte, ich würde mich vordrängeln und hat mir den Weg versperrt. Obwohl ich mehrmals gesagt habe, dass ich hier spiele.«

»Du hattest doch bestimmt deinen Plattenkoffer dabei«, sagt Flo.

»Klar. Trotzdem ist das fast eskaliert ... Zum Glück haben ihn seine Kumpels zurückgepfiffen, als die gecheckt haben, dass ich die Wahrheit sage.«

»Was für ein Spacko«, macht sich Matze lustig.

Lotte ist verärgert. »Was wollen solche Honks hier?«

Dann ruft sie sich ihr Mantra in Erinnerung.

»Ich muss weiter, wir sehen uns gleich auf dem Main Floor!«

Die fünf verschaffen sich einen Überblick über das Gebäude. In dem ehemaligen Braunkohlekraftwerk haben in der Vergangenheit schon Veranstaltungen dieser Art stattgefunden und es ist entsprechend ausgebaut mit Tanzflächen, Bars und Podesten.

Der Hauptraum ist eine große Halle mit meterhohen Decken, und die Heim-Crew hat alles gegeben, sie mit Stammheim-DNA zu füllen. Wie im gesamten Kraftwerk. Sämtliche Räume und Gänge sind voller altbekannter und neuer Dekoration, überall leuchtet es neon, alles ist verspielt. Trotzdem ist es nicht dasselbe.

Nachdem sie alles abgecheckt haben, treffen sie auf dem Main Floor Marie, Thomsen und die anderen, die vom Auftaktabend zwar leicht blass um die Nase sind, jedoch den festen Vorsatz verfolgen, bis zur letzten Platte durchzuziehen. Lotte weiß, dass sie das schaffen werden.

»Tja, nun stehen wir hier und nicht im Heim«, sagt Dani wehmütig.

»Es is' zum Kotze!!!« Henri ist immer noch stocksauer.

»Die Eigentümer hatten doch bloß Schiss, dass wir heute die Salzmannfabrik abgerissen hätten«, schimpft Serhat.

»Ganz sicher. Aber ihr müsst die auch mal verstehen«, sagt Thomsen und versucht, seine Freunde zu besänftigen, dass der Ansturm auf das Stammheim in den letzten drei Monaten jegliche Vorstellungskraft gesprengt habe und dass die Factory auch noch für andere Veranstaltungen wie Konzerte und Theateraufführungen gebraucht werde.

Von dieser Seite hat Lotte die Lage noch nicht betrachtet. Sie muss Thomsen beipflichten – so enttäuscht sie wegen der einstweiligen Verfügung auch ist.

»Hier! Damit kannst du da hinten Getränke holen und musst nicht anstehen«, sagt Stevie und gibt Lotte ein lilafarbenes Bändchen mit einem silbernen Stammheim-Logo darauf. Damit erhält sie Zutritt zu einem abgesperrten Bereich mit separater Bar.

»Boah, du bist einfach der Beste! Dankedankedanke«, umarmt sie ihn und gibt direkt eine erste Runde Kräuti aus. Es sollte nicht die letzte für heute sein.

Fabian und Benjamin von Toktok nehmen als Erste den Main Floor auseinander. Zwar ohne vs. Soffy O. wie auf dem Flyer angekündigt, dafür mit unverkennbarem Toktok-Techno. Mit der schwedischen Sängerin machen die beiden poppigen Electroclash, mit dem sie kürzlich einen Hit gelandet haben. *Missy Queen's Gonna Die«* läuft sogar auf MTV und VIVA, und Lotte staunte nicht schlecht, als sie Fabian im Musikvideo herumspringen sah. Sie fährt ebenso auf Toktok wie auf Toktok vs. Soffy O ab, und als Fabian ihr an Weihnachten im Stammheim verraten hat, dass sie bald ein Album mit Soffy herausbringen, hat sie sich riesig gefreut.

Schon während des Live-Acts ist der Hauptraum des Kraftwerks rappelvoll.

»Die Spaggos solle' sich verpisse', isch brauch' Blatz zum Danse!«, motzt Henri und schreddert ausufernd mit den Gliedern.

So hat Lotte den immer lustigen Hessen noch nie erlebt.

Der Plan, einigermaßen nüchtern zu bleiben, um sich an jedes Detail dieser Nacht zu erinnern, scheitert schnell und kläglich. Mit einem Drehwurm im Kopf kommt sie auf die wahnwitzige Idee, den Verschluss der Kräuti-Miniaturflasche mit den Zähnen zu öffnen. Dabei bricht ihr ein kleines Stückchen Schneidezahn ab, weil sie im Eifer des Gefechts nicht die Eckzähne für diesen Punker-Move benutzt.

Halb so wild, denkt Lotte, jedenfalls heute.

Es ist allein schon aufgrund der Gruppendynamik ein Ding der Unmöglichkeit, alle Sinne beisammenzuhalten. Es ist noch schlimmer als an Silvester. Heute ist gefühlt jeder da, den Lotte jemals in einem Club gesehen hat.

Den Gesichtern ist Endzeitstimmung abzulesen, alle geben es sich richtig. Die schwitzende Meute lässt ihren Gefühlen freien Lauf, der Apokalypse wird entgegengetanzt, gejubelt und gepfiffen.

Dani wird von allen Seiten für sein Shirt mit dem Aufdruck »Keine Macht den Drogen« abgefeiert, Maggus kreischt in einer Tour »Uuund Agtschnnn!« und Serhat »Stammheim!«. Letzteres ist ein allgegenwärtiger Schlachtruf und fliegt die ganze Nacht durch die Halle. Heute ist der Höhepunkt der letzten drei Monate, heute wird nochmal alles gegeben.

»Ä-ä-ä-i, L-l-lod-d-d-de, w-w-er l-l-l-escht'n d-da gr-r-rad u-u-ff?«, fragt Henri irgendwann.

»Henri, geht's dir gut?«, erwidert Lotte, denn Henri sieht gar nicht gut aus. Seine Augenlider flattern und sein Kiefer vibriert wie eine Rüttelplatte. Er redet auch so.

»A-a-alle-sss g-g-gud, i-i-ch b-b-b-in nu-u-ur etw-w-was g-g-g-e-schos-s-se!«

Henris Pupillen drehen sich ungesund nach oben und seine Kiefermuskulatur zeichnet sich an seinen Wangen ab, weil sie auf Hochtouren arbeitet.

»Komm, wir setzen uns mal!«

Lotte führt ihn an der Hand zu einer Stufe am Rand. Dani holt derweil Wasser und Cola.

»Der wird schon wieder! Bleibst du bei ihm?«, fragt er Lotte, nachdem er Henri die Flaschen in die Hand gedrückt und ihm eingepfercht hat, alles zu trinken.

»Ja!«

»Ich löse dich nachher ab!«

Lotte unterhält sich mit Henri, versteht aber kaum etwas von seinem wirren, zusammenhangslosen Gestottere.

Die Auswirkungen von zu viel Ecstasy kennt Lotte, es ist beileibe nicht das erste Mal, dass sie jemandem in so einer Situation beisteht.

Von Henri kennt sie das nicht, ganz im Gegenteil, es war ihr immer ein Rätsel, wie sich dieser Kerl so viel einwerfen kann und immer noch einigermaßen klar rüberkommt. Wahrscheinlich setzen ihm das Ende des Stammheims und die ganze Aufregung um die letzte Party zu. Lotte behandelt ihn so, wie sie es immer bei Leuten in diesem Zustand tut: Sie redet auf dem Niveau eines Kleinkindes mit ihm und sorgt dafür, dass er Flüssigkeit zu sich nimmt.

Den Verballerten geht es meist wunderbar und der extreme Flash klingt von allein wieder ab. Damals bei ihrem Jeff-Mills-Blackout war es ihr wahrscheinlich genauso ergangen. Nur hat sie damals hoffentlich nicht so ausgesehen.

Zum Glück musste sie noch nie erleben, dass jemand kollabiert ist oder ins Krankenhaus musste. Lotte denkt an Pappenheimer und wird traurig. Hoffentlich erholt er sich von seinem Horrortrip. Thomsen, Marie und ein paar andere Kasselaner haben ihn letzte Woche in der Psychiatrie besucht und wollen das nun regelmäßig tun.

Lotte ist froh, als Mel und Dani das Babysitten von Henri übernehmen. Nicht, dass sie sich Sorgen um ihn machen würde, denn dem geht es nach der Cola und dem Wasser schon viel besser und sie hat zuletzt sogar verstanden, wovon er gesprochen hat.

Es fällt ihr nur einfach unglaublich schwer, sitzen zu bleiben, während der Techno tosend auf sie einhämmert und sie gnadenlos zum Tanzen auffordert.

Chris trifft sie heute nur kurz, das Kraftwerk ist zu groß, die Wege zu weit, der Tanzdruck zu hoch. Es ist nicht schlimm, sie sehen sich bald in Berlin.

Nach Toktok übernimmt Pierre, nach ihm folgen Marky, Stefan Küchenmeister, Norman und zum krönenden Abschuss Chris Liebing. Es ist bereits Mittag, als der Frankfurter mit dem breiten Grinsen alle nochmal richtig aufpeitscht.

Lotte bewegt sich die ganze Nacht zwischen Tanzfläche und Backstage-Bar. Dort wird sie unfreiwillige Zeugin eines aufgeregten Gesprächs zwischen ein paar Leuten.

»Habt ihr schon gehört? Die Kasse wurde angeblich geklaut!«

»Laber nicht.«

»Ohne Scheiß. Da kam vorhin eine Alte ins Büro und hat gesagt, sie soll das Geld abholen.«

»Die geben doch nicht irgendeiner dahergelaufenen Trulla die Kohle!«

»Scheinbar schon. Die hat das wohl so überzeugend rübergebracht, dass niemand daran gezweifelt hat, dass das seine Richtigkeit hat.«

»Das kann ich nicht glauben!«

»Alter ...«

»Und wie viele Scheine hat die abgerippt?«

»Angeblich vierzigtausend!«

»Quatsch!«

»Boah, das fickt mich aber jetzt ...«

»Wie damals bei der Aufschwung-Tour in Berlin, wisst ihr noch?«

»Klar. Diese Wichser!«

»Was für eine abgefuckte Aktion!«

Diese Story ist zu heftig für Lottes Zustand zwischen Euphorie und Melancholie. Sie ist schon genug überfordert von dieser Nacht. Wer will der Heim-Crew derart schaden? Was haben sich bloß für schreckliche Leute in ihre Welt gedrängt? Lotte flüchtet auf die Tanzfläche und erzählt niemandem davon, sondern schiebt die schlechten Gedanken beiseite.

Gerade war sie wieder in die Musik gefallen, als plötzlich Franzi vor ihr steht – und sie einfach in den Arm nimmt. Lotte will sich losreißen, doch bevor sie das schafft, stürzt ihre Mauer ein.

Aus ihren Augen sprudeln Tränen und sie weiß nicht, ob es wegen ihrer verlorenen besten Freundin, dem Ende des Stammheims, Pappenheimer oder der geklauten Kasse ist. Sie lässt es geschehen.

Irgendwann macht sie sich wieder los, wischt die Tränen ab und zieht die Nase hoch. Sie kramt ihr Zigarettenpäckchen aus der Tasche und hält es Franzi hin. So wie früher.

»Na logen!«, strahlt Franzi und greift zu. Auch ihre Augen glänzen vom Weinen.

Und dann wird Lotte etwas klar: Sie hat das Kapitel Franzi und Phil abgeschlossen. Ohne sich selbst zu belügen, kann sie endlich sagen, den beiden alles Gute wünschen zu können. Trotzdem ist ihre beste Freundschaft für immer verloren. Sie erinnert sich an Chris' Worte, dass alles aus einem bestimmten Grund passiert. Jetzt hat sie ihn erkannt. Ohne diese schmerzhafte Erfahrung wären ihr keine Flügel gewachsen. Ohne diesen Bruch wäre sie nicht so stark geworden, hätte nicht all die Erfahrungen gesammelt, wäre nicht so tief ins Stammheim eingetaucht, Chris und Marie wären niemals so enge Freunde geworden.

Sie hat den Duft der Unabhängigkeit eingesaugt und sich ausprobiert, sich ins Ungewisse gestürzt, hatte einen Haufen wilden Sex, hatte was mit einer Frau, war high mit und vor allem ohne Drogen. Wie Phoenix aus der Asche war sie aufgestanden und hatte auf der Theke des House Cafés getanzt.

In der Retrospektive könnte sie Franzi und Phil glatt dankbar sein.

Phil muss sie es allein dafür sein, dass er ihr Matze und Flo vorgestellt und sie in die Technoszene gebracht hat. Ohne ihn würde sie nicht hier stehen und wäre kein Teil dieser wundervollen Subkultur, die ein anderes Leben führt und andere Werte pflegt als die Allgemeinheit. Freiheit, Offenheit und Toleranz statt Karriere, Egoismus und Protz.

In dieser Szene zählen die einfachen Dinge des Lebens, das Hier und Jetzt. Ihre Anhänger wollen Spaß, Party und lauten Techno – und sind im Geiste verbündet. Trotz all des Gemeinschaftsgefühls und der Kollektivität geht es auch um die persönliche Entwicklung, um das Austesten der eigenen Grenzen und das Überschreiten selbiger.

Lotte hat ihre Grenzen mehr als einmal überschritten, im Positiven wie im Negativen. Der schlechte Turn auf Ecstasy hat sie nachhaltig beeinflusst, seither tritt sie Partydrogen mit Respekt gegenüber. Doch am Ende bleibt es jedem selbst überlassen, wie er damit umgeht. In Fälle wie Pappenheimer sollte man jedoch eingreifen. In der Rückschau war er immer verrückter geworden und sie hätten ihn auf seinen extremen LSD-Konsum ansprechen müssen.

Neben all den Erfahrungen im Club hat Lotte Elementares für ihr Leben gelernt. Es gibt eine Welt außerhalb der ihrigen und sie muss nicht dem ausgetretenen Pfad ihrer Eltern folgen.

Auch, wenn das Verhältnis zu Birgit und Manfred mittlerweile wieder gut ist: Lotte hat entschieden, nicht ins Stoffgeschäft einzusteigen. Sie hat keine Lust auf ein Spießerdasein, bei dem es nur ums Geldverdienen und das Anhäufen von Besitztümern geht. Und um arbeiten, arbeiten und nochmals arbeiten, um sein Hab und Gut zu verteidigen und stets zu vermehren.

Niemand hat ihr vorzuschreiben, wie ihr Leben auszusehen hat. Es ist ihr Leben – und sie will es genießen.

Bringmann & Kopetzki haben es mit ihrer *Rave-Maschine* auf den Punkt gebracht.

Auch Lotte hat sich durch Techno verändert und ist vom schüchternen Mäuschen im Hamsterrad zur selbstbewussten Freidenkerin mit unglaublichen Erfahrungen und Erinnerungen im Gepäck geworden. Allen voran denen aus dem Stammheim.

Lotte tanzt das Armageddon mit all ihren Freunden aus dem Heim und von *D&D*, mit sämtlichen Clubbekanntschaften, inklusive Anna, und sogar mit Franzi und Phil. Am meisten jedoch genießt sie diese letzten Stunden mit Marie, Matze und Flo.

Chris Liebing brettert, als gäbe es kein Morgen. Den gibt es auch nicht, zumindest nicht für das Stammheim. Henri steht mittlerweile wieder quietschfidel neben Lotte und babbelt Blödsinn.

Als sich das Kraftwerk leert, rücken die Verbliebenen enger zusammen. Lotte hat jegliches Zeitgefühl verloren, es könnte morgens, mittags, abends oder nachts sein.

Nur eines ist sicher: Das Ende der Party ist unabwendbar.

Wenn Lotte nachher dieses Gebäude verlässt, gibt es kein Stammheim mehr. Nie wieder wird sie das Kribbeln spüren, wenn sie voller Vorfreude die Treppe der Salzmannfabrik hinaufsteigt.

Was bleibt, ist: Es erfüllt sie mit Stolz, ein Heimkind zu sein. Mit Tränen in den Augen erinnert sie sich dankbar an all die Geschichten auf dem Big Floor, im Foyer, im House Café, im Chill-out und auf der Toilette, sogar im Bistro, auf der Treppe des Grauens und auf dem Parkplatz. Wobei die Erinnerungen mehr ein Gefühl als konkrete Ereignisse sind.

Dann geht die Musik aus und das Licht an.
Und alles war Schall und Rausch.

2003 packt Lotte ihre Koffer und zieht nach Berlin.

Das Stammheim wird nie wieder öffnen.

OUTRO

Mehr als zwanzig Jahre nach der Schließung erzählen Zeitzeuginnen und Zeitzeugen mit leuchtenden Augen vom Aufschwung Ost und dem Stammheim. Die Salzmannfabrik war für viele die prägendste Spielstätte ihrer Jugend.

Dass dieser Club zur Legende wurde, war eine glückliche Fügung diverser Umstände: ein Haufen partywütiger Freunde mit vielen kreativen Köpfen, einer Leidenschaft für den neuen Sound Techno und seiner jungen Subkultur sowie die Gelegenheit zu passenden Räumlichkeiten – das Ganze eingebettet in einen von Sorglosigkeit geprägten Zeitgeist, in dem all das zusammenkam.

Die wichtigste Zutat waren die Macher, die fette Partys schmissen, ohne dabei auf Kosten zu achten und Mühen zu scheuen. Mit einem schon fast kindlichen Größenwahn pulverten sie das verdiente Geld in Werbung, Gagen und Deko in hohem Bogen wieder hinaus. Sie erschufen einen ganzen Stammheim-Kosmos, in dem sie sich austobten und immer mehr Gleichgesinnte anlockten. Einen Kosmos, in dem jeder willkommen war. Womit wir bei der zweitwichtigsten Zutat für dieses Phänomen wären: den Gästen. Die Heimkinder wurden zu einer Gemeinschaft, die bis heute Bestand hat.

Das Stammheim war mehr als ein Technoclub. Es hat weit über seine Mauern in Kassel gewirkt und trotz seinem Ende die Zeit überdauert.

DANK

Mein wohl größter Dank gilt Jens und Valli von Bringmann & Kopetzki, die mir nicht nur die große Ehre erwiesen haben, das Cover für meinen Roman zu zeichnen, sondern die wertvollsten und ergiebigsten Faktenlieferanten waren. Als ich mit der Arbeit zu diesem Buch begann, hätte ich das nicht zu träumen gewagt. Danke, dass ihr eure Erinnerungen, eure Fotos und euer *Heimpost*-Archiv mit mir geteilt habt und ich daraus zitieren durfte.

Ein weiteres elementar wichtiges Gespräch führte ich mit DJ Chi, der mir als Resident der ersten Stunde und König des House Cafés einen wertvollen Einblick in sein damaliges Reich gab.

Aufmerksamen Leserinnen und Lesern wird nicht entgangen sein, dass Stefan Küchenmeister den größten Platz unter den realen Protagonisten in diesem Roman einnimmt. Das liegt daran, dass wir Freunde sind und ich ihn am authentischsten erzählen konnte. Er war es, der mir damals einen Blick hinter die Kulissen des Stammheims gewährte und mit mir im Sommer 2023 in die verfallene Salzmannfabrik einstieg. Danke für alles, Stevie.

Ich danke Jean, Shu und Merlin, mit denen ich das Stammheim entdeckt und erlebt habe, sowie allen anderen Freunden, die damals dabei waren. Es würde den Rahmen sprengen, jede und jeden namentlich zu nennen. Wir waren viele.

Hessi, Dennis, Frederik und Kosta, ihr wart und seid mir die liebsten und beklopptesten Heimkinder.

Ich danke allen Gästen (und Marco Remus!), die ihre Erinnerungen und Lieblingstracks mit mir teilten und einen wertvollen Beitrag zu diesem Roman leisteten.

Danke an alle Heimkinder, die den Spirit des Stammheims bis heute in ihren Herzen tragen.

Neben den Glücklichen, die damals dabei waren, möchte ich ein paar Menschen erwähnen, die erst später in mein Leben traten und dennoch eine tragende Rolle spielten:

Ralph und ich waren ab Tag eins im Studium ein untrennbares Gespann, und es erschien fast wie ein Geschenk des Schicksals, dass wir Jahre später parallel an unseren Romandebüts arbeiteten. Unser inniger Austausch und deine helfende Hand waren mein Sahnehäubchen – und zugleich eine Steigerung der Qualität des gesamten Werkes.

Mit Basti knüpfte ich sofort Bande, als wir uns knapp zehn Jahre nach der Schließung in Berlin kennenlernten und feststellten, dass wir beide im Stammheim tanzten – er meist im House Café, ich auf dem Big Floor. Danke für deinen großartigen mentalen Support über alle Phasen hinweg, dein bereicherndes Feedback und dein Erstlektorat.

Meine Beta-Leser:

Mr. Fonk, der damals ebenfalls im Stammheim war und den ich während der Entstehung dieses Buchs im Berghain kennenlernte. Er fand nahezu jedes Easter Egg im Manuskript und hielt mit mir über Monate hinweg eine digitale Standleitung, aus der eine Freundschaft entstanden ist.

Stype, der zwar nur einmal im Stammheim war, aber etwa zur gleichen Zeit in die Berliner Technoszene eintauchte. Er hat ein sicheres Gespür für Tippfehler und scheint jedes Release-Date guter Technotracks auswendig zu kennen. Vielen Dank für dein Argusauge auf den Soundtrack sowie auf den Plot der Geschichte.

Nico und Philip, die mein Manuskript in engem Austausch gelesen und dadurch elementar wichtige Anregungen für dünne Stellen in meiner Story identifiziert haben.

Dank euch, liebe Erst- und Betaleser, wurde mein Roman besser. Dank euch konnte ich verlorene Fäden knüpfen und die Geschichte dichter weben.

Den letzten Schliff meines Textes verdanke ich meiner Lektorin Corina Retzlaff. Dein Spirit und unsere geschmeidige Zusammenarbeit waren eine Bereicherung für mein Herzensprojekt.

Vielen, vielen Dank an alle anderen, die mich während der langen Entstehungszeit begleiteten – wie zum Beispiel Caro, die mit mir in der Anfangsphase bei unseren »Bohnen-Walks« über die Buchbranche sinnierte.

Ganz besonders danke ich meinem Tobi, der mich (unter anderem) dazu inspirierte, so lange an einem Werk zu feilen, bis man die eigenen Grenzen seines Schaffens überschreitet. Danke auch für deine tatkräftige Unterstützung bei den letzten Schritten bis zur Veröffentlichung.

... Sowie an alle bisher noch nicht Erwähnten, die mehr an mich geglaubt haben als ich selbst. Hervorheben möchte ich an dieser Stelle meine Familie und all meine Freunde, die seit damals an meiner Seite stehen – und mit mir tanzen.

Zu guter Letzt möchte ich DJ Pierre danken. Du hast mir die schönsten Stunden auf der Tanzfläche geschenkt. Noch heute bekomme ich Gänsehaut, wenn ich deine Sets höre – und ich vermute, da bin ich nicht die Einzige. Danke für alles, Pierre Blaszczyk.

SOUNDTRACK

1. Wishmountain (Matthew Herbert) – RADIO

2. Stefan Küchenmeister – SODA STREAM

3. Der Dritte Raum – TROMMELMASCHINE

4. OFF – ELECTRICA SALSA

5. Knarz (Thomas P. Heckmann) – TANZMASCHINE

6. Chris Liebing – DANDU GROOVE

7. Wassermann (Wolfgang Voigt) – W.I.R.

8. Emmanuel Top – TONE

9. Richie Hawtin – MINUS ORANGE VS. LET YOUR BODY LEARN (DECKS, EFX & 909)

10. Astral Pilot – THE DAY AFTER

11. Christian Morgenstern – HERZ AUS STAHL

12. Carl Craig – AT LES

13. Moloko – SING IT BACK (HERBERT'S TASTEFUL DUB)

14. Ester Brinkmann (Thomas Brinkmann) – MASCHINE

15. Underworld – REZ

16. DJ Rolando - KNIGHTS OF THE JAGUAR

17. Sven Väth - DEIN SCHWEISS

18. The Advent - SKETCH 2

19. Electric Deluxe (Speedy J) - ELECTRIC DELUXE

20. Air Frog - BON VOYAGE (ADAM BEYER REMIX)

21. Millsart (Jeff Mills) - STEP TO ENCHANTMENT (STRINGENT)

22. Jeff Mills - THE BELLS

23. Plastikman (Richie Hawtin) - SPASTIK

24. Winx (Josh Wink) - DON'T LAUGH

25. Alter Ego - BETTY FORD

26. Detroit Grand Pubahs - SANDWICHES

27. Märtini Brös. - TANZEN

28. Laurent Garnier - THE SOUND OF THE BIG BABOU

29. DJ Rush - BELIEVE (I'M A PUSSY MIX)

30. Nagen & Saugen - KONSEQUENT

31. Toktok - ES GEHT HIER UM MUSIK

47. Ultra Naté – FREE

48. State Of Grace – HELLO (EXODUS)

49. Vernon – THE WONDERER (VOCAL MIX)

50. Super_Collider – IT WON'T BE LONG

51. Peter Licht – SONNENDECK (SCHALLPLATTENSPIELER-FASSUNG)

52. 2raumwohnung – SEXY GIRL

53. Coldcut & Hextatic – TIMBER

54. Green Velvet – DESTINATION UNKNOWN

55. Grungermann (Wolfgang Voigt) – FACKELN IM STURM (A2)

56. Asem Shama – IT

57. Cristian Vogel – MACROPANOPTICONTINUUM

58. Kissogram vs. Woody – IF I HAD KNOWN THIS BEFORE (WOODY´S

FUMAKILLA XTC-XPRESS MIX)

59. Toktok vs. Soffy O. – MISSY QUEEN'S GONNA DIE

60. Jürgen Paape – SO WEIT WIE NOCH NIE

INHALT

DANKE, STAMMHEIM.